DE NANNY

Melissa Nathan

De Nanny

the house of books

Eerste druk, mei 2003
Derde druk, juli 2003

Oorspronkelijke titel
The Nanny
Uitgave
Arrow Books/Century, Londen
Copyright © 2003 by Melissa Nathan
Copyright voor het Nederlandse taalgebied © 2003 by The House of Books,
Vianen/Antwerpen

Vertaling
Karina Zegers de Beijl
Omslagontwerp
Marlies Visser
Omslagfoto
Chris Hoefsmit m.m.v. Myrthe, Floor en Elleke

ISBN 90 443 0766 5
D/2003/8899/69
NUR 302

Voor Joshua, Eliana en, natuurlijk, Avital, mijn Tallulah.

Dankbetuigingen

Er zijn talloze mensen die me hebben geholpen bij de ontdekking van de wereld van nanny's en kinderen, en ik wil ze allemaal bedanken.

Om te beginnen, de kinderen die me binnenlieten in hun wereld: Max en Olivia Turner, Nicholas, Imogen, Edward en Joanna Rance; Nicholas, Edward en Louisa Terry; Jo en Roshi Cowan. En natuurlijk ook heel veel dank aan hun moeders bij wie ik in huis mocht zijn: Joanna Terry, Patsy Bailey en Alison Turner.

En laten we ook de nanny's niet vergeten, in het bijzonder Jean McGrath, Sally Stewart en au pair Viktoria Nagy. En zonder de hulp van Debbie Brazil en Vivienne Kaye van de Nanny Agency zou ik deze geweldige mensen nooit hebben ontmoet.

Heel veel dank aan de fantastische gezusters Grant – Antonia voor haar inzichten op het gebied van de reclame, en Lindsay voor de technieken van het interviewen van nanny's. Neil Williamson, Brixton's deskundige op het gebied van bommen en de beste moppentapper die er is, en Anouschka Meredith voor het winnen van de o zo belangrijke wedstrijd in het bedenken van de naam van de Cats Competition.

En natuurlijk, zoals altijd, ontzettend veel dank aan mijn agent, de geweldige Maggie Phillips van Ed Victor, mijn Sprookjesfee. Reuze bedankt, Maggie, voor al je hulp. En verder iedereen van Ed Victor – en met name Grainne en Sophie – die me voortdurend het gevoel wisten te geven dat ik deel uitmaakte van het team. En mijn editor, Kate Elton van Random House, voor haar volharding, toewijding, scherpe blik, vriendelijkheid, gevoel voor humor en, vooral, de croissants die ze altijd op het meest ideale moment wist te produceren.

Ik dank Alan Wilson, Alison Jones, Katherine Pigott en Rosy Daniels vanuit het diepst van mijn hart voor alle hulp die ik in het afgelopen jaar van hen mocht ontvangen, en ik kan rustig stellen dat dit boek zonder hen niet bestaan zou hebben.

Meer op het persoonlijke vlak bedank ik Jem, Carol, mijn moeder en vader, en Andrew, mijn rots in de branding.

Reuze bedankt, allemaal.

Ter nagedachtenis aan Allan Saffron

Proloog

In Highgate, in het noorden van Londen, keek Vanessa Fitzgerald, accountmanager bij het reclamebureau Gibson Bead en moeder van drie kinderen, haar nieuwe nanny met grote ogen van ongeloof aan.

'Weg?' herhaalde ze. 'Bedoel je... met vakantie?'

'Nee,' antwoordde Francesca langzaam en nadrukkelijk. 'Ik bedoel *weeeeeg*.'

'Ik geloof dat ze *weeeeg* bedoelt, lieve,' zei Vanessa's man, Dick.

'Ik wiel... eh, 'oe seg je? Reisen,' legde Francesca nader uit. Er volgde een lange pauze. 'De *wierelt* rond,' verduidelijkte ze.

Vanessa trok een gezicht en dacht diep na. 'Je wilt...?' begon ze ongelovig.

'De *wierelt* rond,' herhaalde Dick, en hij dronk zijn whisky op 'Doodeenvoudig, schat.'

'Dick, aan jou heb ik ook niets,' zei Vanessa. 'Dit is niet grappig.'

'Het klinkt anders wél grappig.'

'Maar het is níet grappig.'

'O, goed.'

Vanessa wendde zich opnieuw tot Francesca.

'Je wilt een wereldreis maken? De wereld rond reizen?' probeerde ze.

'Ja!' riep Francesca opgewonden uit.

Er viel een stilte.

'En je kunt de kinderen niet meenemen?' vroeg Vanessa.

Francesca keek haar bazin bedenkelijk aan.

'Wie probeert er nu grappig te zijn?' vroeg Dick, terwijl hij zijn glas in de gootsteen zette.

'NOU, WIE MOET ER DÁN VOOR HEN ZORGEN?' schreeuwde Vanessa opeens. 'EN ZET DAT GLAS NIET IN DE GOOTSTEEN – ZET HET VERDOMME IN DE *AFWASMACHINE!*'

Dick draaide zich langzaam om naar zijn vrouw.

'Ik snap werkelijk niet waarom je nanny's nooit lang blijven,' zei hij kalm, terwijl hij zijn glas met overdreven voorzichtige gebaren in de vaatwasmachine zette. 'Misschien stellen ze er minder prijs op dan ik om te worden uitgefoeterd.'

Vanessa wierp hem een blik toe die hem trof waar het pijn deed. Midden tussen zijn ogen. Zijn brein was aan de kleine kant, maar desondanks wist ze precies waar het in één keer moest treffen.

'Of misschien,' zei ze, 'hebben ze er wel genoeg van om jouw glazen steeds in de afwasmachine te moeten zetten.'

Francesca kuchte. Dick en Vanessa negeerden haar. Ze had zojuist haar ontslag ingediend en ze hoefden niet aardig meer tegen haar te doen.

'Toevallig ben ík wel degene die een tijdelijke nanny zal moeten zien te vinden,' zei Vanessa tegen haar man, 'terwijl ik tegelijkertijd een vaste nanny zal moeten zoeken én naar mijn werk moet om mijn *carrière* niet in gevaar te brengen, omdat jíj het te druk hebt met je aanstellerig te gedragen in die zogenaamde winkel van je –'

'Ja, en toevallig werk ik wel zes dagen per week in die winkel –'

'Wat jíj zes dagen doet is cappuccino's drinken en aan je ballen krabben, en dat weet je best.'

Dick schonk zijn vrouw een glimlach en veranderde van onderwerp. Vanessa wendde zich van hem af en concentreerde zich op de kwestie waar het om ging. En dat was doorgaan met ademhalen.

God, vandaag had haar zonder dit al erg genoeg geleken. Eerst de metrostaking, toen die lul van een nieuwe klant die hun laatste offerte had afgewezen omdat hij er 'geen muziek in zag', en ten slotte haar secretaresse die bekend had dat haar bolle buikje, waarvan ze tot op dat moment had beweerd dat het veroorzaakt werd door een lactose-intolerantie, in werkelijkheid een baby was die over vier maanden geboren moest worden.

Het enige wat Vanessa de hele dag op de been had gehouden was de gedachte dat ze bij thuiskomst rust en vrede zou vinden omdat de kinderen in bed zouden liggen; ze zou iets te eten laten bezorgen – tenzij de nanny iets van de lunch had overgelaten – en met een slokje vino de video van *EastEnders* van de vorige avond bekijken. In plaats daarvan had ze bij thuiskomst een nanny aangetroffen die, verdomme nog aan toe, een reis om de *wierelt* wilde maken.

Ze nam een slok Pinot Grigio. Om de ademhaling te vergemakkelijken.

'Goed dan, Francesca, fijn dat je het ons hebt verteld,' hoorde ze Dick zeggen alsof ze zojuist gemeld had dat een van de kinderen een sok had verloren. Francesca verliet de keuken.

Dick nam als eerste het woord. Hij sprak zacht en sloeg zijn arm om de schouders van zijn vrouw.

'Kom op,' zei hij. 'Je mocht haar niet eens.'

Vanessa kromp ineen, maar Dick trok haar dichter tegen zich aan. 'Geef het nu maar toe,' fluisterde hij, terwijl hij haar een zoen boven op haar hoofd gaf. 'Laatst is ze Tallulah nog kwijtgeraakt.'

Vanessa legde haar hoofd op zijn schouder – ze voelde zich uitgeput.

'Maar ze heeft haar teruggevonden,' mompelde ze in zijn trui.

Dick snoof, nam haar in zijn armen en legde zijn handen losjes op haar rug. 'Ze spreekt niet eens behoorlijk Engels.'

'Dat doen de kinderen ook niet,' merkte zijn vrouw op, 'maar ik moet er niet aan denken dat zij óók zouden gaan. Voorlopig nog niet, tenminste.'

'Dat treft,' zei Dick, 'want dat zou ik ook niet willen. Laten we gaan vrijen.'

Vanessa verstijfde.

'Ik heb een beter idee,' zei ze. 'Laten we eerst een nieuwe nanny zoeken, en dán gaan vrijen.'

Dick zuchtte. Niemand wist beter dan hij dat Vanessa zich altijd aan haar woord hield wanneer het om een principe ging.

'En hoe lang gaat dat duren?' vroeg hij.

Vanessa haalde haar schouders op. 'Dat hangt af van hoeveel we bereid zijn te betalen.'

'Nou, dat is gemakkelijk,' zei Dick. 'Laten we stofgoud betalen.'

Ze keken elkaar glimlachend aan. Ze waren het eens. Na al die jaren wist Dick Fitzgerald precies hoe hij zijn tweede vrouw moest verleiden.

1

Jo Green keek naar de half opgegeten taart met zijn drieëntwintig kaarsjes die er rommelig omheen lagen, en er kwam een glazige blik in haar ogen. Hoe symbolisch, dacht ze. Het ene moment een stralende zee van kleine vlammetjes om het begin van een nieuw levensjaar te vieren, en even later een afgebrokkeld, bouwvallig geheel ten teken van de teleurstelling en de schuldgevoelens waardoor 's levens hoogtepunten onveranderlijk werden gevolgd. En dat was het moment waarop ze besloot om van nu af aan echt niet meer naar Travis te luisteren.

Ze geeuwde. Met het keukenlicht uit waren ze ineens slaperig geworden.

Haar vader, wiens bovenste gulpknoop openstond, wreef zijn hand in ruime, ritmische cirkels over zijn buik en dirigeerde de zachte, voor zijn lichaam geschreven blazerssonate in meerdere delen.

Jo en haar moeder wisselden een blik.

'In sommige landen geldt dit als een groot compliment,' zei Jo.

Hilda snoof. 'O, hij spreekt aardig wat talen, die vader van je.'

Bill liet een zachte boer, en ging verder met zijn buik in de andere richting te masseren.

'Ik zeg er maar liever niets van,' mompelde Hilda. 'Hij heeft al zo weinig hobby's.' Ze schoof van tafel af. 'Zo. Wie wil er nog thee?'

'Ik zou nog best wel een kopje lusten,' antwoordde Bill.

'Ik zet wel,' zei Jo.

'Op je verjaardag?' Hilda's ogen trokken zich samen tot een glimlach die al zoveel lijnen in haar huid had veroorzaakt dat er bijna geen plaats meer over was voor haar gezicht. 'Hou toch op.'

Bill streek de rand van het tafelkleed langzaam glad met zijn hand en bood moedig weerstand aan de vrouwelijke wilsstrijd die over zijn hoofd heen werd uitgevochten.

'Niemand maakt zulke lekkere koffiecake als je moeder,' zei hij tegen Jo, terwijl hij zijn wijsvinger naar haar uitstak.

'Je krijgt niet meer.' Hilda deed het grote licht aan.

'O, toe nou.' Hij knipperde met zijn ogen. 'Het is haar verjaardag.'

Hilda leunde met haar rug tegen het aanrecht en trok haar grijze vest strak om zich heen, in afwachting van het moment waarop het water zou koken.

'O, vooruit dan maar,' verzuchtte ze.

Bill gaf Jo een knipoog. 'En wil het feestvarken ook nog een plakje?' vroeg hij, terwijl hij het mes aan de rand van de cakeschaal schoonveegde.

'Een heel dun plakje,' zei Jo. 'Dank je.'

'En voor de meesterbanketbakker?'

Hilda liet het water ronddraaien in de theepot voor speciale gelegenheden.

'O, doe maar. We kunnen hem ook net zo goed opeten.'

Jo observeerde haar ouders, en toen ze zich realiseerde dat ze haar konden zien, glimlachte ze. Dat was het moment waarop haar gedachten in een duizelingwekkende neerwaartse spiraal raakten. Ze begonnen vrij hoog met: *'Wat ben ik toch een bofferd.'* De volgende gedachte kwam zomaar uit het niet en lag op een aanzienlijk lager niveau: *'Is dit alles?'* Gelukkig wist ze een fatale explosie van zelfmedelijden nog juist te vermijden, en lukte het haar weer enigszins greep te krijgen op de realiteit met: 'O. *De video moet terug.'*

Jo's gedachten waren de hele dag al aan een trampoline-effect onderhevig geweest. Haar eerste bewuste gedachte als vrouw van drieëntwintig die ochtend was geweest dat ze nu lid was van de steeds groter groeiende club van verjaardagshaters. Tot de avond tevoren had ze zichzelf altijd beschouwd als een van die gelukkige mensen die dol waren op verjaardagen. Nu wist ze dat dat alleen maar was omdat ze nog jong was geweest. Drieëntwintig betekende voor haar op de een of andere manier, en nog duidelijker dan een Hollywood-soundtrack, het einde van een tijdperk.

Terwijl haar emoties bleven jojoën – waarbij de nadruk vooral op neergaande, en niet op de opwaartse 'jo' lag – begonnen de Greens, in een gezellige, maar ook ietwat eerbiedige stilte, aan hun tweede rondje thee en cake.

Het duurde evenwel niet lang voor de situatie zich weer normaliseerde.

'Heb je vanavond afgesproken met Shaun en de anderen?' begon haar moeder.

'Mmm.'

'Aardige jongen, die Shaun.'

'Mmm.'

Hilda's concentratie had even te lijden onder een wat slordig plakje koffiecake, maar even later had ze de draad weer te pakken.

'En Sheila is ook een lief kind.'

'Mmm.'

'Ze moet alleen een beetje afvallen,' voegde haar vader er, alsof het van tevoren was ingestudeerd, aan toe.

Nog meer cake en nog een kopje thee.

'Ik vraag me af wanneer James nu eindelijk eens een eerzame vrouw van haar zal maken. Zoals het hoort,' vroeg Hilda zich hardop af.

'Niet voordat ze wat is afgevallen, vermoed ik,' vond Bill.

Haar ouders dronken het laatste restje thee. De voorspelbaarheid van hun gesprek gaf hun de zekerheid dat de aarde nog steeds rond zijn as draaide, terwijl Jo daarentegen heel even een verontrustend visioen had van hoe de verjaardagstaart tegen het bloemetjesbehang vloog.

'Bedankt voor de taart, mam,' zei ze snel, en ze stond op. 'Ik ga. Tot straks.'

'Dag, liever,' antwoordden haar ouders in koor, terwijl haar moeder zichzelf overeind hees om de verjaardagsboel op te ruimen.

Jo trok de deur met een diepe zucht achter zich dicht en zette koers naar de pub. Ze trachtte niet te denken aan het gesprek waarvan ze wist dat haar ouders dat op dat moment met elkaar hadden – ze spraken over Shauns intenties ten aanzien van haar. Ze probeerde zich op haar wandeling te concentreren.

Jo was dol op wandelen. Het deed haar beseffen dat ze een band had met de aarde; een levend, ademend meesterwerk van functionele perfectie, een werk van God waarmee Hij bewees dat wonderen inderdaad bestonden, een monument van –

'En wie loopt daar met een smoel als van een achterwerk dat zojuist een pak slaag heeft gekregen?' hoorde ze opeens iemand vragen.

Jo keek op en zag John Saunders die schijnbaar doelloos op de hoek van de verlaten High Street stond. Te moeten horen dat je gezicht op een achterwerk lijkt dat zojuist een pak slaag heeft gekregen zou van iedereen een belediging zijn geweest, maar om dat te moeten horen van John Saunders wiens gezicht binnenstebuiten leek te zitten, was voldoende om Jo opnieuw een down gevoel te bezorgen.

Ze forceerde een glimlachje voor haar vroegere klasgenoot.

'Ik had me geen beter gezicht kunnen wensen om jou eens even lekker mee op je nummer te zetten,' zei ze. 'O, en die sjofele vogelverschrikker-look staat je echt gewéldig.'

Johns wenkbrauwen schoten omhoog, hij trok met zijn mond en ineens straalde hij iets vastberadens uit op grond waarvan Jo wist dat zijn brein in de eerste versnelling was geschoten. Ze besloot snel door te lopen voor er nog stoom uit zijn oren zou komen.

Terwijl ze van de High Street naar de brug liep, schoot haar emotionele jojo weer een aardig eindje omhoog. De brug deed haar altijd denken aan haar eerste kus met Shaun. Maar toen realiseerde ze zich ineens dat dat zes jaar geleden was, en dat ze daarmee nog maar één jaar van de kritieke zeven jaar verwijderd waren – en de jojo schoot zo hard de diepte in dat ze het suizen van de draad bijna kon horen.

Aan de overkant van de brug sloeg ze zonder achterom te kijken met een ruk rechtsaf het grindpad langs het kerkhof op, en genoot van het geluid van het knarsen van de steentjes onder haar schoenen.

Ze bleef staan en keek naar het kerkhof. Haar gedachten keerden terug naar haar eerste sigaret (met Sheila op haar vijftiende verjaardag achter *Rachel Butcherson 1820-1835)*. Ze herinnerde zich de spanning van het moment (een opwaartse 'jo') maar realiseerde zich vervolgens dat zoiets prozaïsch als sigaretten nooit meer zo opwindend zou kunnen zijn. Een neergaande 'jo'. Er waren bepaalde dingen in het leven, bedacht ze – banen, vrienden, minnaars – die je vanzelf ontgroeide. Ze begonnen als een opwindende uitdaging, gingen vervolgens zonder dat je je daar bewust van was over in iets dat je je volledig eigen had gemaakt om uiteindelijk onzichtbaar te krimpen. Maar de opwinding van het *leven*? Kon het zijn dat je die ook ontgroeide? Ze kwam langzaam tot stilstand. O, dat heb je weer leuk voor elkaar, hoor, sprak ze zichzelf in gedachten toe, terwijl ze de jojo weer omhoog probeerde te krijgen. Nu heb je jezelf een depressie aangepraat. Je zult wel heel trots op jezelf zijn.

Ze ging de hoek om en bleef, ondanks alles, staan om van het uitzicht te genieten. Elk seizoen, elke dag, elk uur had zijn geheel eigen schoonheid.

Aan de horizon strekten de bomen hun kale takken omhoog naar de hemel met dieproze en blauwe tinten alsof ze de wolken van stijfgeslagen eiwit probeerden te pakken. Kale velden staarden haar geeuwend aan en een idyllische versie van een countrypub zat als een tevreden spinnende kat ingenesteld tussen twee heuvels. O, ja, dacht ze. Uiteindelijk is het leven toch heerlijk. Er viel iets te zeggen voor het leven in een dorp, besloot ze, terwijl ze doorliep naar de pub.

'Hé!' riep John van achter haar, 'smoel als een achterwerk dat zojuist een pak slaag heeft gekregen!'

Ze verstijfde. Ja, er viel inderdaad iets te zeggen voor het leven in een dorp. Overal kwam je de dorpsgek tegen.

Jo was die avond de eerste van het stel. Ze ging aan hun vaste hoektafeltje zitten en keek naar buiten. Van deze kant van de pub had ze geen zicht op de blozende zwanenzang van de zon, en van hier leek de hemel een donkergrijze, zware deksel. Van deze kant zou je bijna denken dat er de hele dag geen zon aan de hemel had gestaan. Even overwoog ze om aan een ander tafeltje te gaan zitten, maar ze besloot even later dat het effect toch alleen maar verpest zou worden door het klagen en zeuren van de anderen.

Was het soms dát, wat er mis was met haar leven, dacht ze opeens. Werd al het licht tegengehouden door de anderen? Was het alleen maar dat ze op de verkeerde plek leefde, een plek waar het licht niet kon doordringen? Ze riep haar gedachten een halt toe toen ze, zoals ze tegenwoordig steeds vaker deed, ineens besefte dat haar manier van redeneren steeds meer op die van haar moeder begon te lijken. Haar moeder was een geweldig mens, echt, maar ze was niet iemand om mee in de lift te zitten wanneer die bleef steken.

Ze had afleiding nodig. Ze concentreerde zich op het sombere uitzicht. Ze hoefde niet in de spiegelende ruit te kijken om te weten wat er zich achter haar rug afspeelde. Ouwe Budsie zat, naar iedereen glimlachend, aan de bar zijn leven te verdrinken. Er was een groep jongens binnengekomen – ze lachten luid om hun eigen grappen en keken intussen rond op zoek naar iemand met een behoorlijke hoeveelheid oestrogeen en peroxide.

Jo kende ze allemaal. Ze kende ze nog uit de tijd dat ze met z'n allen op school hadden gezeten – de jongens vijf klassen lager dan zij. Ze wist dat Tom Bath, met zijn kaalgeschoren schedel en een piercing in zijn wenkbrauw, in het kerstspel van 1990 Jozef had gespeeld en op het toneel in zijn broek had geplast. Hij had beweerd dat het de ezel was, maar iedereen wist het. Chris Saunders, met zijn leren jekkie en zijn van de gel glimmende haar, had, toen hij in de vierde klas zat, op het klimrek overgegeven toen Annabel Harris hem had willen kussen. En dan had je Matt Harvey, het zoontje van de agent. Matt had vanaf zijn dertiende op school hasj gerookt in een wanhopige poging om toch maar vooral duidelijk te maken dat hij, ondanks zijn vader, best een toffe jongen was. Helaas veranderde dat roken van hem niets aan het feit dat hij konijnenoren had.

De deur ging open en Jo keek om. Ze zag Shaun binnenkomen – jukbeenderen voorop. Daar moest je respect voor hebben bij een man, dacht ze. Wat er ook met de rest van zijn lijf mocht gebeuren (een beginnend buikje, een lichtelijk teruglopende haargrens en steeds meer lachrimpeltjes rond zijn mooie blauwe ogen), zijn jukbeenderen zouden altijd blijven wat ze waren.

'Hallo, schat,' begroette hij haar zacht, 'gefeliciteerd.' Hij kuste haar op de mond terwijl zijn arm strelend over haar bovenarm ging. 'Ik fuif,' zei hij, en liep naar de tap om hun drankjes te halen.

Jo keek hem na en zag hem een bundel briefjes van tien pond uit de achterzak van zijn spijkerbroek halen, en de kastelein met een vriendelijk knikje begroeten. Ze begon zich af te vragen wat er zou gebeuren als ze een levenslange gewoonte opeens zou veranderen – als ze nu op zou staan en heel hard zou roepen: 'Nee! Ik wil geen Southern Comfort met Seven-up! Ik wil een… Bloody Mary!'

Ze kon zich de onthutste stilte voorstellen. De verwarring in Shauns ogen. En hoe vervolgens iedereen zich min of meer gedwongen zou voelen om stil te staan bij wat ze dronken. Het was te veel om aan te denken. Ze zag de kop in de *Niblet Herald* al voor zich: *Plaatselijke vrouw wijzigt bestelling drankje. Haar ouders zijn te geschokt om erover te kunnen praten. 'Niblet-upon-Avon is nu eenmaal niet het soort dorp waar dit soort dingen gebeurt,' luidde het commentaar van de kastelein gisteren...*

Aan de andere kant, dacht ze, bestond er een kans dat Shaun haar met champagne wilde verrassen. Toen hij zich omdraaide en terugkwam, schonk ze hem een stralende glimlach. Met een groots gebaar zette hij één Southern Comfort met Seven-up, en één pint Guinness op tafel. Het grootse gebaar, realiseerde ze zich (met een neergaande 'jo'), was haar verjaardagscadeau. Toen hij terugging naar de bar om het bier voor James en Sheila te halen, speelde Jo even met de gedachte om ze allemaal over zijn hoofd te gieten.

Sheila en Jo waren al tien jaar beste vriendinnen, en wonder boven wonder waren James, die al tijden haar vaste vriend was, en Shaun oude schoolvrienden van elkaar. Dit soort grote wonderen waren in zo'n klein dorp als het hunne niet echt een wonder. Het viertal gold, zo mogelijk nog langer dan hun individuele relaties, als een vaste instelling.

'Jullie raden het nooit!' riep Sheila uit. Ze had rode wangen van de opwinding en haar ogen straalden.

'Wat?' vroeg Shaun, zonder haar aan te kijken. Hij bleef zijn blik strak op zijn bier gericht houden.

Sheila ging op haar plekje naast Jo zitten, keek grijnzend van de een naar de ander om de spanning op te voeren alvorens te antwoorden. James trok ondertussen zijn kaki broek op en ging tegenover Sheila naast Shaun zitten.

'Ah, de alomtegenwoordige meneer Casey,' begroette hij Shaun, alsof Sheila niets had gezegd.

'Ah, het alomtegenwoordige woord "alomtegenwoordig",' zei Shaun, terwijl hij James' bier naar hem toe schoof.

Jo keek naar hen terwijl ze hun glazen ophieven en daarbij hun ellebogen opzij staken om mannenruimte op te eisen. Ze kon zich niet herinneren dat ze James en Shaun ooit een echt gesprek had horen voeren. In plaats van racket en bal gebruikten ze hun tong en hersens voor het spelen van eindeloze wedstrijdjes en spelletjes. Ze vroeg zich af wat er zou gebeuren als ze ooit eens echt met elkaar zouden willen communiceren. Waarschijnlijk zouden ze beiden spontaan vlam vatten.

Even later zetten de mannen hun glazen neer en veegden hun mond af.

'Ah,' begon James opnieuw, 'de alomtegenwoordige pint –'

'Hou je kop, James,' viel Sheila hem in de rede, 'of ik vermoord je.'

James hield zijn kop.

'Hé, Sheila,' zei Shaun, 'waarom zeg je niet gewoon wat je wilt zeggen?'

'Ha!' riep Sheila uit. 'Wacht maar af. Je komt niet meer bij!'

James mompelde iets onduidelijks in zijn bier en Jo meende het woord 'teef' te horen, maar ze wist het niet zeker.

Sheila draaide zich opzij naar Jo en gaf haar een cadeautje.

'Het stelt niets voor en waarschijnlijk heb je het al.'

'Wauw!' riep Jo uit. 'Dat had je niet moeten doen! Zal ik het nu openmaken of –?'

'Ik herhaal!' riep Sheila uit. 'Ik zweer het. Jullie raden het nóóit!'

Jo legde haar cadeautje op de grond naast haar tas.

'Wat?' vroeg ze.

'Maxine Black en...' dramatische pauze... *'meneer Weatherspoon.'*

Sheila kreeg de reactie waar ze op had gehoopt, zelfs van Shaun. Zelfs de jongens in de hoek keken haar stomverbaasd aan. Budsie hield even op met drinken. Allemaal kenden ze meneer Weatherspoon. Iedereen in het dorp kende meneer Weatherspoon, docent Religieuze Geschiedenis met een aardige collectie kabeltruien en de meest dichtbehaarde armen aan deze kant van de Midlands. Jo gruwde.

'Ik ben er nét achter gekomen,' vertelde Sheila. 'Maxine vertelde het in de winkel bij de witte bonen aan Sandra Jones, en ik hoorde het toevallig.'

Jo gruwde nog erger.

'Goed werk, Sheila!' complimenteerde Shaun haar.

'Maar meneer Weatherspoon is driehonderd jaar oud!' riep Jo uit.

'Hebben we het hier over handjevrijen of over de *full monty*?' vroeg Shaun.

'De *full monty*?' herhaalde Sheila. 'Noemen jullie bouwvakkers met elkaar naar bed gaan tegenwoordig zo?'

Shaun haalde diep adem. 'Ik ben géén bouwvakker. Ik ben de éigenaar van een constructiebe–'

'Moeten we het niet aan de politie vertellen of zo?' vroeg Jo. 'Ik wed dat het illegaal is.'

'Nou, dat zou het moeten zijn,' zei James. 'Maxine Black is een lekker stuk.'

'Hij is zo óud,' ging Jo verder. 'Denk je dat dit zijn dood wordt?'

'Ik heb het uitgerekend,' zei Sheila. 'Zo oud is Weatherspoon nog helemaal niet. Toen we in de eerste klas zaten, was hij nog maar éénentwintig.'

Ze zwegen en lieten deze informatie op zich inwerken.

'O god,' fluisterde Jo ten slotte, 'hij was jonger dan wij nu.'

'Precies,' zei Sheila. 'Amper volwassen.'

'En nu,' vervolgde Jo, van haar emotionele trampoline vliegend en op haar achterwerk landend, 'is hij zo oud dat hij met kinderen moet wippen om hem eraan te herinneren dat hij nog leeft.'

'Ze is zeventien,' corrigeerde Sheila haar. 'En ze doet het al – of, ze gaat al voor de *full monty*, zoals het binnen de elitaire wereld van eigenaren van bouwbedrijven heet – sinds haar twaalfde.'

'Ik geloof dat ik moet overgeven,' zei Jo.

'Ik ook,' mompelde James. 'Toen was ze helemáál een stuk.'

'Waarom moet je overgeven?' vroeg Shaun aan Jo.

'Omdat we ouder zijn dan meneer Weatherspoon toen hij ons les gaf!' riep Jo uit. 'En toen beschouwden we hem als hoogbejaard. Dat maakt ons officieel tot oude mensen.'

'Dat klopt, schat,' zei Shaun met een knipoog. 'Nog even, en je hebt zelf een stel koters.'

Sheila slaakte een dramatische zucht. 'O, Jo!' kraaide ze. 'Volgens mij heeft Shaun je zojuist een aanzoek gedaan. Wat *schattig!*'

'Wie wil er nog een rondje?' vroeg James.

'Godsalmeliefhebben!' riep Jo. 'Ik word gek! Ik ben drieëntwintig! Ik ben oud! En het enige waar ik nu nog naar kan uitkijken zijn aambeien en verstandige schoenen.'

Er viel een stilte.

'Maak je geen zorgen, lieverd,' zei James. 'Je hebt nog steeds de benen van een veulen.'

'Dat was het dan,' zei Jo, en ze stond op. 'Ik ga naar huis.'

Twintig minuten later waren Shaun, Sheila en James blij dat het hun gelukt was Jo er met verstandige en gegronde argumenten van te overtuigen dat ze moest blijven. Het feit dat haar enige alternatief een lange avond met haar ouders was, was geen moment bij hen opgekomen.

Het was bijna elf uur toen ze zich uiteindelijk van hen los wist te maken door hen te verzekeren dat ze echt liever alleen was. Sheila bleef achter om met de jongens in de hoek te flirten, Shaun en James begonnen een partijtje biljarten, en Jo slenterde langzaam terug naar het huis van haar ouders. Ze probeerde te genieten van de stilte, van de avondhemel en de frisse, veelbelovende geur van voorjaarsavonden die ze anders altijd zo heerlijk vond.

Doordeweeks sliep Jo nooit bij Shaun, zelfs niet op speciale dagen zoals een verjaardag. De werkethiek van haar ouders was sterker gebleken dan hun morele code ten aanzien van de seksualiteit, met het resultaat dat ze de mogelijkheid dat hun dochter voor het huwelijk een seksuele relatie had alleen maar konden accepteren wanneer dat niet op een werkdag gebeurde.

Jo benijdde hen. Ze hadden tenminste iets om in te geloven. Zelf geloofde ze niet eens meer in werken. Dat was de zoveelste grote belofte van het leven die niets bleek voor te stellen. Ze keek naar de witte damp die, toen ze zuchtte, uit haar mond kwam – het bewijs, hoe kortstondig ook, dat haar emoties echt waren.

Als kind was Jo altijd een van de beste leerlingen van haar klas geweest. Aangemoedigd door enthousiaste leraren, had ze ervan gedroomd om later, omringd door torenspitsen en geschiedenis, te gaan studeren in het gezelschap van mede-enthousiasten en inspirerende genieën. Ze had geen idee van wát ze wilde studeren, alleen maar dát ze wilde studeren.

Toen, op haar dertiende, had ze op een avond met haar ouders samen een documentaire gezien waarin over het vak Antropologie werd gesproken. Eén enkel vak dat zich bezighield met het bestuderen van mensen en de manier waarop ze binnen de maatschappij functioneerden! Ze had prompt verklaard dat ze dát later wilde gaan studeren. Haar moeder had opgekeken van haar naaiwerkje en haar vader had geknikt en had Wogan opgezet.

Jo vond het niet erg dat haar ouders niets van haar ambitie begrepen. Zoals elke puber was ze ervan overtuigd dat de mening van haar ouders ten aanzien van haar grootse plannen volkomen irrelevant was. Maar toen was ze langzaam – zó langzaam dat ze niet eens merkte hoe het besef sluipend bezit van haar nam – gaan inzien hoe bespottelijk die droom van haar was. Binnen haar vriendenkring, en daarbuiten, onder haar vage kennissen, kende ze alleen maar mensen die iets hadden gestudeerd dat een roeping was. Zelfs Billy Smith, een meesterbrein die twee klassen hoger had gezeten, was naar Oxford gegaan om medicijnen te studeren, een studie waar je later een goedbetaalde baan mee kon krijgen. Maar hoe dan ook, iedereen wist dat hij geen vrienden had en dat zijn ouders jehova's getuigen waren. En zeven jaar studeren! Zeven jaar salaris – 364 weken waarin je betaald werd – zomaar verspild! Terwijl je bovendien ook nog voor zo'n studie moest betalen! Nee, dat sloeg nergens op. Bovendien waren ze maar een verwaand stel, de Smiths.

En zo raakte Jo aan het idee gewend dat het egoïstisch en zonde van de tijd was om, alleen maar om iets te studeren, drie jaren van je leven aan een studie te besteden. Ze was het eens met haar vader die vond dat dit mogelijk de belangrijkste tijd van haar leven was, waarin beslissingen werden genomen die van invloed waren op alles wat erop volgde. Ze was een pragmaticus en daar was ze trots op.

En het was diezelfde rationele instelling van haar, die haar ertoe bracht om voor de opleiding van kindermeisje te kiezen. Ze was dol op kinderen, kinderen leken dol op haar, dus waarom zou ze daar geen gebruik van maken om een aardig salaris te verdienen? En zo gebeurde het dat Jo haar leraren teleurstelde, haar ouders een plezier deed, haar droom veilig wegstopte en zich inschreef bij het plaatselijke opleidingsinstituut. Daar haalde ze binnen enkele weken het diploma dat haar een behoorlijk salaris zou opleveren. Nadat ze er een deel van aan haar ouders had afgedragen als bijdrage voor de wekelijkse boodschappen, was wat overbleef van haar. En gedurende de eerste vier jaar na het behalen van haar officiële titel genoot ze met volle teugen.

Pas de laatste tijd werd ze geplaagd door bepaalde fundamentele vragen ten aanzien van het nannyschap. Zoals, hoe kwam het dat er nú al geen vooruitzicht meer was op een hoger inkomen? En hoe kwam het dat ze lange uren werkte en geen carrièrevooruitzichten had, en dat ze met haar hoofd tegen een verschrikkelijk laag salarisplafond aan zat?

En hoe kwam het dat haar werkgevers – die minder verstand en emotionele intelligentie hadden dan zij – veel minder uren werkten dan zij, en tegelijkertijd in staat waren haar een fractie van hun eigen salaris te betalen?

Elke ochtend stond ze in de ijzige kou en in het stikkedonker op de halte, om vervolgens in de propvolle bus te stappen en zich naar de stad te laten rijden. Ze liep naar het huis van haar baas waar, wanneer ze arriveerde, het ontbijt nog in volle gang was. Terwijl Jo begon met het afruimen van de tafel en ze de zorg voor de kinderen op zich nam, stapte de moeder in kwestie in haar grote auto en vertrok naar een goed verlicht, schoon en opgeruimd kantoor, Jo achterlatend in een werkruimte die verdacht veel weg had van een oorlogsgebied. En dan, ergens tussen zes en acht uur 's avonds, kwam diezelfde moeder weer terug, vertelde Jo hoe uitputtend haar dag was geweest en wilde vervolgens van haar horen wat de kleine Joey of Jack had gezegd, gedaan en gepoept. Dáárna was het Jo pas toegestaan om naar de bushalte te lopen, in de donkere vrieskou op haar bus te wachten en terug naar huis te lopen.

Hoe kon dat nu kloppen? Hoe was het mogelijk dat dergelijk volgzaam realisme, waarbij ze zich op de jeugdige leeftijd van zestien lentes had neergelegd, zo slecht beloond werd? Ze had het gevoel alsof ze, nog voor het halen van haar rijbewijs, de juiste afslag had gemist en in een doodlopende straat terecht was gekomen. Sterker nog, het waren steeds jongere moeders die een kindermeisje zochten, en de gedachte dat ze door vrouwen die slechts een paar jaar ouder waren dan zij een schijntje werd betaald, gaf haar meer en meer het gevoel dat ze iets miste. En alsof dat nog niet genoeg was, begon ze bang te worden dat haar ouders, als zij en Shaun zich niet snel officieel zouden verloven, hem zelf de hand van hun dochter zouden aanbieden. Ze had hun nooit verteld dat hij twee jaar geleden, nadat ze hem voor de derde keer had af-gewezen omdat ze zich er nog niet rijp voor voelde, was opgehouden met haar ten huwelijk te vragen.

Het verbaasde Jo dat, als een stel een tijd samen was zonder zich of-ficieel te verloven, altijd automatisch werd aangenomen dat dat was omdat het meisje al die tijd op een aanzoek van de jongen wachtte. Zelfs in de eenentwintigste eeuw, zelfs wanneer de mensen beter zou-den moeten weten, en zelfs wanneer het meisje hun eigen dochter was – was er sprake van die lelijke, beledigende en ouderwetse veronder-stelling die langzaam maar zeker afbreuk deed aan de reputatie, de aantrekkelijkheid en de intelligentie van zo'n meisje.

In werkelijkheid was het zo dat ze, al die keren toen Shaun in een druk restaurant tegenover haar had gezeten, bleek was geworden en haar ten huwelijk had gevraagd, haar best had moeten doen om niets van haar wanhoop te laten blijken. Hoe was het mogelijk dat hij, na-dat ze al zo lang samen waren, nog steeds niet begreep dat zij, ten aan-zien van zo'n ingrijpende beslissing als deze, veel meer waarde hechtte aan een rationele benadering dan aan zo'n ouderwets en dominant idee van 'romantiek'? Dacht hij echt dat ze het op prijs stelde dat hij deze beslissing voor haar had verzwegen? Dacht hij echt dat ze hun leven als gehuwd stel wilde beginnen in de overtuiging dat het nemen van be-slissingen zijn taak was en dat het pas daarna aan haar was om het er-mee eens of oneens te zijn? Of, sterker nog, dat ze in staat zou zijn om een besluit te nemen in een druk restaurant terwijl ze nog niet eens kon beslissen wat ze als voorafje wilde? En daarbij, het had de akelige bij-smaak van naar een vol restaurant gaan om iemand te ontslaan om hysterische scènes te voorkomen. Soms vroeg ze zich wel eens af of ze intussen al jaren getrouwd zouden zijn als Shaun ooit de moed had ge-had om het onderwerp met haar te bespreken in plaats van haar ermee te confronteren alsof het een multiple choise voldongen feit was.

Ze had het hoogste punt van de weg bereikt en bleef even staan om naar de fluweelachtige schaduwen van de heuvels in de verte te kijken. Het was een uitzicht dat doorgaans een diepe, kalmerende en gerust-stellende uitwerking op haar had. Maar nu kreeg ze ineens een zwaar gevoel in haar buik en realiseerde ze zich dat het misschien eerder zo was dat die heuvels haar uitzicht belémmerden in plaats van het te zíjn.

'Mooi,' zei Vanessa. Ze schonk het aantrekkelijke meisje dat in haar keuken tegenover haar zat een stralende glimlach, terwijl Dick het door haar meegebrachte curriculum zat door te nemen. 'We willen een paar dingen van je weten.'

'Vraagt u maar,' zei het meisje glimlachend.

Vanessa trok het curriculum uit Dicks hand. 'Wat zou je doen om te bepalen of iemand meningitis heeft?'

Het meisje ging verzitten.

'Ik zou kijken of het kind uitslag had.'

Vanessa en Dick knikten en keken het meisje aan.

'En ik zou vragen hoe het zich voelde...' vervolgde het meisje. 'En als het kind zich niet lekker voelt, dan bel ik de dokter. Of,' ze schonk hen een brede grijns, 'ik zou mijn vriend bellen. Hij is dokter. Hij werkt in het ziekenhuis, in het King's. We willen graag samenwonen, maar hij is dit jaar intern.'

Vanessa legde het curriculum neer en Dick nam het van haar over.

'Rook je?' wilde hij weten.

'Uitsluitend buiten,' zei ze slim, hem met haar grote groene ogen aankijkend.

'Uitsluitend buiten? Bedoel je daarmee dat je...?'

'Nou, ik kijk eerst of het kind bezig is met televisiekijken of zo, en dan ga ik snel even naar buiten. Ik vind het niet verstandig om ze te laten zien dat ik rook.'

'Nou, dank je wel –' begon Virginia.

'En,' viel Dick haar in de rede, 'wat kook je graag voor een kind?'

'Nou, eigenlijk al die dingen die ik zelf ook lekker vind. Ik vind dat kinderen niet vroeg genoeg aan volwassen kost kunnen wennen. Ik geloof niet dat het gezond voor hen is om ze altijd maar kindereten voor te schotelen. Daarmee verwen je ze alleen maar.'

Aha. Beiden bogen zich naar haar toe.

'En wat voor dingen vind jij lekker?' vroeg Vanessa.

'Vissticks. Hamburgers. Ik ben gek op patat. En natuurlijk op ketchup.

'Bedankt voor je komst,' zei Vanessa. 'Ik geloof niet dat er verder nog –'

'Wil jij nog iets weten?' vroeg Dick aan het meisje.

'O, ja,' zei ze. 'Welk merk mobieltje krijg ik?'

Tien minuten later zaten ze op de volgende sollicitante te wachten.

'En met de volgende zijn we twee hele weken bezig geweest en hebben we tien kandidates gehad,' zei Dick. 'Dit is belachelijk.'

'Je bedoelt dat ík in twee hele weken tien kandidates heb gezien,' zei Vanessa. 'Jíj hebt er maar drie gezien. En ik zeg je nu alvast, dat ik dit niet nóg een zaterdag in mijn eentje wil doen.'

'Dat is best,' zei Dick, 'maar we komen geen steek verder.'

'Nou, heb je soms een beter plan?' vroeg Vanessa.

'Misschien eisen we te veel.'

'O ja? Van degene die onze kinderen moet opvoeden? Natúúrlijk eisen we veel!'

'Nou, ik denk alleen dat je – dat wíj misschien niet realistisch zijn.'

'Natuurlijk ben ik niet realistisch!' riep Vanessa uit. 'Ik ben emotioneel, subjectief, veeleisend en *hoopvol*.' Ze liet zich slap onderuitzakken. 'Waarom denk je dat dit zo deprimerend is?'

'Misschien dat de crème de la crème duurder is dan we kunnen betalen.'

'Nee,' kreunde Vanessa. 'Onmogelijk. We werken zo hard. We verdienen het beste.'

'Maar nanny's zijn ook maar mensen, Ness.'

'Dat weet ik,' verzuchtte Vanessa. 'Degene die een nannyrobot uitvindt wordt steenrijk.'

'Willen we dat voor onze kinderen?' vroeg Dick. 'Een robot?'

'Nee. Ik zal je zeggen wat we willen.' Vanessa ging rechtop zitten. 'We willen een aardige, jonge vrouw die uit een aardig en stabiel gezin komt en die geen vriendenkring heeft en wier vrijer heel ver weg woont. Ze heeft bij voorkeur geen hobby's en geen fobieën. Ze rookt niet en ze kijkt overdag niet naar de televisie. Ze moet een rijbewijs hebben en ze moet stapelgek zijn op onze kinderen – ze moeten haar lust en haar leven zijn – totdat wíj thuiskomen en dan moet ze zich terugtrekken naar haar kamer om daar de rest van de avond naar de muren te zitten staren. Ze moet voortdurend op hun gezondheid letten, maar niet op de hare. Ze moet iemand zijn die haar stem niet hoeft te verheffen om de kinderen te laten luisteren en ze moet streng zijn, ze moet een officiële opleiding hebben gedaan, en ze moet intelligent en verstandig zijn. Het meisje dat we zoeken is onzelfzuchtig, houdt van orde om zich heen, heeft een warm hart, houdt van tekenen en knutselen, heeft verbeeldingskracht en is schoon. En bovendien moet ze niet snel verveeld zijn en moet ze er in bikini onaantrekkelijker uitzien dan ik.'

Er viel een stilte.

'Nou,' begon Dick aarzelend, 'ik vrees dat je misschien toch een tikje onredelijk bent.'

'Natuurlijk ben ik onredelijk!' riep Vanessa. 'Ik ben een móeder! Echt hoor, Dick, soms vraag ik me af of je wel naar me luistert.'

'O, jee,' verzuchtte Dick. 'Geen wonder dat dit zo lang duurt. Zijn er nog andere vereisten waar ik van op de hoogte moet zijn? Is er een ideale schoenmaat?'

'En ik moet haar mogen,' herinnerde Vanessa zich. 'Niet als vriendin, ik wil geen vriendin, ik wil iemand die voor me werkt. Maar omdat ze in mijn huis woont –'

'*Ons* huis –'

'En omdat ze iemand moet zijn met wie ik elke avond wil praten terwijl jij televisie zit te kijken.'

Er volgde een lange pauze waarin Dick hen beiden een borrel inschonk. 'Waarom zijn ze allemaal zo jong?' vroeg hij zich hardop af.

'Vroeger waren ze ouder, met een enorme boezem, gesteven schorten en gezichten die over het kroost regeerden terwijl de ouders hun gang konden gaan.'

'Ja, schat, en ze waren in het geheim verliefd op de butler.'

Er werd aangebeld.

'Ik ga wel, lieverd,' zei Dick. 'Misschien is dit wel het wonder waar we op hopen.'

Hij deed de voordeur open. Op de stoep stond een vrouw van midden vijftig in het soort geruite mantelpak waarvan hij niet wist dat het nog bestond. Ze had een boezem gelijk een onoverkomelijke barrière en een gezicht als van een kikker. Ze maakte hem zowaar bang.

'Komt u binnen,' zei hij ietwat argwanend. Ze volgde hem de gang af, en tegen de tijd dat ze bij de keuken waren, rende hij bijna. Ze stelden zich aan elkaar voor, en het gesprek begon.

'Wat kookt u zoal voor kinderen?' vroeg Vanessa.

'Kinderen moeten twee keer per dag vers fruit en groente eten,' verklaarde de vrouw nadrukkelijk. 'Ik heb een wekelijks schema dat ik eerst met u door wil nemen, en daarna laat ik ze aan een bepaald ritme wennen. Dat geeft ze een besef van stabiliteit en leert ze dat niet zíj de baas zijn, maar u – via mij.'

'Dank u,' zei Dick, en hij maakte aanstalten om op te staan. 'Ik geloof niet dat er verder nog –'

'Hebt u zelf kinderen?' vroeg Vanessa. Dick ging weer zitten.

'Mijn beide dochters wonen in het buitenland,' zei de vrouw. 'In 1979 ben ik mijn man verloren. Ik wil met alle plezier ook oppassen 's avonds. En in het weekend.'

'Dat is het wel zo'n beetje, niet, lieverd?' Dick wendde zich tot Vanessa die hem negeerde.

'Wat zijn uw hobby's?' vroeg ze.

'Breien en koken.'

'Rookt u?'

'Nee. Walgelijke gewoonte.'

'Wilt u de kinderen zien?' vroeg Vanessa. Ze deed alsof ze niet zag dat Dick zachtjes heen en weer zat te wiegen.

'Nee,' zei de vrouw. 'Ik hoef ze niet te zien om ze te mogen.'

Het duurde even voor Vanessa daarop reageerde.

'O,' zei ze ten slotte. 'Ik begrijp het.'

'Mooi zo!' zei Dick, zo ongeveer opspringend. 'Reuze fijn dat u bent gekomen, dat was echt heel geweldig van u, en ik vind dat een prachtig mantelpak…'

Hij liet hun laatste sollicitante voor die week uit, terwijl Vanessa treurig voor zich uit starend aan tafel bleef zitten.

Maandag in Niblet-upon-Avon was een frisse, heldere dag, zodat het redelijk druk was in het park – zo druk dat Jo en haar nannyvriendin Edwina gedwongen waren hun bankje te delen met een oude vrouw met een oudemannenjas en een jongemannensnor.

Ze gingen zitten en bleven ondertussen onafgebroken naar hun kinderen kijken die, dat sprak vanzelf, rondrenden. De driejarige Davey was Jo's laatste kind. Zijn zusje zat al op de grote school en het zou niet lang meer duren voor hij 's ochtends drie uurtjes naar de kleuterschool ging. Hij keek er reikhalzend naar uit, iets dat Jo en Davey's moeder niet persoonlijk probeerden op te vatten. Jo was bij Davey gekomen toen hij zes maanden oud was, en ze was stapelgek op hem. Zodra hij eenmaal op de kleuterschool zat zou ze veel minder voldoening van haar werk hebben.

Jo keek opzij naar Edwina die de personeelsadvertenties in *The Lady* doorlas. Ze was op zoek naar een nieuwe baan. Edwina's kind, Nancy, was een naar liefde hunkerende schattebout dankzij het feit dat haar ouders het tegenovergestelde waren. Edwina had inmiddels schoon genoeg van haar werkgeefster, en spendeerde, net als de meesten van Nancy's nanny's die haar waren voorgegaan, het grootste gedeelte van haar tijd met het meisje aan het zoeken naar een andere baan.

Jo keek waar de kinderen waren. Even later ontdekte ze ze bij de boom in de hoek achteraan.

'Hmm,' zei ze tegen Edwina, 'denk je dat Nancy's moeder het goed vindt dat haar dochter dat doet?'

'Waarschijnlijk niet,' mompelde Edwina zonder op te kijken.

Na een poosje keek ze op. Nancy had haar onderbroekje uitgetrokken en liet aan Davey zien waar Barbie er persoonlijk met een roze pen haar handtekening op had gezet.

'O, niet alwéér,' verzuchtte Edwina. Ze legde haar tijdschrift neer, stond op en ging met tegenzin naar Nancy toe.

Jo zag hoe de twee kinderen het Barbie-broekje over hun hoofden trokken en er op dat moment nog geen idee van hadden dat er weldra een eind aan hun kwaliteitsonderzoek gemaakt zou worden. Toen er een schaduw over hen heen viel, keken ze met hun onschuldige ogen door de met een kantje afgezette beengaten naar Edwina op.

Jo keek op haar horloge. Nog een halfuurtje spelen voor het tijd was om naar school te gaan. Ineens was er een welkom warm briesje, en ze sloot haar ogen en leunde naar achteren. Ze luisterde naar het ontspannen geluid van giechelende kinderen en blaffende honden. Leef voor het moment, schoot het door haar heen. Leef voor het moment.

Ze moest in slaap zijn gevallen, want het geluid van de bries die de bladzijden van het tijdschrift deed ritselen deed haar ontwaken uit de dagdroom waarin Hugh Jackman met een schort voor glimlachend achter het aanrecht van haar moeder stond. Ze deed haar ogen open en keek naar het blad dat Edwina naast haar op de bank had gelegd. Ze was nooit eerder in *The Lady* geïnteresseerd geweest – al haar banen hadden háár altijd op de een of andere manier gevonden – maar iets bracht haar ertoe het op te pakken. Ze dacht aan Alice in Wonderland die de fles oppakte waar 'Drink Mij' op stond.

Ze keek de pagina's advertenties waarin nanny's werden gezocht vluchtig door, en realiseerde zich dat ze een uiterst gewild artikel was. Ze begon de bladzijden om te slaan met het gevoel alsof ze ineens een nieuwe laag echte bonbons had ontdekt nadat ze gemeend had dat er alleen nog maar marsepein over was geweest.

Uiteindelijk was er één advertentie die haar aandacht trok. Er stond een fraai zwart lijntje omheen.

Gezocht: lieve en vriendelijke nanny voor druk gezin met werkende ouders in Highgate Village, Londen. Rijbewijs zonder strafpunten en niet-rokend essentieel. Zorg voor kinderen van 8,6 en 4. Eigen Renault Clio en appartement met tv en dvd.

In eerste instantie dacht ze dat het wekelijkse salaris het postbusnummer was. Ze las de advertentie nog eens door, maar nu wat langzamer. En toen las ze hem nóg eens.

Highgate Village. Dat klonk aantrekkelijk en schilderachtig, maar toch was het in Londen. Ze was sinds haar tienerjaren niet meer in Londen geweest, toen ze daar met een stel vrienden een disco had bezocht. Ze herinnerde zich hoe opwindend ze het er had gevonden en hoe alles, zelfs midden in de nacht, naar nieuwe kansen en mogelijkheden had geroken. Ze las de advertentie nog een keertje door.

Drie kinderen – ze had nog nooit eerder op drie kinderen gepast, maar ze wist dat ze wanhopig naar een nieuwe uitdaging snakte. En de auto… En het appartement.

Nadat ze de annonce nog een paar keer had doorgelezen, begon haar hart sneller te slaan. Nieuwe en duizelingwekkende gedachten begonnen in haar brein te exploderen. Met zoveel geld zou ze wat opzij kunnen leggen – misschien zelfs voor de eerste keer van haar leven wat kunnen sparen. En dan zou ze naar huis terug kunnen gaan en een aanbetaling doen op een bescheiden flat. Of het gebruiken om van te studeren… ze was nog jong en ze zou opnieuw kunnen beginnen. Haar ouders zouden het zeker begrijpen –

Dat was het moment waarop ze haar gedachten een halt toeriep – ze zou mam en pap nooit in de steek kunnen laten. Dat was niet eerlijk. Ze hadden haar nu meer nodig dan ooit.

'Ja mag hem houden,' hoorde ze Edwina zeggen. 'Er staat niets voor me in.'

Jo keek naar haar op.

'O, nee –'

'Hier,' zei Edwina. 'Neem mee.' Ze pakte het blad uit Jo's handen, vouwde het dubbel en propte het tussen Davey's dierbare *Thunderbirds*-vriendjes Scot en Virgil, in haar tas.

Die avond spraken Hilda en Bill niet met elkaar. Bill had in de pub gegeten – biefstuk met patat – in plaats van naar huis te gaan om daar met gestoomde groenten en kabeljauw geconfronteerd te worden. Beiden waren woedend op elkaar en de televisie werd het wapen waar ze op dat moment voor kozen.

'Je wilt toch zeker niet naar die rotzooi kijken, hè?' vroeg Hilda telkens wanneer Bill de kanalen af zapte op zoek naar iets dat hem zou kunnen boeien.

Jo had niet echt behoefte om naar het scherm te kijken, maar ze had ook geen zin om haar moeder aan te kijken. Omdat ze niet wist waar ze anders naar moest kijken, tuurde ze naar de deur van de gang.

'Wat is er?' vroeg haar moeder.

'Ik ga even opbellen,' hoorde ze zichzelf zeggen.

'Dat is best, schat. Je hoeft heus niet om toestemming te vragen.'

En nadat haar moeder dat had gezegd, stond Jo op en liep ze de gang in om de Fitzgeralds in Highgate, Londen, te bellen.

2

Er was zoveel te zien dat Jo niet wist waar ze het eerst moest kijken. Het huis in Highgate had van buiten klein geleken, zelfs nog kleiner dan het huis van haar ouders. Het was een onopvallend hoekpand van een rijtje Victoriaanse huizen zonder voortuin. Er was maar één raam, dat uitkeek op de onaantrekkelijke straat in het noorden van Londen, waar het helemaal niet op een dorp – al dan niet met een hoog hek, zoals de naam had doen vermoeden – leek. Daarbij stond de straat zo propvol reusachtige terreinwagens dat Jo zich afvroeg of ze soms als extra kamer werden gebruikt.

Ze belde aan en wachtte. Uiteindelijk werd er opengedaan door Francesca, de nanny die weldra geen nanny meer zou zijn, en Jo keek met grote ogen naar de Tardis voor haar neus.

De ontvangsthal was bijna een kamer op zich. Jo keek van de helder gekleurde Victoriaanse vloertegels naar de deklijsten van het latwerk voor de radiator. Voor de muur achteraan stond een chaise longue met een namaak antieke telefoon op het kleine tafeltje ernaast. De muren waren dieprood geschilderd. Francesca zei niets en gebaarde Jo dat ze in de zitkamer moest wachten en dat ze de deur achter zich dicht moest doen. Jo stond in de zitkamer en draaide langzaam rond terwijl ze probeerde om in zo min mogelijk tijd zoveel mogelijk in zich op te nemen. De muur tussen de zit- en eetkamer was doorgebroken, dus dat wat vanaf de straat een kleine voorkamer had geleken, was in werkelijkheid een ruime zitkamer annex eetkamer met een opvallend hoog plafond.

De zitkamer was gemeubileerd met grote, diepe, witte banken op een vloer van gelakt echt eiken. Ook hier waren de muren rood, en in het midden van één ervan bevond zich een prachtige Victoriaanse schouw met beschilderde, glanzende Victoriaanse tegels eromheen. Erboven hing een schilderij in levendige basiskleuren waarvan Jo aannam dat het het werk van een van de kinderen moest zijn.

In de eetkamer stond een schitterende, massief houten tafel met bijpassende massief houten stoelen. Smeedijzeren kandelaars aan de wand waren voorzien van scheefgebrande kaarsen, en datzelfde gold voor de plafondlamp in kroonluchterstijl. De enige elektrische lamp stond, in de hoek achteraan, bij de glanzende piano waarop twee sopraanblokfluiten lagen. Naast de blokfluiten lag een traag knipogende, roomkleurige kat naar haar te kijken. Jo schrok van zijn eerste knipoog en voelde zich als een op heterdaad betrapte spionne. Ze schonk het dier een beschaamde glimlach, haalde haar schouders op en keek weg.

Alle vensters waren eigentijdse imitaties van de oorspronkelijke schuiframen, en de gordijnen, die nog roder waren dan de muren, werden door dramatische smeedijzeren haken op de plaats gehouden.

Jo hoorde stemmen van een man en een jonge vrouw die in het halletje afscheid namen – de vrouw uitvoerig en de man met weinig woorden. Daarna viel de voordeur dicht en na een enkele seconde stilte, hoorde ze de man heel luid en duidelijk zeggen: 'Godallemachtig.' Jo ging snel zitten op het moment waarop de deur van de zitkamer openging en een man naar binnen keek. Ze stond meteen weer op.

'Jo Green?'

'Ja.' Ze liep hem tegemoet. De man knikte kort en zei: 'Kom maar mee.'

Jo had haar hand al uitgestoken en de man leek er even door van zijn stuk gebracht.

'O,' zei hij, terwijl hij een stap in haar richting deed. 'Dick Fitzgerald.'

'Hoe maakt u het, meneer Fitzgerald,' zei Jo.

'O, zeg maar Dick. Leuk kennis met je te maken. Eh, kom maar mee.'

Jo volgde Dick een smalle gang af naar de achterkant van het huis, waar hij de deur voor haar openhield en haar de keuken in volgde.

'Mijn vrouw komt zo,' zei hij tegen Jo's rug.

Jo hoorde hem amper. Ze stond in de grootste en lichtste keuken die ze ooit had gezien – even groot als de begane grond van het huis van haar ouders. Plafondspots schenen vanaf een afstand op een glazen tafel in de aparte eethoek, waar grote terrasdeuren toegang gaven tot een zorgvuldig onderhouden en perfect geproportioneerde lange, smalle tuin. Rond de glazen tafel stonden zes, op tronen lijkende, ijzeren stoelen met hoge ruggen waarop gekreukte fluwelen kussens lagen. Op de tafel lag een tweede roomkleurige kat als een ijskoningin naar haar te staren, en Jo vroeg zich een tikje zenuwachtig af of dit de tweelingbroer of -zus van de kat op de piano was, of dat dit een grapje van de kat van de piano was. Ze liep wat verder de keuken in. De ruimte had een kleur waarvan ze niet eens wist hoe hij heette. Was het paars? Lavendel? Blauw? Lila?

Ze liep door, de hoek om, en in een aangebouwde serre stond een tweepersoonsbankje in precies dezelfde (Paarse? Lavendel? Blauwe? Lila?) kleur. Er tegenover stond de grootste televisie die ze ooit in haar leven had gezien. Ze probeerde haar mond dicht te houden en niet te staren. De televisie was zo groot dat hij bijna een extra persoon in de kamer leek. Haar vader zou zich in deze keuken in het paradijs wanen. Het enige wat hij verder nog nodig zou kunnen hebben was een aangebouwde wc. Ach wat, hij zou vermoedelijk allang blij zijn met een po. Ze zag dat er een deken over de leuning van het bankje hing – het enige teken in de keuken dat er kinderen in dit huis woonden. Dit moest de woonplek van de nanny zijn. Ze besefte dat ze grijnsde. Ze zou hier heel gelukkig kunnen zijn.

Dick bood haar een stoel aan, en ze ging aan de glazen tafel in de eethoek zitten. Door het tafelblad heen waren haar benen en voeten te zien, en hoewel ze haar best deed om er niet naar te kijken, was het een uiterst vreemde gewaarwording. Ze volgde Dick met haar blik terwijl hij een aantal mokken in de afwasmachine stopte. De keukenkastjes hadden afgeronde hoeken en ronde handgrepen. Bovendien beschikte de keuken over alle moderne apparatuur, met inbegrip van een koffiezetapparaat, een pastamachine en een broodoven. Het was net een ultramoderne heksengrot. Alle apparatuur, met inbegrip van de futuristische waterkoker en broodrooster, waren van glanzend chroom. Er viel geen bloem te bekennen. Haar moeder zou hier aan ontwenningsverschijnselen lijden. Terwijl Jo haar blik over alle voorwerpen liet gaat die op de vensterbank van geglazuurde mediterrane tegels stonden, kwam ze even in de verleiding om het met haar moeder eens te zijn. Ze had het gevoel alsof ze zich midden in een chromen arena bevond.

Ondertussen waren de noodzakelijke apparaten zoals de koelkast, verstopt achter deurtjes in dezelfde (Paarse? Lavendel? Blauwe? Lila?) kleur. Alleen de koelkast was te herkennen dankzij de ijsblokjesmachine, en de niervormige gootsteen ernaast was volkomen leeg dankzij de deskundig weggewerkte afwasmachine. Jo probeerde zich te herinneren of ze de gootsteen van haar moeder ooit leeg had gezien. In plaats van twee kranen had deze gootsteen er maar één van mat koper, die eruitzag als een ouderwetse pomp. Het lange aanrecht van luxueus glanzend graniet had eveneens afgeronde hoeken.

Jo nam alles in zich op en wendde zich ten slotte met een vriendelijk knikje tot Dick. De kans dat ze dit huis nooit meer terug zou zien was groot, dus ze moest alles zo goed mogelijk bekijken. Dick liep naar een andere deur achter zich, en wat Jo had aangezien voor een kast bleek een flinke bijkeuken te zijn met een tweede, grotere maar minder fraaie gootsteen. Hier bevonden zich de droger, de wasmachine, de strijkplank en het strijkijzer. De bijkeuken was even groot als haar moeders keuken. Jo begon er spijt van te krijgen dat ze geen fototoestel had meegenomen.

Dick liet haar haar ogen uitkijken. Dit vond hij heerlijk. Het was het dubbel en dwars waard om de zaterdag vrij te nemen om van deze jonge, provinciale bewondering te kunnen genieten. En hij vond het heerlijk wanneer ze probeerden te doen alsof ze niet diep onder de indruk waren van het huis – terwijl het ondertussen gewoon van hen afstraalde. Dit was het moment waarop ze meestal niet meer wisten wat ze moesten zeggen en respectvol werden.

'Ik vind dat u een prachtig huis hebt,' zei Jo oprecht. 'Het is net alsof ik zo'n duur woonblad ben binnengestapt.'

Dick lachte verbaasd.

'O! Ach! Dank je,' zei hij. 'Dank je voor het compliment. Al zou je het eigenlijk beter tegen mijn vrouw kunnen zeggen –'

Er kwam een vrouw de keuken binnen. 'Heb je het weer over hoe je jezelf hebt weten aan te kleden, lieve?' viel ze Dick in de rede, terwijl ze op Jo toe liep. 'Vanessa Fitzgerald.'

'Jo Green.'

'Wat reuze aardig van je dat je helemaal naar Londen bent gekomen om ons te bezoeken.'

'Ach, zover is het niet. Wanneer je eenmaal in de trein zit –'

'Waar kom je ook alweer vandaan?' Vanessa liep door naar de keukentafel met de tronen.

'Niblet-upon-Avon, een dorpje niet ver van Stratford.'

Ze gaven elkaar een stevige hand.

'Mooi is het daar.'

'O, kent u Warwickshire?'

'Nee, maar ik heb me laten vertellen dat sommige delen niet onderdoen voor Toscane.'

'Eh. Nou, het is een prachtige streek.'

'Goed,' zei Vanessa, terwijl ze de kat van tafel joeg. 'Laten we dan maar beginnen.' De kat ging aan de andere kant van de tafel zitten, klaar om van de show te genieten.

De twee vrouwen namen plaats en Vanessa schonk Jo een zuinig glimlachje.

'Laat ik beginnen met de dossiers van de vorige sollicitanten op te ruimen.' Ze verkreukelde vijf curricula en mikte ze in de prullenbak. 'We zijn op zoek naar een nanny,' zei ze, 'maar we doen niet aan liefdadigheid.'

'God, schat,' zei Dick vanaf de andere kant van de keuken, 'ik vind het altijd weer heerlijk als je zo onmenselijk doet.'

Om niet naar Vanessa te kijken die haar curriculum doornam,

keek Jo naar Dick die in de keuken bezig was. Hij was wat je een knappe oudere man noemde. Was hij twintig jaar jonger geweest, dan zou ze nu beslist zitten blozen. Maar de leeftijd had zijn scherpe kantjes verzacht. Ze schatte hem eind veertig, mogelijk begin vijftig, en hij droeg een donkerblauwe coltrui op een moderne spijkerbroek. Op de een of andere manier kon hij die jeugdige stijl goed hebben. Ze keek weer naar Vanessa die, ondanks haar zichtbare vermoeidheid, een knappe vrouw was. Zachte bruine ogen, roomkleurige huid en dik haar dat Jo aan Magnum-ijsjes deed denken. Eind dertig, vermoedde ze. Ze droeg een modieuze knielange rok en een kort, strak topje, waarmee ze bijna evenveel rondingen toonde als haar keuken.

Jo begon sinds lange tijd weer iets van hoop te voelen. Hier had je twee aantrekkelijke mensen die net zo lang hadden gewacht met het stichten van een gezin tot ze de juiste partner hadden gevonden, in plaats van kinderen te nemen omdat de meeste mensen in hun omgeving dat deden. Ze hadden alles – een knap uiterlijk, geld, een groot gezin en een enorme televisie. Kijk en leer, dacht ze bij zichzelf; kijk en leer.

'Thee? Koffie?' vroeg Dick.

'O, thee lijkt me heerlijk,' antwoordde Jo met een glimlach.

'Earl Grey, English Breakfast, kruiden of lapsang souchong?'

Jo keek hem met grote ogen aan. Was het sollicitatiegesprek begonnen?

'Hou op met dat opschepperige gedoe, schat,' verzuchtte Vanessa. 'Zet nu maar gewoon een pot thee en hou verder je mond.'

Jo keek opnieuw naar Vanessa. Dit was de eerste keer van haar leven dat ze een vrouw tegen een man hoorde zeggen dat hij thee moest zetten en zijn mond moest houden.

Terwijl Dick neuriënd voor de thee zorgde, zag Vanessa hoe Jo naar de grote televisie achter haar keek.

'Hij mag dan groot zijn,' zei Vanessa op droge toon, 'maar de programma's die je erop ziet zijn nog steeds even waardeloos.'

'En ste-ereo,' zong Dick, terwijl hij de kopjes en de theepot op een blad zette.

'En stereo ka-an me wat,' zong Vanessa terug, waarbij ze Jo glimlachend bleef aankijken. Ze boog zich naar haar toe en fluisterde op een samenzweerderig toontje: 'Mannen willen alles altijd groter en sneller. Met uitzondering van hun vrouwen, natuurlijk, die juist bij voorkeur klein en traag moeten zijn. Vind je dat ook niet kostelijk?'

Jo keek haar met grote ogen aan. Was dít nu het begin van het sollicitatiegesprek?

Dick kwam met het blad naar de tafel, waarbij hij behoedzaam over kat nummer twee stapte die vanuit de zitkamer naar de keuken was gekomen en als een sfinx midden op de vloer was gaan zitten. Hij zette het blad op tafel en ging naast Vanessa, tegenover Jo zitten. Jo had nog nooit zoveel verschillende felgekleurde kopjes en schoteltjes gezien. Dick had ze zorgvuldig zó neergezet dat niet één van de kop en schotels dezelfde kleur had: het turkooizen kopje stond op de fuchsiarode schotel, het donkergroene kopje stond op de groenblauwe schotel, en het groenblauwe kopje op de turkooizen schotel. Haar moeder zou ondertussen in alle staten zijn geweest.

Vanessa en Dick schonken haar een beleefd glimlachje om duidelijk te maken dat het sollicitatiegesprek nu weldra zou beginnen. Het lukte haar om hun glimlach te beantwoorden, hoewel ze zich ineens een stuk zenuwachtiger voelde.

'Dit is mijn tweede huwelijk,' begon Dick, terwijl hij melk (uit het lila melkkannetje) inschonk, 'dus er zijn meer kinderen dan de drie die hier momenteel wonen. Om te beginnen, Toby, van dertien, wie door mijn ex-vrouw Jane –'

'Díe,' corrigeerde Vannessa hem.

Dick laste een fractie van een pauze in alvorens verder te gaan alsof er niets was gebeurd.

'– elke vrijdagavond om klokslag zes uur wordt afgeleverd. Toby blijft tot zondagmiddag.' Hij zweeg even om er vervolgens aan toe te voegen: 'Ik denk toch dat het "wie" is, lieve.'

Vanessa schonk Jo, alsof Dick niets had gezegd, een lief glimlachje over de rand van haar theekopje (turkoois). 'Heb je ooit op een kind van die leeftijd gepast?'

'Bijna,' antwoordde Jo, die haar best deed om de taalstrijd van het stel dat tegenover haar zat te negeren. 'In mijn voorlaatste baan was het jongste kind vijf, en de oudste elf. En in alle eerlijkheid heb ik de conversatie van de oudere kinderen wel een beetje gemist. Dat was een van de redenen waarom ik op jullie advertentie heb gereageerd.'

Vanessa keek haar met grote ogen aan. 'Misschien is het nog belangrijker om te weten,' ging ze verder, 'of je wel eens met een kind van Satan hebt gewerkt.'

'Schat,' zei Dick berispend.

'Nou, het zijn je eigen woorden,' bracht Vanessa haar man in herinnering. 'Jane is een duivelin.'

Jo onderbrak haar voordat er ruzie van zou komen.

'Ik ben van mening dat alle kinderen – net als alle volwassenen – het in zich hebben om zowel lief als boosaardig te zijn,' zei ze. 'En wie met mensen overweg kan, kan met kinderen overweg.'

Nu was het Dicks beurt om haar aan te staren.

'En dan is er Dicks tweede zoon,' vervolgde Vanessa na een korte pauze, 'die vijfentwintig is.'

Jo trok verbaasd haar wenkbrauwen op. Dat bleek de juiste reactie te zijn geweest.

'Ja, ja, ik weet het,' zei Dick grinnikend. Hij deed oprecht zijn best om een beschaamde indruk te maken, maar het lukte hem niet echt. 'Veel te jong getrouwd – ik was nog een kind. Dat zou nog tot dáár aan toe zijn geweest, als mijn vrouw niet ook veel te jong was geweest. Ons huwelijk had geen schijn van kans.'

Vanessa voegde eraan toe: 'Nu ben je nog steeds een kind en heb je vijf kinderen, en zij is een bittere duivelse teef.'

'Dank je, lieve, daar zat ik echt op te wachten.' Dick wendde zich weer tot Jo en leek totaal niet onder de indruk te zijn van de woorden van zijn vrouw. 'Josh is uit hetzelfde hout gesneden. Knap, dol op de vrouwtjes, zit nooit om een vriendinnetje verlegen, als je begrijpt wat ik bedoel, woont sinds een aantal jaar met een stel vrienden in Crouch End – een ontzéttend trendy buurt niet ver van hier. Hij is een uiterst succesvolle accountant bij een groot bedrijf in de City, en het zal niet lang meer duren voor hij tot partner wordt benoemd.'

Hij pauzeerde dramatisch om alles goed tot Jo te laten doordringen. Ze trok haar wenkbrauwen op en knikte om duidelijk te maken dat ze diep onder de indruk was.

Vanessa draaide zich opzij naar haar man en glimlachte zuinig. 'En over wat voor hout hebben we het dan, als ik vragen mag?'

Er volgde een stilte waarin de kat op tafel ineens geeuwde en trots zijn scherpe tanden toonde.

Dick draaide zich langzaam naar zijn vrouw toe en keek haar recht in de ogen. Ze zaten heel dicht naast elkaar. Hij liet zijn blik zakken en keek nadrukkelijk naar haar lippen. Jo wist niet of ze haar aanwezigheid waren vergeten of dat dit een brokje theater was.

'Och, toe zeg, lieveling,' mompelde Dick. 'Je wilt toch niet zeggen dat je dat vergeten bent? Zo lang geleden is het toch niet?'

Vanessa leek even over zijn woorden na te denken, alvorens verzoenend naar hem te glimlachen en weer naar Jo's CV te kijken.

'Hoe dan ook,' zei Dick, zich opeens tot Jo wendend, 'Josh komt zo nu en dan langs –'

'Wanneer hij ons vanaf Planeet Josh een bezoekje komt brengen,' viel Vanessa hem in de rede.

Jo wist werkelijk niet welke reactie er van haar werd verwacht, en dus deed ze het eerste dat haar te binnen schoot.

'O, wat enig!' riep ze enthousiast uit. 'Hij lijkt me… volmaakt! Ik bedoel, ik kan amper wachten. Dat wil zeggen…' Ze maakte haar zin niet af.

Ze keken haar onzeker aan.

'Wat ik bedoel, ís,' zei ze, veel beheerster nu, 'dat me dat leuk lijkt.'

Ze vernauwden hun ogen alsof ze, dwars door haar heen, haar brein probeerden te onderzoeken.

'Voor jullie,' haastte Jo zich te zeggen. 'En voor de kinderen natuurlijk ook.'

'Niet echt,' zei Vanessa. 'Hij staat erom bekend dat hij hen zo druk maakt dat ze ervan moeten overgeven.'

Jo knikte ernstig. Ze realiseerde zich dat ze de controle over het gesprek langzaam maar zeker kwijt begon te raken, en daar zou ze iets aan moeten doen. 'Ik heb een vriend,' zei ze. 'We zijn al zes jaar samen.'

Vanessa en Dick zetten weer grote ogen op.

'Dus dat betekent dat het serieus is?' wilde Vanessa weten.

Daar dacht Jo even over na. 'Ja,' antwoordde ze ten slotte. 'Maar vroeger was het leuk.'

Daar moest Dick lang en luid om lachen, totdat Vanessa op droge toon zei: 'Dat gevoel ken ik.' Dick was onmiddellijk stil.

'Wat een leuke goudvis,' zei Jo wanhopig, met een knikje op het enorme, rechthoekige aquarium op de plank hoog boven het aanrecht. 'En hij is zo groot!' Die plank moest speciaal voor het aquarium zijn aangebracht omdat de glazen bak er precies op paste zodat er voor de katten geen plaats over was om erbij te kunnen. In de bak zwom een enkele grote goudvis die met angstige ogen naar de katten keek.

'Dank je,' zei Vanessa. 'Hij is van de kinderen en hij heet Homer.'

'O, ik ben dol op de Simpsons!' riep Jo enthousiast uit.

'Homer is vernoemd naar Homerus die de Odyssee heeft geschreven,' verklaarde Vanessa.

'Heb je een strafblad?' vroeg Dick met een ernstig gezicht.

Vanessa steunde haar hoofd op haar handen.

'Nee,' antwoordde Jo met een beleefde grijns. Ze probeerde er een grapje van te maken. 'Maar als ik dat wel had gehad, zou ik dat waarschijnlijk niet hebben toegegeven. En zeker niet in het sollicitatiegesprek.'

Vanessa keek Dick aan.

'Zie je wel? Ik zei je toch dat dat een stomme vraag was. Wie vraagt er nou aan een crimineel of hij een –'

'Ik ben geen crimineel –'

'Natuurlijk niet,' zei Vanessa, 'maar waar het om gaat –'

'Waar het om gaat is dat ze geen crimineel is,' zei Dick.

'Waar het om gaat is dat jij een idioot bent,' zei zijn vrouw.

'Kom lieve, geen ruziemaken waar het personeel bij is,' zei hij, met zo'n geforceerd glimlachje dat Jo zijn tanden bijna kon horen knarsen. 'Straks denken ze nog dat je onaardig bent, en we willen toch niet dat ze allemaal zo snel weer vertrekken als Francesca, wel?'

Vanessa's stekels kwamen overeind.

'Gelukkig héb ik personeel, schat,' mompelde ze.

Nu keek Jo van de een naar de ander. Zo'n ruzie als deze – met glimlachjes, lieve woordjes, geen geschreeuw en toespelingen op de seksuele relatie – had ze nog nooit eerder beleefd. Ze had het gevoel alsof ze in een totaal andere wereld terecht was gekomen. Wanneer haar ouders ruziemaakten, wist je waar je aan toe was. En de rest van de buurt ook. De schreeuwpartijen van haar ouders waren meestal het gevolg van het feit dat ze elkaar niet begrepen. Tot op dit moment had Jo altijd gemeend dat dat hun grootste probleem was. Maar nu was ze getuige van een huwelijk waarin het feit dat de beide partners – en potentiële tegenstanders – elkaar door en door kenden, alleen maar werd gebruikt om elkaar de meest kwetsende en dodelijke opmerkingen naar het hoofd te slingeren.

Ondertussen zat Vanessa haar aandachtig op te nemen. Jo keek om zich heen om Vanessa beleefd haar gang te laten gaan, terwijl ze zich ondertussen afvroeg wat er in hemelsnaam in haar omging. Vanessa stond aan het begin van een relatie met haar. En zoals met de meeste relaties het geval was, begon ook deze in het hoofd. Hmm, dacht Vanessa. Knap, maar op een innemende, meisjesachtige manier waar de kinderen gevoelig voor zullen zijn, maar Dick niet. Intelligent, maar open en eerlijk. En heeft, in tegenstelling tot de anderen, haar middelbare school afgemaakt zodat ze niet alleen Engels kan spreken, maar het ook kan schrijven. Ze praat niet plat, stinkt niet als een viswijf en loopt er niet bij als een spook. Heeft een rijbewijs zonder strafpunten. En is, en dat is nog wel het belangrijkste, bijna volledig normaal. Het is bijna te mooi om waar te kunnen zijn.

Jo zat stilzwijgend naar Vanessa en Dick te kijken. Vanessa en Dick namen haar op hún beurt zwijgend op. Toen draaide Vanessa zich in gespannen afwachting opzij naar Dick, terwijl Dick zich, zonder iets te zeggen, naar Vanessa toe draaide. Gedurende een lange minuut hield iedereen zijn adem in. Als er planten in de keuken hadden gestaan zouden ze aan een gebrek aan stikstof overleden zijn.

Eindelijk was het Vanessa die de stilte verbrak door aan Dick te vragen: 'Nou? Lieveling?'

Dick glimlachte. 'Jij bent de baas,' antwoordde hij. 'Lieveling.'

Dit was de eerste keer dat Jo het woordje 'lieveling' als een scheldwoord hoorde gebruiken. Ze moest nog zoveel leren.

Ten slotte draaide Vanessa zich terug naar Jo. 'Wil jij nog iets vragen?'

Daar dacht Jo over na. Ja, er schoten haar inderdaad een aantal belangrijke vragen te binnen. Hebben jullie wel eens over relatietherapie gedacht? Hebben jullie de broodoven wel eens gebruikt? Moet ik de broodoven gebruiken? Mag ik televisiekijken? Mag ik mijn dorp uitnodigen om naar de televisie te komen kijken?

'Hoe denken jullie over strafmaatregelen?' vroeg ze zacht.

Vanessa glimlachte liefjes. 'Als hij er een vriendin naast neemt dan hak ik zijn piemel eraf,' zei ze, waarna ze om haar eigen grapje moest giechelen.

'Ik denk dat Jo het over de kinderen heeft,' zei Dick, terwijl hij zijn benen over elkaar sloeg.

Vanessa haalde diep adem. 'Ik hou niet van liegen, intolerantie ten aanzien van anderen en luiheid,' begon ze. 'Televisiekijken mag maximaal twee uur per dag. Chocola één keer per week – om te voorkomen dat ze op latere leeftijd suikerziekte krijgen – en huiswerk wordt direct na schooltijd gemaakt omdat ik op zondagavond geen scènes wil.'

Dick produceerde een aarzelend glimlachje. 'We willen gewoon gelukkige kinderen.'

Vanessa keek hem aan. 'Heb je soms kritiek op mijn opvoedkundige richtlijnen?'

'Hemel, nee,' antwoordde hij. 'Het is alleen maar uit esthetische overwegingen dat ik nog steeds in een broek loop, lieve.'

Vanessa vernauwde haar ogen. 'Waag het niet hier een seksistische draai aan te geven, Dick,' zei ze. 'Onze opvoedkundige hiërarchie is uitsluitend gebaseerd op inspanning en resultaat. *Ik* heb het voor het zeggen omdat *ik* er de meeste uren in heb gestopt, omdat *ik* de uiteindelijke emotionele en financiële verantwoordelijkheid draag, en omdat *ik,* in tegenstelling tot iemand anders hier in de keuken, niet naar Klosters ben gegaan toen ze ziek waren.'

Jo wist niet waar ze moest kijken. Ze wist bijna honderd procent zeker dat ze nog nooit naar Klosters was geweest, maar ze had een bijna onbedwingbare behoefte om haar excuses aan te bieden.

'Kinderen zijn als het leven zelf,' mompelde Vanessa. 'Je krijgt wat je erin stopt.'

'Zou ik de kinderen misschien even mogen zien?' vroeg Jo met een klein stemmetje.

Vanessa en Dick keken haar verbaasd aan.

'Ze zijn boven op zolder aan het spelen,' zei Vanessa, terwijl Dick de gang op liep en hen zo luid riep dat zijn gezicht, toen hij de keuken weer binnenkwam, even rood was als de muren. Even later hoorde Jo een enorm lawaai.

'Hoor ik daar de engeltjes de trap af zweven?' zei Vanessa, toen vier kinderen de keuken binnenstormden. De ruimte leek ineens gehalveerd.

'Dit is Cassandra, of Cassie,' zei Vanessa, toen een lang, dun meisje van acht met een dikke dos rood haar Jo onvriendelijk aangaapte. Ze droeg een camouflagebroek, een strak T-shirtje waar de kreet 'Psycho-bitch' op stond, en haarspeldjes met glitter. Ze zag eruit als een elfje dat op oorlogspad was. 'Alleen mijn vriendinnen noemen me Cassie,' zei ze.

Achter haar, letterlijk in haar schaduw, stond een meisje van vier met grote ogen naar Jo te kijken. Rechts van hen stonden de jongens. Toby, van dertien, was duidelijk een godheid; Zak, van zes, was zijn stralende volgeling.

'Ja,' zei Toby honend tegen Cassandra. 'Daarom noemt iedereen je Cassandra.'

Zak giechelde van achter Toby's rug, en Cassandra stak haar tong naar hen uit – een gebaar waar haar hele lichaam aan te pas kwam.

'Zo mag ik het horen, lieverd,' zei Vanessa tegen haar dochter. Ze wendde zich tot Jo. 'Zoals je ziet gaat Cassie later de politiek in,' zei ze, 'en wordt Toby als hij groot is een varken.'

'Heb je *Hannibal* gezien?' vroeg Toby aan Jo. Zak grinnikte.

'Nee,' antwoordde Jo.

'Hij eet mensenhersens,' zei Toby. 'Een vriend van mij heeft hem op dvd en hij snijdt de hersens uit het hoofd van een man en kookt ze terwijl hij nog leeft.'

'Getsie!' zei Jo, om even later nog eens 'Getsie!' te zeggen.

'En ondertussen druipt het bloed langs zijn gezicht,' vulde Cassandra behulpzaam aan.

'En dan begint hij als een baby te brabbelen,' voegde Zak eraan toe.

'Het is een te gekke film,' concludeerde Toby. 'Ik heb hem al twee keer gezien.'

Jo wendde zich tot het kleine meisje.

'En wie ben jij?'

'Dit is Tallulah,' zei Dick zacht, alsof hij een kostbaar sieraad presenteerde.

Tallulah deed een stapje naar achteren en verschool zich half achter haar oudere zus. 'Het geeft niet,' zei ze opvallend langzaam en duidelijk tegen Jo. 'Ik maak het uitstekend, dank u.'

'Wil je mijn Dolende Duivel zien?' vroeg Zak, terwijl hij voor Toby ging staan. 'Hij is een robot.'

Jo wilde antwoorden, maar Vanessa was haar voor. 'Ik weet zeker dat Jo dolgraag een rondleiding wil, maar niet nu.'

'Weer naar boven, jongens,' zei hun vader.

Tot Jo's verbazing denderde het viertal onmiddellijk de trap weer op. In de daaropvolgende rust en stilte wendde ze zich opnieuw tot

Vanessa en Dick. Ze zaten haar trots glimlachend aan te kijken en wachtten op haar commentaar.

'Het zijn... het zijn *schatten*,' zei ze, en ze genoot van de klank van het woord in haar mond.

'Het zijn rakkers,' verklaarde Dick met valse bescheidenheid.

'En op grond daarvan kunnen we er zeker van zijn dat ze allemaal van jou zijn,' zei Vanessa.

Dick keek zijn vrouw aan. 'O, zo mag ik het horen, lieverd.' Hij wendde zich tot Jo. 'Mijn vrouw gaat later in de politiek,' zei hij.

'En Dick wordt varken.'

Jo lachte zenuwachtig.

'Heb je nog meer vragen?' wilde Vanessa weten.

Ja, dacht Jo. Hoe kom ik hier het snelste weg?

'Jullie hadden het over de Clio?'

'Ja,' zei Vanessa. 'Die is voor jou alleen. Hij heeft airconditioning, centrale vergrendeling en een open dak. Neem je de baan of niet?'

Jo knipperde met haar ogen en voelde haar hoofd knikken.

'Kun je volgende maand beginnen?' vroeg Vanessa.

Ze knikte opnieuw.

Dick en Vanessa keken hun nieuwe nanny glimlachend aan. Jo's mond beantwoordde de glimlach van haar nieuwe werkgevers. Hun glimlach verbreedde zich. Haar glimlach ook. Zou dit een slecht moment zijn om alsnog te bedanken?

'Je bent vast blij als ik je zeg dat er in jouw appartement net zo'n grote televisie staat,' zei Dick. 'Kom maar mee kijken.'

'Echt?' vroeg Jo stralend, waarmee ze de wedstrijd glimlachen won. 'Te gek!'

Het stapelbed in wat voorheen de kamer van Tallulah en Zak was geweest, was de ideale plek voor een geheime vergadering, ook al sliep Zak hier nu niet meer.

Maandagochtend en terug naar school hing als drie donkere wolkjes boven hun hoofden. Op de een of andere manier wisten ze dat ze die wolkjes, door hun probleem met elkaar te delen, tot één grote wolk konden maken; maandagochtend terug naar school was een van die dingen die in het leven niet te vermijden waren – en datzelfde gold voor nieuwe nanny's.

'Ze ziet er wel aardig uit,' zei Cassandra.

'Dat deed Francesca ook,' zei Zak. Er volgde een peinzende stilte. 'Maar ze heeft *Hannibal* niet gezien.'

'En?' vroeg Cassandra.

Zak deed zijn best om een goed antwoord te verzinnen. Hij wilde dat Toby niet altijd terugging op zondag. Toby zou geweten hebben wat hij daarop had moeten zeggen. Toby wist alles. Hoewel, hij wist niet zoveel als Josh. Josh was nog beter dan Toby. Josh zag eruit als een man, maar hij gedroeg zich als een jongen. Met Josh kon je lachen.

'Ze heeft mooi haar,' fluisterde Tallulah langs haar duim die na een dag hard werken weer thuis was in haar mond. 'Als ik groot ben neem ik zwart haar.' Ze lag al onder het dekbed en was half in slaap. Haar stroblonde haartjes lagen als een waaier over haar Tweenieskussen.

'Ik vraag me af hoe háár hersens eruitzien,' merkte Zak grinnikend op.

'We zouden die van jou eruit kunnen halen en op grond daarvan een schatting maken,' zei Cassandra.

'O, ha, há,' zei Zak. 'Ik ben een jongen. Mijn hersens zijn anders.'

Daar zou Toby om gelachen hebben. Josh zou 'Touché, knul,' hebben gezegd, en hem een knipoog hebben gegeven.

'Ja, die van jongens zijn kleiner,' zei Cassandra. 'En er zit een piemeltje op.'

Tallulah lachte een verrukkelijk, slaperig babylachje.

'O, ha, há,' herhaalde Zak, in het besef dat herhaling zijn komische reactie zo goed als tenietdeed.

Op zondagavond kon Cassandra Zak nooit uitstaan. Op maandagochtend was hij weer helemaal zichzelf, maar elke zondagavond gedroeg hij zich, als gevolg van vierentwintig uur in het gezelschap van Toby, als een irritant en onuitstaanbaar rotjoch. Jammer genoeg, dacht ze, was Zak, omdat zijn hersens nog in de groeifase verkeerden, niet zo slim als Toby, wiens hersens een paar jaar geleden gestopt waren met groeien.

Er verscheen een diepe rimpel op Zaks voorhoofd. Zusjes waren stom. Waarom had hij er twee, terwijl andere jongens hun grote broer de hele week bij zich in huis konden houden? Morgen zou hij aan mammie vragen of hij een babybroertje mocht hebben.

Hij klom van Tallulahs bed en trok de pijpen van zijn Arsenal-pyjama recht. 'Ik ga naar bed,' zei hij, en ging de kamer uit. 'Welterusten, Lula.'

Hij liep met twee treden tegelijk de trap op naar zijn kamer op zolder. Toby zou ervan onder de indruk zijn geweest, al zou hij dat nooit hebben gezegd. Josh zou hem aangemoedigd hebben en hem door de kamer hebben gezwierd tot hij er duizelig van was. De lichamelijke inspanning van dit heldhaftige trappenlopen resulteerde in twee kleine trompetgeluidjes in zijn broek, en Zak moest toegeven dat die het effect van zijn prestatie danig verpestten. Misschien was het toch maar beter dat Toby en Josh er niet waren, dacht hij, terwijl hij de deur van zijn kamer opendeed. Soms was het fijn om alleen te zijn.

Hij vond het nog steeds spannend om naar zijn nieuwe kamer op zolder te gaan. Toby's kamer, die aan de zijne grensde, deed ook als speelkamer dienst, want hoewel Toby ouder was, sliep hij maar twee nachten per week bij hen. Zak voelde zich altijd een beetje kleiner wanneer Toby niet in de kamer ernaast was.

Voorzichtig knoopte hij een stuk touw aan de deurknop en aan zijn lichtzwaard boven op de deur om ervoor te zorgen dat er geen dieven binnen zouden kunnen komen zonder dat hij dat merkte. Toen kroop hij onder de deken en wachtte tot mammie boven zou komen om hem in te stoppen. Hij sliep veel liever hier dan in het bovenste stapelbed met een meisje in het bed beneden. Zijn nieuwe kamer had een raam in het dak, in plaats van in de muur. Zijn kamer was de enige kamer met een dakraam. Hij was echt blij dat hij een jongen was.

Een etage lager, in Tallulahs kamer, keek Cassandra neer op haar zusje die al diep in slaap was. Ze zuchtte. Soms wilde ze dat ze weer vier kon zijn, en dat alles nog mogelijk was en je geloofde dat je, wanneer je groot was, zwart haar kon nemen.

Ze wilde morgen niet naar school. Ze haatte Arabella Jackson en ze wist dat ze haar, wanneer mevrouw Holloway zich lang genoeg naar het bord zou omdraaien, waarschijnlijk zou knijpen. Afgelopen vrijdag, na gym, had Arabella in de kleedkamer achter haar hand iets in het oor van Maisy Mason gefluisterd, waarbij ze Cassandra strak had aangekeken. Vervolgens had Maisy ook naar haar gekeken en had ze moeten giechelen. Cassandra kreeg nog steeds buikpijn bij de herinnering aan Maisy's lachje. Ze veegde een boze traan weg, snoof, en besloot dat ze, als mevrouw Holloway zich lang genoeg zou omdraaien, Arabella zou bijten.

Ze liep met nijdige stappen naar haar kamer, gaf de poster van de jongensband een zoen, vroeg God om haar beroemd te maken en ging naar bed.

Tallulah, die zich er niet van bewust was dat haar broer en zusje haar kamer uit waren gegaan, was diep in slaap. Ze droomde dat ze Prinses Jo was en lange, steile zwarte haren, prachtige amandelvormige ogen en lange, slanke benen had.

Boven, op zolder, lag Zak in zijn bed naar de sterren te staren. En de sterren keken naar hem. Hij wilde dat mammie opschoot. Hij haatte Cassandra.

Hij sloot zijn ogen. En deed ze toen snel weer open.

Zat er echt een piemeltje op zijn hersens?

Later die avond kropen Vanessa en Dick in bed.

'Wat was het deze keer?' vroeg Dick aan Vanessa.

'Zijn lichtgevende zwaard, de kleine etter.'

Dick grinnikte. 'Ja, dat houdt de dieven buiten de deur.'

'En mammie ook.'

Vanessa ging op haar rug liggen, legde haar armen naast zich, sloot haar ogen en begon diep adem te halen. Dankzij drie jaar hypnotherapie was ze in staat haar gedachten aan onaangename dingen stop te zetten en alleen nog maar aan prettige onderwerpen te denken. Haar hypnotherapeut gebruikte altijd een mooie, zomerse tuin of een verlaten zandstrand. Vanessa zelf gaf de voorkeur aan Harrison Ford in een short. Dat werkte voor haar. Ze concentreerde zich op twee sterke, gespierde en zongebruinde dijen.

'Ziezo,' fluisterde Harrison in haar oor, 'dus we hebben een nieuwe nanny.'

Net als een tiener die met behulp van stickers een fantasiewereld voor zichzelf creëerde, visualiseerde Vanessa hoe Harrison haar in zijn armen nam nadat hij haar van de slangen en de Nazi's had gered.

'Moeten we deze deal niet vieren?' fluisterde Harrison. Het schaarse licht weerkaatste op zijn litteken.

Vanessa bleef roerloos liggen en haar gedachten maakten en sprongetje naar Dick. Hij had de dag vrij genomen en hij had haar met een aantal van de sollicitatiegesprekken geholpen. En hij had thee gezet.

Ze knikte terwijl Harrison haar buik begon te strelen.

3

'*Je gaat weg?*' herhaalde Hilda. 'Hoe bedoel je, *weg?*'
  'Nou,' begon Jo, 'ik-ik-ik had gedacht, ik –'
  'Ik ga wel eens even met die jongen praten.'
  'Pap!'
  'Die man heeft je de mooiste jaren van je leven gekost.'
  'Dank je.'
  'Nou, zó jong ben je nu ook –'
  'Shaun heeft er niets mee te maken.'
  'Onzin.'
  '*Bill!*' riep Hilda.
  'Nou, zo *is* het toch!'
  Alle drie tierden ze in stilte.
  'Vind je het niet meer fijn om bij ons te wonen?' wilde Hilda weten.
  'Natuurlijk wel.'
  'Dan begrijp ik niet waarom je weg wilt.'
  Jo keek naar haar handen.
  'Mam.'
  Hilda knikte.
  'Ik ben drieëntwintig –'
  'Dat weet ik, schat. Ik was erbij.'
  '– en ik heb nog nooit ergens anders gewoond dan thuis.'
  'DAT ZOU JE WEL ALS DIE SCHOFT MET JE WAS GETROUWD!'
  '*BILL*! Laat haar uitspreken.'
  Bill begon zo wild door de kleine zitkamer op en neer te lopen dat hij wel een gekooide linedancer leek.
  'Ga zitten,' beval Hilda. 'Het is niet goed voor je om je zo druk te maken –'
  'Ik zal je zeggen wat niet goed voor me is –'
  'SCHREEUW NIET!'
  'IK SCHREEUW NIET!'

'DAT DOE JE WEL! GEEN WONDER DAT ZE HET HUIS UIT WIL.'

Bill plofte moedeloos neer op zijn luie stoel.

'Het komt door al je gezeur en je bemoeizucht,' zei hij tegen Hilda. 'Daar wordt iedereen gestoord van. Als ik zou kunnen, zat ik al láng in Highbridge of Gatesbury of hoe het daar ook heten mag –'

'Wat let je!' zei Hilda.

'Hé, Jo, kunnen ze daar ook een bouwvakker gebruiken?'

'Ha!' hoonde Hilda. 'Ze zouden je kóst nog niet eens kunnen betalen!'

'O, MENS, KRIJG TOCH WAT!'

'JE SCHREEUWT WEER TEGEN ME!'

'NATUURLIJK SCHREEUW IK TEGEN JE!' Bill begon rood aan te lopen. 'JE MAAKT ME STAPELKRANKZINNIG!'

'WIND JE NIET ZO OP!' Hilda huilde bijna. 'DAT IS NIET GOED VOOR JE!'

'ALS JE NOU NIET SNEL OPHOUDT MET TE ZEGGEN WAT IK WEL EN NIET MOET DOEN, DAN – !'

'Zo is het wel genoeg,' zei Hilda opeens, en ze stond op. 'Ik ga thee zetten.'

Jo en haar vader bleven achter in de zitkamer en luisterden naar Hilda die in de keuken met woedende gebaren de mokken, de melk en de theepot klaarzette.

Na een poosje keek Jo haar vader aan.

'Eigenlijk viel het reuze mee, vind je ook niet?' zei ze.

Beiden snoven, en toen zei Bill: 'Ze zou nog thee zetten als Adolf Hitler binnen kwam vallen.'

'En dan zou jij weer tegen haar schreeuwen tot je er een rooie kop van had.'

Bill ging verzitten.

Hilda kwam binnen met het blad, en ze keken naar haar terwijl ze zonder iets te zeggen de melk en de thee in de mokken schonk. Bill nam een paar slokjes, boog zich naar voren en wreef in zijn handen.

'Zo,' zei hij. 'Londen, hè? De grote stad.'

'Inderdaad,' zei Jo. 'Ik zie wel hoe het gaat. Het zou me niets verbazen als ik elk weekend thuiskwam.'

Hilda hield haar lippen stijf op elkaar geklemd. Ze dronk haar thee, en Jo en Bill probeerden het heftige beven van haar handen te negeren.

Bill gaf Jo een knipoogje.

'Er gaat niets boven de thee van je moeder.'

Jo glimlachte en ze dronken hun thee in stilte.

Die avond werden Jo en Shaun van elkaar gescheiden door een roze tafelkleed, een bijpassende kaars, een bijpassende kandelaar en een bijpassende enkele roos. Ze dronken van hun wijn, namen nog een hapje van het vette Franse eten, en namen nog een slokje van hun wijn.

Shaun zag eruit alsof hij in shocktoestand verkeerde. Er was geen ander woord voor. Toen Jo hem had verteld dat ze een baan in Londen aangeboden had gekregen en aangenomen, had zijn lichaam een vreemde, trekkende beweging gemaakt alsof hij een marionet was en zijn poppenspeler had moeten hikken.

'Dat ik wegga wil nog helemaal niet zeggen dat ik het uit zou willen maken!' zei ze zenuwachtig. 'Ik wil nog steeds verkering met je blijven houden – als jij dat tenminste ook wilt.'

'Waarom ga je dan weg, verdomme?' vroeg hij ongelovig. 'Of dacht je soms dat de afstand het er tussen ons béter op zou maken?'

'Ik wil weg om over alles na te denken.'

Shaun probeerde zo zacht mogelijk te spreken. 'Als je soms naar Londen gaat omdat je het lef niet hebt om het uit te maken met mij,' zei hij, 'dan –'

'Ik wil het niet uitmaken,' zei Jo met klem. 'Shaun, luister naar me. Ik kan me niet voorstellen dat ik ooit iemand anders zou willen hebben. En ik snap net zo min als jij waarom ik...' ze zocht naar de juiste woorden, 'geen Ja kan zeggen.'

Shaun haalde diep adem en keek naar buiten. Jo ging verder.

'Ik geloof dat ik over het algemeen niet gelukkig ben. Niet ten aanzien van mijn leven, en niet ten aanzien van een heleboel andere dingen. Mijn ouders, mijn baan, en zelfs Sheila – alles maakt me knettergek en... depressief, ongelukkig... Ik ben down, Shaun. Ontzettend down. En dat ben ik al een hele poos. Ik heb het mezelf alleen niet eerder durven toegeven. Ik denk dat ik het met mijn verjaardag eigenlijk pas echt ben gaan beseffen.'

Ze leunde naar achteren en voelde zich alsof ze zojuist een uitermate treurige eerste striptease had uitgevoerd. Wat zou Shaun nu wel niet van haar denken? Zou hij denken dat ze geestelijk labiel was? Zou hij het nu willen uitmaken?

'En ik?' vroeg hij, terwijl hij naar buiten bleef kijken.

Ze strekte haar hand naar hem uit maar hij zat te ver weg. Ze liet haar hand op tafel liggen.

'Shaun, jij bent de enige die me op de been houdt. Dat moet je van me aannemen. Maar ik moet weg om erachter te komen waardoor ik zo in de war ben.'

'Waardoor je in de war bent?' Hij fronste zijn voorhoofd. 'Ik dacht dat je zei dat je depressief was?'

Jo deed haar best om zo duidelijk mogelijk te zijn.

'Ik ben in de war omdat ik niet begrijp waarom ik depressief ben. Ik bedoel, ik heb alles wat mijn hartje maar zou kunnen begeren, of niet soms?'

Shaun keek haar aan.

'Is dat zo?'

'Dat weet je best,' zei Jo met klem. 'Al mijn vakjes zijn aangekruist. En juist daarom begrijp ik niet waarom ik me niet... gelukkiger voel.'

'Misschien verwacht je wel te veel van het leven.'

'Dat moet je niet zeggen.'

'Het is waar,' zei Shaun. 'Je denkt te veel. Dat is jouw probleem.'

'Dat kan ik niet helpen.'

'Natuurlijk wel.'

Jo zuchtte.

'En wat als je erachter komt dat dit het geluk is?' wilde Shaun weten.

Jo antwoordde niet meteen.

'Als dit het geluk is, Shaun, dan maak ik mezelf meteen van kant.'

Ze schrok ervan dat ze dat had gezegd.

'Gezondheid,' fluisterde Shaun, en hij nam een slok van de wijn.

'Shaun, ik weet dat het een cliché is, maar dit heeft niets met jou te maken. Ik ben het zelf. Ik maak me zorgen –'

'O, hou toch op, alsjeblieft!' Shaun lachte hol. 'En nu ga je zeker ook nog zeggen dat je altijd van me zal houden als een vriend, of niet soms?'

'Het enige...'

'Wat?'

'Het enige wat ik van je vraag is tijd, Shaun. Alsjeblieft –'

Shaun boog zich met een ruk over de tafel heen naar haar toe.

'Ik heb je verdomme al zes jaar gegeven,' siste hij, en het scheelde een haar of hij had de kaars uitgeblazen. 'Wat wil je van me, Jo? Dat ik voor je knok? Is het dat? Is dit een test? Doe je dit om erachter te komen of ik wel genoeg van je hou om je in Londen op te zoeken?'

'Néé –'

'Wat is het dan, Jo? Want ik ben een boon als ik het snap!'

Als ze de kracht had gehad, zou ze op dat moment zeker in snikken zijn uitgebarsten.

'Het enige wat ik van je vraag, Shaun, is dat je achter me staat.'

'Je bedoelt alsof we getrouwd waren?'

'Nee, niet –'

'O, je hoeft niet meteen in paniek te raken,' zei hij snel, terwijl hij quasi geschrokken zijn handen ophief. 'Ik zal je heus niet opnieuw ten huwelijk vragen. Daarvoor ben ik toevallig net nog iets te trots, weet je.'

Ze zwegen.

'Kom me elk weekend opzoeken,' smeekte Jo ten slotte. 'Alsjeblieft, Shaun. Ik heb je nodig.'

De serveerster kwam vragen of ze de dessertkaart wilden hebben.

Shaun draaide zijn hoofd naar haar toe, maar zijn blik kwam niet verder dan haar rok.

'Nee. Kunnen we de rekening krijgen, alsjeblieft?' Toen de serveerster wegliep, wendde hij zich weer tot Jo.

'Er zijn genoeg vrouwen die op me wachten, Jo,' fluisterde hij.

Ze knikte.

'Ze staan voor me in de rij. Verdringen zich in de coulissen. Ik heb aanbiedingen gekregen –' Hij zweeg.

Ze knikte opnieuw. Ze had genoeg gehoord.

Toen de serveerster terugkwam en de rekening naast hem neerlegde, draaide ze zich opzij en keek naar buiten.

De volgende dag vertelde Jo het aan Sheila. Sheila zweeg tot ze was uitgesproken, dus ze had er niet lang voor nodig. Na afloop viel er een stilte waarin Jo zich vertwijfeld afvroeg wat ze er nog meer van zou kunnen zeggen.

'Aha!' zei Sheila ten slotte. 'En hoe heeft Shaun het opgevat?'

'Hoe denk je?' vroeg Jo.

'Zoals een man,' zei Sheila. 'Slecht.'

Jo knikte en nam een slokje van haar koffie.

'Misschien bega ik wel een vergissing,' zei ze.

'Als je het aan mij vraagt,' zei Sheila, 'ík vind het een geweldig idee.'

'Meen je dat?'

'Ja.'

'Waarom?'

Sheila schudde haar hoofd. 'Nee, hou daarmee op, alsjeblieft,' zei ze. 'Begin me niet weer te analyseren, en zo. Daar heb ik geen zin in.'

'Zeg me dan waarom.'

Sheila nam haar aandachtig op. 'Je denkt te veel.'

'Dat zei Shaun ook al.'

'O ja? Dan heb ik niets gezegd.'

'Wat vind je er verder van?' vroeg Jo. Zo gemakkelijk kwam ze er niet vanaf. Sheila drukte haar sigaret uit in de asbak, en toen keek ze Jo doordringend aan.

'Wil je dat echt weten?'

Jo trok een gezicht. 'Misschien toch maar liever niet.'

'Volgens mij zit die relatie van jullie muurvast omdat jullie het geen van tweeën uit durven maken.'

Jo boog zich over haar maag heen naar voren.

'Waarom blijft hij me dan steeds maar vragen of ik met hem wil trouwen?' vroeg ze.

Sheila haalde haar schouders op. 'Misschien omdat hij hoopt dat je het dan uit zult maken? Je weet toch hoe mannen zijn: doe nooit iets dat je moeder de vrouw niet voor je kunt laten opknappen.'

'Ik weet niet zeker –'

'Jullie zitten alle twee vast in een emotioneel niemandsland, en daar moeten jullie uit om verder te kunnen met jullie leven. En dat verklaart waarom jij je de laatste tijd zo down voelt en waarom hij een nog grotere lul is dan voordat hij je leerde kennen. En dat weet jij net zo goed als ik,' zei Sheila, haar glas leegdrinkend. 'Je verdient beter.'

Jo had op dat moment alles behalve het gevoel dat ze beter verdiende, maar de gedachte liet haar de rest van de week niet los.

Ze had van niemand geweten hoe ze erop zouden reageren, maar de reactie van haar bazin kwam wel als de grootste verrassing.

'Nou,' zei Davey's moeder zacht, 'ik denk dat ik altijd wel geweten had dat dit zou gebeuren. Ik had alleen niet verwacht dat het al zo snel zou zijn.'

'Het spijt me.'

'Het hoeft je niet te spijten,' zei ze. 'Je bent gewoon te goed.'

'Dank je.'

'Ik had je meer moeten betalen.'

'Nee.'

'Ik had je beter moeten behandelen.'

'Nee –'

En toen begon ze, tot Jo's verbazing, te huilen. Jo sloeg een arm om haar schouders.

'Ik ben een waardeloze moeder,' snikte ze. 'Ik ben een waardeloze echtgenote en ik ben een waardeloze moeder.'

Jo probeerde alles om haar ervan te overtuigen dat dit niet waar was, maar ze was ontroostbaar. Pas toen Davey binnenkwam en om een chocolaatje vroeg, lukte het haar met huilen te stoppen en ging ze met haar rug naar hem toe staan. Jo gaf hem een stukje chocola en hij, die verder nergens interesse voor had dan voor het begeerlijke lekkers in zijn hand, keerde blij terug naar zijn indianenfort terwijl hij zichzelf onder de chocola smeerde.

Een halfuur later, en nadat de man van Jo's baas intussen was thuisgekomen van kantoor, had ze Jo bekend dat ze een hekel had aan haar werk en dat ze het verschrikkelijk vond om elke ochtend afscheid te moeten nemen van de kinderen, maar dat ze haar baan niet durfde op te zeggen omdat ze vriendinnen dat had zien doen die vervolgens, toen ze in een later stadium weer wilden gaan werken, nergens meer aan de bak kwamen omdat hun curriculum niet meer aan de eisen voldeed.

'Ik ben verschrikkelijk jaloers op je geweest op die momenten waarop de kinderen niet om mij, maar om jou vroegen,' snikte ze. 'En soms was het zelfs zó erg dat ik je haatte. Ik háátte je, gewoon!'

'O, jee.'

'En nu,' snikte ze, 'haat ik je omdat je me in de stéék laat!'

Jo gaf haar nog een tissue. Toen haar man in zijn slecht zittende broek en sweater beneden kwam en haar zo zag, mompelde hij: 'O nee, niet alweer,' en ging weg.

Davey's moeder snoot luidruchtig haar neus en keek Jo verlegen glimlachend aan. Haar eyeliner was uitgelopen en haar gezicht zat onder de grillige zwarte vegen.

'Ik wed dat je nieuwe gezin veel normaler is dan het onze,' zei ze met een zielig stemmetje.

'Nou, dat valt nog te bezien.' Jo keek haar baas glimlachend aan.

Pas toen Jo het nieuws aan de driejarige Davey vertelde, realiseerde ze zich dat het met alle andere betrokkenen een fluitje van een cent was geweest.

Zijn gezichtje betrok en hij keek haar niet-begrijpend aan. 'Waarom?' vroeg hij.

'Omdat ik een nieuwe baan heb.'

'Bij een ander jongetje?'

'Bij een grote jongen en twee meisjes.'

Daar dacht Davey even over na.

'Maar kom je me dan wel nog steeds van de speelzaal halen?'

'Nee, lieverd.'

'Kom je me wel in bad doen?'

'Nee, schat, dat ook niet.'

'Maar kom je mijn neus dan nog wel snuiten met een olifantentoeter?'

Jo tilde hem op en zette hem op haar schoot zodat hij haar gezicht niet kon zien.

'Ik kom je heel vaak opzoeken,' fluisterde ze in zijn oor. 'En ík zal je grappige briefkaarten sturen. Lijkt je dat niet leuk?'

'En kom je me dan nog instoppen 's avonds?' wilde Davey weten.

'En je krijgt een nieuwe lieve nanny die evenveel van je houdt als ik.'

'En hou ik ook van haar?'

'O, natuurlijk!' riep Jo uit, terwijl ze niet aan haar opvolgster probeerde te denken. 'Natuurlijk!'

'Zul je me missen?'

'Natuurlijk zal ik je missen.'

'Maar waarom ga je dan weg?'

Jo drukte Davey innig tegen zich aan.

'Soms kunnen we niet blijven bij de mensen van wie we houden,' zei ze, met tranen in de ogen.

'Waarom?'

Jo zuchtte in zijn haar.

'O,' verzuchtte ze, 'dat is de enige vraag waarop ik je geen antwoord kan geven.'

Jo had besloten om zondagochtend met de trein te gaan, en haar ouders waren de enigen die mee konden om haar uit te zwaaien. Sheila had zondagsdienst op haar werk. Shaun had gezegd dat hij wilde komen, maar hij moest naar de bouw omdat zijn bedrijf de volgende dag aan de allerbelangrijkste opdracht ooit zou beginnen, en er op het laatste moment nog van alles geregeld moest worden. Jo koos ervoor om zich erbij neer te leggen. Ze kon uiteindelijk moeilijk van hem verwachten dat hij in haar werk achter haar stond als ze niet hetzelfde voor hem deed. Maar waar ze wél op stond, was dat ze de laatste nacht in Niblet thuis bij haar ouders en in haar eigen bed wilde doorbrengen, en beiden wisten dat dit haar manier was om het hem betaald te zetten dat hij op zondagochtend niet een halfuurtje vrij kon maken om naar het station te komen. Op zaterdagavond namen ze, na een lange, kribbige dag, vrijwel woordenloos afscheid van elkaar.

'Ik bel je meteen zodra ik ben aangekomen,' beloofde ze hem.

'Fijn,' zei hij. 'Het beste, schat.'

Hij kuste haar luchtig op de mond en dat was dat. Op weg naar huis kostte het haar moeite om de tranen de baas te blijven. Haar ouders lieten haar met rust omdat ze aannamen dat ze huilde omdat Shaun niet had gehapt en haar nog steeds geen aanzoek had gedaan. Bill zou hem het liefste de les hebben gelezen, en dat zou hij ook zeker hebben gedaan als hij er niet van overtuigd was geweest dat Jo hem nooit vergeven zou hebben, en als Hilda, in haar peignoir en met haar krullers in, de slaapkamerdeur niet op slot had gedaan waardoor hij zich enigszins belachelijk had gevoeld.

En zo togen ze de volgende ochtend vroeg gedrieën naar het station van Stratford-upon-Avon. Het was Jo niet gelukt een vriendelijke manier te verzinnen om hen duidelijk te maken dat ze niet alle twee mee hoefden om haar uit te zwaaien. Het was pas op weg naar de trein dat ze zich realiseerde dat ze hun het gevoel gaf dat ze haar een plezier deden omdat dit wel eens de laatste keer zou kunnen zijn dat ze het idee hadden dat zij hen nodig had. En daarmee was het waarschijnlijk de eerste keer dat ze zich ten aanzien van hen de zorgende volwassene had gevoeld. Typisch, dacht ze. Uitgerekend bij haar vertrek.

De trein arriveerde twintig minuten voor vertrektijd. Bill volgde Jo met haar bagage de trein in, en alvorens weer uit te stappen zei hij snel en zacht: 'Denk eraan dat je je moeder belt. Ze zal je missen.' Terug op het perron drukte hij Jo onhandig aan zijn borst, kuchte en begon vervolgens meteen fluitend en met het kleingeld in zijn broekzak spelend, naar de uitgang terug te lopen.

Hilda en Jo keken hem na.

'Pierce Brosnan heeft het moeilijk,' zei Hilda.

Jo lachte.

'Hij houdt van je, weet je,' zei Hilda tegen haar dochter.

'Ja, dat weet ik.'

'Bel ons zo nu en dan eens op, wil je? Daarmee doe je hem een groot plezier.'

Ze omhelsden elkaar, waarna Jo zich omdraaide en de trein in stapte. Ze pakte haar boek en ging zitten. Toen ze naar buiten keek kon ze nog net zien hoe haar moeder haar vader langzaam naar buiten volgde.

4

Toen Jo's trein het station van Sratford-upon-Avon uitreed was ze een dappere, emotioneel sterke avonturierster met hoop in haar ziel en een lied in het hart. Tegen de tijd dat ze bij de Fitzgeralds arriveerde, was ze een bazelend wrak.

Sinds haar bezoek, een maand geleden, was de metro veranderd. Toen ze voor het sollicitatiegesprek met de ondergrondse was gegaan, was ze een toerist geweest. Alles, met inbegrip van de geuren, de vertragingen en de anonimiteit, was een spannend en opwindend nieuwtje geweest.

Deze keer was het anders. Nu was het echt. Mensen bewogen zich in een ritme dat ze niet kon bijhouden. Ze voelde zich als de nieuwe leerling in de balletles in een lokaal met overal spiegels. Terwijl de roltrap haar dieper en dieper naar het hart van de aarde bracht, kreeg ze een steeds sterker wordend zwaar gevoel in haar borst waardoor het leek alsof ze van binnenuit verdronk. Toen ze op de grote reclameborden aan de muren boodschappen las over het omgaan met eenzaamheid, moest ze zich afwenden.

Ze probeerde haar emoties te onderdrukken en te doen alsof ze een ervaren reizigster was; ze was uiteindelijk al eerder naar Highgate gereisd en ze kende het doel van haar tocht. Zo moeilijk kon het toch niet zijn, hield ze zichzelf voor, om even later prompt in High Barnet uit te stappen in plaats van Highgate.

Een halfuur later arriveerde ze als een gestresst, getraumatiseerd onbeduidend persoontje in Highgate. Ze had een aantal malen voor haar leven gevreesd en dat was aan de vijandige blik in haar ogen te zien.

Toen ze in Highgate op straatniveau kwam, wachtte ze op de herkenbare geur, smaak en textuur van frisse lucht. Toen ze niets voelde moest ze bijna huilen. De lucht in Londen was anders! Natuurlijk. Het scheelde weinig of ze kon voelen hoe haar poriën verstopt raakten door de vervuiling.

Ze liep de heuvel naar het dorp op. Haar rugzak woog ongelooflijk zwaar, haar hoofd dreunde en haar voeten voelden alsof ze haar in de weg zaten. Ze vroeg zich af of Vanessa Fitzgerald het héél erg zou vinden als ze haar begroette met: 'Een heet bad, kreng, of je drie koters zijn er geweest.' Het volgende moment realiseerde ze zich dat ze niet in staat zou zijn om zo'n gecompliceerde zin te formuleren.

Ze had zich geen zorgen hoeven maken. Vanessa was niet thuis. Het was de eerste zondag van de maand, en het was Dicks beurt om voor de kinderen te zorgen. Slechts één generatie eerder zou dit een dag van strenge regels zijn geweest. Nu betekende het dat er nog iemand was die naar de rotzooi op de televisie wilde kijken en die junkfood wilde eten.

'Goeie reis gehad?' vroeg Dick, terwijl hij Jo's koffer van haar aanpakte en hem een meter voor haar in de gang zette. Hij negeerde de veelkleurige rugzak die boven haar hoofd uitstak.

'Och, je weet wel,' zei ze, een glimlachje forcerend. 'Nee.'

'Mooi,' zei hij. 'De kinderen zijn boven.'

'PA-AP!' brulde één van hen.

Dick schonk Jo een hulpeloos glimlachje, klakte tevreden met zijn tong, liet haar staan en vloog met twee treden tegelijk de trap op.

Jo voelde zich een ongenode gast op een helse party, en ze bleef even staan om zich te oriënteren. Toen ze dat had gedaan, wou ze ineens dat ze heel ergens anders was. Maar toen ze Dick het volgende moment de trap weer af hoorde komen, pakte ze haar koffer op en zeulde hem mee naar de achterkant van het huis, de keuken door en naar haar appartement.

Daar liet ze haar koffer vallen, waarna ze zich langzaam op haar rug liet zakken, en op haar rugzak landde. Ze wurmde haar lichaam uit de banden waarna het, in plaats van – zoals ze verwacht had – omhoog te zweven naar het plafond, weigerde om opnieuw in beweging te komen. En zo bleef ze, als een kever die op zijn rug lag te sterven, geruime tijd liggen.

Toen ze haar ogen vol voelde schieten, hees ze zich half overeind in een soort van zithouding. Vanuit die houding kwam ze beetje bij beetje verder omhoog tot ze een min of meer staande positie had bereikt. Vervolgens overwon ze haar vrees, verzamelde moed en zette één voet voor de andere. Ze struikelde over haar koffer, vloekte, stampte erop en liep door naar de andere kamer.

Ze stond op de drempel en keek om zich heen. Haar blik ging over een grote klerenkast, een reusachtige televisie en een commode. En een moderne futon die niet alleen als bank, maar ook als tweepersoonsbed dienstdeed.

'Als ik de energie had,' dacht ze, 'dan zou ik mijn koffer en rugzak hierheen slepen en ze de volgende maand uitpakken.'

In plaats daarvan liep ze naar de grote kast, trok hem open en keek verdrietig naar de achterkant van de lege kast. Ze fronste haar voorhoofd en keek nog eens. 'Hmm,' dacht ze, 'ik heb meer kleren nodig.'

Ze liep terug naar haar slaapkamer, struikelde opnieuw over haar bagage, en dook de badkamer in. Die was eveneens enorm. Helaas was er geen bad (Jo's ouders hadden nooit een douche laten installeren), maar de douche nam bijna evenveel plaats in beslag als een bad gedaan zou hebben, en er waren een wc, een wastafel en een vloer die gemakkelijk voor bescheiden dansvloer door had kunnen gaan.

'Als ik de energie had,' dacht ze, 'dan zou ik mijn koffer en rugzak hier neerzetten en alles een maand lang op de vloer laten staan.' In plaats daarvan waste ze haar gezicht en keek ze in de spiegel. 'Ik wed dat Lady Di zich precies zo heeft gevoeld toen ze in het paleis was komen wonen,' leek haar spiegelbeeld te zeggen. Opeens hoorde ze een zacht stemmetje achter zich.

'Het is etenstijd.'

Ze draaide zich met een ruk om en keek neer op Tallulah.

'Hallo!' Jo knielde en grinnikte alsof het meisje een hartsvriendin was die ze in tijden niet had gezien.

Tallulah nam haar met een ernstig gezichtje op. 'Dag, Jo,' zei ze beleefd.

'Hoe is het met je?' vroeg Jo.

'Uitstekend, dank je,' antwoordde Tallulah. 'En met jou?'

'Met mij gaat het heel goed, dank je,' zei Jo.

De conversatie viel stil.

'Het is etenstijd,' kondigde Tallulah opnieuw aan.

'Ooo, heerlijk,' zei Jo. 'Dank je.'

'Pappie vraagt of je brioche of focaccia wilt.'

Daar dacht Jo even over na terwijl ze zich afvroeg of het meisje iets lelijks tegen haar had gezegd. Ze herhaalde de vraag in gedachten, en deed dat toen nog eens.

'Ik kom wel even kijken, goed?' zei ze ten slotte.

Tallulah keek haar onderzoekend aan. 'Als je nu niet kunt kiezen, kun je dat zo ook niet.'

'O, dacht je dat?'

'Ja.'

'Nou, in dat geval,' zei Jo, terwijl ze Tallulahs handje in de hare nam, 'zul jij voor me moeten kiezen.'

'Dat kan ik niet.' Tallulah trok Jo mee door de slaapkamer.

'Waarom niet?' vroeg Jo.

'Omdat ik dat niet kan.'

'Natuurlijk kun je dat wel. Ik vertrouw je voor honderd procent.'

In de keuken keek Tallulah peinzend naar Jo op. Vlak voordat de andere kinderen zich naar de voorste linie begaven, meende Jo even een glimlachje rond de mondhoeken van het meisje te zien spelen.

'Ik wil chocoladepasta,' verkondigde Toby, terwijl hij op een van de, van fluwelen kussens voorziene, tronen sprong en daarbij bijna de beide katten vermorzelde die snel wegsprongen en hem dodelijke blikken toewierpen.

'Het is Nutella,' corrigeerde Cassandra hem, terwijl ze tegenover hem neerplofte.

'Ik wil ook chocoladepasta,' verklaarde Zak.

'Het is *Nutella*!' herhaalde Cassandra.

'Ik mag voor Jo kiezen,' liet Tallulah het stel weten.

'Het is chocoladepasta, slimbroek,' zei Zak tegen Cassandra.

'Het is Nutella, poepbroek,' zei Cassandra tegen Zak.

'Kom, kom,' zei Dick tegen het hele stel.

'En ik wil geen chocoladepasta op brood,' zei Zak, 'maar op volkoren chocoladekoekjes!'

'Wil iemand hummus?' vroeg Dick.

'GETVER!' braakte Toby.

'Ja, lekker!' zei Tallulah.

'Hummus smaakt naar kots,' verklaarde Toby.

'Ik ben dol op hummus,' zei Tallulah zachtjes tegen Jo.

'Het is gemaakt van kikkererwten,' vertelde Cassandra hen.

'Ooooo-ooooo-ooo,' zei Toby op een spottend toontje. 'Het is gemaakt van *kikker*erwten!'

Zak kreeg de slappe lach.

'Het is gemaakt van *kikker*erwten!' herhaalde hij.

'Ja, nou en?' vroeg Cassandra gefrustreerd.

'Ja, nou en?' herhaalde Toby.

'Kom, jongens,' zei Dick. Hij wendde zich tot Jo. 'Er is gemengde salade met balsemieke azijn en half gedroogde tomaten – de kinderen vinden de volledig gedroogde tomaten een beetje te zout – en focaccia met hummus, tzatziki of guacamole. Maar als je van zoet houdt dan is er brioche, boter en chocoladepasta of wilde honing – en het meeste is organisch. Zodra de kinderen te eten hebben zal ik koffie malen. Half-cafeïnevrij, organisch, Braziliaans, ik hoop dat dat goed is.'

Nadat Jo tot de conclusie was gekomen dat Dick alles serieus meende, keek ze naar Tallulah.

'Tallulah mag voor mij kiezen,' zei ze. 'Ik neem wat zij neemt.'

Zonder nog langer tijd te verliezen stak Tallulah haar roze tongetje uit haar mondhoek en ging aan de slag.

'CHOCOLADEPASTA! CHOCOLADEPASTA!' riep Zak triomfantelijk uit.

'Het is Nutella!' riep Cassandra. 'Kijk dan wat er op het potje staat!'

'PAP ZEI CHOCOLADEPASTA!' riep Zak.

'PA-AP!' jammerde Cassandra.

'Kom, kom,' zei Dick.

Tallulah koos voor geroosterde brioche met boter en een dikke laag chocoladepasta en hummus. Gelukkig zorgde een acute aanval van heimwee ervoor dat Jo's smaakpapillen niet functioneerden.

'Ik vind de katten prachtig,' zei ze, in de hoop dat ze, door te praten, een mini-instorting zou kunnen voorkomen.

Dick glimlachte.

'Ze heten Molly en Bolly,' zei Tallulah tegen haar.

'Molly is het mannetje. Hij is het grootst. En Bolly het vrouwtje.'

'Is Molly geen vreemde naam voor een jongen?' vroeg Jo.

'Het is een afkorting van Molière,' zei Tallulah. 'Dat is mammies lievelingstoneelschrijver. Hij is Frans.'

'Dat weet ik,' antwoordde Jo met een glimlach. 'Ik heb hem voor mijn eindexamen Frans moeten lezen.'

Het werd stil aan tafel.

'En Bolly is de afkorting van Bollinger,' vervolgde Tallulah. 'Dat is mammies lievelingschampagne. Bolly is veel drukker dan Molly, maar hij eet niet zoveel. Het zijn Birmezen, maar ze hebben geen vreemd accent.'

Daarmee eindigde het gesprek, want er ontstond een meningsverschil over wat voor soort accent de katten, als ze hadden kunnen spreken, gehad zouden hebben. Dick nam even actief en hartstochtelijk aan het debat deel als zijn kinderen.

Onder het eten werd Jo zich ondanks de herrie om zich heen, vagelijk bewust van het geluid van een telefoon. Ze wachtte tot iemand op zou nemen, maar toen niemand dat deed, vroeg ze zich af of ze het zich alleen maar verbeeld had. Maar nee, nu hoorde Dick het ook. Hij keek fronsend naar het toestel en klakte met zijn tong. Was dit een test? Om te zien of ze de verantwoordelijkheid aan kon? Was het Vanessa die belde? Of waren het misschien haar ouders die wilden weten of ze veilig was aangekomen? Ze had geen seconde tijd gehad om hen te bellen. Hoe langer het bellen genegeerd werd, des te onrustiger ze werd. Uiteindelijk kon ze zich niet langer beheersen en vroeg aan Dick: 'Zal ik opnemen?'

'O, ja, graag,' antwoordde hij gretig.

Jo liep naar de telefoon en de familie zweeg. Jo realiseerde zich dat ze het nummer van het huis niet uit haar hoofd kende, maar vond tegelijkertijd dat ze ook niet te nonchalant kon opnemen alsof ze de vrouw des huizes was, en al helemaal niet aangezien het net zo goed Vanessa kon zijn die belde. En verder, besefte ze, had ze er ook geen flauw idee van hoe dit kleine, chromen apparaatje werkte. Ineens voelde ze zich onzeker. Ze nam op en hoorde zichzelf op stijve toon zeggen: 'Met het huis van de familie Fitzgerald, kan ik u van dienst zijn?'

'JE MOET OP HET GROENE KNOPJE DRUKKEN!' riepen de Fitzgeralds hysterisch.

Jo kreeg het voor elkaar om de telefoon niet uit haar handen te laten vallen, en ze drukte op het groene knopje.

'SPREEK DAN!' schreeuwden ze tegen hun nieuwe nanny.

Jo ging met haar rug naar hen toe staan.

'Met het huis van de familie Fitzgerald,' zei ze kortaf. 'Kan ik u van dienst zijn?'

Er was een lange stilte. Ze voelde aller ogen op haar rug. De stilte duurde voort. Aan de andere kant kon ze iemand horen ademen.

'Met het huis van de familie Fitzgerald. Kan ik u van dienst zijn?' herhaalde ze.

Het bleef stil. Ze wendde zich nog wat verder van de tafel af.

'Of niet?' fluisterde ze nadrukkelijk.

'Hallo,' klonk een warme mannenstem.

'Kan ik u van dienst zijn?' herhaalde ze.

'Met wat?' luidde de grinnikende reactie. 'Jij bent degene die klinkt alsof je een pook in je kont hebt.'

Jo kreeg het op slag bloedheet.

'Dank u,' zei ze. 'Met wie wilt u spreken?'

'Dick. Is… degene met wie ik wil spreken. Met Dick.'

Jo probeerde de telefoon aan Dick te overhandigen alsof het een bom was die elk moment zou kunnen exploderen, maar Dick weigerde hem aan te pakken. Hij schreeuwde in de richting van de microfoon: 'Wie waagt het mij 's zondags onder het eten te bellen?' Jo haalde diep adem, zette zich schrap en draaide zich weer met haar rug naar de tafel.

'Wie kan ik zeggen dat er belt?'

Het was stil.

'Je kunt zeggen dat het Josh is die belt.'

'Waar gaat het over?' riep Dick vanaf de andere kant van de keuken.

Dit moest een test zijn, besloot ze. Geen wonder dat hun nanny's nooit lang bleven.

'Weet hij waar het over gaat?' vroeg Jo door de telefoon.

'Nee,' antwoordde de stem lachend. 'Ik weet zélf nog niet eens waar het over gaat,' zei de man. 'Waarom doen we niet lekker roekeloos en gevaarlijk? Is het niet veel leuker om gewoon af te wachten en te zien hoe het loopt?'

Jo vroeg zich af hoe het mogelijk was dat iemand die ze helemaal niet kende zoveel plezier om haar kon hebben. Ze voelde een steek van verlangen om naar huis terug te gaan, en wou dat zíj degene was die iemand anders belachelijk stond te maken, in plaats van andersom. Vonden de Fitzgeralds haar belachelijk? Lachten ze haar uit? Ze draaide zich naar hen om. Ze zaten allemaal te grinniken en Dick propte zijn mond vol met salade. Ze wou dat ze thuis in hun eigen pub was, en dat Shaun haar vaste drankje bestelde zonder haar te vragen waar ze zin in had. Ze gaf de telefoon aan Dick. Ze verbeeldde zich dat Shaun, Sheila en James zaten mee te luisteren, hervond haar moed en zei: 'Het is Josh. Hij heeft op dit moment nog geen strategie voor het gesprek, maar als jij bereid bent om gevaarlijk te leven, dan is hij dat ook.'

De Fitzgeralds schoten in de lach, en allemaal probeerden ze de telefoon te pakken.

'Oudste!' riep Dick in de telefoon. Hij hield hem voor zich uit naar de kinderen, en ze riepen allemaal een begroeting.

Jo deed alsof ze niet hoorde dat Dick keer op keer tegen zijn gesprekspartner 'Zei ze dat? Zei ze dat?' zei, en telkens in hartelijk lachen uitbarstte.

Ze stelde zichzelf gerust met de wetenschap dat wat Josh over haar zei duidelijk ontzettend kinderachtig was, en wat hij ook van haar zei, ze dacht precies zo over hem, en dan in het kwadraat.

Josh ging – aan de telefoon – van hand tot hand, en elk kind moest lachen om iets dat hij zei, en dan zeiden ze: 'Nee, ze is erg aardig.' Jo kon het zo langzamerhand wel uitschreeuwen.

'Hij noemde je Mary Poppins,' zei Tallulah ten slotte. 'En hij imiteerde je stem zoals je door de telefoon klonk.'

Jo was zo onder de indruk van het feit dat een kind van vier wist wat imitatie betekende dat ze er amper aan toe kwam zich diep beledigd te voelen.

Zak en Toby lachten.

'Maak je geen zorgen,' fluisterde Cassandra. 'Ik ben dol op Mary Poppins.'

Jo schonk Cassandra een glimlach. 'Dank je,' zei ze.

'Trek het je niet aan.' Cassandra haalde haar schouders op. 'Josh is gewoon…' Ze keek naar haar broer en Toby. 'Hij is gewoon een jongen.'

De jongens begonnen te joelen, maar Jo, Cassandra en Tallulah wisselden een onderlinge blik van verstandhouding.

Ze waren nog niet klaar met eten toen Vanessa thuiskwam. Ze kwam de keuken binnen, zette een verzameling boodschappentassen op de vloer en nam, terwijl de kinderen vragen op haar afvuurden, de situatie in één oogopslag op. 'Heb je ook iets voor mij gekocht?' 'Wat zit er in die blauwe zak?' 'Waarom heeft je haar een andere kleur?'

Ze zette haar handen in haar zij en keek net zo lang naar de kinderen tot ze allemaal stil waren. En toen zei ze: 'Toen ik in Hampstead was hoorde ik een bom afgaan, maar ik had er geen idee van dat dat bij mij thuis in de keuken was.'

Daar moesten de kinderen en Dick om lachen, en Jo was de enige die de scène zag zoals Vanessa hem moest zien. De keuken was één bende. Even had ze medelijden met Vanessa, tot Vanessa zei: 'Ik weet zeker dat Dick je wel met opruimen zal willen helpen.' Op dat moment had ze vooral medelijden met zichzelf. Vanessa was nog steeds aan het woord. 'En als je klaar bent, kunnen we het weekrooster doornemen. Ziezo!' Ze wendde zich tot haar gezin.'Ik ga in bad. Wie de badkamer binnen durft te komen doet dat op eigen risico.' En voor Jo de kans had gekregen om 'wacht even!' te roepen, was ze de keuken al uit.

Tegen de tijd dat Jo de keuken had opgeruimd en Dick haar gezegd had waar alles hoorde, en ze naar haar kamer was gegaan waar ze een tijdje naar de inhoud van haar koffer had zitten staren, voelde Vanessa zich als herboren.

Ze ontmoetten elkaar aan de keukentafel voor Jo's eerste zondagavondbriefing. Vanessa was in haar donzige badjas. Haar haren zaten in een handdoek en ze had de make-up van haar gezicht gehaald. Jo had een pestbui, haar haren zaten door de war en haar gezicht stond strak.

'Daar gaan we dan,' zei Vanessa, en ze haalde diep adem. 'Zak gaat naar St. Albert's in Hampstead – ik raad je aan om vóór het spitsuur te gaan, anders zit je de hele ochtend vast in het verkeer. Cassie gaat naar St. Hilda's in Highgate, en daar kom je langs, en als er veel verkeer is vindt ze het niet erg om halverwege de heuvel te worden afgezet. Tallulah gaat naar de plaatselijke Montessori, maar we willen dat ze loopt, dus wat we graag zien is dat je, nadat je de andere twee hebt weggebracht, weer naar huis rijdt en dan met haar naar school loopt. Het is uitstekende lichaamsbeweging – helemaal heuvelop! Lula wordt om twaalf uur gehaald. Eén keer per week gaat ze naar kleutergym, en één keer per week heeft ze ballet. Haar balletpakje hangt aan de deur van haar kamer, en vergeet dat alsjeblieft niet, want dat is een keer voorgekomen en toen heeft ze gehuild tot ze blauw zag. De andere twee zijn uit om tien voor halfvier. Je haalt Zak eerst, want Cassie is oud genoeg om vast met een vriendinnetje in de richting van huis te lopen, en anders vindt ze het ook niet erg om te wachten – je moet haar 's ochtends altijd vragen wat het gaat worden, want ze vergeet het vaak te zeggen. Na schooltijd gaat Zak naar de Bevers en karate, en hij krijgt thuis bijles in rekenen en Engels, in de eetkamer. Cassie zit na schooltijd op toneel en muziekschool, op de Kabouters, ballet, tap en jazz in Muswell Hill, en ze kan zich daar verkleden. Het adres hangt op de koelkast, en alle andere adressen vind je in het adresboek dat bij de kookboeken achter de keukendeur staat.

'De twee oudsten moeten per week elk minstens twee keer piano en blokfluit studeren. De plaatselijke drogist verkoopt uitstekende oordoppen. Zak moet zijn blokfluit op maandag mee naar school, en Cassie de hare op vrijdag.

'Hun weekrooster hangt op de ijskast, ik kan me zo uit mijn hoofd niet precies meer herinneren welke dag wat is. Het enige wat ik weet is dat we ooit eens een nanny hadden die Cassie naar karate, Tallulah naar de Bevers en Zak naar ballet bracht, en zelf was ze diezelfde avond nog weer thuis bij haar ouders in Norfolk. O, en verder probeert mijn moeder, Diane, zodra ze maar even de kans ziet, langs te komen om de kinderen te zien – ze zijn gek op haar. Het enige wat je goed moet onthouden is dat dinsdag de nachtmerriedag is omdat je dan niet alleen hun lunchpakketjes, maar ook hun avondeten mee moet geven. O, en dat herinnert mij eraan dat Zak altijd stukjes kaas in zijn lunchtrommeltje wil hebben, omdat hij anders letterlijk niets eet. De hele dag niet. En je moet ook al zijn broeken strijken, anders trekt hij ze niet aan. Tallulahs boterhamtrommeltje is het trommeltje met de Tweenies, dat van Zak heeft een afbeelding van Superman, en Cassie krijgt Buffy. Haal ze alsjeblieft niet door elkaar, want anders worden ze gepest.' Opeens verscheen er een rimpel op Vanessa's voorhoofd. 'Vragen?'

Jo's brein begon aan de randen te krullen.

'Ooo, dat was ik bijna vergeten,' ging Vanessa verder, en ze dook in haar handtas. 'Hier heb je je nieuwe mobiel.' Ze gaf Jo een kleine, zilverkleurige telefoon. 'Moet minstens éénmaal in de twee dagen worden opgeladen – wie niet? – en je nummer staat hier op het kaartje. Zet hem alsjeblieft nooit uit en je kunt het nummer gerust aan familie en vrienden geven. Hij is van jou. Misschien belt er iemand voor Francesca, maar dat houdt vanzelf wel op, en haar telefoontjes zijn gemakkelijk te herkennen want de mensen spreken geen Engels en dat hoef je van haar ook niet te verwachten. Dit is mijn nummer op kantoor,' ze gaf Jo haar kaartje. 'Toestel 4435 als het meisje van de receptie je niet rechtstreeks doorverbindt of als de verbinding wordt verbroken. Dit is het nummer van Dicks winkel.' Ze gaf Jo Dicks kaartje. 'Geen toestelnummer, maar hij neemt soms niet op omdat er een klant binnen is en dan gaat hij weg om dat te vieren. Dit zijn jouw sleutels. De alarmcode van het huis is 4577 gevolgd door het hekje. Het paneel zit onder de trap. Schrijf de code op als het moet, maar stop je spiekbriefje nooit in dezelfde tas als die waarin je de voordeursleutels hebt zitten, want als je het verliest en er wordt ingebroken krijgen we niets terug van de verzekering en moet Dick iemand inhuren om je te vermoorden. Je zet het alarm aan als je het huis uitgaat. We zetten het 's nachts niet aan voor het geval een de kinderen naar beneden gaat en het af laat gaan. Hier heb je je autosleutels. Je bent verzekerd tegenover derden en dit is het nummer van de verzekering. Elke straat zonder drempels heeft snelheidscamera's. De kinderen worden wagenziek als je harder rijdt dan honderd. Zorg ervoor dat je altijd een stel reserve papieren kotszakken in het handschoenenvakje hebt liggen.'

Opnieuw fronste ze haar voorhoofd. 'Ik raad je aan om de kattenbak minstens om de dag te verschonen, want anders wordt de stank ondraaglijk. Je kunt ze tijdens de lunch voeren. Het kattenvoer staat in de bijkeuken. Ik doe het ontbijt en Dick doet het avondeten. Dat is de enige taak die we hebben weten te splitsen. Het vissenvoer staat in de bijkeuken, de kinderen voeren Homer één keer per week, meestal op vrijdag, maar ze hebben hulp nodig om het aquarium van de plank te halen. Ik wil niet dat ze op het aanrecht klimmen. En ik wil geen kattenvoer in het aquarium – de voorlaatste nanny heeft moeten vaststellen dat de goudvis daar niet tegen kon en dat heeft haar haar baan gekost.' Vanessa boog zich naar haar toe en fluisterde: 'Dit is dan ook Homer II, tussen ons gezegd en gezwegen.'

Ze keken elkaar aan, en Jo voelde zich bleek wegtrekken.

Vanessa leunde weer naar achteren. 'Ik neem aan dat je nu wel zult willen uitpakken,' zei ze opgewekt.

'Niet echt,' zei Jo.

'Misschien morgen dan maar,' zei Vanessa meelevend.

Jo knikte zonder haar hoofd te bewegen.

Vanessa stond op, liep naar de koelkast, haalde er een fles wijn uit, draaide zich om naar Jo, wees op de fles en trok haar volmaakte wenkbrauwen vragend op.

Jo schudde haar hoofd. 'Ik denk dat ik maar naar bed ga, als dat goed is.'

Vanessa zette grote ogen.

'Natuurlijk!' riep ze uit. 'Je zult wel doodmoe zijn. Zeg de kinderen maar even welterusten, en dan kun je doen wat je wilt.'

Het feit dat Jo de kinderen welterusten moest wensen was kennelijk belangrijker voor Vanessa's goede nachtrust, dan voor die van Jo of de kinderen. Vanessa's aanwijzingen opvolgend, stak ze haar hoofd om hoekje van Tallulahs kamer. Het meisje lag al in bed, met haar duim in haar mond en zware oogleden, te luisteren naar pappa die een verhaaltje voorlas. Jo wenste haar fluisterend welterusten en kreeg een hartverwarmende glimlach als reactie. Ze klopte op de deur van Cassandra's kamer, en vond Cassandra die rechtop in bed zat en druk in een roze dagboek aan het schrijven was. Jo wenste haar welterusten, en Cassandra keek verward op, antwoordde beleefd en ging verder met schrijven. Vervolgens liep Jo de zoldertrap op naar Zak.

Ze zag het lichtgevende zwaard niet, en al hád ze het gezien, dan zou ze toch niet op tijd weg hebben kunnen springen. Op het moment waarop het ding haar schedel raakte sprong Zak, kraaiend van plezier, uit bed. Zijn plan was gelukt! Geen inbreker zou het zwaard omlaag zien komen. Hij was een Action Hero! Van pure opwinding greep hij zijn piemeltje vast.

Vanessa was één en al medeleven. 'De kleine etter,' troostte ze Jo, terwijl ze haar voorhoofd insmeerde met arnica. 'Er komt nog eens een dag waarop ik dat zwaard van hem zal stoppen waar je het volgens de gebruiksaanwijzing juist níet moet stoppen.' Bij wijze van verontschuldiging over het gedrag van hun zoon, drong Vanessa erop aan dat Jo een welkomstdrankje met haar en Dick mee zou drinken, en het positieve daaraan was dat het aanbreken van maandagmorgen op die manier nog wat langer werd uitgesteld.

'Heb jij ook zo'n hekel aan zondagavond?' mompelde Vanessa, terwijl ze een royaal glas wijn voor haar inschonk.

'Mmm,' antwoordde Jo. 'Het is niet altijd mijn favoriete moment van de week, nee.'

'Niet iedereen hoeft er zo over te denken als jij, lieve,' zei Dick. 'Misschien dat Jo, in tegenstelling tot ons, wél plezier heeft in haar werk.'

'Doe niet zo idioot,' zei Vanessa. 'Niemand heeft plezier in zijn werk.'

'Ik wel,' zei Dick.

'Dat komt doordat jouw werk geen werk is,' zei zijn vrouw, 'maar een hobby.'

'Een hobby die voldoende oplevert voor de school van de kinderen, al onze vakanties, de helft van de rekeningen en luxes zoals een inwonende nanny,' zei Dick snel.

Vanessa wendde zich tot Jo.

'Dicks vader heeft hem bij zijn dood een beheerd fonds nagelaten,' vertelde ze. 'En dus heeft hij een platenzaak gekocht om mee te spelen. Voor die drie mensen in het land die niet zijn overgeschakeld op het nieuwerwetse wonder van de cd.'

'Kom, kom,' zei Dick, alvorens zich tot Jo te wenden, 'cd's zijn een tijdelijke rage. Aan platen zitten zo ontzettend veel herinneringen vast.'

'Juist daarom hebben de mensen ze indertijd nooit weggedaan, lieverd, en zitten ze nu ook niet op nieuwe te wachten.'

'Er is een woning boven de winkel,' vertrouwde Dick Jo toe, 'die ik helemaal zelf heb opgeknapt en voor een waanzinnig bedrag verhuur.' Hij zuchtte. 'Het valt niet mee om huisbaas te zijn. Het is een enorme verantwoordelijkheid. En daaraan is het te danken dat we ons geen zorgen hoeven maken om de rekeningen, mijn vrouw met de allerlaatste modegrillen mee kan doen en ze er een ingrijpend schoonheidsprogramma op na kan houden.'

'Na wat ervan over is nadat de hypotheek is betaald, en de kleren van de kinderen, de spullen voor school en hun speelgoed, dat spreekt,' besloot Vanessa. 'Dat alles stamt natuurlijk nog uit de tijd van voordat we elkaar hebben leren kennen,' vervolgde ze tegen Jo, alsof Dick niets had gezegd. 'Anders zou hij een behoorlijke baan hebben genomen en geïnvesteerd hebben in iets waar zijn gezin iets aan had gehad, zoals aandelen of een villa in Nice of een jacht. Maar jongens willen nu eenmaal altijd speelgoed hebben.'

'Ze willen doorgaans meer dan ze krijgen, lieve.'

Daar haakte Vanessa onmiddellijk op in. 'Ik wilde per se een eettafel in de eetkamer in plaats van een modelspoorbaan,' vertelde ze. 'Arme Dick. Ik ben bang dat hij die teleurstelling van zijn leven niet verwerkt.'

'Maar het geeft niet,' voegde hij eraan toe tegen Jo, hun nieuwste therapeut, 'want nu hebben we de allerlelijkste tafel van de hele wereld.'

'Om niet onder te doen voor je eerste vrouw,' zei de tweede in haar glas Pinot Grigio.

'Nog wijn?' vroeg Dick aan Jo.

'Ja, graag,' zei ze.

Jo betrad haar nieuwe appartement met de hele avond voor zichzelf om klokslag middernacht. Ze struikelde over haar open koffer, schopte haar rugzak opzij en viel op bed. Ze was te moe om te huilen. Enkele minuten later kleedde ze zich met moeite uit en kroop onder het dekbed, en was vervolgens opeens klaarwakker. En daar lag ze in het donker voor zich uit te staren. Het werd vier uur. Ze haatte Londen, haatte de Fitzgeralds, haatte kinderen en haatte haar leven. Om één minuut over vier viel ze in een diepe slaap. En op de kop af tweeënhalf uur later werd ze op een bijzonder onaangename manier gewekt.

5

Jo zou aanmerkelijk minder moeite hebben gehad met het op deze luidruchtige manier gewekt te worden, als ze niet juist in haar droom gestuit was op een zwijgende, maagdelijke Ben Affleck die in zijn blootje in haar eigen, in het woud verscholen, idyllische meertje dook. Geen enkel moment is ideaal om gewekt te worden door een pneumatische boor, maar op dit moment kwam het wel heel hard aan.

Ze deed haar ogen open en wachtte tot de vertrouwde geluiden van de in de nabijheid stromende Avon de herrie in haar hoofd zouden verdringen. En ze wachtte en wachtte. Ten slotte gluurde ze door een kiertje van onder haar dekbed uit de kamer in. Ze begreep er niets van toen ze zag dat ze zich niet in haar kamer, maar in de een of andere Ikea-nachtmerrie bevond. En toen ineens wist ze het weer. Ze was in de Hel, in Noord-Londen.

Ze bleef in bed voor zich uit liggen staren en op een snel en pijnloos einde hopen, toen de pneumatische boor even onverwacht stopte als hij was begonnen. Heerlijk. Diepe stilte. Ze trakteerde zichzelf op een herinnering aan de zwijgende, maagdelijke Ben Affleck en zag hem in gedachten de waterval van haar eigen idyllische meertje ontdekken, toen ze voor haar raam ineens het lawaai van een lawine hoorde. Ze sprong uit bed.

Zenuwachtig schoof ze het gordijn een fractie open, en stond oog in oog met drie potige bouwvakkers, één kruiwagen en een stortslurf langs de zijgevel van het huis naast dat van haar werkgeefster. De bouwers zagen haar allemaal op hetzelfde moment als waarop zij hén zag, en grijnsden hun mannengrijns – een typisch mannelijke eigenschap die ervoor zorgde dat hun brein, zonder dat ze ook maar een woord hoefden te uiten, van het ene op het andere moment totaal doorzichtig werd.

Na haar massagedouche, viste Jo het eerste het beste stel kleren uit haar koffer dat er niet uitzag alsof ze door een mangel waren gehaald, kleedde zich snel aan en ging de keuken binnen. Er was niemand. Ze zette water op en probeerde zich te herinneren waar de theezakjes stonden, terwijl ze ondertussen luisterde naar wat er boven gebeurde. Toen de pneumatische boor opnieuw van start ging, besloot ze zich de trap op te wagen. Misschien zou ze de kinderen kunnen vragen of ze een plekje wisten waar ze zich zou kunnen verstoppen.

Iedereen sliep nog. Ze keek op haar horloge. Het was laat. De kinderen moesten zo naar school. Ze klopte zachtjes op de deur van Vanessa en Dicks kamer, en vervolgens op die van Tallulah en Cassandra.

Nog geen twee minuten later was het hele huis in paniek.

'WE HEBBEN ONS VERSLAPEN!' brulde Vanessa tegen de wereld, in een poging de pneumatische boor te overstemmen. 'IEDEREEN OPSTAAN, *NU METEEN!* JO BRENGT JULLIE OVER EXACT TIEN MINUTEN NAAR SCHOOL.'

Dit leek Jo een goed moment om uit te zoeken waar alle scholen waren, dus ze haastte zich naar beneden om de agenda te pakken.

'WAAR GA JE NAAR TOE?' riep Vanessa.

'Naar be –'

'DICK HEEFT JE HULP NODIG BIJ HET WASSEN EN AANKLEDEN VAN DE KINDEREN TERWIJL IK GA DOUCHEN!'

Dick had haar hulp inderdaad nodig. Diep slapende kinderen wakkerkietelen totdat ze je daarbij per ongeluk hard in je gezicht stompen, is nog nooit de snelste manier gebleken om hen wakker te krijgen.

Jo, die intussen zelf lichtelijk in paniek begon te raken, deed hun gordijnen open en zei dat ze, als ze binnen tien minuten beneden zouden zijn, vanavond iets extra lekkers en feestelijks zou maken, en dat degene die het eerste beneden was, er de grootste portie van zou krijgen. Dat de list werkte was een wonder, want ze wisten nog niet eens hoe ze kookte.

Het drong nauwelijks tot Jo door dat, toen ze met de kinderen de deur uitging, Dick en Vanessa zelf nog thuis waren, en dat Dick zich bovendien nog niet eens had aangekleed. Het enige wat haar opviel was dat ze vrijwel meteen vast kwam te zitten in het verkeer, en dat het pookje van de auto veel lager zat dan ze verwacht had. Ze besteedde het grootste gedeelte van haar eerste schoolrit aan het naar voren en naar achteren schuiven van haar stoel terwijl ze deed alsof ze wist wat ze die avond zou koken, en ze de verkeerde afslag nam. De kinderen vonden het allemaal heerlijk opwindend, maar op de terugweg begon Tallulah te huilen. Naar haar idee duurde de rit intussen al veel langer dan haar hele leven tot op dat moment had geduurd, en ze was bang. Het was geen fraaie vertoning. Er was niet voldoende tijd om eerst naar huis te rijden en vervolgens met Tallulah naar school te lopen, dus Jo nam een belangrijk besluit. 'Als mammie en pappie haar niet op tijd kunnen wekken, dan kan ik haar niet lopend naar school brengen,' rechtvaardigde ze haar beslissing. 'Misschien dat ze van nu af aan beter op de wekker zullen letten.'

Op weg naar Highgate Hill realiseerde Jo zich hoe hoog de heuvel, en hoe steil de helling was. In gedachten zag ze zichzelf in de toekomst de helling op kruipen. Ze hield zichzelf voor dat de klim de vorm van haar benen ten goede zou komen en dat ze er bovendien een fit hart aan over zou houden. Het was óf dat, óf dood door uitputting.

Toen ze, na Tallulah te hebben afgeleverd, weer thuiskwam, moest ze opruimen en strijken, en wilde ze Shaun bellen. Ze nam aan dat het opruimen van de keuken niet veel tijd in beslag zou nemen, maar kwam tot de ontdekking dat de boel sinds de nanny vóór Francesca waarschijnlijk geen behoorlijke schoonmaakbeurt meer had gehad. Na afloop was ze doodmoe, en ze zette water op voor een snel kopje thee. In afwachting van het moment waarop het water kookte, strekte ze haar rug. Gesterkt door de thee, begon ze aan het strijkwerk. Hier wachtte haar nog een interessante ontdekking. Alles, met inbegrip van de sokken, de slopen, de lakens en Zaks broeken, lag in de mand met strijkgoed op haar te wachten. Jo wilde net haar eerste slok thee nemen en Shaun bellen toen ze zich realiseerde dat ze, als ze die helling naar Tallulahs school lopend zou moeten nemen, te laat zou komen als ze niet vijf minuten geleden de deur uit was gegaan. Ze pakte de sleutels, overwoog een fles zuurstof op de boodschappenlijst te zetten en ging het huis uit, nadat ze er op de valreep nog aan had gedacht het alarm aan te zetten.

Haar kuitspieren trilden en haar rug was nat van het zweet tegen de tijd dat ze bij het kleine zijstraatje kwam waar Tallulahs Montessorischooltje was. Ze zag de rij ouders – voornamelijk vrouwen met hier en daar een man – voor de ingang van de oude, Georgiaanse villa staan en had het gevoel alsof ze in een reclamespotje van GAP terecht was gekomen. Ze sloot achteraan de rij en vroeg zich af hoe Tallulah het zou vinden om haar naar huis te dragen. Vanessa had gezegd dat elk kind om veiligheidsredenen individueel door de juf aan zijn of haar verzorger werd overgedragen, in plaats van de kinderen gewoon uit te laten en de kinderen mee te laten nemen. Jo had niet begrepen waarom de juf niet gewoon afging op haar bekendheid met de verzorgers van de kinderen, maar nu ze een poosje in de rij had gestaan, werd haar dat duidelijk. Niet veel van de wachtenden leken elkaar te kennen, en er was niemand bij die haar ook maar één blik waardig keurde. Ze had verwacht dat ze zou moeten uitleggen wie ze was en dat ze iedereen een overzicht van haar curriculum zou moeten geven zoals elke nieuwe nanny in Niblet dat zou moeten doen. Maar hier was dat duidelijk anders.

Even later kwam er een vrouw achter haar in de rij staan, en Jo dacht dat er eindelijk een vriendelijk iemand was gekomen om haar te redden.

'Hallo,' hoorde ze een stem achter zich.

Ze draaide zich om en stond op het punt de groet te beantwoorden, toen de vrouw die voor haar stond een gesprek begon met de vrouw die zich zojuist in de rij had aangesloten, en die Jo voor haar redster had aangezien. Tot Jo's stomme verbazing spraken ze, met Jo midden tussen hen in, maar doend alsof ze totaal niet bestond, uitvoerig over de voordelen van hatha yoga in vergelijking met iyengar. Jo deed ondertussen heel erg haar best om niet aan haar ouders te denken. Ze haalde haar mobieltje uit haar tas om Shaun snel even te bellen, maar had daar toen opeens de moed niet meer toe. Ze zou hem wel bellen wanneer ze alleen was.

Enkele minuten later kwam Tallulah naar buiten. Ze zag Jo, glimlachte de spontane lach van een kind, en Jo kon haar wel omhelzen tot ze ervan moest huilen. Gelukkig was Tallulah te zeer geïnteresseerd in wat ze die avond zouden eten om te merken dat er iets mis was. Ze liepen de helling af en babbelden over de verrassing die Jo hen had beloofd.

'Is het kip?' vroeg Tallulah.

'Nee.'

'Patat?'

'Nee.'

Tallulah slaakte een gesmoorde kreet. 'Kaasfondue!' riep ze uit.

Ik wil naar huis, dacht Jo. 'Wat vind je het allerlekkerste wat er is?' vroeg ze in plaats daarvan. Dat zou haar een gemakkelijke oplossing geven. Alle kinderen van vier waren dol op dingen die aansloten bij haar eenvoudige recept voor chocolade Rice Krispies.

Tallulah was even stil. Toen sperde ze haar ogen wijdopen en zei zacht: 'Zelfgemaakte hummus op zelfgebakken brioche en met knoflook gevulde olijven.'

Jo knielde naast haar.

'Nou, lieverd,' begon ze, 'dat is het niet.'

Jo nam zich voor om Shaun tijdens Tallulahs balletles te bellen, maar ze beging de fatale fout om, alvorens naar buiten te gaan om te bellen, even snel om het hoekje te kijken om te zien hoe Tallulah eruitzag in haar tutu. Toen ze een vol halfuur als betoverd naar de elf elfjes in het sprookjesbos had staan kijken, realiseerde ze zich dat ze haar kans had gemist. En ten slotte ging ze maar bij de andere ouders op de stoeltjes aan de kant zitten.

Tallulah was een boom. Ze strekte zich zo lang mogelijk uit naar de hemel, en was een plaatje in haar roze tutu met glitters, en hoofdband met bloemen. Naast Tallulahs buurvrouw – eveneens een boom – stond een klein gedrongen meisje van vier. Ze droeg een dik wollen onderhemd onder haar tutu, balletschoentjes waar ze de eerstkomende tien jaar nog in moest groeien, en ze had het gezicht van een sprookjesolifant. Haar moeder, die naast Jo zat, sloeg haar dochter met liefdevolle ogen gade.

'Opletten, Xanthe!' jubelde de juf, 'blijf goed meedoen.'

Xanthe peuterde veel liever aandachtig in haar neus. Op verschillende momenten tijdens de les was er wel een elfje dat besloot om het allemaal even voor gezien te houden om bij mammie op schoot te kruipen, haar hoofdband af te trekken en ernaar te kijken, haar onderbroek uit haar bilnaad te plukken, of om haar hoofdje te laten hangen en een potje te huilen. Maar niet Tallulah. Tallulah was een boom.

'Ooo, Tallulah,' kraaide de juf, 'je bent een práchtige boom. Is ze geen prachtige boom, jongens?'

Tien in tutu gestoken elfjes keken naar Tallulah. Tallulah keek op naar de zon en dacht als een boom.

'Wát een schitterende boom,' jubelde de juf verder. 'Ben je een eikenboom of een kastanjeboom?'

'Een bananenboom.'

'Oooo,' zei de juf. 'Práchtig.'

Het scheelde maar een haar, of Jo had de vrouw naast zich op de arm getikt om te zeggen dat ze Tallulahs nanny was. Voor ze het wist zat de les erop, en ze realiseerde zich dat ze met opbellen zou moeten wachten tot ze thuis waren.

Tegen de tijd dat ze thuis waren, was er nog maar weinig tijd. Tallulah moest haar tutu uit en haar gewone kleren weer aan, en ze moest weer helemaal wennen aan het feit dat ze nu geen succesvolle boom meer was. Jo vroeg zich nog steeds af wat ze op tafel zou moeten zetten, en het was bijna alweer tijd om de andere twee kinderen te halen.

Naarmate de middag verstreek begon Jo's behoefte om Shaun te bellen steeds onplezieriger aan te voelen. Het gevoel deed een beetje denken aan een blaar waar niet naar werd gekeken. Normaal gesproken belden ze elkaar altijd even 's ochtends vroeg, daarna tijdens de lunch, en ten slotte nog een keertje ergens in de namiddag om te zien wat ze die avond zouden doen. Hij vertelde haar alle belangrijke en onbelangrijke details van zijn dag, variërend van een verkeersopstopping op weg naar zijn werk tot wat hij op zijn brood had. Met een beetje geluk hadden ze voor het aanbreken van de avond al minstens één keer ruzie gehad. Ze waren al zo lang samen dat ze binnen luttele seconden van een ontspannen gesprek konden overschakelen naar een verhitte discussie. Maar niet vandaag. Tot dusver hadden ze elkaar nog helemaal niet gesproken, laat staan dat ze ruzie hadden kunnen maken. Het feit dat ze Shaun nog niet aan de lijn had gehad gaf haar het vreemde gevoel alsof ze te ver de zee op was gegaan en de kust uit het oog was verloren. Maar telkens wanneer ze Shauns nummer wilde draaien, kwam Tallulah haar, met de energie en vasthoudendheid van een uitzinnig jong hondje, weer om iets vragen.

Tot Jo's verbazing lukte het haar om de theeboel voor te bereiden en op tijd klaar te zijn om de andere twee te gaan halen. Ze zou Shaun vanavond moeten bellen, besloot ze, en tot het zo ver was zou ze gewoon haar best moeten doen om het roer recht te houden. Maar net toen zij en Tallulah de deur uit wilden gaan, ging de telefoon. Het was Diane, Vanessa's moeder. Ze was blij, zei ze, dat ze voor haar bridge die avond nog net even tijd zou hebben om kort langs te komen, vooropgesteld dat de kinderen thuis waren. Ze zou er om *klokslag* vier uur zijn, waarop Jo zei dat dat uitstekend was, maar dat ze nu moest opschieten. Tallulah haastte zich blij met Jo mee, want ze was de beste boom geweest en ze was zó intens gelukkig dat ze bijna uit haar kleine lijfje barstte. Het was zelfs zo, dat er van tijd tot tijd kleine beetjes gelukzaligheid aan haar ontsnapten in de vorm van giechels, huppels en zo nu en dan zelfs een wind.

Ze arriveerden ruimschoots op tijd bij Zaks school. Zak zag hen vanaf de speelplaats, glimlachte spontaan en knikte kort. Vervolgens liep hij naar zijn meester, gaf hem een hand, deed zijn pet af, kwam gehoorzaam naar hen toe en gaf Jo zijn voetbal alsof ze daar uren op had staan wachten. Hij gaf haar een hand, vroeg haar hoe het met haar ging en vertelde haar tot in de kleinste details over zijn dag.

Jo had tien minuten nodig om van Zaks school naar die van Cassandra te rijden, en ondertussen zaten Zak en Tallulah op de achterbank gezellig met elkaar te keuvelen. Cassandra zat met een intens vermoeid en somber gezicht op het lage muurtje voor haar school. Vrijwel zonder dat er iets aan haar gezichtsuitdrukking veranderde, stond ze op en stapte stilzwijgend achter in de auto. Alle drie de kinderen vertoefden in hun eigen wereldje en Jo liet ze begaan, terwijl ze zich op het verkeer concentreerde en haar best deed om zo snel mogelijk, en niet via Manchester, naar huis te komen.

'Ik was een boom,' vertelde Talullah aan allemaal.

Toen Jo om één minuut voor vier met het hele stel thuis arriveerde, ontdekte ze dat ze de alarmcode was vergeten. Zak kende de cijfercombinatie uit het hoofd, maar struikelde op weg naar het paneeltje onder de trap en krijste zo hard dat hij het piepen van het alarm bijna overstemde, maar net niet helemaal. Tallulah onderzocht Zaks knie terwijl Cassandra doodkalm de cijfers intoetste en tegen Zak zei dat hij moest ophouden met te janken als een baby. Jo vroeg zich af of dit een goed moment was om ongezien te verdwijnen. Ze keek op haar horloge. Nog dertig seconden voor Diane zou arriveren. Ze vroeg zich af of Diane op haar dochter leek.

Ondertussen had Dianes dochter een prettige dag. Het grootste deel ervan was verlopen zoals de meeste dagen verliepen. Die ochtend was ze met kordate stappen en met een dampende zwarte koffie in haar ene, en een uitpuilend zwarte aktetas in haar andere hand, de receptie gepasseerd van reclamebureau Gibson Bead – het reclamebureau in Soho waar ze voor werkte.

Ze liep door naar de lift en haar hakken tikten op de marmeren vloer. Ze drukte op het knopje en controleerde haar make-up in de gladde, glimmende deur. Haar blik dwaalde af naar de ruimte achter zich. Daar zag ze Anthony Harrison van het creatieve team het gebouw binnenkomen, naar de receptioniste knipogen en fluitend doorlopen naar de lift. Ze draaide zich opzij af en deed alsof ze naar iets op de muur tuurde, een gebaar waarvan haar onderbewustzijn wist dat het veel eerder zijn aandacht zou trekken dan te proberen een praatje met hem aan te knopen.

Anthony Harrison was een van de weinigen van het team tekstschrijvers met wie Vanessa graag zou willen samenwerken. De leden van het creatieve team stonden erom bekend dat ze verwend, verwaand en onhandelbaar waren, maar Anthony Harrison wist die trekjes om te buigen tot charmante bewijzen van zijn genie, en hij had een aantal belangrijke succesvolle reclameslogans op zijn naam staan. Hij scheen het vermogen te hebben om moeiteloos vrouwenhoofden binnen te dringen. Waarschijnlijk omdat het hem met vrouwenonderbroeken even gemakkelijk afging. Vanessa was er trots op dat ze op het hele kantoor de enige vrouw was die ongevoelig was voor zijn charmes. Ja, hij was knap, creatief, intelligent en charmant, dat zag je zo. Maar sinds haar derde, sinds de tijd dat Vanessa was begonnen een liefde te ontwikkelen, voor alles aan het mannelijk geslacht, had ze zich uitsluitend tot donkerharige mannen aangetrokken gevoeld. Voor haar waren blonde mannen even mannelijk als Barbie. En daar kon ze gewoon niets mee. Al haar vriendjes waren donker geweest, en haar man was donker, had een olijfkleurige huid en gevoelige bruine ogen. Anthony Harrison had dik haar dat op een ontwapenende, jongensachtige manier over zijn voorhoofd viel, maar het was lichtblond. Zijn huid was glad als zijde, maar licht; zijn ogen waren diep en doordringend, maar ze waren blauw. Vanessa had niets te vrezen.

Anthony kwam naast haar staan en ze hield haar ogen strak op de muur gericht terwijl ze zich ervan bewust was dat hij haar, zonder zijn hoofd te bewegen, van top tot teen opnam. Ze onderdrukte een glimlach. Mannen waren zo voorspelbaar. En dat was, zo wist ze, een van de vele redenen waarom ze zo dol op hen was.

Het belletje van de lift ging en de deuren schoven geruisloos open. Nu pas groette ze Anthony met een kort knikje, waarop hij haar gebaarde dat ze voor moest gaan. Ze glimlachte zuinigjes – juist voldoende om haar hoge jukbeenderen te accentueren en een mysterieuze indruk te maken. Ze stonden stilzwijgend naast elkaar terwijl de lift naar boven ging. Vanessa stapte als eerste uit. Het creatieve team zat op de bovenste verdieping – of het 'penthouse' zoals het werd genoemd – waar het uitzicht mooier en de vloerbedekking dikker was dan in de rest van het gebouw. Terwijl ze de gang in liep kon ze voelen dat Anthony Harrison zijn blik opnieuw over haar gestalte liet gaan. In de spiegel van de receptie zag ze dat Anthony de blikken van vrouwen die al achter hun bureau zaten negeerde en haar zo lang mogelijk na bleef kijken, hetgeen betekende dat hij zijn hoofd opzij moest buigen toen de liftdeuren zich voor zijn neus sloten. In het besef dat de mannen haar nog steeds sexy vonden voelde ze haar endorfinen voldane vreugdesprongetjes maken.

Ze liep, haar koffie hoog opgeheven, met een kaarsrechte rug en haar gevoel voor eigenwaarde ergens in de wolken, snel door het kantoor. Dit was het beste moment van de dag. Helaas zou het weldra voorbij zijn. Ze ging zelfverzekerd haar kamer binnen, deed de deur achter zich dicht en liep door naar haar bureau. Ze zette haar koffie naast de recente foto's van de kinderen en legde haar aktetas op het bureau. Haar bewegingen waren gehaast omdat ze het dreigende gevoel van verlies van zelfvertrouwen zo lang mogelijk op een afstand wilde houden.

Er werd op de deur geroffeld.

'Binnen!' beval Vanessa.

De deur zwaaide dramatisch open en Max Gibson, oprichter van het reclamebureau en gewezen reclamegoeroe, bleef, met een grijns die breder was dan zijn vlinderdasje, theatraal op de drempel staan. Max' dagen van geïnspireerde reclame-ideeën behoorden al lang tot het verleden, maar zijn slogans, die ooit eens op ieders tong hadden gelegen, waren inmiddels zo anachronistisch dat ze op hun eigen manier weer helemaal postmodern waren. Hij genoot veel meer van zijn retrospectieve fase dan hij indertijd van zijn succes had gedaan, toen hij te ambitieus was geweest om van wat dan ook te kunnen genieten.

'Vanessa, schattebout,' blafte hij door zijn sigaar. 'VC wil van ons weten wat we kunnen! Ze zijn op zoek naar een nieuw bureau en wij behoren tot de kandidaten!'

Vanessa knipperde verbaasd met haar ogen. Vital Communications werkte al bijna vijf jaar uitsluitend met aartsrivaal McFarleys. Hun laatste campagne – een uiterst trendy teddybeer met zijn eigen mobiel en website – was langzaam maar zeker gaan vervelen, maar omdat de omzet nog steeds goed was ging iedereen ervan uit dat McFarleys de eerstkomende jaren nog wel gebeiteld zat.

'Dat meen je niet,' riep Vanessa uit.

Max schaterde het uit. 'Zie je me ervoor aan dat ik zoiets belangrijks zou verzinnen?' Hij straalde. Als zijn vlinderdasje had kunnen ronddraaien, dan zou het dat zeker hebben gedaan. 'Wedden dat die schoften het niet meer hebben?' Hij lachte opnieuw, maar werd toen opeens heel ernstig. 'Ik wil het beste creatieve team dat we ooit hebben gehad. Het kan me niet schelen hoe ingebeeld ze zijn, integendeel, hoe ingebeelder, hoe beter. Ik wil een Creatief Team dat zó ingebeeld is dat ze nauwelijks nog zichtbaar zijn. Ik wil jongens die zó goed zijn dat ze je voortdurend koppijn bezorgen, dat ze je leven tot een ware hél maken. Wat ik wil, honnepon, is dat deze kans je zó wanhopig maakt dat je er zélfmoordneigingen van krijgt.'

'Begrijp ik het goed, en wil je míj als leider van dit project?'

'Leider? Léider?' riep Max uit. 'Ik wil dat je het méésterbrein achter deze operatie wordt. Ik wil je als de Mussolini achter de schermen! En ik verwacht van je dat je me de beste jongens levert. De absolute crème de la crème.'

'Goed,' zei Vanessa, met haar pen in de aanslag.

'Heb je al iemand in gedachten?'

'Weet je,' zei Vanessa, 'ik heb nog nooit met Anthony Harrison en Tom Blatt gewerkt.'

'Dat lieg je toch zeker, hè?' riep Max uit. 'Dat is crimineel! Hoe lang ben je hier al niet? Wat? Acht jaar? Ik wil dat je onmiddellijk een lunchbespreking bij Groucho's organiseert.'

'Oké,' zei Vanessa met een glimlach. 'Jij bent de baas.'

Ze pakte haar koffie en Max gaf haar een knipoog door de rook van zijn sigaar.

Anthony Harrison keek over zijn reeks prijzen en onderscheidingen op de vensterbank heen naar buiten. De zomer was in aantocht, en dat was aan de sfeer in Soho te merken. De geruchten over het verzoek van VC waren op gang gekomen.

Tom Blatt was Anthony's medeplichtige. Hij was een grafisch kunstenaar die, om zijn eigen bescheiden woorden te gebruiken, beelden kon creëren die 'oude dametjes ervan zouden overtuigen dat ze urine in een fles moesten kopen'. Tom was een man van weinig woorden. Hij zat in de kamer die hij en Anthony met elkaar deelden, en hij fronste zo diep dat hij er hoofdpijn van kreeg.

'Als Goofy en Grumpy hem krijgen,' zei hij tegen Anthony, 'dan ga ik weg. Dan stap ik op. Dan hou ik er helemaal mee op. Dan ga ik op een woonboot wonen en zwarte gieters met bloemen beschilderen.'

'Godallemachtig,' zei Anthony, 'waarom ben je zo negatief?'

Tom haalde zijn schouders op. 'Dan kan ik het beter verwerken.'

'Wat moet je dan verwerken? Er is nog niets gebeurd.'

'Nee, maar áls er iets gebeurt, dan ben ik er klaar voor. Gezond pessimisme. Dat heeft Van Gogh ook altijd geholpen.'

'O ja? Hij heeft zijn oor eraf gesneden en daarna heeft hij zelfmoord gepleegd.'

'Ja, maar moet je kijken hoe beroemd hij nu is –'

'Tom, jij zit in de reclame. Jij gaat je oor er niet afsnijden, en je zult ook nooit beroemd worden.'

Tom zakte onderuit op de leren draaistoel tegenover Anthony's bureau.

'Ik wed dat die teef de opdracht aan Goofy en Grumpy geeft. Die teef heeft geen idee van waar talent.'

'Welke teef? Wie heeft de leiding over het project?'

'Vanessa Fitzgerald.'

'Verrek! Ik stond vanochtend nog met haar in de lift. Als ik dat had geweten, zou ik haar een voorproefje van mijn beroemde charme hebben gegeven.'

Tom slaakte een diepe zucht en speelde met Anthony's presse-papier. 'Hoe komt het toch dat alle dure pakken het voor het zeggen hebben terwijl wíj de jongens met het talent zijn?'

'Geen idee, Tom.'

Anthony's telefoon ging. Anthony en Tom keken elkaar met grote ogen aan, en toen hij drie keer was overgegaan nam Anthony op.

'Anthony Harrison.'

'Anthony?' vroeg een kordate, maar vriendelijke vrouwenstem.

'Ja.'

'Vanessa.'

'Hallo, Vanessa!'

Tom ging rechtop zitten.

'Ik zal kort zijn,' zei Vanessa. 'Heb je het al gehoord van het verzoek van VC?'

'Ja, ik heb een gerucht gehoord.'

'Zouden jij en Tom er zin in hebben?'

Anthony grijnsde naar Tom.

'Ach ja, waarom niet? Ik weet zeker dat we er wel wat tijd voor vrij kunnen maken.'

Tom straalde van gelukzaligheid, sloot zijn ogen, liet zich op de grond zakken en begon aan zijn aanvaardingsrede. 'Mijn dank gaat uit naar alle onbeduidende lieden, vooral omdat ze mij laten beseffen hoe groot ik ben –'

Anthony gebaarde dat hij zijn mond moest houden.

'Ik wil een bespreking,' vervolgde Vanessa. 'Eerder dan maandag lukt me niet. Om één uur bij Groucho's. Jij, ik, Tom en Max.'

'Geweldig. Ik zeg het wel tegen Tom.'

Hij legde de telefoon neer en stootte zijn vuist in de lucht.

Beneden legde Vanessa de telefoon langzaam neer. Ze glimlachte en sloot haar ogen. In gedachten liet ze Anthony's antwoorden opnieuw de revue passeren, en ze genoot van de onderdrukte opwinding die ze in zijn stem had bespeurd. Er ging iets onvoorstelbaar innemends uit van een man die deed alsof hij zich niet bewust was van de macht die je over hem had.

Om vier uur vond Vanessa een gaatje om Jo te bellen.

'Hoi! Hoe gaat het?'

Jo klemde de telefoon tussen haar kin en haar schouder. Met haar ene oor luisterde ze of ze Diane hoorde die elk moment kon arriveren, terwijl haar andere oor nog natrilde van het lawaai van het alarm. Ze wist dat ze, als ze nu niet aan de Rice Krispies begon, ze ze nooit op tijd klaar zou krijgen.

'Hoe hebben ze het op school gehad?' vroeg Vanessa, terwijl ze ondertussen verder ging met het schrijven van een verslag over een muesli-advertentie.

Jo probeerde na te denken.

'Best. Zak had een dictee, en hij had maar twee foutjes. De leraar was heel tevreden. Hij heeft een nieuwe blokfluit nodig omdat de grote jongens zijn fluit als doelpaal hebben gebruikt, en dat heeft het ding niet overleefd. Cassandra had wiskunde en Tallula heeft met schilderen naast Ella gezeten.'

Ze verzamelde alle ingrediënten op het aanrecht en glimlachte bij zichzelf. Ze kende het belangrijkste van de Tien Geboden voor Kinderen: 'Gij Zult Te Allen Tijde Ingrediënten Voor chocolade Rice Krispies In Huis Hebben.'

'Mmhmmm,' zei Vanessa, terwijl ze haar handtekening onder haar rapport zette. 'Zet dat alsjeblieft in de agenda, en dan koop ik van het weekend een nieuwe blokfluit voor hem.'

Spiderman kwam de keuken binnengevlogen, maar was zich er kennelijk niet van bewust dat het effect enigszins teniet werd gedaan door de half afgezakte, grote onderbroek.

'Heb je mijn cyberhond ergens anders neergelegd?' vroeg hij met een schril stemmetje aan Jo.

'Ik dacht dat je je zou gaan opknappen voor het bezoek van oma?'

zei Jo, neerkijkend op Zak. 'Ik denk niet dat ze je zo wil zien, jij wel?'

Max keek om het hoekje van Vanessa's deur.

'Heb je met Anthony gesproken?' blafte hij, alsof ze helemaal niet aan de telefoon was.

Vanessa grinnikte en knikte naar Max, terwijl ze vroeg: 'Wat heeft hij aan?'

'Hoe moet ik verdomme weten wat hij aan heeft?' vroeg Max.

'Hij is Spiderman,' antwoordde Jo door de telefoon.

'O, jee.'

'Heb je mijn cyberhond ergens anders neergelegd?' herhaalde Spiderman, die nu bijna in tranen was.

'Ik heb vanochtend met hen gesproken,' zei Vanessa tegen Max, terwijl ze haar duim opstak.

'O ja?' vroeg Jo. 'Daar hebben ze me niets van verteld.'

'Nee, met het creatieve team, niet met de kinderen.'

'Met wie?'

'IK KAN MIJN CYBERHOND NERGENS VINDEN!'

'Als jij je nette broek en overhemd aantrekt, dan kom ik je zo helpen zoeken,' zei Jo.

'Heeft hij zijn piemeltje vandaag nog vastgehouden?' vroeg Vanessa.

'Ik hoop bij god dat je daar geen klant aan de lijn hebt,' snauwde Max.

'Ik moet ophangen,' zei Vanessa. 'Ik heb geen tijd meer. Dag.'

Jo verbrak de verbinding, gaf Spiderman een geheime opdracht om de nette kleren aan te trekken die oma zo mooi vond (waardoor de slechteriken zijn spoor bijster zouden raken), legde de telefoon in de koelkast, haalde de telefoon uit de koelkast en ging verder met het bereiden van de chocolade Rice Krispies. Twintig minuten later keken drie keurig aangeklede kinderen stilzwijgend in de kom.

'Weet mammie dat je dit hebt gemaakt?' vroeg Cassandra.

'Nee,' antwoordde Jo. 'Denk je dat zij er ook wat van wil?'

'We mogen maar zo heel af en toe chocola,' zei Zak. 'Het is slecht voor onze tanden en op de lange termijn voor onze algehele gezondheid.'

Net toen Jo zich afvroeg of mammies mammie er net zo over dacht, ging de telefoon.

Met haar blik op de kinderen, nam ze op.

'Hallo,' zei ze in de telefoon. 'Nog NIET eten!' schreeuwde ze tegen de kinderen, toen ze zich wat verder over de kom heen bogen.

De kinderen keken haar met grote ogen aan en ze keek strak terug, terwijl ze de pollepel dreigend naar hen ophief. Toen ze een stem door de telefoon hoorde, schrok ze.

'Hallo, zou ik misschien met Jo kunnen spreken?'
'SHAUN!' Jo moest bijna huilen van opluchting.
'Verrek, ben jij dat? Ik had je niet herkend.'
'Ik mis je! NOG NIET ETEN!'
Ze vloog op de kinderen af en griste de kom uit hun handen.
'Dit is voor ná het huiswerk,' zei ze tegen hen. 'Of willen jullie soms met de pollepel op je billen?'
'Bedoel je ons alle drie?' wilde Cassandra weten.
'Je had gezegd dat het een verrassing was omdat we snel waren opgestaan,' zei Zak. 'Niet omdat we ons huiswerk gemaakt zouden hebben.'
'Bedoel je Zaks billen?' vroeg Cassandra.
'Nee,' zei Jo.
'Waarom?'
'Ik heb er niets tegen om naar probleemkinderen te luisteren,' hoorde ze Shauns stem in haar oor, 'maar ik heb het op het moment een beetje druk. Zullen we later bellen?'
'Ja,' zei Jo tegen de pollepel.
Cassandra nam de telefoon van haar over.
'Kan Jo u terugbellen?' hoorde Jo haar tegen Shaun zeggen. 'Ze heeft het op het moment erg druk. Heeft ze uw nummer?' En terwijl Jo de chocola van haar oor veegde, hoorde ze het meisje zeggen: 'Als ze u vanavond niet belt, dan doet ze dat beslist morgen. Dank u voor uw telefoontje. Goedemiddag.'
Cassandra verbrak de verbinding. 'Hij zei dat dat goed was,' zei ze tegen Jo, terwijl ze haar de telefoon teruggaf. 'Weet je waar de cakevormpjes zijn?'
Jo knikte stilzwijgend terwijl ze in de verte de voordeurbel hoorde.
'Vooruit! Huiswerk maken,' kondigde ze aan, terwijl ze zich, onder het oefenen van haar competente glimlachje, naar de voordeur haastte. Toen ze opendeed zag ze niemand, maar voor in de tuin stond een onberispelijk geklede vrouw de uitgebloeide rozen van de struik te plukken. Jo nam haar even op totdat de vrouw zich langzaam naar haar omdraaide en naar haar toe kwam. Het kon niemand anders zijn dan Vanessa's moeder.
Toen ze elkaar bij de deur ontmoetten, schonk Jo haar het glimlachje, waarop de vrouw haar een aantal dode rozen in de hand drukte en over de drempel stapte. Haar huid was glad en rimpelloos, haar make-up was perfect en haar kleren waren duur. Ze zag er voor haar leeftijd opvallend jeugdig uit en leek niet normaal te kunnen glimlachen – haar glimlachje leek wel een beetje op dat van Mosa Lisa, vond Jo. Maar wat vooral aan haar opviel, dacht Jo, was haar kapsel. Het leek op een gloednieuwe kroon van gesponnen goud en koper, en ze

bewoog alsof ze nog niet echt aan het ding op haar hoofd gewend was en nog moest oefenen.

'Ik kom regelrecht van de kapper,' zei ze, terwijl ze haar jas uittrok en aan Jo gaf. 'Dus ik kan niet lang blijven.'

'Goed,' zei Jo.

'Hallo, schatten!' riep ze naar binnen. 'Ik kom net bij de kapper vandaan dus ik kan niet lang blijven!'

Ze wendde zich tot Jo en zei: 'Eén kopje thee maar, want ik moet vanavond bridgen.' En met die woorden liep ze door naar de keuken.

Daar vond ze de kinderen die bezig waren om chocolade Rice Krispies van een pollepel te eten.

'Lula!' riep Diane ontzet uit, bij het zien van Tallulahs kleverige bruine mond. 'Je lijkt wel een clown!'

'Jij ook!' riep Tallulah uit. Ze was zichtbaar onder de indruk. 'Ik wil lippenstift!'

Diane wendde zich tot Jo.

'Is dat chocola?' vroeg ze.

'Ja,' verzuchtte Jo. Ze gooide de uitgebloeide rozen in de afvalemmer. 'Het is een lang verhaal.'

'Het verhaal van chocola is mij bekend,' zei Diane kortaf. 'Het begint met de cacaoboon, die door de Spanjaarden na de ontdekking van Mexico naar Europa werd gebracht. Maar daar ging het mij niet om.'

Jo keek Diane lichtelijk onthutst aan. 'Dat verhaal bedoelde ik niet,' fluisterde ze.

'Jo heeft ons vanmorgen een verrassing beloofd omdat we zijn opgestaan,' legde Cassandra uit.

'Hemeltje, wat zal het volgende zijn?' vroeg Diane aan de kamer. 'Een cadeautje omdat jullie naar bed gaan?'

'Ze hadden zich verslapen, dus –' begon Jo.

'Ik kan niet lang blijven,' herhaalde Diane. 'Wie wil naar grootmoeder kijken terwijl ze haar nagels doet?'

De meisjes juichten en Zak zei overdreven: 'Pffff.'

'Zachariah!' riep zijn grootmoeder uit. 'Dat was helemaal niet nodig, wel?' Jo was het volledig met Zak eens, en dus ging ze stilletjes verder met het maken van de chocola.

'Het spijt me,' zei Zak, om er vervolgens achteraan te mompelen: 'En ik heet Zacharie.'

'Dat geloof ik ook.'

'Ze wilden net aan hun huiswerk beginnen,' zei Jo.

'Ja,' zei Zak. 'Ik heb bergen.' En hij verdween.

'Meisjes,' zei Jo, 'zodra jullie klaar zijn met het helpen van jullie oma –'

'*Grootmoeder*,' corrigeerde Diane haar op haar meest bekakte toontje.

'– kunnen jullie je huiswerk maken,' besloot Jo zonder al te veel overtuiging. Ze vond de papieren cakevormpjes en begon er het mengsel in te scheppen terwijl de meisjes zich rond Diane verdrongen die haar nagels begon te doen.

Hoe sneller ik dit doe, dacht Jo, des te meer tijd ik heb om Shaun te bellen voor de kinderen aan tafel moeten. De Krispies stonden nog niet goed en wel in de koelkast, of de telefoon ging. Jo keek naar Diane die met haar natte nagels naar haar zwaaide. Toen Jo naar de telefoon liep, hoorde ze Diane tegen de meisjes zeggen: 'Zullen we kijken of de nieuwe nanny wel een goede telefoonstem heeft, meisjes? Dat is altijd de beste test om te zien of je met een dame te maken hebt.' Cassandra en Tallulah sloegen haar oplettend gade.

Mooi, dacht Jo. Je hebt erom gevraagd.

'Goede middag,' zei ze, in een perfecte imitatie van Eliza Doolittle na haar Het Spaanse Graan-moment. 'U spreekt met het huis van de familie Fitzgerald. Waarmee kan ik u van dienst zijn?'

In de pauze die volgde zag Jo hoe Dianes geëpileerde wenkbrauwen omhoogschoten naar haar gouden kroon.

'Verrek,' klonk een warme mannenstem door de telefoon, en Jo herkende hem meteen. 'Draag je ook een schort en een kapje?'

Jo keek strak naar Diane, die haar met haar doordringende blik gevangen hield.

'Met wie wenst u te spreken?' Jo, die zich als verlamd voelde, koerste inmiddels op haar automatische piloot.

'Met jou,' zei Josh lachend. 'Je bent kostelijk.'

Diane schonk Jo een welwillend glimlachje, die zich er voldoende door aangemoedigd voelde om het gesprek te vervolgen.

'Wilt u iemand van de familie spreken?'

'Hemel nee, die zijn allemaal geschift.'

'De grootmoeder van de kinderen, Diane, is met de meisjes aan het spelen.'

'Hoezo? Wat hebben ze verkeerd gedaan?'

Jo probeerde haar glimlach de baas te blijven. Ze probeerde zich half van Diane af te wenden, hoewel dat bijna als een roekeloze en opstandige daad voelde.

'Het heeft een haar gescheeld of ze hadden chocola gegeten,' zei ze op een uitermate tuttig toontje.

'O, hemel, wat verschrikkelijk!' aapte Josh haar toontje na. 'Als jij ervoor zorgt dat ze alles zo snel mogelijk weer overgeven, zal ik de politie bellen.'

'Ze zijn nu met hun grootmoeder bezig,' zei Jo, 'dus dat lijkt me niet nodig.'

Josh' 'Krijg de klere, ben jij wel echt?' maakte een snel eind aan het eerste warme gevoel dat ze sinds haar komst hier had gehad. Het was één ding om bespot te worden, maar het was heel iets anders om bespot te worden door een debiel die niet in de gaten had dat een grapje een grapje was. Ze voelde zich teleurgesteld en boos.

'Mag ik je op de luidspreker zetten?' vroeg hij nu. 'De jongens op kantoor geloven me niet. Rupert wil een afspraakje met je als je het goed vindt dat hij een dummy gebruikt.'

Jo klemde haar kiezen op elkaar.

'Ik zal de Fitzgeralds zeggen dat u hebt gebeld,' zei ze, en ze hing op.

Ze draaide zich langzaam terug naar Diane, die roerloos zat, haar hoofd een beetje schuin hield en haar vragend aankeek. De meisjes waren al lang verdwenen. Ze hadden Jo's gesprek even oninteressant gevonden als te moeten kijken naar drogende nagellak. In plaats van door hen werd Diane nu geflankeerd door de boekensteunen Molly en Bolly, die haar nadeden en Jo op dezelfde strakke en superieure manier aankeken.

'Dat was Josh,' zei ze tegen hen.

Geen van drieën was onder de indruk.

'O ja?' mompelde Diane, hoewel het net zo goed Molly had kunnen zijn; Jo zou er niet om hebben durven wedden.

'Tussen u en mij,' begon Jo, 'geloof ik niet dat hij zo'n goede invloed uitoefent op de kinderen.'

'Natuurlijk niet,' zei Diane, terwijl ze opstond. 'Hij is de zoon van Dicks eerste vrouw, Jane, die, daar zul je snel genoeg achter komen, een trut is. En dat zie je zo. Je zult haar wel ontmoeten wanneer ze langskomt om haar zoontje Toby af te leveren, als ze er niet meteen halsoverkop vandoor gaat omdat ze ergens naar toe moet. En hij is de Duivel.'

'O,' zei Jo, terwijl Diane, gevolgd door de katten, de gang op zweefde. 'Daar verheug ik me op.'

'Dag, lieverds!' riep Diane naar boven. 'Grootmoeder gaat weg!'

'Hé, jongens!' riep Jo. 'Kom even afscheid nemen van je grootmoeder voordat ze naar de bingo gaat!'

'*Bridge!*' riep Diane ontzet uit.

'O, neemt u me niet kwalijk. Die twee haal ik nu altijd door elkaar.'

Diane riep weer naar boven. 'Blijf maar boven, ik heb haast!'

'DA-AG!' riepen drie kinderen uit hun respectieve kamers.

Jo gaf Diane haar jas en Diane nam haar voor de laatste keer aandachtig op, alsof Jo haar zojuist bij de opening van een feest een boeket had overhandigd. Toen, nadat Jo de voordeur voor haar open had gedaan, droeg Diane Jo op Vanessa op te dragen dat ze haar tuinman moest opdragen om de uitgebloeide rozen van de struik te knippen, waarna ze, tot aan het hekje gevolgd door de zwijgende katten, het tuinpad af, en de straat uit zweefde.

'Mmm, broccoli,' loog Jo, en ze nam een hapje.

'Ik vind broccoli vies,' zei Tallulah, terwijl de andere twee Jo evenmin overtuigd observeerden.

'Stel je voor dat er een laagje chocola overheen zit,' zei Jo. 'Dat doe ik altijd.'

'Is het niet veel gemakkelijker om het gewoon niet te eten?' vroeg Zak.

'Of waarom dóe je er geen chocola overheen?' wilde Cassandra weten.

'Ik eet nu eenmaal graag dingen waar ik van groei,' loog Jo opnieuw.

'Waarom?' vroeg Cassandra. 'Je bent al groot.'

'Als ik groot ben word ik groot,' zei Tallulah, en ze at een beetje broccoli.

'Ik draag wel hakken,' zei Cassandra.

'Ik was een boom,' zei Tallulah.

Jo had net de afwasmachine ingeladen en wilde Tallulah in bad gaan doen, toen Dick thuiskwam. Ze liet zich bijna van pure dankbaarheid op haar knieën vallen toen alle drie de kinderen hem om de hals vlogen. Terwijl ze hem met zijn kroost over de grond zag rollen, vroeg ze zich af hoe deze supervader dezelfde man kon zijn als die welke haar het sollicitatiegesprek had afgenomen. Toen de kinderen hem als springplank begonnen te gebruiken en hij met een domme grijns naar haar opkeek, kwam ze tot de conclusie dat eerste indrukken wel erg misleidend konden zijn.

Ze keek op haar horloge. Zeven uur. Ze had twaalf uur achter elkaar gewerkt zonder zelfs maar vijf minuten te pauzeren, en ze was nog niet eens klaar met strijken. Werkten alle mensen in Londen tot zo laat, of waren de Fitzgeralds de enigen? Dick zag haar op haar horloge kijken.

'Ik weet het,' zei hij, onder een kind vandaan. 'Vreemde tijd om thuis te komen.'

'O,' verzuchtte Jo opgelucht. 'Ik dacht al dat het aan mij lag.'

'Hemel, ja!' zei hij. 'Maar omdat het je eerste dag was, besloot ik eerder te sluiten om wat vroeger thuis te kunnen zijn.'

6

Twee weken later, in Niblet, ging Shaun kort voor het invallen van de duisternis de vaste pub van hun groepje binnen. Hij zag Sheila voor ze hem zag, dook weg achter een pilaar en bestelde snel een pilsje.

'Hoe is het met Jo?' vroeg de kastelein.

'Ze heeft het verschrikkelijk druk,' antwoordde Shaun.

'Arm kind. Hetzelfde? O, hallo, Sheila, wat wil jij?'

Shaun draaide zich om naar Sheila die achter hem stond.

'O, hallo!' zei hij. 'Ik had je niet gezien.'

'Ja, geloof je het zelf?' zei Sheila.

Ze stonden aan de bar.

'Ik heb Jo vandaag gesproken,' zei hij na een poosje.

Sheila keek hem glimlachend aan. 'Hoe lang heb je op een telefoontje van haar moeten wachten?'

'Hoe weet je dat ze niet heeft gebeld?'

'Omdat ze mij in de afgelopen twee weken maar twee keer heeft gebeld. En het kan me niet schelen wat ze van echte liefde zeggen, ik weet zeker dat ze jou nooit vaker gebeld kan hebben dan mij.'

Shaun nam een paar grote slokken.

'Of vergis ik mij?'

Shaun pakte zijn glas en ging aan een vrij tafeltje zitten. Sheila bestelde iets te drinken en volgde hem.

'Kom op, Shaunie, het is niet persoonlijk bedoeld,' zei ze, terwijl ze naast hem ging zitten. 'Ik weet zeker dat ze, nu ze in Londen is, wel belangrijkere mensen te bellen heeft dan ons.'

Shaun nam nog een paar grote slokken, haalde diep adem en dronk zijn glas leeg.

'Ik wed dat je nijdig bent,' zei hij ten slotte. 'Nu blijkt dat ze het ook zonder jou af kan.'

Sheila haalde haar schouders op. 'Och, dat valt wel mee. Het zal haar goed doen om wat meer van de wereld te zien.'

Shaun lachte kort en veegde zijn mond af.

'En,' vervolgde Sheila, 'heb je al plannen voor zaterdagavond?'

'Moet je horen wie dat zegt. Heb jij al plannen voor zaterdag overdag? Nadat je haar jarenlang met eindeloze winkelexpedities bij me vandaan hebt weten te lokken?'

'Van weglokken was nooit sprake.'

Opeens riep Shaun een luide groet naar James, die zojuist de pub was binnengekomen. James knikte en liep door naar de bar.

'Het gebruikelijke?' vroeg Shaun nors aan Sheila.

Sheila knikte. Shaun stond op en liep naar James.

Honderdvijftig kilometer verder, in een overvolle bar in de Londense City, waren Jo's telefoontjes eveneens het onderwerp van gesprek, alleen ging het er daar veel joliger aan toe.

Josh had zijn vrienden zojuist getrakteerd op een imitatie van Nanny aan de Telefoon. Sally van de boekhouding was er vanmiddag ook bij, en het had niets met verwaandheid te maken wanneer hij beweerde dat hij wist waarom ze er was. Hoe meer het stel om zijn imitatie moest lachen, des te dichter Sally naar hem toe schoof, en het duurde niet lang voor haar dij zo ongeveer op de zijne rustte. Vandaag kon bijna niet meer stuk. Het was begonnen met een telefoontje van zijn vader die een gesprek van man tot man met hem wilde hebben, en nu had hij Sally van de boekhouding zo ongeveer bij zich op schoot.

'Waar hebben ze die nanny vandaan?' wilde Jasper weten.

'Geen idee,' zei Joshua, die het intussen steeds moeilijker vond om zich te concentreren. 'Van Het Opleidingsinstituut voor Tuttige Nanny's, vermoed ik.'

'Ik moet haar spreken,' zei Rupert. 'Alleen al bij de gedachte aan haar krijg ik een stijve.'

'Hoeveel heb je ervoor over?' vroeg Josh.

'Tien pond.'

'Ha!'

'Nou, twintig dan.'

Josh lachte opnieuw.

'Vijftig! Maar als ze niet aan mijn dromen beantwoordt, dan krijg ik alles terug.'

'Afgesproken!' riep Josh, en het hele stel juichte. 'Wanneer ik haar de volgende keer aan de lijn heb zet ik de luidspreker aan en als ik je een knipoog geef, kun jij het van me overnemen.'

Sally kroop nu helemaal op Joshua's schoot. Haar rok schoof even zo hoog op dat hij een glimp opving van een zongebruinde dij. En voor de rest van de avond was de tuttige nanny vergeten.

In de loop van de daaropvolgende weken zakte het leven van de tuttige nanny langzaam maar zeker naar een nieuw en enigszins spectaculair dieptepunt. Op het einde van haar derde week bij de Fitzgeralds lag ze op haar bed te kijken naar haar open koffer, vergeten rugzak en een onuitgepakte doos. Ze was te uitgeput om zich nog te kunnen verroeren en deed haar best om niet te huilen.

In principe had Jo het weekend vrij, tenzij er van tevoren iets was afgesproken, en dan kreeg ze er als oppas extra voor betaald. Ze had haar eerste weekend in bed doorgebracht om achterstallige slaap in te halen. Het tweede weekend was ze thuisgebleven, en had ze zich door Vanessa laten verleiden om haar dit en dat aan te geven, om zus even in de afwasmachine te zetten, en om even naar boven te gaan om zo voor haar te halen. In het derde weekend ging ze uiteindelijk maar in haar eentje naar de film om duidelijk te maken dat ze in het weekend niet geacht werd te werken. In de bioscoop was ze omringd geweest door luidruchtige pubers die onophoudelijk naar haar zaten te kijken en jonge stellen die dat niet deden, en uiteindelijk was ze voor het einde in slaap gevallen. Toen ze even later wakker was geschrokken, had ze hardop 'zijn de katten binnen?' gezegd, en zich diep geschaamd.

Ze zou het heerlijk hebben gevonden om voor het weekend naar huis te gaan, maar ze wist dat ze, als ze dat zou doen, nooit terug zou komen, en dat zou dan weer niet alleen het einde van haar dromen betekenen, maar ook het begin van een bestaan dat haar door haar dierbaren voorspeld was. Wat Shauns bezoek betrof, zijn bedrijf bevond zich nog steeds in de eerste belangrijke maand van zijn grootste contract aller tijden, en ze wist dat dat betekende dat hij vermoedelijk zelfs, en met inbegrip van de weekends, op het werk bleef slapen. Als hij geen uurtje had kunnen vrijmaken om naar het station te komen om haar uit te zwaaien, zou hij al helemaal geen tijd hebben om naar Londen te komen en te blijven logeren. Soms, heel soms – en meestal 's nachts – vroeg ze zich af of de generatie van haar ouders het dan toch bij het goede einde had met erop te staan dat een vrouw zich behoorde te schikken naar de loopbaan van de man die haar had gekozen. Goed, in sommige gevallen zou dat voor zo'n vrouw wel eens niet echt bevredigend kunnen zijn, maar een stuk gemakkelijker was het zeker.

Ze had bijna elke dag contact met haar ouders, en zolang ze dat deed, en zolang er maar minstens één kind in de auto was, lukte het haar haar tranen de baas te blijven. Afgezien van de uitputting en het feit dat ze 's avonds zo vroeg mogelijk naar bed ging, had ze maar heel weinig tijd voor persoonlijke telefoongesprekken. Bovendien had ze nooit voldoende energie om Shaun te bellen, en was ze vrijwel nooit in de goede stemming voor een gesprek met Sheila. In de weinige minuten rust die ze had, miste ze haar ouders; en op alle andere momenten verlangde ze naar de vertrouwdheid van Niblet.

Op de vrijdagochtend van Jo's vierde week bij de Fitzgeralds, stond Jo achter aan de rij bij het kleuterklasje na te denken over alles wat ze geleerd had sinds ze het huis uit was gegaan. Ze had van tevoren geweten dat het er bij de Fitzgeralds anders aan toe zou gaan dan bij haar ouders thuis, maar ze had gemeend dat die verschillen tot details beperkt zouden zijn. Inmiddels wist ze dat het juist die details waren die een huis tot een thuis maakten. En het huis van de Fitzgeralds was geen thuis maar een station waar alles via afstandsbediening functioneerde. Er was zoveel dat je alleen met een afstandsbediening kon laten werken, dat ze een afstandsbediening nodig hadden om de afstandsbedieningen te vinden. Elke stereo-installatie in elke kamer had er een, dan was er een voor het dimmen van de lichten in elke kamer, er was er een voor de open haard, en er was een aparte afstandsbediening voor de klok in de zitkamer – een griezelig object met lichteffecten waar je de afstandsbediening op moest richten om het in werking te stellen. Wanneer je dat deed, verrees er heel langzaam een halve bol uit het blad van de lage tafel, die vervolgens een lichtbundel op de witte muur er tegenover wierp. En dan, stel je voor, transformeerde die lichtvlek langzaam maar zeker in een klok. Meestal was je, tegen de tijd dat de cijfers eindelijk zichtbaar werden, al te laat. En verder had elke televisie in huis natuurlijk ook nog zijn eigen afstandsbediening. Als er zou worden ingebroken en de dief alle afstandsbedieningen mee zou nemen, zou niets in huis het meer doen. Dan zou het alleen nog maar een lege huls zijn.

Jo's kamer, met de televisie en zijn enorme klerenkast, was het bewijs – als dat nog bewezen moest worden – dat geld niet gelukkig maakt. Haar lichaam snakte naar de eenvoudige gemakken van haar kamertje thuis met zijn prachtige uitzicht op de Avon en het geruststellende geluid van het gekibbel van haar ouders beneden.

Terwijl ze haar blik over de rij wachtenden voor zich liet gaan, bedacht ze dat ze misschien wel niet sterk genoeg was voor deze baan. Misschien zou ze het na een maand al moeten opgeven en verslagen naar huis terug moeten keren.

'Kop op,' zei een stem achter haar. 'Je kijkt alsof je zojuist een baby bent verloren en er drie hebt gevonden.'

Jo nam aan dat de stem het niet tegen haar had, maar keek voor alle zekerheid toch onopvallend even achterom. Ze zag een duur uitziend, lang, blond meisje van haar eigen leeftijd dat een autozitje droeg waarin een heel jonge baby lag te slapen.

'Je bent een nieuwe nanny, klopt dat?' vroeg het meisje, waarbij ze Jo geamuseerd lachend aankeek. Jo knikte.

'Dat dacht ik wel,' zei het meisje. 'Als je een moeder was geweest, dan zou je verveeld voor je uit hebben staan kijken, in plaats van alsof je het totaal niet meer ziet zitten. Ik ben Pippa, en dit,' zei ze, het autozitje voor zich uit houdend, 'is Sebastian James.'

Jo keek naar Sebastian James. Hij was waarschijnlijk nog geen maand oud.

'Zeg eens dag tegen deze aardige mevrouw, Sebastian James,' zei Pippa.

Sebastian James trok even met zijn linkerwenkbrauw. Het was niet veel, dacht Jo, maar het was meer dan waaraan ze gewend was.

'Leuk kennis met je te maken, Sebastian James,' zei ze, en ze stak haar hand uit.

Sebastian James liet een wind.

'De jeugd van tegenwoordig,' verzuchtte Pippa, terwijl ze het zitje weer op haar heup nam. 'Geen greintje respect.'

'Ach,' zei Jo met een glimlach, 'wat wil je, ze hebben de oorlog niet meegemaakt.'

'Zijn moeder laat zich aan haar aambeien helpen,' zei Pippa grinnikend.

'O, lekker.'

'Dat is het in ieder geval voor de dure specialist. De man incasseert maar liefst twaalfhonderd pond voor veertig minuten werk.'

Jo floot lang en zacht.

'Maar ja, hij zal ze natuurlijk wel eerst moeten vinden,' zei Pippa. 'Het zal hem wel om het vindersloon te doen zijn.'

Jo ontdekte dat Sebastian James' zusje, Georgiana Anne, in Tallulahs klas zat. 'Hun ouders hadden geen enkele ervaring met nanny's,' vertelde Pippa. 'Ik ben hun eerste. En ik ben al drie jaar bij ze, waarmee ik in technisch opzicht hun baas ben. Ik ga drie keer per week naar aerobics en één keer per week naar de schoonheidsspecialiste, en ze betalen alles omdat ze doodsbang zijn dat ze me kwijt zullen raken. En schuldig dat ze zich voelen! Het is onvoorstelbaar. Er lopen mensen rond die kinderen vermoorden, en het enige wat dit stel doet is werken, werken en nog eens werken om voldoende geld te verdienen om hun gezinnetje te onderhouden, maar ze doen alsof ze een massamoord op hun geweten hebben. Arme stakkers. Hoewel, handig is het natuurlijk wel. Ik heb mijn eigen zolderetage in Highgate met een eigen voordeur en een daktuin op het zuiden. En ik ben net terug van een pre-baby-"werkvakantie" op de Bahama's. Ze wilden oorspronkelijk naar Antibes, maar ik zei dat ik naar de Bahama's wilde. Werken die van jou?'

'Ja.'

'Uitstekend.'

Sebastian James liet een boer. Pippa en Jo keken hem aan.

'Mannen,' verzuchtte Pippa. 'Heb je tijd voor koffie?'

Jo zette grote ogen op.

'Ik heb zelfs niet eens tijd om rustig naar de plee te gaan,' bekende ze.

'O, jee, dat is niet best.'

'Nee,' was Jo het met haar eens. 'Dat is niet best.'

'Ik vroeg me al af waarom je er zo bij stond.'

Jo's lachje was kort en luid, alsof ze vergeten was hoe je het deed. 'O, ik sta alleen maar zo omdat het me de nodige moeite kost om na het beklimmen van Highgate Hill overeind te blijven.'

'Wat doe je in het weekend?'

'Ach, je weet wel. Klusjes voor mijn baas, een potje janken op mijn kamer, in slaap vallen in de bioscoop, dat soort dingen.'

'Wat doe je de komende zondag?'

'Mijn ontslag nemen en teruggaan naar huis om met mijn vriendje te trouwen.'

Pippa kneep Jo in haar arm. 'Laten we in plaats daarvan koffie gaan drinken,' zei ze. 'Om elf uur bij Costa Coffee in de Highgate High Street. Les nummer één: als je geen duidelijke plannen hebt voor het weekend, behandelen ze je alsof het een gewone werkdag zou zijn. En zorg er ook voor dat je nooit te vroeg opstaat, want dat is eveneens een teken dat je bereid zou zijn om te werken.'

'O,' zei Jo, en ze zette grote ogen op.

Pippa keek haar stralend aan. 'Je kunt nog een heleboel van me leren, groentje,' zei ze.

'Dank je,' zei Jo.

De deur van het klasje ging open en de kleintjes kwamen één voor één, tegen het schelle zonlicht knipperend, naar buiten. Jo zag Tallulah die achteraan liep.

Georgiana Anne kwam naar Pippa, gaf haar broertje zo'n harde zoen op zijn voorhoofd dat haar tandjes sporen achterlieten op zijn tere huidje, gaf Pippa een van papier-maché vervaardigd kunstvoorwerp dat op een penis met een pruik leek, hees haar maillot op en verklaarde: 'Voor mammie.'

'Wauw!' riep Pippa uit. 'Die mammie boft maar weer!'

'Ik wil kipnuggets eten.'

Jo knielde tot ze op Tallulahs hoogte was gekomen om haar beter te kunnen verstaan. Tallulah keek haar recht aan.

'Hallo,' zei Tallulah.

'Hallo,' zei Jo grinnikend, 'heb je een leuke dag gehad?'

'Ja, dank je. Georgiana is mijn vriendinnetje.'

'Wat leuk.'

Tallulah keek naar Georgiana.

'Soms,' voegde ze eraan toe.

Toen ze halverwege huis waren, keek Tallulah op naar Jo.

'Mag ik huppelen?' vroeg ze.

'Natuurlijk, lieverd. Als je maar op me wacht met oversteken.'

'Ik vind je haar mooi,' zei Tallulah, alvorens zich op belangrijker dingen te concentreren. Zoals huppelen.

Het was lunchpauze, en Cassandra stond met hoog opgeheven hoofd op de speelplaats en probeerde wanhopig om niet naar Maisy Mason en Arabella Jackson te kijken die druk met elkaar stonden te giechelen en te fluisteren.

Ze kwamen dichterbij en Cassandra kreeg het warmer en warmer, en ze wist zeker dat ze aan haar gezicht konden zien dat ze zich scherp van hun nabijheid bewust was. Ze hield haar hoofd nog wat hoger. Toen ze haar passeerden hoorde ze hoe haar naam luid werd gefluisterd, waarna de meisjes opnieuw in de giechel schoten. Ze negeerde haar buikpijn, begon een vrolijk deuntje te neuriën en liep naar het klimrek terwijl ze de tranen in haar ogen voelde schieten.

Arabella Jackson had lang blond krulletjeshaar en mollige roze wangen. Ze had geleerd om met een enkele beweging van haar fraaie wenkbrauw en een lichtelijk wanhopige blik in haar donkerblauwe ogen, de indruk te wekken dat ze het leven niet aan kon en snakte naar de hulp van een grote, sterke held. Ze was een natuurtalent. Veel vrouwen werden die truc nooit meester, maar er waren er enkelen die hem op hun achtste al tot in de perfectie onder de knie hadden. De jongens waren dol op haar. Zelfs de grote jongens. Jongens die door de modder liepen te spatten en met hun machinegeweren schietend door het park renden, konden op slag verstijven wanneer ze een glimp opvingen van Arabella Jacksons wangen en de hulpeloze blik in haar vochtige ogen met de lange wimpers. Meisjes waren eveneens dol op Arabella. Eigenlijk hielden ze nog meer van haar dan de jongens. Allemaal wilden ze zijn zoals zij, maar omdat dat niet kon, waren ze allang blij als ze in haar onmiddellijke omgeving mochten vertoeven. Er vonden gecompliceerde regelingen plaats om uit te maken wie er op vrijdag tijdens het schilderen naast haar zou mogen zitten, en kleine handjes werden zo hoog mogelijk in de lucht gestoken wanneer ze bedelden om de gunst om haar favoriete mascotte tijdens de exclusieve (en dure) toneellessen vast te mogen houden. Iedereen hield van Arabella.

Iedereen behalve Cassandra. Tot aan haar zevende was Cassandra een van Arabella's blinde volgelingen geweest. Maar nu, met de wijsheid van een heel jaar kennis, haatte Cassandra haar. Ze haatte haar zelfs zó dat ze haar wel kon vermoorden, of haar op zijn minst heel hard wilde bijten. Haar haat was zuiver en hartstochtelijk. Als Cassandra's haat voor Arabella het onderwerp van een bijbelverhaal was geweest, zou het beschreven worden als een aangrijpend, verschrikkelijk en onweerlegbaar feit waar zelfs God geen invloed op kon uitoefenen. Maar het ergste eraan was nog wel dat Cassandra niet wist hoe ze die haat van haar moest kanaliseren. Ze schaamde zich omdat haat niet paste bij een meisje van haar leeftijd. Het gaf onmiddellijk de indruk dat ze lelijk, gemeen en jaloers was. En dat was ze niet. Ze was alleen maar vervuld van haat.

Ze had aanvankelijk gehoopt dat de leraren en haar ouders haar zouden begrijpen. Hun laserscherpe volwassen blik zou onmiddellijk zien wat kinderen niet konden onderscheiden, en ze zouden probleemloos door de uiterlijke schijn van Arabella's schoonheid heen prikken en zien hoe duister haar ziel wel niet was. Hun wijze brein zou haar web van leugens doorzien, en het zou hun binnen de kortste keren duidelijk worden hoe lelijk ze vanbinnen was.

Maar Cassandra's hoop ging niet in vervulling. De volwassenen waren minstens even dol op haar als de meisjes, en ze moesten voortdurend aan haar zitten, haar omhelzen en haar kusjes geven. Langzaam maar zeker realiseerde Cassandra zich dat de volwassenen dan weliswaar groter waren dan de kinderen, maar dat dat nog niet automatisch betekende dat ze ook slimmer waren.

De frustratie van te weten dat zij gelijk had en dat alle anderen zich vergisten, maakte Cassandra bijna gek. Waarom was er niemand die haar geloofde?

Als ze volwassen was geweest en dit een kantoor was, zou ze mogelijk een list hebben verzonnen om Arabella te ontmaskeren, of anders had ze misschien wel een partner gehad bij wie ze, bij thuiskomst, haar hart zou hebben kunnen uitstorten, of ze zou gewoon naar een andere baan hebben gezocht. Maar ze was een meisje van acht, dus het enige wat ze kon doen was erover piekeren en piekeren, tot de haatgevoelens haar uiteindelijk dreigden te overweldigen. En ondertussen deed Arabella alles wat ze kon om de afvallige in een zo kwaad mogelijk daglicht te stellen.

Het was een jaar geleden begonnen, en het was een situatie geweest zoals je die in elke klas wel tegenkwam. Er was een nieuw meisje bij hen in de klas gekomen. Asha Murray had als een zielig hoopje ellende, verlegen en vrezend voor haar leven, naast de juf gestaan. Daarbij miste ze een voortand, en was ze ook nog eens bleek en niet erg aantrekkelijk. De klas had onverschillig naar haar gekeken, net zoals ze zelf, even onverschillig, naar haar grote platvoeten had staan kijken. 'Wie wil er zich over Asha ontfermen?' had de juf hoopvol aan de klas gevraagd.

Achttien kinderen hadden elkaar vragend aangekeken. Er volgde een lange stilte. Toen stak Arabella haar vinger op, liet haar hoofd een beetje zakken en zei: 'Als Asha mijn vriendinnetje wil zijn, dan wil ik me graag over haar ontfermen.'

En daarmee was Asha Murray in één klap van het meest treurige meisje tot het meest benijde meisje van de klas geworden, en zeventien meisjes hadden er spijt van dat ze niet hetzelfde hadden gedaan. Want hadden ze dat wel, dan zou Arabella nu misschien wel van hen houden.

Arabella werd tot een levende engel. Binnen de tijd van enkele minuten waren Asha en Arabella de tweelingzussen die ze nooit hadden gehad, en de hele klas zag hoe Arabella Asha een sticker gaf die ze mocht houden. Wat had Asha Murray gedaan om dergelijke gunsten te verdienen?

Niemand kwam er ooit achter, en in de tussentijd bestond Cassandra's jaar uit de gebruikelijke excessen. Ze at veel te veel snoep, kreeg veel te veel speelgoed, zag te veel Disney-films en ontving (als het geen eigentijdse misdaad is om zoiets te zeggen) mogelijk veel te veel onvoorwaardelijke liefde. Ze was te gelukkig om zich te realiseren hoe gelukkig ze was. En ze was te gelukkig om het niet vreemd te vinden dat de verlegen, teruggetrokken, angstige Asha Murray, in plaats van onder deze fortuinlijke vriendschap op te bloeien, juist alleen nog maar verlegener, stiller en angstiger werd.

Maar toen, op het eind van het jaar, ving Cassandra voor het eerst een glimp op van de wereld der volwassenen.

Het was bijna grote vakantie. Alle meisjes droegen hun eenvoudige zomeruniform, en de klas trok er met het heerlijke weer regelmatig op uit voor lange wandelingen. Alles voelde als één groot feest en ze vond het heerlijk op school.

Alsof het allemaal nog niet opwindend genoeg was, werd de hele achterwand van de klas voor de open dag – de zaterdag waarop de ouders het werk van hun kroost kwamen bewonderen – veranderd in één grote collage van een boerderij. Elke leerling moest van watten een schaap maken dat op de muur werd geplakt. Elk schaap werd voorzien van een naam, zodat de betreffende ouders zich over het product van hun kind konden verbazen. Tijdens de pauze op de dag voor de open dag was Cassandra toevallig met Arabella en Asha in de klas, terwijl de juf proefwerken zat na te kijken. Cassandra hoorde Arabella iets tegen Asha fluisteren.

'Dat wil ik niet,' hoorde Cassandra Asha zeggen.

Arabella antwoordde luid genoeg dat Cassandra haar net kon horen, maar de juf niet.

'Als je het niet doet, dan ben ik je vriendin niet meer.'

Asha sloeg haar ogen neer en schudde haar hoofd.

'En als ik je niet meer wil, dan zal iedereen een hekel aan je hebben. En dan vertel ik ze allemaal over die keer dat je in bed hebt geplast –'

'JUF!' riep Asha opeens uit.

Juf schrok zich een hoedje.

'Ja, Asha, wat is er?'

'Ik vind Arabella's schaap niet mooi genoeg om op de muur te mogen hangen. Het is... het is het lelijkste schaap van allemaal.'

Er viel een stilte. Arabella keek Asha doordringend aan. Naar de juf toe wekte ze de indruk van de gekwetste vriendin die zich verraden voelde, maar voor Asha was het een waarschuwende blik.

Asha vervolgde: 'Kunt u hem er niet afhalen? Hij bederft de hele boerderij.'

Geschokt zag Cassandra hoe Arabella, als het toonbeeld van vernedering en pijn, het hoofd liet langen. Ze wilde roepen dat Arabella Asha hiertoe had aangezet, maar de woorden bleven steken in haar keel.

De juf keek Asha onthutst aan.

'Asha, zoiets zeggen we toch niet van onze vriendinnen, of wel?'

'Het geeft niet,' zei Arabella met een klein stemmetje. 'Ze heeft ook wel gelijk.' Ze begon zachtjes te huilen.

De juf kwam bij hen staan en sloeg een arm om Arabella's schouder, en Arabella liet zich door haar omhelzen.

'Bied Arabella onmiddellijk je excuses aan,' zei de juf op boze toon tegen Asha. 'Ik wil zoiets gemeens nooit meer horen. Ik schaam me voor je, Asha Murray.'

Op dat moment gluurde Arabella door haar pony van krulletjes en keek ze, zonder dat de juf het kon zien, Cassandra aan. Cassandra's gezicht sprak boekdelen. Ze had alles gezien. Haar ogen waren groot als schoteltjes en ongeloof en ontzetting straalden van haar af. Zij en Arabella wisselden een blik. Arabella schrok, maar het volgende moment had ze zichzelf weer in de hand. In het besef dat de juf haar gezicht door haar krullen niet kon zien, hield ze even op met huilen, wierp Cassandra een onmiskenbaar dreigende blik toe, en toen Cassandra angstig genoeg terugkeek, drukte ze haar gezicht tegen de schouder van de juf.

Cassandra wou dat ze nooit van het incident getuige was geweest, maar ze kon het niet vergeten. Ze had in haar korte leven nog maar zo weinig om zich te herinneren, dat het stug en koppig in haar geheugen bleef plakken. Ze wilde dat ze de klok terug kon zetten en ze weer van Arabella kon genieten zoals ze voorheen had gedaan, dat ze haar weer kon bewonderen en dat ze weer van het leven kon genieten.

Maar dat kon ze niet. En het ergste was nog wel dat ze wist dat Arabella van haar moment van openbaring getuige was geweest en ze niet wist wat ze verder nog van haar kon verwachten. En in de dagen en weken die volgden kon Cassandra maar niet bepalen hoe ze met Arabella om moest gaan. Ze probeerde haar zoveel mogelijk te mijden, maar Arabella zocht haar juist steeds vaker op – soms om haar openlijk te plagen, soms om haar onopvallend te waarschuwen, en soms alleen maar om haar te observeren. Hoe meer Cassandra zich op een afstand probeerde te houden, des te meer Arabella haar achtervolgde. Ze nodigde haar uit om met haar en Asha mee te spelen, en toen Cassandra uiteindelijk ronduit weigerde om op haar verzoek in te gaan, vond Arabella het ineens niet meer nodig om te doen alsof ze vriendinnen waren.

'Ik zal je nooit meer vragen,' zei ze, terwijl ze haar blonde krullen naar achteren schudde en wegliep.

Vanaf dat moment veranderde Arabella van tactiek. Maisy Mason was het volgende nieuwe meisje in de klas. Ze was knap, had lang bruin haar, sproeten en een brutale glimlach. Cassandra was op slag verliefd op haar. Toen de juf, juffrouw Davies, vroeg wie zich over de nieuwe leerlinge wilde ontfermen, had Cassandra het niet kunnen helpen dat haar hand als een raket omhoog was geschoten. Ze was de eerste, en dus kwam Maisy naast naar zitten.

Tegen de tijd dat het pauze was, waren Maisy en Cassandra de dikste vriendinnen. En dat bleven ze gedurende een heel semester. Ze deelden geheimen en hadden hun eigen geheime taal, ze waren elke pauze onafscheidelijk en gingen bij elkaar logeren. Cassandra waande zich in de zevende hemel en kon niet voorzien dat haar liefde voor Maisy haar ondergang zou zijn.

Op zekere dag vertelde Cassandra Maisy uitgebreid waarom Arabella niet zo aardig was als ze er wel uitzag, en Maisy was een en al oor. Tijdens het verhaal keken de meisjes van tijd tot tijd naar Arabella, en sloegen ze haar gefascineerd gade. En toen, zo plotseling dat ze er alle twee van schrokken, keek Arabella op en keek Cassandra recht aan. Lange seconden later keek ze van Cassandra naar Maisy, en schonk ze haar een onweerstaanbare warme glimlach. Toen keek ze weg en zei ze iets waar iedereen die bij haar in de buurt zat om moest lachen. Cassandra probeerde de moed niet te verliezen, maar op de een of andere manier voelde ze aan dat Arabella het daar niet bij zou laten.

Het begon met kleine dingetjes. Tijdens de toneelles liet Arabella Maisy haar mascotte vasthouden, of ze koos haar uit als partner bij het schilderen, en ze schonk haar vanaf de andere kant van de klas kleine, intieme glimlachjes waardoor alle anderen zich duidelijk buitengesloten voelden. Beetje bij beetje wist ze Maisy op uiterst geraffineerde wijze van Cassandra af te troggelen. En Cassandra, die niet in staat was haar emoties te onderdrukken, emoties die soms veel groter leken dan haar ranke lijf kon bevatten, werd verteerd door jaloezie en humeurigheid. Ze werd steeds bezitteriger tegenover Maisy, en ze begon zelfs paranoïde neigingen te ontwikkelen. Al met al maakte ze het er Arabella alleen maar gemakkelijker op. Enkele weken later moest ze met lede ogen aanzien hoe Maisy haar langzaam maar zeker in de steek liet.

Het duurde een hele week voor Maisy haar genegenheid volledig van de een naar de ander had overgeplant en had laten wortel schieten, en Cassandra was er kapot van. Maar de hardste klap kwam toen Maisy naar de juf liep en haar op vastberaden toon vroeg of ze alsjeblieft met Asha van plaats mocht ruilen.

'Waarom, Maisy?' vroeg juffrouw Davies verbaasd.

'Omdat Arabella mijn beste vriendin is,' zei Maisy trots.

Juffrouw Davies keek naar Arabella die haar trakteerde op een weergaloze voorstelling van een wanhopig klein meisje.

'Ik zie niet in waarom niet,' zei juffrouw Davies welwillend. 'Na de lunchpauze kun je met Asha ruilen.'

Maisy en Arabella wisselden een verrukte grijns. Dat was iets dat Cassandra mogelijk nog wel verwerkt zou kunnen hebben, maar toen draaide Maisy zich om en liep met een grimmig gezicht terug naar haar 'oude' plaats naast Cassandra alsof ze haar executie tegemoet ging. Cassandra zag machteloos toe hoe het plaatsje naast haar ineens de meest onpopulaire plek van de klas werd. Toen Maisy bij haar was gekomen, ging ze met haar rug naar haar toe zitten, schoof zover mogelijk van haar af en legde haar hoofd op haar tafel. Het was doodstil in de klas. Iedereen keek, zoals mensen naar een auto-ongeluk keken, met een mengeling van fascinatie en ontzetting naar Cassandra, wier populariteit in één klap tot ver beneden het nulpunt was gedaald. En Cassandra was, net als iemand die een auto-ongeluk had gehad, zo verdoofd door de klap die ze wel had zien aankomen, maar niet had kunnen voorkomen, dat ze helemaal niet merkte dat er van alle kanten naar haar werd gekeken. De hele ochtend zei Maisy geen enkel woord tegen haar gewezen vriendin. Cassandra werkte verwoed aan haar sommen, en telkens wanneer ze de tranen in haar ogen voelde prikken, begon ze aan een volgende.

Dit was niet het einde van een liefdesrelatie, dus er waren geen beste vriendinnen die zich haastten om haar met chocolaatjes en tissues te troosten, en haar de verzekering gaven dat ze veel te goed voor hem was geweest; er waren geen potentiële nieuwe minnaars om haar een betere en gelukkigere relatie te beloven, en er was geen raadgever die haar de geruststelling gaf dat de tijd alle wonden heelde en dat dit niet betekende dat ze een anders liefde niet waard zou zijn. Omdat dit de eerste keer was dat Cassandra's hart was gebroken, had ze er geen idee van dat haar gevoelens heel normaal waren en dat ze langzaam maar zeker over zouden gaan. Ze dacht dat haar wereld voorgoed was ingestort en dat ze van nu af aan helemaal alleen zou zijn.

Toen het pauze was verhuisde Maisy met veel onderdrukt gegiechel – en elke giechel sneed als een vlijmscherp mes door Cassandra's hart – haar boeken, haar stoel met een M op de rugleuning, en de roze puntenslijper die Cassandra haar eeuwen geleden had gegeven, naar haar nieuwe plekje en kwam Asha naast Cassandra zitten. Asha zag bleek, en de meisjes konden elkaars aanblik amper verdragen in het besef dat de een er niet beter aan toe was dan de ander. Het was al moeilijk genoeg om te zijn afgedankt, laat staan om iemand anders die dat eveneens was, aardig te vinden.

Cassandra was al haar aanzien kwijt. Ze was gedegradeerd tot de ex-vrouw, tot degene met wie Maisy aanvankelijk genoegen had moeten nemen, maar intussen had ze naam weten te maken en had ze haar waardigheid gevonden.

Cassandra had niet verwacht dat het nog erger zou kunnen worden, maar toen zag ze dat Maisy Arabella de geheime taal liet zien die ze samen hadden verzonnen. En toen werd haar ineens duidelijk dat Maisy haar zou verraden, en dat ze Arabella al die lelijke dingen zou verklikken die Cassandra haar over haar had verteld. En toen werd ze ook nog bang.

Die avond thuis zei Cassandra geen woord. Ze kon geen hap door haar keel krijgen en ze wilde niet dat mammie haar voor het slapengaan een verhaaltje voorlas. Dick begreep er niets van, en Vanessa voelde zich gefrustreerd. Na een poosje begon Cassandra op de zondagavonden last te krijgen van buikpijn, en op een avond, na alweer een huilbui voor het slapengaan, vertelde ze haar moeder eindelijk wat er aan de hand was.

'Lieverd,' zei Vanessa, 'in je hele leven zul je met Arabella's te maken krijgen.' Daar had Cassandra niet echt veel aan gehad. Dicks extra knuffels konden de pijn tijdelijk verlichten, en beetje bij beetje besefte Cassandra dat de knuffels wel degelijk echt hielpen en dat de pijn er een stuk minder op was geworden. Ze raakte gewend aan het gevoel dat elke dag een strijd was. Ze leerde te leven met haar angst, haar gebroken hart en het verraad. Maar de belangrijkste les was dat het leven gewoon verderging.

Er was slechts één gedachte die haar ervan weerhield Arabella met een geslepen bijl te lijf te gaan. Wraak. Ooit zou er een dag komen waarop ze zich zou wreken. Ze wist nog niet hoe, maar er zou haar wel iets te binnen schieten. In haar dagboek beschreef ze alles wat Arabella deed en zei tot in het allerkleinste detail. Het hielp haar de woede en haat op een dagelijkse basis te verwerken, en wie weet zou het haar in de toekomst nog wel eens van pas kunnen komen.

'Gaat het alweer een beetje met Arabella, lieverd?' had Vanessa twee weken later gevraagd.

Cassandra had haar een zuinig glimlachje geschonken en vervolgens, met de gedachte aan haar dagboek, heftig geknikt. O ja, dacht ze, elke dag ging het een beetje beter.

Tegen de tijd dat Jo Cassandra kwam halen, had ze alweer een lange middag overleefd. Toen ze thuiskwamen, maakten Cassandra en Zak huiswerk, terwijl Tallulah, die naar de kleutergym was geweest, beziggehouden moest worden.

'Waar heb je zin in?' vroeg Jo, in de hoop dat het meisje zou antwoorden: 'Een andere baan voor jou vinden terwijl jij je vriend belt en hem tot de gelukkigste man van de wereld maakt.'

'Ik wil verven,' verklaarde Tallulah.

'Mooi. En wát wil je verven?'

'Een Kandinsky.'

Jo glimlachte. Ze zei wel vaker van die rare dingen.

'Een Kan-wátsky?'

Tallulah giechelde. 'Een Kandínsky, suffie.' En met die woorden pakte ze Jo's hand en trok haar mee naar de zitkamer waar ze op het felgekleurde schilderij boven de open haard wees dat duidelijk door een kind van vier was geschilderd. 'Dat is een Kandinsky. Geen echte, natuurlijk, maar een kopie,' vertelde Tallulah.

Jo knielde. 'Weet je wel,' zei ze vol verwondering, 'dat ik maar een derde versta van alles wat je zegt?'

Een halfuur later, terwijl Jo onder de felle basiskleuren van Kandinsky zat, werd er nadrukkelijk aangebeld. Ze hoorde de olifanten de trap af denderen, en zette zich schrap voor die ene ervaring die haar binnen haar nieuwe huishouden tot aan die dag bespaard was gebleven. Tot op dat moment had ze een ontmoeting met Toby's moeder, de beruchte mevrouw Fitzgerald de Eerste, weten te voorkomen. Twee vrijdagen eerder had Jane Fitzgerald zo'n haast gehad om weg te komen naar haar weekendje kuuroord, dat Jo slechts de achterkant van haar zwarte Peugeot had mogen aanschouwen, en de afgelopen vrijdag was Jo, uitgerekend op het moment waarop Jane was gekomen, met Tallulah op de wc bezig geweest, en had Zak Toby binnengelaten.

Jo deed open. Op de stoep stonden een boos kijkende Toby en een concave vrouw met een donkere zonnebril op. Toby haastte zich zonder een woord te zeggen langs Jo heen naar binnen, waar hij op de gang luidruchtig door Zak werd begroet.

'Dag, dag, lieverd,' hoorde Jo Jane achter zich zeggen. 'En ik zal je ook heel erg missen.'

Jo draaide zich weer naar Jane om en wilde haar begroeten, toen ze opeens haar zonnebril afzette, Jo met twee felle blauwe ogen aankeek en vroeg: 'Is de teef ook thuis?'

Jo's mond zakte open.

'Ben jij de nieuwste nanny?'

Jo knikte terwijl Jane haar langzaam van top tot teen opnam. Ze schudde haar hoofd en maakte een meewarig geluid.

'Ik geef je een week,' zei ze met een valse grijns. 'Hoe bevalt het tot nu toe?'

Jo haalde haar schouders op.

'Eén week,' herhaalde de vrouw. 'De enige reden dat ze nog steeds getrouwd zijn is dat ze geen van de dingen hoeft te doen die ik indertijd moest doen. Ik ben nog steeds in therapie, weet je, en intussen zijn we al elf jaar gescheiden.'

Jo knipperde met haar ogen. Jane sloeg haar armen voor haar volle borst over elkaar.

'En hoe vind je die zak van een Dick?' vroeg ze.

'Eh –'

'En Pamela Ewing?'

'Eh –'

'Ik zie het al, ze hebben je vanwege je intelligentie genomen,' mompelde ze, waarna ze zich omdraaide en het pad afliep. Bij het tuinhek bleef ze staan, keek nog om en zei: 'Sterkte met Toby. Hij is een etter. Net als zijn vader.'

En met die woorden was ze verdwenen.

Jo keek haar na, deed de deur langzaam achter haar dicht en bleef een poosje in het halletje staan.

Tegen de tijd dat ze Zak en Toby naar de serre volgde, was duidelijk dat Zak moeite had met het verwerken van het feit dat het leven niet alleen hoogtepunten, maar ook dieptepunten had. Hij stond te stampvoeten en riep: 'Het is niet éérlijk,' terwijl Toby, het speelkameraadje naar wie hij sinds zondagavond reikhalzend had uitgekeken en die hij helemaal voor zichzelf alleen wilde hebben, zich totaal niet voor hem interesseerde en bij Tallulah was gaan staan.

'Wie is je lievelings-Teletubby, Lulu?' vroeg hij.

Tallulah zuchtte en antwoordde, zonder haar ogen van haar werk te halen: 'Ik heet Tallulah en niet Lulu.'

'Vertel eens, *Tallulah*, wie vind je leuker, Poe-poe of La-de-la?'

'Ik ben geen baby,' antwoordde Tallulah bijna onverstaanbaar zacht.

'O, neem me niet kwalijk. En waar kijk je nu dan naar, nu je zo'n grote meid bent?'

'De *Tweenies.*'

Toby snoof en mompelde: 'Zielig, hoor.' Vervolgens wendde hij zich tot Cassandra, die diep over haar wiskundehuiswerk zat gebogen.

'Je hebt een rotbui. Ben je soms ongesteld, Catastrofe?'

Cassandra antwoordde hem op effen toon: 'Jouw pappie heeft jouw mammie laten zitten voor een meisje dat half zo oud was als hij, en toen is hij op onze mammie verliefd geworden.'

Toby haalde zijn schouders op. 'Jouw mammie is een egoïstisch kreng.'

Op dat moment schrokken alle kinderen van een plotselinge, doordringende kreet. Allen keken naar Jo. Ze hield op met krijsen en keek hen alle drie met zo'n walging aan, dat ze zich allemaal en beetje schaamden.

'Goed,' zei ze dreigend, 'als ik nog eens van dit soort opmerkingen van jullie hoor, dan schiet ik jullie allemaal hartstikke morsdood.'

'Dat kun je niet doen,' verklaarde Toby.

'Met uitzondering van Tallulah,' vervolgde Jo, toen ze zag dat het kinnetje van het meisje begon te trillen, 'want zij stond volkomen in haar recht.'

'Dan kom je in de gevangenis,' vervolgde Toby, 'waar je vermoedelijk tot moes zult worden geslagen.'

'Dat kan me niet schelen,' zei Jo. 'Het is het me waard als ik niet meer bij jullie hoef te zijn.'

De kinderen keken naar de vloer.

'Toby, Zak, naar boven, jullie,' vervolgde ze. 'Ik wil geen piep meer van jullie horen tot ik "piep" zeg.'

Toby en Zak gingen naar boven – Toby met de nonchalante houding die de wereld zei dat hij dat toch al van plan was geweest. Cassandra en Tallulah keken naar Jo die verder ging met theezetten.

Na een poosje vroeg Cassandra: 'Meen je dat, dat je ons allemaal zult doodschieten?'

'Nee.'

'Dat dacht ik al,' mompelde ze, en ze ging verder met haar huiswerk.

Jo telde heel langzaam tot tien.

'Zo,' zei ze, 'ik ga nu even telefoneren. Cassandra, let alsjeblieft op dat je zusje niet alles onder de verf smeert. Ik ben zo terug.'

Jo hoorde Cassandra grommen toen ze de keuken uitging, en ze smeet de deur van haar kamer hard achter zich dicht. Ze stond net op het punt om haar mobiel uit haar tas te halen om Shaun – nee, Sheila – nee, haar moeder te bellen, toen de gewone telefoon ging. Ze ging zwaar op haar bed zitten, vloekte en nam de telefoon op die op haar nachtkastje stond. Het was de eerste keer dat ze in dit gekkenhuis de telefoon opnam zonder dat er op haar werd gelet.

'Hallo?'

Ze hoorde een klik en een vreemde echo, en even dacht ze dat het Sheila was die haar van kantoor belde en de luidspreker had aangezet zoals ze altijd deed wanneer haar collega's met hen mee wilden roddelen, en ze zag er onmiddellijk tegenop om voor Sheila's vriendinnen de schijn op te moeten houden. Ze kon het niet opbrengen. En toen hoorde ze de stem van Josh.

'Goedemiddag,' zei hij luid. 'Zou ik misschien even met Mary Poppins kunnen spreken?'

Jo klemde haar kiezen op elkaar.

'Nee,' snauwde ze, 'dat kun je niet.'

'O,' zei Josh. En toen: 'Waarom niet?'

'Omdat ze aan de rol is. Letterlijk. Met Dick Van Dyke.'

Er viel een stilte. Jo hoorde stemmen op de achtergrond.

'Met wie spreek ik?' vroeg Josh.

'Met Jo Green. De nanny en weldra ex-nanny. Ik ben niet Mary Poppins, ik draag geen schort en ik draag geen hoed en ik ben hier niet om jullie te amuseren. Ik wil graag een praatje met je maken, maar in tegenstelling tot jou heb ik het te druk voor kinderachtige telefoontjes op kosten van mijn baas. Of erger nog, om, zoals jullie, met een heel stel rond de telefoon van iemand anders te zitten en naar zíjn kinderachtige gesprekken te moeten luisteren.'

En ze smeet de telefoon erop en plofte weer languit op haar bed.

Josh staarde verbaasd naar zijn telefoon. Sommige van zijn collega's keken rond op zoek naar verborgen camera's, anderen keerden met een beschaamde blik terug naar hun bureau.

'Volgens mij ben jij me vijftig pond verschuldigd, jongen,' zei Rupert. Sally was verdwenen.

Josh legde de telefoon neer en vloekte hartgrondig.

7

Zondagochtend ontdekte Jo dat het advies van haar nieuwe vriendin Pippa van onschatbare waarde was. Ze werd voor het afgaan van de wekker wakker, maar dwong zichzelf in bed te blijven liggen.

Ze hoorde de kinderen de keuken binnenkomen, de muesli naast hun kommen strooien, de broodrooster mollen, elkaar toe sissen dat ze zachtjes moesten doen en ruziën over wie de afstandsbediening had terwijl het kinderprogramma op de televisie luid door de kamer schalde. Ze moest weer zijn ingedut, want het volgende dat ze hoorde was Dick die de aandacht van zijn kinderen probeerde te trekken maar niet op kon tegen de televisie, waarna hij koffie voor zichzelf zette, Josh belde en een afspraak met hem maakte voor de lunch. Toen ze daarna opnieuw wakker werd, hoorde ze Vanessa tegen de kinderen zeggen dat ze zachtjes moesten doen. 'Want als jullie Jo wakker maken,' hoorde ze haar zeggen, 'dan gaat ze weg en zullen jullie naar kostschool moeten.'

Ze voelde zich enorm gevleid toen dat bleek te werken. Om negen uur stond ze met tegenzin op en sleepte zichzelf naar de douche. Ze bleef er uit principe langer onder staan dan ze normaal gedaan zou hebben, en toen ze eruit kwam ging ze op bed liggen wachten tot ze droog was. Terwijl ze daar zo lag keek ze naar haar nog steeds half-volle koffer, rugzak en doos. Ze had zich intussen aangewend om de dingen die ze nodig had eruit te vissen, en ze wist dat ze er nog steeds niet aan toe was om de foto's van haar dierbaren in de kamer neer te zetten. Het besef dat pakken minder tijd nam dan uitpakken, deed haar goed. Maar als ze niet snel iets deed, dan zouden haar kleren weldra ondraagbaar zijn. Ze zuchtte, en ging met haar rug naar haar koffer toe op haar zij liggen.

Toen ze er zeker van was dat ze helemaal droog was, besloot ze wat ze aan zou trekken, en hing ze ondertussen toch maar een paar van haar favoriete kleren in de kast. Ze lette er evenwel op dat ze het woord 'uitpakken' niet gebruikte, en bovendien probeerde ze ondertussen zoveel mogelijk de andere kant op te kijken. Na afloop lag het grootste gedeelte van de spullen die in de rugzak en in de doos hadden gezeten ernaast op de grond, stond haar koffer wagenwijd open en lag de vloer bezaaid met haar kleren. Het gaf haar het gevoel dat het steeds meer haar eigen kamer werd.

Eindelijk ging ze naar de keuken.

'Hallo!' riep Vanessa uit.

Jo schonk haar bazin een verlegen glimlachje.

'Wil je koffie?' jubelde Vanessa. 'Ik ben juist aan het malen!'

'Nee, dank je,' antwoordde Jo. 'Een andere keer.'

'We zaten juist naar *Bewitched* te kijken,' vertelde Vanessa, terwijl ze met de aromatische, donkere Costa Ricaanse koffiebonen in de weer was die alleen voor in het weekend waren. 'Kom je bij ons zitten?'

'Nou,' antwoordde Jo, die zich zenuwachtiger voelde dan haar lief was, 'eigenlijk heb ik om elf uur met een vriendin afgesproken. Ik ben de hele dag weg. En als ik niet gauw ga, dan kom ik nog te laat.'

Vanessa staakte haar bezigheden. 'O,' zei ze.

'Ik krijg toch niet betaald voor de zondag, hè?' vroeg Jo, opeens bezorgd.

'O, nee,' haastte Vanessa zich haar gerust te stellen. 'Nee, nee. Ik dacht alleen... natuurlijk –'

'Het spijt me echt,' zei Jo, die niet verwacht had dat Vanessa's teleurstelling haar zo diep zou raken. 'Ik was ervan uitgegaan dat ik zondag mijn eigen gang kon gaan. Ik heb bij Tallulahs klasje een aardig meisje leren kennen. Ze is nanny. We hebben van alles afgesproken voor vandaag, maar als je me nodig hebt...'

'Nee, nee, natuurlijk, dit is je vrije dag, en ik ben blij dat je iemand hebt leren kennen,' zei Vanessa. 'Goed zo. Ik hoop dat jullie een gezellige dag zullen hebben.'

Er viel een stilte. Vanessa ging bij de kinderen op de bank zitten.

'Tussen twee haakjes,' zei ze opeens, terwijl ze zich weer naar Jo omdraaide. 'Dick en ik willen donderdagavond graag uit. Zou je voor ons kunnen oppassen? Als je geen andere afspraken hebt? Anders regel ik wel een oppas. Of ik zou het aan mijn moeder kunnen vragen.'

Jo knikte bedachtzaam alsof ze over het verzoek moest nadenken. 'Ja, donderdag moet geen probleem zijn,' zei ze. 'Ik zal het meteen in mijn agenda zetten.'

Ze keerde terug naar haar kamer en ging op de rand van haar bed zitten terwijl er een trage grijns doorbrak op haar gezicht.

Tegen de tijd dat Jo het café in de Highgate High Street betrad, was ze in een opperbeste stemming. Het feit dat ze met iemand had afgesproken gaf haar een fijn gevoel, en ze had echt zin om in haar nieuwe dorp op verkenning te gaan. Ze was van de hoofdstraat afgeslagen en door Waterlow Park gelopen, waar ze van het uitzicht over het centrum van Londen had genoten. Ze was een paar winkels binnengegaan – er was één winkel geweest waar ze een halfuur had rondgeneusd voordat ze zich gerealiseerd had dat het een tweedehands zaak voor het goede doel was – en slenterde door het schilderachtige plantsoen. Het deed haar in bepaalde opzichten een beetje aan thuis denken, maar het was tegelijkertijd ook weer totaal anders; haar dorp had geen winkel propvol verschillende soorten chocolade, geen kruidenier met echte Italiaanse delicatessen, geen schoonheidssalon, geen zaakje met Chinese kruiden en geen buitenlandse restaurants en cafés. En dat alles in één enkele dorpsstraat.

Ze liep het park weer in om Shaun te bellen. Hij was op het werk.

'Met mij!' begroette ze hem.

'Godallemachtig! Hebben ze je vijf minuten vrij gegeven?'

Ze lachte.

'Ik sta in een van de mooiste parken die ik ooit heb gezien en ik heb over tien minuten afgesproken met een vriendin.'

Even bleef het stil.

'Best,' zei hij, 'dan zal ik je niet ophouden.'

'Ik… ik wilde alleen maar –'

'Hoe is het met je?'

'Goed!'

'Kun je het al een beetje leuk vinden?'

'De kinderen zijn schatten,' zei ze. 'Echte schatten.'

'Fijn.'

'Hoe staat het leven in Niblet?'

'Druk. Ik ben op de bouw.'

'Dat dacht ik al.'

'Maar het valt wel mee.'

'Denk je dat je kans ziet om me te komen opzoeken?'

'Nou, je weet wat ze zeggen. Als Mohammed niet naar de berg komt…' Ze wist dat hij glimlachte.

'Het spijt me. Het is alleen dat ik, tegen de tijd dat het weekend is, totaal uitgevloerd ben.'

'Dat geeft niet. Ik zal een paar dingen moeten regelen, en dan denk ik dat ik wel een nachtje weg kan blijven.'

'Geweldig!'

'Een van mijn leveranciers doet lastig. Ze hebben gezegd dat ze om elf uur hier zouden zijn. Ik zal ze zo maar eens even bellen. Of liever, laat ik dat nu meteen maar doen.'

'Best.'

'Maak er een leuke dag van. Ik zal proberen het volgende weekend te komen – en zo niet, dan kom ik het weekend erop.'

'Fantastisch! En sterkte met de leveranciers.'

'Bedankt, schat.'

Er viel een stilte.

'Goed dan,' zei hij. 'Ik spreek je gauw weer.'

'Fijn dat je komt.'

'Ik ben er nog niet.'

'Je snapt wat ik bedoel.'

'Ja.'

Nog een stilte.

'Tot gauw dan maar.'

'Ja, tot gauw.'

Nog een stilte.

'Goed,' zei ze.

'Goed,' zei hij.

Alweer een stilte.

'Dag dan maar, schat.'

'Dag,' zei ze, en ze verbrak de verbinding.

Ze liep de heuvel weer op zonder te hoeven zweten. Vanaf de ingang van het café keek ze de ruimte rond, en ze zag Pippa, in de hoek achteraan, languit op een bank liggen, terwijl er voor haar, op een laag tafeltje, twee dampende mokken koffie stonden. Jo liep langs de leunstoelen en banken, en keek nieuwsgierig naar de vele mensen die vooral alléén, in plaats van in groepjes, op hun dooie gemak de zondagskranten zaten te lezen en ondertussen koffie dronken en croissants aten alsof ze gewoon thuis waren. Ze was er al aan gewend dat de mensen nooit opkeken wanneer ze hen passeerde, maar desondanks verwachtte ze toch nog steeds dat ze bekenden van de kleuterschool zou zien.

Ze keek stralend op Pippa neer. 'Heb ik je gewekt?'

Pippa sloeg één oog op en keek met een luie grijns naar haar op. 'Niet echt.' Ze geeuwde en maakte plaats zodat Jo naast haar kon komen zitten. 'Ik heb een *Americana* voor je meegenomen,' zei ze.

'Dat is aardig van je,' zei Jo, 'maar ik heb al een vriend.'

'Een *Americana* is koffie.'

'O.'

'En hoe gaat het?' Pippa keek haar recht aan.

'Je had gelijk wat vanochtend betrof,' begon Jo.

'Natuurlijk,' zei Pippa. 'Ik doe dit werk al langer.'

Jo liet haar hoofd zakken. 'Ik heb nog een heleboel van je te leren.'

Nu was het Pippa die bescheiden het hoofd liet zakken.

Een uur later duizelde het Jo. Ze had ontbijt en nog een koffie voor Pippa besteld, en werd vervolgens overhoord om te zien hoeveel ze van de lessen van die ochtend had onthouden.

'Wie is er verantwoordelijk voor de opvoeding van elke koning die dit land ooit heeft gehad?' vroeg Pippa.

'De nanny.'

'Goed. Wie heeft voor ons de Tweede Wereldoorlog gewonnen?' vroeg Pippa.

'Churchills nanny.'

'Uitstekend. Wie heeft de familie Von Trapp voor uitsterven behoed en is verantwoordelijk voor de eerste nationale lunch op eerste kerstdag?'

'De nanny.'

'Correct. Hoe heette de hond van het gezin in *Peter Pan* – een naam die een eerbetoon was aan degene die door iedereen bemind en gerespecteerd werd?'

'Nana.'

'Hoe noem je een betuttelende verzorgingsstaat?'

'Een kinderjuffrouwstaat.'

'Goed. Aan wie is het, en meer nog dan aan welke politicus dan ook, vooral te danken dat de vrouw op het werk dezelfde rechten geniet als de man?'

'Aan de nanny.'

'Goed. Je bent op een feest en je wordt benaderd door een ingebeelde etter. Hij vraagt je wat je doet voor de kost. Wat zeg je dan?'

Jo stak trots haar kin naar voren.

'Ik ben de spil van het moderne gezin. Dankzij mij kan de vrouw des huizes haar potentieel, ongeacht wat dat mag zijn, ontplooien, terwijl ze daarnaast kan genieten van de pluspunten van het gezinsleven waar haar partner zonder schuldgevoelens van geniet. Ik geef de kinderen van vandaag de dag zelfvertrouwen, breng ze op een speelse wijze in een warme, liefdevolle omgeving discipline bij, en zorg ervoor dat ze gezond eten. Ik ben diplomaat, luisteraar, organisator en goochelaar. Ik kom elke dag met frisse nieuwe ideeën om het moeilijkste publiek ter wereld tevreden te houden. Ik help een gestresste moeder en een vermoeide vader, en er is geen kind van wie ik niet hou. Ik kook, ik maak schoon, ik strijk, ik doe de was, ik ruim op – maar ik ben niemands slaaf want ik krijg ervoor betaald.'

'Wat ben je?'

'Ik ben een NANNY!'

Pippa glimlachte.

'God, wat ben ik goed.'

'Verrek,' zei Jo, 'ik heb me nog nooit eerder gerealiseerd hoe fantastisch ik ben.'

'En denk erom dat je dat nooit meer vergeet.'

'Oké.'

Pippa keek op haar horloge. 'Ik heb de meisjes gezegd dat we elkaar om één uur treffen bij The Flask.'

'O. Goed.'

'Meestal blijven we daar lunchen, en daarna gaan we tegen een uur of vier naar de pub verderop waar we onszelf een stuk in de kraag zuipen. De planning is krap, maar meestal lukt het wel.'

'Wie zijn de meisjes?'

'Rachel en Gabriella. Het zijn schatten. Ik wed dat je je vriendinnen van thuis mist.'

Jo glimlachte en trok haar benen onder zich op de bank.

'Ja, mijn beste vriendin Sheila en mijn vriend Shaun. Ik heb nauwelijks de kans gehad om hen te bellen,' zei Jo.

Pippa knikte. 'Ik weet nog dat het, toen ik hier voor het eerst kwam, zes weken heeft geduurd voor ik mijn vriend heb gebeld, en dat was niet echt omdat ik geen tijd gehad zou hebben.'

'Ja, je hebt gelijk,' gaf Jo toe. 'Ik moet me er echt schrap voor zetten, en ik snap niet waarom dat is.'

Pippa haalde haar schouders op. 'Heimwee. Je durft niet onder ogen te zien hoe erg je ze mist, en tegelijkertijd durf je niet onder ogen te zien dat je ze ook weer helemaal niet mist.'

Jo keek Pippa met grote ogen aan.

Pippa lachte toegeeflijk. 'Ach, het is voor ons allemaal hetzelfde. Het is heel normaal. Het zou abnormaal zijn als je niet door die fase ging. Leuk is het niet, maar het gaat vanzelf over.'

Jo slaakte een diepe zucht en leunde naar achteren.

'Je hebt geen idee wat voor een opluchting dat is,' zei ze.

Pippa glimlachte. 'Mooi.'

'Bedankt.'

'Niets te danken. In ruil wil ik zoveel mogelijk met je optrekken om de aandacht van de jongens te trekken. Ik geloof niet in altruïsme. Ik ben ten slotte een slechtbetaalde nanny.'

'Wat is er gebeurd met je vriend die je zes weken lang niet had gebeld?'

'Na drie weken had hij het uitgemaakt. Hij was alleen vergeten om mij dat te vertellen.'

'O, nee.'

'Het gaf niet. Tegen de tijd dat ik voldoende moed had verzameld om hem te bellen, had ik het ook willen uitmaken.'

'O,' zei Jo zacht.

Stilzwijgend dronken ze hun koffie op.

'Waarom ben jij nanny geworden?' vroeg Jo.

Opnieuw haalde Pippa haar schouders op. 'Ik had niet genoeg geld voor een ticket naar Hollywood. Maar dankzij dit werk moet het me lukken om tegen 2020 voldoende bij elkaar gespaard te hebben.'

Ze stond op. 'Mooi,' zei ze. 'Terwijl ik een laatste kop koffie voor ons ga halen, kun jij je mooi even voorbereiden op het verhaal over Shaun en Jo.'

Jo keek naar Pippa die bij het buffet in de rij stond en vroeg zich ondertussen af waar ze moest beginnen. Ze had zich geen zorgen hoeven maken.

'Waar heb je hem ontmoet?' vroeg Pippa, toen ze weer was gaan zitten.

'Op de kleuterschool.'

'Echt?'

'Echt,' antwoordde Jo. 'Ik was zijn eerste grote liefde.'

'En sindsdien zijn jullie onafscheidelijk? Is dat wel gezond?'

'Ongeveer zeven jaar geleden heeft hij het bedrijf gekocht waar mijn vader voor werkte,' vertelde Jo lachend.

Pippa hield op met op haar koffie te blazen. 'Wauw.'

'Dat klinkt indrukwekkender dan het is,' zei Jo. 'Een klein bedrijf, lange dagen en grote zorgen.'

'Hoe hebben jullie elkaar dan uiteindelijk echt gevonden? Was je op de fiets je vader gaan halen, en daar stond hij toevallig in zijn sportwagen en dacht "Die meid moet ik hebben!"'

'Mijn vader heeft ons aan elkaar voorgesteld.'

Pippa lachte. 'Wat een vader.'

'Ik keek er niet van op. Het paste helemaal bij zijn karakter. Hij houdt graag alle touwtjes in handen. Ik ben enig kind, dus mijn ouders zijn...' Ze probeerde het juiste woord te vinden. 'We hebben een hechte band.'

Pippa snoof. 'Ik begrijp wat je bedoelt,' zei ze. 'En ze vinden Shaun een goede partij?'

'Ze zijn stápel op hem,' kreunde Jo. 'Soms denk ik wel eens...' Ze zweeg. 'Ze willen dat we trouwen. Ze denken dat ik naar Londen ben gegaan om hem tot een aanzoek te forceren.'

Pippa trok haar wenkbrauwen op.

Jo schudde haar hoofd.

'Ik heb nee gezegd,' bekende Jo fluisterend.

Pippa slaakte een gesmoorde kreet.

'Drie keer.' Ze stak drie vingers op om haar woorden te benadrukken.

Het was zo heerlijk om erom te kunnen lachen. Om erom te kunnen gieren. Er werd van alle kanten naar haar gekeken, en ook dáár genoot ze van. Het was gewoon zalig om je emoties zo de vrije loop te kunnen laten.

'Soms heb ik wel eens het gevoel,' zei ze, toen ze gekalmeerd was, 'dat ik een speciaal meisjes-gen mis omdat ik niet snak naar een romantisch aanzoek van zo'n goede partij.'

Pippa lachte.

'Ik bedoel,' vervolgde Jo, hardop denkend, 'het is net alsof ik een soort van maatschappelijke genetische mislukkeling ben omdat het me maar niet wil lukken om samen met hem tot een emotionele climax te komen.'

Ze giechelden.

'Wat vinden je vriendinnen ervan?' vroeg Pippa.

'Eh,' begon Jo, 'mijn beste vriendin, Sheila, zij...' Jo speelde met haar mok. 'Ze is niet zo dol op Shaun. Ze vindt het ook niet zo'n lekker idee om verkering te hebben met de baas van je vader.'

'Het klinkt moeilijk.'

Jo haalde haar schouders op. 'Ik ben er intussen aan gewend. Het maakt me niet zoveel meer uit. Sheila's vriend James kent Shaun nog van school, dus we trekken eigenlijk altijd met z'n vieren op.'

'O.'

'En Sheila en Shaun kenden elkaar al van voordat wíj verkering kregen, en dat betekent... nou...'

Pippa knikte om haar aan te moedigen.

'... dat betekent dat ze me soms wel eens het gevoel geeft dat ze hem beter kent dan ik. En dat doet ze niet expres. Het is alsof ze hem beter begrijpt dan ik omdat ze hem nog kent uit de tijd dat hij geen verkering had. En ik moet eerlijk bekennen dat ik dat soms wel eens irritant vind.'

Pippa knikte opnieuw.

'Soms. Dus eigenlijk spreken we er niet over,' zei Jo. 'Het is een onderwerp dat we mijden. Maar voor de rest is alles goed. We zijn al sinds ons vijftiende beste vriendinnen.'

'Geen wonder dat je haar mist,' zei Pippa.

Jo knikte.

'Ik... ik hou echt wel van Shaun,' zei ze ten slotte.

'Natuurlijk,' zei Pippa. 'Alleen niet voldoende om voor de rest van je leven zijn broeken te wassen. Daar kan ik best inkomen.'

Jo schonk Pippa een brede grijns.

'Ik stel voor om op te stappen,' zei Pippa. 'Anders zijn alle goede tafels bezet en moeten we in een rothoek zitten.'

Ze dronken hun koffie op en zetten koers naar de pub.

'En jij?' vroeg Jo, toen ze voor het oversteken stonden te wachten, 'heb jij momenteel iemand in je leven?'

'Nee,' antwoordde Pippa, 'dus mocht je iemand vinden, dan gooi je hem maar mijn kant op.'

'Doe ik,' zei Jo met een glimlach, terwijl ze zich bewust voornam om zich dat later, wanneer het moment zich voordeed, te herinneren.

Het betreden van de pub was als het betreden van de wereld van Dick Turpin. Balken van donker hout en ongelijke vloeren zorgden ervoor dat ze zich gemakkelijk in een andere tijd kon wanen, en ze vroeg zich af waarom ze ooit had gedacht dat Londen sfeerloos zou zijn. Pippa slaakte een kreet en zwaaide naar twee meisjes die helemaal achteraan in een hoekje zaten. Rachel was zwaargebouwd en klein van stuk maar niet onknap, en Gabriella was een mediterrane schoonheid. Rachel was nanny van Ben, Tom en Sam: 'Volgens mij hadden ze labradors willen hebben.' Gabriella was nanny van Hedda en Titania. 'Ies zwar werrk, maar ies fain om in Engeland te sain.'

Jo luisterde naar hen terwijl ze bij elkaar in therapie gingen over alles wat er de afgelopen week was gebeurd, en ze was diep onder de indruk van de tijd en energie die ze in elkaars problemen staken. Toen het haar beurt was, stond ze van zichzelf te kijken toen ze het voornamelijk over Josh' telefoontjes had, in plaats van over de vele andere dingen die haar bij de Fitzgeralds waren overkomen. Na een lang verhoor en een zorgvuldige analyse, kwamen de meisjes tot de conclusie dat hij een rijk, verwend joch was, dat hij dikke dijen en een onderkin moest hebben, en herdoopten ze hem Josh Posh. Jo besloot dat ze elke week zo'n sessie nodig had. Sinds ze naar Londen was gekomen had ze zich nog niet zo goed gevoeld. Sterker nog, ze had zich al tíjden niet meer zo goed gevoeld.

'Ik was eigenlijk bijna zover dat ik het hier voor gezien wilde houden en ik stond min of meer op het punt om naar huis terug te gaan,' bekende ze, toen ze na afloop van de lunch halverwege hun tweede fles wijn waren.

Er viel een stilte.

'En je weet zeker ook wel waarom dat zo was?' vroeg Pippa.

'Waarom?'

'Omdat je ons nog niet had leren kennen.'

En het zou blijken dat Pippa daar gelijk in had.

Tegen de tijd dat Jo die avond thuiskwam, waande ze zich in de zevende hemel. Maar toen ze over haar koffer struikelde en op haar rugzak landde, was ze de hemel snel vergeten. Ze kroop naar haar bed en nam zich heilig voor de volgende dag eindelijk uit te pakken.

8

Op het moment waarop Jo haar hoofd op het kussen legde, voelde ze zich uitgeteld. Ze moest uitgeput zijn, dacht ze, waarna ze zo hard moest hikken dat ze er bijna van buiten adem raakte. En toen was ze zich nergens meer van bewust.

Maar de klap was zó luid, dat ze op slag klaarwakker was. Haar lichaam kwam meteen in actie en pompte het bloed van al haar ledematen naar haar hart. Haar lichaam wist, nog vóór haar hersens dat deden, dat ze doodsbang was, maar haar brein bleef niet lang achter. Iemand probeerde via het keukenraam het huis binnen te komen.

Terwijl haar hart op totaal zinloze wijze tegen haar ribbenkast beukte, leken haar oren groter te groeien en nam het lawaai uit de keuken dermate abnormale proporties aan dat haar toch al pijnlijke hoofd er nog veel meer pijn van ging doen. De metaalachtige smaak van angst achter in haar keel bezorgde haar braakneigingen. Nu wist ze wat het betekende wanneer ze zeiden dat je je hele leven in een flits aan jezelf voorbij zag trekken. Het was niet zozeer een opsomming van verschillende gebeurtenissen, als wel een afgesloten geheel. Dus dit was haar leven. Ze tuurde in het duister om zich heen, zag niets voor zich, maar zag alles achter zich.

Ze voelde intuïtief aan dat wanneer de inbreker haar kamer binnen zou komen, hij vrijwel meteen zou merken dat ze wakker was, want haar brein was zo actief dat het bijna zoemde. En misschien deed het dat ook wel – het verbaasde haar dat hij het niet vanuit de keuken kon horen. Of misschien hoorde hij het ook wel.

Ze bleef in het donker liggen, sloot haar ogen en hield haar adem in. Toen ze duizelig begon te worden, deed ze haar ogen weer open. Ze wist heel zeker dat het geluid dat ze nu hoorde afkomstig was van de inbreker die de verschillende delen van de jaloezieramen boven het aanrecht één voor één uit de sponning haalde en ze netjes tegen de tuinmuur zette. Toen was het stil. Ze haalde een paar keer diep adem. Had hij het opgegeven? Had hij gepakt wat hij hebben wilde, en was hij weer vertrokken?

Het volgende moment hoorde ze een luide klap toen er tegen het glas werd geschopt en een deel ervan tegen de muur aan sloeg. Toen ze de inbreker zachtjes hoorde vloeken, werd ze pas goed bang. Ze trilde over haar hele lichaam.

Ze realiseerde zich dat niemand boven de inbreker zou kunnen horen. Zij was de enige die kon voorkomen dat hij zou doen wat hij van plan was. En haar baan – haar goedbetaalde baan met Clio – draaide om het welzijn van de kinderen.

Hoewel het grootste gedeelte van haar denkvermogen gericht was op de interpretatie van de geluiden die ze hoorde, begon een ander deel zielige gedachten te ontwikkelen. Geen wonder dat ze haar het appartement achter de keuken hadden gegeven. Nu begreep ze waarom dat was. Misschien was dit al eens eerder gebeurd! Misschien was dit wel de reden waarom al haar voorgangsters waren vertrokken!

Ze beet op haar lip en kneep haar ogen stijf dicht. Ze deden pijn. Dat was het moment waarop een veelkoppig zeemonster in haar maag besloot te ontwaken. Ze realiseerde zich dat ze de afgelopen avond te veel had gedronken. Aan de ene kant had ze daar spijt van, maar aan de andere kant was ze er ook blij om, maar op hetzelfde moment bedacht ze dat het toch niets uitmaakte omdat ze binnen enkele minuten toch vermoord zou worden.

Maar wat bezielde haar eigenlijk? Dit was niet het moment voor dergelijke overwegingen. Het leven van de Fitzgeralds stond op het spel. Ze moest sterk zijn. Ze moest moed verzamelen. Ze moest zichzelf in de hand krijgen. En ze moest twee aspirientjes slikken.

Voorzichtig schoof ze haar hoofd naar de rand van het kussen, en merkte nu pas hoeveel lawaai dat maakte. Nu kon ze de telefoon op haar nachtkastje zien staan. Ze keek ernaar, en terwijl ze hem zover probeerde te krijgen dat hij naar haar toe zou komen zweven, hoorde ze een gedempt geluid, alsof de inbreker bezig was om door het raam naar binnen te klimmen. Het volgende moment hoorde ze een luide klap en een gedempte kreet toen hij op de broodoven viel.

Jo griste de telefoon van het nachtkastje en dook ermee onder het dekbed. Het liefste zou ze haar moeder bellen, maar ze beheerste zich en probeerde in plaats daarvan 999, het algemene alarmnummer, te bellen. Helaas beefden haar handen zo erg dat het niet uitmaakte dat ze niets kon zien.

Langzaam, en zonder geluid te maken, sloeg ze de bovenkant van het dekbed terug om haar handen en de telefoon vrij te maken. Ze concentreerde zich met al haar macht op haar handen en probeerde ze lang genoeg stil te houden om het nummer te kunnen draaien, terwijl ze ondertussen iemand zachtjes voor de deur van haar kamer door de keuken kon horen sluipen en ze haar hart in haar keel kon voelen kloppen.

'Dit is het alarmnummer, met wie wilt u spreken?'
'De politie.'
Een klik. Stilte.
'U spreekt met de politie, wat kunnen we voor u doen?'
Ondertussen kon Jo heel duidelijk een boom van een vent voor de
televisie langs door de serre horen sluipen. Hij stootte ergens tegen-
aan en vloekte opnieuw.
'Wat kunnen we voor u doen?'
'Ik ben op mijn kamer.' Ze begon te huilen.
'Probeert u kalm te blijven en geeft u ons het adres.'
Jo stotterde en stamelde het adres van de Fitzgeralds.
'Goed zo. Blijft u vooral kalm, en vertelt u ons wie u bent.'
Jo probeerde kalm te huilen.
'Ik ben Jo.'
'Wat is er aan de hand, Jo?'
'Hij heeft ingebroken... via het keukenraam.'
'Ga door.'
'Ik ben in de slaapkamer achter de keuken.'
'Heb je hem gezien?'
'Beneden. Ik bedoel naast de keuken.'
'Heb je hem gezien? Weet je hoe hij eruitziet?'
Jo schudde haar hoofd tegen de telefoon.
'Heb je een reden om aan te nemen dat hij een verkrachter is?'
Jo was niet in staat om antwoord te geven, want ze had opeens ge-
merkt dat ze helemaal geen gevoel meer in haar ledematen had.
'Hallo? Jo? Wat gebeurt er nu?'
'Hij is weg. Nee, ik heb hem niet gezien. Misschien zijn ze wel met
z'n tweeën.'
'Blijf aan de lijn. Er komt zo snel mogelijk iemand naar je toe.'
Jo bleef aan de lijn terwijl ze zover mogelijk wegdook onder het
dekbed. Het feit dat ze de telefoon in haar hand had en rechtstreeks
in verbinding stond met de politie, gaf haar moed. Want iedereen
weet immers dat een reus van een uitzinnige, met een bijl rondzwaai-
ende psychopaat nergens zo bang voor is als voor een telefoon. En helemaal wanneer degene die die telefoon in zijn hand heeft zich in die
zeldzame toestand tussen dronkenschap en een kater bevindt.

Anderhalve kilometer verderop waren twee uiterst verveelde rechercheurs uit het naburige district, naar aanleiding van een inbraakmel-
ding op patrouille. Nick stond tegen Gerry aan geleund en veegde
hondenpoep van zijn sportschoenen.
'Jezus,' zei hij, 'dit is geen hondenstront maar mensenstront.'
'Hou je kop en ga door voor ik nog moet kotsen.'

113

Ze werden onderbroken door een radiobericht.

'EK2, Ascot Drive 45, verdachte ter plekke, gemeld door vrouwelijke bewoner. Spoed.'

'Dat is hier vlakbij,' zei Nick.

'Dat heb je goed, vriend,' zei Gerry.

'Vind je dat we onze geüniformeerde collega's een handje zouden moeten helpen, Gerrard?'

'Als we dat niet deden, Nicholas, zou ik vannacht geen oog dicht kunnen doen.'

'Wat ben je toch een goed mens.'

'Hoe eerder ik uit de buurt van die schoen van jou ben, hoe beter.'

Ze stapten in hun auto en reden, met de raampjes helemaal open, vol gas naar het genoemde adres.

'De jongens zijn weer in de stad.'

'Toatuu, taotuu, toatuu,' deed Nick het geluid van een loeiende sirene na.

Ondertussen stond er een politieauto langs de stoeprand geparkeerd. Erin zaten twee agenten te wachten tot hun langste dienst aller tijden er ten slotte op zou zitten.

'Ik herhaal,' zei de chauffeur, 'zelfs al zou ik ervoor betaald krijgen, dan nog zou ik geen rechercheur in burger willen zijn.'

'Dat bedoel ik nu juist, geen mens zal *jou* ervoor willen betalen.'

De radio kwam krakend tot leven en de chauffeur ging met een ruk rechtop zitten.

'EK2 hier, ontvangen,' blafte hij, waarna hij zijn blauwe zwaailicht aanzette, de sirene in werking stelde, vol gas een doodlopende straat in reed en vloekte. De motor sloeg af, hij startte opnieuw, keerde en ging er opnieuw vol gas vandoor.

Niet ver uit de buurt stonden twee agenten van de mobiele eenheid voor de etalage van een tweedehandszaakje voor het goede doel, dat zich onder de woning bevond waar ze een bezoekje wilden afleggen. Dit was de tiende woning die ze die avond bezochten naar aanleiding van tips in de zaak van de Urban Bomber. De negende woning bleek bewoond te worden door een oud dametje, die de deur voor hen had opengedaan, hun slonzige spijkerbroeken en leren jacks had gezien, en prompt een hartaanval had gekregen. Ze hadden een ambulance voor haar moeten bellen.

Zonder iets te zeggen keken ze bij de winkel naar binnen.

'Dat is een leuk topje,' zei de ene ten slotte. 'Dat zou je goed staan.'

'Rot op.'

Hun radio's kwamen krakend tot leven. Ze luisterden naar het bericht en keken elkaar aan.

'We kunnen hier blijven met de kans dat we iemands oude oma om zeep helpen, of we kunnen die inbreker te grazen nemen en het leven van de bewoonster redden.'

Ze stapten in hun auto en gingen er in volle vaart vandoor.

'Ik hoor de sirenes,' fluisterde Jo in de telefoon, en ze voelde zich meteen een heel stuk rustiger. Maar toen zag ze de deurknop van haar kamer bewegen, en deed ze het bijna in haar broek.

'Hij staat voor mijn deur!' siste ze onder het dekbed.

'Rustig maar. Ze zijn er bijna.'

Voor nummer 45 van de Ascot Drive kwam een auto met gierende remmen tot stilstand. Nick en Gerry sprongen eruit en renden naar de voordeur. Twee minuten later arriveerden de agenten.

'Ze zei dat ze misschien wel met z'n tweeën waren,' fluisterde een van de agenten.

'Waarom fluister je?' vroeg Gerry. 'Ben je soms doof gewonden van de sirene?'

'Wat ruik ik?' vroeg de agent.

'Shit,' kreunde Nick, met een blik op zijn schoen. 'Dat ben ik. Het spijt me.'

Ondertussen hadden de twee jongens van de mobiele eenheid het huis van de achterzijde omsingeld, en waren ze op weg naar de keukendeur. De ene vond de gebroken ruitjes van het jaloezieraam bij de muur, zag het grote gat in het raam en keek om het hoekje van de keukendeur. Aan de andere kant van de keuken zag hij een duistere gestalte voor een deur staan. De gestalte hield zijn hand op de deurknop en wekte de indruk alsof hij aandachtig luisterde naar wat er zich achter die deur bevond.

Hij fluisterde in zijn radio.

'Indringer staat op het punt kamer van informante te betreden.'

Terwijl hij dat zei, werd de voordeur van het huis van buiten ingetrapt. Hij sprong, gevolgd door zijn partner, door het raam naar binnen. Tegen de tijd dat ze Jo's donkere slaapkamer waren binnengegaan, konden ze haar vagelijk onderscheiden terwijl ze in een bevallig T-shirt en slipje naast haar bed stond en met een encyclopedie naar de lange, jonge inbreker stond uit te halen.

Op dat moment verschenen Nick en Gerry, op de voet gevolgd door de agenten. De indringer hield zijn handen omhoog en Jo zette het op een krijsen waarbij ze de encyclopedie op haar eigen hoofd liet vallen. De indringer stortte zich op Nick, Gerry stortte zich op de indringer en de agenten gingen de jongens van de mobiele eenheid te lijf. Jo dook op haar knieën weg in een hoekje en begon vurig te bidden.

De indringer wist Nick en Gerry van zich af te schudden, en vluchtte naar de deur van Jo's zitkamer, botste frontaal op haar doos waar Breekbaar op stond, viel met zijn knie op iets scherps dat eruit stak, dook zijwaarts op het metalen frame van haar rugzak, knalde met zijn hoofd tegen de deurpost, van waar hij via een indrukwekkende duikvlucht terechtkwam op een andere, grotere scherpe punt die uit de doos met Breekbaar erop stak, terwijl er ondertussen een aanhoudende, luide strijdkreet over zijn lippen kwam. Ten slotte gaf hij zich over en maakte een buiklanding op haar open koffer.

Allen hoorden de trompet voor ze hem zagen, en toen het licht in de slaapkamer aanging verstijfden ze als kinderen die, met hun gezicht vol kruimels, op heterdaad werden betrapt. Een voor een werden ze zich geleidelijk aan bewust van Vanessa en Dick die, in een gedeelde pyjama en elk met een blazende kat aan hun voeten, in de deuropening stonden. In de stilte die volgde nam ieder voor zich het slagveld in zich op en probeerde te begrijpen wat er precies was gebeurd.

Het volgende moment lieten de jongens van de mobiele eenheid de agenten los die ze bij de strot hadden vastgehouden, om vervolgens door Nick en Gerry te worden besprongen.

Vanessa zette de kindertrompet opnieuw aan haar lippen en blies.

'Genoeg!' riep ze. 'Ik ben niet bang om dit te gebruiken!'

Dick zwaaide met zijn mobiel. 'Ik heb de politie gebeld!'

'Wij *zijn* de politie,' zei Gerry.

Het duurde even voor dat tot iedereen was doorgedrongen.

'Wij ook,' riep iemand in een halve oksel-nekgreep. 'Mobiele eenheid.'

Het duurde weer even tot dát tot iedereen was doorgedrongen.

'En wij ook,' zei een van de agenten. Hij kon er niet tegen om buitengesloten te worden.

'Sherlock dat meen je niet,' zei Gerry, 'we dachten dat jullie stripdanseressen waren.'

'Kun je bewijzen dat jullie mobiele eenheid zijn?' vroeg Nick aan de man die hij gevloerd hield.

'LAAT ME LOS OF IK VERMOORD JE.'

Nick liet hem gaan. Het toontje van de mobiele eenheid was hem bekend. Hij wist Gerry zo ver te krijgen dat hij de man die híj in bedwang hield ook liet gaan, en de twee stoere kerels rolden met van woede vertrokken gezichten over de vloer, krabbelden overeind en sloegen het stof van hun spijkerbroeken en leren jacks.

Vanessa en Dick probeerden er zo snel mogelijk achter te komen wat er aan de hand was.

'Zouden we misschien even mogen weten wat jullie allemaal in mijn huis doen?' vroeg Dick ten slotte.

'*Ons* huis, schat.'

In de keuken achter hen verschenen drie kinderen. 'TERUG NAAR BED JULLIE!' krijste Vanessa. Iedereen schrok.

'Wat stinkt hier toch zo?' vroeg ze.

'O, shit,' zei Nick. 'Dat ben ik. Nou ja, niet *ík* –'

'Er is een inbreker,' snikte Jo.

'Ik zie zés inbrekers,' viel Vanessa haar in de rede. 'Waarvan één het kennelijk in zijn broek heeft gedaan.'

'Het is hondenpoep. Ik heb niet –'

'Hij is de inbreker!' schreeuwde Jo, op de inbreker wijzend die, met zijn neus in het kant van haar lievelingstanga, languit in haar koffer lag.

'Ik ben geen inbreker,' fluisterde hij.

'Nou, maat, daar zie je anders wel naar uit,' zei Gerry, die van de gelegenheid gebruikmaakte en hem in een halve oksel-nekgreep nam.

'Ik ben géén inbreker!'

Gerry verstevigde zijn greep.

'Au!' piepte de inbreker.

'Hoe zou je jezelf dan willen omschrijven, maat?'

Er volgde een lange stilte waarin de inbreker zijn tranen woedend aan Jo's ondergoed afveegde.

'Ik ben accountant,' siste hij.

'Ja, hoor,' zei Nick, om er tegen Gerry aan toe te voegen: 'Sla deze grapjas maar in de boeien.'

Op dat moment echter, haastte Dick zich de kamer in, liet zich tot ieders verbazing naast de inbreker op de knieën vallen en sloeg een arm om diens schouders.

'O, god!' riep hij uit. 'Het is Josh!'

'Waar?' vroeg Gerry. 'Wie is Josh?'

'Mijn zoon!' riep Dick. 'Laat hem los!'

'Weet u dat zeker, meneer –'

'Laat mijn zoon onmiddellijk los!'

Langzaam liet Gerry de arm van de inbreker los en liet hem slap op Jo's ondergoed vallen. Het was lange seconden stil in de kamer, en ten slotte ging de inbreker, kermend van de pijn, met zijn gezicht naar Dick toe in de foetushouding liggen.

'Hoi, pap,' zei hij met onvaste stem. 'Mooi, die nieuwe televisie.'

Jo knipperde met haar ogen terwijl Gerry bij Dicks oudste zoon vandaan stapte. Pijnlijk langzaam strekte Josh zijn ledematen tot hij, moeizaam ademhalend, languit op zijn rug in Jo's koffer lag. Jo keek met een bedenkelijk gezicht op Josh Fitzgerald neer, en het duurde even voor ze hem goed zag.

Hij had de lange, jongensachtige gestalte van zijn vader, en hij had donker, dik, golvend haar. Tussen zijn prachtige, vochtige ogen met lange, donkere wimpers begon net het begin van een blauwe plek zichtbaar te worden. Een kersverse snee benadrukte zijn hoge jukbeenderen en een straaltje bloed liep naar zijn volle lippen, terwijl zijn krachtige kin, compleet met kuiltje, zijn uiterste best deed om niet te trillen.

Ze staarde, met stomheid geslagen, met grote ogen op hem neer. Hing haar tanga echt aan zijn linkeroor, of was ze nog steeds dronken?

Iedereen in de kamer wendde zich ten slotte tot haar, waarop ze hen een waterig glimlachje schonk en zich afvroeg of dit het juiste moment was om te vragen of iemand misschien een aspirientje voor haar had.

'Het is Josh!' riep Zak opeens uit, terwijl hij met grote ogen de kamer in kwam gerend. 'En zijn hele gezicht zit onder het bloed! En overal is politie!' Hij hupte op en neer en hield zijn piemeltje vast. 'Mammie,' smeekte hij, 'mag Toby komen spelen?'

Cassandra en Tallulah bleven zich achter hun ouders verschuilen.

'Waarom hebben ze Josh geslagen?' vroeg Tallulah. 'Heeft hij een koekje gepakt zonder het eerst te vragen?'

Opnieuw wendde iedereen zich tot Jo.

'Hij... hij... Ik... ik...' verklaarde ze, terwijl ze zich er vagelijk van bewust was dat ze daar voor de rechtbank niet zo heel veel verder mee zou komen. Ze maakte zichzelf zo lang mogelijk en wist haar evenwicht te bewaren. 'Ik dacht,' begon ze opnieuw, 'dat h-hij een gevaarlijke moordenaar met een bijl was.'

Allen keken naar Josh die nu als een riet lag te trillen.

'Ja,' zei Vanessa, 'die vergissing is begrijpelijk.' Ze knielde naast Josh. 'De dokter komt zo snel als hij kan.'

'Hallo, Vanessa.' Hij had nog steeds moeite met ademhalen. 'Is alles goed met je?'

'Waarom heb je niet gewoon aangebeld?' vroeg ze zacht.

'Ik was de sleutel kwijt en ik wilde jullie niet wekken.'

Vanessa glimlachte. 'We hebben je reuze gemist, Josh. Jij zorgt tenminste voor leven in de brouwerij.'

Ze wendde zich tot Jo, die haar hoofd met beide handen vasthield.

'Jo,' zei ze, terwijl ze overeind kwam, 'volgens mij heb je hoofdpijn.'

Jo knikte, maar hield daar vervolgens onmiddellijk weer mee op.

'Heeft iemand je op het hoofd geslagen?' Vanessa liep naar haar toe.

'Ja,' antwoordde Jo, op de encyclopedie wijzend die op de vloer lag. 'Ik zelf.'

Ze verbaasde zich over hoe weinig sympathie dat aan Vanessa ontlokte.

'Ik dacht dat hij een inbreker was,' zei ze met onvaste stem.

Vanessa wilde net antwoord geven toen ze opeens door haar zintuigen werd overmeesterd. Ze verstijfde, kreeg tranen in de ogen en haar keel begon spastisch te krampen. Ze was niet de enige. Iedereen was begonnen om, beschaamd wegkijkend, bij de ander vandaan te schuifelen.

Vanessa's mond viel open terwijl ze vol ontzetting op Jo's bed wees.

'Heeft iemand op het dekbed gepoept?' vroeg ze, haar neus dichtknijpend.

'O, shit, ja, dat ben ik,' kreunde Nick. 'Nou ja, ik bedoel, ik heb natuurlijk niet gepoept, maar het is hondenpoep.'

'Even kijken of ik het allemaal goed begrepen heb.' Vanessa glimlachte steels naar de agent van de mobiele eenheid. 'Je bent een agent in burger.'

'Correct,' antwoordde hij grinnikend.

'In gewone kleren. In héél gewone kleren, mag ik wel zeggen.'

Hij knikte. 'Alweer correct.'

Achter Vanessa en haar mannetje, stond een van de geüniformeerde agenten die, bij elke pauze die er in hun conversatie viel, zachtjes 'lul' fluisterde. Nu wist hij ineens weer waarom agenten in burger van zichzelf vonden dat ze zoveel beter waren dan geüniformeerde agenten. Omdat de vrouwen dat vonden.

Ondertussen namen Nick en Gerry Jo een verklaring af en probeerden ze haar te kalmeren. Dat lukte hen niet, helemaal niet toen ze haar voorstelden om het gebeurde te beschouwen als oefening voor het geval er ooit nog eens echt ingebroken zou worden.

Later, toen Vanessa – nog steeds zonder pyjamabroek aan – na alle vragen beantwoord te hebben de zes agenten uitliet, ging Dick naar de keuken om een cognacje voor Jo in te schenken terwijl de dokter, die ondertussen gearriveerd was, Josh in haar kamer onderzocht. Josh had geen inwendige verwondingen en geen gebroken botten, alleen maar een gekwetste trots, een lelijk verzwikte enkel en talloze blauwe plekken.

Na afloop van het onderzoek kwam Josh de keuken in geschuifeld en ging langzaam tegenover Jo aan tafel zitten. Ze zaten stilzwijgend bij elkaar terwijl Dick bij de deur tegen de dokter stond te fluisteren. Jo voelde zich bijna even verlegen ten aanzien van haar blote benen die door het glazen tafelblad heen waren te zien, als dat ze zich schaamde voor wat ze had gedaan.

Ten slotte wendde ze zich tot Josh.

'Het… het spijt me,' fluisterde ze. 'Ik dacht dat je een bijl had.'

Hij schonk haar een sarcastisch glimlachje. 'Zo heb ik hem nog nooit horen noemen,' zei hij.

'Jongens, jongens,' zei Dick vanuit de kookhoek, 'er komt een dag waarop jullie hierover zullen lachen.'

'Ja hoor,' verzuchtte Josh, 'vooropgesteld dat ik dan nog leef.' Hij keek Jo door zijn wimpers heen aan, terwijl er een glimlachje rond zijn mondhoeken speelde. Jo was het liefste door de grond gezakt. En ze zou er niets op tegen hebben gehad als Josh zich vervolgens bij haar had gevoegd.

'Ik wilde de familie beschermen,' zei ze op effen toon.

'Pap,' zei Josh, terwijl hij Jo bleef aankijken, 'zou je Inspecteur Clouseau hier misschien even duidelijk willen maken dat ik óók familie ben.'

Jo voelde zich gekwetst.

'Dick,' zei ze, op uiterst beleefde toon, 'zou je misschien tegen deze meneer hier willen zeggen dat het niet echt zo'n slim idee is om 's nachts een raam in te slaan en door het huis te sluipen.'

Ze staarden elkaar even aan.

'Kom, kom,' zei Dick, terwijl hij hen elk een mok met hete, zoete thee voorzette. 'Het was gewoon een misverstand. Jullie zijn alle twee van de ander geschrokken en jullie hebben er alle twee spijt van.'

Jo en Josh keken elkaar over hun mokken heen aan.

'Zijn we weer vrienden?' vroeg Dick.

'Ik dacht dat hij me kwam vermoorden,' mompelde Jo over haar thee.

Josh staarde haar over zijn mok heen aan, en Jo wist niet of hij erachter naar haar zat te glimlachen.

'De avond is nog jong,' zei hij zacht.

9

Toen Jo de volgende ochtend wakker werd deed haar hoofd zo'n pijn dat ze even bang was dat haar brein uit haar schedel gegroeid moest zijn. Vervolgens herinnerde ze zich weer wat ze midden in de nacht had gedaan, en kwam ze tot de conclusie dat een gegroeid brein duidelijk níet haar probleem was. Integendeel, ze nam aan dat haar hoofd gekrompen moest zijn.

En toen ze haar ogen opendeed, werd dit door een doordringende pijn bevestigd. Ze deed ze snel weer dicht en wachtte tot het bonzen was weggetrokken. Ze legde zich bij haar lot neer. Het zou haar van haar leven niet meer lukken haar lichaam nog uit bed te krijgen. Met een vredig gevoel wachtte ze op de tunnel en het heldere licht. Toen ging haar Mickey Mouse-wekker af, en vloog ze uit bed.

Bij het betreden van de keuken wachtte haar een chaotisch tafereel. Dick kreunde en verzuchtte dat hij doodmoe was. Vanessa zei: 'Dan voel je ook eens hoe het is.' En de kinderen zaten te kibbelen. Het ontbijt stond op tafel, maar er werd nauwelijks gegeten. De enige die goed at, was Josh. Hij draaide zich langzaam, en met een van pijn vertrokken gezicht, naar Jo toe om haar te begroeten.

'Kijk aan!' zei hij ten slotte. 'De inspecteur met de blote benen!'

Ze werd door iedereen opgewekt begroet, en in plaats van dat Dick en Vanessa haar, zoals ze verwacht had, ter plekke ontsloegen, maakten ze zich oprechte zorgen om haar welzijn. Dick bracht haar toast en koffie, en dat was lief van hem, maar ze had geen tijd om te ontbijten. Ze nam een slok van de koffie terwijl Vanessa de kinderen in hun jasjes hielp. Met een vluchtig maar warm glimlachje zei Vanessa: 'Je hoeft Tallulah vandaag niet lopend naar school te brengen. Daar is geen tijd meer voor.' En met die woorden verdween ze naar kantoor.

In de auto, op weg terug van school, ging Jo's mobiel. Normaal gesproken zou ze, verantwoordelijk als ze was, de auto langs de kant hebben gezet om op te nemen, of ze zou het gesprek genegeerd hebben. Vandaag nam ze op en gaf gas. Het was Shaun.

'Hoi, schat.'

Jo haalde diep adem. 'Hun zoon is midden in de nacht in elkaar geslagen en het was mijn schuld!' gooide ze er in één adem uit. 'Ik dacht dat hij een inbreker was! We hadden zes agenten in huis! Ik dacht dat hij me wilde vermoorden – o, wacht even ik moet hier rechtsaf...' Ze legde de telefoon neer, sloeg rechtsaf en pakte hem weer op. 'Ik ben van mijn leven nog nooit zo bang geweest! Zes agenten! We zijn pas om drie uur gaan slapen!'

Ze sloeg opnieuw rechtsaf.

'Shaun?' vroeg ze.

'Ja.'

'Heb je gehoord wat ik zei? Door mijn schuld is hun zoon in elkaar geslagen.'

'Ben je dronken?'

'Eh.' Jo dacht na. 'Nee, ik geloof van niet. Maar gisteravond wel. Ik was uit met Pippa en de meisjes. O, Shaun, het was verschrikkelijk.'

'Jezus nog aan toe, Jo. Hoe kom je erbij om zulk soort dingen te doen?'

Jo was opeens bijna in tranen, en ze kon niets zeggen.

'Als een van míjn mannen dronken op het werk zou verschijnen,' vervolgde Shaun, 'zou ik hem op staande voet ontslaan.'

'Ik was niet dronken op mijn werk. Het was zondag,' zei ze, en ze sprong bijna uit haar vel toen haar buitenspiegel de buitenspiegel van een geparkeerde auto raakte. 'Ik heb recht op een vrije avond, weet je.'

'Nou, kennelijk heeft het anders wel ingrijpende gevolgen gehad.'

Jo parkeerde voor de deur van het huis van de Fitzgeralds.

'Weet je, een beetje medeleven zou niet gek zijn geweest,' probeerde ze.

'Jij zegt het,' zei Shaun. 'Ik heb echt te doen met die werkgevers van je.'

Jo bleef roerloos achter het stuur zitten.

'Ik moet ophangen,' zei ze ten slotte.

'Best,' zei Shaun. 'O, en voor ik het vergeet, ik kan niet het volgende weekend komen, maar wel het weekend erna.'

'Leuk,' zei Jo. 'Dag.' Ze verbrak de verbinding.

Ondertussen zaten Dick en Josh aan de keukentafel met elkaar te praten.

'Ik weet zeker dat ik een auto hoorde,' herhaalde Dick. 'Nou ja, ik weet zeker dat het goed is, maar we zullen het toch maar even vragen voor het geval dát.'

'Denk je dat ze het type is dat er wat op tegen heeft om de badkamer te moeten delen met zo'n stuk als ik?' vroeg Josh.

'Het is vreemd, maar dat hebben we haar bij het sollicitatiegesprek niet gevraagd.'

Josh geeuwde. 'Ik maak me geen zorgen,' zei hij. 'Ze is anders dan... Ik had heel iets anders verwacht.'

'Ja, maar ze neemt haar werk heel serieus.'

'Behalve wat uitpakken betreft,' zei Josh. 'Het heeft een haar gescheeld of ik had een gescheurde milt overgehouden aan die rugzak van haar.'

Ze hoorden de voordeur opengaan en gingen fluisterend verder.

'Beschouw dat nu maar als een positief teken,' zei Dick, 'want het betekent dat ze nog niet eens haar intrek heeft genomen in de kamer die jij wilt hebben.'

'Ja, maar als ik naar de wc moet, dan moet ik door haar kamer, en natuurlijk ook om in de rest van het huis te komen.'

'Ja, nou, ik weet zeker dat ze, als je elke keer maar even klopt...'

'Natuurlijk.'

'Heb je al naar kantoor gebeld?'

'Dat doe ik wel wanneer jij met Jo praat.'

Ze luisterden in afwachting van het moment waarop Jo de keuken binnen zou komen. Wat ze niet wisten, was dan ze naar de wc bij de voordeur was gegaan om haar gezicht te wassen. Daarna bleef ze een poosje in de hal staan en probeerde ze zich te concentreren. Ze kon zich met geen mogelijkheid herinneren hoe ze van school naar huis was gekomen. En dat is niet echt geweldig wanneer je in de auto van je baas rijdt.

'Jo!' riep Dick vanuit de keuken.

'Ja!'

'We zijn hier.'

'Goed!' Ze schudde haar hoofd als om de nevelen eruit te schudden, en liep door naar de keuken. Toen ze de deur opendeed, zag ze Josh de tuin in gaan. Ze was dankbaar voor een beetje extra tijd waarin haar gezicht weer zijn normale uiterlijk aan zou kunnen nemen. Toen ze naar de bijkeuken liep om de strijkplank te pakken, zag ze hem met zijn rug naar haar toe op het terras staan telefoneren.

'Eh, Jo,' zei Dick. 'Heb je een momentje?'

Niet echt, dacht Jo. Ik moet alle broeken van je zoon strijken.

'Natuurlijk,' zei ze.

Dick tikte voor zich op de tafel. 'Kom even bij me zitten.'

Jo ging tegenover hem zitten. Ze keek hem glimlachend aan. Hij glimlachte terug.

'Dus je hebt Josh ontmoet,' zei hij.

'Ja.'

'Je hebt, na wat er allemaal gebeurd is, natuurlijk geen duidelijke indruk van hem, en je kunt ook nog niet weten hoe je erover denkt, maar ik zou alleen maar van je willen weten of, en ik hoop natuurlijk dat je eerlijk zult zijn, maar we vroegen ons af, of liever, Josh vroeg zich af, nou nee, Josh en ík vroegen ons af of...'

Jo luisterde.

'Vanessa weet natuurlijk nog van niets...'

Jo boog zich naar hem toe.

'Ja?'

'Nou,' zei Dick met een zucht. 'Het gaat hierom. Zou je er wat op tegen hebben als Josh bij ons kwam wonen?'

'O,' kwam het geschrokken over haar lippen.

'Hier. Bij ons.'

'O.'

'Hij heeft problemen met zijn huisgenoten. Het komt erop neer dat ze er, zonder van tevoren iets te zeggen, vandoor zijn gegaan om een reis om de wereld te maken, en omdat hij zo snel niemand anders kon vinden, is zijn huurovereenkomst opgezegd.'

'O.'

'Ja. Jammer.'

'En waar moet hij dan slapen?'

'In jouw kamer.'

'In mijn kamer?'

'Ja.'

'O.' Ze stond op. 'God, wat is het warm hier binnen, hè?'

'Nou, natuurlijk niet in jouw slaapkamer,' corrigeerde Dick zichzelf, 'maar in je zitkamer. Gezien het feit dat je er nog niet echt je intrek in hebt genomen, gingen we ervan uit dat je het waarschijnlijk niet zo heel erg zou vinden –'

'O, ik heb er helemaal niets op tegen,' zei Jo, die voor het dichtgetimmerde, kapotte raam boven het aanrecht was gaan staan.

'Ik bedoel,' zei Dick, 'jullie moeten dan natuurlijk wel de badkamer delen –'

'O, dat is best,' zei ze zonder veel overtuiging, terwijl ze met haar rug naar het terras ging staan.

'Maar hij is goed opgevoed en zindelijk,' verzekerde Dick haar. 'Je zult amper iets van hem merken.'

Ze keek weer naar het terras. 'Mmm.'

'En hij is eigenlijk altijd weg voor zijn werk. Als hij niet bezig is om de bloemetjes buiten te zetten, natuurlijk. Je kunt zijn leven niet vergelijken met dan van ons, een oud getrouwd stel.'

'O.'

'Dus wat wij, en daarmee bedoel ik mijzelf en Josh – het is duidelijk dat Vanessa nog van niets weet – van je wilden weten is, vind je het erg als Josh zijn intrek in jouw zitkamer neemt?'

Jo keek Dick aan. 'Nee,' antwoordde ze.

'Met andere woorden... is het goed?'

Jo fronste haar voorhoofd, en net toen ze dacht dat Dick het nóg een keer zou vragen, ging de terrasdeur open en kwam Josh binnen. Haar begroeting bleef in haar keel steken. Hij groette haar niet en ze observeerde hem met een toenemend ellendig gevoel terwijl hij langzaam de keuken in hobbelde.

'Mijn baas zegt dat ik de komende week van huis kan werken,' zei Josh tegen Dick. 'Gelukkig heb ik gisteravond mijn laptop meegenomen.'

'Weet je zeker dat ze het niet erg vinden?' vroeg Dick.

Josh schudde zijn hoofd. 'Met een doktersverklaring zou ik in de Ziektewet komen, en ze weten dat ze op deze manier meer aan me hebben.'

Josh ging tegenover Jo tegen het aanrecht geleund staan en sloeg zijn armen over elkaar.

'Zijn alle kinderen naar school?' vroeg hij.

Ze knikte.

'Jo heeft er niets op tegen dat je de andere kamer neemt,' zei Dick. 'Dat klopt toch, hè, Jo?'

Josh keek haar ernstig aan. Ze knipperde met haar ogen.

'Nee, natuurlijk niet,' zei ze.

'Je slaapt toch niet naakt, hè? En zijn er misschien nog andere dingen die ik zou moeten weten?' vroeg Josh.

'Nee.' Ze liep naar de bijkeuken om de strijkplank te halen.

'O. Oké. Nou, ik ben het maar.'

Jo lachte kort.

'En ik beloof je dat ik zal kloppen,' voegde hij eraan toe.

'Te gek.'

'Tenzij ik dat vergeet, natuurlijk.'

'O.'

Josh wendde zich tot Dick. 'Nou, dat is dan geregeld, zo te zien.'

'Het enige wat ons nu nog rest, is het vanavond aan Vanessa te vertellen,' zei Dick.

Er leek een huivering door de kamer te trekken.

'Ik zal je verder niet ophouden. Ga maar rustig verder met strijken,' zei Dick zacht. Toen hij Jo passeerde, boog hij zich even naar haar toe, gaf haar een knipoog en zei: 'En laat je door hem niet storen.'

'Nou, hij heeft me vannacht al meer dan genoeg gestoord.' Jo probeerde te lachen.

'En ik maar denken dat je misschien al gestoord was,' merkte Josh vrolijk op.

Toen het lunchtijd was, ging Dick naar zijn werk, belde Josh met zijn kantoor en ging Jo, die voor de helft klaar was met strijken, Tallulah halen. Vanessa zat ondertussen in het hartje van Soho in de Groucho Club.

Leden van de club zaten in kleine, gewichtig aandoende groepjes bij elkaar en bespraken kleine, gewichtig aandoende ideeën. Max nam Vanessa, Anthony en Tom mee door de bar naar het erachter gelegen restaurant. Helaas waren er op dat moment geen beroemdheden aanwezig, waardoor iedereen wat minder van zichzelf onder de indruk was dan hij of zij wel gewild zou hebben.

Max' gewichtig aandoende groepje ging aan een tafeltje in de hoek zitten – Vanessa tegenover Anthony, en Max tegenover Tom.

Vanessa was enigszins in de war als gevolg van slaapgebrek en de doodsangst dat Jo haar ontslag zou nemen. Als ze die avond bij thuiskomst buitenaardse wezens zou aantreffen die bezig waren om haar gezin aan proeven te onderwerpen, wist ze dat haar eerste gedachte 'Neem alsjeblieft het kindermeisje niet mee', zou zijn. Ze had weer eens zo'n onuitstaanbare dag waarop ze een niet te onderdrukken vijandigheid jegens haar man voelde, hetgeen zich uitte in plotselinge vlagen van woede telkens wanneer ze aan hem dacht. Het was niet omdat hij iets specifieks misdaan zou hebben, het was gewoon alles: het feit dat hij doodkalm een cognacje voor Jo had staan inschenken terwijl zij die horde politiemensen uitliet, het feit dat hij doodkalm een cognacje voor Josh had staan inschenken terwijl zij de kinderen weer naar bed bracht, het feit dat ze hem in gedachten over te weinig slaap hoorde kreunen, en dat hij de ochtend vrij had genomen. Alles en niets.

Anthony en Max waren in opperbeste stemming. Ze straalden een onmiskenbaar optimisme en zelfvertrouwen uit; Max omdat hij dit hele project tot en met de kleinste details aan iemand anders kon uitbesteden, en Anthony omdat hij wanhopig zijn best deed om Toms aangeboren pessimisme te camoufleren. Hij moest zoveel glimlachen dat hij begon te vrezen dat hij er wel eens kaakkramp aan over zou kunnen houden.

'We zullen McFarleys zo'n harde dreun verkopen,' riep Max onder de koffie uit, 'dat hun ballen ervan uit hun keel schieten.'

'Wat een schitterend beeld,' zei Tom. 'Ik zal eens kijken wat ik ermee kan doen.'

Max lachte en Anthony maakte diepe indruk op hen allemaal door nóg breder te grijnzen.

'Ziezo, jongens,' zei Max, op de toon die Anthony en Tom al vanaf het begin van de maaltijd gevreesd hadden. Hij trok zijn elastieken wenkbrauwen hoog op. 'Ideeën?' Het beste creatieve team van het kantoor wisselde een onderlinge blik alvorens weer naar Max te kijken.

'Nou,' zei Anthony ten slotte, 'we hebben voor de lunch even snel wat zitten brainstormen. Dus ja, we hebben wel een paar ideeën.'

Max schonk Vanessa een brede grijns. 'Zei ik het niet? Genieën, dit stel. *Genieën!*'

Anthony vond het niet nodig hem te vertellen wat hun beste idee was geweest: een aantal als telefoon verklede lilliputters met de slogan: 'VC, de gigant in het land der dwergen.'

'Ik heb woensdag afgesproken met Planning,' zei Vanessa, 'om de strategie uit te stippelen, en vrijdagochtend heb ik een afspraak met VC. Zodra ik iets weet, horen jullie van me.'

'Voor wanneer moeten we klaar zijn?' wilde Anthony weten.

'Vandaag over twee weken.'

'Shit!' riep Tom uit. 'Krijgen we maar twee weken?'

'Ja,' zei Max, terwijl hij zijn sigaar opnieuw aanstak. 'Daarom wilde ik ook alleen maar het beste team.'

Tom en Anthony dronken hun wijn op.

Na afloop van de lunch liepen ze terug naar kantoor, en Anthony kwam naast Vanessa lopen.

'Tom is een beetje gespannen, hè?' zei ze na een poosje.

'Dat is alleen maar een voordeel als je creatief moet zijn,' antwoordde Anthony.

'Weet je zeker dat hij het aan kan?'

Anthony draaide zich naar haar toe en ze moest een stapje naar achteren doen om te voorkomen dat ze tegen elkaar op zouden botsen. Hij was zo klein dat ze hem, zonder haar hoofd op te hoeven tillen, in de ogen kon kijken.

'Vanessa.'

'Hmm?'

'Dit is de man achter *Bobby de Baviaan*.'

Ze keken elkaar even strak aan.

'Ja, je hebt gelijk,' zei ze. 'Neem me niet kwalijk.'

'Hé, niks aan de hand,' zei Anthony met een glimlach. 'Dat is de taak van jullie non-creatievelingen, je zorgen maken. Maar ik vind het geweldig zoals je het allemaal doet. Ik weet echt niet hoe je het voor elkaar krijgt. Jij liever dan ik.'

Ze liepen verder, en in gedachten probeerde Vanessa zich voor te stellen dat Dick hetzelfde tegen haar zou zeggen over haar bijdrage thuis. Vrijwel meteen voelde ze haar bloed naar het kookpunt stijgen.

'Maar het creëren is onze taak,' zei Anthony, 'en dat kun je rustig aan ons overlaten.'

Ze schonk hem een brede, opgeluchte glimlach en wilde dat ze evenveel vertrouwen zou kunnen hebben in de vermogens van haar man.

Terug op kantoor en in de lift op weg naar boven, kon Vanessa, die voor Anthony stond, in de spiegel van de deur zien hoe hij visuele gegevens over haar lichaam verzamelde om die op een later tijdstip te downloaden. Ten slotte keken ze elkaar in de spiegel aan, en schonk hij haar een beschaamde jongensgrijns. Inwendig schudde ze haar hoofd. Hij dacht zeker dat ze van gisteren was. Wat jammer dat Dick niet had gezien hoe Anthony haar had opgenomen, dacht ze.

Zij en Max stapten uit, en de deuren schoven langzaam achter hen dicht. De jongens waren eindelijk alleen. Ze slaakten een aantal dankbare diepe zuchten.

'Ellendige directie,' kreunde Tom.

'Mmm.'

'Ellendige, ellendige directie.'

'Mmm.'

'En wij die maar twee weken krijgen om een meesterproject te creëren.'

'Mmm.'

De lift was op de bovenste etage tot stilstand gekomen. Ze stapten eruit en liepen over de dikke vloerbedekking naar hun kamer met uitzicht.

'Volgens mij valt ze best mee,' zei Anthony.

'Ach wat. Zij is een van de ergsten.'

Anthony haalde zijn schouders op.

'Zolang je maar weet hoe je haar moet aanpakken,' zei hij, terwijl hij de deur van hun kamer achter hen sloot.

Toen Vanessa die avond thuiskwam, was het ongewoon druk in de keuken. Jo ruimde op terwijl ze met Tallulah babbelde, Dick hielp Zak met zijn huiswerk, Cassandra studeerde blokfluit in de zitkamer, maar was in de keuken te horen, en Josh zat aan tafel op zijn laptop te werken, waar hij moeite had om de katten, die hadden besloten dat het toetsenbord hun activiteitencentrum was, op een afstand te houden. Vanessa nam alles in zich op en voelde zich innig voldaan en tevreden.

'Hallo, lieveling!' begroette Dick haar. 'Josh komt bij ons wonen.'

En het gevoel van voldoening en tevredenheid was op slag verdwenen.

Toen de kinderen in bed lagen, zetten Dick en Josh een avondmaal van salades, kazen en broden op tafel, en Vanessa trok de eerste fles wijn open. Ze stond erop dat Jo met hen mee-at.

'Misschien zou het beter zijn geweest als jullie me wat tijd hadden gegeven om aan het idee te wennen,' zei Vanessa tegen Josh.

'Ik ging er tot op het laatste moment van uit dat ik nieuwe mede-huurders zou kunnen vinden,' zei Josh, zijn schouders ophalend. 'Maar dat is dus niet gelukt.'

'Zelfs niet in Crouch End?' vroeg ze verbaasd.

'Zelfs niet in Crèche End,' zei Josh. 'Het wemelt er van de kleine kinderen. Je kunt er nog niet eens rustig je bier drinken zonder dat er een man de pub binnenkomt met een baby in een draagzak op zijn buik die begint te zeuren over zijn chronische slaaptekort – alsof hij er een medaille voor wil hebben.'

'O, jee,' zei Vanessa. 'Misschien dat het beter zou zijn om baby's en vrouwen in een aparte, afgesloten ruimte te laten waar niemand ze kan zien.'

'Wat ik bedoel,' verzuchtte Josh, Dicks waarschuwende blik negerend, 'is dat mannen van mijn leeftijd liever ergens anders wonen.'

'Je hebt natuurlijk het liefste Claudia Schiffer als flatgenootje,' mompelde Vanessa.

'Zó oppervlakkig ben ik nu ook weer niet,' zei Josh, waarbij hij snel even naar Jo keek. 'Yasmin le Bon zou ook goed zijn geweest.'

'Nou,' besloot Vanessa, 'als Dick het goedvindt, dan vind ik het ook goed. Zolang Jo er tenminste niets op tegen heeft het apparte-ment met je te delen.'

Josh wendde zich tot Jo, en ze keek in een stel geamuseerde don-kerbruine ogen.

'Vertel eens, Jo,' zei hij, 'hoe voelt het dat Vanessa zich druk maakt om wat jij denkt? Zoiets is mij nog nooit overkomen.'

'Nou, als jij zo af en toe ook eens met de kinderen had willen hel-pen,' zei Vanessa, 'dan zou ik ook met jouw gevoelens rekening heb-ben gehouden.'

'Ik had me niet gerealiseerd dat die rol mij was toebedeeld,' ant-woordde Josh kalm, terwijl hij een toastje smeerde. 'Dat ik geacht werd me bezig te houden met de tweede familie van mijn vader nadat hij de mijne had verlaten.'

Er viel een geladen stilte.

'Vooruit, mensen,' fluisterde Dick na een poosje, 'toe.'

Jo zag dat Josh zijn toastje niet at.

Onder het drinken van de versgemalen koffie en de Chinese groe-ne thee met verse munt van de organische kruidenier, vertelde Josh aan Vanessa waarom hij pakweg de eerstkomende week thuis zou zijn, net zo lang tot hij zich fit genoeg voelde om het reizen met de on-dergrondse aan te durven.

'De spits is onder normale omstandigheden al erg genoeg,' zei hij. 'Op deze manier doe ik mijn jaarlijkse thuiswerkperiode en hoef ik niet bang te zijn dat mijn verzwikte enkel en gekneusde botten in de drukte nog meer schade zullen oplopen. De dokter heeft gezegd dat ik mijn enkel twee weken rust moet gunnen, maar ik kan niet zomaar twee weken vrij nemen. Hoe dan ook, ik verheug me erop om hier te werken.' Zijn blik dwaalde even af naar Jo. 'Om de kantoorruimte te delen met die onvoorstelbaar efficiënte nanny van jullie.'

Dick en Vanessa keken hem doordringend aan.

'Hé,' zei hij, 'je moet niet bij mij zijn. Het is niet mijn schuld dat ik van top tot teen onder de blauwe plekken zit.' Hij hief zijn glas op naar Jo, en ze bespeurde een ondeugende fonkeling in zijn ogen. 'Het is allemaal de schuld van jullie neurotische nanny hier.'

Vanessa slaakte een diepe zucht en zette haar glas neer. Jo kon bijna horen hoe Dick zijn billen samentrok.

'Joshua,' begon Vanessa, 'ik geloof dat we even moeten praten.' Ze sprak tegen hem alsof hij zojuist in haar schoen had gepoept. 'Dick en ik vinden het echt heel erg dat je je hier, in ons huis, zo bezeerd hebt, en ik weet zeker dat ik kan zeggen dat Jo daar net zo over denkt.'

Dick en Jo knikten heftig en maakten instemmende geluidjes.

'Maar,' vervolgde Vanessa, 'als je echt denkt dat we liever een nanny hadden gehad die rustig door was blijven slapen terwijl er bij ons werd ingebroken, in plaats van een nanny die haar doodsangst wist te overwinnen en de politie heeft gebeld, dan ben je dommer dan je eruitziet.'

Josh' toch al stijve lichaam, verstijfde nog meer.

'Kom, kom –' begon Dick.

'Richard!' riep Vanessa, alsof haar man de schoen met de poep erin had opgepakt en er een hap van had genomen, 'laat me uitpraten, ja?' Dick knikte.

'Wat ons betreft,' vervolgde Vanessa, zich weer tot Josh wendend, 'heb jij Jo hier een unieke kans gegeven om te bewijzen hoe waardevol ze voor ons gezin is, en,' ze laste een korte pauze in die zo dramatisch was dat zelfs de goudvis gespannen afwachtte op wat er zou komen, 'hoe waardevol jíj voor ons bent.' Jo kromp ineen. 'Van nu af aan wil ik dan ook niet één hatelijke opmerking meer over onze nanny horen die, na haar heldhaftige optreden van de afgelopen nacht, duidelijk zwaar onderbetaald is.'

De stilte die op deze rede volgde werd slechts doorbroken door Molly en Bolly die dit moment uitkozen om hun achterpoten langzaam, en volkomen synchroon als in een goedgetraind corps-de-ballet, te strekken en hun achterwerk aan een grondige inspectie te onderwerpen.

'Ben ik duidelijk, Joshua?' vroeg Vanessa.

Josh aarzelde even alvorens antwoord te geven.

'Volkomen,' zei hij ten slotte.

Vanessa wendde zich tot Jo en sprak nu op de toon van Assepoester die het tegen haar favoriete jonge poesje had.

'We hebben het er nog niet over gehad, Jo, maar ik weet zeker dat Dick het met mij eens zal zijn. We willen je heel graag een salarisverhoging aanbieden.'

Jo schrok hier zó van dat de reactie van Dick en Josh haar ontging.

Na het eten moest Jo die paar dingen die ze in haar zitkamer had gezet eruit halen, terwijl Josh zijn spullen er neerzette. Dick was die dag naar Ikea gegaan en had een klerenkast van stof en een klein tafeltje gekocht dat als haar toilettafel dienst moest doen. Ze vond het best.

Ze stond somber naar haar onuitgepakte koffer te kijken en deed haar haren ondertussen in een vlecht om te voorkomen dat ze steeds voor haar ogen zouden vallen. Opeens realiseerde ze zich dat Josh vanuit de deuropening mismoedig naar haar stond te kijken.

Plotseling hield hij een fles wijn en twee glazen op, en produceerde een glimlach waarvan Jo vermoedde dat die hem heel wat moeite gekost moest hebben. 'Heb je zin in een brutaal Italiaantje?'

'O,' zei ze.

'Ter ontspanning na onze avonturen.' Ze knikte traag en peinzend, en Josh begon, niet met een geheel vaste hand, de glazen te vullen. 'En om mij te helpen vergeten dat de vrouw van mijn vader me niet kan uitstaan.' Hij stak zijn hand met het volle glas naar haar uit, en zij stak haar arm uit om het van hem aan te pakken. Op het moment waarop haar hand zich rond het glas sloot keken ze elkaar aan.

'Dank je.'

'En verder natuurlijk ook,' vervolgde hij glimlachend, terwijl hij het glas nog even vast bleef houden, 'om onze zintuigen te verdoven. We willen niet dat je, als ik toevallig een paar onverwachte bewegingen maak, onmiddellijk naar de politie belt.'

Jo hoorde zichzelf kort lachen. 'Dat is niet eerlijk,' zei ze zacht. Ze durfde het glas niet uit zijn hand te trekken. 'Je hebt me echt ontzettend laten schrikken.'

'Echt? Dat spijt me,' zei hij, en hij liet het glas los.

Ze dronk het met grote slokken leeg.

'Ik heb je vergeven,' zei ze luchtig, en wendde zich af.

Afgezien van Jo's zachte neuriën, pakten ze stilzwijgend uit. Toen haar mobiel ging, ze hem oppakte en zag dat het Shaun was, schakelde ze het ding met een nijdig gebaar uit. Ze zat echt niet op nog een onaangenaam gesprek te wachten, en al helemaal niet met Josh erbij.

Ze hadden geen van tweeën lang nodig om hun boel uit te pakken. Toen Josh klaar was, hobbelde hij Jo's kamer in, ging langzaam op haar bed zitten en zette de wijn tussen hen in op de vloer. Zijn glimlach was niet onvriendelijk, maar ze was niet overtuigd. Ze leunde met een achterdochtig gevoel met haar rug tegen de muur, en liet de pieken die uit haar vlecht waren losgeraakt voor haar gezicht vallen.

'Zo,' zei hij, 'en hoe vind je het om voor de Munsters te werken?'

'Best,' zei Jo voorzichtig.

'O, toe zeg,' zei Josh. 'Het hele stel is hartstikke geschift.'

Jo forceerde een glimlachje waarvan ze hoopte dat het spontaan zou overkomen. 'Het is zwaar werk,' bekende ze, 'maar de kinderen zijn enig.'

'Ja,' beaamde Josh, waarbij zijn mondhoeken even omhoogkwamen, 'dat zijn ze inderdaad.'

Beiden knikten en glimlachten.

'Ja,' ging hij verder, terwijl hij nog wat wijn nam. 'Als je vader het voor gezien houdt en elders opnieuw begint, dan kun je je geen leukere kinderen wensen.'

Jo vroeg zich af wat ze daarop zou moeten zeggen, maar besloot toen het over een andere boeg te gooien.

'Is je moeder hertrouwd?'

Toen Josh zijn hoofd schudde, keek Jo hem onderzoekend aan op zoek naar gelijkenissen met de vrouw met de harde ogen en vinnige stem die Toby had afgeleverd.

'Is dit de eerste keer dat je van thuis weg bent?' vroeg Josh.

Jo duwde een paar losse pieken achter haar oren. 'Is dat zo duidelijk?'

Josh haalde zijn schouders op en ze voelde zich gedwongen de stilte te vullen. 'Ik geef toe dat het allemaal een beetje eng is,' bekende ze. 'Alles is zo anders.' Josh zei niets. 'Misschien komt het wel daardoor dat mijn reactie vannacht wat overdreven was.' Ze nam nog wat wijn. Toen ze hem weer aankeek, zat Josh haar zo doordringend aan te staren dat ze er bijna kippenvel van kreeg. Ze keek naar de nerven in de houten vloer.

'Ik vond je heel moedig,' zei hij.

'Ik lag verstopt onder mijn dekbed toen ik de politie belde.' Ze trok een gezicht. 'En mijn handen beefden zo erg dat ik amper de toetsen in kon drukken.'

Opnieuw viel er een stilte. Deze keer liet Jo hem voortduren.

'Dat bedoel ik,' zei Josh. 'Je was doodsbang, maar je hebt het toch gedaan.'

Jo nam nog een slok en voelde de warmte van de wijn door haar lichaam trekken.

'Over het algemeen wordt het niet gewaardeerd wanneer iemand moedig is, hè?' zei ze opeens. 'Het is net alsof de mensen willen dat je bang bent, want dan hoeven ze zelf ook geen risico's te nemen.'

Josh hield zijn hoofd schuin en er verscheen een rimpel op zijn voorhoofd.

'Niemand was echt enthousiast toen ik eenmaal had besloten om het huis uit te gaan,' vertelde ze, waarna ze nog een slok nam en zich afvroeg of ze genoeg had gehad.

'Aha,' zei hij. 'Iemand in het bijzonder?'

In gedachten hoorde Jo Shauns onaardige woorden, en ze haastte zich haar plotselinge woede van zich af te zetten. 'Nee, gewoon, allemaal,' antwoordde ze somber.

'Echt waar? Wauw,' zei Josh.

Jo keek hem achterdochtig aan en was ervan overtuigd dat hij haar uitlachte. Maar er stond niets van spot op zijn gezicht te lezen.

'Dan moet je wel erg sterk zijn dat je je plan toch hebt doorgezet,' vervolgde hij.

Ze probeerde iets te zeggen, maar toen dat niet lukte, haalde ze haar schouders maar op en nam nog een slok.

'Tussen ons gezegd en gezwegen,' ging Josh verder, 'ik wou dat ik zo moedig kon zijn.'

'Wil je hier weg?' vroeg Jo.

Hij schudde zijn hoofd. 'Ik wil graag van werk veranderen. Maar ik weet niet wat ik in plaats daarvan zou moeten doen, en mijn ouders zouden me vermoorden.'

Jo slaakte een gesmoorde kreet. 'Moet je mij vertellen,' zei ze emotioneel. 'Drie keer raden wiens idee het was dat ik kindermeisje zou worden?'

'Je ouders?'

'Alle vragen goed.'

'En wat wilde jij dan worden?'

'O, niets – het is stom –'

'Ga verder.'

'Ze hadden waarschijnlijk wel gelijk.'

'Vertel op.'

Jo haalde diep adem. 'Ik wilde graag… niet lachen –'

'Ik lach niet.'

'Ik wilde antropoloog worden.'

Ze nam een paar grote slokken.

'Wauw,' zei Josh. 'Te gek.'

Jo haalde haar schouders op. 'Als je jong bent zit je vol dwaze ideeën.'

'Wat is daar dwaas aan?'

'Hoe dan ook, ik ben nanny. En het is al moeilijk genoeg om nanny te zijn en ver uit de buurt van je ouders te wonen.'

Josh boog zich naar haar toe en schonk haar glas nog eens vol.

'Nee, dank je,' zei ze, toen haar glas vol was.

'En hoe komt het dat je het dan toch hebt gedaan?' vroeg hij.

Ze moest goed nadenken om de juiste woorden te vinden. 'Ik wilde erachter komen of de keuzes die ik tot op dat moment in mijn leven had gemaakt niet de makkelijkste waren geweest.'

Ze keken elkaar aan en Josh knikte peinzend. 'Ja,' fluisterde hij, 'ik begrijp wat je bedoelt.'

Het grootste gedeelte van haar haren zakte uit de vlecht. Ze zette haar glas neer en draaide het in een losse staart. Toen ze klaar was, keek ze om zich heen de kamer rond, en toen ze ten slotte weer naar Josh keek, zag ze dat hij haar zat op te nemen. Ze wilde net zeggen dat ze wilde gaan slapen, toen hij haar opeens een brede, warme glimlach schonk en zijn glas naar haar ophief.

'Op juiste keuzes,' zei hij zacht.

Ze kreeg het vage vermoeden dat ze zojuist getuige was geweest van een belangrijke beslissing. Ze pakte haar glas op, beantwoordde zijn glimlach en stootte aan. 'Op juiste keuzes,' herhaalde ze, en dronk haar glas leeg.

Die avond viel ze in slaap terwijl ze Josh door zijn kamer hoorde scharrelen, en voor het eerst sinds haar komst naar Londen, sliep ze in één keer door tot het ochtend was.

10

In de loop van de daaropvolgende week ontdekte Jo dat de gemiddelde accountant bij benadering half zo veel werk verricht als de gemiddelde nanny. Josh stond vroeg op en werkte gedurende twee uur voordat zij terug was van het naar school brengen van de kinderen. Tegen die tijd was hij toe aan een theepauze van twee uur. Het duurde niet lang voor ze een vast ritme vonden waarbij hij thee voor hen zette en ze, terwijl hij afwezig op de computer werkte en zij zich door het strijkgoed heen werkte, met elkaar babbelden. In het begin vond ze zijn aanwezigheid intimiderend, maar het duurde niet lang voor de stiltes in het gesprek korter werden, de spanning wegviel en ze het helemaal niet erg meer vond. Sterker nog, ze verbaasde zich erover dat het zo anders was om overdag iemand in huis te hebben om mee praten.

Na een poosje hield hij op met te vragen of ze, telkens wanneer hij snel opstond, de politie zou bellen. Hij begon haar ook door het huis heen te volgen wanneer ze de kinderkamers opruimde – 'beweging is goed voor mijn voet'. Ze vond het niet erg om langzamer te lopen opdat hij haar bij kon houden, vooral omdat ze zich nog steeds een beetje schuldig voelde over het feit dat hij duidelijk pijn had. En echt vervelend vond ze het ook niet, want het betekende dat ze het grootste gedeelte van de tijd moest lachen. Op een ochtend dwaalde hun gesprek af en hadden ze het er opeens over hoe het kwam dat Josh' ouders waren gescheiden. Het bleek dat Dick een verhouding met zijn secretaresse had gehad en dat Josh' moeder hem niet had kunnen vergeven.

'Het was verschrikkelijk zonde,' zei hij verdrietig. 'Een gezin dat voor altijd had opgehouden te bestaan.' Hij knipte met zijn vingers. 'Zómaar.'

'Wat afschuwelijk,' zei Jo.

'Het was behoorlijk klote,' zei hij met een knikje. 'Veertien is geen geweldige leeftijd om je vader te verliezen.'

'Maar nu zijn jullie toch vrienden, of niet?'

Josh dacht even over haar woorden na. 'Ja, we kunnen het goed met elkaar vinden. En dat soort dingen gebeuren nu eenmaal.'

Jo knikte.

'Het leven gaat verder,' vervolgde hij. 'Maar het heeft me laten inzien hoeveel schade je met ontrouw kunt berokkenen. In een relatie draait alles om vertrouwen,' zei hij snel, alvorens van onderwerp te veranderen.

Hoe meer Jo met Josh sprak, des te bewuster ze zich werd van het feit dat ze het nog nooit over Shaun hadden gehad. In de loop der dagen spraken ze over zo goed als van alles, maar op de een of andere manier werd hun beider liefdesleven niet aangeroerd. Het was alsof ze er een stilzwijgende afspraak over hadden gemaakt. Maar hoe meer ze met elkaar spraken en hoe nauwer hun band werd – Jo had het gevoel dat ze een heel diepe band met Josh had – des te meer ze het idee had dat ze een verkeerd beeld van zichzelf gaf. Het lukte haar alleen nooit om een goed moment te vinden om hem over Shaun te vertellen. Aan de ene kant was ze bang dat ze daarmee de indruk zou wekken dat ze hem wilde afwijzen, en aan de andere kant was ze bang dat het er onhandig en stuntelig uit zou komen.

Omdat ze wilde weten hoe de meisjes erover dachten, bracht ze het probleem tijdens de therapiesessie in het weekend ter sprake.

'Even kijken of ik het goed begrepen heb,' zei Pippa. 'Je hebt het voor elkaar gekregen om het feit dat je al zes jaar lang een vaste vriend hebt, volkomen en volledig voor hem te verzwijgen. Je hebt er zelfs niet eens een al dan niet vage toespeling op gemaakt.'

Jo knikte.

'Ik hoop maar steeds op het goede moment,' vertelde ze opnieuw, 'maar je kunt moeilijk zeggen: "Geef me de theedoek even aan, ik heb een vriend."'

'Maar als jullie gewoon alleen maar bevriend zijn, dan komt zoiets toch vanzelf ter sprake?' meende Rachel.

'Ja, dat weet ik,' zei Jo. 'En dat zou ook normaal zijn, maar op de een of andere manier heb ik, wanneer ik erover wil beginnen, altijd het gevoel dat ik hem afwijs, waarmee ik dan tegelijkertijd de indruk zou wekken dat ik denk dat hij een oogje op me heeft.'

'Weet je zeker dat jullie alleen maar vrienden zijn?' vroeg Rachel.

'Natuurlijk,' hield Jo vol.

'Hmm,' zei Pippa. 'Hoe komt het dan dat je er helemaal geen moeite mee had om het aan mij te vertellen?'

'Jij hebt me ernaar gevraagd,' zei Jo.

'Dat is waar.'

'En ik was niet verliefd op je.'

'Aha!' riepen de meisjes uit.

Jo grinnikte.

'Hij heeft niet eens gevraagd of ik een vriend heb,' zei ze, 'dus het is duidelijk dat hij niet in mij geïnteresseerd is.'

'Zou het verschil maken als hij het vroeg?' wilde Pippa weten.

Daar dacht Jo over na. En toen dacht ze aan Shaun.

Ze trok een verdrietig gezicht en haalde haar schouders op.

Even later kwam Gabriella met een vraag.

'Hoe ziet die Josh Posh errroit?'

Jo sloot haar ogen. 'Ioan Gruffudd.'

De meisjes waren even stil om blijk te geven van hun bewondering.

'O, help!' riep Pippa uit. 'Je deelt je appartement met Hornblower?'

'Ja,' bekende Jo, 'maar zonder de broek en een beetje sensueler.'

Er volgde een lange stilte.

'Nou,' zei Pippa, 'als je het mij vraagt is het reuze simpel. Zodra hij toenadering begint te zoeken, geef je Shaun de bons.'

'O, god!' riep Jo ineens uit. 'Ik heb een vriend! Een vriend die komt logeren!'

'Nou, denk je niet dat Josh er dan vanzelf wel achter komt?' vroeg Rachel grinnikend.

Jo trok een gezicht en nam een slok wijn.

'Maak je geen zorgen,' zei Pippa. 'Je hebt nog ruimschoots de tijd voordat Shaun komt. Ik weet zeker dat je er het juiste moment voor zult kunnen vinden.'

Voor de eerste keer in de korte tijd dat ze elkaar kenden, bleek Pippa zich vergist te hebben. Gedurende de eerste paar dagen daarna lag het onderwerp, wanneer zij en Josh samen waren, regelmatig op het puntje van haar tong, maar telkens wanneer het gesprek de goede kant op leek te gaan, nam het opeens weer een totaal andere wending. Omdat ze er zo lang mee had gewacht wist ze zeker dat hij haar verwaand of zielig zou vinden, of dat hij zou aannemen dat ze zich schuldig voelde; het kon gewoon niet anders dan dat hij zo'n onlogische opmerking zou opvatten als een bepaald niet subtiele boodschap dat ze niet in hem geïnteresseerd was. En dat terwijl hij helemaal niet geprobeerd had om haar te versieren. Het zou haar niets verbazen als hij op zijn werk bendes vriendinnetjes had, want dat verklaarde waarom hij zich zo op zijn gemak voelde met haar. Wat had Dick ook alweer over hem gezegd? Iets in de trant van dat hij aan elke vinger tien meisjes had, of zo. Het was een feit dat hij absoluut niet in haar geïnteresseerd was, en dat was maar gelukkig ook, want zij had Shaun. En Josh kwetsen was wel het laatste wat ze wilde. En hem ontmoedigen was het vóórlaatste wat ze wilde – voor het geval dat hij wél in haar geïnteresseerd was.

Hoe langer ze het voor zich uit schoof, des te moeilijker het werd. Josh had duidelijk gezegd dat hij vertrouwen het belangrijkste vond in een relatie, en telkens wanneer ze daaraan dacht, vond ze het nóg moeilijker om het hem te vertellen, al was het maar voor het geval hij haar zou aanzien voor een schandalige flirt. Wat ze ook deed, ze zou hoe dan ook aan het kortste eind trekken.

Ze begon Shaun alleen nog maar vanuit de auto te bellen, en ze maakte zichzelf wijs dat ze dat deed omdat dat de enige plek was waar ze privacy had. In menig opzicht was dat ook wel waar. Josh liep voortdurend door haar kamer, en tot ze gingen slapen stond de deur tussen hun kamers altijd open.

Hoewel ze Shaun nog niet helemaal had vergeven dat hij, toen ze hem na de nacht van Josh' 'inbraak' verteld had wat er gebeurd was, en hij niet als haar vriend, maar als haar leraar op het relaas had ge-reageerd, hadden ze een soort van stilzwijgende wapenstilstand ge-sloten. Hij had gezegd dat hij haar miste en zij had gezegd dat ze zich op zijn bezoek verheugde. En ze twijfelde er niet aan dat alles vanzelf wel weer beter zou gaan wanneer ze elkaar zagen. Zenuwachtig be-gon ze de dagen af te tellen.

Op een avond, toen Vanessa overwerkte en Dick in de zitkamer lag te dutten, zat Jo in de serre televisie te kijken terwijl ze zich afvroeg hoe lang Josh nog in de badkamer zou blijven. Er werd aangebeld, en Dick stond op en deed open. Ze was uiterst verbaasd toen hij binnen-kwam met een van de agenten die bij de 'inbraak' aanwezig waren ge-weest.

'Moet je kijken wie ik op de stoep heb gevonden!' zei Dick. 'Eén van die aardige agenten die mijn zoon in elkaar heeft geslagen.'

'O, ja,' zei Gerry. 'Dat spijt me.'

'Maak je geen zorgen,' zei Dick. 'Hij komt er op den duur wel overheen. Ben jij diegene die naar hondenpoep rook, of ben je die an-der?'

'Ik ben die andere. Gelukkig wel.'

'Mooi. Mooi.'

Hij keek naar Jo en zei: 'Nou, dan laat ik jullie maar alleen,' zei hij, waarop hij hen alleen liet.

'Hallo,' zei Jo, lichtelijk overdonderd.

'Hallo,' zei Gerry, terwijl hij een paar stappen naar haar toe deed. 'Ik kom alleen maar even kijken hoe het met je is. Je was er nogal be-roerd aan toe, die avond.'

'O, god, ja, dat weet ik,' zei Jo, terwijl ze hem tegemoet ging en ze elkaar halverwege de keuken ontmoetten. 'Dat spijt me. Maar nu voel ik me weer helemaal de oude. Reuze bedankt.' Ze begon met haar haren te spelen.

'Ik heb wat voor je meegebracht.' Hij gaf haar een kaart. 'Die is van Slachtofferhulp. Het gebeurt nogal eens dat mensen pas veel later reageren wanneer ze iets schokkends hebben meegemaakt.'

'O,' zei Jo. 'Dank je wel.'

Ze pakte de kaart van hem aan, leunde tegen het verste uiteinde van het aanrecht en schonk hem een glimlach. Hij glimlachte terug en ging naast haar tegen het aanrecht aan staan. Ze las de kaart door en knikte een paar keer. Toen ze alles had doorgelezen, begon ze weer van voren af aan. En ze vulde de stilte die tussen hen was gevallen met nog een paar knikjes.

'Dus er zijn verder geen inbraken meer geweest 's nachts?' vroeg Gerry.

'Nee.'

'Mooi zo. Mooi zo. En je bent niet bang in bed?'

'Nee –'

''s Nachts?'

'Nee.'

'Wat ik wilde zeggen is… Ik vroeg me af of –'

De deur van Jo's slaapkamer ging open en Josh kwam de keuken in. Hij zag Gerry en verstijfde. Gerry leek eveneens te verstijven. Beiden verstijfden. Jo was net even eerder verstijfd.

'Moet je kijken!' zei ze tegen Josh. 'Het is… van laatst…'

'O ja!' riep Josh uit. 'Die aardige agent die me in elkaar heeft geslagen.'

'Gerry,' zei Gerry, en hij stak zijn hand uit. 'Noem me maar Gerry.'

'Zoals in Tom en Jerry?' vroeg Josh, terwijl hij hem een hand gaf.

'Nee,' zei Gerry. 'Ik ben met een "G".'

De beide mannen knikten elkaar toe en bleven elkaar nadrukkelijk en vastberaden de hand schudden. Toen ze daarmee klaar waren, deed Gerry een stapje bij Jo vandaan.

'Ik kwam alleen maar even langs om te kijken hoe het met Jo was,' zei hij terloops.

Josh hield zijn hoofd schuin.

'En om haar te vragen of ze zich veilig voelde,' zei Gerry. 'Je weet wel, 's nachts.'

'O, ik begrijp het!' riep Josh opeens uit. 'Nazorg! Een vorm van klantenservice! Wauw, ik wist niet dat ze daar bij jullie ook aan deden.'

'Nou, we doen het niet altijd –'

'O.' Josh knikte bedachtzaam. 'Jullie doen het niet altijd. Maar jij bent een beetje een buitenbeentje, niet?' vroeg hij. 'Een rebel? Het kan je geen barst schelen wie je pijn doet, maar die nonsens van klantenservice en nazorg is heel belangrijk voor je.'

Jo onderdrukte een lach. Ze observeerde de beide mannen die elkaar strak aanstaarden. Ze was nog nooit eerder getuige geweest van mannen die elkaar na een knokpartij confronteerden. Het deed haar denken aan een fragment uit een natuurfilm, en in gedachten kon ze de stem van de commentator er bijna bij horen.

'Ik heb Jo juist een kaart van slachtofferhulp gegeven,' zei Gerry kalm. 'Het gebeurt wel eens dat mensen die een traumatische gebeurtenis meemaken een vertraagde reactie krijgen.'

'O, echt? Daar had ík geen last van,' zei Josh. 'Mijn reactie kwam meteen op het moment waarop ik werd aangevallen.'

'Eh, ja, dat spijt me,' zei Gerry. 'Dat was een grote vergissing.'

'Dank je. Dat helpt echt tegen de pijn.'

Gerry wendde zich tot Jo, waarbij hij bijna met zijn rug naar Josh toe ging staan.

'Mijn nummer staat ook op de kaart,' zei hij. 'Mocht je ooit behoefte hebben aan een praatje, dan kun je altijd bellen. Geloof me, ik weet hoe erg dit kan zijn.'

'Ja, ik ook,' voegde Josh er van achter hem aan toe.

'Reuze bedankt,' haastte Jo zich te zeggen. 'Het is echt heel erg attent van je.'

'Niets te danken,' zei Gerry. 'En mocht je ooit zin hebben om een avondje uit te gaan...' Josh snoof en hij kuchte. 'Tenzij...' Gerry draaide zich opeens met een ruk om naar Josh, en wees op hen beiden, 'jullie twee...'

'Hemel, nee!' riepen Jo en Josh in koor. Het viel Jo op dat Josh het veel luider zei dan zij.

Gerry keek Jo glimlachend aan. Ze trok een gezicht. Dit was het moment om hem te vertellen dat ze thuis een vriend had. En dat ze al zes jaar samen waren. En dat hij kwam logeren. Er viel zelfs een korte stilte, waarin ze haar verhaal zó kwijt zou hebben gekund.

En het was nog steeds stil.

Maar wat zou Josh wel niet moeten denken als ze nu ineens over Shaun begon – terwijl ze al dagen samen waren en ze nog nooit met één woord over hem had gerept? Wat afschuwelijk voor hem om er op deze manier achter te moeten komen. En zou het niet heel gemeen van haar zijn wanneer ze Gerry, die zo zijn best had gedaan om aardig voor haar te zijn, op deze manier teleur zou stellen? Of zou Josh denken dat ze het alleen maar had gezegd om Gerry iets voor te liegen, en dat ze in werkelijkheid helemaal geen vriend had en dat ze op grond daarvan een onuitstaanbare en onbetrouwbare vrouw was? Hoe dan ook, ze zou iets moeten zeggen om de stilte te vullen.

'Ik heb een paar vriendinnen,' hoorde ze zichzelf zeggen, 'die het enig zouden vinden om... aardige jongens te leren kennen...'

Ze zag Gerry's gezicht betrekken.

'Dus, als jij vrienden hebt...' zei ze, terwijl ze verschrikkelijk met hem te doen had.

'O, geweldig!' zei Gerry. 'Hoe meer zielen hoe meer vreugd! Nou, ik heb je nummer nog, dat je me hebt gegeven.'

Jo knikte, keek naar de vloer en zwaaide haar haren naar achteren.

'Ik kom er zelf wel uit,' zei Gerry, terwijl hij aanstalten maakte om te vertrekken.

'Nou, je bent ook zelf binnengekomen,' mompelde Josh, toen Gerry hem passeerde.

'Als ik me goed herinner,' mompelde Gerry toen hij de keuken bijna uit was, 'kunnen we van jou hetzelfde zeggen.'

Hij draaide zich om naar Jo, en schonk haar een brede grijns waardoor hij bijna knap leek.

'Tot kijk dan maar,' zei hij. 'Tot gauw.'

Jo en Josh luisterden terwijl Gerry de gang af liep en de voordeur achter zich dichttrok. Jo besloot dat dit het ideale moment was om over Shaun te vertellen. Dit was het moment waar ze op gewacht had! Ze zou kunnen zeggen dat de hele situatie haar zo pijnlijk was vanwege haar vriend, met wie ze al zes jaar samen was, die Shaun heette en die kwam logeren. Had ze hem echt nog niet over hem verteld? Hemel. Hoe is het mogelijk. Ze had toch echt kunnen zweren dat –

'Nou,' zei Josh, 'was dat niet ontzettend aardig van hem?'

Voor ze de kans had gekregen om daar iets op terug te zeggen, verdween hij alweer naar zijn kamer.

11

Vanessa zat maandagochtend tijdens de bespreking over haar koffie gebogen terwijl ze zich afvroeg waarom ze die niet per liter verkochten. Tallulah had haar de afgelopen nacht twee keer wakker gemaakt, en beide keren had ze een uur nodig gehad om weer in slaap te komen. In tegenstelling tot de andere treinpassagiers die ochtend, was ze blij geweest toen de trein gedurende tien minuten tussen twee stations was blijven staan, omdat ze daarmee de kans had gekregen zich op te maken, op adem te komen en zich te herinneren hoe ze heette.

Ze had tegenover een tiener gezeten die zichtbaar op weg was naar een dagje winkelen. Ze had voortdurend naar het meisje moeten kijken terwijl ze getracht had zich te herinneren hoe zij op die leeftijd was geweest. Op die leeftijd kon iedereen de dingen doen die hij of zij wilde, zonder er enig idee van te hebben dat er een dag zou komen waarop je je realiseerde hoe verschrikkelijk egoïstisch dat was. Het was alsof de definitie van het woord egoïstisch op de dag waarop ze moeder was geworden, ineens nog maar op één geslacht van toepassing was geweest. Een man kon het hele weekend gaan golfen en nog steeds vader zijn. Een vrouw kon de hele week geld verdienen, en elk vrij moment met haar kinderen doorbrengen en egoïstisch zijn omdat ze het allebei wilde kunnen doen. Ze zou er ooit nog eens een boek over schrijven. Zodra ze tijd had.

'En dat is dat,' besloot Tricia, Vanessa's assistente. Vanessa keek Tricia aan en was lichtelijk verbaasd toen ze Tricia naar zich zag kijken. Ze nam aan dat het meisje klaar was met iedereen een overzicht te geven van de vorderingen die er in de afgelopen week waren gemaakt.

'Dank je, Tricia,' zei Vanessa, waarna ze verderging met het geven van een overzicht van alles wat er tot nu toe ten aanzien van het VC-project was gerealiseerd. Ze was zo moe dat ze niet merkte dat Anthony Harrison haar steeds doordringender zat aan te kijken. En ze had er niet het flauwste vermoeden van dat hij bezig was om bepaalde aspecten van haar te vergelijken met bepaalde aspecten uit de droom waaruit hij die ochtend ontwaakt was.

'Dus morgen,' besloot ze, 'heb ik een afspraak met Miranda Simmonds, de marketing director van VC. Ik wil het creatieve team zo snel mogelijk vertellen wat er besproken is. Kunnen we dat woensdagochtend om negen uur doen?'

'Negen uur lukt niet, vrees ik,' zei Tom. 'Dan hebben we een bespreking met Happy Kids.'

''s Middags?'

'Olifant Pleisters.'

Vanessa zuchtte. Ze hadden echt niet zo heel veel tijd te verliezen.

'Halfzes?' vroeg Tom. 'Op die manier verliezen we niet nog een dag en loop ik het baduurtje van de tweeling mis. En daarmee maken we iedereen blij.'

Vanessa schonk hem een zuinig glimlachje.

'En dan kunnen we na afloop nog gauw even iets drinken om het te vieren,' voegde Anthony eraan toe.

Vanessa was te moe om er tegenin te gaan. Ze maakte een aantekening dat ze tegen Jo moest zeggen dat ze Cassie woensdagavond van koorrepetitie moest halen.

Na de bespreking haalde Anthony haar op de gang in.

'Ik verheug me op die bespreking met jou.' Hij liep langs haar heen waarbij zijn heup langs de hare streek.

'O. En ik ook. Ik bedoel –'

'Geweldig.'

Jo streek er vrolijk op los en neuriede voor zich heen terwijl Josh een paar aantekeningen doorlas – hij zat met één voet op de keukentafel en één van de katten lag tegen zijn hiel aan genesteld. Toen haar mobiel ging, haastte ze zich naar haar slaapkamer om op te nemen.

'Eindelijk heb ik je dan te pakken!' riep Sheila. 'Ik dacht al dat ze je hadden opgegeten!'

'Sheila!' riep Jo, terwijl ze de keuken weer in kwam. 'O, god! Hoe ís het met je?'

'Ik voel me verwaarloosd, kreng dat je bent.'

'Jee, het spijt me. Ik heb het gewoon verschrikkelijk druk.'

'Dat is duidelijk. Veel te druk om mij te kunnen bellen.' Onder de speelse uitroep hoorde Jo een onmiskenbare berispende ondertoon.

'Het spijt me, Shee.'

'Zeg op!' Sheila grijnsde nog steeds. 'Ik hoor dat je een nieuwe vriendin hebt?'

'Hè?' Jo klemde de telefoon tussen haar oor en haar schouder en ging verder met strijken.

'Ja, dat heeft Shaun me verteld. Een grietje dat Pippa heet. Betekent dat, dat je me van nu af aan nóg minder vaak zult bellen?'

Jo hield op met strijken.

'Shee, toe, hou daarmee op, wil je? Ik heb het hier heus niet gemakkelijk gehad. Ik –'

Jo werd onderbroken door de voordeurbel. Ze keek naar Josh. Hij keek op en begon zijn voet van tafel te halen. Toen ze zijn gezicht van de pijn zag vertrekken, gebaarde ze hem dat hij zijn pogingen kon staken.

'Shee,' zei ze, 'ik moet ophangen. Er is iemand aan de deur.'

'Best,' zei Sheila. 'Dag.'

En ze was weg.

'Het spijt me,' zei Josh. 'Die rot-enkel ook.'

Er werd opnieuw aangebeld, en Jo haastte zich naar de deur. Op de stoep stond Agnita, de glimlachende Poolse au pair die een paar huizen verderop werkte, en die twee keer per week naar de Fitzgeralds kwam voor het strijkgoed dat niet van de kinderen was. Jo was ervan overtuigd dat Agnita geen onderbroeken droeg en toen ze haar vandaag de gang af volgde, was dat helemaal overduidelijk omdat ze een strakke witte legging aan had. Jo kon het niet laten om naar haar onvoorstelbaar strakke, ronde billen te kijken, en kon het niet uitstaan van zichzelf dat ze blij was dat Agnita's gezicht de vorm van een archeologische vondst had.

Ze keek op de klok en zag dat ze over tien minuten weg moest om Tallulah te halen. Ze vroeg zich af wat Pippa in haar geval zou doen. Ze ging naar haar kamer en draaide Sheila's nummer. Verdomme. Ze nam niet op. Ze sprak een boodschap in waarin ze zei dat het haar ontzettend speet dat ze niet met haar had kunnen spreken, en dat ze haar van alles te vertellen had. Vervolgens probeerde ze Shaun. Verdomme. Hij nam ook niet op. Ze sprak een boodschap in en zei dat ze reikhalzend uitkeek naar zijn bezoek. Nadat ze een paar keer haar kamer op en neer was gelopen, keerde ze terug naar de keuken. Het verbaasde haar niets toen ze Josh' vingers boven het toetsenbord zag zweven terwijl zijn blik strak op Agnita's billen was gericht.

'Druk bezig?' vroeg ze nadrukkelijk, waarbij ze ervoor zorgde dat hij haar glimlach zag.

Hij grinnikte.

'O, reuze.'

Agnita, die zich nergens van bewust was, keek Jo vriendelijk glimlachend aan, en Jo glimlachte vriendelijk terug.

'Zo,' zei ze tegen hen beiden. 'Ik ga Tallulah halen.' Ze wendde zich tot Josh. 'En doe vooral niets wat ik ook niet zou doen.'

Agnita glimlachte opnieuw, en Josh schonk haar, van achter haar rug, een mismoedige blik. Jo sloeg de voordeur achter zich dicht en vroeg zich af wat de definitie van flirten was.

Josh hoorde de voordeur dichtslaan en slaakte een diepe zucht. Met de nodige inspanning haalde hij zijn voet van tafel en hinkte naar de achtertuin waar hij op de bank ging zitten. Na een poosje haalde hij zijn mobiel tevoorschijn en draaide het nummer van de winkel van zijn vader.

'Hallo?'

'Pap, ik ben het.'

'Hoe voel je je?'

Josh dacht even na.

'Machteloos. En jij?'

'Berustend.'

'Dat moet je niet zeggen. Je hebt een risico genomen en dat is mislukt. Maar ik ben er en ik zal je helpen.'

'Hoe?'

'Laat dat nu maar aan mij over.'

Dick zuchtte. 'Ik kan gewoon niet geloven dat ik me zo in de nesten heb gewerkt.'

'Pap, hou op jezelf zo te kwellen.'

Er viel een stilte.

'Het zou allemaal een stuk eenvoudiger zijn geweest,' zei Josh, 'als de boel die avond niet zo uit de hand was gelopen.'

'Waarom heb je niet gewoon de sleutel gebruikt?' wilde Dick weten.

'Ik was hem vergeten. En iemand was vergeten om mij te vertellen dat de nanny achter de keuken woonde. Ik dacht dat mijn laatste uurtje geslagen had.'

'Waar dacht je anders dat de nanny zou slapen?'

'Weet ik veel! Onder de trap? Wij vrijgezellen hebben geen nanny's. Helaas.'

Dick slaakte een zucht.

'En dan,' vervolgde Josh, 'besluit Vanessa haar ook nog eens opslag te geven! Begrijp me goed, ik wil natuurlijk niet dat dat kind verhongert, maar –'

'Ja, ik weet het. Het is verre van ideaal, Josh, en het spijt me. Na alles wat je –'

'Nee, god, pap, het spijt me. Ik wilde alleen maar... helpen. En ik heb er alweer een puinhoop van gemaakt.'

'Josh, je helpt al met er te zijn.'

Josh zei niets.

'Jongen, je bent niet verantwoordelijk voor mijn... voor dit.'

Josh zei nog steeds niets.

'Ik ga maar weer eens verder,' zei Dick. 'Dag, jongen.'

In de platenzaak legde Dick de telefoon neer, pakte zijn jack en deed, voor de derde keer die ochtend, de deur achter zich op slot. Josh haalde zijn mouw over zijn ogen, hobbelde terug naar de keuken en ging verder met zijn werk.

12

Het was woensdagmiddag theetijd, en Jo had Pippa en Georgiana op bezoek. Sebastian James was ook meegekomen omdat zijn moeder naar een belangrijke Pilatesles had gemoeten. Jo had Zak zijn zin gegeven en een kattenpak aangetrokken. Het pak bestond uit een zwart met witte bontmuts met kattenoren, kattenwantjes en een trotse zwart-met-witte kattenstaart. Ze probeerde zo stil mogelijk te blijven zitten terwijl Zak zijn best deed om haar te tekenen. Onder de thee met chocolaatjes van Marks & Spencers, kleurde Zak zijn tekening van Jo als Catwoman in, terwijl Jo Pippa over Shauns aanstaande bezoek vertelde en Sebastian James zijn luier vulde.

'Waar zal ik met Shaun naar toe gaan?' vroeg Jo. 'Ik had het ook aan Gerry kunnen vragen, maar dat leek me op de een of andere manier niet helemaal gepast.'

'Aha!' zei Pippa, 'dus je hebt wel dégelijk een oogje op Gerry, hè?'

'Nee,' zei Jo, met een bedenkelijk gezicht. 'Ik vind hem alleen maar aardig.'

'Waarom hou je hem dan aan het lijntje?'

'Voor jou! Omdat hij misschien wel een vriend heeft.'

'Ja, ja.'

'O, god,' verzuchtte Jo. 'Ik weet me gewoon geen raad meer.'

'Hoezo?'

Jo keek naar Zak. 'Je weet wel…' zei ze. Zak keek niet eens op. Hij was Jo's kattenstaart aan het inkleuren.

Pippa fluisterde 'Josh' en Jo knikte.

'Heb je het hem al verteld?'

Jo schudde haar hoofd en Pippa klakte met haar tong, waarna ze haar chocolaatje in de thee doopte en er gelukzalig op zoog.

'Hoe staat het met je tekening van Catwoman?' vroeg Jo aan Zak.

'Goed,' antwoordde Zak, zonder op te kijken.

'Pippa,' zei Jo, zich opnieuw tot haar vriendin wendend, 'of Sebastian James moet verschoond worden, of jíj hebt een ernstig probleem.'

'Ja, ik weet het,' verzuchtte Pippa. 'Ik probeerde het zo lang mogelijk uit te stellen.'

'Nou, als je er nog tien minuten mee wacht, dan moet ik kotsen.'

Pippa keek op haar horloge. 'Oké.'

Vijf minuten later was de tekening af, en terwijl Pippa Sebastian James verschoonde, toonde Zak vol trots zijn kunstwerk. Jo's oren waren aan de grote kant, haar ene arm was langer dan de andere en ze had maar één been, maar afgezien daarvan was de gelijkenis bijna griezelig – vooral ten aanzien van de joyeuze staart die de zwaartekracht leek te bespotten.

'Fantastisch, Zak!' riep Jo enthousiast uit. 'Moet je kijken! Ik heb een staart!'

'Natuurlijk heb je een staart,' zei Zak. 'Je bent Catwoman. Mag ik nu mijn Fruitella's?'

'Na het eten.'

Toen de moeder van Sam – een van Zaks beste vriendjes – belde, nam Jo het gesprek vrolijk aan.

'Niet dat ik hem ergens van zou willen beschuldigen,' zei Sams moeder op vermoeide toon, 'het is alleen dat Sam zijn schildpadje nergens kan vinden, en hij is erg van streek.'

'Ik zal het hem vragen,' zei Jo. 'Ik bel je zo snel mogelijk terug.'

Ze hing op en ging, haar staart opzij zwaaiend, naast Zak zitten.

'Zak,' zei ze.

'Mmm.'

'Dat was Sams moeder.'

Zak was stil.

'Sam is erg van streek.'

'Mmm?'

'Omdat hij zijn speelgoedschildpadje kwijt is.'

Zak haalde zijn schouders op.

'Wil je niet naar boven gaan en goed zoeken om te zien of je het niet per ongeluk mee naar huis hebt genomen?'

Ze observeerde zijn reactie.

Gedurende de eerste paar seconden leek er zich in zijn lichaam een innerlijke strijd af te spelen, maar uiteindelijk besloot dat deel van hem dat wist dat tegenspreken geen zin had dan toch maar naar boven te gaan. Hij liep stampvoetend de trap op – nijdig op zichzelf dat dat andere deel van hem niet sterker was geweest.

'IK KAN HEM NERGENS VINDEN!' schreeuwde hij, nog voor hij bij zijn kamer was.

Jo gaf hem het voordeel van de twijfel.

'ZAL IK BOVEN KOMEN EN HELPEN ZOEKEN?'

'GEVONDEN!' riep hij.

Jo sloeg haar armen over elkaar.

Zak kwam beneden en toonde haar een klein plastic schildpadje. Hij was verschrikkelijk rood geworden en kon haar niet recht aankijken.

'Daar ben ik niet echt blij mee, Zak,' zei Catwoman streng.

'Ik heb hem toevallig net gevónden.'

'Niet liegen, Zak,' zei Jo nadrukkelijk. 'Als er íets is waar ik niet tegen kan, dan is het liegen.'

Zak voelde zich verschrikkelijk schuldig.

'Ik ga Sams moeder even bellen,' zei ze.

'Het was per ongeluk!'

Toen ze gebeld had ging ze naar boven, waar ze Zak op zijn bed vond.

'Het was per ongeluk!' herhaalde hij, hoewel met veel minder overtuiging.

Jo ging, met haar staart parmantig achter zich, op het bed zitten.

'Zak. Hoe zou jij het vinden als Sam hier kwam en je cyberhond mee naar huis nam?'

Zak begon met zijn voet een ritme op de vloer te tikken en hij hapte naar lucht als een vis op het droge – zinloze gebaren om de tranen tegen te houden. 'Het was per ongeluk,' fluisterde hij, maar de tranen verrieden hem.

'Je hebt iets gestolen en erover gelogen,' zei Jo verdrietig.

Ze ging de kamer uit en Zak liet zich voorover op het kussen vallen.

Nadat Pippa Sebastian James' luier had verschoond, hielp ze Jo met het opstellen van een lijst van de beste Londense clubs, wijnbars en restaurants om met Shaun te bezoeken, om ervoor te zorgen dat het weekend een succes zou worden. 'Want zo te zien zullen jullie hier in huis niet zo heel veel privacy hebben,' zei ze tegen Jo.

Tallulah kwam binnen.

'Ik moet poepen,' verklaarde ze met aplomb.

Toen er werd aangebeld, keek Jo Pippa aan en trok een gezicht. 'Dat zal Josh zijn die terug is van zijn wandeling. Hij vergeet de sleutel wel vaker. Zou jij even open willen doen? Dan kan ik Tallulah helpen.'

'Geen probleem,' zei Pippa. 'Ik ben reuze nieuwsgierig naar de beroemde Joshua Fitzgerald.'

Pippa liep naar de deur met Sebastian James in zijn autozitje op haar heup. De zon scheen op haar blonde haren en deed de gouden vlekjes in haar ogen oplichten. Met een brede grijns trok ze de deur open voor de twee lange mannen in burger.

Nick en Gerry keken haar onderzoekend aan en kregen het, dankzij hun jarenlange training als rechercheurs, voor elkaar om nét niet te hijgen.

'Hallo!' zei Pippa tegen Nick.

'Hallo!' zeiden Nick en Gerry.

Gedurende enkele seconden stonden ze elkaar blij aan te grijnzen. Dat schoot lekker op.

'Kan ik iets voor jullie doen?' vroeg Pippa.

'We kwamen Jo even gedag zeggen,' zei Gerry.

'Nou, híj wilde Jo even gedag zeggen,' zei Nick. 'En ik ging alleen maar even mee.'

Pippa en Nick keken elkaar glimlachend aan.

'Nou,' zei Pippa, zo verleidelijk als ze kon, 'Jo is juist bezig om Talullahs billen af te vegen, dus, willen jullie even binnenkomen?'

'Dat kunnen we niet weigeren,' zei Nick, en het tweetal kwam binnen.

Toen Jo en Tallulah een poosje later de keuken binnenkwamen, wachtte hen een interessant tafereel. De ene rechercheur zat Sebastian James aan de keukentafel *How Much Do I Love you?* voor te lezen, terwijl de andere met Georgiana op schoot in de leunstoel in de serre *Whatever Next?* zat te lezen.

Nick en Gerry genoten op hún beurt van een interessant tafereel. Jo stond voor hen met een bontmuts met kattenoren op haar hoofd, en ze droeg kattenwantjes en ze had een vrolijk zwaaiende staart. De zon die Pippa's haar op gesponnen goud had doen lijken, gaf Jo's blauwe ogen een katachtige gloed.

'Hallo, hallo, hallo,' begroette Nick haar. 'Dit moet de inbreker zijn die we zochten.'

'Denk je dat we haar mee moeten nemen om te verhoren?' opperde Gerry.

'Je hebt je vriend van de hondenstront meegebracht!' riep Jo lachend uit.

'Nou, eigenlijk –' begon Nick, naar Pippa kijkend die hem breed grijnzend opnam.

'Ze hebben de kinderen voorgelezen,' zei Pippa. 'Zo te zien kunnen wíj nu wel gaan.'

Tallulah, die nog niet was ingewijd in de vrouwelijke verleidingskunsten, liep naar de man die het dichtste bij haar stond. 'Ik heb een poepje gedaan!' riep ze uit.

'Echt?' vroeg Gerry. 'Daarvoor moet je eigenlijk bij Oom Nicholas zijn.'

Tallulah wendde zich gehoorzaam tot Nick. 'Ik heb een poepje gedaan!' liet ze hem weten.

'Goed zo!' zei hij bewonderend. Het was iets waar hij altijd oprecht van onder de indruk was. De jongens op het bureau begrepen dat. ('Ik heb er zojuist een van zeven pond gebaard...' 'Dat is niks, man. Ik had hechtingen nodig gisteren...' 'Hou toch op. Zo lang geen van jullie twee een bloedneus hebben, ben ik nog steeds keutelkampioen,' etc.)

'Hij was niet zo zacht als die van gisteren,' ging Tallulah verder.

'Nee?' vroeg Nick. 'Dat is mooi.'

Toen wierp hij Jo een verontschuldigende blik toe. 'Heb je het van het dekbed kunnen krijgen?'

Tallulah schaterde het uit. 'Ik heb het niet op het dekbed gedaan, suffie!' Ze giechelde. 'Hij zegt malle dingen!' zei ze tegen Jo.

'Ja, dank je.' Jo keek Nick grinnikend aan. 'Het is er bij de eerste wasbeurt al uit gegaan.'

'Wacht maar tot ik die hond in een donker steegje tegenkom,' zei Nick. 'Dat wordt een maand lang zijwaarts poepen voor hem.'

'Ooo,' huiverde Pippa. 'Sexy.'

Tallulah moest zo hard lachen dat ze bijna omviel. Haar lijfje had de gierbui niet verwacht, en ze liet een keurig klein windje.

'Ik heb een SCHEET gelaten!' riep ze triomfantelijk uit.

'Bravo!' feliciteerden Nick en Gerry haar. Ze waren diep van haar onder de indruk. Eindelijk iemand van het vrouwelijk geslacht met wie ze konden praten.

'Ik zal jullie zeggen wat jullie kunnen doen om het goed te maken,' zei Jo plagend.

'Een intiem etentje voor twee?' vroeg Gerry.

'Nee. Ik zou jullie willen vragen om een braaf jochie van zes jullie politiepenning te laten zien.'

'Ik heb niet op het dékbed gepoept, malle!' herhaalde Tallulah, terwijl ze bij de dichtstbijzijnde man op schoot kroop. Maar hij had veel meer interesse voor Jo die zich omdraaide en, zwaaiend met haar staart, de keuken uit liep.

Terwijl Jo naar boven ging om Zak het opwindende nieuws te vertellen, gingen Pippa, Tallulah en Georgiana een kopje thee voor de mannen zetten. Toen de twee agenten alleen waren gelaten, wisselden ze een veelzeggende blik.

'Ik zou haar veel liever iets anders laten zien dan mijn penning, Nicholas, als je snapt wat ik bedoel,' fluisterde Gerry.

'Ssst!' zei Nick, terwijl hij Sebastian James' oren dichtdrukte. 'Niet waar dit ukkie bij is, Gerrard.'

'Neem me niet kwalijk, Nicholas. Ik dacht even niet na.'

Jo keek om het hoekje van Zaks deur.

'Zak,' fluisterde ze.

Zak zat op het randje van zijn bed. Hij hield zijn hoofd een beetje schuin, had zijn voeten bij de tenen over elkaar geslagen en zat met grote ogen te kijken naar Buffy die op het punt stond een vampier in elkaar te slaan. Hij drukte op de pauzeknop en wees op het scherm.

'Moet je kijken!' zei hij, 'zo meteen trimt ze hem in elkaar!'

'O, enig! Ik heb een verrassing voor je.'

Zaks ogen werden groot als schoteltjes.

'Wat?'

'Drie keer raden wie er is!'

'Wie?'

'Je zult het leuk vinden,' zei ze.

'Batman?'

'Nee.'

'Spiderman?'

'Nee.'

'Wie dan?'

'Raad nog maar even verder.'

'Pappie?'

Jo realiseerde dat ze het hem maar beter kon vertellen voor het nog een grote teleurstelling zou worden.

'Twee echte politieagenten.'

Zak slaakte een kreet van ontzetting en hij werd knalrood.

'Het was per ongeluk!' krijste hij, terwijl hij zich tegen de muur aan drukte. 'IK WIL NIET NAAR DE GEVANGENIS!'

Jo was zich onmiddellijk bewust van haar vergissing, en het duurde een hele poos voor Zak weer gekalmeerd was.

Die dag kreeg hij zijn Fruitella's eerder dan anders.

Tijdens de middag met Nick en Gerry kreeg Jo het, met Pippa's hulp, een aantal keren voor elkaar om Shauns naam te laten vallen, en ze was ervan overtuigd dat de boodschap bij Gerry was overgekomen. Ze was blij dat hij er zo sportief op reageerde. Toen beide mannen haar en Pippa vroegen om de zaterdag na Shauns bezoek met hen naar de film te gaan, twijfelde ze er geen moment aan dat iedereen wist waar hij aan toe was.

Helaas waren de beide mannen er nog toen Josh terugkwam van zijn wandelingetje rond Waterlow Park. Pippa was intussen al naar huis gegaan, en zelf had ze nog geen tijd gehad om haar poezenpak uit te trekken.

Hij kwam de keuken binnen op het moment waarop ze omhoogreikte om Zaks tekening met plakband op de deur van de koelkast te plakken. Ze voelde de sfeer onmiddellijk veranderen en omslaan.

152

Josh stond vanaf de drempel naar Gerry en Nick te kijken. Toen draaide hij zich opzij naar haar toe, slikte en knipperde met zijn ogen. Hij bleef roerloos staan terwijl hij alles langzaam op zich liet inwerken. Haar hand schoot omlaag naar haar staart en bleef hem defensief vasthouden terwijl Josh' ogen terugkeerden naar haar bontmuts en bontoortjes, en opnieuw van top tot teen over haar lichaam gingen. Ze probeerde te glimlachen, maar probeerde het volgende moment om ernstig te blijven. Uiteindelijk keek hij haar recht aan.

Het was doodstil in de keuken.

Josh trok zijn wenkbrauwen op. 'Had je de aandacht van de politie getrokken?' vroeg hij zacht.

Gerry lachte en de keuken leek uit te ademen. 'Jij zegt het, man.'

'Hallo,' zei Josh op een vals opgewekt toontje. 'Kijk aan, als we daar Buitenbeentje en Hondendrol niet hebben. Terug van weggeweest, jongens?'

'Je ziet het,' antwoordde Gerry, even opgewekt.

Josh keek even naar Jo alvorens zich opnieuw tot Gerry te wenden. 'Veel plezier.'

En met die woorden verdween hij naar de zitkamer.

Jo rolde met haar ogen en keek op de klok. Tot haar schrik zag ze dat ze te laat was om Cassandra op tijd van koor te halen. Nog geen vijf minuten later stond iedereen – de rechercheurs, Tallulah en Zak – op straat. Ze reed als een gek, en kwam bij school waar Cassandra met een intens treurig gezicht op het muurtje zat. Zelfs de aanblik van Jo met haar kattenoren nog op, kon haar niet aan het lachen maken.

Cassandra was blij dat Jo te laat was. Ze trilde van de zenuwen. Ze kon niet bevatten wat haar was overkomen, en ze had er alles voor over om de klok terug te kunnen draaien. Asha Murray was er evenwel erger aan toe.

'We worden vast van school gestuurd,' had ze half huilend gezegd, vlak voordat haar moeder haar was komen halen.

'Niet waar,' zei Cassandra. 'Ik wed dat ze het aan niemand durft te vertellen. Ze heeft gezegd dat het een geheim moest zijn.'

'Een leugen, zul je bedoelen,' zei Asha, waarop ze echt begon te huilen.

Nadat Asha's moeder haar was komen halen, was Cassandra peinzend op het muurtje gaan zitten wachten. In gedachten liep ze de hele situatie keer op keer na, alsof ze het exacte moment probeerde te vinden waarop hun leven voorgoed was veranderd.

Zij en Asha waren als laatste het muzieklokaal binnengegaan, en tot hun verbazing hadden ze gezien dat er op de eerste rij twee stoelen vrij waren. Niemand scheen daar iets van te merken, en iedereen leek tevreden met waar hij of zij zat. Asha had niet voor de anderen langs willen lopen, maar Cassandra had erop gestaan. Ze had Asha een hand gegeven, en samen waren ze naar de twee vrije plaatsen gelopen. Toen ze gingen zitten, zagen ze dat Arabella en Maisy hen gevolgd waren, en het tweetal bleef voor hen staan. Het werd doodstil in de klas.

'Dat zijn onze plaatsen!' riep Maisy met gespeelde onschuldige verbazing uit. 'Ze hebben onze plaatsen gestolen, en dat terwijl we onze tassen erop hadden gelegd.'

Arabella trok een martelaarsgezicht en zei: 'Kom, het geeft niet. We gaan wel achteraan zitten.'

Cassandra deed haar mond open om te protesteren, maar Arabella en Maisy hadden zich al omgedraaid en liepen naar een tafel achteraan. Het was een val geweest – Cassandra begreep onmiddellijk dat de hele klas ervan op de hoogte was geweest – en zij en Asha waren er regelrecht in getrapt.

Meezingen lukte Cassandra en Asha niet echt, want ze waren met hun aandacht voortdurend achter in de klas waar Arabella en Maisy achter hun hand met de klasgenootjes naast hen zaten te fluisteren en daarbij ondertussen strak hun kant op keken. Vervolgens fluisterden die klasgenootjes de boodschap door aan de klasgenootjes die naast hén zaten, en zo ging het bericht de hele klas door. Cassandra en Asha zagen hoe de gefluisterde leugen langzaam maar zeker in de waarheid veranderde.

Cassandra voelde dat het haar onmogelijk zou lukken om gedurende veertig minuten stil te blijven zitten, en het feit dat Asha zachtjes naast haar zat te kermen maakte het er niet beter op.

Na afloop van de les duwde iedereen hen opzij om eerder bij de deur te zijn, en hen voor hun daad te straffen. Uiteindelijk bleven ze alleen achter in de klas. Asha huilde en Cassandra probeerde haar te kalmeren. Ineens hoorde ze een geluid en ze keek om.

Arabella en Maisy waren teruggekomen. Ze stonden bij de piano en pakten hun spullen die ze daar hadden neergelegd.

'Kom op,' zei Arabella tegen Maisy, 'we gaan.'

'O, nee,' zei Cassandra, opspringend. 'Helemaal niet.'

'O, nee?' vroeg Arabella. 'Hoe had je ons willen tegenhouden? Had je soms om je mammie willen roepen?'

'Nee,' antwoordde Cassandra, hoewel die gedachte wel bij haar was opgekomen.

'Kom mee,' zei Maisy. 'We gaan.'

Cassandra en Arabella stonden uitdagend tegenover elkaar.

'Nee!' zei Arabella zacht, terwijl ze Cassandra doordringend aankeek. 'Ze vindt zichzelf zo slim, juffrouw Cassandra Fitzgerald, maar ik weet wat ze in werkelijkheid is. Mijn moeder zit in de Ouderraad en Cassandra Fitzgerald staat boven aan de lijst van Probleemkinderen.'

Cassandra was sprakeloos. Haar maag draaide zich om.

'Echt waar?' vroeg Maisy zacht.

'Hoe kún je zoiets gemeens zeggen!' schreeuwde Asha, die ineens zo begon te hyperventileren dat haar brillenglazen ervan besloegen.

Er viel een stilte, die ten slotte door Cassandra werd verbroken. Onder het slaken van een luide strijdkreet vloog ze Arabella aan, en gaf haar een keiharde stomp in haar gezicht.

Arabella was totaal overdonderd en sloeg achterover tegen de vloer. Voor Cassandra wist wat ze deed, zat ze boven op haar en begon ze aan haar haren te trekken, tegen haar schenen te schoppen, en haar, waar ze maar kon, te krabben en te bijten. Het volgende moment ging de kleine Asha, tot ieders verbazing, Maisy te lijf, en rolden ook die twee over de grond.

Cassandra wist niet hoe het was afgelopen. Het enige wat ze wist, was dat ze even later met z'n allen op de vloer zaten en huilden.

'Ik vertel het allemaal aan mammie,' snikte Arabella. 'En dan word je van school gestuurd!'

Cassandra putte moed uit haar woede. 'Ik heb twee getuigen die hebben gehoord wat je hebt gezegd, en die weten waarom ik het heb gedaan,' zei ze.

Maisy liet haar hoofd zakken. Arabella keek Asha aan. 'Ash? Weet je nog dat we vriendinnen waren? Als we weer vriendinnen zouden kunnen zijn, zou iedereen je aardig vinden.' Asha liet haar hoofd zakken.

'Als jij het tegen je moeder zegt,' dreigde Cassandra Arabella, 'dan zal ik de leraren vertellen wat je hebt gezegd.'

'Als jij het tegen je moeder zegt,' snauwde Arabella, 'dan vertel ik dat je mij te lijf bent gegaan als... als een wólf!'

'Als een wolf?' herhaalde Cassandra lachend, en gedurende een enkel surrealistisch moment moesten ze allemaal giechelen als op kerstdag in niemandsland. Maar toen hield het giechelen op.

In de stilte die viel dacht Cassandra over Arabella's woorden na. Ze had nog nooit eerder een geheim voor mammie gehad. Maar ze had geen keus. Ze wendde zich tot de anderen. Zij hadden minder te verliezen dan zij en Arabella, dus ze waren een grotere bedreiging.

'En dit geldt ook voor jullie,' zei ze nadrukkelijk. 'Dit moet ons geheim zijn.'

Ze knikten met een ernstig gezicht en veegden hun neuzen af aan hun schooltruien.

'Niemand mag weten wat zich hier heeft afgespeeld,' zei Cassandra, 'want anders,' vervolgde ze, zich tot Arabella wendend, 'komt iedereen erachter hoe je in werkelijkheid bent.'

Arabella stak haar neus in de lucht, pakte haar tas en stond op.

'En dat geldt ook voor jou,' zei ze. 'Dit is nog niet afgelopen, Cassandra.'

Ze pakte Maisy bij de hand en trok haar mee de klas uit, Asha en Cassandra in het donkere lokaal achterlatend.

Terwijl Cassandra's leven alweer een andere wending had genomen, stond dat van haar moeder op het punt eveneens een verandering te ondergaan.

'Goed, daar gaan we,' zei Vanessa tegen Anthony en Tom, terwijl ze haar benen over elkaar sloeg.

Anthony kuchte zacht en steunde zijn kin op zijn hand.

'Ik heb een uiterst boeiende ochtend bij VC doorgebracht, en dit zijn hun wensen,' begon ze. 'Ze willen snel, ze willen grappig en ze willen vriendelijk.'

'Uitstekend,' zei Tom, terwijl hij aanstalten maakte om op te staan. 'We gaan er meteen mee aan de slag.'

'Ik ben nog niet uitgesproken.'

'Daar was ik al bang voor.' Hij ging weer zitten.

'Ze willen sprankelend, helder, kuis, blank, hetero en blij. Ze willen het hechte gezin, New Labour maar lichtelijk cynisch en bij voorkeur met blauwe ogen.'

'Oké.'

'De hoofdgedachte is: "Je waant je in een andere Wereld".'

Tom en Anthony schreven alle informatie op.

'Welke kleur ondergoed denk je dat ze willen?' vroeg Tom.

Vanessa zuchtte. 'VC zijn fascisten. Dat is geen excuus. Ik zeg het alleen maar.'

'We hadden gehoopt dat we een lilliputter zouden kunnen gebruiken,' zei Tom, omdat hij het niet kon laten.

Vanessa glimlachte. 'En ik hoopte dat ik vóór de zomer nog met vakantie zou kunnen,' zei ze. 'Wie zei dat het leven een pretje was?'

Anthony lachte

'Het schijnt dat hun marketing director de grootste trut aller tijden is,' vervolgde ze. 'Het zou me niets verbazen als die lui daar weekendtrainingen Hoe Word Ik Een Schoft doen. Het is zinloos om te proberen er tegenin te gaan.'

Anthony knikte. Inderdaad, zinloos. Hij bleef Vanessa strak aankijken.

'Heb je ooit wel eens geprobeerd om iets te creëren, Vanessa?' vroeg Tom zacht.

Vanessa verstijfde. 'Drie kinderen, een gezellig thuis en een carrière,' zei ze. 'Maar afgezien daarvan, niet veel.'

'Ik bedoel, echt iets creatíefs?' probeerde Tom. 'Iets dat gebaseerd is op een enkele sleutelgedachte – of dat de samenvatting is van een hele waslijst van vereisten? Iets unieks, iets slims, iets origineels dat de mensen niet gemakkelijk zullen vergeten, iets dat zuiver het product is van je eigen ideeën, van je eigen fantasie, dat... dat aan je binnenste is ontsproten?'

Vanessa keek hem aan.

'O! Luister!' riep ze opeens uit. Tom en Anthony luisterden. Het was doodstil.

'Wat?' fluisterde Anthony.

'Waarschuwingsbelletjes,' zei Vanessa op droge toon. 'Oorverdovend.'

Tom slaakte een diepe zucht.

'Nee, Tom,' zei ze. 'Dat soort creativiteit is jouw taak. Míjn taak is het om dat enorme talent van jou in het beperkte brein van een marketing director te persen.'

Tom zette een hoge borst. 'Dat is geen gemakkelijke klus,' zei hij grinnikend. 'Maar iemand zal het moeten doen.'

Ze keken elkaar glimlachend aan. Wauw, dacht Anthony. Drie kinderen, en nog steeds een geweldig figuur.

Na afloop van de bespreking treuzelde hij met het vergaren van zijn papieren terwijl Vanessa haar aantekeningen bij elkaar zocht. Toen ze opstond en wegliep, liep hij met haar op.

'Heb je zin om snel even iets mee te gaan drinken?' vroeg hij. 'Hiernaast?'

'Ik moet naar huis. Ik heb een echtgenoot die op mijn verbitterde opmerkingen wacht.'

'O, kom op.' Hij glimlachte. 'Het is van het grootste belang om een goede werkrelatie op te bouwen. Ik weet dat Tom het zal waarderen.'

Vanessa bleef staan. 'Vind je dat ik hem te hardhandig heb aangepakt?'

Anthony glimlachte, en Vanessa moest toegeven dat hij, als je van blonde mannen hield, echt een stuk was.

'Volgens mij kan het geen kwaad om hem je goede wil te tonen en snel even iets met hem te gaan drinken,' bekende Anthony.

Vanessa keek op haar horloge. Cassie zou intussen zijn opgehaald. En het zou haar carrière geen kwaad doen om met dit tweetal een relatie op te bouwen. Als ze haar echt aardig vonden, dan was de kans groter dat ze haar goed werk zouden leveren, en dát betekende weer dat ze met z'n allen een vette kerstbonus in de wacht zouden kunnen slepen. Ze deed het voor haar gezin.

'Vooruit dan maar,' gaf ze glimlachend toe. 'Eentje dan.'

Vier uur later was Tom de eerste die opstapte.

'Ik ga,' zei hij met een dikke tong. 'Tot morgen.'

Vanessa glimlachte dromerig naar hem op en zwaaide hem na.

'Nog eentje voor onderweg?' vroeg Anthony.

'Waarom? Denk je dat de weg het op prijs stelt als ik half bewusteloos ben?'

'Geen idee,' zei Anthony zacht.

Vanessa giechelde en gaf hem een speelse zet tegen zijn arm. Ze pakte haar tas.

'Ik moet echt weg,' verzuchtte ze. 'Ik moet mijn gezinsleden nodig aan hun kop gaan zeuren.'

'Dat klinkt heerlijk.'

Na eindeloos gescharrel hadden ze al hun spullen bij elkaar en baanden ze zich door de drukke wijnbar een weg naar de uitgang. De koude buitenlucht had een ontnuchterende uitwerking op hen, en ineens voelden ze zich een tikje verlegen met elkaar.

'Neem je een taxi?' vroeg Vanessa.

'Nee. Welke kant ga je uit?'

'Highgate. Jij?'

'Notting Hill. Ik neem de metro.'

Er stopte een taxi, en Anthony wachtte bij het portier terwijl Vanessa zich door het raampje van de chauffeur naar binnen boog om hem haar adres te geven. Voor Anthony het portier voor haar opentrok, deed hij een stapje naar haar toe. Ze keken elkaar in de ogen. Hij rook naar sigarettenrook en aftershave.

'Tot morgen.' Hij glimlachte.

'Tot morgen.'

Opnieuw keken ze elkaar glimlachend aan.

Het begon als een min of meer vriendschappelijke afscheidskus – mogelijk een tikje overdreven voor een zakelijke bespreking, maar desalniettemin plezierig. Maar het eindigde als heel iets anders. Tegen de tijd dat de taximeter op vijf pond stond, was het Anthony gelukt het merendeel van Vanessa's welvingen te onderzoeken, en was Vanessa veranderd in de vrouw die ze vroeger was geweest. Het was voor haar een even grote ontdekking als voor hem.

Uiteindelijk maakten ze zich van elkaar los om lucht te kunnen happen. Vanessa leunde tegen de deur van de taxi en probeerde haar ademhaling onder controle te krijgen. Ze stond te trillen op haar benen.

'Tot morgen,' mompelde ze, waarna ze zich, zonder nog achterom te kijken, omdraaide.

'Tot morgen,' fluisterde Anthony, terwijl hij zich terugtrok in de kou.

Vanessa wankelde de taxi in en ging zwaar zitten. Haar lippen tintelden en waren warm, en ze had een vreemd gevoel in haar buik. Toen de taxi wegreed viel ze tegen de rugleuning van de bank, en begon ze zich opeens echt misselijk te voelen.

Toen Vanessa het keukenlicht aandeed, zag ze Jo aan tafel zitten.

'O!' riep ze geschrokken uit. 'Wat doe jij hier? Zit je in het donker te spioneren?'

Jo lachte kort. 'Josh is aan het douchen. Ik wilde hem wat privacy geven.'

'O, god,' kreunde Vanessa, terwijl ze zichzelf een afzakkertje inschonk. 'Het spijt me verschrikkelijk dat je met hem zit opgescheept. Het is belachelijk, ik weet het. Dakloos in Highgate! Een jongen van vijfentwintig die voor nop bij zijn vader inwoont. Zeg nou zelf. Dick snapt er werkelijk niets van.'

Jo's mond viel open. 'Betaalt hij jullie helemaal niets voor die kamer?' vroeg ze verbaasd.

'Nee, geen cent. Het arme rijkeluisjoch.'

'Dat... dat wist ik niet. Echt helemaal niets?'

'Echt helemaal niets.'

Jo was sprakeloos. Ze dacht aan hoe jong ze was geweest toen ze was begonnen haar ouders kost en inwoning te betalen. Ze dacht aan hoe hard Shaun werkte. Ze dacht aan alle vakanties die Sheila was misgelopen omdat ze in de weekenden niet hard genoeg had gewerkt. Het was net alsof iemand de mooie ballon die Josh was geweest, had lek geprikt.

Vanessa liep naar de drankkast en keek Jo doordringend aan.

'Ik waarschuw je, Josh is berucht om zijn charme,' zei ze vriendelijk. 'Volgens de kalender is hij vijfentwintig, maar hij is even onvolwassen als een kind van zes. Dit is tussen jou en mij, goed?'

'Ja, ja, goed,' fluisterde Jo.

Vanessa nam een slok van haar whisky.

'Dick heeft zeker de hele avond voor de televisie gezeten, hè?' vroeg ze even later.

Jo probeerde zich te herinneren wat Dick had gedaan.

'Natuurlijk heeft hij dat,' beantwoordde Vanessa haar eigen vraag. 'Ik ben hier in huis de enige die werkt. Mijn man doet niets anders dan plezier maken. En dankzij míjn werk, kan hij dat ook. En weet je wat zo grappig is?'

Jo schudde haar hoofd en bereidde zich voor op iets dat helemáál niet grappig was.

'Het grappige is dat mijn man denkt dat hij verschrikkelijk hard werkt!' Vanessa kwam bij haar aan tafel zitten. 'Ik ben mijn werk zo spuugzat, dat het me mijn strot uitkomt. Ik haat wat ik doe. Op kantoor is het precies hetzelfde als hier thuis. Op mijn werk... op mijn werk... doe ik niets anders dan er, tegen een royaal salaris, voor zorgen dat alle anderen plezier hebben en bovendien met de eer gaan strijken.'

'O, jee.'

'En,' zei ze, 'en... je moet niet denken dat ik steun krijg van mijn man. Helemaal niet! Hij kan het niet uitstaan dat ik me het lazarus werk om ons gezin te onderhouden. Hoe bestaat het, hè?'

Jo knikte.

'Ik ben van de vroege ochtend tot de late avond aan het werk om de kost voor ons allemaal te verdienen, terwijl Dick god weet wát doet – voor hetzelfde geld heeft hij een leuk avontuurtje ergens, want dat hij geen platen verkoopt, dát is duidelijk – en dat neemt hij míj kwalijk!' besloot ze luid.

'O, jee.'

'Weet je hoe ze mij zouden moeten noemen?'

Jo schudde haar hoofd.

'Klerezooi Manager. Dat is mijn werk. Ik manage de klerezooi van iedereen. Thuis en op kantoor. Ik doe al het onzichtbare, vuile, ondankbare werk. Als ik er niet was om iedereens ego op te vijzelen, dan zou het hele kantoor spaak lopen. De deadlines zouden niet gehaald worden en er zouden geen vergaderingen plaatsvinden, en de klanten zouden erachter komen dat niemand ze kan uitstaan. En dan kom ik thuis, en hier is het idem met een sterretje. Behalve dan dat er geen reclameboodschappen geproduceerd hoeven te worden. Ik ben thuis even onzichtbaar als op kantoor. Pas als er iets scheefloopt, wordt duidelijk dat ik er ben. Sterker nog,' ging ze op schrille toon verder, 'hoe beter ik mijn werk doe, des te onzichtbaarder ik ben. Wat ik bedóel,' – ze klonk echt boos nu – 'is, dat als alles soepel loopt, er automatisch wordt aangenomen dat het een koud kunstje is om alles zo soepel te laten lopen. Zo is het toch, of niet?' Ze schreeuwde. 'Maar dat is helemáál geen koud kunstje! Het is keihard werken! Keihard!'

In de stilte die volgde, dronk Vanessa haar glas leeg, en wankelde ze naar het aanrecht. 'Het is keihard werken,' herhaalde ze. 'Voor veel te weinig geld en voor veel te weinig schouderklopjes.'

Ze zette haar glas bij de andere glazen in de gootsteen.

'O!' riep ze uit, terwijl ze naar de gootsteen keek. 'Zo te zien liggen we achter op het vaatwasschema.'

'Ik was net van plan om de vaatwasmachine te vullen en aan te zetten,' zei Jo.

'O, mooi,' zei Vanessa. Ze stond tegen het aanrecht geleund en keek naar de vloer. 'En ik geloof dat ik ook een beetje gemorst heb.'

Ze keek weer op naar Jo. 'Wat zouden we zonder vaatwasmachines moeten beginnen, hè?' Ze gaf Jo een knipoog van vrouw tot vrouw, en keek de keuken rond. 'En als je toch bezig bent, misschien dat je de keuken dan ook meteen even een beurt zou kunnen geven. Goed dan. Ik ga maar naar bed. Ik ben bekaf. Het zijn altijd weer dezelfden die overal voor moeten opdraaien, hè?'

Jo glimlachte.

'Zal ik het licht weer uitdoen?' vroeg Vanessa. 'Of heb je het liever aan voor het opruimen?'

'Laat het maar aan, alsjeblieft.'

'Oké,' zei Vanessa. 'Welterusten.'

Jo geeuwde en keek haar bazin na die de gang af liep en de trap op ging.

Toen Jo hoorde dat Josh de badkamer uit kwam, door haar kamer naar de zijne liep en de deur achter zich dichtdeed, stond ze op om Vanessa en Dicks glazen in de vaatwasmachine te zetten. Vanessa liep ondertussen op haar tenen naar Zaks kamer, stootte haar hoofd aan de reusachtige plastic dinosaurus die aan de deurpost hing om dieven af te schrikken, ging naar binnen en gaf hem een teder kusje op zijn voorhoofd. Ze ging op de rand van zijn bed zitten en bleef een poosje naar hem kijken. Vervolgens ging ze bij Cassandra kijken. Haar oudste dochter voelde gloeiend heet en ze lag omgekeerd in haar bed. Vanessa streek het vochtige haar van haar zweterige gezichtje en gaf haar een zoen op haar ongewoon warme wang. Toen ging ze bij haar op bed zitten en keek naar haar terwijl ze sliep. Als laatste ging ze bij Tallulah naar binnen. Het kleine meisje ademde zwaar en trok met haar oogleden. Toen ze ook nog een poosje naar haar had staan kijken, liep ze ten slotte op haar tenen naar haar eigen kamer. Dick lag diep te slapen en was zich nergens van bewust.

Ze observeerde hem even, en wendde haar blik toen af. Ze kroop in bed en bleef roerloos liggen terwijl haar lichaam nog steeds bezig was met het verwerken van Anthony's onverwachte, verwachte kus. Telkens wanneer ze haar ogen sloot voor het vertrouwde beeld van Harrison Ford die haar hielp haar woede te vergeten en in slaap te vallen, zag ze het gezicht van Anthony voor zich. Zijn beeld leek op de binnenkant van haar ogen gegrift te staan.

Ze deed haar ogen open en tuurde in het donker voor zich uit. Waarom kon haar leven niet simpel zijn, zoals dat van de rest van haar gezin? Voor haar gevoel bleef ze uren wakker liggen, en droomde ze als een ondeugende tiener van haar geheim.

13

Shaun zou dit weekend komen, en dat betekende dat Jo Pippa en de meisjes die zondag niet zou zien. Ze waren van plan om zaterdagavond met z'n allen uit te gaan, maar verder wilde Jo haar vrijdagavond, zaterdag en zondag uitsluitend aan hem wijden. Maar dan had ze wel wat goed te maken en dus besloten de meisjes donderdagavond af te spreken.

'Dat is een goed idee,' vond Rachel. 'Donderdagavond is *ladies' night* op de club, dus dan kunnen we er voor niets in.'

'Te gek,' zei Pippa, 'nu moeten we alleen de "ladies" nog zien te vinden.'

Ze gierden het uit van de lach.

Toen ze bij de club kwamen, gaf Pippa Jo een zetje.

'Nou,' zei ze, 'morgen is dan eindelijk de grote dag, hè?'

'Ja.'

'Weet Josh al van zijn bestaan?'

'Nee.'

'Ach, ik zou me er ook maar niet druk om maken,' zei Pippa. 'Het zou me verbazen als hij merkte dat hij er was.'

'Mmm. Dank je.'

Het was een geweldige avond. Rachel en Gabriella besloten om het geld dat ze op de entree bespaard hadden aan tequila te verbrassen. Gabriella bekende dat ze verliefd was op de man van haar bazin, en dat ze vermoedde dat hij ook verliefd was op haar, waarna ze verderging met het vertellen van alle sappige details. Pippa kwam met het schokkende verhaal over een vriendin van een vriendin die betrapt was in de kleren van haar bazin. Jo had zich heilig voorgenomen om die hele avond niet aan Shaun, Josh en Gerry te denken, en toen dat niet lukte, wist ze niets beters te doen dan zich te bezatten.

En vanaf dat moment kon de avond niet meer stuk. Toen Jo thuiskwam en in de stikdonkere gang over Barbies driewieler struikelde, was dat ongetwijfeld een van de leukste dingen die ze in haar hele leven had meegemaakt. En toen, toen ze probeerde op te staan en op-

162

nieuw viel en daarbij op haar knie terechtkwam omdat haar hak in een van de wieltjes van de fiets was blijven steken, dacht ze dat ze zou stikken van de lach.

Tien minuten later kroop ze totaal uitgeput de keuken in. Ze moest haar knie wassen. Fluitje van een cent. Ze klauterde op het aanrecht, draaide de kraan open waarbij ze kletsnat werd, ging op handen en knieën boven de gootsteen zitten en liet haar knie erin zakken. Ze hikte toen haar lange haren over haar gezicht heen in de gootsteen vielen.

'Verdomme,' zei ze. 'Kan er net niet bij. Kan er net niet bij.'

Het was te veel moeite om weer helemaal van het aanrecht af te klimmen, dus ze liet één been over de rand van de gootsteen hangen terwijl ze de andere er verder in probeerde te krijgen. Het was maar goed dat ze van die lange benen had, en dat ze zo'n kort rokje aan had. Toen haar knie nat genoeg was, probeerde ze het been waar die knie aan vastzat uit de gootsteen te krijgen. Langzaam maar zeker liet ze het been dat níet in de gootsteen zat zakken tot haar voet ten slotte op de grond stond terwijl de andere in een ongemakkelijke hoek op het aanrecht lag. De inspanning was zo groot geweest dat ze er buiten adem van was, en ze ging staan.

'O jeetje mineetje,' verzuchtte ze. 'Dit valt niet –' Hik. 'Oei, neem me niet kwalijk. Dit valt niet –' Hik. 'Neem me niet kwalijk. Dit valt niet –' Hik. En toen moest ze zo hard lachen dat ze er bijna van omver kukelde.

'Zal ik je helpen?' vroeg iemand in het donker.

Ze schrok van Josh' stem vanaf de keukentafel.

'Nee, dank je,' zei ze met een klein stemmetje, waarna ze haar andere been van het aanrecht zwaaide, en languit op haar gezicht viel.

Er viel een stilte waarin Jo's eerdere hysterie overspoeld werd door een golf van vernedering. Naarmate de stilte voortduurde, begon ze hier en daar pijn te voelen. Ze begon te hopen dat ze zich Josh' stem alleen maar verbeeld had, en de aanhoudende stilte leek dat te bevestigen. In de stilte hoorde ze nog net het zielige geluid van een dronken vrouw die begon te huilen.

'Gaat het?' vroeg Josh. Ondanks de watten in haar hoofd hoorde Jo de lach in zijn stem. 'Rustig maar,' zei hij. 'Ik kom eraan.' Ze hoorde hem zijn been van de keukentafel tillen. 'Over een uurtje ben ik bij je.'

'Au, au, au, au, au,' verklaarde ze, ontroostbaar huilend.

Ze had er geen idee van waar de tranen vandaan kwamen, ze wist alleen maar dat ze er niet mee op kon houden. Ze had er geen idee van hoe lang ze daar had gelegen toen Josh ten slotte naast haar knielde.

'Ik zou je hebben opgetild,' fluisterde hij, 'maar ik kan op dit moment nog geen theelepeltje optillen.'

Jo drukte haar gezicht tegen de vloer. 'Het is mijn schuld dat je kreupel bent,' jammerde ze.

'Kom, niet huilen, alsjeblieft,' smeekte Josh. 'Ik ben een man. Ik weet me geen raad met tranen.'

Jo mompelde iets onsamenhangends, waardoor ze nog meer van streek leek te raken.

Josh boog zich over haar heen en raakte bijna bedwelmd door haar adem. 'Wat zeg je?'

Ze mompelde het opnieuw.

Hij boog zich nóg wat dichter naar haar toe. 'Ik heb je niet helemaal ver –'

'IK MIS MIJN VADER EN MOEDER!' schreeuwde ze in zijn oor, waarna ze weer begon te snikken.

'Kom op,' fluisterde Josh. 'Ga nu maar staan, en dan komt het allemaal wel weer goed. Steun maar op me.'

Met niet-geringe inspanning van beide kanten lukte het Jo om overeind te komen, waarna ze op hem leunde.

Hij kromp ineen. 'NIET ZO ZWAAR OP ME LEUNEN!'

Jo sprong achteruit en zou haar evenwicht hebben verloren als Josh haar niet stevig bij haar middel had gepakt. Ze vielen samen tegen het aanrecht – hun gezichten bevonden zich op luttele centimeters van elkaar, hun heupen raakten elkaar. Jo voelde Josh' adem op haar lippen. Ze sloot haar ogen. De kamer draaide om haar heen. Ze deed haar ogen weer open.

'Gaat het?' fluisterde hij.

'Mmmmhmm,' mompelde ze, terwijl haar botten leken te smelten. Ze liet zich tegen hem aan vallen en legde haar hoofd tegen zijn borst. Alles voelde ineens een heel stuk beter. Ze durfde zich niet te verroeren. Misschien kon ze hier wel altijd zo blijven staan. Nee, dat was onmogelijk, ze moest morgen werken, en verder zou Shaun ook komen...

Haar ogen schoten open. Shaun. Haar vriend. Van wiens bestaan Josh nog steeds niet op de hoogte was. Ze was verlamd. Ze was een door en door verdorven mens en ze was verlamd.

'Jo?' Ze hoorde zijn krakende stem in haar haren. Zijn stem vloeide door haar aderen en al haar wilskracht was vereist om zich van hem los te maken. Ze had een kurkdroge keel.

Tot haar verrukking en ontzetting tegelijk, volgde Josh' lichaam het hare, en boog hij zijn gezicht naar haar toe.

Ze slaakte een gesmoorde kreet.

Hij slaakte een gesmoorde kreet.

Ze keek hem in het donker strak aan.

Hij keek haar in het donker strak aan.

Zij probeerde iets te zeggen.

Hij boog zich nog wat dichter naar haar toe.

Ze deinsde met een ruk achteruit, en voelde de koude lucht tussen hen door stromen.

'Josh?' fluisterde ze.

'Ja?' fluisterde hij terug.

De tranen sprongen haar weer in de ogen.

'Ik –'

'Ja?'

'Ik heb een vriend.'

Josh stond roerloos.

'Wat?'

'Shaun. Hij komt morgen logeren, we zijn al zes jaar samen, hij heeft me al drie keer ten huwelijk gevraagd en hij werkt in de bouw.'

Josh deed een stap naar achteren, en het scheelde een haar of ze was gevallen.

'Vooruit,' zei hij, en alle warmte was uit zijn stem verdwenen. 'Je moet naar bed.'

Hij bracht haar, bijna zonder haar aan te raken, naar haar kamer.

'Het spijt me verschrikkelijk, ik had het je al veel eerder moeten vertellen –' De tranen waren niet te stuiten.

'Kom, klets geen onzin –'

'Ik kon er gewoon nooit het goede moment voor vinden –'

'Dit was er een uitstekend moment voor –'

'En nu haat je me.' Ze probeerde zich naar hem toe te draaien.

'Nee, ik haat je niet.' Hij draaide haar met zachte dwang van zich af.

'Welles, je haat me wel.'

'Ik haat je niet.'

'Welles.'

'Hou je mond, Jo.'

Vrijdagochtend scheen er een stralende zon, maar voor Jo had het bewolkt mogen zijn. Ze lag in bed en had verschrikkelijke spijt van wat er de vorige avond was gebeurd. Waarom had ze in vredesnaam zoveel gedronken? Ze had een verschrikkelijke kater, en straks zou ze Shaun van de trein moeten halen. En hoe was ze in 's hemelsnaam in haar nachtshirt gekomen? Ineens herinnerde ze zich weer wat er gebeurd was, en ze kromp ineen. De verandering in Josh' houding had haar volledig van haar stuk gebracht. Ze vroeg zich af of hij vandaag weer gewoon zou doen. Haar maag balde zich samen. O, god. Ze kon Josh niet onder ogen komen, en ze kon Shaun niet onder ogen komen. Ze wilde sterven.

Daar leek haar lichaam het mee eens te zijn. In de loop van de nacht had er zich het een of andere dier in haar mondholte genesteld, en zo te voelen wist haar brein niet hoe snel het via haar oren moest ontkomen. Pas na enkele minuten drong het tot haar door dat het lawaai afkomstig was van Josh die aan het douchen was.

Ze kwam met moeite overeind, ging op de rand van haar bed zitten en keek op haar wekker. Micky Mouse' lange arm wees bijna naar de twaalf, en waarschijnlijk kwam het daardoor dat ze zijn glimlach die ochtend opvallend irritant vond. Nog eens vijf minuten later besloot ze dat ze op de deur van de badkamer moest kloppen.

Ze klopte zachtjes. Er gebeurde niets. Ze probeerde het nog eens. Er gebeurde nog niets. En net toen ze had besloten om luid te bonzen, ging de deur open en stond ze oog in oog met Josh. Hij had een handdoek om zijn middel en het water droop van zijn bovenlijf. Haar hoofd schoot met een ruk naar achteren en begon onmiddellijk te dreunen.

'Ja?' vroeg Josh kortaf, waarna zijn blik afdaalde naar haar borst. 'Leuk T-shirt,' zei hij op droge toon. 'Ik ben ook tijden lang fan van Wile E. Coyote geweest.'

Ze keek langzaam omlaag naar haar T-shirt en fronste haar voorhoofd. Haar hoofd was daar niet van onder de indruk, en liet haar dat onmiddellijk in niet mis te verstane termen weten.

'Ik moet douchen,' kwam het krakend over haar lippen, terwijl ze haar hoofd langzaam en liefdevol weer omhoog liet komen, 'want anders komen de kinderen te laat op school.'

Josh trok de deur zo wijd open dat hij tegen de muur aan sloeg.

'Laat je door mij niet weerhouden,' zei hij luid, en liep langs haar heen. Hij leek een heel ander mens. Op het moment waarop ze de deur van zijn kamer dicht hoorde vallen, stapte ze voorzichtig de badkamer in. Ze draaide de douchekraan open en keek naar het vallende water terwijl ze zich afvroeg wat ze de vorige avond in vredesnaam had gedronken waardoor ze zich vandaag zo ellendig en kapot voelde.

Josh stond onbeweeglijk in zijn kamer en luisterde naar Jo in de douche. Hij ging op zijn futon zitten en ging vervolgens heel langzaam liggen. Hij was totaal uitgeteld. Hij had de hele nacht amper een oog dichtgedaan. Het was niet zozeer de lichamelijke pijn die hem uit de slaap had gehouden, als wel de angst die hij als puber had gehad en die opeens opnieuw de kop had opgestoken. Hij had gedacht dat hij sterker was. Alles was zoveel gemakkelijker wanneer je afstand had. Hij voelde aan zijn voorhoofd, voelde de blauwe plek tussen zijn ogen, trok zijn hand meteen weer terug en ging verliggen.

Afgezien van die diepe, vertrouwde angst, was hij zich bewust van een nieuwe beklemmende emotie. Telkens wanneer hij aan de afgelopen avond dacht, bespeurde hij een vreemde, bijna misselijkmakende verwarring. Jo bleek precies het tegenovergestelde te zijn van wat hij verwacht had. En toen, nadat een vast patroon van onverdraaglijke en tegelijkertijd geruststellende gedachten zich in zijn brein had genesteld, had hij haar moeten troosten toen ze haar hart bij hem had uitgestort: ze was doodsbang dat haar vader aan een hartaanval zou overlijden en dat haar moeder uit eenzaamheid zou sterven. O ja, en tussen twee haakjes, ze was vergeten te vertellen dat ze een vriend had. Dus zouden ze dan maar alsjeblieft even kunnen doen alsof al dat flirten en uitdagen en die intense en verlangende blikken en die innige omhelzing en die uitnodigende oogopslag helemaal nooit gebeurd waren vanwege die vriend, over wie ze hem zojuist had verteld? Hij kwam logeren. En toen had ze gezegd dat hij zich moest omdraaien terwijl ze haar nachtshirt aantrok, hetgeen nog eens een halfuur in beslag nam omdat ze om de een of andere onduidelijke reden verschrikkelijk onhandig was.

Uiteindelijk had hij pas om drie uur in bed gelegen. Alleen – zonder Jo met haar lange benen en blauwe ogen – in zijn kamer, in het donker, was alles hem ineens veel duidelijker geworden.

Na een korte nacht van weinig slaap was hij vanochtend om zes uur wakker geworden met een hoogst onaangenaam gevoel in zijn maag. Hij had gemeend dat het vanzelf wel over zou gaan. Het was een noodzakelijke fase waar hij doorheen moest, en die vanzelf weg zou trekken. Maar hij had zich zo beroerd gevoeld dat hij niet langer kon blijven liggen, en hij was opgestaan om naar de badkamer te gaan. Heel voorzichtig had hij de deur tussen zijn kamer en de hare opengetrokken, waarna hij haar kamer binnen was geslopen. Alles was stil. Hij liep op zijn tenen, waarbij hij strak naar haar slapende gestalte in bed had gekeken om er zeker van te zijn dat ze door bleef slapen, want hij had er geen behoefte aan om nogmaals door zes agenten tot moes te worden geslagen.

Tegen de tijd dat hij bij Jo's bed kwam waren zijn ogen aan het donker gewend, en hij bleef staan om naar haar te kijken.

Haar lange donkere haar lag uitgewaaierd op het kussen, haar wangen waren rozig van de slaap en rond haar halfgeopende lippen speelde een vaag glimlachje. Haar grote, amandelvormige ogen waren gesloten, en hij keek naar de dikke, zwarte wimpers die lichtelijk trilden. Ze maakte zachte slaapgeluidjes, en voor hij het besefte was zijn brein op hol geslagen en vroeg hij zich af waar ze van droomde.

Zijn blik gleed langzaam omlaag. Het dekbed zat rond die eindeloze benen van haar gedraaid. Het guitige gezicht van Wile E. Coyote lag behaaglijk ingenesteld tussen haar regelmatig rijzende en dalende boezem en gaf hem een knipoog van man tot man.

Hij wierp een laatste blik op het onschuldig ogende gezicht en liep door naar de badkamer waar hij een aanzienlijk koudere douche nam dan anders.

Tegen de tijd dat Jo uit de douche kwam, had hij zich afgedroogd en aangekleed, en was hij naar de keuken gegaan. Alle kinderen waren daar met Dick en Vanessa. Dick zat Zak aan te moedigen om zijn ontbijt te eten, Cassie was, in plaats van te ontbijten, bezig om Tallulahs schoenveters te strikken, terwijl Tallulah haar glimmende roze toverstafje over haar schoenen zwaaide en Vanessa een briefje met opdrachten voor Jo schreef. Josh nam het tafereel in zich op en zette zich schrap.

'Goeiemorgen!' begroette hij het hele stel. 'Wie wil er koffie?'

'Josh!' riep Zak. 'Wil je na schooltijd Batman met me spelen? Jij mag de Joker zijn.'

'Zák!' schreeuwde Dick. 'Ga zitten en eet je bord leeg. Dit is de laatste keer.'

'Goed,' zei Zak. Soms snapten ouders er niets van.

Josh zette koffie. Hij hinkte niet meer, maar zijn bewegingen waren nog traag. Toen Jo ten slotte de keuken binnen kwam, negeerde hij het feit dat ze bleker zag dan gewoonlijk. Ze hield haar hoofd vast en verontschuldigde zich uitvoerig voor het feit dat ze zo laat wakker was geworden. Niemand reageerde en Vanessa begon, zonder haar aan te kijken, voor te lezen wat ze wilde dat er die dag zou gebeuren. Jo keek strak naar de vloer en knikte.

'O, en vanmiddag heb ik weer een bespreking,' vervolgde Vanessa, 'en ik weet niet hoe laat we klaar zullen zijn, dus zou je Cassie van toneel willen halen? Je hebt toch geen andere plannen, of wel?'

Jo's gezicht betrok.

'O, god,' zei ze, 'het spijt me ontzettend, maar dat gaat niet. Shaun komt vandaag, weet je nog? Ik heb het vorige week tegen je gezegd.'

Josh stond tegen het aanrecht geleund en begon zijn muesli te eten.

'Shit,' mompelde Vanessa.

'Shit,' zei Tallulah, terwijl ze haar roze toverstafje boven Zaks hoofd heen en weer zwaaide.

'Het spijt me echt,' zei Jo.

Josh klakte met zijn tong. 'Waarom zou het je spijten?' zei hij, met zijn mond vol. 'Je hebt verdomme nog aan toe recht op een vriend.'

'Verdomme nog aan toe!' riep Zak uit, toen Tallulah met haar toverstafje in zijn oog prikte.

'JOSH!' riepen Dick en Vanessa.

'Oei. Het spijt me, jongens.'

'Als je niet fatsoenlijk kunt praten in het bijzijn van de kinderen, misschien dat je er dan beter aan zou doen om gewoon maar je mond te houden,' zei Vanessa.

'Ik zei toch dat het me speet!'

'Ik weet zeker dat het per ongeluk was, lieverd,' zei Dick. 'Net zoals jouw veelzeggende "shit" van daarnet.'

'Shit!' herhaalde Tallulah, toen Zak muesli in haar gezicht gooide.

Josh wendde zich tot Jo.

'Je moet ophouden met je voortdurend voor je privé-leven te excuseren, weet je,' zei hij tegen haar. 'Het spijt me dat je het van mij moet horen, maar het kan niemand hier wat schelen.'

De achtergrondgeluiden om Jo heen gingen onverminderd voort, maar even hoorde ze helemaal niets.

'Dank je, Josh,' snauwde Vanessa. 'Ik geloof niet dat we op jouw hulp zitten te wachten.'

'Nou, je zult toch iemand om hulp moeten vragen,' zei Josh, 'als je niet wilt dat je dochter zich in de steek gelaten en aan haar lot overgelaten voelt, want dat kan een mens op latere leeftijd behoorlijk opbreken.'

'Ik ga haar wel halen,' zei Dick zacht. 'Ik kom wel wat vroeger naar huis. Geen probleem. En dan kan ik ook eindelijk eens wat kwaliteitstijd met Josh doorbrengen.'

Josh glimlachte. 'Mooi, dat is dan allemaal geregeld. Cassie zal zich niet in de steek gelaten voelen, pap en ik hebben tijd voor elkaar en Jo kan met haar vrije tijd doen waar ze zin in heeft. Iedereen is gelukkig.'

Jo knipperde verwoed met haar ogen.

'Josh,' zei Vanessa, 'doe me een plezier en probeer alsjeblieft niet te vloeken waar de kinderen bij zijn.'

'Waarom?' vroeg Cassandra. 'Dacht je echt dat wij al die woorden niet kenden? En zelf zeg je altijd "shit".'

Er viel een stilte.

'ZAK!' krijste Dick opeens. Zak viel bijna van zijn stoel. 'EET JE MUESLI OP! OF PAPPA WORDT VERSCHRIKKELIJK BOOS!'

Jo was met de Clio op weg naar het station van Highgate om Shaun af te halen. De auto was haar eigen plekje – veel meer dan haar kamer, die bijna aanvoelde alsof ze hem met Josh moest delen. Ze had haar verzameling kleine speelgoedbeestjes op het dashboard uitgestald, en keek ernaar alsof ze haar konden helpen haar gedachten op een rijtje te krijgen.

Het was de eerste keer in weken dat ze alleen was, en over vijf minuten zou Shaun arriveren nadat ze elkaar een maand niet hadden gezien. En haar hoofd liep aan alle kanten over van Josh. Hij had haar zelfs genegeerd toen ze hem gedag had gezegd. Ze wilde hem haar verontschuldigingen aanbieden, maar ze wist niet precies voor welk facet van haar gedrag ze zich moest verontschuldigen. En trouwens, de vorige avond leek dat ook niet echt te hebben geholpen. Ze voelde zich er enorm door van haar stuk gebracht – niet alleen doordat zijn gedrag opeens zo totaal anders was, maar ook doordat ze het zich zo aantrok.

Ze keek op de klok. Ze zou te laat bij het station zijn. Ze keek opnieuw naar haar pluchen beesten. En ze keken op hun beurt strak terug. Toen ze bijna bij het station was, was het alsof haar maag zich samenbalde, en dat verbaasde haar niets. Op dat moment zag ze hem. Hij zat op het muurtje voor het station een tijdschrift te lezen.

Wangen als graniet en ogen in de kleur van zijn jack en spijkerbroek. Hij had zijn haar gewassen. Lieve help, dacht ze, hij heeft zich echt uitgesloofd. Hij zag haar niet, en ze parkeerde vlakbij en nam even de tijd om hem op te nemen. Ineens keek hij op. Ze keken elkaar even aan, en glimlachten toen de vertrouwdheid tussen hen langzaam maar zeker terugkwam.

Toen hij opstond en naar de auto kwam gelopen, voelde Jo haar ademhaling rustig worden. Alles zou goed komen. Ze was weer veilig. Hij trok het portier open en keek naar binnen. Zijn ogen fonkelden in de zon.

'Ik vroeg me af wie dat stuk in die chique auto was,' zei hij grinnikend. 'En toen zag ik dat het mijn mooie meisje was.'

Tot haar verbazing voelde Jo zich opeens overspoeld door een golf van emoties, en ze moest huilen.

Shaun zette zijn tas achterin en stapte in.

'Wat is er?' vroeg hij, strak voor zich uit kijkend.

Jo sloeg haar armen om zijn schouders.

'Het is zo fijn om je te zien,' zei ze, terwijl ze zich stevig aan hem vastklampte.

Shaun sloot zijn ogen en hield haar tegen zich aan tot er iemand begon te toeteren.

Jo zou veel liever met Shaun ergens naar toe zijn gegaan, maar ze moest terug naar huis voor het strijkgoed en het opruimen, en Shaun zei dat hij het niet erg vond. Josh was godzijdank niet thuis.

Wat Shaun bedoelde, was dat hij het niet erg vond om Jo te verleiden terwijl ze aan het strijken was. Na een poosje gaf ze het op, en ze hadden een snelle inhaalsessie op haar kamer. Het was fijn, maar ze zou er meer van hebben genoten als ze niet voortdurend naar de voordeur had liggen luisteren, als ze zich geen zorgen om de rest van het strijkgoed had gemaakt en als ze ondertussen niet aan Josh had hoeven denken. Dat nam niet weg dat ze het prettig vond om na zo'n lange tijd weer de liefde met Shaun te bedrijven. Hoewel het ritueel zich volgens de vertrouwde patronen afspeelde, voelde het niet voorspelbaar maar veilig en geruststellend – het voelde als thuiskomen.

Ze waren nog niet klaar, of ze sprong uit bed, kleedde zich aan en ging verder met strijken. Na tien minuten kwam Shaun, zijn shirt over zijn hoofd trekkend, de keuken in gelopen.

Een halfuur later observeerde hij haar terwijl ze in een razend tempo het vierde Barbie-hemdje streek. Hij dronk zijn thee en keek van tijd tot tijd op de klok.

'Deze thee heeft een vreemd smaakje,' zei hij.

'Het zijn blaadjes. Het is losse thee.'

'Ik vind het smerig.'

'Je went eraan. Ik zal wel een doosje Engelse melange halen.'

'Dank je, schat.'

Hij keek naar de piepkleine kleertjes die Jo nog moest strijken. Na een tijdje stond hij op en waste zijn mok af in het aanrecht. Hij had dit soort kranen wel vaker gezien in enkele van de nieuwe huizen die zijn teams hadden gebouwd. Hij had maar een paar minuten nodig om er achter te komen hoe de kraan werkte. Toen hij klaar was scheurde hij doodkalm een stuk van de keukenrol in de roomkleurige houder, en veegde er zijn lendenen mee af.

Hij draaide zich om en keek naar Jo.

'Waarom strijk je die jongensbroek?' vroeg hij.

Jo keek hem aan. 'Zou je de Kleenex alsjeblieft uit je kruis willen halen als je met me spreekt?'

Hij grinnikte. 'Kom hier en zeg dat nog eens.'

'Ik strijk hem omdat hij hem anders niet aantrekt,' antwoordde ze. 'Het is al moeilijk genoeg om hem zover te krijgen dat hij hem aantrekt als hij gestreken is. Maar als hij niet gestreken is, hoef ik er niet eens aan te beginnen.'

Shaun schudde vermoeid zijn hoofd. 'Wat is er toch met die kinderen van tegenwoordig?' mompelde hij. 'Wat hij nodig heeft, is een stevige draai om zijn oren. Moet je eens kijken hoe snel hij hem dan aantrekt.'

'Mmm,' was Jo het met hem eens. 'En een vrouw hoort thuis.'

'Als het je eigen kind was, zou je het kunnen doen. Mijn kinderen zouden nooit van hun nanny verwachten dat ze hun broeken streek.'

Jo legde Zaks broek op tafel en pakte de Tweenies-kussensloop.

'Maar jouw kinderen zullen dan ook geen nanny hebben, of wel?' vroeg ze. Ze hadden het hier al talloze keren over gehad, maar vandaag zeiden ze het glimlachend. Het was goed om te weten dat er dingen waren die nooit zouden veranderen.

'Precies,' zei hij. 'Ik trouw alleen met een echte vrouw die een echte moeder kan zijn.'

Jo hield even op met strijken en keek hem aan.

'Wil je daarmee zeggen dat je van haar verwacht dat ze dit allemaal doet zonder er een cent voor te krijgen?' Ze grinnikte. 'Zeg eens, Shaun –'

'O, jee –'

'– denk je soms ook dat de vader van het kind geen echte vader is omdat hij de broeken van zijn zoon niet strijkt? Of is het alleen maar de moeder die, door niet te strijken, in strijd met haar genetische programmering handelt?'

'Begin nou niet weer,' zei Shaun. 'Je weet best wat ik bedoel.'

'O, ja,' zei Jo. 'Ik weer precíes wat je bedoelt.'

'Ik bedoel een gezellig en blij gezin.'

'Waarvan de vrouw haar leven moet inkrimpen om in het huishouden te passen, en de man zich kan ontplooien –'

'Waarvan de man het geld verdient waarvan ze het dak boven hun hoofd kunnen betalen, dat bedoel ik.'

'Ooo,' zei Jo, 'dat klinkt enig. Net als in *The Waltons*.'

'Precies.'

'Dat anachronistische fictieve escapisme. Voor kinderen.'

'Je hoeft heus niet van die dure woorden te gebruiken om indruk op me te maken. Met je billen kom je al een heel eind.'

Jo glimlachte. 'Wat zeg je toch altijd van die lieve dingen.'

Shaun ging achter haar staan en kuste haar teder in de nek. Het volgende moment gaf hij haar een tweede, nog liefdevoller kusje, vlak onder het eerste. Toen draaide hij haar naar zich toe en streek zijn lippen over haar voorhoofd. Toen duwde hij haar met haar rug tegen de strijkplank en begon hij het strijkgoed te kreuken. En dat was het moment waarop Josh thuiskwam.

'Let maar niet op mij,' riep Josh, en beiden schrokken zich wild. Ze letten juist wél op hem. Jo boog zich met vuurrode wangen over de strijkplank. Ze kon die nieuwe ijzige blik in zijn ogen amper verdragen. Ze voelde zich als een hoer in een slechte film. Shaun wachtte even alvorens op Josh toe te stappen.

'Shaun Casey,' zei hij, met uitgestoken hand. 'Jo's betere helft.'

'Josh Fitzgerald,' zei Josh, Shauns hand stevig schuddend. 'Halfbroer, half mens.'

'Ik begrijp het,' grinnikte Shaun. 'Dus je behoort niet tot het stel waar Jo voor moet zorgen?'

'Hemel, nee.'

'Dus jou stopt ze niet in voor het slapengaan?' Hij lachte.

Josh reageerde met een kort, bitter lachje. 'Nee, nee. Eerder andersom.'

Ineens lachte er niemand meer. Shaun keek opzij naar Jo.

'Ik… ik had gisteravond wat te veel op,' bekende ze.

Shaun verstijfde. 'Aha,' zei hij, met opeengeklemde kaken.

'En toen kreeg ze opeens last van heimwee,' vertelde Josh. 'Je weet wel, ze miste haar moeder, ze miste haar vader, ze miste…' – hij haalde zijn schouders op – 'haar vader en moeder.'

Shauns gezicht verstrakte. 'Ja, ja.'

'Hoe dan ook,' ging Josh verder, 'laat ik jullie niet storen. Ik weet dat Jo altijd eerst aan de anderen, en dan pas aan zichzelf denkt. Leuk je ontmoet te hebben, Saul.'

'Shaun.'

'Shaun.'

En Josh liet hen alleen.

Jo streek drie broeken van Zak voordat Shaun de stilte verbrak.

'Wat had dat te betekenen?' fluisterde hij.

'Wat?' vroeg ze onschuldig.

'Speel geen spelletjes, Jo.'

Jo zuchtte.

Heel zacht zei ze: 'Ik weet niet waar hij het over heeft. Ik had gisteravond te veel op, en ik heb hem over jou verteld. Dat is alles. Het zal wel gekwetst ego zijn. Hij had waarschijnlijk gedacht dat ik een oogje op hem had, je weet wel, die arme nanny die zo'n last van heimwee heeft.'

Ze vroeg zich af wat er met haar aan de hand was terwijl Shaun weer ging zitten en keek naar hoe ze verder ging met strijken. Vijf minuten later hoorden ze de voordeur dichtslaan. Josh was zijn ochtendwandelingetje gaan maken.

'Wat doet hij eigenlijk thuis?' wilde Shaun weten.

'Ik dacht dat hij een met een bijl gewapende inbreker was die mij wilde vermoorden, en daardoor heeft hij een gekneusde enkel opgelopen. Hij werkt thuis om te voorkomen dat die gekneusde enkel van hem in het drukke spitsuur in een gebroken enkel verandert. Nog even, maar dan gaat hij gelukkig weer gewoon naar kantoor.'

'Nee, dat bedoel ik niet. Ik bedoel, waarom wóónt hij hier?'

'Dat weet ik niet.'

'Wat doet hij?'

'Hij is accountant.'

Shaun zoog een flinke hoeveelheid lucht tussen zijn tanden door naar binnen, een truc die hij zich, na jarenlang als bouwvakker gewerkt te hebben, had eigen gemaakt.

'Dus hij verdient bakken met geld, klopt dat?'

Jo haalde haar schouders op. 'Geen idee.' Ze was klaar met strijken, en ruimde de strijkplank en het strijkijzer op in de bijkeuken. 'Het schijnt dat zijn flatgenoten een wereldreis zijn gaan maken,' riep ze, 'waardoor hij dakloos is geworden.'

'Ze moeten allemaal bakken met geld verdienen,' riep Shaun. 'Als ik zoveel verdiende, zou ik dat in de toekomst investeren. Ik zou een aanbetaling doen op een huis, of er aandelen van kopen.'

Jo vulde de wasmachine.

'Misschien kunnen ze dat wel alle twee doen,' zei ze zacht.

'Ik wed dat dat niet echt de reden is waarom hij hier woont,' riep Shaun.

Jo kwam de keuken weer in, zette de lege wasmand neer en begon er de keurige stapeltjes gestreken goed in te leggen.

'Hoe bedoel je?'

'Ik vertrouw hem niet.'

'Ik zeg je nogmaals, er is niets aan de hand. Ik had alleen maar te veel op –'

'Nee, dat bedoel ik niet,' viel Shaun haar in de rede. 'Ik bedoel in het algemeen. Zijn ogen staan te dicht bij elkaar.'

'Ik zie niets vreemds aan zijn ogen,' zei Jo snel. 'Ik ga naar boven. Kom maar mee.'

Shaun volgde haar de trap op naar Tallulahs kamer, en leunde tegen de deur terwijl zij het speelgoed opruimde. Jo raapte een orgie van naakte Barbies en Ken op van de vloer, en kleedde ze allemaal aan, waarna ze ze Tallulahs Barbie Dokter, Barbie Ambtenaar, Barbie Maatschappelijk Werkster en Ken Architect op de voor hen gereserveerde ruimte onder de boekenplanken zette, en controleerde of de 0,6mm lila pen naast de 0,6mm paarse pen, in plaats van naast de 0,8mm blauwe pen lag.

'Waarom zou een volwassen man,' vervolgde Shaun, 'met voldoende geld om aan extra's uit te geven, bij pappie en pappies tweede vrouw en hun vroegwijze kinderen komen wonen als hij het zich kan veroorloven om dat niet te doen?'

'Ze zijn niet vroegwijs,' zei ze, terwijl ze de bewoners van het poppenhuis ter hoogte van de boeken van Dickens in hun bibliotheek plaatste.

'Als je het mij vraagt,' zei Shaun peinzend, 'is die Josh een klaploper. Ik neem aan dat hij geen huur betaalt?'

'Nee,' zei Jo. 'Vanessa heeft gezegd dat hij niet bijdraagt in de kosten. Hoe wist je dat?'

Shaun lachte. 'Ik heb huizen opgeknapt voor types zoals hij. Ze zijn zo verwend dat ze niet door hebben dat ze volwassenen zijn.'

Jo keek hem aan. Hij stond met zijn rug voor Tallulahs dichte deur, waaraan haar tutu slap en levenloos aan een haak hing. Shauns gezicht werd omlijst door glimmend roze voile. Tot haar ontsteltenis moest Jo vaststellen dat het hem stond.

'Kom mee,' zei ze, terwijl ze de volgende trap op liep.

'Allemachtig,' zei Shaun, 'hoeveel etages heeft dit huis?'
'Dit is de hoogste.'

Shaun volgde haar Zaks kamer in, en bleef staan. Hij floot zachtjes bij het zien van het speelgoed.

'Shit,' zei hij, 'ik zou me hier heel gelukkig kunnen voelen.'

Een uiterst modern stepje stond naast een uitgebreide collectie robots, gesigneerde Arsenal-memorabilia, een familie dinosaurussen en een racebaan. De kamer lag bezaaid met gameboys. Boven het bed hing een hangmat met nog meer speelgoed. Shaun maakte zijn blik ervan los en riep:

'Nou heb ik het!'

'Nou, blijf uit mijn buurt,' mompelde Jo van onder het bed. 'Ik kan er niet bij en ik heb geen tijd.'

'Josh weet iets van pappie dat pappie voor zijn jonge vrouwtje geheim wil houden. En in ruil voor het bewaren van het geheim, geeft pappie Josh kosteloos onderdak en voedsel.'

Jo hield op met het opvouwen van de broek van Zaks trainingspak.

'Denk je dat Dick een verhouding heeft?'

Shaun haalde zijn schouders op. 'Of hij heeft er een gehad. Had hij soms geen verhouding toen hij met Josh' moeder was getrouwd?'

'Dat is een walgelijke gedachte,' vond Jo. Toen slaakte ze een gesmoorde kreet. 'Nou, Vanessa zei dat ze het vermoeden had dat er iets gaande was. Ze kan niet geloven dat hij al zijn tijd in de winkel doorbrengt. En hij komt altijd ontzettend laat thuis. Grote genade.'

'Ik weet niet,' zei Shaun. 'Ik heb alleen maar het vermoeden dat Joshua meer in zijn schild voert dan zo op het eerste gezicht lijkt. Hoe oud was hij toen pappie het huis uit ging?'

'Veertien. Vanessa heeft verteld dat het een verschrikkelijk huwelijk was. Ze hadden voortdurend ruzie.'

Shaun schudde zijn hoofd en zoog opnieuw een flinke dosis zuurstof in zijn longen. 'Moeilijke leeftijd. Moeilijke leeftijd voor een jongen om het vertrek van je vader te moeten verwerken.'

Jo besloot Shaun niet te vertellen wat Josh haar in vertrouwen had bekend. Ze begon aan haar oordeel over hem te twijfelen. Na de manier waarop hij van de ene dag op de andere zo totaal veranderd was, begon ze meer en meer te geloven dat het waar was wat Vanessa van hem had gezegd. Hij kon op het ene moment verschrikkelijk charmant zijn, en nog geen paar tellen later was hij ineens een ijskoude kikker.

'Ik wed dat je zoiets nooit helemaal kunt verwerken,' ging Shaun verder. 'En in die tijd was scheiden nog niet zo algemeen. Ik wed dat hij er op school mee gepest is. Arm joch. Hij moet een emotioneel wrak zijn, en daarbij is hij voortdurend getuige van hoe zijn pappie met zijn nieuwe kinderen optrekt. Er zit een ziekelijk kantje aan.'

Jo ging op Zaks bed zitten. 'Ja, misschien heb je wel gelijk.'

'En dus,' vervolgde Shaun, 'kan hij onmogelijk echt dol zijn op zijn stiefmoeder. Of op zijn stiefbroertje en -zusjes.'

'Hij zei… hij heeft gezegd dat hij juist wél dol op hen was.'

'Ach, natuurlijk zegt hij dat,' zei Shaun. 'Hij kan moeilijk anders.'

'Ja, daar heb je wel gelijk in, denk ik.'

'Maar toch heeft hij ervoor gekozen om niet op zichzelf te wonen, maar hier, onder één dak met hen.'

Ze keken elkaar aan.

'Misschien…' zei Shaun, 'spioneert hij wel voor zijn moeder.'

Jo huiverde. 'Ze is een kreng. En niet zo zuinig ook.'

'Ah!' zei Shaun. 'Maar ik wed dat Josh gek op haar is.'

'Natuurlijk is hij dat.'

'Nou, zie je wel! Ze laat Josh op zijn vaders zak teren, terwijl hij tegelijkertijd voor haar kan spioneren.'

Jo zat roerloos op het bed. Misschien, heel misschien, was dat wel de verklaring voor het feit dat Josh zo snel vriendschap met haar had gesloten. Bij nader inzien, had hij haar, die avond toen hij haar voor het eerst in vertrouwen had genomen, eerst een aardige hoeveelheid wijn laten drinken – en dat was geweest nádat hij door haar schuld in elkaar was geslagen en problemen met Vanessa had gekregen. Misschien wilde hij zich wel bij haar in de gunst werken omdat hij hoopte dat zij hem zou helpen bij het bespioneren van Vanessa. Ze dacht terug aan dat eerste gesprek. Hij had willen weten hoe ze over hen allemaal dacht. En hij had haar een heleboel over zichzelf verteld. Daarna had hij haar complimentjes gemaakt en gezegd dat ze zo moedig en sterk was. En hij had zelfs gedronken op het feit dat ze de juiste keuzes had gemaakt. Ze dacht terug aan Dick die haar verteld had dat Josh dol was op de vrouwtjes en Vanessa die haar voor de beruchte Fitzgerald-charme had gewaarschuwd. Ze liet haar hoofd hangen.

Na een poosje verscheen er een rimpel op haar voorhoofd. Ze wist niet wat ze van Shauns idee moest denken, maar het maakte haar er niet vrolijker op.

'Ik kan me niet voorstellen –'

Shaun haalde zijn schouders op. 'Ach, ik weet niet. Ik zal het me wel allemaal verbeelden. Hij is waarschijnlijk een volkomen onschadelijke, goedhartige kerel die ervan houdt om 's nachts in te breken.'

'We zouden dit soort dingen niet moeten zeggen,' zei Jo opeens.

'Het zou me niets verbazen als er een videocamera in de neus van de cyberhond verborgen zat.'

Shaun lachte. 'Hoe moet hij dan ruiken?' vroeg hij.

'Hij ruikt niet,' antwoordde Jo, terwijl ze de opgeruimde kamer nog even rondkeek. 'Hij is niet echt. Kom mee.'

'Ben je klaar?'

'Nee, nog niet. En hoe sneller ik werk, des te eerder we weg kunnen.' Ze liep terug naar beneden en begon de keuken op te ruimen.

'Maar je moet toegeven dat hij knap is.'

'Wie?'

'Josh.'

'Heb je het nu nog steeds over hem?'

'Ik heb het niet nog steeds over hem, ik zeg alleen maar dat je moet toegeven dat hij knap is.'

Jo produceerde een vreugdeloos lachje. 'Ik hoef helemaal niets toe te geven,' zei ze, de afwasmachine inruimend. 'Ik wil mijn advocaat.'

'O, toe zeg,' zei Shaun, 'zeg niet dat het je niet is opgevallen. Als je tenminste van het kakkertype houdt.'

'Het is geen moment bij me opgekomen.'

'Lieg niet.'

'Nou, goed dan,' zei ze, terwijl ze haar handen in haar zij zette. 'Hij is knap.'

Shaun gaf geen antwoord.

'Misschien zou je eindelijk eens willen ophouden met dit domme gezeur. Help me liever,' zei ze.

'Goed,' zei Shaun. Hij hielp haar met het inruimen van de afwasmachine en realiseerde zich dat het beter was om op te houden zolang hij nog een voorsprong had.

Jo wist precies waar ze op vrijdagavond met Shaun naar toe moest. De volgende avond zouden de meisjes hen meenemen naar een beroemde nachtclub in het centrum, dus vanavond wilde ze dicht bij huis blijven. Ze had in Highgate Highstreet een enig Frans restaurantje ontdekt. Shaun was dol op Frans eten, en ze had alvast een tafel gereserveerd.

'We hebben maar twee uur,' zei ze, terwijl ze de heuvel op liepen.

'Hoe bedoel je?' vroeg hij. 'Worden we er dan uitgegooid?'

'Niet helemaal, maar ze draaien twee bezettingen per avond. Je kunt niet voor de hele avond reserveren.'

'Sodeju.'

'Het is maar een klein restaurantje.'

'En dat is óns probleem?'

'Nee, het is alleen – het is heel apart.'

'O, en houden ze er daarom aparte regels op na?'

Ze gaf hem een arm.

'Kom op,' zei ze, 'bederf het nu niet, we hebben maar één avond met z'n tweetjes.'

Shaun trok zijn arm los, sloeg hem om haar schouders en trok haar dicht tegen zich aan terwijl ze verder de helling op liepen. Hij stopte bij elke makelaar die ze passeerden, en daar ging heel wat tijd in zitten aangezien er op Highgate Hill meer makelaars dan tijdschriftenzaken waren.

'Jezus Christus!' riep hij uit. 'Moet je die prijzen zien!' Hij begon te lachen. 'En de Londenaren denken dat ze beter zijn dan wij!'

'Dat is niet waar.'

'Moet je die zien! En dat is maar een flatje met twee slaapkamers. Daar kunnen we thuis een kast van een villa voor krijgen!'

'Ja, maar dan ben je niet in Londen.'

'Mijn idee!' riep hij uit.

Toen ze ten slotte bij het restaurant gearriveerd waren, trok Jo hem mee naar het kleine venster en liet hem naar binnen kijken.

Hij keek glimlachend op haar neer en het was alsof er een gewicht van haar schouders viel. 'Erg leuk,' zei hij. Ze liepen over het pad naar de zij-ingang, en werden naar een tafeltje bij het raam gebracht. De serveerster bracht hen de kaart.

'Jezus Christus!' fluisterde Shaun. 'Moet je die prijzen zien!'

'*Shaun!*' siste Jo, terwijl ze een kleur kreeg.

'Geen wonder dan de Fitzgeralds je zoveel betalen.'

'Ik eet normaal nooit buiten de deur.'

'Wacht maar tot ik dat aan de anderen vertel. Sheila doet het in haar broek.'

'Shaun,' zei Jo, 'waarom probeer je het steeds te verpesten?'

Shaun keek naar haar op, reikte over de tafel heen en nam haar hand in de zijne.

'Doe ik dat? Dat had ik me niet gerealiseerd,' zei hij. 'Het spijt me. Het is allemaal een beetje nieuw voor me, dat is alles.'

'Ik neem aan dat ik aan bepaalde dingen gewend ben geraakt.'

Shaun trok met zijn wenkbrauwen, en ze deed alsof ze het niet zag.

Toen de serveerster kwam wilde Jo bestellen, maar tot haar verbazing bestelde Shaun voor hen beiden.

'Wat doe je?' viel ze hem in de rede.

'Ik bestel. Wat dacht je anders?'

'Hoe kun je weten wat ik wil?'

Shaun keek haar verbaasd aan.

'Je vindt het altijd fijn als ik voor je bestel.'

'Niet waar.'

'Ja, wel waar. Je zegt altijd dat je niet kunt kiezen.'

'Nou,' zei Jo, 'dat kan ik nu wel.'

De serveerster hield op met schrijven. 'Zal ik terugkomen?' vroeg ze.

'Ja,' zei Shaun.

'Nee,' zei Jo. 'We weten alle twee wat we willen.'

Jo bestelde waarbij ze de serveerster strak aankeek. Shaun bestelde wat hij altijd bestelde: uiensoep en lamsbout. Toen de serveerster weg was, keken ze elkaar aan.

'Sinds wanneer eet jij gravadlax?' vroeg Shaun.

'Sinds ik het geprobeerd heb.'

'En hoe noem je het in gewoon Engels?'

'Gedroogde, in kruiden gemarineerde zalm.'

Shaun klakte met zijn tong en schudde zijn hoofd.

Toen het eten werd gebracht bekeek hij haar bord met achterdochtige blikken.

'Het lijkt wel leer.'

Jo keek hem venijnig aan en hij hield zijn mond. Ze aten in stilte, waarbij Shaun zo nu en dan opmerkte hoe lekker het was.

Toen ze terugliepen begon Jo hem te vertellen over de nieuwe vriendinnen die ze had leren kennen, en ze negeerde zijn gebrek aan enthousiasme. Toen ze zich realiseerde dat het waarschijnlijk niet echt subtiel van haar was om hem te vertellen hoe fijn ze het hier vond, hield ze haar mond. In plaats daarvan begon ze over de kinderen te vertellen. Toen ze vertelde wat er allemaal van haar verwacht werd en hij begon te zuchten en haar beloofde dat hij wel eens even met die baas van haar zou praten, hield ze haar mond. Ze was opgelucht toen ze thuis waren.

Dick en Vanessa waren in de zitkamer en de deur was dicht, dus ze konden ongemerkt doorlopen naar Jo's kamer.

Een halfuur later rolde Shaun van haar af en viel in slaap, en Jo vroeg zich af of Josh iets had gehoord.

14

Jo werd zaterdagochtend vroeg wakker. Ze luisterde aandachtig naar eventuele geluiden in Josh' kamer. Als hij nog in bed lag, zouden ze heel stil moeten doen. Als hij al op was, betekende dat, dat hij hen samen in bed had gezien toen hij door haar kamer was gekomen. De situatie begon haar ondraaglijk voor te komen. Het volgende moment hoorde ze een luide geeuw die haar vertelde dat Josh nog in bed lag. Sterker nog, hij líet hun weten dat hij nog in bed lag. En het ergste was nog wel dat ze zich realiseerde dat, als zíj hem kon horen gapen, híj hen de vorige avond gehoord moest hebben.

Ze stond op, pakte haar kleren voor die dag en verdween naar de badkamer. Ze had gehoopt dat Shaun, tegen de tijd dat ze klaar was, wakker zou zijn, maar hij lag nog vast te slapen. Ze wist dat Josh wilde opstaan en zich wilde aankleden, maar hij zat vast totdat hij wist dat zij alle twee op en aangekleed waren. Ze schudde Shaun bij zijn schouder. Hij kreunde. Ze schudde hem nog eens. Hij kreunde opnieuw. Ze fluisterde zijn naam in zijn oor. Hij glimlachte. Ze fluisterde zijn naam voor de tweede keer. Hij greep haar bij haar middel en trok haar op bed. Toen het tot hem doordrong dat ze echt niet van plan was om weer in bed te komen, deed hij zijn ogen open.

'Jee, je bent aangekleed,' zei hij. 'Hoe laat is het?'

Jo keek naar Mickey Mouse, wiens grijns frustrerend wetend op haar overkwam.

'Acht uur.'

Shaun kreunde.

'Kunnen we niet uitslapen?'

'Nee.'

'Waarom niet?'

'Omdat hij alles kan horen.'

'Wie?'

Jo wees op de deur van Josh' kamer.

'Josh.'

'Is dat zijn kamer?'

Ze knikte.

'Verdomme.'

'Hij kan alles horen.'

'Mooi,' zei hij, en hij probeerde haar opnieuw op bed te trekken.

'Nee, Shaun.'

Hij begon haar te kietelen, en ze kon het niet helpen dat ze moest giechelen. Shaun wist altijd precies hoe hij zijn zin moest krijgen.

'Hou op!' riep ze ten slotte. 'Laat me los!'

Shaun hield op en liet haar los.

'Ik ga koffie zetten,' fluisterde ze. 'En als je niet snel onder de douche gaat, dan ga ik zonder jou op stap.'

Shaun keek grinnikend naar haar op.

'Jij bent de baas, sexy,' zei hij luid.

'Sssst.'

Jo had de deur nog niet goed en wel achter zich dichtgetrokken, of Shaun geeuwde overdreven luid en begon de herkenningsmelodie van *The Italian Job* te fluiten.

Jo deed de deur open, keek om het hoekje, wees op Josh' kamer en gebaarde hem dat hij stil moest zijn. Shaun hield op met fluiten.

'O, JA,' fluisterde hij zo luid, dat het haar niets zou verbazen als ze hem in Niblet konden horen. 'SORRY.'

Ze brachten de middag door in Covent Garden. Ze slenterden door de straatjes, keken naar de straatmuzikanten en aten ijsjes. Het was zalig weer – het voorjaar kon al bijna niet meer stuk – en het deed Jo denken aan die eerste paar maanden, al die jaren geleden, toen het net aan was tussen hen. Dat nam echter niet weg dat ze zich voortdurend bewust was van een akelig, knagend schuldgevoel. Terwijl Shaun voor zijn werk iemand moest bellen en zij naar een jongleur stond te kijken, vroeg ze zich af waar dat schuldgevoel vandaan kwam. Ze realiseerde zich dat het met haar kamer te maken had, maar Shaun was de enige die ze in haar kamer had gelaten, en ze kon zich niet herinneren dat ze iets had gezegd dat kwetsend voor hem kon zijn geweest. Of wel? Had ze op de verkeerde momenten een afwezige indruk gemaakt? Ze keek hem aan. Hij maakte geen gekwetste indruk, integendeel, hij was druk in gesprek en at zijn ijsje. Gelukkig.

Die avond gingen ze naar de nachtclub waar ze met Pippa, Gabriella en Rachel hadden afgesproken. Haar vriendinnen bleken al in de rij te staan.

'Hé!' riep ze, 'dit is Shaun.'

Ze liet hem van alle kanten bewonderen en genoot van hun waarderende blikken.

'We hebben veel over je gehoord!' zei Rachel, bij wijze van begroeting.

'Leuk om je te ontmoeten,' zei Gabriella, terwijl ze hem een hand gaf.

Jo was haar vriendinnen innig dankbaar.

Pippa stak haar hand naar hem uit. 'Hoi,' zei ze. 'Ik ben Pippa. Wat enig om je eindelijk eens in levenden lijve te zien. Jo heeft het voortdurend over je.'

Toen ze binnen waren, kwam Pippa naar haar toe.

'Je had ons wel even mogen waarschuwen dat hij zo'n stuk is,' zei ze grinnikend.

'Vind je?'

'Ja, dat vind ik.'

Jo glimlachte. 'Mmm.'

'Hoe gaat het?'

Jo knikte een aantal keren alvorens antwoord te geven. 'Dank je, best,' zei ze. 'Ja. Best.'

Toen zag ze Shaun met Gabriella praten, en hield ze op met knikken.

'Kom op,' zei Pippa. 'Iemand heeft onze hulp nodig, zo te zien.'

'Ja,' zei Jo, 'maar wie van de twee bedoel je precies?'

Toen ze bij hen kwamen, schonk Shaun hun een brede grijns.

'Hallo!' zei hij. 'Gabriella vertelde me zojuist over het leven van een nanny.'

Gabriella glimlachte. 'Iek vertelde hem over Joshua,' zei ze, 'en dat we allemaal smoorverliefd op hem sain!'

Pippa keek Jo meelevend aan.

'O ja, ik geloof dat ze het daar ook even over had,' zei Shaun tegen Jo, terwijl hij naar de dansvloer keek. 'Heb je zin om te dansen?'

Toen ze thuiskwamen liet hij zich zwaar op bed vallen.

'God, ik ben uitgeteld,' zei hij luid tegen het kussen.

Jo ging op de rand van het bed zitten en keek naar hem. Was ze een gemeen kreng? Ze wilde iets zeggen, maar omdat haar niets te binnen schoot, ging ze maar slapen.

Zondag was een luie dag. Jo en Shaun werden wakker van de geur van koffie en warme brioche.

'Kijk aan,' mompelde Shaun, terwijl hij met zijn stoppelige kin langs haar hals wreef, 'het betere leven.'

Josh was ook nog niet op, dus Jo moest Shaun – die veel luider sprak dan nodig was – alweer tot stilte manen. Jo was niet verbaasd toen Josh een halfuur na hen in de keuken verscheen, en ze durfde hem niet aan te kijken.

Ze had zich voorgenomen om Shaun aan alle Fitzgeralds voor te stellen, omdat haar dat correct leek. Toby was zoals elk weekend ook van de partij, dus nadat Shaun klaar was met bellen, wachtte hem een zondagse lunch met de hele familie.

'Wat is er mis met gewone tomaten?' vroeg hij glimlachend aan Vanessa, toen hij de half gedroogde exemplaren in zijn sla ontdekte.

'Helemaal niets,' antwoordde Vanessa, eveneens met een glimlach. 'Maar we vinden deze toevallig allemaal zo lekker dat we eraan verslaafd zijn.'

'Verslaafd?' herhaalde hij glimlachend. 'Dat klinkt ernstig.'

'Hoe bedoel je?' vroeg Tallulah, die hem van de andere kant van de tafel ernstig serieus aankeek.

'O, ik maak maar een grapje met je moeder.' Shaun gaf haar een knipoog.

'Waarom?' vroeg ze.

'Lieverd,' zei Josh, 'dat doet hij omdat hij tegelijkertijd grappig en superieur probeert te zijn.'

'Kom, kom,' zei Dick, 'Shaun is onze gast.'

'Nee, hij is niet ónze gast,' zei Toby. 'Hij is Jo's gast. Omdat hij met haar vrijt. Josh heeft ze gisteravond gehoord.'

'Hé, joh,' haastte Josh zich te zeggen, 'dat was een geheim.'

'Je zei dat Shaun klonk als een auto met een lege accu,' merkte Toby snuivend op.

Jo hield op met eten.

'Leuke goudvis hebben jullie,' zei Shaun.

'Wat is een lege accu?' wilde Tallulah weten.

'Hij heet Homer,' vertelde Cassandra aan Shaun.

'Wat voor vorm heeft een lege accu?' drong Tallulah aan.

'Hij is vernoemd naar de schrijver van de Odyssee,' haastte Jo zich eraan toe te voegen.

Shaun keek haar aan. 'Dank je.'

'Zo,' zei Dick, 'dus je gaat morgen weer naar kantoor, hè, Josh?'

'Mmm,' antwoordde Josh. 'Ik popel.'

'Dus dan durf je het weer aan met de metro?'

'Mmm. Ik kijk hoe het gaat. Ik loop naar de bushalte, en als dat te veel pijn doet, dan blijf ik in de bus, in plaats van de metro te nemen. Dat duurt wel twee keer zo lang, maar dat heb ik liever dan helse pijnen.'

'Doe niet zo mal,' zei Vanessa. 'Jo kan je afzetten bij het station, en ze kan je daar 's middags ook weer oppikken. Ze komt er voortdurend langs met de kinderen.'

'Dat is niet nodig,' zei Josh. 'Ik red me wel.'

Jo keek naar Shaun, die, terwijl hij naar haar zat te kijken, een hap sla in zijn mond propte.

'Natuurlijk,' zei ze mat.

'Het is niet nodig,' herhaalde Josh.

'Stel je niet aan, Josh,' zei Vanessa. 'Het past je niet om de martelaar uit te hangen.'

Er viel een stilte.

'Goed dan,' verzuchtte Josh.

'Jo, kun je hem een lift geven tot zijn enkel weer helemaal beter is?' vroeg Dick.

'Mmm,' zei Jo.

'Dat kan nooit lang meer duren,' mompelde Josh met gebogen hoofd.

'Geen probleem,' fluisterde Jo, terwijl ze zich op haar lunch concentreerde.

En toen werden de kinderen verschrikkelijk opgewonden bij het idee dat Josh 's ochtends met hen mee zou gaan, en alle goede manieren die ze tot op dat moment getoond hadden, leken ineens verdwenen.

Shaun en Jo waren pas weer alleen toen ze hem die avond terugbracht naar het station.

'Zo,' zei hij.

'Zo.'

'Het verwende joch wordt net als zijn jonge broertje en zusjes door nanny naar school gebracht.'

Jo maakte een instemmend geluid. 'Ja, een beetje overdreven is het wel.'

'Waarom kan hij niet gewoon met de bus? Je zou nog bijna denken dat hij een klein kind was.'

'Gelukkig heeft Vanessa er wel voor gezorgd dat ik er niet echt voor hoef om te rijden, of dat ik nog vroeger van huis zou moeten. Maar het is waarschijnlijk mijn eigen schuld.'

'Hoezo?'

'Nou, het is mijn schuld dat hij in elkaar is getremd.'

'Ja, en het is zíjn schuld dat je de schrik van je leven hebt gehad!' riep Shaun uit. 'Hoe haalde hij het verdomme in zijn hoofd om in te breken? Achterlijke debiel die hij is.'

Er viel een stilte.

'Dat zei je anders niet toen ik het je vertelde. Je wilde amper naar me luisteren.'

'Ja, nou. Ik heb intussen tijd gehad om erover na te denken. En ik heb hem leren kennen.'

'Het is nog nooit bij me opgekomen om boos op hem te zijn omdat hij me zo heeft laten schrikken.'

'Nou, dat begrijp ik niet. Dick en Vanessa hebben je duidelijk laten merken dat ze vonden dat jouw reactie volkomen terecht was en dat hij dat niet had moeten doen. En hij is een lul dat hij zo onaardig tegen je doet alleen omdat jij zijn ego een dreun hebt verkocht.'

Ze keek omlaag naar haar handen. 'Ja, misschien heb je wel gelijk.'

'Je weet dat ik gelijk heb.'

'Dank je,' zei ze. 'Je neemt het tenminste voor me op.'

'Natuurlijk doe ik dat,' zei Shaun. 'Je bent van mij.'

Jo parkeerde bij het station en Shaun draaide zich naar haar toe.

'Nou dan.'

'Nou dan.'

'Het was een fantastisch weekend. Fantastisch.'

'Ja, dat was het, hè?'

Hij kuste haar en zij omhelsde hem.

'Ik zal proberen om over veertien dagen naar huis te gaan,' zei ze.

'Proberen?'

'Ik ben tegen het weekend altijd zo moe dat ik gewoon geen puf meer heb om te reizen.'

'O.'

Ze omhelsde hem en hij fluisterde haar in het oor: 'Hou de moed erin.' Ze drukte zich even wat dichter tegen hem aan.

Jo keek naar hem terwijl hij uitstapte en naar het station liep. Toen hij boven aan de trap was gekomen, draaide hij zich om en zwaaide. Ze zwaaide terug, en ineens voelde ze zich verschrikkelijk eenzaam en ellendig.

185

15

Jo werd maandagochtend vroeg wakker in het besef dat Josh vandaag weer naar kantoor ging en dat hij weldra de badkamer in zou willen. Mickey's lange arm was nog niet in de buurt van de zes, laat staan de twaalf, en ze bleef over Mickey en Josh liggen piekeren tot het tijd was om op te staan. Ze probeerde te doen of Shaun er nog was om zich wat minder ellendig te voelen, maar het lukte niet.

Ze was veel sneller klaar dan anders, en was bezig om Tallulah aan te kleden voor de regen toen Josh de keuken binnenkwam.

'Morgen,' geeuwde hij.

'Kijk!' beval Tallulah. 'Ik heb mijn laarzen aan. Er staan roze bloemen op. Kijk.'

'Goed zo,' zei Josh, doorlopend naar de koelkast.

'Wacht!' riep Tallulah. 'Je hebt de bloemen op de achterkant nog niet gezien.'

'O, jee, neem me niet kwalijk,' zei Josh. 'Wauw. Wauw. Wauw, zeg, dat zijn echt te gékke bloemen.'

Tallulah glimlachte. 'Dat zei ik toch,' zei ze zacht.

Josh trok de koelkast open.

'Jee,' mompelde hij. 'Zes pakken melk. Ze zouden in een koe moeten investeren.'

Hij draaide zich naar hen om en zag Jo naar Tallulahs laarzen staan kijken.

'Hummel,' zei ze zacht, 'je hebt ze aan de verkeerde voet.'

Tallulah keek naar haar voeten en trok een bedenkelijk gezicht.

'Ik heb geen andere voeten,' reageerde ze bezorgd.

Jo lachte en nam Tallulahs gezichtje in haar handen.

'Je bent een engel.' Ze gaf haar een zoen op de wang. 'Maar je moet ze als de hazen goed om aantrekken, want anders komen we nog te laat.'

Josh keek naar Jo die Tallulahs boterhammetjes, die ze eerder had klaargemaakt, pakte, en Zaks voetbal en blokfluit in zijn schooltas stopte. Jo keek naar hem.

'Klaar?' vroeg ze.

'Ja.'

Ze keek opnieuw naar Tallulahs voeten.

'Lieverdje,' zei ze met een tedere zucht, 'je hebt het alweer niet goed gedaan.' Tallulah bestudeerde haar voeten, en keek vervolgens paniekerig op naar Jo. Jo was intussen op zoek naar de autosleutels.

'Ik doe het wel,' zei Josh, waarna hij langzaam op zijn hurken ging zitten om Tallulah met haar laarsjes te helpen. Toen hij klaar was en opkeek, merkte hij dat het meisje hem doordringend stond aan te kijken. Het voelde alsof ze dwars door hem heen keek.

'Goed dan, we gaan,' riep Jo. 'Ben je klaar, Josh?'

'Ik ben al een uur klaar, juf,' zei hij op droge toon. Hij keek weer naar Tallulah. 'Wat is ze streng, hè?' fluisterde hij.

'Niet als je haar wat beter kent,' antwoordde Tallulah, terwijl ze haar handje in de zijne legde en hem meetrok naar de voordeur.

'Opschieten!' riep Jo naar de anderen. 'We gaan!'

Nadat Zak en Cassandra bij hun scholen waren afgezet, viel Tallulah in slaap en begon luid te snurken. Jo was zich ineens scherp van Josh' afkeuring bewust. Ze besloot dat er niets anders op zat dan het uit te praten, en ze raapte al haar moed bij elkaar.

'Het spijt me,' begon ze.

'Wat spijt je?'

'Van die avond. Toen ik dronken was.'

'Heb je er spijt van dat je dronken was?'

'Nee.' Ze zuchtte. Hij wilde het haar zo lastig mogelijk maken. 'Ik bedoel, de manier waarop ik je over Shaun heb verteld.'

Josh snoof. 'Jezus, dat was ik alweer vergeten.'

'Nou, ik niet. En het spijt me.'

'Dacht je soms dat je mijn arme hart had gebroken, of zo?'

'Nee, ik wilde alleen maar –'

'Ja? Dacht je soms dat ik een oogje op je had?'

Jo tuurde naar het verkeer. 'Nou, het voelde inderdaad alsof –' zei ze na een poosje.

'O, toe zeg!' Josh lachte. 'Dacht je echt dat ik geïnteresseerd zou zijn in de nanny van mijn vader?'

'Nou, het voelde anders wel alsof –'

'Je bedoelt toen je me om de hals bent gevallen?'

'Nee –'

'Luister, als ik iets op een presenteerblaadje krijg aangeboden, dan zou ik wel gek zijn om het af te slaan. Ik ben ook maar een man. En je was overduidelijk beschikbaar, die avond –'

Jo slaakte een gesmoorde kreet. Ze was diep geschokt.

'Meer dan dat was er echt niet aan de hand. Als je dat dacht, dan

187

heb je te veel romantische films gezien. Het spijt me dat ik je teleur moet stellen.'

Jo beet op haar lip en knipperde verwoed met haar ogen. Ze vertrouwde haar stem niet. Ze zwegen tot ze bij het station waren. Josh deed het portier open en stapte pijnlijk langzaam uit.

Hij bleef bij de auto staan.

'Dus,' hoorde ze hem op hetzelfde onuitstaanbaar opgewekte toontje zeggen, 'dan zie ik je straks weer, zoals afgesproken.'

'Best,' zei Jo, voor zich uit starend.

'Tussen twee haakjes,' zei hij, 'jij klonk helemaal niet als een auto met een lege accu.' En met die woorden sloeg hij het portier dicht.

Jo bleef een poosje zitten en keek hem met tranen in de ogen na tot hij het station was binnengehobbeld.

Nu wist ze tenminste waar ze aan toe was. Ze had zich als een puber aangesteld en haar fantasie de vrije loop gelaten, en nu had ze zichzelf volkomen belachelijk gemaakt. Ze kon zich wel voor haar kop slaan; het was de oudste truc ter wereld en ze was er met open ogen in getrapt. Op het moment waarop hij had ingezien dat hij haar niet in bed kon krijgen, was zijn charme ineens ver te zoeken en toonde hij zijn ware gezicht – het gezicht van een onbeschofte, ingebeelde rotzak. Het soort smeerlap dat een nieuwe nanny opbelde om zich met zijn collega's van kantoor over haar te amuseren. Godzijdank was ze erachter gekomen voordat het te laat was geweest en ze een ernstige vergissing had begaan.

In de metro voelde Josh zich vreemd kwetsbaar. De mensen zaten zo dicht op elkaar dat zijn arm die van de man naast hem raakte. Hij was vergeten hoe bedreigend dat was. Vanaf Highgate was de reis naar kantoor een stuk gemakkelijker dan vanaf Crouch End, maar het was ook onaangenamer. Hij was gewend aan de bus en de trein. De mensen in de ondergrondse waren, zelfs buiten het spitsuur, veel harder en veel onvriendelijker. Het was net alsof de duisternis een streep haalde door alles was menselijk was.

De gedachte om op Tottenham Court Road van de Northern Line te moeten overstappen op de Central Line, om dan, twee stations later, opnieuw uit te moeten stappen terwijl hij dan nog steeds een heel eind bij zijn kantoor vandaan was, maakte hem geestelijk en lichamelijk moe. De mensen haastten zich langs hem heen, en hij onderdrukte het verlangen zijn armen uit te steken om te voorkomen dat ze tegen hem op zouden botsen. Als hij gekund had, zou hij een bordje met een 'L' erop op zijn rug hebben gehangen.

Terwijl hij steeds langzamer naar zijn kantoor liep, voelde hij een vertrouwde depressie dreigen. Hij realiseerde zich dat hij zich de hele afgelopen week niet zo ellendig had gevoeld. Het volgende moment drong het tot hem door dat hij zich, voordat hij die week thuis was gebleven, elke ochtend zo beroerd had gevoeld. Hij was er alleen maar aan gewend geraakt.

Toen hij de straat van zijn kantoor in liep, nam hij zich heilig voor om nooit meer aan dit depressieve gevoel gewend te raken. Hij zou zich blijven concentreren op hoe hij zich de afgelopen week had gevoeld, en de herinnering daaraan gebruiken als aanmoediging om zijn leven te veranderen.

Voor hij naar binnen ging, genoot hij bewust nog even van de laatste paar minuten zonlicht en vrijheid. De aanstaande acht uur waren niet van hem. Hij had ze verkocht aan de hoogste bieder. Met lood in zijn schoenen beklom hij de grijze stoeptreden.

Tegen lunchtijd was Josh weer aan het kantoorritme gewend. Het was net als met fietsen. Toegegeven, hij was nog steeds moe en realiseerde zich dat hij het nodige gemist had van het gekonkel en geroddel dat zijn baan nog enigszins draaglijk maakte, maar dat was slechts een kwestie van tijd, wist hij.

Toen Sally met een lichtelijk gekromde rug en met een quasi verlegen glimlachje naast zijn bureau kwam staan, keek hij haar aan alsof ze van een andere planeet afkomstig was.

'Welkom terug,' zei ze, met een poeslief stemmetje.

Hij schonk haar een glimlach – een specifieke glimlach. Het was een glimlach die door tallozen voor hem was geproduceerd, en die door tallozen na hem geproduceerd zou worden. De boodschap ervan was duidelijk: 'Ik ben een lafaard. Ik wil je niet hardop zeggen dat het uit is tussen ons, want dat zou betekenen a) dat ik een duidelijke beslissing moet nemen, en b) dat ik een machtspositie opeis. Maar je begrijpt wat de bedoeling is, en je zult de beslissing voor mij nemen. Ik dank je.'

'Ik heb je gemist,' zei ze, nog steeds met dat quasi verlegen air, terwijl ze haar rug nog wat meer kromde.

Josh nam zich voor om op zijn glimlach te oefenen, terwijl hij zich afvroeg wat hem in vredesnaam had bezeten om deze vrouw te willen bezitten. Het was alsof een knop in zijn lichaam die indertijd op Aan had gestaan – de knop die zijn brein de boodschap had gegeven 'Sally is Een Lekker Stuk – Moet Handelen' – ineens op Uit was gezet. Hij kon er niets aan doen. Het was iets dierlijks.

'Mag ik je blauwe plekken zien?' vroeg ze fluisterend.

Tot zijn ontzetting realiseerde Josh zich dat hij zich nooit geroepen zou voelen om iemand zijn blauwe plekken te laten zien, en al helemaal niet aan deze vrouw. Zijn blauwe plekken voelden alles behalve sexy. Sterker nog, alleen al de gedachte aan hoe hij ze had opgelopen, was voldoende om het merendeel van zijn organen ineen te laten krimpen. Hij schrok toen zijn telefoon ging, en terwijl hij Sally een verontschuldigend glimlachje schonk, nam hij op.

'Josh? Met Toby.'

Josh deed zijn uiterste best om ontspannen en vrolijk te klinken, terwijl Sally –opnieuw quasi verlegen en met gekromde rug – bij hem vandaan liep.

'Hoi, hoe is het met je?' zei hij tegen zijn jongere broer.

Er volgde een stilte van enkele seconden.

'Goed,' piepte Toby.

Nu Sally weg was kon Josh zich volledig op het gesprek concentreren. Hij besefte dat zijn broertje zijn best deed om niet te huilen, waardoor zijn stem twee octaven hoger klonk dan normaal.

'Wat is er, knul?' vroeg hij zacht.

Opnieuw was het stil.

'Ik ben een beetje... down,' piepte Toby.

'Logisch, jongen. Je bent dertien en je zit op school. Het leven is waardeloos.'

Toby snoof.

'En je kunt rustig van me aannemen dat het op je vijfentwintigste, wanneer je niet meer op school zit maar moet werken, nog niet veel beter is, maar dan krijg je tenminste betaald en kun je met de meisjes vrijen.'

Toby produceerde een vreemd, gutturaal geluid dat bijna klonk als snuivend lachen.

Een groep jongens rende op de speelplaats langs hem heen, en hij ging met zijn gezicht naar de muur staan. Toen ze voorbij waren, legde hij zijn elleboog op de telefoon en steunde zijn hoofd in zijn hand om te voorkomen dat zijn gezicht vanaf de trap naar het scheikundelokaal achter hem, te zien zou zijn.

'Ben je van het weekend bij pap?' Hij snoof.

'Ja. Daar woon ik tegenwoordig,' zei Josh. 'Dat heb ik je afgelopen weekend verteld, maar als ik me goed herinner vond je het toen leuker om Tallulah aan haar haren te trekken.'

'Wat doe je zaterdag?'

Josh dacht even na alvorens antwoord te geven. 'Iets leuks met mijn favoriete jonge broer.'

Opnieuw was het lange seconden stil.

'Bedankt,' piepte Toby.

'Kom, ga je gezicht wassen, ga even een lekker stuk lopen en leef je vervolgens uit op iemand uit een lagere klas.'

Toby veegde verwoed zijn tranen weg.

'Tot vrijdagavond,' zei Josh. 'Bedenk maar vast wat je zaterdag wilt gaan doen.'

Toen Josh Toby de verbinding hoorde verbreken, bleef hij een poosje in gedachten verzonken voor zich uit staren. Hij had een bloedhekel aan Toby's school. Als hij voldoende geld had gehad, zou hij met alle liefde een betere school voor zijn broertje hebben betaald.

Hij pakte een potlood en begon op het uiteinde ervan te kauwen. Het feit dat Dick het huis uit was gegaan toen hij veertien was geweest had hem diepe emotionele littekens bezorgd, maar voor Toby, die indertijd twee was geweest, waren de implicaties veel ernstiger geweest. Josh had al op een particuliere middelbare school gezeten, en Dick had daarvoor moeten blijven betalen. Tegen de tijd dat Toby naar de middelbare school had gemoeten, was Dick al lang en breed van het toneel verdwenen, en zijn eens zo royale alimentatie was al lang niet meer zo royaal, terwijl de particuliere scholen intussen ook stukken duurder waren geworden en zijn moeder nog steeds geen nieuwe man in haar leven had die bereid was om haar financieel te steunen. Ze had Toby gevraagd wat hij liever wilde, naar een particuliere school, of eenmaal per jaar een buitenlandse vakantie. Tot haar verbazing had hij voor het laatste gekozen. Nu zat hij op een school waar de leraren bang waren voor de kinderen, terwijl de kinderen bang waren voor elkaar. Het enige waar Josh indertijd bang voor was geweest, waren de proefwerken.

Toen een van zijn collega's hem benaderde met een vraag over het werk, haalde hij het potlood uit zijn mond, concentreerde zich, en dwong zijn gedachten terug naar het heden. Het scheelde weinig of hij had het hele potlood opgekauwd.

Terwijl Josh voor de honderdste keer over Toby's leven op school zat te piekeren, legde Toby de telefoon neer en liep met hangend hoofd naar de wc. Hij waste zijn gezicht met ijskoud water, ging voor het raam staan en wachtte tot de zwelling van zijn ogen was weggetrokken. Een eersteklasser kwam binnen, zag hem staan, en schrok.

'Hé!' snauwde Toby met hese stem, 'wil je een blauw oog?'

Het jochie schudde heftig van nee, maakte een scherpe bocht, en liep in plaats van naar de pisbakken, naar een van de hokjes.

Toby hield zijn hoofd opnieuw onder het koude water en kreeg alweer tranen in zijn ogen, terwijl het jochie verstijfd van angst in het hokje stond en niet in staat was om te plassen.

Toby was niet de enige Fitzgerald die het moeilijk had op school. Twintig minuten en duizenden kilometers verder stond Cassandra met een opgewonden gevoel op een mat in de gymzaal. Ze was nog nooit eerder zover gekomen met Schipbreukeling. Behalve haar, waren alleen Flora Mackintosh, Kate Brown en Arabella nog maar over. Alle andere kinderen hadden 'schipbreuk' geleden – waren verdronken door per ongeluk van een van de toestellen te vallen die door de hele zaal stonden opgesteld.

Cassandra zag Maisy naar zich kijken, en ze voelde zich moedig, lenig en sterk. In gedachten hoorde ze Jo tegen zich zeggen: 'Ik wed dat Maisy er spijt van heeft dat ze je kwijt is, want ik zou er zeker spijt van hebben.' Ze grinnikte bij zichzelf. Jo had gezegd dat ze na school met haar haren zou mogen spelen.

De juf blies weer op haar fluitje en zij, Flora, Kate en Arabella gingen er vandoor. Cassie sprong van de mat op het klimrek, wurmde zich door een smalle opening en sprong bevallig op het uiteinde van een bank. Het gefluister van de klas drong niet tot haar door. Maar toen zorgde iets er ineens voor dat ze opkeek, en ze zag Arabella over de bank heen op zich af komen. Haar eerste opwelling was om terug te lopen, maar toen vroeg ze zich af wat mammie zou doen. 'Wees nooit bang voor de krengen,' had mammie gezegd. 'Er komt een dag waarop Arabella Jackson een rijke klant van je bedrijf zal zijn. Probeer erachter te komen hoe je van haar kunt krijgen wat je hebben wilt.'

Cassandra concentreerde zich op wat ze van Arabella wilde hebben. Maar de inspanning was te groot en het kostte haar moeite haar evenwicht te bewaren. Ze keek naar haar voeten en kwam weer in balans. Wanneer ze omlaag keek ging het plannen haar beter af, en zo kwam het dat ze zich ineens realiseerde dat, als ze zou winnen, de hele klas haar zou haten. Nog meer dan ze nu al deden. Terwijl ze ten overstaan van de hele klas, in een te klein T-shirt en een te grote gymbroek, midden op de bank stond, zag Cassandra zichzelf opeens zoals de anderen haar zagen – een ingrijpende ervaring voor iedereen, maar helemaal voor iemand van acht. Ze voelde zich ineenkrimpen.

Haar klasgenootjes begonnen te roepen: 'Hup, Arabella, hup, Arabella!' En toen: 'Bel-la! Bel-la! Bel-la!'

Na een poosje verstomde het roepen, en toen het stil was klonk opeens tot ieders verbazing de zachte, zuivere stem van Asha.

'Hup, Cassie, hup!' riep ze uit. Het was het enige uitbundige dat Asha ooit in haar leven had gedaan, en de klas reageerde verrukt op haar verbaasde gezicht. Het volgende moment begon ze onbeheersbaar te giechelen en heel even was de klas stapelgek op haar. Een paar juichten met Asha mee, en Cassandra lachte naar de vriendin die het lot haar had toebedeeld. Toen Asha begon te lachen, lachte de klas met haar mee.

Ze had niet gezien dat Arabella dichterbij was gekomen, totdat ze opeens zó vlak bij haar stond dat ze even bang was dat ze haar een klap zou geven. Toen hoorde ze de onschuldig gefluisterde vraag: 'Ga je me opnieuw te lijf?' waarop Arabella opeens in elkaar zakte en van de bank viel. Zonder erbij na te denken sprong Cassandra haar achterna om haar te helpen.

Het aanmoedigingsgejubel en het lachen verstomden toen Arabella een bloedstollende kreet slaakte en begon te huilen. Iedereen rende naar haar toe.

'Ze heeft me geduwd!' snikte Arabella, op Cassandra wijzend. 'Met haar voet – zodat jullie het niet konden zien.'

Cassandra deinsde geschokt achteruit.

'Ik heb het gezien,' zei Maisy tegen de juf. 'Ze heeft het gedaan toen we haar allemaal toejuichten. Met haar voet.'

'Niet waar,' riep Cassandra verstikt uit. Ze was bleek geworden.

'Het kan me niet schelen wie het heeft gedaan,' zei de juf. Ze probeerde Arabella, wier enkel al dik begon te worden, op te tillen.

'Maar ik heb níets gedaan –' viel Cassandra haar in de rede.

'Ik zei dat het me niet kan schelen wie het heeft gedaan,' herhaalde de juf. Cassandra had het niet meer.

'Maar ik heb niets gedaan!' jammerde ze. Ze was bijna even boos als bang.

'CASSANDRA!' riep de juf. Cassandra schrok.

'Ik wil er geen woord meer over horen,' zei de juf nadrukkelijk. 'Maak je liever zorgen om Arabella's enkel. Ik wil dat iedereen zijn uniform weer aan heeft als ik terugkom. Kate en Flora hebben gewonnen.' En met die woorden verdween de juf met Arabella in haar armen naar de ziekenboeg. Arabella wierp haar klasgenootjes een treurige blik toe, om vervolgens van de pijn haar ogen te sluiten. Cassandra voelde hoe er met Arabella's aftocht een einde kwam aan haar kortstondige populariteit. Haar klasgenootjes, die haar even tevoren nog hadden toegejuicht, lieten haar weer aan Asha over. De twee meisjes stonden in de grote, galmende gymzaal.

'Weet je wat ik denk?' fluisterde Asha.

Cassandra schudde zwijgend haar hoofd.

'Ik denk dat Maisy bijna even erg is als Arabella.'

Cassandra knikte bijna onzichtbaar – de oude kwelling van haar misplaatste liefde maakte haar huidige pijn nog groter.

'Wees maar niet bang,' zei Asha, 'je zult heus geen straf krijgen voor het duwen van Arabella.'

'Maar ik héb haar helemaal niet –'

'Dat weet ik,' zei Asha. 'Ik zeg het alleen maar. Kom mee, we moeten ons verkleden.' Ze rende vooruit naar de kleedkamer.

Cassandra bleef alleen in de gymzaal achter. Ze realiseerde zich dat, zelfs als Arabella nu terug zou komen en zou zweren dat ze gelogen had, er nog steeds klasgenootjes zouden zijn die haar nooit zouden geloven. En daarmee leerde ze iets dat vele politici vóór haar hadden geleerd: wanneer een leugen hardop wordt uitgesproken, zijn er een heleboel mensen die onmiddellijk geloven dat het de zuivere waarheid is. Omdat de meeste mensen, hoewel ze zelf honderden keren op een dag een leugen vertellen, zoiets nooit van de anderen verwachten.

De tranen begonnen over haar wangen te stromen en ze moest zo heftig snikken dat haar lichaam ervan schokte. Ze wilde naar mammie.

Mammie had het op dat moment eveneens erg moeilijk. Het creatieve team had nog niet gebeld en Max begon het benauwd te krijgen, en wat ze zelf voelde, daar wilde ze niet aan denken.

Toen het verwachte telefoontje uiteindelijk kwam, was ze allang niet meer in een beste bui.

'Denk je dat je klaar voor me bent?' vroeg Anthony dubbelzinnig.

'Hebben jullie een paar scripts klaar?' viel ze hem kortaf in de rede.

Het was de eerste keer sinds die avond dat ze Anthony sprak. En ze was woedend op hem. Ze was de volgende dag naar kantoor gegaan in de veronderstelling dat hij haar zou bellen of naar haar kamer zou komen. Wat het ook zou worden, ze zou hem in niet mis te verstane termen uitleggen dat hetgeen er tussen hen gebeurd was een dronkenmansvergissing was geweest en dat het bij die ene keer zou blijven.

Toen hij om drie uur nog niets van zich had laten horen, begon ze de nagenoeg ondenkbare mogelijkheid onder ogen te zien dat hij niet van plan was om enig levensteken te geven. Gedurende de cruciale tien minuten tussen tien voor vijf en vijf uur, veranderden haar verwarring, shock en vernedering in woede. Om halfzes was ze giftig.

Toen hij zich zelfs de volgende dag nog niet meldde, veranderde haar gezonde woede in ongezonde bezorgdheid. En wanneer ze aan de implicaties dáárvan dacht, werd ze bang. Ze wist dat ze hem uiterlijk deze middag zou moeten bellen. Helaas voelde ze zich intussen zo vijandig en defensief dat ze wist dat hun relatie hard op weg was om nagenoeg ondraaglijk te worden. Hij had, zoals hij met zovelen voor haar had gedaan, met haar emoties gespeeld.

Opeens sloeg ze met haar vuist op haar bureau. Wat haalde ze zich eigenlijk in haar hoofd? Ze was een gelukkig getrouwde vrouw. Of liever, ze was een getrouwde vrouw, en dat kwam op hetzelfde neer. Ze hield van Dick. Dat betekende nog niet dat er niet talloze momenten waren waarop ze hem haatte, maar dat hoorde nu eenmaal bij het huwelijk, of niet soms? Getrouwd zijn betekende kinderen op wie je gek was en het bij elkaar zoeken van de sokken van je man in ruil voor de herinnering aan die lieve woordjes die hij lang geleden had gefluisterd, en waarvan je aannam dat je die voor je dood nóg eens zou horen. En ze had geen enkele behoefte aan de een of andere Romeo van kantoor die daar voorgoed een eind aan zou maken. Dank je feestelijk. Het was stil aan de andere kant van de lijn. Had hij die scripts of niet?

'Of is dit een persoonlijk gesprek?' vroeg ze, op een verschrikkelijk sarcastisch toontje.

'Eh, ja,' zei Anthony, die ineens helemaal niet dubbelzinnig meer klonk. 'We zijn klaar voor je.'

Ze zochten een moment dat hen allemaal uitkwam, spraken af en beëindigden het gesprek.

Nadat hij had neergelegd bleef Anthony een dikke vijf minuten in het niet voor zich uit zitten staren en op zijn onderlip bijten.

Dit was precies waar hij bang voor was geweest. De kortaffe klank van Vanessa's stem maakte hem duidelijk dat ze niet blij was. Maar was dat omdat hij haar gekust had, omdat hij te laat was met de scripts of omdat hij haar niet gebeld had nadat hij haar gekust had?

De dag nadat hij met Vanessa Fitzgerald de beste kus van zijn leven had beleefd (hoewel, die eerste plaats moest ze delen met Lucy Spires uit de eerste klas, achter het fietsenhok, toen hij gedacht had dat zijn lichaam letterlijk zou exploderen), had hij zich in de zevende hemel gewaand. Hij was waanzinnige geïnspireerd geweest en hij en Tom hadden verwoed aan het project gewerkt.

Hij was zo high dat Vanessa bellen bepaald uit den boze zou zijn geweest. Het risico was te groot. (Lucy Spires – onbevreesde Lucy – was de dag na die fantastische ervaring achter het fietsenhok op school gekomen en had hem uitgemaakt voor Woorden-En-Geen-Daden-Anthony. Hoe had hij kunnen weten dat ze het persoonlijk zou opvatten dat hij zijn lichaam niet had laten exploderen? Waarom vertelde niemand je de regels?) Hij moest er niet aan denken dat hem iets dergelijks opnieuw zou overkomen.

Hoe langer hij het voor zich uit schoof, hoe meer de kus met Vanessa veranderde in een puur feit dat niet gecompliceerd werd gemaakt door overwegingen achteraf, spijt of verontschuldigingen. Hij had het niet willen bederven. En dat zou nu gebeuren. Hij zou Vanessa weer onder ogen moeten komen, de ijzige klank van haar stem moeten aanhoren en haar onverschilligheid moeten voelen. Gelukkig was er één ding dat voor hem pleitte, dacht hij dankbaar. Godzijdank zou hij verkleed zijn als kip.

Vanessa belde Tricia met de mededeling dat ze een belangrijke bespreking met een andere grote klant moest afzeggen. De twee vrouwen stonden samen in de lift. Vanessa keek haar assistente glimlachend aan. Ze wist dat het niet eerlijk was dat Tricia zich tegenover een van hun lastigste klanten had moeten vernederen, alleen omdat het creatieve team dit moment had uitgekozen om het resultaat van hun werk te tonen.

'Waren ze erg lelijk tegen je?' vroeg Vanessa.

'Ze noemden me een leugenachtige hoer.'

Vanessa's mond viel open. 'Dat meen je niet!'

Tricia knikte. 'Ja, dat meen ik wel.'

'Wees maar niet bang, ik zal het er met Max over hebben,' zei Vanessa. Toen Tricia's kin begon te trillen, voegde ze eraan toe: 'Kop op. Denk aan de bonus. Ik zal kijken wat ik voor je kan regelen.'

Het lukte Tricia een glimlachje te produceren.

'Maar voordat ik de zaak aanhangig maak,' zei Vanessa op zakelijke toon, 'moet ik één ding van je weten. Bén je een leugenachtige hoer?'

Tegen de tijd dat de liftdeuren openschoven, glimlachte Tricia echt.

Vanessa had al meerdere gerustellende gesprekjes met Max gevoerd. Hij kon zijn zenuwen nog maar amper de baas en kwam gemiddeld vier keer op een dag haar kamer binnen. Hij zou het niet in zijn hoofd halen om het creatieve team lastig te vallen – daar waren ze veel te kostbaar voor – maar omdat hij zich op iemand moest afreageren, kwam hij bij haar. Hij was voor de bespreking op weg naar boven, nadat hij was weggeroepen uit een werklunch.

O jee, dacht ze, ik hoop maar dat de presentatie goed zal zijn. Ze had vlinders in haar buik. O jee, dacht ze, ik hoop maar dat die vlinders voor de presentatie zijn.

Zij en Tricia liepen het kantoor binnen, en zagen een levensgrote kip een kop thee drinken. Hij zag hen, stond meteen op en maakte een elegante, diepe buiging voor hen.

'Welkom… in *Het Kippenhok*,' klonk Anthony's warme, sexy stem vanuit de kippenkop.

Vanessa werd op slag week in de knieën.

'Schítterend!' blafte Max. 'Práchtig!'

Anthony zag Vanessa en Tricia naar Max kijken en glimlachen.

'Aan de telefoon *kakelen! Gekakel* aan de telefoon! *Kakelende* kippen! Geniaal! Práchtig!' riep Max uit.

Anthony had het verschrikkelijk warm in zijn kippenpak, maar het was de moeite waard geweest. Het was voor creatieve teams bepaald niet de gewoonte om bij de eerste presentatie al kostuums aan te trekken, maar hij en Tom waren zo zenuwachtig geweest dat ze hadden besloten om het nu al te doen. En met succes. Niet alleen dat, maar met het malle pak aan voelde hij zich een stuk moediger dan zonder.

Na afloop van de bespreking keek hij naar Vanessa die haar boeltje langzaam en zorgvuldig bijeen pakte terwijl de anderen de gang op liepen. Opeens boog hij zich naar haar toe en legde zijn grote kippenpoot op haar hand. Ze schrok. En zelf schrok hij ook. Ze hief haar hoofd op en keek hem in de ogen.

'Doe me een plezier, Anthony, en trek dat pak uit,' zei ze.

'Hoe is het met je?' vroeg hij. Zijn gedempte stem weergalmde in zijn oren.

'Goed!' riep ze uit. 'Natuurlijk gaat het goed met mij. Wat had je anders verwacht?'

Hij volgde haar de gang op. Max, Tricia en Tom waren al weg. Toen ze de deur van een van de voorraadkasten passeerden, zag Anthony Vanessa daar naar kijken. In een plotselinge opwelling greep hij haar bij haar middel, duwde de deur open, schoof haar voor zich uit de kast in en smeet de deur achter hen dicht.

Ze stonden hijgend in het stille halfduister van de kast die vol stond met vierduizend 'Chocoknabbels'.

'Wat doe ik hier?' vroeg Vanessa met onvaste stem.

Anthony had zijn kippenkop afgezet, waarbij zijn haar in pieken overeind was blijven staan en hij eruitzag als een jongen, hoewel de blonde krulletjes die uit zijn boord omhoogstaken er geen twijfel over lieten bestaan dat hij wel degelijk een man was.

'Ik geef toe dat een hanenpak beter op zijn plaats zou zijn geweest, maar...' Hij maakte zijn zin niet af en trok haar weg bij de deur.

'Laat me eruit,' fluisterde ze.

'Oké,' zei hij, en hij kuste haar.

Vijf minuten later verliet Vanessa de Chocoknabbelkast, streek haar haren glad, deed haar bovenste knoopje dicht en haastte zich de anderen achterna.

16

Tegen de tijd dat Jo de kinderen voor de vierde keer die dag vergaarde om Cassandra van school, en Josh van zijn werk te halen, was ze doodmoe.

Tallulah viel in slaap op het moment waarop Jo haar in haar autozitje zette, en ze snurkte zo luid dat Jo en Zak geen woord van Zaks lievelingstape konden verstaan. Jo moest een paar rondjes rijden voor ze eindelijk een plekje voor de auto had gevonden. Ze plakte de parkeersticker op de ruit en maakte Tallulah wakker. Net als iedereen die wreed uit zijn slaap wordt gewekt, had Tallulah een pestbui. Ze was zelfs zó onuitstaanbaar dat, als ze geen vier was geweest, Jo automatisch aangenomen zou hebben dat ze ongesteld moest worden.

'Hou op met dat neuriën, Zak,' jammerde Tallulah tegen Zak, die het nummer neuriede van het bandje waar hij aldoor naar had proberen te luisteren.

'Loop niet voor ons uit, Zak,' klaagde ze. Zak en Jo wisselden een snelle blik van verstandhouding en maakten zo min mogelijk geluid.

Toen Tallulah in Jo's armen in slaap viel, gaf Jo Zak een knipoog en fluisterde: 'Goed werk.' Hij wist niet precies waar dat op sloeg, maar grinnikte.

Tallulah weigerde te lopen, dus Jo moest haar het hele eind naar het hek dragen. Een slapend kind van vier is op zich al loodzwaar, maar een slapend kind van vier dat ongesteld moet worden, is op de een of andere manier nóg zwaarder.

Jo beklom de stoep naar het speelplein waar de kinderen in groepjes stonden te wachten tot ze afgehaald werden. Cassandra stond zoals gewoonlijk met haar vriendinnetje Asha langs de kant. Jo moest zich altijd beheersen om niet tegen Asha te zeggen: 'Rustig maar, ik zal je heus niet ontvoeren.' Alle kinderen stonden lachend en grapjes makend bij elkaar, en Cassandra was de enige die dat niet deed. Op het moment dat ze Jo het plein op zag komen, kwamen haar schouders omhoog. Even leek er een glimlach om haar mondhoeken te spelen, en het volgende moment liep ze Jo met hangend hoofd tegemoet. Ze leek veel kleiner dan ze was.

'Wil je voorin zitten tot we Josh oppikken?' vroeg Jo haar, toen ze bij de auto waren.

'Best,' zei Cassandra.

Geen van de kinderen had op weg naar de auto iets tegen elkaar gezegd, en Jo had het erbij gelaten. Jo wist dat er momenten waren waarop je geen behoefte had aan praten – vooral na een zware dag.

Tegen de tijd dat ze Tallulah weer in haar stoeltje had gezet, hadden Zak en Cassandra alweer ruzie. Ze konden het van de ene op de andere seconde met elkaar aan de stok hebben. Het ene moment hoorde je ze samen giechelen, dan gingen ze elkaar opeens te lijf, en voor je het wist hadden ze alweer de allergrootste pret. Jo was streng maar eerlijk. Het was Cassandra's beurt om naar haar bandje te luisteren – Zak had op de heenweg al naar zijn bandje geluisterd. Zak ontstak in een heftige driftaanval omdat hij dankzij Tallulahs gesnurk niets van zijn muziek had kunnen horen, maar op dat moment begon Tallulah opnieuw te snurken zodat Cassandra ook niets van haar bandje kon horen.

Tegen de tijd dat ze bij het station van Highgate arriveerden, was het weer opgeklaard en stond Josh in het zonnetje op hen te wachten. Hij had zijn das losgetrokken en Jo zag een stukje van zijn schouder uit de hals van zijn donkerblauwe overhemd gluren. Ze haalde diep adem, toeterde en wendde haar blik af toen hij opkeek. Hij grinnikte, en woelde Cassandra door haar haren toen ze uitstapte om achterin te gaan zitten. Cassandra grinnikte berustend. De schoolhel had intussen alweer plaatsgemaakt voor haar echte leven waarin ze het favoriete oudste kind was. Ze had een knappe nanny, een leuke halfbroer en een mammie en pappie die weldra thuis zouden komen.

Josh ging voorin zitten.

'Hoe is het met de familie?' vroeg hij vrolijk. Jo haalde opgelucht adem.

'Goed!' riepen de kinderen in koor.

'Ik bedoelde deze hier,' zei hij op dezelfde toon – waarvan Jo inmiddels wist dat het spottend was – terwijl hij op Jo's pluchen beesten op het dashboard wees. 'Daffy, Duffy, Dozy en Dud.'

Jo klakte met haar tong. 'Nou, ik zou het verzinnen van de namen van de kinderen nooit aan jou overlaten.'

Verdorie. Dat had in gedachten heel anders geklonken dan in werkelijkheid. Ze had er iets van een dooddoener aan vast willen plakken, maar er wilde haar zo snel niets te binnen schieten. En hoe dan ook, Josh had haar niet gehoord of hij gaf er de voorkeur aan het te negeren, want hij had zich al omgedraaid om de kinderen te plagen.

'JOSH!' brulde Zak, alsof Josh nog op kantoor zat en doof was. 'Zullen we cricketen als we thuis zijn?'

'Jo! Als ik klaar ben met mijn huiswerk, mag ik dan je haren doen?' vroeg Cassandra.

Tallulah snurkte als een neushoorn, en ze moesten er allemaal om lachen.

Jo concentreerde zich op het besturen van de auto, en deed haar best om zo soepel mogelijk te schakelen. Ze wist niet wat ze liever zou doen; nogmaals tegen Josh zeggen dat het haar speet, of hem keihard tegen zijn pijnlijke enkel trappen.

Josh ging ontspannen zitten. 'Alweer een dag, alweer een dollar.'

'Voor jou,' zei Jo vrolijk. 'Míjn dag zit er nog maar pas voor de helft op.'

'Dan bof je maar dat je zo'n gemakkelijke baan hebt.' Het scheelde een haar of Jo had de motor laten afslaan.

Later, toen de kinderen voor hen uit het huis in waren gerend en Jo en Josh zich bukten om de nieuwe Gouden Gids op te pakken die bij de voordeur lag, zei Jo zacht maar nadrukkelijk: 'Ik geloof dat Cassandra een ellendige dag achter de rug heeft.'

Hij keek haar aan. Toen hun knieën elkaar raakten, reageerden ze beiden alsof ze onder stroom waren komen te staan.

'Hoe kom je daar zo bij?' vroeg hij.

Jo haalde haar schouders op. 'Ik weet niet.' Ze keek Cassandra na. 'Probeer haar... een beetje te ontzien.'

'Dank je,' zei hij. 'Tot voor jouw komst, was ze altijd steevast het mikpunt van mijn spot.' En met die woorden liep hij voor haar uit naar binnen.

Ze klemde haar kiezen op elkaar, stond op en volgde hem.

Het was een lange avond en Jo en Josh verdeelden de taken zonder overleg vooraf. Josh speelde met Zak in de tuin, en Jo speelde met Cassie en Tallulah in de serre. Jo kon amper geloven dat ze het de vorige week nog leuk had gevonden dat Josh thuis was. Ze hoopte maar dat Zak hem flink moe maakte in de tuin. Dat was inderdaad het geval. Zak won met cricket zoals alleen een jochie van zes dat kan.

'IK WIN!' brulde hij naar binnen. 'IK MAAK HEM AF!'

'Goed zo,' zei Jo met een glimlach. 'Ik ben trots op je.'

Zak giechelde en rende weer naar buiten om zijn halfbroer opnieuw een lesje te leren. Hij hoopte dat Josh voorgoed bij hen zou blijven.

'Ik heb geen zin meer om te werpen,' zei Josh. Hij trok zijn overhemd uit zijn broek en wapperde het heen en weer om zichzelf wat koelte toe te wuiven.

'Maar ik ben aan slag,' zei Zak verbaasd.

'O.'

'Je mag wicketkeeper zijn,' bood Zak hem groothartig aan.

'Wauw!' riep Josh uit. 'Mag ik dan je *wickets* omkieperen? Meen je dat?'

Josh genoot van de aanstekelijke, kabbelende lach van een zesjarig joch dat zijn gegiechel niet de baas kon.

'Nee!' riep Zak, toen hij een beetje gekalmeerd was en weer kon spreken, 'het zijn míjn *wickets* en de enige die ze mag omkieperen, ben ik!'

'Toe, Zak, laat me alsjeblieft je *wickets* omkieperen,' zeurde Josh, waarop Zak opnieuw de slappe lach kreeg.

Hij gierde het uit, om even later weer wat te bedaren. 'Je begrijpt er niets van!' riep hij uit. 'Wicketkeeper heeft helemaal niets met omkieperen te maken!'

Uiteindelijk speelden ze nog een halfuurtje langer, waarna Josh zich verslagen op het gras liet vallen. 'Ik ben dood,' zei hij ernstig. 'Afgemaakt door een jongen van vier.'

Zak kreeg opnieuw een hysterische lachbui en hupte van zijn ene voet op de andere.

'Ik ben ZES! Niet VIER!'

'Sorry. Een jongen van *vijf*.'

'ZES!' hikte Zak.

'Nu ga ik naar de hemel,' zei Josh, terwijl hij langzaam overeind kwam. 'In de keuken. Zorg voor mijn planten.'

Zak volgde Josh naar binnen en brulde: 'IK HEB GEWONNEN! IK HEB HEM INGEMAAKT!' Hij haalde hem in en merkte amper dat Josh op de drempel was blijven staan.

Jo zat met gekruiste benen en met een kaarsrechte rug roerloos voor het raam van de serre op de grond. Haar dikke haren werden zorgvuldig gevlochten door de twee zwijgende meisjes die zich om haar heen hadden gedrapeerd. Tallulah zat op Jo's schoot, Cassie knielde achter haar. Zes ledematen waren met elkaar verstrengeld en zo nu en dan fluisterde Jo een aanmoediging die halve glimlachjes aan de meisjes ontlokte. Van tijd tot tijd streelde Jo Tallulah over het hoofd, en sloeg Cassie haar armen om Jo's hals. De zon viel door de serredeuren naar binnen, en het was alsof er een diepe blauwe gloed van de strengen straalde die voortdurend aan Tallulahs vingers ontsnapten.

Langzaam, als een zwemmer die zichzelf op de kant hijst, stapte Josh de keuken in.

'IK HEB HEM INGEMAAKT!' herhaalde Zak.

Jo sprak zonder zich te verroeren.

'Goed zo, Zak, en keurig op tijd voor het eten.'

Zak, die niets leuks kon ontdekken aan wat de meisjes deden, liep terug naar Josh die nog steeds bij de tuindeur stond.

'Knul,' zei Josh met een wetend knipoogje, 'de dames houden er niet van wanneer je je bimbam vasthoudt.'

Zak moest opnieuw verschrikkelijk lachen.

'De dames! Mijn bimbam!' gierde hij, om toen opeens zijn mond te houden en te vragen: 'Wat eten we?'

Jo wees op het fornuis en de oven, waar de pan met groenten stond te koken en de vissticks en patat onder de gril lagen.

'Vissticks, patat, broccoli en doperwten,' zei ze, terwijl ze Cassie een elastiekje aangaf. 'Zou je een lieve jongen willen zijn en de tafel voor ons willen dekken?'

'Goed,' zei Josh, 'maar alleen omdat je me een lieve jongen hebt genoemd.'

De kinderen hadden het niet meer. Jo gaf Tallulah het andere elastiekje aan. De meisjes waren klaar met haar haren. Ze stond op en draaide zich rond om zich door hen te laten bewonderen.

'Tallulahs vlecht zit lager dan de mijne,' zei Cassandra. 'Ze ziet er niet uit.'

'Ze ziet er prachtig uit,' zei Tallulah, 'ja toch, Josh?'

Josh sloeg zijn armen over elkaar en deed alsof hij Jo aandachtig bestudeerde. Ze droeg een piratenbroek en een T-shirt met een klein roze hartje voorop. Cassandra en Tallulah beschouwden haar als hun grote voorbeeld, en ze hadden zelfs dezelfde elastiekjes in hun haar. Het enige zichtbare verschil was dat ze alle twee nagellak op hadden, en dat ze geen boezem hadden. Het drietal keek hem uitdagend aan.

'Hmm,' dacht Josh hardop. 'Ziet Jo er wel uit, of niet? Eens kijken...'

Na een poosje liep Jo naar het fornuis om naar het eten te kijken.

'Ze ziet eruit als een kind van tien,' zei Josh, terwijl hij naast haar ging staan.

'Nou,' zei Jo, met haar hoofd half in de oven, 'je kunt er beter uitzien als een kind van tien, dan je er als eentje gedragen.'

Ze haalde haar hoofd uit de oven en zag hoe Josh haar met een ondoorgrondelijke blik stond op te nemen. Was ze te ver gegaan? Ze kreeg een kleur en herinnerde zich wat Shaun had gezegd over dat Josh voor zijn moeder spioneerde. Zou hij het haar lastig kunnen maken?

'Waar zijn de vorken?' vroeg Zak, die opeens achter hen was komen staan.

Toen Jo's mobiel ging en het haar moeder was die belde, vroeg ze niet aan Josh maar aan Cassandra of ze het eten op tafel wilde zetten.

'Ik doe het wel,' zei Josh zacht.

'Nee, dat is niet nodig,' zei Jo.

'Ik kan het heus wel,' zei Cassandra.

'Ik doe het graag,' zei Josh nadrukkelijk. 'Ik ben geen kind, en ik kan heel best voor mijn eigen familie zorgen.'

Jo keek hem strak aan, en toen zei ze in de telefoon: 'Mam, kan ik je terugbellen –'

'Doe niet zo idioot,' viel Josh haar luid in de rede. 'Praat met je moeder. Ik doe het eten verder wel.' Toen ze naar haar kamer liep, hoorde ze hem mompelen: 'Niemand is onmisbaar.'

Ze deed de deur achter zich dicht.

'Hoe is het met pap?' vroeg ze.

'Hij moet volgende week voor controle,' antwoordde Hilda. 'Ik maak me zorgen. Hij ziet er de laatste tijd helemaal niet goed uit.'

'Hij ziet er al vijftig jaar niet goed uit,' zei Jo. 'Maar toch houden we van hem.'

Er viel een stilte. 'Hoe is het daar met je, schat?' vroeg Hilda.

'Met mij gaat het goed, mam. Hoe is het –'

'Geven ze je wel goed te eten?'

'Nou, ze geven me te eten, maar sommige dingen zijn heel vreemd.'

'Het zijn toch geen Aziaten, hè?'

'Mam! Nee, ze houden er alleen andere eetgewoonten op na.'

'Maar je krijgt wel elke dag vlees en twee verschillende groentes?'

'Ja, mam. Ik – Wil je dat ik thuiskom?'

'Natuurlijk niet!' riep Hilda uit. 'Waarvoor zou je thuis willen komen?'

'Om jou te zien, natuurlijk, suffie.'

'Waarvoor zou je mij willen zien?'

'Omdat ik je mis!'

'Doe niet zo mal. Je hebt het veel te druk. Je kunt maar niet zomaar weggaan – wat zouden ze wel niet denken? Maar nu je het zegt, ik geloof dat je vader je wel een beetje mist.'

'Ik kom volgend weekend.'

'Ooo, geweldig!'

'O, nee, dan kan ik niet. Het weekend daarna.'

'Fantastisch.'

'Ik moet ophangen.'

'Goed.'

'De kinderen moeten eten. Hun halfbroer is bij ons en het zou kunnen zijn dat hij mij in de gaten houdt.'

'O, jee.'

Toen Jo de keuken weer binnenkwam, zag ze de kinderen keurig netjes aan tafel zitten eten. Ze begon de boel om hen heen op te ruimen.

'Ik weet wat ik voor mijn verjaardag wil,' zei Zak. Hij had een melksnor op zijn bovenlip.

'Ja?' vroeg Josh. 'Wat?'

'Ik heb een digitaal horloge nodig.'

'Heb je vorig jaar niet al een horloge van mamma en pappa gekregen?' vroeg Cassandra. 'Je maakt ze steeds kapot.'

'Ja, dat is zo,' zei Zak ernstig. 'Misschien kan ik er beter meteen twee vragen.'

'Hoeveel kinderen wil jij als je ouder bent?' vroeg Cassandra met een ernstig gezicht aan Tallulah, terwijl ze haar doperwten opprikte.

'Vier,' antwoordde Tallulah. 'En jij?'

'Twee,' antwoordde Cassandra.

'Wil je een jongen en een meisje, of een meisje en een meisje, of een jongen en een jongen?' vroeg Tallulah, terwijl ze tussendoor kleine hapjes broccoli in haar mond stopte.

'Een jongen en een meisje,' luidde het snelle antwoord.

Jo glimlachte. 'Volgens mij gaat dat niet zo. Je kunt dat soort dingen niet kiezen.'

Daar dachten de meisjes over na.

'Misschien krijg je wel een jongen en een jóngen,' fluisterde Tallulah.

Er viel een lange pauze.

'Tallulah heeft veel meer patat dan ik,' jammerde Zak opeens. 'Dat is niet eerlijk.'

'Lula, lieverd,' zei Jo, op haar speciale zachte Tallulah-toontje, 'denk je dat je al die patat op kunt?'

Tallulah bekeek haar bord en dacht diep over de vraag na.

'Waarschijnlijk niet.'

'Zou je er een paar aan Zak willen geven?'

Tallulah gaf Zak een paar patatjes.

'Dank je,' zei Zak, lichtelijk onthutst.

'Niets te danken,' zei Tallulah ernstig.

Josh en Jo keken elkaar aan, en wendden hun blikken toen snel weer af, waarop Tallulah zich huilend van de spijt slap tegen Jo aan liet vallen.

Toen Dick thuiskwam, waren de kinderen gewassen en klaar voor bed. Het maakte niet uit hoe moe ze waren, maar altijd wanneer pappie thuiskwam vonden ze opeens weer nieuwe energie en fladderden ze om hen heen als eendagsvlinders die zoveel mogelijk van hun laatste bewuste momenten probeerden te genieten. Jo observeerde Dick die in het gezelschap van zijn kinderen tot leven leek te komen. Ze glimlachte en keek naar Josh om te zien of hij ook naar Dick stond te kijken. Dat deed hij, maar zijn gezicht stond strak. Misschien was het dan toch wel waar wat Shaun over hem had gezegd.

Die avond deed ze een bewuste en geslaagde poging om Sheila te bellen.

'Shaun zegt dat hij het leuk heeft gehad,' zei Sheila.

'O,' zei Jo verrast, 'heb je hem dan gezien?'

'Ja,' zei Sheila. 'James en ik hebben vandaag met hem geluncht.'

'Hoe is het met James?'

'Goed.'

Er viel een stilte, en Jo wist niet wat ze verder nog moest zeggen. Ze kon haar niets vertellen over haar verwarde gevoelens ten aanzien van Shaun, laat staat over haar verwarde gevoelens voor Josh. Het gesprek was op een dood punt beland.

'Hoe is het met iedereen?' vroeg ze.

'Wie bedoel je?' vroeg Sheila. 'Iedereen in de wereld?'

'Nee. Je ouders.'

'Zoals gewoonlijk.'

'James?'

'Nog steeds goed.'

Opnieuw viel er een stilte.

'Het is hier keihard werken,' zei Jo. 'En die stomme broer maakt mijn leven tot een hel.'

'O ja,' zei Sheila. 'Shaun heeft ons alles over hem verteld. Hoe hij naar jullie luistert wanneer jullie liggen te vrijen.'

'Ja,' zei Jo, en haar mond voelde droog. 'Precies.'

'Klinkt behoorlijk gestoord.'

'Mmm.'

Na afloop van het gesprek nam Jo een korte douche, ging op bed liggen en probeerde wat te lezen. Ze wist dat ze onmogelijk zou kunnen slapen voordat Josh was gekomen, zich gedoucht had en via haar kamer naar de zijne was gelopen en naar bed was gegaan.

Drie verhaaltjes, drie omhelzingen, drie dikke pakkerds en drie slapende kinderen later, kwam Dick moe maar voldaan de trap weer af. Kon dit maar altijd zo blijven.

Hij ging naar de drankkast, schonk een whisky in, ging ermee in de serre zitten, zette de televisie aan en zette hem weer uit. Hij stond op, ging weer zitten en sloeg, heel langzaam, zijn handen voor zijn gezicht.

Vanessa kwam om tien uur thuis. Ze liep regelrecht door naar de keuken voor een borrel. Dick was bezig om *Top Gear* in de video te stoppen. Hij keek even naar haar op.

'Hallo, schat, heb je uiteindelijk toch maar besloten om thuis te komen?'

Ze keek naar hem zoals hij op het randje van de bank met grote ogen naar de video zat te kijken – hij hield zijn hoofd een beetje schuin en had zijn voeten bij de tenen over elkaar geslagen. Haar maag balde zich samen. Ze liep langzaam naar hem toe. Ze droeg de naaldhakken waarvan ze wist dat hij ze sexy vond.

Dick wees op het scherm.

'Kijk! Hij heeft een lichtelijk teruglopend achterwerk.'

Vanessa bleef staan. 'Mooi. Welterusten, schat,' zei ze, met haar eigen achterwerk draaiend. 'Vergeet het licht niet uit te doen.'

'Mmm,' riep Dick haar achterna, zonder zijn ogen van het scherm te halen.

Een halfuur later werd er op de deur van de douche geklopt en Jo schrok wakker uit haar overpeinzingen. Ze pakte haar boek op.

'Binnen!' riep ze, en had daar onmiddellijk spijt van – Josh wilde niet binnen komen, hij wilde alleen maar naar zijn eigen kamer. Josh deed de deur langzaam open, en Jo keek van haar boek naar hem op. Ze voelde dat ze een kleur kreeg. Hij had alleen zijn spijkerbroek maar aan, en zijn vochtige haar stond alle kanten op. Hij bleef op de drempel staan en droogde zijn haar alvorens de handdoek weer over het rek te hangen. Jo's ogen streden een strijd met haar hersens en wonnen. Ze bleef net zo lang naar hem kijken tot hij naar haar keek.

'Je blauwe plekken zijn al bijna helemaal weer over,' zei ze snel, terwijl ze haar ogen neersloeg.

Josh liep langzaam door haar kamer en keek op haar neer.

'Meen je dat?' vroeg hij, zijn armen spreidend. Ze keek op.

Hij draaide zich langzaam rond tot hij weer oog in oog met haar stond. Ze lag op haar zij, haar hoofd steunde op haar hand, haar benen hingen over de rand van het bed en haar haren hingen half voor haar gezicht. Hij trok zijn wenkbrauwen op alsof hij een antwoord van haar verwachtte.

Jo fronste haar voorhoofd en was een beetje geschrokken van de aanblik van zijn rug die nog steeds behoorlijk blauw was. 'Het zal wel niet lang meer duren,' zei ze, wat zachter nu.

Josh knikte. 'Dank u, dokter Nanny. Mag ik nu doorlopen?'

Ze knikte verdrietig.

'Welterusten dan maar,' zei Josh.

'Welterusten.'

Ze keek naar haar opengeslagen boek terwijl Josh zijn kamer binnenging. Onder het luisteren naar de geluiden in zijn kamer, en in het besef dat hij nog geen anderhalve meter van haar af zijn eigen bed in stapte, klapte ze haar boek dicht, ging op haar rug liggen en sloot haar ogen.

17

Zondagochtend werd Vanessa wakker van iemand die haar zachtjes over haar oor aaide. Ze nestelde zich tegen de hand aan, sloeg langzaam haar ogen op en zag Tallulah die met haar duim in haar mond intens op haar neerkeek. Vanessa trok haar jongste dicht tegen zich aan.

'Hallo, Tallulah-mijn,' fluisterde ze. 'Wat doe je hier?'

'Naar jou kijken,' antwoordde Tallulah.

Vanessa glimlachte en snoof de geur van haar dochter diep in zich op.

'Mammie?'

'Hmm?'

'Wie is Anthony?'

Vanessa sperde haar ogen wijdopen en schoof een stukje naar achteren. Ze knipperde een paar keer met haar ogen om haar brein te zuiveren.

'O, een heel akelig iemand met wie mammie momenteel moet werken.'

Ze sloot haar ogen weer.

'Had je een nachtmerrie?' vroeg Tallulah.

'Mmm,' antwoordde Vanessa. 'Ik vermoed van wel.'

'Moest je daarom zo kreunen?'

En als bij toverslag was Vanessa opeens klaarwakker. 'Is pappie ontbijt aan het maken?' vroeg ze aan haar dochter.

Dick nam de vroege zondagsdienst altijd voor zijn rekening. Dat vond hij niet erg omdat de televisiezenders er sinds kort achter waren dat veel vaders tegenwoordig een actieve rol in de kinderopvoeding vervulden, en begonnen waren met het uitzenden van sportwedstrijden en door rijkelijk bedeelde blondines gepresenteerde kinderprogramma's. Grappig was dat, bedacht Vanessa, terwijl ze Tallulah in haar armen nam, want op grond daarvan zou je doordeweeks *Love Boat* en knappe mannen mogen verwachten. O god, kreunde ze, toen ze zich realiseerde wat ze gedacht had. Ze had er zo schoon genoeg van om altijd maar boos te moeten zijn. Hoe kwam het toch dat dit soort destructieve gedachten voortdurend als gieren door haar hoofd cirkelden? Waarom konden ze haar niet gewoon met rust laten? Ze wilde Dick niet haten. Ze wilde niet dat hun huwelijk niets anders zou zijn dan verwijten over en weer. Ze gaf Tallulah een kusje in haar nek.

'Is Toby al op?' vroeg ze, Tallulahs haar strelend.

'Ja,' antwoordde Tallulah. 'Hij is met Josh ergens naar toe gegaan.'

'Waar naar toe?'

'Dat weet ik niet.'

Dick verscheen op de drempel met een dienblad dat vol stond met een koffiepot, een halve grapefruit, een kom organische muesli met sojamelk, een kom chocoladeknabbels met volle melk en de zondagkrant.

'Ontbijt op bed voor twee van mijn lievelingsvrouwen,' zei hij, terwijl hij het blad op een stoel aan het voeteneinde van het bed zette. 'Twee van de meest angstaanjagende.'

'Dank je, Dick,' zei Vanessa met hese stem. 'En het zou helemaal geweldig zijn als je nog twee meter extra zou kunnen lopen zodat wij niet hoeven opstaan voor ons ontbijt op bed.'

'Natuurlijk, lieveling,' zei Dick, terwijl hij een stapje naar achteren deed en het blad weer oppakte. Hij zette het op bed. 'Zal ik, nu ik hier toch ben, je kussens meteen even in de olie zetten?'

'Weet jij waar Josh en Toby naar toe zijn?'

'Naar Lords, voor de cricketmatch.'

'O. Nou, dank je voor het boven brengen van het ontbijt. Dat was lief van je.'

'Graag gedaan, lieveling. Dan ga ik maar gauw weer naar beneden. Mij wacht een dag hard werk. Maak je alsjeblieft geen zorgen om mij.'

'Ik denk dat ik het daar veel te druk voor zal hebben met het zorgen voor al jouw kinderen, met inbegrip van die welke niet van mij zijn.'

'Dag dan maar.'

'Ja, dag.'

Dick trok de slaapkamerdeur achter zich dicht en Vanessa kneep haar ogen stijf dicht.

Die middag zaten Toby en Josh naast elkaar in Regent's Park. Toby was intussen al zo lang dat hij tot Josh' schouders kwam. Nog even, en hij zou zijn oudere broer boven het hoofd zijn gegroeid. In tegenstelling tot het donkere uiterlijk van Josh, had hij de lichte teint en het blonde haar van hun moeder geërfd, maar dat nam niet weg dat beiden wat hun knappe trekken betrof op Dick leken.

Josh wierp van tijd tot tijd onopvallende zijdelingse blikken op zijn broer en probeerde zich te herinneren hoe hij zich op die leeftijd had gevoeld. Er wilde hem echter maar één ding te binnen schieten. Toen hij zo oud was geweest als Toby, had hij er al een vaste gewoonte van gemaakt om de stiekeme gesprekken van zijn vader met zijn secretaresse af te luisteren, en het was in die tijd geweest dat hij voor het eerst last van slapeloosheid had gekregen.

Hij woelde door Toby's haar.

'Niet doen!' riep Toby grinnikend uit, terwijl hij zijn rug kromde. Als hij een egel was geweest, zou hij zijn stekels hebben opgezet.

'Waarom niet?' vroeg Josh. 'Voel je je er soms te oud voor?'

'Het is gewoon stom.'

'O. Stom.'

Josh keek naar Toby die zijn haar weer in model streek. Toen Toby even later op zijn rug in het gras ging liggen en opkeek naar de zon, zag Josh een verzameling puistjes rond zijn mond. Hij wist niet hoe hij het gesprek op Toby's telefoontje van eerder die week moest brengen, of dat het misschien beter was om er juist helemaal niets over te zeggen. Toby had vandaag een normale en ontspannen indruk gemaakt, en gedurende de vier uur durende cricketmatch had geen van beiden er met een woord over gerept.

'En,' zei hij na een poosje op een zo onverschillig mogelijk toontje, 'hoe staat het leven?'

Toby draaide zijn volumeknopje op laag en wendde zijn hoofd af. 'Er is een meisje,' bracht hij ten slotte met moeite uit.

Het scheelde een haar of Josh had zich voor het hoofd geslagen. Natuurlijk! Meisjes! En hij maar denken dat het iets tussen mam en pap moest zijn, iets waar hij zijn jongere broer op grond van zijn eigen ervaring mogelijk mee zou kunnen helpen. Hoe moest hij Toby vertellen dat hij ten opzichte van meisjes wel de laatste mens op aarde was die hem een goede raad zou kunnen geven?

'Aha,' zei hij op ernstige toon.

'De hele school heeft het op haar voorzien.'

Was dat positief of juist niet, vroeg Josh zich af. Betekende dat, dat ze door iedereen werd gepest, of juist dat iedereen verliefd op haar was?

'Ja?' drong hij aan.

Toby slaakte een diepe zucht. 'Iedereen kent haar en iedereen is verliefd op haar.'

'O.' Dus het was positief. Of toch weer niet?

'Ze heeft gevraagd of ik zin heb om met haar naar de film te gaan.'

'Wauw!' Josh sloeg zijn broer op de rug. 'Kijk aan. Míjn broertje heeft het voor elkaar! Kun je me misschien vertellen hoe je dat geregeld hebt? Ik val altijd voor het verkeerde type en ik ben bang dat ik straks helemaal alleen overblijf. Wat raad je me aan?'

'En nu zegt Todd Carter dat hij mijn hersens in zal slaan.'

Josh was op slag stil. Hij staarde naar het gras. Hij had zin om Todd Carter te vermoorden, maar hij wist dat de kleine etter waarschijnlijk de vloer met hem zou kunnen aanvegen. Hij dacht lang en diep na.

'O, jee,' kwam het ten slotte zonder al te veel overtuiging over zijn lippen.

Vanessa en de kinderen aten een ijsje toe. Hun lunch had uitsluitend uit kunstmatige toevoegingen bestaan, en alleen Zak had een paar volkorenkoekjes gegeten, maar daar had hij wel een laag stroop en chocoladepasta op gedaan. Nou ja, dacht Vanessa, het is maar twee dagen per week.

Ze zat met de kinderen op de vloer naar een video van *Buffy* te kijken, toen ze de voordeur hard dicht hoorde slaan. Josh en Toby kwamen de kamer in gelopen, zagen hen zitten en zeiden hallo. Josh liep door naar de keuken om thee te zetten, terwijl Toby achter hen bleef staan en een schaduw over hun gelukkige samenzijn wierp.

Tallulah keek naar hem op.

'Wat zijn dat voor dingen, om je mond?' vroeg ze, op zijn pukkels wijzend.

'Jeugdpuistjes,' antwoordde Toby nors, zonder zijn blik van het scherm te halen. 'Die krijg je als je lief bent.'

'Mammie,' zeurde Tallulah, 'ik wil jeugdpuistjes.'

'Die komen vanzelf, schat, wacht maar rustig af.'

'Ik wil ze nú!'

'En dan word je ongesteld,' ging Toby verder, 'en word je lelijk.'

'Dank je, Toby,' zei Vanessa.

'Dat is niet waar,' zei Cassandra. 'Er zijn vrouwen die er juist door gaan stralen. Dat heb ik ergens in een boek gelezen.'

'Welk boek?' wilde Vanessa weten.

'Ja, de móóie vrouwen gaan ervan stralen,' gaf Toby toe, 'maar jullie twee zullen er alleen maar nóg lelijker door worden.'

'Toby, ontzéttend bedankt,' zei Vanessa. 'Heb je niets beters te doen, zoals een hamster wurgen, of zo?'

Toby had zich met succes van zijn dagtaak gekweten, en hij volgde zijn broer naar het fornuis.

Josh vroeg zich af of hij hem erop moest wijzen dat het maken van dat soort hatelijke opmerkingen niet leuk was, en dat Tallulah en Cassandra het ook niet konden helpen dat zijn ouders waren gescheiden. Er waren momenten waarop hij wilde dat hij wist welke rol hij tegenover Toby moest vervullen, die van de vader, of die van de goede vriend. Was het mogelijk om beide te zijn? Als hij Toby zou vertellen dat hij soms echt onuitstaanbaar was, zou Toby dan niemand anders meer hebben bij wie hij zijn hart kon uitstorten? Hij besloot de twee te combineren.

'Hier, kleine etter,' zei hij, terwijl hij Toby zijn mok aangaf, 'je thee.'

'Dank je,' zei Toby grinnikend.

De voordeur sloeg opnieuw hard dicht, en even later kwamen Jo en Pippa in hun gymkleren lachend de keuken in. Ze waren op Pippa's sportschool naar aerobics geweest. Pippa had Jo de verzekering gegeven dat ze achteraan konden blijven en zo goed en zo kwaad als het ging zouden kunnen meestuntelen, maar de trainer had Pippa naar voren gehaald. Ze waren gedwongen geweest het goede voorbeeld te geven, en nu waren ze doodmoe.

En daarna was hun iets heel vreemds overkomen. Toen ze de sportschool uit waren gegaan, hadden ze Gerry gezien die bezig was het bord met de openingstijden te bestuderen. Hij leek even verbaasd hen te zien als zij hem. Ze maakten een praatje, en gingen vervolgens elk huns weegs. Toch zat het Jo niet helemaal lekker.

'Heb je Nick verteld dat je vanochtend naar aerobics zou gaan?' vroeg ze aan Pippa.

'Geen idee,' antwoordde Pippa. 'Hoezo?'

'Zomaar.' Ze weigerde toe te geven aan dit soort paranoïde gevoelens. Misschien dat dit soort toeval zelfs in Londen mogelijk was.

Ze waren van plan zich bij de Fitzgeralds te verkleden, om daarna samen in Crouch End te gaan winkelen. Pippa wilde iets nieuws kopen om die avond, wanneer ze met Nick en Gerry naar de film gingen, aan te kunnen trekken, en Jo vond het leuk om met haar mee te gaan. Ze miste het winkelen met Sheila.

Toby en Josh, die ondertussen met hun thee aan de keukentafel waren gaan zitten, keken hun ogen uit. Jo had haar haren in een hoge staart, en haar kleren vertoonden hier en daar zweetplekken. Ze had een kleur, haar ogen straalden en haar lippen waren vol en rood. Toen Pippa Josh zag kijken, sloeg hij zijn ogen snel neer.

Pippa grinnikte.

'Hé, goeiemorgen saam,' zei ze, terwijl ze haar handen in haar zij zette. 'Er is 's ochtends vroeg niets waar ik zo dol op ben als de geur van testosteron!'

Toby was bijna ter plekke bezweken, maar gelukkig kwam juist op dat moment Vanessa, die niets van de spanning gemerkt had, tussenbeide.

'Hallo,' zei ze. 'Ik heb ze naar *Friends* laten kijken.'

'O, best,' zei Jo.

'En we hebben chocola gegeten,' riep Tallulah. 'Later krijg ik jeugdpuistjes en word ik ongesteld!'

'En ijs!' zei Cassandra. 'En ik ga stralen.'

'Te gek,' reageerde Jo met een glimlach.

Ze keek verdrietig de keuken rond.

'Ik beloof je dat ik alles op zal ruimen,' zei Vanessa. 'Ik weet hoe belangrijk een opgeruimde keuken voor jullie nanny's is!'

Jo zuchtte. 'We gaan even douchen,' zei ze.

'Wat? Samen?' riep Toby uit.

Daar moest Josh hard om lachen. Ineens begreep hij dat een jonger broertje heel handig kon zijn. Hij zou zich diezelfde vraag hebben willen stellen, maar hem niet hardop hebben durven uitspreken uit angst dat hij voor gek zou staan. Maar nu droeg hij de mantel der dwazen liefdevol over aan Toby en vroeg hij zich af in hoeverre het een goed idee zou zijn om hem mee te nemen wanneer hij een afspraakje met een meisje had.

Pippa lachte mee en kwam naar de keukentafel gelopen.

'Nee, natuurlijk douchen we niet samen,' zei ze, terwijl ze zich over de tafel heen boog en er zachtjes aan toe voegde: 'Want als je alleen doucht kun je de zeep veel meer laten schuimen, of wist je dat nog niet?'

Toby slikte.

'Hoe oud ben je?' vroeg Pippa hem.

'Dertien,' mompelde Toby in zijn mok, terwijl hij wou dat Pippa op een veilige afstand was gebleven.

'En hoe oud is dat stuk van een grote broer van je?'

Toby snoof drie octaven.

'Hoi,' zei Josh, terwijl hij voor Toby langs zijn hand naar Pippa uitstak. 'Josh Fitzgerald.'

'O, ik weet heus wel wie je bent,' zei Pippa glimlachend. 'Ik heb heel veel over je gehoord.'

Jo stond bij de drankkast en liep door naar het fornuis om thee voor haar en Pippa te zetten, terwijl ze ondertussen aandachtig luisterde en wenste dat ze heel ergens anders was.

'Zo!' zei Pippa, met een blik op de sombere gezichten van de beide broers, 'en hoe komt het dat jullie twee zo grimmig kijken?'

Toby snoof opnieuw.

'Toby zit met een probleem omdat hij vanavond uitgaat met het meest populaire meisje van zijn klas,' zei Josh.

'Jo-osh,' kreunde Toby.

'Wat is daar mis mee?' vroeg Josh. 'Het is toch waar, of niet? Je bent veel knapper dan goed voor je is.'

Toby probeerde niet te glimlachen, maar kreeg het niet voor elkaar.
'Echt waar?' vroeg Pippa. Toby maakte een grommend geluid.
'En wat is dan het probleem?'
'Mag ik het vertellen?' vroeg Josh aan Toby. Toby gromde opnieuw – het Esperanto van een puber.
'De stoere bink van de klas is jaloers, en hij heeft gedreigd dat hij Toby vanavond zal volgen en de hersens zal inslaan.'
'Goeie god,' zei Pippa. 'Waar wilden jullie naar toe gaan?'
'Dat weet ik nog niet,' zei Toby. 'Ik moet haar strakjes bellen. Maar haar oudste broer is bevriend met de oudste broer van de jongen die me wil afpoeieren, dus hij mag het niet weten. En dat zou wel eens een probleem kunnen zijn, want haar moeder wil weten waar ze naar toe gaat.'
'Dus je bedoelt,' zei Pippa langzaam, 'dat er een kans is dat je tijdens het afspraakje van je dromen in elkaar wordt geslagen?'
'We wilden net gaan uitzoeken wat voor hen een veilige plek is om naar toe te gaan,' zei Josh. 'En ik wilde ze volgen.'
'NEE!' riep Toby uit.
'Op een veilige afstand,' zei Josh. 'Niet om jullie in de gaten te houden, maar alleen om ervoor te zorgen dat je niets overkomt.'
'Er zal mij niets overkomen,' zei Toby met klem.
'Ik heb een idee,' zei Pippa. 'Laat me even bellen.'
Terwijl ze haar tas pakte om haar mobieltje eruit te halen, schonk Jo de thee op.
'Mooi,' zei ze, 'dan ga ik intussen even douchen.'
Het viel haar op dat niemand daar iets op zei.

Toen Jo gewassen en afgedroogd en met schone kleren aan de keuken weer binnenkwam, was Pippa aan het telefoneren en zaten Toby en Josh haar met een identieke pubergrijns aan te staren.
'Geweldig!' zei Pippa in haar mobiel. 'We staan bij jullie in het krijt.' Ze giechelde, gaf Toby een knipoog, belde af en stopte haar mobiel terug in haar tas.
'Ziezo,' zei ze, 'geregeld. We gaan naar dezelfde film als jullie, en als er moeilijkheden dreigen dan zullen Nick en Gerry geen moment aarzelen om degene die jou ook maar met één vinger durft aan te raken – met uitzondering van je meisje natuurlijk, want we willen júist dat zij je aanraakt – een flink pak rammel te verkopen.'
'Te gek!' zei Toby.
'En Josh gaat mee als chaperonne zodat hij niet bezorgd hoeft te zijn, én hij mijn vriend lekker jaloers kan maken,' besloot Pippa, terwijl ze haar mok met thee ophield alsof ze een toast uitbracht. 'Het volmaakte plan!'

Josh hield zijn mok ook omhoog. 'Hoewel ik er op zich helemaal geen behoefte aan heb om het vijfde wiel aan de wagen van drie stellen te zijn, en al helemaal niet wanneer ik door twee van de mannen van die stellen ik elkaar ben getrimd, zal het de moeite waard zijn om te zien hoe de klojo's die mijn broertje bang proberen te maken het van doodsangst in hun broek doen.'

'Ik en Gerry zijn niet echt een stel,' zei Jo, maar niemand leek haar te horen.

'Dus, Pippa, reuze bedankt!' besloot Josh.

'Ja, bedankt!' riep Toby uit, terwijl hij haar vluchtig aankeek alvorens zijn blik snel weer neer te slaan.

'Niets te danken,' zei Pippa grijnzend. 'En nu moet ik gauw onder de douche,' zei ze, terwijl ze de kamer uit ging.

Jo volgde Pippa naar haar kamer en deed de deur achter zich dicht. 'Gaat hij echt met ons mee?' siste ze.

'Natuurlijk,' antwoordde Pippa, terwijl ze haar haren borstelde. 'Je kunt toch moeilijk van hem verwachten dat hij thuis blijft zitten en alle lol misloopt? Helemaal gezien het feit dat hij seks op pootjes is.'

'Hij heeft een heel duistere kant,' mompelde Jo.

'Dat hebben ze allemaal,' zei Pippa. 'Maar ik wed dat het leuk is om op zoek te gaan naar de zijne.'

'Hij kan ontzettend charmant zijn,' zei Jo. 'Hij is berucht om zijn charme. Maar als je iets doet wat hem niet zint, dan draait hij de knop onmiddellijk om, en dan is hij geen seks op pootjes, maar gif op pootjes.'

'Hoe bedoel je? Wat heeft hij gedaan?'

'Ik schaamde me te erg om het te durven vertellen,' bekende Jo, terwijl ze zich op bed liet ploffen. 'Het was verschrikkelijk, Pip.'

Pippa ging ook zitten. 'Vertel.'

Jo zuchtte. 'De avond voor Shauns komst was ik hartstikke zat toen ik thuiskwam van ons avondje stappen. Nou, ik dacht dat Josh me wilde kussen, en –'

'Ho, ho!' riep Pippa uit. 'Even terugspoelen, graag!'

'Josh hielp me uit de gootsteen stappen.' Nog een zucht. 'En toen –'

'Aha, de aloude gootsteentruc, hè?' Pippa keek haar bedenkelijk aan. 'Misschien moet je nóg wat verder terugspoelen.'

'Ik probeerde mijn knie in de gootsteen te wassen, en toen viel ik, en Josh heeft me van het aanrecht af geholpen, heel langzaam, want hij zit nog steeds onder de blauwe plekken –'

'Hemel, het lijkt wel een sprookje –'

'Pip.'

'Sorry.'

'En toen dacht ik dat hij me zou kussen. Dat dacht ik echt, dus toen heb ik...'

'Ja?'

'Heb ik hem alles over Shaun verteld.'

Pippa zuchtte. 'O, god. Je hebt al die tijd op het juiste moment gewacht om het hem te vertellen, en dan doe je het op het moment waarop hij je wil kussen?'

'Ja.'

'En ik maar denken dat het je werk was waar je hulp bij nodig had,' verzuchtte Pippa.

Jo boog zich naar voren. 'Het leek me het juiste moment om alles te bekennen. Ik heb Shaun nog nooit bedrogen en ik wilde Josh ook niet kwetsen.'

'En toen?'

'Nou...' Ze schudde haar hoofd. 'Het was heel vreemd. Zo zat als ik was kon ik duidelijk voelen dat de stemming ineens volledig omsloeg. Het leek wel alsof de temperatuur in de keuken ineens tot onder het nulpunt was gedaald. Hij werd opeens een heel ander mens.'

Pippa zette grote ogen. 'Hemel.'

'Hij was ineens ijskoud en ik zei maar steeds dat het me speet en hij zei maar steeds dat er niets aan de hand was.'

'Wauw.'

'Hij heeft het hele weekend ontzettend onaardig gedaan tegen Shaun en mij, en hij liet tegen Shaun doorschemeren dat ik een slet was –'

'De zak!'

'– hetgeen de situatie er tussen mij en Shaun ook niet beter op maakte. Toen probeerde ik hem opnieuw te zeggen dat het me speet.' Jo sloot haar ogen.

Pippa fluisterde: 'En wat zei hij?'

Jo kende het antwoord uit haar hoofd. Ze zei op effen toon: '*Dacht je dat ik het op de nanny van mijn vader had voorzien? Als het op een zilveren presenteerblaadje wordt aangeboden, dan zou ik wel gek zijn om er niet op in te gaan. Welke man zou dat niet doen? Ik ben ook maar een man. Maar als je dacht dat er meer achter zat, dan leef je in een fantasiewereld en heb je te veel romantische films gezien. Het spijt me als het een teleurstelling voor je is.*'

Pippa's ogen waren groot als schoteltjes.

Jo stond met een ruk op van het bed. 'En sindsdien is hij onuitstaanbaar,' vervolgde ze. 'Hoe dan ook, hij is zo onvolwassen. Hij is vijfentwintig en hij betaalt nog geen cent huur, terwijl hij als accountant toch een fantastisch salaris verdient. En hij zeurt maar steeds over zijn vader die zijn moeder in de steek heeft gelaten, en dat is intussen al ik weet niet hoe lang geleden. Mijn eerste indruk was juist – toen hij me van kantoor belde en het gesprek op de luidspreker had gezet zodat al zijn collega's mee konden luisteren – dát was de ware Josh Fitzgerald.'

Pippa floot lang en zacht.

Het was een poosje stil, en Jo begon zich op te maken.

Pippa was de eerste die het woord nam. 'Maar hij is zo knap dat je al die dingen gemakkelijk vergeet.'

'Nou, daar heb ik geen last van, want hij gedraagt zich echt ontzettend schofterig tegen mij.'

'En hij betaalt geen huur?' vroeg Pippa.

Jo schudde haar hoofd. 'Nee. Dat heeft Vanessa me verteld.'

'Godallemachtig,' fluisterde Pippa. 'Wie zei dat het leven eerlijk was?'

Ze zwegen een poosje en waren elk in hun eigen gedachten verzonken.

'Het positieve eraan,' zei Pippa, 'is dat we ons niet schuldig hoeven voelen dat we hem gebruiken om de jongens vanavond jaloers te maken.'

'Ik wil niet dat Gerry jaloers op hem is,' kreunde Jo. 'Ik wil niet dat Gerry op wie dan ook jaloers is. Ik wil Gerry niet. Punt uit. Ik heb Shaun.'

'O ja, neem me niet kwalijk. In dat geval hoeven we er alleen maar voor te zorgen dat Nick jaloers op hem is.'

'Ik wil niet dat hij meegaat vanavond,' verzuchtte Jo. Ze liet zich op haar rug op bed vallen. 'Hij maakt me ontzettend zenuwachtig.'

'O ja?' vroeg Pippa. 'Waarom?'

'Omdat hij voortdurend op me let.'

'Wie zegt dat hij op jóu zal letten?' vroeg Pippa grinnikend, waarna ze de badkamer in ging.

Terwijl Pippa onder de douche stond, belde Jo naar Shaun. Hij was er niet, dus ze sprak een boodschap in op de voicemail. Vervolgens probeerde ze Sheila te bellen, maar Sheila was ook uit, dus ze liet ook voor haar een boodschap achter. Toen belde ze haar ouders. Haar ouders waren ook niet thuis, maar omdat zij geen voicemail hadden, kon ze voor hen geen boodschap inspreken. Tegen de tijd dat Pippa met een klein handdoekje om haar lichaam gewikkeld, breed grijnzend de douche uit kwam, vroeg Jo zich al lang niet meer af waar iedereen zou kunnen zijn.

Pippa had zich zo heet gedoucht dat de stoom achter haar aan Jo's kamer in walmde. Omdat Jo geen zin had om haar raam open te doen dat uitkeek op de bouw bij de buren, vroeg ze Pippa of ze de keukendeur op een kiertje wilde openen. Dat deed Pippa, maar in plaats van de kamer weer in te komen, bleef ze als aan de grond genageld staan. Jo sloeg haar verbaasd gade, en het volgende moment wenkte Pippa haar opgewonden om ook te komen kijken.

In eerste instantie schudde Jo haar hoofd, maar toen ze bang begon te worden dat Pippa's ogen uit haar hoofd zouden vallen, haastte ze zich ten slotte naar de deur en probeerde te zien wat er in de keuken aan de hand was. Pippa stond in de weg, dus Jo duwde haar een beetje opzij, en met z'n tweeën probeerden ze te luisteren. Alle kinderen en Vanessa waren verdwenen. Door de kier konden ze Josh en Dick zien die in de keuken druk met elkaar stonden te fluisteren.

'Ben je daarom zo vroeg terug?' hoorden ze Josh sissen.

'Natuurlijk,' siste Dick terug. 'Dacht je anders dat ik hier zou zijn? Ze is gewoon niet komen opdagen.'

'Waarom niet?'

'Hoe moet ik dat verdomme weten? Ik heb gebeld, maar niemand nam op.'

'Denk je niet dat Vanessa achterdocht zal krijgen als je op zaterdag zo vroeg thuiskomt? Ze weet niet beter dan dat je het elke dag verschrikkelijk druk hebt in je winkel.'

Ze hoorden Dicks korte, bittere lachje.

'Jezus, pap,' zei Josh, 'je zult toch echt snel een eind aan dit dubbelleven moeten maken.'

'Dacht je dat ik dat niet wist?' Dick verhief zijn stem.

'Sst! Zo hoort ze je nog!' Er viel een stilte. En toen: 'O, pap, je zult toch echt iets moeten doen.'

'Ik zou altijd nog weg kunnen gaan,' zei Dick.

'O, zoals de laatste keer? Pap, waarom heb je, verdomme nog aan toe, niet naar me geluisterd? Ik heb je nog zo gezegd dat je haar niet –'

'O, hou toch op, Josh. Daar is het nu niet het moment voor.'

Ze liepen naar de serre en begonnen luider te spreken, in de veronderstelling dat niemand hen daar zou kunnen horen.

'Misschien ben ik wel niet voor het huwelijk in de wieg gelegd,' hoorden de meisjes Dick zeggen.

'Pap,' zei Josh nadrukkelijk, 'als ik jou was zou ik alles gewoon aan Vanessa vertellen. Voor het te laat is.'

'Ben je gek?' Dick klonk ontzet. 'Met het risico dat ik alles kwijt zal raken?'

'Ze zal het begrijpen, pap. Ze is de kwaadste niet. Ze is niet... ze is heel anders dan mam.'

'Je moet nog een heleboel leren over vrouwen,' zei Dick lachend, en de meisjes hoorden het geluid van whisky dat in een glas werd geschonken.

Zachtjes duwde Jo de deur dicht. Ze had genoeg gehoord. Zij en Pippa keken elkaar met open mond van verbazing aan, en hun brein werkte op volle toeren. Vervolgens liepen ze op hun tenen de badkamer in en deden de deur achter zich op slot.

'O, god!' fluisterde Pippa ontzet. 'Dick heeft een verhouding!'

Jo sloeg haar handen voor haar gezicht. 'Arme Vanessa! Dat vermoeden had ze al! En ze moet op het moment zo verschrikkelijk hard werken.' Ze slaakte een gesmoorde kreet. 'En Josh – de man die geen goed woord over heeft voor ontrouw – helpt zijn vader zijn stiefmoeder te bedriegen! De vuile hypocriet!'

'Misschien is hij wel zo'n type dat alleen maar een hekel aan ontrouwe vrouwen heeft,' opperde Pippa, 'terwijl hij het juist echt macho vindt als een man er buiten zijn huwelijk om nog een vriendin op na houdt.'

Jo trok een bedenkelijk gezicht. 'Maar het kwam door Dicks verhouding dat het huwelijk tussen hem en Jane op de klippen is gelopen.'

Pippa knikte. 'Precies! En heeft hij niet tegen jou gezegd dat vertrouwen het allerbelangrijkste voor hem is? Hij neemt het niet zijn vader kwalijk, maar die vrouw! Typisch!'

'Maar waarom wil Josh dat Dick tegen Vanessa zegt dat hij een minnares heeft?' vroeg Jo zich af.

Pippa kneep haar ogen halfdicht. Toen slaakte ze een zachte kreet. 'Omdat hij het tweede huwelijk van zijn vader wil verpesten! Natuurlijk! Hij wil niet dat pappie gelukkig is met een andere vrouw en andere kinderen, of wel?'

'O, god,' stamelde Jo hoofdschuddend. 'Op mijn eerste avond hier heeft hij me gezegd dat hij blij was dat zijn vader zijn moeder tenminste voor een leuk gezin in de steek had gelaten. Ik vond toen al dat dat niet helemaal zuiver klonk. Ga maar na. Het is toch niet helemaal gezond om je intrek te nemen bij een gezin waar je vader meer om geeft dan dat van jezelf. Weet je, Shaun had hem door – want Josh heeft hem zijn ware gezicht laten zien – en Shaun had vrijwel meteen al het gevoel dat hij iets in zijn schild voerde. Hij dacht dat Josh voor zijn moeder spioneerde – maar het is nog veel erger, hij probeert het tweede huwelijk van zijn vader kapot te maken.' Ze ging zwaar op het deksel van de wc zitten. 'God,' verzuchtte ze, 'en dan te bedenken dat ik bijna voor hem was gevallen.'

'Ik vraag me af of Josh' moeder op de een of andere manier achter Dicks verhouding is gekomen, en dat ze Josh hier naar binnen heeft gesmokkeld om ervoor te zorgen dat Dick er niet nóg eens ongestraft vanaf zal komen,' zei Pippa. 'Misschien spelen ze wel onder één hoedje!'

Opnieuw sloeg Jo haar handen voor haar gezicht.

Pippa stond tegen de wastafel geleund en sloeg haar armen over elkaar. 'Wat had Josh ook alweer voor smoes om hier te komen wonen?'

Jo keek op. 'Zijn huisgenoten waren een wereldreis gaan maken, en hij kon zo snel niemand anders vinden om de huur met hem te delen.'

Ze keken elkaar aan.

'En waar woonde hij?' wilde Pippa weten.

'In Crouch End.'

Pippa trok haar wenkbrauwen op. 'Hij woonde in *Crouch End* – een buurt met zijn eigen opnamestudio, een privé-club, een massagesalon, meer cafés dan Soho en de beroemde Trumpton-klokkentoren – en hij kon geen medehuurders vinden?'

Jo liet haar hoofd zakken. 'Ik ben er met open ogen ingetuind.'

'Jezus,' zei Pippa, 'hier wordt een mens doodmoe van. Ik kan me heel goed voorstellen dat Sherlock Holmes aan de drugs was.'

'Het enige positieve eraan is,' zei Jo, hardop denkend, 'dat ik alles ineens stukken duidelijker zie. Stel je voor, ik dacht er nog wel over om het uit te maken met Shaun.'

'Nou,' zei Pippa, 'hij ís Hornblower.'

'Op pootjes,' voegde Jo eraan toe.

'Maar ik zal je eens wat zeggen,' zei Pippa. 'Van nu af aan hoef je je niet meer druk te maken over hoe hij over je denkt.'

'Hoezo?'

'Omdat hij een zak is. En omdat hij het veel te druk heeft met het verpesten van Vanessa's leven om echt in jou geïnteresseerd te zijn.'

Er werd op de deur geklopt.

'Ik kom!' riep Pippa. Jo stond op van de wc en trok in een reflex door. Pippa keek haar stomverbaasd aan en begon te giechelen. Toen deed ze de deur open om Josh binnen te laten.

'Godallemachtig,' zei hij, toen hij ze samen zag en de stortbak hoorde vollopen. 'Jullie doen echt dingen samen.'

Het was druk in de wijnbar. Pippa droeg haar nieuwe spijkerbroek en ze had Josh een arm gegeven. Ze waren een knap stel om te zien, en er werd van meerdere kanten naar hen gekeken. Jo had verschrikkelijk met Nick te doen.

'Ik dacht dat die halfbroer dertien was,' begroette Nick hen.

'O,' zei Pippa, 'je zit niet voor niets bij de recherche, is het wel?'

'Rustig maar,' zei Josh, terwijl hij zich losmaakte uit Pippa's greep. 'Ik speel vanavond voor pukkelige puber, maar de echte pukkelige puber is er al.'

Nick keek Josh bedenkelijk aan.

'Je kunt rustig van me aannemen dat ik hier niet bij wilde zijn, en dat ik me terdege realiseer dat je mij er niet bij wilt hebben. Maar ik doe het voor mijn broertje. Doe maar gewoon alsof ik er niet ben.'

Nick en Gerry schonken hem een glimlach.

'Nog sorry voor laatst,' zei Nick. 'Je weet wel, dat we je in elkaar probeerden te slaan.'

'Probeerden?' herhaalde Josh grinnikend. 'Ik hoop er nooit bij te zijn als jullie daarin slagen.'

Gerry probeerde Jo een kus ter begroeting te geven, maar ze leunde automatisch naar achteren, tegen Josh. Ze sprongen onmiddellijk bij elkaar vandaan.

'Mooi!' riep ze. 'Wie wil er wat drinken?'

'Ik loop wel even met je mee,' zei Gerry. 'Om je een handje te helpen.'

Bij de bar zorgde Jo ervoor dat ze op een veilige afstand van Gerry stond terwijl ze de aandacht van het barpersoneel probeerde te trekken. Toen ze besteld hadden, liep ze met snelle, kordate pas voor hem uit, terug naar de anderen. De anderen hadden een bank en een paar stoelen gevonden. Jo ging op de stoel met de hoge rug zitten, waardoor er voor Gerry niets anders overbleef dan aan de andere kant van de tafel op de andere stoel plaats te nemen. Josh zat op de derde stoel, en Nick en Pippa hadden het zich op de bank gemakkelijk gemaakt.

'Vertel,' begon Gerry tegen Jo, waarbij hij haar grinnikend aankeek, 'hoe was je dag vandaag?'

'O, best, dank je,' antwoordde Jo.

'Begin je al een beetje aan Londen te wennen?'

Daar dacht ze even over na. 'Mmm,' zei ze ten slotte.

'Dat klinkt niet echt bemoedigend,' vond Gerry.

'Ik vind het nog moeilijk,' zei ze.

'Moeilijk? Hoezo?'

Ze haalde haar schouders op en voelde dat ze een brok in haar keel kreeg. 'Ik heb nog steeds een beetje heimwee naar huis.'

'O, ja.' Gerry knikte begrijpend. 'Je vriend.'

Jo keek naar de vloer, zei niets en wachtte tot het gevoel van opkomende tranen was weggetrokken.

'Ja,' zei ze ten slotte op effen toon, 'ik vind het nog steeds een beetje moeilijk.'

'Nou, zó moeilijk kan het toch niet zijn,' zei Gerry, 'want anders was je toch nooit weggegaan.'

Jo keek hem strak aan in het besef dat haar ogen glinsterden. 'Nee,' zei ze. 'Sommige beslissingen zijn gewoon moeilijk.'

Ze vond het onmogelijk om, toen ze weer terugkeek naar haar

glas, dat niet via Josh te doen. Volgens haar was dat de eerste keer dat ze oogcontact maakten sinds hij zijn ware gezicht had laten zien. En tjonge, wat was die blik in zijn ogen veranderd. In plaats van de warmte die ze er aanvankelijk in had gezien, en die haar had geholpen de heimwee te overwinnen, was er nu niets dan ijzige kilte. Ze nam een flinke slok wijn.

'Nou, ik zou het maar vreemd vinden,' zei Gerry tegen Nick. 'Als mijn meisje de stad uit zou gaan, dan zou ik dat bepaald een slecht teken vinden.'

'Misschien heb je daarom wel geen vriendin,' merkte Pippa liefjes op.

'Op dit moment,' zei hij kalm, waarbij hij Jo aankeek. In de stilte die volgde dronk hij zijn bier op. 'Zo! Wie wil er nog een?'

Jo schudde haar hoofd zonder hem aan te kijken. Toen Gerry en Nick naar de bar waren gegaan, wendde ze zich tot Pippa. Ze was zo nijdig dat ze Josh' aanwezigheid even helemaal vergeten was. 'Ik dacht toch dat ik heel duidelijk had gezegd dat –' begon ze.

'Ja, dat heb je,' beaamde Pippa. 'Het is niet jouw schuld dat hij doet alsof hij gek is.' Ze wendde zich tot Josh. 'Of wel?'

'Wat?'

'Jij bent een onpartijdige man. Hoe ziet de man het?'

'Eh –'

'Jo kan er niets aan doen dat Gerry doet alsof hij niet hoort dat ze duidelijk niet in hem geïnteresseerd is. Ze kan toch moeilijk méér doen dan herhaaldelijk zeggen dat ze een vriend heeft, of wel? Ik bedoel, zij kan het toch ook niet helpen dat hij niet in Londen woont, wel?'

Jo probeerde zoveel mogelijk niet naar het gesprek te luisteren. Ze tuurde in haar glas. Ze hoorde Josh diep ademhalen. 'Ik heb zo het idee dat Gerry het na vanavond wel begrepen zal hebben.'

'Mooi,' zei Pippa. 'Onze Jo hoeft zich toch niet op alle fronten schuldig te voelen, wel? Vooruit, Jo, kop op. Het is zaterdagavond.'

Jo forceerde een glimlachje in het besef dat Josh haar openlijk zat op te nemen.

In de bioscoop kocht Josh voor iedereen popcorn. Gerry en Nick, die dat als hun plicht hadden beschouwd, waren daar helemaal niet over te spreken, terwijl Jo zich erdoor op stang gejaagd voelde, omdat ze vond dat dat een koud kunstje was voor iemand die accountant was en geen huur hoefde te betalen.

Pippa liep voorop de zaal in, op de voet gevolgd door Nick. Jo volgde hem, en in het besef dat Josh dichter bij haar liep dan Gerry, besloot ze zich er niet mee te bemoeien. Het volgende moment kwam

Gerry opeens naast haar lopen. Hij dook de rij achter de hunne in, haastte zich voor haar uit en sprong over de stoelen zodat hij nu naast haar, en niet op het eind naast Josh zat. Ze bleef roerloos staan tot ze Josh vlak achter zich voelde, en ze zichzelf dwong om toch maar weer door te lopen.

Nick ging zitten, Pippa ging zitten, Gerry draaide zich opzij naar Jo en ging zitten. Ze ging zitten, sloeg haar benen van hem af over elkaar, en keek strak voor zich uit. Gerry bood haar wat popcorn aan, maar ze schudde haar hoofd en wendde zich van hem af. Tot haar verbazing hoorde ze Josh zachtjes vragen: 'Gaat het?'

Ze forceerde een knikje.

'Je ziet er anders uit alsof je gemarteld zult worden, in plaats van dat je op het punt staat naar een film te gaan kijken. Heb je de kritieken niet gelezen?'

Ze ontspande haar schouders. 'Het gaat alweer, dank je.'

Het volgende moment hoorde ze Josh luid vloeken.

'Wat is er?' vroeg ze.

'Daar heb je Toby,' zei hij.

'Waar?' Jo keek om zich heen.

'Daar.' Hij wees met zijn hoofd. 'Precies in het midden. Vooraan.'

Ze observeerden hem in het donker.

'Wat doet hij daar verdomme zo ver vooraan,' siste Josh.

'Misschien wil hij de film zien,' opperde Jo.

'Doe niet zo idioot. Hij is met een vriendinnetje en hij is dertien. Hij zit alleen maar op te scheppen voor de neus van Todd Carter.'

'Dat is heel moedig,' vond Jo.

'Hij lijkt zo klein,' zei Josh

'Hij redt zich wel.' In het donker kon ze zichzelf bijna wijsmaken dat ze weer vrienden waren.

'Hoe weet jij dat?'

'Omdat de jongens die hier zijn om Todd Carter de schrik van zijn leven te geven, jou de schrik van je leven hebben gegeven, en jij bent twee keer zo oud als hij.'

'Er is niet veel voor nodig om mij aan het schrikken te maken.'

Ze glimlachte in het donker, en bleef glimlachen terwijl de reclameboodschappen over het scherm rolden.

'Kijk of je ergens een vechtersbaas ziet die Todd Carter zou kunnen zijn,' onderbrak Josh haar gedachten.

'De enige vechtersbaas die ik zie, is Toby,' zei ze zacht.

'O, god, hij houdt haar hand vast,' fluisterde Josh. 'Is hij gek geworden? Straks vermoordt Todd Carter hem nog.'

'Hij is een onbevreesde jongeling. Je zou trots op hem moeten zijn.'

'Hij is een geile puber die om een gebroken neus loopt te vragen.

Als ze zijn hart breekt,' zei hij, 'dan verniel ik die brommer van haar.'

'Dat meen je niet.'

'Nee,' zei Josh. 'Je hebt gelijk. Die dingen zitten zo goed in elkaar dat ze een leven meegaan.'

Jo onderdrukte een grijns. Josh was weer een en al charme, en ze moest op haar hoede zijn. De film begon. Ze hoopte dat hij goed was, want ze had dringend afleiding nodig.

De film was waardeloos. Dankzij de nabijheid van de dertienjarige Anastasia Smith – een visioen van maagdelijke zuiverheid in een T-shirt dat strak om haar ontluikende borstjes sloot, en met een ondeugende ring in haar neus – duurde het niet lang voor Toby de aanwezigheid van Todd Carter volledig was vergeten. Toby was zó in de ban van de onschuldige schoonheid aan zijn zijde, dat hij zijn kauwgum doorslikte en het, zonder popcorn te morsen, voor elkaar kreeg om drie zoenen van haar te stelen en haar één maal vluchtig te betasten.

Dit was meer dan iemand in de groep achter hem kon zeggen. Gedurende elk van Toby's martelende zoenen, reageerde Josh met zoveel gezucht, gevloek en gedraai, dat er mensen waren die zich naar hem omdraaiden om hem tot stilte te manen. Telkens wanneer de film een vechtscène toonde, had Josh het gevoel dat Todd Carter aantekeningen voor later zat te maken, terwijl hij ondertussen hardop kritiek uitte op de censuur die de film voor alle leeftijden toelaatbaar achtte. Tegen de tijd dat ze de bioscoop verlieten, was hij bekaf.

'Veel te veel seks en geweld,' mopperde hij. 'Geen wonder dat de jeugd van tegenwoordig zo agressief is.'

'Oké,' zei Nick, die een arm rond het middel van de grinnikende Pippa had geslagen, 'welke kant hadden de tortelduifjes gezegd dat ze op zouden gaan?'

'Ze wilden achterom naar de nachtclub,' antwoordde Josh. 'De langst mogelijke route om mij zo lang mogelijk te laten lijden.'

'Mooi, laten we ze dan maar volgen,' zei Gerry. Hij gaf Jo een knipoog. 'Op naar het echte amusement van de avond.'

Pas toen Jo Josh naast zich hoorde grinniken, realiseerde ze zich dat ze in het donker een gezicht had getrokken.

Ze bleven op een veilige afstand. Josh zou een kleinere afstand veel liever zijn geweest, maar de jongens van de recherche zeiden dat Todd Carter, als ze dat zouden doen, nooit tot de aanval zou overgaan. Josh vroeg of het echt nodig was dat Todd Carter tot de aanval overging, en of ze niet vlak vóór hij zou aanvallen konden ingrijpen, maar de beide agenten wezen hem erop dat ze niets konden doen als Todd Carter niet echt had aangevallen. Daarop vroeg Josh of ze het woord aanval uit hun vocabulaire konden schrappen omdat hij er misselijk van werd.

Op dat moment kwam Pippa naast Jo lopen en fluisterde haar in het oor dat Josh echt een geweldige acteur was, en dat, als ze niet getuige was geweest van het gesprek dat hij en Dick eerder op de avond in de keuken hadden gehad, en als hij niet zo lelijk tegen Jo was geweest, ze ervan overtuigd zou zijn dat hij een van de liefste en meest kwetsbare mannen was die ze ooit had leren kennen. Vervolgens realiseerde Jo zich dat ze helemaal was vergeten dat ze hem niet kon uitstaan, en dat bezorgde haar op slag een diep ellendig gevoel.

'Moet je kijken!' siste Josh opeens, terwijl hij in de verte wees. 'Hij heeft zijn arm om haar heen geslagen!'

'Nou, dat is toch de bedoeling van hun avondje uit, of niet soms?' vroeg Gerry, met een blik op Jo.

Toen Toby en zijn vriendinnetje het einde van de brede maar donkere Princess Avenue naderden en zich vlak bij de kruising met de drukke Muswell Hill Broadway bevonden, bleven ze staan. Het volgende moment bleven ook Nick, Pippa en Gerry staan. Ten slotte maakten ook Jo en Josh pas op de plaats. Toen drong het tot hen door dat Toby stond te praten met iemand die achter de pub in een zijsteegje had gestaan.

'O, kijk!' riep Pippa opeens uit. 'Ze gaan Toby in elkaar slaan.'

En ja hoor, het volgende moment zagen ze drie lange jongens op Toby af gaan. Anastasia Smith, die afgezien van goedgeoefende buikspieren ook nog over hersens bleek te beschikken, week langzaam uit in de richting van de drukkere straat.

'Mooi,' zei Nick. 'Wacht tot ze tot de aanval overgaan.'

Jo hoorde Josh zachtjes kreunen.

'Vooruit,' zei Nick. 'KOM OP!'

Nick en Gerry renden op het groepje jongens af dat druk bezig was Toby te bedreigen. Het verbaasde hen zo dat Toby totaal geen angstige indruk maakte, dat ze pas iets hoorden toen het te laat was. Tegen de tijd dat Pippa, Josh en Jo het groepje hadden bereikt, hield Nick een van de jongens in een wurggreep tegen de muur gedrukt, terwijl Gerry twee jongens tegen de stoeptegels in bedwang hield. De jongens snikten van de schrik en de angst.

'Jezus,' fluisterde Josh, terwijl hij voor Jo ging staan om haar tegen het geweld te beschermen. Ze gluurde over zijn schouder.

'Proberen jullie onze vriend van streek te maken?' vroeg Gerry aan de grootste jongen. De grootste jongen schudde heftig zijn hoofd.

'Want als je aan Toby komt, dan komen jullie aan ons,' vervolgde hij.

De jongens bleven snikken, terwijl Toby de drukke straat in rende om zijn vriendinnetje te zoeken.

Josh draaide zich naar Jo om. 'Ik kan dit niet aanzien,' fluisterde hij. 'Zeg me maar wanneer het is afgelopen.'

'Nu,' zei Jo giechelend, toen Gerry en Nick de jongens loslieten. Josh draaide zich met een ruk naar hen om, en toen hij zag dat alles voorbij was, schonk hij Jo een aarzelend glimlachje. 'Ik wilde je alleen maar aan het lachen maken,' vertrouwde hij haar toe. 'Om te voorkomen dat je er buikpijn van zou krijgen.'

'Dank je.' Ze glimlachte.

'Zorg ervoor dat we jullie nooit meer in zijn buurt zien, is dat duidelijk?' zei Nick tegen de jongens. 'Want we weten jullie te vinden.'

'Ja,' voegde Gerry er aan toe, 'we houden niet van grote jongens die kleine jongens pesten. Oké?'

De drie jongens, die ineens jaren jonger leken, knikten dapper en probeerden hun tranen de baas te blijven.

'Nou? Waar wachten jullie nog op? Tot je een ons weegt? Duvel op,' besloot Nick, en het drietal ging er als de hazen vandoor.

Nick en Gerry keken naar Pippa, Jo en Josh. Pippa was de enige die zich niet afvroeg wanneer zij er ook vandoor zou kunnen gaan.

'Jullie zijn gewoon een stelletje boemannen met een grote bek, hè?' fluisterde Jo van achter Josh vandaan.

'Mmm, lekker,' verzuchtte Pippa.

'Ik weet niet hoe ik jullie kan bedanken,' zei Josh. 'Maar misschien dat ik kan beginnen met jullie mijn wekelijkse zakgeld aan te bieden.'

Juist op dat moment kwam Toby de hoek om gerend.

'Ik kan Ana nergens vinden!' riep hij uit. 'Ze is verdwenen!'

'Dat zou ik ook zijn als ik dacht dat deze spierballen je vriendjes waren,' zei Jo. 'Had je echt gedacht dat ze moediger zou zijn dan Todd Carter?'

'O, nee!' riep Toby geschrokken uit. 'Stel dat ze het aan haar moeder vertelt?'

'Kom op, joh,' zei Josh, terwijl hij op zijn broertje toe liep, 'laten we haar gaan zoeken. Het zou me niets verbazen als ze regelrecht naar de disco is gegaan.'

Hij wendde zich tot Nick en Gerry.

'Ontzettend bedankt, jongens. Jullie waren geweldig. Het was het pak rammel dat jullie me hebben gegeven dubbel en dwars waard.' Hij wendde zich tot Jo en schonk haar een brede, warme grijns. 'Veel plezier nog vanavond. Bedankt voor je geruststellende aanwezigheid.' Hij sloeg zijn arm om de schouders van zijn broertje en liet haar achter met de anderen.

Het was middernacht toen Jo thuiskwam. Zij en Gerry waren met Nick en Pippa naar een pub gegaan, waarna Nick en Pippa na twintig minuten zonder enige gêne naar Nicks huis waren vertrokken. Vervolgens had Jo Gerry uitvoerig over Shaun verteld, en had ze getracht het gevoel van zich af te schudden dat ze het over een verzonnen iemand had. Gerry had de hele tijd ernstig zitten knikken.

'Maar we kunnen toch wel vrienden zijn?' had hij gevraagd, terwijl hij van zijn bier had gedronken.

'Natuurlijk!'

'En als het ooit mocht uitgroeien tot iets meer, dan is dat ook niet erg.'

'Ik... ik denk niet dat dat zal gebeuren. Vanwege Shaun. Mijn vriend. Dat gaat niet.'

'Maak je geen zorgen,' zei Gerry, 'als het zo moet zijn, dan gebeurt het ook.'

Toen ze thuiskwam was al het licht aan de voorzijde van het huis uit. Daar was ze blij om. Ze was doodmoe. Maar toen ze de keukendeur opentrok, zag ze Josh en Toby giechelend achter hun bier zitten. Ze keken op en begroetten haar als een verloren gewaande, dierbare vriend.

'Daar is ze!' riep Josh dronken uit. 'Onze redster!'

Jo lachte. 'Je bent dronken.'

'Ja,' zei Josh, terwijl hij Toby in zijn wang kneep. 'En Toby heeft een nieuw afspraakje.'

'Jo-osh,' zei Toby, die zijn best deed om ernstig te blijven.

'Waarom zou Jo dat niet mogen weten? Ze vertelt het heus niet verder, nee toch? Ze is volkomen te vertrouwen.'

Ze keken lichtelijk beschaamd naar haar op. Jo nam aan dat de warme blik in Josh' ogen het gevolg was van de drank. Misschien zou hij meer moeten drinken.

'Bedankt, Jo,' zei Toby.

'Graag gedaan,' zei Jo op droge toon. 'Je weet waar je terecht kunt wanneer je behoefte hebt aan spierballen.'

Josh schoof een stoel voor haar bij. Ze aarzelde en Josh wendde zijn blik af. Ze ging zitten en pakte een biertje. Josh en Toby keken elkaar grinnikend aan, stootten hun glas tegen het hare en dronken op 'Jo's spierballen'. En ineens voelde Jo zich niet langer een vreemde.

Het was ironisch dat ze dat gevoel uitgerekend in het gezelschap van de twee indringers kreeg die eigenlijk maar voor de helft bij de familie hoorden. Maar ja, zelf was ze natuurlijk ook geen echt lid van de familie. Ze was, net als zij, een extern lid van de bevoorrechte kern van de Fitzgeralds. Ineens was het alsof het niet uitmaakte wat er zich voorheen tussen haar en Josh had afgespeeld – wat gebeurd was, was verleden tijd. Ze waren weer maatjes.

'Vertel eens, Joanne – Joanna? Jeetje,' zei Josh, 'ik realiseer me opeens dat ik niet eens weet hoe je heet.'

'Josephine. Ik ben vernoemd naar Jo uit *Little Women*.'

Josh trok zijn wenkbrauwen op.

'Wauw! Josephine. Mooie naam. Josie. Jose. Josefina.'

'Jo.'

'Oké. Vertel eens, Jo, hoe is de rest van je avond verlopen?'

Ze trok een gezicht. 'Nou, als ik heel eerlijk ben betwijfel ik of hij de boodschap heeft begrepen.'

'O, jee, ben je misschien iets ál te subtiel geweest?'

'Ik heb hem duidelijk gezegd dat ik geen relatie met hem wilde.'

Josh knikte langzaam terwijl hij haar aan bleef kijken. 'Nee,' zei hij zacht, 'dat was niet echt subtiel.'

'Hij vatte het heel goed op, maar toen zei hij maar steeds, "nou, als het gebeuren moet, dan gebeurt het gewoon."'

'O.'

'Ik heb een idee!' riep Toby opeens uit. 'Waarom gaan júllie niet met elkaar?'

Er viel een oorverdovende stilte.

'Leuk geprobeerd, meneer de koppelaar,' zei Josh, 'maar Josephine uit *Little Women* heeft thuis een waanzinnig knappe vriend.'

'Jo,' zei ze glimlachend.

'Net zo knap als jij?' vroeg Toby aan zijn grote broer.

'Dat weet ik niet,' antwoordde Josh vrolijk, waarop hij Jo aankeek. 'Dat heb ik haar nog nooit gevraagd.'

Ze keken elkaar aan, en Jo wist niet wat ze moest zeggen.

Op dat moment ging haar mobiel.

'Als geroepen,' mompelde Josh in zijn bier.

Jo keek naar het nummer op de display.

'O, jee,' zei ze. 'Mijn ouders. Vast mijn moeder die me wil vertellen dat pap niet genoeg verse groenten eet.'

Ze keken naar haar terwijl ze het gesprek aannam.

'Hallo?'

'Zou ik met Josephine Green kunnen spreken?' vroeg een mannenstem.

'Pap!' riep Jo uit. 'Ik ben het. Wat is er?'

'Het gaat om mam.'

'Wat is er met mam?'

'Ze heeft een hersenbloeding gehad. Kun je thuiskomen?'

227

18

Jo werd een paar minuten voor zes wakker. Ze keek naar Mickey en vroeg zich af waarom ze in vredesnaam gedwongen was om zijn armen in juist díe positie te aanschouwen. Om te beginnen leek het een absoluut onmogelijke houding, en ten tweede zou ze op dit moment te diep in slaap moeten zijn om er iets van te kunnen merken. Toen drong het tot haar door dat ze haar kleren nog aan had. En toen herinnerde ze zich het telefoontje van haar vader. En toen hoorde ze iemand naast zich op haar bed. Ze keek naar Josh die naast haar lag en zich op zijn rug draaide. Hij deed zijn ogen open en ze keken elkaar geschrokken aan.

'Gaat het?' kwam het met een kraakstem over zijn lippen.

'Mmm,' zei ze, terwijl ze vanuit haar bed de badkamer in sprong. Daar probeerde ze zich te herinneren wat Josh haar de vorige avond had aangeraden om tegen Vanessa te zeggen, maar de exacte zinnen die ze gerepeteerd had wilden haar niet te binnen schieten.

Josh was geweldig geweest. Toen ze in snikken was uitgebarsten had hij haar getroost, gekalmeerd en een arm om haar schouders geslagen. Toby was naar bed gegaan en Josh had een cognacje voor haar ingeschonken. Hij was bij haar blijven zitten terwijl ze gehuild had en zichzelf overal de schuld van had gegeven. Nu, onder de douche, kromp ze ineen bij de herinnering. En toen was hij bij haar op bed komen zitten terwijl ze hem van alles en nog wat had verteld, en hij had haar getroost totdat ze in slaap was gevallen.

Toen ze haar kamer weer in ging, lag Josh volledig aangekleed en wakker boven op haar dekbed. Hij zag er ongeschoren en vermoeid uit. Het stond hem goed.

'De douche is vrij,' fluisterde ze. 'Wil je koffie?'

'Ik zet wel,' zei hij. 'Ga jij het maar aan Vanessa vertellen.'

'Weet je het zeker?'

'Ja. Sterkte.'

'Dank je.'

Vanessa was al in de badkamer – ze maakte 's ochtends nooit gebruik van de douche bij de ouderslaapkamer, want dat verpestte haar haren – en Jo klopte op de deur. Vanessa deed hem op een kiertje open. Ze was haar tanden aan het poetsen, en had aangekondigd dat ze de zondag op kantoor zou doorbrengen om de laatste hand te leggen aan de presentatie die de volgende dag plaats zou vinden.

'O, hallo,' zei ze, 'is er iets?'

'Mijn moeder heeft een beroerte gehad. Ik moet naar huis.'

Vanessa hield onmiddellijk op met poetsen. Tandpasta droop langs haar kin. 'Wacht even,' zei ze, en ze spoelde haar mond.

'O,' zei Vanessa. 'Je moeder heeft een beroerte gehad –'

Jo knikte en begon te huilen. Vanessa sloeg haar armen om haar heen.

'Stil maar,' zei ze zacht, 'alles komt weer goed.'

'Ik moet voor mijn vader zorgen,' hikte Jo.

'Natuurlijk.'

'En hij is hartpatiënt.'

'O, jee.'

Jo snoof.

'Ik kom zo gauw mogelijk weer terug.'

'Denk daar nu maar niet aan. We nemen een tijdelijke nanny. Dat is geen enkel probleem,' zei Vanessa, terwijl ze in gedachten al besloot welke gesprekken ze aan Dick zou delegeren.

'Wanneer wilde je gaan?'

'Morgen –'

'Shit!'

Jo knikte. 'Het spijt me,' bracht ze met een klein stemmetje uit. 'Mijn vader heeft me nodig.'

'Natuurlijk,' zei Vanessa. Ze haastte zich naar haar slaapkamer om zich aan te kleden. Bij de deur draaide ze zich naar Jo om. 'Sterkte.' Ze deed de deur achter zich dicht.

Dick schrok wakker van het geluid van de dichtslaande deur.

'Wakker worden!' zei Vanessa tegen hem. 'Jo gaat weg.'

'Wat? Wat heb je nu weer gedaan?'

'Ik heb niets gedaan. Haar moeder is ziek, dus ze gaat naar huis omdat haar vader een man is.'

'Pardon?'

'Ze moet hem helpen leven, of zo. WORD WAKKER.' Vanessa had één voet in haar panty en hupte door de kamer.

Dick wreef de slaap uit zijn ogen. 'Hoe komt het dat Jo's moeder degene is die een beroerte heeft gehad, dat Jo degene is die vertrekt en dat haar vader de schuld van alles krijgt?'

'O, Jezus, Dick,' snauwde Vanessa, terwijl ze op het bed viel. 'Ik heb geen tijd voor ruzie.'

'Wat handig.'

'Dat het uitgerekend vandaag moest gebeuren. Vandaag kan ik er niets aan doen, en morgen hebben we de presentatie voor VC.'

'O, jeetje,' zei Dick, terwijl hij zijn benen over de rand van het bed zwaaide. 'De hemel verhoede dat je carrière doorkruist wordt door een crisis thuis.'

Vanessa hees haar panty op en griste een blouse uit de kast.

'Krijg de klere, Dick. Als we deze commercial krijgen, dan levert dat een bonus op waar we het komende jaar van kunnen eten. Kun je de winkel niet sluiten volgende week?' Ze ritste haar rok dicht. 'Of heeft je klant daar bezwaar tegen?'

'Wat zou daar het voordeel van zijn?'

'Nou, je zou bijvoorbeeld voor de kinderen kunnen zorgen.'

'Nee, dat kan ik niet!' riep Dick uit. 'Ik heb geen idee hoe dat moet!'

'Nou, slechter dan dat je het met de winkel hebt gedaan, kun je het onmogelijk doen,' zei ze, terwijl ze voor de spiegel ging staan en haar haren borstelde.

'Dank je voor je steun als vrouw en echtgenote.'

'Godallemachtig, Dick!' riep ze uit. 'Sta daar toch niet zo te niksen! Kleed je aan! Je moet allerlei mensen bellen!'

Beneden bracht Josh een kop koffie naar Jo die moedeloos naar haar rugzak zat te staren.

Josh keek de kamer rond. 'Ik kan je helpen pakken. Voor hoe lang ga je?'

'Zo lang als ze me nodig hebben. Misschien wel voorgoed.'

Josh ging op haar bed zitten.

'Kan ik iets voor je doen?' vroeg hij. 'Kan ik je erheen brengen?'

Jo draaide zich naar hem om. 'Nee, dank je.'

'Ik vind het niet erg,' zei Josh. 'Ik zou morgenochtend vrij kunnen nemen van mijn werk. Ik haat mijn werk.'

'Nee, dank je. Mijn vader haalt me van de trein, en dan gaan we rechtstreeks naar het ziekenhuis.'

'Hoe lang moet je moeder daar blijven?'

'Ik hoop dat ze er een dezer dagen weer uit mag. Het was maar een lichte beroerte.' Jo haalde diep adem. 'Er komt twee keer per dag iemand van de thuiszorg, maar de rest komt allemaal op mijn vader neer.'

'En op jou.'

Jo deed haar rugzak open en keek erin.

'Ja.'

'Kom.' Josh stond op en nam de rugzak van haar over. 'Ga nu maar zitten en zeg me wat je mee wilt nemen.'

Jo landde zwaar op het bed. 'Alles,' zei ze.

Er viel een stilte.

'Goed,' zei Josh, ten slotte. 'Alles.'

'JE BROEK, ZAK!' schreeuwde Vanessa vroeg op de maandagochtend.

'Die wil ik niet aan!'

'Nou, zonder broek kun je niet naar school.'

'JIPPIE!' Ouders konden soms ontzettend stom zijn.

'Zak, lieverd,' probeerde Vanessa het opnieuw, 'mammies Superman. Supermammie heeft vandaag een heel belangrijke bespreking. Wil je dat ze een zenuwinstorting krijgt?'

Zak haalde zijn schouders op.

'Dank je, lieverd,' verzuchtte Vanessa. 'Het is heerlijk om te weten dat je achter me staat.'

'Waarom kun je niet thuis blijven?'

'Dat zal ik doen,' zei Vanessa. 'Vanaf morgen. Vanaf morgen ben ik de hele dag bij jullie thuis.'

Dick was zondag druk bezig geweest met het afbellen van alle nannybureaus die ze kenden. Ze waren niet echt verbaasd toen bleek dat geen van hen een nanny beschikbaar had die met ingang van maandagochtend voor onbepaalde tijd zou kunnen beginnen. Het enige wat ze konden doen, was hopen dat Jo's moeder snel weer beter zou zijn. En tot het zover was zou Vanessa vrij van haar werk moeten nemen.

'Maar vandaag,' zei ze tegen Zak, 'ga je heel gezellig bij Jo's vriendin Pippa, en Tallulahs vriendinnetje Georgiana spelen.'

'Ik wil Jo. Georgiana is een verwaande trut.'

'Dat weet ik,' beaamde Vanessa. Ze was te gestresst (en in haar hart ook té zeer onder de indruk) om hem tegen te spreken. 'Maar Pippa is dat niet, en als je als een lieve jongen je broek aantrekt, weet ik zeker dat ze je haar tatoeage laat zien.'

Na langdurig en complex onderhandelen was Zak ten slotte bereid zijn donkerblauwe broek (in plaats van die achterlijke lichtblauwe) met het rode doodshoofd (in plaats van dat stomme anker) erop aan te trekken, en kreeg Vanessa het voor elkaar zijn kamer voor bedtijd te verlaten.

Tien minuten later barstte Tallulah in snikken uit.

'Kijk dan toch,' schreeuwde Vanessa, 'déze is roze!'

Tallulah brulde zo luid dat Vanessa bang was dat ze iets zou beschadigen. Ze haastte zich naar de kast en haalde er een topje uit dat nog feller roze was.

'Ooo, kijk,' zei ze, 'deze is nóg feller. Mmm.'

Tallulah verstijfde. Vanessa verstijfde. Even wist Vanessa niet welke kant het op zou gaan. En toen was het moment voorbij en draaide Tallulah haar volumeknop in de hoogste stand.

Cassandra kwam binnen met Tallulahs Barbie-topje.

'Zocht je deze, misschien?' vroeg ze boven de herrie uit. 'Die heeft ze gisteravond in mijn kamer laten liggen.'

Tallulah schoot, als een moeder op haar baby, op haar topje af en daalde, met het shirtje tegen haar hart gedrukt, langzaam af naar de posttraumatische stressfase.

'Dank je, Cassie,' zei Vanessa. 'Dat was heel slim van je.'

'Niets te danken.' Cassie ging op de rand van Tallulahs bed zitten. 'Ik wil vandaag niet naar school, mam.'

'Begin jij nu ook niet, alsjeblieft.' Godallemachtig, ze waren nog erger dan haar klanten.

'De hele klas is tegen me,' zei Cassandra op effen toon.

'Lieverd, dat verbeeld je je maar.'

'Telkens wanneer ik de klas binnenkom, zijn ze opeens allemaal stil.'

'Nou, misschien dat je het er dan met de leraren over moet hebben.'

'Ik heb het over de leraren,' zei Cassandra. 'De kinderen praten al weken niet meer met me.' Ze begon te huilen en Vanessa hield op met waar ze mee bezig was.

'Lieverd, ik stel voor om het hier vanavond over te hebben,' zei ze. 'We kunnen er uitvoerig over praten. Ik wil alles van je horen. Misschien dat ik eens met de leraren moet gaan praten.'

'Nee,' zei Cassandra, en ze stond op. 'Het is goed. Het gaat al weer. Ik ga wel.'

'Mooi,' verzuchtte Vanessa. Zie je wel dat ze overdreef.

Het was tien voor negen en Jo stond voor de monitor met vertrektijden op Paddington Station. Ze had haar rugzak op haar rug, en in haar hand hield ze een grote beker zwarte koffie. Uiteindelijk had Josh alleen maar het allernoodzakelijkste ingepakt, en daar was ze hem nu erg dankbaar voor. Ze had voortdurend het vreemde gevoel dat ze iets belangrijks was vergeten. Haar Mickey Mouse-wekker? Nee, besloot ze, terwijl het scherm oplichtte met de aankomst van haar trein. Ze had eindelijk het gevoel gekregen dat ze er te oud voor was geworden. Ze keek naar haar voeten, hees haar rugzak wat hoger op haar schouders en liep het perron op. Misschien was het wel tijd voor een wat meer volwassen wekker, als teken van haar goed ontwikkelde persoonlijkheid.

Ze vond een zitplaats, zette haar rugzak in het bagagerek en maakte het zich gemakkelijk. Ze pakte haar walkman, stopte de koptelefoon in haar oren en keek welk bandje ze erin had laten zitten. Ze had al in tijden niet meer naar Travis geluisterd – niet sinds ze naar Londen was gekomen. Ze herinnerde zich dat ze de cd op haar verjaardag had gespeeld, en ze herinnerde zich die avond met Shaun en de rest in de pub.

Toen de trein het station uitreed en Jo de vertrouwde mineurakkoorden hoorde, moest ze opeens verschrikkelijk huilen.

Terwijl Jo's trein zich naar het noorden spoedde, gaf Vanessa's team een geweldige demonstratie van de commercial. Ze keek naar Tom en Anthony die de jingle zongen, hun rol van kakelende kippen speelden en het meest indrukwekkende storyboard presenteerden dat ze ooit had gezien. Met name Tom deed het uitstekend als kip.

Ze hadden er zo'n goed gevoel over dat zelfs Tom op weg terug in de taxi in een positieve stemming was.

'Als ze ons niet nemen, dan neuk ik mijn eigen moeder,' verklaarde hij met een stralend gezicht.

Die middag was de spanning op kantoor te snijden.

Om vijf uur schaarden Vanessa, haar assistente Tricia, Max, Tom en Anthony zich rond de fax in de hoop dat ze het apparaat zuiver op grond van hun wil aan de praat zouden kunnen krijgen.

'Toe dan, toe dan, schat,' smeekte Max, maar de fax liet zich niet smeken.

Hij droop geïrriteerd af om een whisky te halen. En toen opeens, een trillende toon, een klik en een zacht zoemen, en alsof het een wonder was begon het apparaat met kleine rukjes en stootjes papier uit te braken.

'Hij is er! Hij is er!' blafte hij, terwijl hij terugkeerde naar zijn positie op de eerste rang. Hij scheurde de fax af en las hem ademloos door.

'We hebben gewonnen!' riep hij uit, en hij werd knalrood. 'We hebben gewonnen!'

Iedereen omhelsde iedereen en de champagne werd opengerukt. Het was hun gelukt! Het kon Vanessa aanvankelijk niet eens schelen dat Max Tom en Anthony voortdurend genieën noemde, en het geen moment bij hem opkwam om ook haar geluk te wensen, maar op een gegeven moment besloot ze er iets aan te doen. 'Gefeliciteerd!' zei ze luid tegen Tricia. 'Zonder jouw hulp zou het me nooit zijn gelukt.' Tricia keek haar aan alsof ze zojuist iets in het Swahili had gezegd.

'Sorry, mensen,' zei Anthony opeens, terwijl hij zijn champagne neerzette. 'Ik moet pissen.' Hij wierp een snelle blik op Vanessa, en was verdwenen.

Vanessa bleef even roerloos te midden van alle feestvierders staan en wilde zoveel mogelijk van haar overwinning genieten. Toen nam ze opeens een beslissing.

'Ooo,' zei ze, terwijl ze haar glas naast dat van Anthony zette. 'Ik ook. Het zal wel van alle opwinding komen.'

Vreemd genoeg kwam er gedurende de hele reis niemand naast Jo zitten – maandagochtend moest een goed moment zijn om Londen uit te reizen – dus ze had geen enkele reden om met huilen te stoppen. Het enige moment waarop ze er even mee ophield, was toen ze door een tunnel kwamen en ze naar de duisternis om zich heen, en naar haar treurige spiegelbeeld in het raam keek. Ze sloot haar ogen en concentreerde zich op de tunnel die haar omhulde en beschermde alsof zij – in de trein – de tunnel een zinvolle betekenis had gegeven. Heel even was alles goed in de wereld. Maar toen schoot de trein, even plotseling als hij erin was gereden, er weer uit, het kille, kleurloze daglicht in, en voelde Jo de tranen weer komen.

Vanessa stond met haar rug tegen de deur van de Chocoladeknabbelkast en met haar borst tegen Anthony. Ze haalde diep adem, legde haar hoofd op zijn schouder en zoog de resten Chocoladeknabbel tussen haar kiezen uit. Toen hij zich van haar losmaakte, begon zij haar blouse weer aan te trekken.

'Het spijt me,' zei ze.

'Het geeft niet –'

'Ik zou niet – Ik weet niet –'

'Ssst.'

'Denk je dat ze iets gemerkt hebben?' vroeg ze fluisterend, terwijl ze zich langzaam maar zeker weer bewust werd van haar lichaam.

'Geen idee,' zei Anthony. 'Hoe lang blijf je weg?' vroeg hij, zijn das opnieuw knopend.

'Minstens twee weken.' Ze knoopte haar blouse dicht. 'De nanny heeft een zieke moeder.'

'Waardeloos,' mompelde hij, terwijl hij zijn das rechttrok.

'Daar kun jíj makkelijk grapjes over maken,' zei Vanessa, nadat ze haar blouse in haar rok had gestopt. 'Jouw leven heeft er niet onder te lijden.'

'Ik maakte er geen grapjes over,' zei Anthony, zijn haar gladstrijkend. 'En dat heeft het wel.'

Er zijn mensen die geloven dat er in elk kantoor zich wel iemand met iemand anders in een voorraadkast bevindt die niet in de voorraad, maar in die ander geïnteresseerd is. Nog geen maand geleden had

Josh erom bekendgestaan dat hij met iemand anders een vaste bezoeker van bepaalde voorraadkast was en dat ze samen geen moment aan de daar aanwezige voorraden hadden gedacht. En nu zag hij die iemand anders op zich toe komen.

Josh wist dat Sally in aantocht was, want van het ene op het andere moment kreeg hij een kurkdroge mond. Hij keek op en zag hoe ze, als een majestueus boegbeeld, langzaam kwam aan gegleden.

Toen ze bij zijn bureau was gekomen en op het hoekje ervan was gaan zitten, verzamelde hij al zijn moed om een glimlachje te forceren.

'Wat scheelt eraan, Romeo? Is er een dode in de familie?' vroeg ze zacht.

Hij deed nog een beetje meer zijn best en probeerde te lachen. 'Ik ben alleen maar een beetje down,' antwoordde hij.

'O, jeetje,' zei ze, op een geruststellend toontje, 'misschien lukt het me wel om je...' – ze boog zich naar hem toe – 'weer een beetje *up* te krijgen.'

Hij keek haar strak aan en probeerde zich haar positieve punten te herinneren. 'Nee, het ligt niet aan jou, echt niet.'

'Ik weet dat het niet aan mij ligt. Met mij is alles in orde. En ik maak me dan ook geen zorgen om mijzelf.'

'Je hoeft je om mij ook geen zorgen te maken.'

'Best dan.' Sally haalde haar schouders op.

'Ik ben alleen maar een beetje down.'

'Dat hadden we al vastgesteld.'

'Het spijt me.'

'Je medeleven interesseert me niet, Josh.'

'Het spijt me.'

'Het spijt mij nog veel meer voor jou.'

Josh knikte. 'Ja, daar kan ik inkomen. Ik ben een verschrikkelijke puinhoop.'

'Ja, en ik ben een keurig meisje.'

'Dat weet ik –'

'Ik hou niet van puinhopen.'

'Dat weet ik.'

'Dus gezien het feit dat jij een onvolwassen puinhoop bent die niet de moed heeft om iets af te danken dat hij niet meer nodig heeft, en ik de volwassene in deze neukrelatie ben, heeft het er alle schijn van dat ik degene ben die jou afdankt.'

Josh probeerde opnieuw een glimlachje te forceren.

'Beschouw jezelf als afgedankt, Josh.'

'Dank je. Je bent een in-goed mens.'

'Je hoeft heus niet zo neerbuigend te doen, etter die je bent.'

'Sorry.'

'En ik heb nog wel een heel strak topje gekocht,' mompelde ze.

'Sorry.'

Ze liet zich van zijn bureau af glijden.

'Rustig maar,' zei ze. 'Dat jíj het niet te zien zal krijgen, betekent nog niet dat niemand het te zien zal krijgen.'

'Ik heb er het volste vertrouwen in –'

'Doe toch niet zo neerbuigend, etter die je bent.'

'Sorry.'

Dat was het moment waarop Sally zich omdraaide en met hoog opgeheven hoofd en een beetje ademloos van het strakke topje bij hem vandaan liep.

Josh staarde naar zijn telefoon en vroeg zich af hoe lang de reis van Londen naar Niblet-upon-Avon was.

Jo stapte uit op het station. Twee hele minuten eerder was ze opgehouden met huilen. Maar toen ze haar vader op het perron zag staan, barstte ze opnieuw in snikken uit. Ze omhelsden elkaar onhandig en reden stilzwijgend naar het ziekenhuis. Het was een klein hospitaaltje. Het was waar Jo was geboren, en toen ze er bijna waren begon Bill te vertellen hoe hij zich gevoeld had toen hij daar drieëntwintig jaar tevoren naar toe was gelopen. Hij vertelde over de miskramen die Hilda voor haar zwangerschap van Jo had gehad, over de sombere voorspellingen van de dokter en over hun vreugde toen ze geboren was. Jo begon steeds meer het gevoel te krijgen dat ze nog steeds haar rugzak torste.

'Ze ligt hier,' zei haar vader, toen ze de zaal aan de rechterkant van de gang naderden. Jo keek strak voor zich uit en volgde hem terwijl hij naar het achterste bed liep.

Hilda was klaarwakker. Ze was kleiner dan Jo zich haar herinnerde en haar haren waren platgedrukt, maar afgezien daarvan was ze nauwelijks iets veranderd. Ze kreeg het zelfs voor elkaar om haar dochter een vaag glimlachje en een blik van herkenning te schenken.

Ze kon ook alweer geluiden maken, en ze kon de linkerhelft van haar lichaam weer een beetje bewegen. De verpleegster vertelde dat als ze volgens plan op de fysiotherapie en de logopedie reageerde, ze over een maand of zes weer zo goed als de oude zou zijn. Terwijl Bill vers water voor Hilda haalde en haar druiven waste, hielden moeder en dochter elkaars hand vast en keken ze elkaar doordringend aan.

Toen Jo en Bill later die avond thuiskwamen, waren ze te moe om te eten. Bill zat in de zitkamer en zapte van de ene zender naar de andere, en Jo deed de deur van de zitkamer dicht en ging op de gang bij de telefoon zitten. Ze keek naar het hanenpoterige handschrift van haar moeder op het blocnootje ernaast. *Jo's telefoonnummers*, stond er. Ze zag het nummer van haar mobiel en het nummer van de Fitzgeralds. *Beste tijden om te bellen: Door de week – tussen 21.00 en 23.00, en in het weekend – niet te vroeg 's ochtends!* Jo steunde haar hoofd op haar hand.

'Thee?' Haar vader kwam de gang op.

'Mmm, lekker,' zei ze, terwijl ze de telefoon oppakte. Ze sprak een boodschap in op Shauns antwoordapparaat. Ze belde Sheila en herhaalde de boodschap. Ze zei dat ze thuis was en dat ze hen dolgraag wilde zien. Pippa belde ze niet.

Vanessa was halverwege de avond nog steeds op kantoor toen de telefoon ging. Het was Dick.

'Hoe is het gegaan?' vroeg hij.

'Hoe is wat gegaan?' vroeg ze vermoeid, terwijl ze een Chocoknabbel in haar bovenste la verstopte.

'De commercial. Hebben jullie gewonnen?'

'O, ja!' zei Vanessa. 'Ze hebben de onze genomen.'

Dick knikte bedachtzaam. Hij had het kunnen weten.

'Bravo, goed werk, mevrouw Superwoman,' zei hij. 'Zelfs wanneer de boel thuis als een kaartenhuis ineenstort, blijf je op kantoor steevast op de ladder.'

'Belde je ergens voor, Dick?'

'Ik wilde je alleen maar gelukwensen.'

'Dat heb je nu dan gedaan.'

'Zal ik het nog een keer doen?'

'Nee, zo is het wel genoeg. Is er verder nog iets?'

'Alleen maar dat ik vind dat je, na al dat harde werk, twee weken thuis met de kinderen dubbel en dwars verdiend hebt.'

'Zo lang je onze afspraak maar niet vergeet. Als Jo langer weg blijft dan twee weken, dan ben jij aan de beurt.'

'Best,' zei Dick gul. 'Ik snak naar vakantie.'

'Is dat alles?' vroeg ze.

'Nee, ik dacht dat je misschien wel wilde weten dat de kinderen nu naar bed gaan en dat ze hun knappe mammie een kusje sturen.'

'Dank je,' zei Vanessa. 'Zeg ze maar dat mammie zich erop verheugt om twee weken van haar kostbare vakantie met hen door te brengen terwijl pappie in een winkel zonder klanten zijn ballen zit te krabben.'

'O, ik moet ophangen, schat,' zei Dick opeens, 'er moet iemand naar de wc.'

'Ik hoop dat het Tallulah is,' zei Vanessa, 'want de anderen kunnen het al een poosje zelf.' En ze smeet de telefoon erop.

Dick hield de telefoon van zijn oor en legde hem vervolgens heel langzaam neer. Hij legde zijn hoofd in zijn handen en wiegde zachtjes op en neer.

19

Jo had het de eerste week thuis zo druk dat ze geen tijd had om zich af te vragen waarom Shaun nooit gereageerd had op de boodschap die ze bij aankomst op zijn antwoordapparaat had ingesproken. Het zorgen voor haar moeder vergde veel meer van haar dan het zorgen voor de kinderen, omdat ze er zo emotioneel bij betrokken was. Nu Hilda weer thuis was had ze rond de klok verzorging nodig. Ze kon zich maar een heel klein beetje bewegen. Het was als het zorgen voor een baby terwijl ze tegelijkertijd een soort van rouwproces doormaakte omdat haar moeder niet meer was wat ze geweest was.

Dat nam evenwel niet weg dat ze aanvoelde dat er iets niet helemaal goed zat met Shaun. In gedachten liep ze de gesprekken na die ze in de afgelopen tijd met elkaar hadden gevoerd, en ze realiseerde zich dat ze gedurende de afgelopen maand nauwelijks meer dan twee keer per week contact hadden gehad, terwijl die gesprekken bovendien kort en onbevredigend waren geweest. Ze moest ook steeds aan zijn bezoek aan Highgate denken. Zo op het eerste gezicht was het een geslaagd bezoek geweest en waren ze sinds lang niet meer zo gelukkig geweest. Maar toen dacht ze aan hoe het werkelijk had gevoeld, en moest ze haar best doen om niet tegelijkertijd aan Josh te denken. Pas wanneer ze 's avonds veilig, met haar gezicht naar de muur en haar ogen stijf dicht in bed lag, durfde ze haar gedachten de vrije loop te laten. In de praktijk betekende dat, dat ze vanuit de hemel der gelukzaligheid een vrije val maakten om uiteindelijk bij Josh in de hel te belanden.

Wanneer ze, na het zorgen voor haar moeder, het piekeren over Shaun en het dromen van Josh nog een minuutje over had, dacht ze aan Sheila. Ook Sheila had haar niet teruggebeld. Ze realiseerde zich dat ze Sheila niet meer had gesproken sinds het telefoontje waarin Sheila naar Pippa had gevraagd en Jo midden in het gesprek had moeten ophangen. Nu pas besefte ze hoe onaardig en gevoelloos dat van haar was geweest. En sindsdien waren er meerdere weken – of maanden? – verstreken, en had Sheila niet een van haar ingesproken boodschappen beantwoord.

Toen Shaun ten slotte, anderhalve week na haar thuiskomst, belde, herkende ze zijn stem amper.

'O, dag,' zei ze, weinig enthousiast, 'hoe is het met je?'

'Best, dank je,' antwoordde Shaun. 'En met jou?'

'Hmm. Goed.'

Ze wilde hem net vragen of hij haar boodschap had gekregen, toen hij vroeg hoe het met haar moeder was. Ze sprong, alsof ze zich op een hinkelbaan bevond, over de bezorgdheid heen, en landde op woede.

'Best.'

'O, mooi.'

'Ze is weer thuis.'

'Fijn om te horen.'

'Dank je.'

Ze spraken af voor twee dagen later, voor vrijdagavond. En dat was bijna twee weken nadat ze thuis was gekomen. Geen van tweeën leek zich er erg op te verheugen.

Bij de Fitzgeralds thuis ging het al niet veel beter. Vanessa stond roerloos in haar intens stille keuken en keek op de klok. Kwart over elf. Waren de batterijen van de klok soms bijna leeg? Ze overwoog weer naar bed te gaan totdat Tallulah van school gehaald moest worden. Aanvankelijk had ze gedacht dat deze twee weken vrij niet op een beter moment hadden kunnen komen – op deze manier hoefde ze Anthony niet onder ogen te komen na hun scharrel in de Chocoknabbelkast. Maar naarmate de dagen verstreken werd haar steeds duidelijker dat dit nog veel erger was. Ze had hem juist zo snel mogelijk moeten vertellen dat het een geweldige vergissing was geweest. Nu zat ze veertien hele dagen met haar schuldgevoel opgescheept, en met al diegenen die haar dierbaar waren en die ze had verraden. Het was een ware marteling.

Ze had met de gedachte gespeeld om Anthony op kantoor te bellen, maar daarmee zou ze hebben aangegeven dat hun vrijage – vrijage? Kon je het dat wel noemen? – een bepaalde betekenis voor haar had. Plus dat er iemand thuis achter zou kunnen komen. O, god, hoe had het zover kunnen komen? En afgezien van de stress die die hele affaire met zich meebracht, was het feit dat ze geïsoleerd thuiszat op zich al voldoende om haar knettergek te maken. Elke ochtend belde ze met Tricia en Max om op de hoogte te blijven, maar hun efficiënte, zakelijke toon tegen de achtergrond van kantoorgeluiden, sneed als een mes door haar hart. Telkens wanneer ze op het punt stonden het gesprek te beëindigen, moest ze zich bewust beheersen om hun niet te vragen nog wat langer met haar te babbelen. Klonk ze ook zo wanneer ze Dick van kantoor naar zijn lege winkel belde? Gaf ze hem ook zo'n buitengesloten gevoel? Gaf ze hem ook het gevoel dat hij totaal onbelangrijk was? En na afloop van het abrupt geëindigde gesprek met Tricia of Max, wachtten haar uren en uren van meedogenloze, geestdodende stilte.

Ze had het gevoel alsof haar ziel langzaam maar zeker aan het krimpen was. Binnen de tijd van enkele dagen was ze zo totaal veranderd dat ze zichzelf nog maar amper herkende. Ze was gevaarlijk introspectief geworden en was begonnen met tegen zichzelf te praten. Haar prachtige huis was in een gevangenis veranderd waar ze wanhopig uit weg wilde komen. Helaas was het zo dat, hoe groter haar behoefte werd om weg te komen, des te moeilijker het haar viel om daadwerkelijk te ontsnappen. En wanneer het haar dan eindelijk toch lukte, leek het alsof ze ze niet allemaal meer op een rijtje had. Ze knoopte onbenullige praatjes aan met het personeel van de supermarkt, probeerde oogcontact te maken met mensen die ze op straat tegenkwam, en ze babbelde zelfs met de man die de Daklozenkrant verkocht, en die ze tot op dat moment altijd volledig genegeerd had.

Haar absolute dieptepunt bereikte ze die ochtend waarop ze zichzelf erop betrapte dat ze met de gedachte speelde de vuilnismannen binnen te vragen voor een kopje koffie. Ze was geen fan van poëzie, maar na bijna twee weken als fulltime moeder thuis, voelde ze zich als een in de schaduw bloeiende bloem die langzaam maar zeker tegen de koude, stenen muur aan zakte en verwelkte. De gedachte dat ze nooit meer zo'n nanny als Jo zou vinden, die lang genoeg bij hen zou blijven om de kinderen een gevoel van stabiliteit te geven, en dat ze zich genoodzaakt zou zien om met werken te stoppen, begon haar te achtervolgen en uit de slaap te houden.

Het was niet dat ze niets te doen zou hebben. Het huishouden – op het niveau waar ze met Jo in huis aan gewend was geraakt – was een ondankbare en onzichtbare taak waar geen eind aan kwam. In vergelijking daarmee leek haar baan op kantoor het paradijs op aarde. Met een kantoorbaan werd je op kantoor zelf dan misschien als uitschot en deurmat behandeld, maar er werd door de buitenwereld in ieder geval tegen je op gekeken. Thuis werd je zelfs niet eens door je eigen kinderen gerespecteerd. In die schijnbaar eindeloze uren tussen middag en avond wanneer de kinderen haar het meeste nodig hadden en haar energiereserves hun dieptepunt hadden bereikt, dacht ze maar al te vaak aan Jo en miste ze haar zo erg dat ze er bijna van moest huilen.

Terwijl ze in de stille keuken stond en deze gedachten dacht, schrok ze toen de telefoon opeens ging. Zou het Max zijn? Of Anthony, misschien? Ze zette zich schrap en nam op. 'Met Vanessa Fitzgerald,' zei ze.

'Dat mag ik hopen,' zei Dick opgewekt. 'Want anders zou ik je moeten betalen.'

'Ha, ha.'

'Hoe gaat het?'

'De kinderen zijn op school en ik wilde net koffie zetten om voldoende energie te krijgen om mijzelf van kant te maken.'

'O, lieveling, niet doen.'

'Noem me één goede reden.'

'Wie moet de kinderen dan van school halen?'

Ze smeet de telefoon neer en huilde tot het tijd was om Tallulah te halen.

Ongeveer op hetzelfde moment had Cassandra er spijt van dat ze toch naar school was gegaan in plaats van bij mammie thuis te blijven. Ze stond als een dappere strijder naast het klimrek, maar haar harnas van mammies kussen en pappies knuffels voelde rond deze tijd altijd al weer stukken minder dik dan op het moment waarop ze de school binnen was gegaan. Naarmate de dag vorderde was ze steeds minder tegen de pesterijen van haar klasgenootjes bestand.

Maisy stond bij de hinkelbaan en hield de doos voor de lootjes op. De kinderen die tijdens de schilderles naast Arabella wilden zitten, konden er een briefje met hun naam erop in deponeren. Maisy zelf zou natuurlijk aan haar rechterkant zitten, maar zoals gewoonlijk werd er om het plaatsje aan haar linkerzijde geloot.

Cassandra en Asha wisselden een blik, haalden diep adem en stortten zich in de strijd. Toen ze oog in oog met de groep kwamen, was het de kleine Mandy Summers die iets zei.

'Voel je je soms te goed om mee te willen doen met de loterij?' Ze grinnikte. Iedereen lachte.

Asha bleef als verlamd staan. Cassandra had het gevoel dat ze niets te verliezen had.

'Ik heb geen enkele behoefte om met dat saaie stel van jullie achteraan te zitten,' zei ze. 'En trouwens, wij hebben ons eigen spel.'

En met die woorden liep ze, gevolgd door Asha en nagestaard door de klas, naar de andere kant van het plein.

'Welk spel?' vroeg Asha, toen de anderen hen niet meer konden horen.

Cassandra haalde haar schouders op.

'Geen idee. Maar we verzinnen wel wat.'

Asha begon te hyperventileren.

Met nog slechts één dag te gaan tot het weekend, besloot Vanessa mascara op te doen om dat feit te vieren. Drie lagen. Die middag besteedde ze twintig minuten aan haar make-up. Waarschijnlijk zou de weegschaal een kilo extra aanwijzen, maar het was de moeite waard geweest. Tallulah had met open mond naar haar zitten kijken, en toen mammie haar toestemming had gegeven, had ze opgewonden met alle roze lippenstiften gespeeld. Daarna waren ze bijna een vol uur zoet geweest met het opruimen van de la waarin ze haar make-up bewaarde.

Ze waren in twee weken niet één keer naar ballet of naar kleutergym geweest – Vanessa had besloten dat ze net zo goed zoveel mogelijk van deze tijd samen konden profiteren, plus dat ze niet zo goed wist waar ze zijn moest en ze geen zin had om Jo in haar vakantie lastig te vallen. Daarbij wilde ze voorkomen dat ze Tallulah teleur zou moeten stellen als ze het niet zou kunnen vinden.

Het was hun laatste donderdag samen. Ze hadden theegedronken en stonden, tevreden over het verloop van de middag, op het punt aan hun middagwandelingetje te beginnen. Tallulah had roze – Summer Sunshine – nagellak op, en Vanessa had een opgeruimde la. Tallulah had geleerd hoe je pizza moest maken, en Vanessa hoefde niet te koken. Hoewel het haar niet dezelfde kick gaf als haar werk, had ze in ieder geval het gevoel dat ze niet helemáál gefaald had als moeder.

De volgende ochtend, Vanessa's laatste vrijdag thuis, schrok ze wakker. Ze droomde dat ze in een gat in de grond was gevallen en dat ze bleef vallen en vallen omdat het gat geen bodem had. Ze sprong uit bed.

Terwijl Vanessa in de keuken bezig was, lag Josh in bed naar haar te luisteren. Hij had, net als vroeger, weer problemen met inslapen. En telkens wanneer hij, nadat hij uiteindelijk toch in slaap was gevallen, 's ochtends wakker werd, was zijn eerste emotie angst. Hij had er een hekel aan om door Jo's kamer te moeten lopen. Altijd bezorgde hem dat dezelfde gedachten en dezelfde gevoelens. Hij probeerde niet naar haar bed te kijken, maar deed dat dan toch, en dan herinnerde hij zich weer hoe hij, die avond waarop haar vader had gebeld, naar haar had zitten kijken tot ze in slaap was gevallen. Daarna dacht hij aan Shaun en aan de geluiden die hij, toen Shaun was komen logeren, door de muur heen had gehoord, en aan het feit dat ze op dat moment ongetwijfeld samen waren. En wanneer hij, na zijn douche, weer door haar kamer terugliep naar de zijne om zich aan te kleden, had hij weer precies dezelfde herinneringen, gedachten en emoties. En ten slotte, wanneer hij voor de derde keer door haar kamer moest om bij de keuken te komen, herhaalde dat alles zich voor de derde keer. Al met al betekende dat, dat hij elke ochtend nog voor het ontbijt al drie kleine uitstapjes naar de hel had gemaakt.

En elke avond moest hij aanhoren hoe Dick en Vanessa ruziemaakten over of ze Jo nu wel of niet moesten aanhouden, en over of
ze wel of niet op zoek moesten gaan naar een nieuwe nanny. Vanessa
was ervan overtuigd dat Jo terug zou komen, Dick was bang dat ze
dat niet zou doen en dat ze nooit meer zo'n goede nanny zouden vinden als zij, of eentje die bereid zou zijn om te blijven. Op een avond,
toen Dick had gesuggereerd dat de kinderen uiteindelijk waarschijnlijk het beste af zouden zijn met hun moeder, hadden ze de ergste ruzie die Josh ooit van hen had gehoord.

Na zijn werk beklom Josh de trap van het station van Highgate en
zette koers naar de winkel van zijn vader. Hoewel het licht motregen-
de, rook de voorjaarsavond naar het eerste groen. Hij was zich bewust van een algemeen optimisme in de lucht – Gods eigen versie van
versgebakken brood in de supermarkt en muzak. Nog even, en het
was zomer. Dat alles kon evenwel niet verhinderen dat hij zich depressief voelde. Hij keek naar het langsrijdende verkeer. Gek, dacht
hij, toen hij bijna bij de winkel was, het was hem nog nooit eerder opgevallen hoe populair witte Clio's waren.

Jo veegde haar moeders mond voorzichtig af met het servetje, en leg-
de de lepel terug in de kom.
 'Goed zo,' zei ze. 'Wil je wel geloven dat pap die helemaal eigen-
handig heeft gemaakt?'
 Haar moeder glimlachte een trage, scheve grijns die Jo dwars door
het hart ging.
 'Hij wist niet eens dat pastinaken bestonden,' ging Jo verder. 'Stel
je voor, je had bijna pastinaaksoep zonder pastinaak gekregen.'
 Hilda lachte terwijl Jo de kom op het nachtkastje zette.
 'Wil je even wachten met de crackers met kaas?'
 Hilda knikte.
 'Sheila heeft nog steeds niet teruggebeld,' zei Jo zacht. Hilda keek
haar aan. 'Ik denk dat ik haar gekwetst heb toen ik in Londen was,'
vertelde ze. 'Ik heb niet vaak genoeg gebeld. Ze heeft vast gedacht dat
ik haar niet meer nodig had.' Ze keek haar moeder aan. 'Volgens mij
heb ik iedereen verwaarloosd,' fluisterde ze. Heel langzaam tilde Hilda haar hand op en legde hem op die van haar dochter. En ze keken
elkaar voorzichtig glimlachend aan.
 Jo pakte het bord met de crackers met kaas.
 'Daar gaat-ie,' zei ze. 'Je zegt maar wanneer je genoeg hebt gehad.'

Ze hadden gebeld! Op de vrijdag voor Vanessa weer aan het werk
moest, hadden ze om drie uur gebeld! Ze hadden er twee weken voor
nodig gehad om te beseffen dat ze haar nodig hadden, maar nu waren

ze er dan eindelijk achter! Vanessa draaide onmiddellijk op volle toeren. Ze had een deadline, Max wilde cijfers van haar hebben die niemand anders hem kon leveren, en hij wilde ze zo snel mogelijk. 'Zo snel als een scheet', om precies te zijn. Joepie, dacht Vanessa. Een paar telefoontjes, en ze zat weer helemaal in het zadel. Tallulah zat met mammie aan de keukentafel en speelde dat ze accountmanager van een reclamebureau was, terwijl Vanessa de meest eenvoudige klussen delegeerde aan de meest efficiënte assistente die ze ooit had bezeten. En het beste daaraan was nog wel dat het Vanessa ervan weerhield om te veel te denken aan Anthony, aan haar huwelijk, aan haar verantwoordelijkheden, en aan de puinhoop die ze bezig was van haar leven te maken.

Cassandra had het fijn gevonden dat mammie twee weken thuis was geweest, maar het was niet hetzelfde als elke dag door Jo van school te worden gehaald. Mammie had die middag een dringende klus voor kantoor te doen, en Cassandra en Mandy waren bij het hoofd geroepen waar ze te horen hadden gekregen dat Cassandra vandaag met Mandy's moeder mee zou gaan omdat Mandy vlak bij haar in de buurt woonde. Toen de school uit was, rende Mandy zo snel als ze kon naar de parkeerplaats, zodat Mandy's moeder, tegen de tijd dat Cassandra er arriveerde, boos op haar was omdat ze zo laat was.

Cassandra wist waarom Mandy haar wilde straffen. Ze had de regels overtreden. Niemand mocht bij iemand anders spelen zonder dat Arabella ook was uitgenodigd. Het was een regel waar iedereen zich met het grootste ontzag aan hield. Maar omdat Vanessa op korte termijn gedwongen was geweest om Mandy's moeder om een gunst te vragen, had Mandy geen kans gehad om zich aan de regel te houden. En omdat Mandy bang was voor represailles van Arabella, moest het voor iedereen duidelijk zijn dat zij Cassandra naar behoren strafte. Cassandra wist dat Mandy een lijstje zou maken van de manieren waarop ze Cassandra strafte, en dat ze Arabella er maandag alles over zou vertellen.

Maar wat ze niet had geweten, was dat Mandy's moeder eveneens aan de kant van Arabella stond. Mandy's moeder vroeg Mandy aan één stuk door naar alles wat ze die dag op school had beleefd, en aan Cassandra vroeg ze helemaal niets. Ze gaf Mandy een stuk chocola, en hoewel ze tegen Mandy zei dat ze Cassandra er de helft van moest geven, deed ze alsof ze niet merkte dat Mandy dat niet deed. Op een paar honderd meter van haar huis, op weg naar dat van Mandy, dat in de straat achter de hare lag, werd Cassandra door heimwee overvallen. Ze had nog nooit zo naar haar eigen huis verlangd als op dat moment.

Tegen de tijd dat mammie haar drie uur later bij het huis van Mandy (waar een vreemd luchtje hing) kwam halen, kon Cassandra geen woord meer uitbrengen.

'Heb je leuk gespeeld?' vroeg Vanessa.

Cassandra knikte. Ze had een brok in haar keel dat zo groot was dat er geen woord langs kon. Vanessa nam haar dochter aandachtig op.

'Ze hebben me niet één keer lastiggevallen,' zei Mandy's moeder met een glimlach. 'Ze hebben al die tijd stilletjes zitten spelen samen.'

'O, wat geweldig,' zei Vanessa. 'Mandy moet ook gauw eens bij ons komen.'

Toen Mandy daar met een zacht, spottend lachje op reageerde, keek Vanessa van haar naar Cassandra, die haar hoofd liet langen. Vervolgens wendde ze zich opnieuw tot Mandy.

'Hou je van springkastelen, Mandy?'

Mandy's ogen begonnen te stralen. 'Ja,' kwam het ademloos over haar lippen.

'O, mooi,' zei Vanessa. 'Als jij en Cassie het echt zo gezellig samen hebben gehad vandaag, misschien dat we je dan wel een keertje vragen om op haar kasteel te komen spelen.' Ze wendde zich tot Mandy's moeder. 'Nou, dag, en nogmaals bedankt.'

Mandy's onthutste gezicht was de leugen dubbel en dwars waard geweest.

Pas na het eten, waarbij Spiderman Tinkerbell te lijf was gegaan en Tinkerbell Spiderman in zijn oog had geprikt, lukte het Vanessa om Cassandra aan de praat te krijgen.

Tinkerbell en Spiderman waren naar boven gestuurd om na te denken over wat ze verkeerd hadden gedaan, en Cassie en Vanessa bleven alleen aan de keukentafel achter.

'Is Mandy soms een van Arabella's vazallen?'

'Alle kinderen in de klas zijn voor Arabella,' mompelde Cassandra.

Vanessa pakte pen en papier.

'Goed,' zei ze nadrukkelijk, 'dan is het nu tijd om een strategie te bepalen.'

'Bedankt dat je rechtstreeks van je werk bent gekomen,' zei Dick tegen Josh. 'Dat waardeer ik zeer.'

'Geen probleem, pap,' zei Josh. 'Dat zou je toch moeten weten.'

'Ja, maar op vrijdag,' zei Dick. 'Ik weet dat jullie city-types dan meestal een welverdiende borrel gaan halen –'

'Ja, en dat is iets waar ik een bloedhekel aan heb. Ik ben veel liever hier.'

Het verbaasde Josh altijd weer dat zijn vader zich maar niet leek te realiseren dat hij alles voor hem over had. Zo ging dat, met het ouderschap. Net zoals honden een speciale neus hadden voor angst, hadden kinderen een speciale neus voor de liefde van hun ouders. Wie onvoorwaardelijk van zijn kind hield, kon erop rekenen dat hij vroeger of later door dat kind zou worden aangevallen. Maar als je als ouder deed of je kinderen je onverschillig lieten, dan gingen ze voor je door het vuur.

'Wat is het laatste nieuws, pap?' vroeg hij.

Dick zuchtte.

'Ik heb me voorgenomen om Jackie eruit te knikkeren.'

Josh keek zijn vader met grote ogen aan, en toen knikte hij langzaam.

'Ik kan haar niet echt meer vertrouwen,' zei Dick. 'En ik weet ook niet of ik voldoende tijd heb. Ik heb iemand nodig op wie ik kan rekenen. Iemand die ik echt kan vertrouwen.'

'Mmm?'

Dick keek zijn zoon aan en grinnikte. 'Je wilt dat ik het je vraag, hè?'

Josh grinnikte terug. 'Inderdaad.'

'Josh.'

'Ja, pa.'

'Ik gooi mijn accountant eruit. Zou je alsjeblieft mijn accountant willen zijn?'

Josh zoog zijn longen vol lucht en knikte bedachtzaam, terwijl hij deed alsof hij erover na moest denken.

'Ik zou je er natuurlijk voor betalen!' haastte Dick zich eraan toe te voegen.

'Doe niet zo mal –'

'Ik doe niet mal,' zei Dick. 'Ik sta er zelf van te kijken, maar ik heb nog steeds mijn trots. De hemel weet hoe dat mogelijk is, maar –'

'Pap, het zou een hobby voor me zijn – ik bedoel, ik doe veel liever de boeken voor een tent die me na aan het hart ligt, dan voor een groot, onpersoonlijk bedrijf –'

'Nou, groot en onpersoonlijk kun je ons niet noemen.'

'Ik wil er geen geld voor hebben.'

'Hou op, Josh – je doet al meer dan genoeg.'

'Nauwelijks. En als dat niet gebeurd was met die stomme –'

'Jo kon het niet helpen –'

'O, dat weet ik ook wel,' viel Josh hem verbaasd in de rede. 'Ik had die stomme *inbraak* willen zeggen. Als dat niet gebeurd was met die stomme inbraak en ik mijn hersens een beetje beter de kost had gegeven, dan zouden we in een veel betere positie verkeren – of liever, zou *jij* in een veel betere positie verkeren. Het is allemaal mijn schuld, dus laat me je alsjeblieft helpen.'

'Ik ben je reuze dankbaar. Wees zo goed om de cijfers te bekijken, en zeg me dan of het zin heeft om ermee door te gaan. Ik hou het niet zo heel lang meer vol op deze manier.'

'Ben je bereid naar mijn deskundige advies te luisteren?'

'Natuurlijk.'

'Maar... dat was je niet toen ik je zei dat Jackie een mooipraatster was, of ben je dat alweer vergeten?'

Dick glimlachte. 'Toen studeerde je nog, dus dat moet je me maar vergeven.'

'Ik wilde het alleen maar even zeker weten.'

'Ik heb vertrouwen en respect voor je deskundige advies.'

'Wauw,' zei Josh. 'Dan vraag ik me af wat je zult doen als ik je voorstel om het ergste te doen.'

Dick haalde diep adem.

'Dan verkoop ik de boel.'

'En wat dan?'

'Daar hebben we het later wel over,' zei Dick. 'Eén ding tegelijk.'

Josh knikte opnieuw. Dick kwam naar hem toe en gaf zijn nieuwe accountant een hand.

Het was vrijdagavond en Jo was zenuwachtiger voor haar afspraakje met Shaun dan ze geweest was toen hij haar in Londen was komen bezoeken. Ze was nog thuis en bracht het blad van het avondeten naar de keuken en zette het op tafel. Haar vader, met een schort voor, pakte het bord van het blad en zette het rechtstreeks in de gootsteen.

'Mooi,' zei hij, met een blik op wat Hilda had laten liggen. 'Ze eet al stukken beter, hè?'

'Nou, het was ook erg lekker,' zei Jo glimlachend, terwijl ze een blik op de klok wierp.

'Het kwam uit Nigella's kookboek.'

'Aha.'

'Zou je zo lief willen zijn om me, voor je gaat, te helpen de televisie naar boven te dragen?' vroeg haar vader. 'Ze wil *Midsummer Murders* zien.'

'Natuurlijk.'

'Zo lang je maar op tijd bent voor Shaun,' voegde hij eraan toe.

'Maak je geen zorgen. Hij heeft er lang genoeg over gedaan om me terug te bellen.'

Bill volgde haar de zitkamer in. 'Je speelt toch geen spelletjes met hem, hè? Daar houden mannen niet van.'

'Pap,' verzuchtte Jo, terwijl ze de televisie optilde. 'Hoe oud ben ik?'

'Oud genoeg om beter te weten. Voorzichtig.'

'Nee, dat geldt voor jou. Ik ben oud genoeg om mijn eigen beslissingen te kunnen nemen. Ik heb hem, kijk uit, niet duwen.'

'Goed, goed, een beetje naar links. Ik hou er alleen niet van om te moeten zien hoe een goede man slecht behandeld wordt.'

Jo besloot zich te concentreren op het manoeuvreren van de televisie rond de nauwe bocht in de trap, in plaats van haar vader te vertellen hoe zíj daarover dacht. Een halfuur later zat ze op haar moeders bed samen met haar televisie te kijken, terwijl haar vader beneden met Shaun zat te praten.

'Ga... nu... maar,' mompelde Hilda.

'Ja, je hebt gelijk, ik moest maar eens gaan,' zei Jo. 'Voor pap hem de oren van het hoofd heeft gekletst. Veel plezier met de film en een gezellige avond.'

Bij de deur draaide ze zich nog even naar haar moeder om. Hilda zette grote ogen op.

'Succes...' fluisterde ze.

Jo glimlachte en ging de trap af.

Ze bleef even voor de deur van de zitkamer staan alvorens hem open te doen. Ze was bang dat Shaun onverschillig tegen haar zou doen, of kil, of vreemd.

Die zorg had ze zich kunnen besparen. Hij maakte een doodsbange indruk.

'Klaar?' vroeg hij.

'Klaar.'

Er viel een stilte.

'Goed dan,' zei Bill, terwijl hij de kamer verliet. 'Dan laat ik jullie tortelduifjes maar alleen.'

Ze gingen alle drie de gang op – Bill ging naar boven en zij gingen de voordeur uit. 'Dan zie ik je wel wanneer ik je weer zie, hè, Jo?' riep hij van boven.

Jo overwoog naar Shaun te glimlachen, maar ze deed het niet.

'We hebben de televisie naar boven gebracht, en ze kijken vanavond naar wat mijn moeder wil zien,' vertelde ze aan de kille voorjaarsavond.

'O.'

'En dat mag wel in de krant.'

Shaun produceerde iets dat het midden hield tussen een glimlach en een grijns.

Tegen de tijd dat ze bij het restaurant waren, was Jo het angstige vermoeden gaan koesteren dat Shaun haar opnieuw ten huwelijk wilde vragen. Alle tekenen waren aanwezig – hij was bleek en stil geworden, en ze had alweer dat sterke, akelige voorgevoel.

Ze gingen tegenover elkaar aan hun tafeltje zitten.

'Jo,' begon Shaun.

'Niet doen, alsjeblieft –'

'Wat moet ik niet doen?'

Er viel een stilte.

'Ik weet niet,' zei Jo. 'Sorry. Wat had je willen zeggen?'

'Wat moet ik niet doen?' herhaalde hij.

'Ik weet niet –'

'Wát dan?'

De kelner kwam.

'Willen jullie iets drinken?' vroeg hij.

'Ja,' zeiden ze.

De kelner nam hun bestelling op en ze begonnen opnieuw.

'Jo,' zei Shaun.

Jo haalde diep adem.

'Ja,' antwoordde ze met een stralende glimlach.

'Ik ga je niet nóg eens ten huwelijk vragen.'

Ze slaakte een diepe zucht van opluchting.

'Na deze ene, laatste keer,' besloot hij.

Ze hield op met ademhalen.

'Ik begrijp niets van wat er in jouw wereld gebeurt,' zei hij, op haar hoofd wijzend. 'Ik weet niet wat je voelt, ik weet niet waarom je naar Londen bent gegaan en ik weet zelfs niet eens meer hoe je over me denkt.'

'Ik –'

'Laat me uitspreken, alsjeblieft, Jo.'

'Neem me niet kwalijk.'

'Het enige dat ik weet, is dat ik zo niet langer door kan gaan.'

'God, het spijt me –'

'Laat me uitspreken, alsjebieft.'

'Sorry.'

'Het is uiteindelijk heel simpel, Jo.'

Ze knipperde met haar ogen.

'Of je wilt bij me zijn, of je wilt dat niet.'

Ze knipperde opnieuw.

'Of je wilt met me trouwen, of dat wil je niet.'

Ze knikte.

'Je hoeft het me alleen maar te zeggen, zodat ik verder kan met mijn leven.'

Ze knipperde met haar ogen en knikte.

'Dus,' zei hij, 'de beslissing is aan jou.'

Ze keek hem met grote ogen aan.

'Wat gaat het worden, Jo?'

De kelner kwam. 'Zijn jullie al zover dat jullie willen bestellen?'
'Ja,' zei Shaun.
'Nee,' zei Jo.
'Ik kom wel terug zodra jullie alle twee klaar zijn,' zei de kelner.
Jo keek Shaun aan.
'Ik hou van je, Shaun,' fluisterde ze.
Ze zag hem diep ademhalen.
'Maar ik kan niet met je trouwen.'
Ze zag hem diep zuchten.
Terwijl ze daar zo zaten, realiseerde ze zich dat Shaun gelijk had. Het was uiteindelijk heel simpel geweest. Het enige wat ze nu nog zou moeten doen, was verzinnen wie haar in de toekomst zou kunnen helpen met het nemen van dergelijke belangrijke beslissingen.

Diezelfde avond, in Highgate, zat een uiterst succesvolle beleidsvergadering er nagenoeg op. Vanessa sleep haar potlood voor de allerlaatste keer.
'Ziezo,' zei ze, met een blik op de lijst die zij en Cassie samen hadden opgesteld, 'volgens mij hebben we hiermee alles gehad.'
Cassie bekeek de lijst, en ze knikte langzaam.
'Het is maar goed dat ik kan acteren,' zei ze.
Vanessa glimlachte. 'Lieverd, het acteren zit je in het bloed. Je vader was de beste Titania die ze ooit bij hem op de lagere school hadden gezien. En dat heeft zijn vader hem nooit vergeven.'
Cassie giechelde, en Vanessa kneep haar dochter in de wang.
'Zo mag ik het zien. Zoals bij elk beleidsproject is het van het grootste belang dat je precies weet wie je tegenover je hebt. Doe wat je kunt om talenten in anderen aan te wakkeren waarvan ze tot op dat moment nooit hadden beseft dat ze die hadden. Het enige wat je hoeft te doen is het beste – of het slechtste – in hen te ontdekken. En als je je werk dan doet zoals het moet – en je bent je moeders dochter, dus dat zal je zeker lukken – en je ervoor zorgt dat je daarbij onzichtbaar op de achtergrond blijft, dan is alle uiteindelijke lof, of in dit geval blaam, voor hen.'
Cassie keek haar moeder aan en knikte.
'Laten we de lijst nog één keertje doornemen,' zei Vanessa. 'Weet je zeker dat je Asha volledig kunt vertrouwen?'
Cassie knikte. 'Ze is bang, maar ze is loyaal.'
'Mooi zo. Weet je wat de beperkingen van de juf zijn?'
Cassie knikte. 'Ze is er volledig van overtuigd dat Arabella even zuiver en onschuldig is als ze eruitziet.'
Vanessa lachte. 'En daarom, m'n schat, zal ze nooit zoveel verdienen als jij. Tenzij jij natuurlijk besluit om ook juf op een lagere school

te worden, in welk geval mammie zich van kant zal maken.'

Cassie giechelde.

'En,' Vanessa keek haar dochter recht in de ogen, 'je bent er absoluut honderd procent zeker van dat Arabella zo verschrikkelijk jaloers, egoïstisch, ambitieus en manipulatief is, en over voldoende macht beschikt dat ze helemaal niets van onze bedoeling in de gaten zal hebben?'

Cassie knikte nadrukkelijk. 'Ja.'

'Nou,' zei Vanessa met een glimlach, 'in dat geval moet ons plan lukken.'

En ze gaven elkaar een hand.

Na afloop van Jo en Shauns laatste gedeelte maaltijd, realiseerde Jo zich dat ze nooit meer van hem had gehouden dan op dat moment. Toen hij om de rekening vroeg, hield ze van hem om de kalme zelfverzekerdheid waarmee hij de leiding nam, en toen hij haar in haar jas hielp, hield ze van hem om zijn voortreffelijke manieren. Toen hij haar naar huis bracht, hield ze van hem om zijn vriendelijkheid. Toen hij haar voor de laatste keer teder op de mond kuste, hield ze van hem omdat ze een intieme wereld met hem had gedeeld. Terwijl ze naast hem in de auto zat, voelde ze zich ineens verschrikkelijk eenzaam.

'Dag, Shaun,' zei ze, en ze pinkte een traantje van ontroering weg.

'Dag, Jo. Vergeet nooit dat ik van je hou.'

Ze stapte uit en liep naar het huis van haar ouders.

Ze deed de voordeur dicht en leunde er tegenaan. Boven zag ze licht, en dat betekende dat haar ouders nog wakker waren. Ze wist dat ze niet verwacht hadden dat ze vanavond thuis zou komen, maar dat ze dat ook weer wél hadden verwacht. Ze liep de trap op. Toen ze op de overloop was gekomen, hoorde ze haar vader uit de slaapkamer roepen. Ze klopte zachtjes op hun deur.

'Kom binnen,' zei hij.

Haar ouders zaten samen in bed, een aanblik die haar aan de ene kant jaloers maakte, maar die aan de andere kant ook een geruststellend effect op haar had.

'Je moeder wil graag weten of je een gezellige avond hebt gehad,' zei haar vader. 'Ik heb haar gezegd dat ze zich met haar eigen zaken moet bemoeien, maar...'

Jo knikte met een zucht, en haar tranen spraken voor zichzelf.

'Ik kom er wel overheen,' zei ze ten slotte. 'Welterusten.'

'Ik moet van je moeder zeggen dat we graag willen helpen als je onze hulp nodig mocht hebben.'

'Dank je, pap.'

'Altijd,' fluisterde Hilda.

Jo keek hen beiden glimlachend aan en blies hen een handkus toe. Ze trok de deur van hun slaapkamer achter zich dicht en ging naar bed.

20

Maandagochtend was onbewolkt en winderig. Hilda was voor het eerst sinds haar beroerte beneden gekomen. Jo was twee weken thuis, en het voelde alsof ze nooit was weggeweest. De zon scheen en het leek erop dat de zomer dit jaar vroeg zou beginnen. Hetgeen natuurlijk betekende dat het morgen weer zou regenen.

Jo had Vanessa de vorige avond gebeld om uit te leggen dat ze voorlopig nog bij haar ouders zou moeten blijven, maar dat ze meteen zou komen zodra haar moeder in staat was zonder hulp de trap op en af te lopen. Ze had Vanessa gesmeekt om alsjeblieft niet op zoek te gaan naar een andere nanny, en verteld dat ze hen allemaal verschrikkelijk miste. Ze was waanzinnig opgelucht geweest toen Vanessa meelevend gereageerd had, maar er onmiddellijk aan toe had gevoegd dat ze haar zo snel mogelijk terug hoopte te zien. Ze had zelfs op een salarisverhoging gezinspeeld. Jo had evenwel het gevoel gehad alsof ze een andere wereld aan de telefoon had. Ze vroeg zich af wie er, op het moment waarop ze belde, verder nog in de kamer was geweest, en meteen had er zich een intens verlangen van haar meester gemaakt.

Omdat er bij hen thuis beneden geen wc was, moest Hilda ofwel dag en nacht boven blijven, of ze moest een po gebruiken. Ze had voor die laatste mogelijkheid gekozen, en Jo had aangeboden om de po-leger te zijn – 'net als vroeger', had ze met een knipoogje tegen haar moeder gezegd – toen Bill te kennen had gegeven dat hij daar enige moeite mee had. Jo wilde het met alle plezier doen zo lang hij maar voor het eten bleef zorgen. Ze was ervan overtuigd dat haar moeder snel zou herstellen – ze voelde Hilda's vingers jeuken om weer de keuken in te kunnen, helemaal op een avond waarop hij voor zichzelf biefstuk met patat had gemaakt.

Terwijl Bill Hilda hielp om lekker in de gemakkelijke stoel te gaan zitten, zette Jo voor de eerste keer die dag het water op, en zette ze haar mobiel aan. Toen ze bezig was om voor haar ouders het water op te schenken voor de thee, en voor zichzelf in de nieuwe koffiepot die ze had gekocht, werd ze opgebeld.

Het duurde even voor ze Pippa's stem herkend had, maar toen ze dat eenmaal had gedaan vond ze het heerlijk dat haar nieuwe vriendin aan haar gedacht had. Nu ze twee hele weken weg was uit Londen, vroeg ze zich af of haar leven daar echt zo positief was geweest, of dat ze zichzelf alleen maar had wijsgemaakt dat ze het daar zo fijn had gehad. Meer dan eens had ze op het punt gestaan om Pippa te bellen, maar ze had zich te schuldig gevoeld om dat te doen vóórdat ze met Sheila had gesproken. Ze had Pippa wel kunnen zoenen.

'Hallo! Hoe ís het met je?' riep Pippa uit.

'Hoi!' riep Jo bijna lachend. 'Hoe is het met jóu?'

'Uitstekend. Ik dóe het weer! Met een smeris!'

'Welke?'

'Nick, natuurlijk.'

'Dus je gaat met hem uit?'

'Eh,' zei Pippa, 'we blijven eigenlijk meer binnen, als je snapt wat ik bedoel.'

'O, Pip, wat héérlijk voor je.'

'Nou, ik heb het aan jou te danken.'

'Doe niet zo mal. Ik heb jullie alleen maar aan elkaar voorgesteld. De rest heb je zelf gedaan.'

'Dat weet ik, en ik ben je ongelooflijk dankbaar. We missen je heel erg!' zei Pippa. 'Wanneer kom je terug?'

'O, god, ik mis jullie ook,' zei Jo. En toen sloeg haar vreugde opeens op onbegrijpelijke wijze om in ellende. Als een baby die probeert te maskeren dat ze nodig naar bed moet, barstte Jo opeens in snikken uit. Ze besloot dat dit een uitstekend moment was om Pippa te vertellen dat ze het had uitgemaakt met Shaun.

'Wat zal ik tegen Nick zeggen?' vroeg Pippa, nadat ze alle juiste meelevende opmerkingen had gemaakt en een gepaste pauze had ingelast.

'Hoezo?' vroeg Jo.

'Omdat, schat, Gerry nog steeds een oogje op je heeft,' vertelde Pippa. 'Hij is een smeris die eraan gewend is zijn zin te krijgen.'

'God,' snikte Jo, 'wat eng.'

'Ik laat je alleen maar even weten hoe de zaken ervoor staan in Jongensland.'

'En maakt het daarbij ook iets uit wat ík wil?'

'Nou, kennelijk weet jij niet wat je wilt.'

Jo haalde diep adem. 'Dat méén je niet!'

'Ze hebben erom gewed dat het voor de zomer uit zou zijn tussen jou en Shaun, en dat Gerry vóór het begin van de herfst zijn plaats zou hebben ingenomen.'

'O, god.' Jo sloot haar ogen. 'Ik heb meteen geen zin meer in mijn ontbijt.'

'Ik heb Nick heel duidelijk gezegd dat je niet geïnteresseerd bent,' vervolgde Pippa, 'maar hij zei dat je de boot waarschijnlijk alleen maar wilde afhouden om jezelf extra interessant te maken en dat je me mogelijk niet de waarheid hebt verteld.'

'Ik ben écht niet geïnteresseerd,' zei Jo langzaam en duidelijk, 'ik wilde mezelf helemáál niet extra interessant maken en ik heb je wel dégelijk de waarheid verteld.'

'Dat heb ik ook gezegd. En ik heb hem gezegd dat meisjes er een andere denkwijze op na houden dan jongens.'

'Godzijdank.'

'Maar toen zei hij dat iedereen denkt zoals jongens denken, maar dat meisjes het alleen beter weten te verbergen.'

Jo trok een gezicht. 'Ik moet zeggen, je hebt wel een heel speciaal type te pakken, Pip.'

'Dat weet ik,' zei Pippa. 'Een hij is ook nog eens goed in bed.'

'Dat is hem geraden.'

'Ik zal hem zeggen dat hij tegen Gerry moet zeggen dat je geen belangstelling hebt.'

'Je doet maar.'

'En,' zei Pippa, 'vertel, hoe staan de zaken met Josh?'

'O, god,' zei Jo. 'Heb je een uur de tijd?'

'Zo erg? In de bioscoop maakten jullie een behoorlijk intieme indruk.'

'Ja. Hij deed ineens weer verschrikkelijk aardig. En hij was geweldig toen mijn vader belde. Hij heeft me de hele zondag helpen pakken, en met het bedenken van de beste manier om het aan Vanessa te vertellen, en hij is de avond waarop ik het hoorde zelfs bij me gebleven tot ik in slaap was gevallen. En toen ik de volgende ochtend wakker werd, was hij naast me in slaap gevallen.'

'Hemel.'

'Maar...'

'Maar?'

'Ik weet niet.'

'Wat weet je niet? Hij heeft niemand en jij hebt niemand.'

'Dat verandert niets aan wat hij tegen me gezegd heeft, over dat ik mezelf op een presenteerblaadje had aangeboden. En hij is een hypocriet, want hij heeft een hekel aan ontrouw, maar tegelijkertijd helpt hij zijn vader met het instandhouden van zijn relatie met iemand anders. En hij betaalt geen cent huur terwijl hij al ver in de twintig is. En –'

'Hij lijkt op Hornblower –'

'– hij...' Jo zweeg. 'Ik ben vergeten wat het vierde argument was.'

'Wat voel je voor hem?'

Jo kreunde. 'O, hou op alsjeblieft.'

'Hoe denk je dat het verder zal gaan wanneer je weer terug bent?'

'Geen idee. Het voelt steeds meer alsof het alleen maar een droom was en dat ik nooit terug zal gaan. Net als Dorothy, je weet wel. Ik ging op zoek naar een antwoord, en alles was een schitterende kleurenfilm, maar ik heb er het antwoord nooit gevonden en nu zit ik weer thuis. Waar alles zwart-wit is.'

'O, god, wat filosofisch.'

'Ik geloof dat ik te veel tijd heb gehad om te piekeren.'

'Weet je wat mijn moeder altijd zegt? Het gaat er allemaal wel weer uit in de was. En dat moet je blijven geloven, want anders word je stapelgek. Hoe is het met jouw moeder?'

Na afloop van het gesprek bleef Jo een poosje bij het aanrecht staan. Toen de thee en de koffie klaar waren, nam ze alles op een blad mee naar de zitkamer. Ze voelde zich een heel stuk beter nu ze met Pippa had gesproken. Ze realiseerde zich dat het een heel nieuwe ervaring was om open en eerlijk te kunnen spreken met een vriendin die actief luisterde en die oprecht probeerde om haar op te vrolijken. Ja, met Sheila had ze altijd kunnen lachen en ze was er altijd voor haar geweest, maar Jo wist dat ze haar nooit al die dingen zou kunnen vertellen die ze zojuist aan Pippa had toevertrouwd.

Er schoten haar te veel nieuwe gedachten door het hoofd, en het voelde alsof er gevaar voor kortsluiting dreigde. Ze wist dat een lange wandeling langs de rivier haar goed zou doen. Ze schonk de thee van haar ouders, en haar koffie in, en ze voelde dat ze tijdens haar wandeling een aantal kleine maar belangrijke beslissingen zou gaan nemen. Ze was al heel lang niet meer bij de rivier geweest, en ze vermoedde dat ze zich bij thuiskomst een heel stuk beter zou voelen.

Vanessa ondertussen, voelde zich als een vogel die uit zijn kooi was gelaten. Ze was doodsbang dat haar vleugels het niet meer zouden doen, en ze was geschrokken van haar eigen kwetsbaarheid in de wereld die haar opeens waanzinnig groot voorkwam. Ze keek om het hoekje van Cassandra's deur. Cassandra stond zich zwijgend aan te kleden.

'Hoe gaat-ie?' vroeg Vanessa.

Cassandra glimlachte. 'Goed.'

'Wat was het motto?'

'Wraak is Zoet.'

'En de geheime mantra?'

'Er Zal Een Dag Komen Waarop Dit Allemaal Verleden Tijd Zal Zijn, En Dan Laat Ik Je Niet In Mijn Groepje.'

'En daar moet je heilig van overtuigd zijn. Tussenstandbespreking vanavond om achttienhonderd uur.'

Cassandra grijnsde haar tanden bloot. Vanessa voelde haar hart zwellen.

'Geef je oude moeder een dikke zoen voor ze weer naar dat helse kantoor van haar gaat.'

Cassandra omhelsde haar, waarna ze samen op haar bed gingen zitten.

'Waarom moet je eigenlijk werken?' vroeg ze zacht.

Vanessa drukte een zoen op de onregelmatige scheiding van haar dochter. 'Omdat werken me een goed gevoel geeft.' Ze deed Cassies staartjes opnieuw. 'Het geeft me een gevoel van eigenwaarde, waardoor ik aardiger tegen de mensen om mij heen kan zijn.'

Er viel een stilte.

'Wanneer zal ik dat ook zo voelen, mammie?' fluisterde Cassandra.

Vanessa drukte haar kind tegen zich aan. 'Och, liever. Soms kom je daar pas achter als je heel erg oud bent.'

Vijf minuten later vloog ze de trap af om Josh nog een paar tips op de valreep te geven. Ze waren allemaal aangenaam verrast geweest toen hij vrolijk had aangekondigd dat hij een deel van zijn vakantie zou opnemen om voor de kinderen te zorgen.

Ze wist niet precies of ze blij was dat Dick zo vastberaden was om in zijn winkel te blijven werken terwijl Josh zo ongewoon gul was, of dat ze woedend was omdat Dick weer eens zijn zin had gekregen. Omwille van haar huwelijk besloot ze het op het eerste te houden.

Toen ze in de keuken kwam stond Josh met een peinzend gezicht naar het rooster op de koelkast te turen. Hij kwam op haar over als een angstig, opgejaagd konijn.

'Waar is de pizza?' vroeg hij.

'In de diepvries.'

'Waar is de crèche?'

'Het adres staat in de agenda.'

'Waar is de agenda?'

'Naast de telefoon in de eetkamer.'

'Moet ik de patat van verse aardappelen maken?'

'Alleen als je het huis wilt laten afbranden. Die uit de magnetron vinden ze het lekkerst.'

'Waar zijn –'

'In de diepvries.'

'Wanneer moet ik ze hun lunchtrommeltjes geven?'

'Nu.'

'Superman voor Zak, Tweenie voor Tallulah, Buffy voor Cassandra.'

'Uitstekend.' Vanessa glimlachte. 'Bedankt, Josh, je bent een ster.'

'Niets te danken. Jíj bedankt dat je ze aan mij durft toe te vertrouwen.'

'Als je in hun bijzijn vloekt, als je ze slaat of als je ze laat sterven, dan weet ik je te vinden en zal ik je persoonlijk vermoorden.'

'Ik wens jou ook een fijne dag.'

Vanessa keek voor de laatste keer de keuken rond.

'Wens me sterkte,' zei ze.

'Van hetzelfde.'

Toen de voordeur dichtviel haalde Josh langzaam heel diep adem. Zijn blik ging over de koelkastdeur en bleef even rusten op Zaks tekening van Jo als Catwoman. Het volgende moment ontdekte hij haar telefoonnummer. Zijn vingers jeukten om haar te bellen, en zijn maag balde zich samen bij het idee. Nee. Hij kon het heus alleen wel af. Als hij in de verraderlijke jungle van kantoor carrière had kunnen maken, dat moest hij dit ook kunnen. Het was zowel op kantoor als hier thuis een kwestie van overleven, en overleven zou hij. Dit was *Survivor*, *The Chrystal Maze* en de *Krypton Factor* in één – dit was het Echte Leven, de zwaarste opgave die er was. Hij rolde zijn mouwen op, spande zijn trotse spieren, slaakte een diepe, mannelijke zucht en trok de afwasmachine open.

'Josh,' hoorde hij Tallulahs stemmetje, 'wil je mijn billen even afvegen?'

En opeens voelde het ijskoud in de keuken.

Tegen de tijd dat Josh op weg was naar Cassies school, lag hij al twintig minuten achter op schema en had hij vier keer in het bijzijn van de kinderen gevloekt. Ze vonden het fantastisch. 'Hé, lu-lummelige lummel, kon je niet uitkijken?' riep hij. Het bleek dat hij veel vaker vloekte en schuttingwoorden gebruikte dat hij zich gerealiseerd had. 'Weet die man soms niet dat er in deze wereld kinderen zijn die naar school moeten?'

'Jo gaat meestal andersom,' merkte Tallulah op.

'Wát?' vroeg Josh, in de achteruitkijkspiegel kijkend. 'Waarom heb je dat niet eerder gezegd?'

'Je hebt het niet gevraagd.'

'Hé, niet zo bijdehand, alsjeblieft!' riep hij. 'Hoe komen we nu uit deze opstopping?'

'Ik zou kunnen lopen,' zei Cassie.

'Is dat sneller?'

'Nee,' antwoordde Cassie, 'maar wel plezieriger.'

'Goed,' zei Josh, terwijl hij opeens een ruk aan het stuur gaf. 'Ik parkeer. Tallulah, jij komt op mijn rug, Cassie, jij gaat op Tallulahs rug.'

Tegen de tijd dat ze, rennend en grappige liedjes zingend, bij Cassandra's school waren gekomen, was ze bijna vergeten dat ze tegen de dag had opgezien. Maar toen namen Josh en Tallulah afscheid van haar. Ze zwaaide en zag hen steeds kleiner en kleiner worden totdat ze hen uiteindelijk niet meer kon onderscheiden. Toen liep ze de school binnen, stak haar kin in de lucht en was klaar voor de strijd.

Vanessa haastte zich, met haar koffie in de ene, en haar aktetas in haar andere hand, naar haar werk. De zon deed zijn best om door het wolkendek te breken, en in gedachten spoelde ze een maand vooruit naar de vitamine D en uv-stralen die als lammetjes rondsprongen over haar huid. En toen doemde haar kantoor voor haar op.

Tot op dat moment had Vanessa altijd gedacht dat haar werk de allerbelangrijkste factor was die de wereld op basis van haar salaris in beweging hield, terwijl ze haar gezinsleven altijd als een soort van subplot beschouwd had waar ze tot haar schaamte in geloofde. Ineens drong het tot haar door dat ze zich daar wel eens in vergist zou kunnen hebben. Haar hakken tikten over de marmeren vloer naar de lift, en ze hield haar ogen neergeslagen tot de deuren voor haar open waren geschoven. Ze liep naar haar kamer en deed de deur achter zich dicht.

Op hetzelfde moment verstijfde ze. Er had iemand aan haar bureau gezeten. Het was één grote bende. Haar agenda lag open en haar inbakje leek op een prullenbak. Hoe kon ze werken met zo'n troep? Ineens zag ze in gedachten hoe ze de keuken voor Josh had achtergelaten, en het volgende beeld dat door haar hoofd schoot was dat van Jo die élke ochtend met eenzelfde chaos geconfronteerd werd. Ze moest dat kind opslag geven. Als ze ooit terug zou komen.

Nog voor ze goed en wel was gaan zitten en een blik op de ingelijste, lachende gezichten van haar kinderen had geworpen, werd er op haar deur geklopt.

'Kom maar!' riep ze.

Anthony deed hem open.

'Ik hoopte al dat je dat zou zeggen,' zei hij met een knipoog. 'Want twee weken is een lange tijd.'

Vanessa's lichaam begon op slag te zingen.

'O, god,' mompelde ze.

'Daar weet ik alles van,' verzuchtte Anthony, terwijl hij de deur achter zich dichtdeed.

'Nee, ik bedoel, o, god. Anthony, ik ben een getrouwde vrouw die zojuist twee weken thuis met de kinderen heeft doorgebracht.'

'Ik snap wat je bedoelt, schat –'

'Nee, ik bedoel – Anthony, niet doen.'

Ze duwde hem van zich af.

'Wat?'

Opeens zwaaide de deur wijdopen en verscheen Max breedgrijnzend op de drempel. Daar stond hij met gespreide armen en benen, en een uitpuilende buik.

'Vanessa, schat! Welkom terug!'

Vanessa schat had zich op een haar na aan de voeten van haar baas laten vallen. In plaats daarvan wendde ze zich beleefd tot Anthony.

'Anthony?' vroeg ze, 'zou ik Max even onder vier ogen kunnen spreken?'

'Natuurlijk,' antwoordde hij met een charmante glimlach, waarop hij de kamer verliet.

Pippa en Nick zaten in een verkeersopstopping op Highgate Hill, en Sebastian James zat in zijn stoeltje op de achterbank.

'Als een van mijn collega's dat zitje achter in mijn auto ziet,' mopperde Nick, 'dan heb ik geen leven meer.'

'Stel je niet zo aan,' zei Pippa. 'Je hebt dat kapsel van je ook overleefd.'

Nick keek haar met grote ogen aan.

'Wat mankeert er aan dit kapsel?'

'Ik probeer de zaken alleen maar te relativeren.' Sebastian James liet een boer. 'En Sebastian James is het met mij eens,' voegde ze eraan toe.

'Volgens mij geef je hem van dat vet te eten waar je vuile handen mee schoonmaakt,' mopperde Nick.

'Ik heb vanochtend met Jo gesproken,' zei Pippa.

'O ja? En, heeft ze het al uitgemaakt met die vrijer van haar?'

'Inderdaad.'

'Allemachtig! Dan had hij het goed! Clevere klojo!' Toen schoot hem iets te binnen. 'Shit, die vriendin van jou kost me wel een flinke bom duiten.'

'Nee, maak je geen zorgen. Dat wil zeggen, ik neem tenminste aan dat je Gerry bedoelt.'

'Hoezo?'

'Omdat ze niet in hem geïnteresseerd is, daarom.'

'Natuurlijk is ze dat wel.'

'Nee, dat is ze niet.'

'Nou, nu misschien nog niet, maar op den duur wel.'

'Hoe bedoel je?'

'Gerry krijgt altijd wat hij wil. Het heeft hem ooit eens een heel jaar gekost om een meisje zover te krijgen dat ze verkering met hem wilde.'

'Neigt dat niet een beetje naar stalking?'

Nick haalde zijn schouders op. 'Ze maakte anders wel een gelukkige indruk. Uiteindelijk was hij het die haar de bons heeft gegeven.'

'Waarom?'

'Ze was te plakkerig.'

'Dat verbaast me niets!' riep Pippa uit. 'Dat had ze natuurlijk van hem geleerd!'

'Ach nee, hij is helemaal niet plakkerig.'

'Nou, ik zeg je nogmaals, Jo is niet in Gerry geïnteresseerd.'

'Misschien realiseert ze zich dat nog niet,' zei Nick. 'Maar vertel me dan maar eens hoe het komt dat ze het na zes jaar verkering opeens uitmaakt met haar vriend, en dat terwijl ze Gerry net heeft leren kennen?'

'Het heeft niets met Gerry te maken. Er zijn onlangs andere dingen gebeurd in haar leven.'

'Waarom heeft ze het dan uitgemaakt met haar vriend?'

'Omdat ze niet meer van hem hield.'

'En ze heeft zes jaar nodig gehad om daar achter te komen?'

'Ja. En ze heeft geen oogje op Gerry.'

'Neem nu maar gerust van mij aan,' zei Nick, 'dat er iets gebeurd moet zijn waardoor ze heeft besloten het uit te maken met hem. Het toeval is gewoon té groot. Let op mijn woorden.'

Pippa keek hem van terzijde aan terwijl hij doorreed, en ze begon zijn achterhoofd te strelen.

'O, je bent toch zo'n slimmerik,' zei ze, 'en daar hou ik van in een man.'

'Wacht dacht je dan?' zei Nick grinnikend. 'Ik ben bij de recherche.'

Op de kop af één uur later rende Josh, bijna over zijn eigen benen struikelend van de haast, naar het kleuterklasje.

Hoe kwam het dat hij de hele dag overal te laat voor was? Hij begreep er niets van, hij had niets gedaan, maar toch kwam hij overal te laat, en het huis was zo'n bende dat, als Zak nu thuis zou komen, hij waarschijnlijk ontzettend verdrietig zou zijn omdat hij de inbrekers was misgelopen. Nu pas drong het tot Josh door dat hij de hele dag nog niets had gegeten. Op dat moment realiseerde hij zich dat hij Jo nooit tussen de middag had zien eten, laat staan dat ze tijd vrij had genomen voor de lunch. En niet alleen dat, maar het voelde alsof het bedtijd was, hoewel alles, zoals het daglicht en zijn horloge, op het tegendeel wees.

Toen hij ten slotte met pijn in zijn zij en lage bloedsuiker bij de speelzaal arriveerde, zag hij een lange rij wachtende vrouwen. Ze draaiden zich allemaal naar hem om en staarden hem aan. Hij probeerde te glimlachen, maar zijn zij deed zo'n pijn dat het eruit kwam als een grimas. De vrouwen wendden zich weer af.

Hij wilde hun van alles vragen. Waar haalden ze overdag tijd vandaan om te eten? Hoe kregen ze het voor elkaar om op tijd hier te zijn? En dat dag na dag? Wat deden ze om hun kleren zo keurig schoon te houden? Zouden ze hem de fijne kneepjes bij willen – bij kúnnen – brengen?

Toen Pippa – met het uiterlijk van een Timotei-commercial – naar hem toe kwam geslenterd, was hij uitzinnig van vreugde.

'Hallo!' riep hij uit. 'Heb je met – Heb je – Hoe is het met je?'

'Hoi!' ze straalde. 'Wat doe jij hier?'

'O, ik pas op de kinderen. Ik heb een paar dagen vrij genomen, om te voorkomen dat Vanessa naar een andere nanny op zoek zou moeten gaan.'

'O!' riep Pippa uit. 'Ik begrijp het.'

'En ik weet hoe dol de kinderen op Jo zijn,' ging hij haastig verder. Pippa knikte. 'Je ziet er belazerd uit.'

'Dank je,' zei hij. 'Ik voel me ook belazerd.'

Een peuter van vier viel van zijn fietsje en landde naast hem op het hek.

'Heb je iets van Jo gehoord?' vroeg Josh, bij het hek vandaan stappend.

Een van de moeders die voor hen stond had er eindelijk schoon genoeg van. 'ALS JE ME NOG ÉÉN KEER ZEGT DAT JE MORGEN GAAT ZWEMMEN!' schreeuwde ze tegen haar kleuter van zes, 'DAN GA JE NIET.' Haar kind van zes draaide zich om en vertelde het aan iemand anders.

'Ja,' zei Pippa, 'ik heb vanochtend met haar gesproken.'

'O, echt? En hoe is het met haar?'

'Haar moeder kan alweer naar beneden en ze kan alweer een heel stuk beter praten, en nu is het wachten op het moment dat ze alleen de trap op en af, en naar de wc kan.'

'En hoe... hoe is het met Jo? Ze leek me nogal gestresst toen ze ging. Ik bedoel –'

'Nou, ze is een beetje van streek.'

'Waarom?'

'Nou, vanwege Shaun.'

'Hoezo? Wat is er met Shaun?'

Pippa gaf hem een zetje ten teken dat hij door moest lopen, en Josh realiseerde zich dat hij vooraan de rij was gekomen. Hij stond oog in oog met een Montessori-juf die hem streng aankeek als om hem duidelijk te maken dat er vanaf dit moment niet meer gesproken mocht worden. Hij schonk haar een achterdochtige glimlach.

'Naam?'

'Josh.'

'We hebben hier geen Josh.'

Pippa deed een stapje naar voren. 'Tallulah,' zei ze behulpzaam. 'En Georgiana.'

'O, ik snap het al!' Josh grinnikte. 'Ik ben Josh.'

'Ik ga het even nakijken,' zei de juf, die er niet om kon lachen.

Josh wendde zich tot Pippa. 'Ik weet heel zeker dat ík Josh ben,' zei hij.

'Dat weet ik, schat. Ze is Tallulah gaan halen.'

Tallulah werd gebracht. Ze kwam naar buiten en keek glimlachend naar Josh op.

'Dag, Josh.'

'Dag, Tallulah.'

Ze werd gevolgd door Georgiana, die doorliep naar Pippa.

'Dag, Pippa. Ik heb een vis geschilderd,' zei Georgiana, terwijl ze Pippa een schildering gaf van iets dat het midden hield tussen een haai en een olifant.

'Dat is prachtig, lieverd,' riep Pippa enthousiast uit. Toen keek ze op naar Josh. 'Nou, dan zie ik je wel weer –'

'Heb je tijd voor koffie?'

Ze grinnikte. 'Ja! Waarom ook niet?'

Josh wendde zich tot Tallulah. 'Heb je daar zin in, Tallulah?'

Tallulah wendde zich met een peinzend gezicht tot Georgiana. 'Mag ik deze keer meisje zijn?'

'Nee,' zei Georgiana. 'Je moet de jongen zijn want jij bent groter dan ik en jouw haar is donkerder.'

Tallulah keek op naar Josh.

'Nee, dank je, Josh. Ik ga liever naar huis als je het niet erg vindt.'

'O, nou.' Hij wendde zich tot Georgiana. 'Toe nou,' smeekte hij, 'laat Tallulah nou meisje zijn.'

Georgiana negeerde hem. 'Waar is mijn broertje?' vroeg ze opeens.

Pippa knipperde met haar ogen.

'O, jee. Hij zit bij Nick in de auto,' fluisterde ze, en ze keek Josh aan.

'Josh kunnen we een ander keertje koffiedrinken?'

'Ja, ja, natuurlijk.'

Pippa pakte Georgiana's hand, draaide zich om en ging er als een haas vandoor. Josh keek haar na. Even later voelde hij een klein handje dat zijn hand stevig beetpakte. Hij keek omlaag en zag Tallulah. Hij knielde om op gelijke hoogte met haar te zijn.

'Ze zegt dat ik net een jongen ben,' legde Tallulah zachtjes uit, 'omdat mijn haar anders is dan het hare.'

'Nou, lieverd, ik vind helemaal niet dat je op een jongen lijkt.'

Tallulah schonk hem een trage grijns, waarna ze opeens een aanval van verlegenheid kreeg, haar hoofd liet zakken en hem door haar pony heen aankeek.

'Zeker weten,' zei hij, terwijl hij haar handje drukte en haar een zoen op haar kruin gaf, 'je bent een rasechte vrouw.'

Ondertussen zaten Nick en Gerry in hun auto op een radiobericht te wachten.

'Dus,' zei Gerry, 'dan is Jo dus weer vrij en beschikbaar, of niet?'

Nick, die net een hap van zijn hamburger had genomen, knikte met volle mond.

'Ik vrees, maat, dat je mij geld schuldig bent.' Gerry glimlachte.

Nick slikte zijn hap door. 'Het schijnt echter dat ze niet vrij is om de reden waar we om hebben gewed.'

'O, nee? Ga verder, Nicholas. Ik wil er graag alles van horen.'

'Het blijkt,' zei Nick, 'dat ze zich opeens gerealiseerd heeft dat ze niet meer van haar vriend houdt.'

Gerry lachte kort en luid. 'Ja, hoor,' zei hij.

Nick draaide zich naar hem toe. 'Je bent wel heel erg zeker van je zaak, als ik het zeggen mag.'

'Nou, Nick, volgens mij probeert ze ons alleen maar iets wijs te maken.'

'Gerrard,' zei Nick, 'ik hou van je alsof je mijn bloedeigen broer was, en ik wil niet dat je jezelf belachelijk maakt. Het mag ons een raadsel zijn, maar ik geloof niet dat ze verliefd op je is.'

'Probeer me daar maar eens van te overtuigen.'

'Ze heeft haar beste vriendin verteld dat ze niets van je wil weten. En meisjes vertellen alles aan hun vriendinnen.'

Gerry keek Nick treurig aan. 'En jij noemt jezelf rechercheur?' riep hij uit. 'Ik ben zwaar in je teleurgesteld, Nicholas.'

'Hoezo?'

Gerry ging verzitten en draaide zich naar Nick toe. 'Je had toch niet écht verwacht dat ze haar beste vriendin zou vertellen dat ze verliefd op me is, wel?'

'Nee,' zei Nick, 'want dat is ze ook niet.'

Gerry slaakte een dramatische zucht en schudde zijn hoofd. 'Nee, omdat ze weet dat haar beste vriendin dat aan jou zou vertellen, en dat jij het dan weer aan míj zou vertellen. En op die manier zou ik wel eens kunnen denken dat ze om me zat te springen. En waar het bij het spel van versieren juist om gaat, is dat de vrouw de indruk probeert te wekken dat de man in kwestie haar onverschillig laat. Anders is er geen spel.' Gerry klakte met zijn tong. 'Echt hoor, Nicholas, en dat voor een man die bij de recherche zit.'

Nick schudde zijn hoofd.

'Het spijt me, maar in dit geval geloof ik toch wat Pippa heeft ge-zegd.'

'Regel nummer één: richt je op de bewijzen en niet op wat de ver-dachte zegt. Het bewijs is dat ze het na zes jaar verkering, en kort na-dat ze mij heeft leren kennen, heeft uitgemaakt met haar vriend.'

Nick zweeg.

'En we zijn een avondje wezen stappen.'

'Ja, maar ze heeft je wel die hele avond op een afstand gehouden.'

'Logisch, omdat ze toen nog officieel verkering met die ander had,' zei Gerry. 'Ze is haar vriend trouw, en daar hou ik wel van bij een meisje.'

Nick zei niets.

'Echt hoor,' zei Gerry, 'het klikt tussen ons. Vergeet niet dat ze on-middellijk op me reageerde in de trant van: "Help, ik ben nieuw in dit vreemde land,"' probeerde hij haar toon te imiteren. '"Grote, sterke politieman, zou je je alsjeblieft over me willen ontfermen?"'

Nick glimlachte. 'Gerrard, dat was een bijna griezelig enge imita-tie. Je klonk nét als Julie Andrews.'

'Nicholas, ik zit haar op het spoor. En wát voor spoor, als ik dat mag zeggen.'

'Dat mag je.'

'En, laten we niet vergeten, mijn vriend, dat als zij er niet geweest was, "Oh, en dan stel ik jullie aan mijn vriendinnen voor, bla, bla, bla", jij Pippa nooit ontmoet zou hebben. Dus afgezien van het feit dat je dik bij me in het krijt staat, zou je me op zijn minst in deze kwestie kunnen steunen.'

Ze zaten een poosje zwijgend naast elkaar.

Gerry was de eerste die iets van de walgelijke stank merkte, maar hij wilde er niets van zeggen. Toen het echt ondraaglijk werd, ging hij verzitten om te kijken waar het vandaan kwam.

'Jezus Christus,' fluisterde hij.

Nick volgde zijn blik om te kijken waar de stank vandaan kwam.

'Niet helemaal,' mompelde hij. 'Dag, Sebastian James.'

Later die dag kreeg Jo alweer een telefoontje van Pippa.

'Je raadt nooit wie ik vandaag bij de speelzaal ben tegengekomen,' zei ze.

'Josh?'

'Allemachtig! Hoe wist je dat?'

'Ik zei gewoon het eerste dat in me opkwam.'

'Dat is eng,' vond Pippa.

'Wat deed hij daar?'

'Hij zorgt zolang voor de kinderen, totdat jij weer terug bent. En moet je horen! Hij heeft vakantiedagen opgenomen om dat te kunnen doen. En nog iets! Hij heeft het gedaan omdat Vanessa anders naar een nieuwe nanny op zoek zou moeten gaan!'

'Dat meen je niet!' riep Jo uit.

'Hij vroeg of ik koffie met hem wilde gaan drinken, dus op het moment kan ik je niet meer vertellen dan dat, maar ik zal proberen om morgen meer van hem te weten te komen. Ik moest opeens snel weg omdat Georgiana merkte dat ik Sebastian James was verloren.'

'Hij wilde koffie met je gaan drinken? Misschien heeft hij wel een oogje op jóu. O, god, ja natuurlijk –'

'Hou je mond! Hij had me net gevraagd hoe het met je was, en ik had net gezegd dat je van streek was vanwege Shaun, dus het ligt voor de hand dat hij meer over jou wilde horen.'

'Heeft hij dan naar me gevraagd?'

'Meteen. Als eerste, nadat hij me had gezien.'

Jo voelde zich duizelig van opwinding.

'Maar helaas is Gerry ook hevig in de laatste ontwikkelingen geïnteresseerd,' ging Pippa verder. 'En zo te zien is hij niet van plan om zich te laten afschepen.'

'Nou, hij zal wel moeten.'

'Nick heeft me verteld dat hij een meisje ooit eens een heel jaar lang het hof heeft gemaakt voor hij haar eindelijk zover had dat ze verkering met hem wilde.'

Jo vloekte zacht. 'Ik zeg hem gewoon dat ik smoor ben op Josh,' zei ze.

'O, ja hoor, vertel een getrainde vechtersbaas wie zijn rivaal is terwijl hij weet waar hij woont. Wil je dat Josh opnieuw in elkaar wordt geslagen? Denk je niet dat je geweten het al zwaar genoeg heeft met die ene keer?'

'Allemachtig. Gerry klinkt als een nachtmerrie. Had ik nou maar niet met hem geflirt.'

'Aha!' riep Pippa uit. 'Dus je geeft toe dat je inderdaad met Gerry hebt geflirt?'

'Nou,' besefte Jo, 'misschien dat ik onbewust geprobeerd heb om Josh een beetje jaloers te maken. Dat ik hem op die manier zover hoopte te krijgen dat hij iets zou ondernemen. Hoe kon ik weten dat Gerry zo'n engerd was?'

'Hmm.'

'Waarom kan Josh niet zo zijn? En waarom kan Josh niets meer van me willen dan alleen maar een wip? En waarom kan Josh niet gewoon een aardige man zonder duistere kanten zijn? En waarom wil me verder niets te binnen schieten?'

'Omdat het dan veel te simpel zou zijn allemaal.'

'Ja, maar jij hebt wél gekregen wat je hebben wilde.'

'Wil je daarmee zeggen dat mijn vriend simpel zou zijn?'

'Nee, wat ik daarmee wil zeggen is dat ik jaloers ben. Jullie vonden elkaar aardig, en jullie hebben de nodige stappen ondernomen. Einde.'

'Ah,' zei Pipa, 'maar dat is wel na jaren en jaren van complicaties. Jij hebt het de afgelopen zes jaar heerlijk simpel gehad. Nu is het jouw beurt voor leuke spelletjes. Dat zijn de regels.'

Jo zuchtte.

'Hoe dan ook,' zei Pippa, 'ik zie dat je scherpe nanny-oog je niet in de steek heeft gelaten.'

'Je bedoelt?'

'Wil je niet weten wáár ik Sebastian James was verloren? En waarom ik naar het plaatselijke politiebureau moest om hem daar af te halen? En wat ik tegen mijn baas heb gezegd?'

Ja, dat wilde Jo natuurlijk weten. Ze luisterde aandachtig, en die avond in bed droomde ze van Josh die naar haar informeerde terwijl hij naar de speelzaal was gegaan om Tallulah te halen.

21

Halverwege Jo's derde week thuis, belde Sheila haar eindelijk terug. Ze spraken af voor de lunch in hun stamcafé.

Terwijl ze naar het tafelkleed zaten te staren, drong het tot Jo door dat ze niet wist waar ze de draad van hun gesprek moest oppakken. De gebruikelijke onderwerpen van Shaun en haar ouders waren een beetje te rauw en te pijnlijk om ter sprake te brengen. Het enige neutrale onderwerp dat haar te binnen wilde schieten, was Pippa. Voor de stilte al te ondraaglijk zou worden, vertelde ze Sheila uitgebreid over Pippa, en over het feit dat Pippa waarschijnlijk de enige reden was waarom ze weer naar Londen terug wilde, en dat Sheila dol op haar zou zijn. Toen Sheila niets terugzei, realiseerde Jo zich dat het waarschijnlijk niet het meest tactvolle onderwerp was geweest om als eerste ter sprake te brengen. Waarom was het haar onmogelijk om nog met haar beste vriendin te praten? Toen het eten werd gebracht, was ze reuze dankbaar voor de afleiding.

'Hoe is het op je werk?' vroeg ze ten slotte aan Sheila.

Sheila keek even op van haar eten.

'Ach, het is werk,' antwoordde ze toen. 'Niet echt iets om over naar huis te schrijven.'

Jo begon te eten.

'En hoe is het met James? Ik heb hem gemist.'

Sheila trok haar wenkbrauwen op.

'Ik niet.'

Jo keek haar onderzoekend aan.

'Is hij dan weg? Waarheen?'

'We hebben het twee weken geleden uitgemaakt.'

Jo's mond viel open. 'Wat? Wat is er gebeurd?'

'We hebben het uitgemaakt,' herhaalde Sheila. 'Twee weken geleden.'

'Ik dacht dat jullie gingen trouwen?'

'Zo zie je maar weer hoe een mens zich kan vergissen.'

'Wat is er gebeurd, Shee?' vroeg Jo zacht.

'Het bleek dat ik alleen maar zat te wachten tot er iets beters op mijn weg kwam, en dat is dus gebeurd.'

'Wie dan?' vroeg Jo op haar roddeltoontje. 'Vertel op, ik moet het weten!'

'O, je móet het weten, hè? Opeens móet je het weten?'

Jo zuchtte. 'Jezus, Shee, het spijt me als ik je het gevoel heb gegeven dat –'

'Je hebt me helemaal geen gevoel gegeven,' viel Sheila haar in de rede.

'Waarom ben je dan zo... ik weet niet... zo...'

Sheila keek naar haar eten.

'Het spijt me,' zei ze na een poosje.

'Je moet niet denken dat het voor mij allemaal zo'n lolletje is,' zei Jo.

'Wanneer ga je terug?'

'Zodra ik mijn moeder alleen kan laten.'

'Hmm.'

'Zo,' zei Jo, opnieuw op haar roddeltoontje, 'wie is je mysterieuze nieuwe liefde?'

Sheila schonk haar een geheimzinnig glimlachje.

'Ken ik hem?' vroeg Jo fluisterend.

Sheila glimlachte opnieuw.

Jo slaakte een gesmoorde kreet. 'Het is toch niet John Saunders, hè? De dorpsgek? Met de kop van een albinokonijn?'

Sheila schoot in de lach. 'Hou op, zeg.'

Jo lachte en wachtte tot het moment was verstreken.

'En hoe is het met James?' vroeg ze.

'O, uitstekend,' zei Sheila. Jo keek haar verbaasd aan. 'Het bleek dat hij erop zat te wachten dat ik het uit zou maken,' vertelde Sheila.

'Mannen.'

'Hmm.'

'Hmm,' zei Jo. 'Ik... ik heb het ook uitgemaakt met Shaun.'

Sheila trok haar wenkbrauwen op.

'Je bent helemaal niet verbaasd,' zei Jo verdrietig.

'Dat klopt.'

'O,' zei Jo. 'Ik was dat wel.'

Sheila keek haar aan.

'Ik moet er eerlijk bij vertellen dat hij het me wel erg gemakkelijk heeft gemaakt.'

Ze waren klaar met eten. Ze keken naar buiten. Ze keken om zich heen, het café rond. Ze besloten geen koffie te nemen.

'Hoe bedoel je, hij heeft het je wel erg gemakkelijk gemaakt?' vroeg Sheila, onder het afrekenen.

Terwijl ze het café verlieten, vertelde Jo Sheila, die al tien jaar haar beste vriendin was, hoe zij het had uitgemaakt met de man met wie ze zes jaar vaste verkering had gehad.

En daarna had ze dringend behoefte aan die lange wandeling langs de rivier, om er achter te komen wat er mis was met haar leven.

Cassandra wist precies wat er mis was met haar leven. Ze had geen wandeling nodig om daar achter te komen.

Mandy Summers werd almaar moediger. Intussen moest Arabella om al haar grapjes lachen, en Maisy werd langzaam maar zeker van haar plekje van 'beste vriendin' verdrongen. Hoe ellendiger Maisy zich voelde, des te meer Arabella Mandy aanmoedigde. En hoe meer Arabella dat deed, des te moediger Mandy werd. En hoe moediger Mandy werd, des te gemakkelijker ze het vond om Cassandra te pesten. Mandy begreep niets van het spel dat Arabella speelde, het enige wat ze wist, was dat ze er plezier in had. Ze was nog nooit eerder populair geweest, en nu genoot ze ervan.

Het moet gezegd dat Arabella ook niet wist welk spel ze speelde. Het enige wat ze wist, was dat Maisy's gekwelde gezicht haar een zalig opwindend gevoel bezorgde, iets wat van hun vriendschap niet langer gezegd kon worden. Niet langer was Maisy het fascinerende kind dat geheimpjes deelde met de raadselachtige Cassandra Fitzgerald. Ze was niet meer dan de zoveelste slaafse volgeling. Sterker nog, Cassandra leek de voorkeur te geven aan die oersaaie, kleine Asha, waardoor Maisy automatisch het meest onpopulaire meisje van de klas werd.

Cassandra was zeer verbaasd toen Mandy haar die week uitnodigde om bij haar thuis te komen spelen. Maar dankzij het Beleidsplan dat ze samen met haar moeder had opgesteld, aarzelde ze niet om de invitatie te accepteren.

'O, dat lijkt me enig,' zei ze grinnikend. 'Graag.'

'Geweldig!' zei Mandy. 'Arabella komt ook, dus we maken er een gezellige middag van.'

Cassandra schonk haar een oprechte brede grijns, waar Mandy zich zichtbaar niet goed raad mee wist.

'Doen we,' zei ze. 'Ik verheug me erop.'

Ondertussen probeerde ze het feit te negeren dat haar lichaam duidelijke paniceksignalen gaf.

Na hun gezamenlijke lunch gingen Jo en Sheila elk huns weegs, en Jo ging naar de rivier. Ze wist dat haar vader erop rekende dat ze over een uur thuis zou zijn, dus zó lang had ze niet, maar ze hoopte dat het lang genoeg zou zijn.

Terwijl ze van de High Street naar de brug liep, had ze het gevoel alsof ze een enorm zwart gat had ingeslikt en dat het haar ingewanden opzoog. Ze kon amper recht overeind blijven. Ze stapte aarzelend op de brug waarop zij en Shaun elkaar al die jaren geleden hun eerste kus hadden gegeven. Ze keek naar het water dat er onderdoor stroomde en vroeg zich af hoe het kwam dat zo'n bijzondere herinnering haar zo'n verdrietig gevoel kon geven. En toen dacht ze aan Sheila en hun vriendschap die altijd zo belangrijk voor haar was geweest. En toen dacht ze aan haar ouders. Was haar moeder ziek omdat zij was weggegaan?

Haar gedachten kwamen zo snel dat ze ze amper bij kon houden. Had ze alle belangrijke dingen in haar leven voor vanzelfsprekend aangenomen? Had ze al haar herinneringen verpest? Of, en dat was nog veel erger, had ze zich van begin af aan vergist en haar herinneringen op zo'n zwak fundament gebouwd dat ze niet tegen verandering bestand waren? Had ze er verkeerd aan gedaan om naar Londen te gaan, of had het haar juist laten zien dat het tijd was voor positieve veranderingen in haar leven? Was ze nu met lege handen komen te staan? Of was het alleen maar dat ze met lege handen was begonnen?

Nadat ze voor haar gevoel tijden naar het water had staan kijken, liep ze ten slotte door en sloeg rechtsaf, met de stroom van de rivier mee. Het geluid van het knarsende grind onder haar voeten deed haar bijna huilen van heimwee naar vroeger. Ze kwam bij het kerkhof en ze dwong zichzelf om te blijven staan en ernaar te kijken. In haar gedachten doemden twee geesten uit het verleden op. Twee kinderen van vijftien, met hun hele leven nog voor zich, die hun eerste stiekeme sigaret opstaken achter de zerk van een meisje van vijftien dat bij een ongeluk op de fabriek om het leven was gekomen. Had ze toen van Sheila gehouden? Zou ze van Sheila hebben gehouden als ze haar, bijna tien jaar later, in Londen ontmoet had? Zou ze haar wel aardig hebben gevonden als ze haar nu had leren kennen? Hoe meer ze erover nadacht, des te somberder ze zich voelde.

Ze sloeg de hoek om en bleef staan om van haar favoriete vergezicht te genieten. Bomen, met hun takken volop in de knop, staken af tegen de lichtblauwe horizon. Ze bewogen zachtjes op de wind. Zwangere velden strekten zich uit zover het oog reikte. Ze keek en ze keek, en liet het over zich heen komen alsof het een door de dokter voorgeschreven recept was. Langzaam maar zeker werd ze zich bewust van een aarzelend sprankje hoop in haar buik. Ze begreep zo goed als niets van de emoties die haar in hun greep hielden. Hoe kon dat? Hoe kon je iets voelen wat je niet begreep? Ze probeerde zich te herinneren wanneer ze zich voor het laatst zo had gevoeld, en het inzicht dat ze kreeg was zo onthutsend dat ze ervan op de grond moest gaan zitten. Ineens werd haar duidelijk wat er mis was geweest met haar leven. Dorothy ontdekte dat het niet de tovenaar was die het antwoord had – maar dat ze het al die tijd zélf had gehad.

Vele kilometers verder beleefde Josh Fitzgerald een heel ander soort openbaring.

Tallulah zou vandaag vanuit de speelzaal bij een vriendinnetje gaan spelen, en hij besloot zijn onverwachte vrije uurtjes te besteden aan een ontmoeting met zijn moeder. Ze spraken af voor de lunch bij Fortnum, nadat zij naar de Royal Academy was geweest om hun nieuwste tentoonstelling te bekijken.

De ontmoeting bracht hem aanzienlijk meer dan hij ervan verwacht had. Tegen de tijd dat het dessert werd gebracht, zat hij zijn moeder met open mond van verbazing aan te staren.

'Zit me niet zo aan te gapen, Joshua,' zei Jane. 'Straks denkt de kok nog dat je een vis bent.'

'Ik kan gewoon niet geloven wat je me zojuist hebt verteld,' fluisterde Josh.

'Wat? Dat ik het Dick niet kwalijk neem dat hij is weggegaan?'

'Ja. En dat andere.'

'Wat? Dat ik ervoor heb gezorgd dat hij die verhouding met die domme secretaresse had?'

Josh liet zijn hoofd hangen.

'Ik begrijp het niet,' fluisterde hij. 'Waarom vertel je me dat nu pas?'

Jane leunde naar achteren.

'Het komt door mijn therapie. Martin is echt geweldig. Hij heeft me diep bij mezelf naar binnen laten kijken, en me laten beseffen dat ik alles als het ware bedacht en gestuurd heb. Je vader was een totale onbenul. Waarom denk je dat hij met Vanessa is getrouwd?'

'Maar waarom zou je zelf een eind aan je huwelijk willen maken?'

'Omdat ik er genoeg van had. En,' Jane boog zich weer naar voren, en vervolgde geanimeerd, 'omdat blijkt dat ik passief-agressief tegenover ons huwelijk stond, dus de enige manier waarop ik ermee kon afrekenen, was door hem de rol van verlater op te dringen – omdat ik de boze bedrogen partij wilde zijn. Het is verrekte slim eigenlijk, als je je realiseert dat ik niet eens wist dat ik dat deed.'

'Wacht even,' zei Josh, 'ik wil even kijken of ik het allemaal goed begrepen heb, zodat ik geen fouten maak bij de reconstructie van mijn verleden.'

'O, lieverd, niet –'

'Wat je zegt is, dat pap door jouw toedoen elf jaar lang heeft rondgelopen met een schuldgevoel, omdat je, zoals je zegt, niet assertief genoeg was om hem gewoon te zeggen dat je genoeg had van jullie huwelijk, correct?'

'Onbewust, schat,' zei Jane. 'In die tijd hielden mannen niet van assertieve vrouwen.'

'O, dus het was de schuld van álle mannen, en niet alleen van pap?'

'Nee, het is alleen dat ik...'

'En hoe heb je het in vredesnaam voor elkaar gekregen dat hij die verhouding met zijn secretaresse is begonnen?'

'O, dat was doodsimpel,' antwoordde Jane. 'Ik zei hem maar steeds hoe mooi ze was, en hoe sexy, en na een poosje zei ik dat ik niet meer met hem naar bed wilde.'

'Aha!' Josh sloeg met zijn vlakke hand op tafel. 'Maar daarmee heeft hij nog niet automatisch toestemming om een verhouding te beginnen. In dat opzicht was hij wel dégelijk schuldig.'

'En ik had hem gezegd dat ik vond dat we een open huwelijk moesten hebben omdat ik eigenlijk wel zin had om met de kruidenier naar bed te gaan. Ik herinner me dat hij heel grote handen had.'

Josh deed opnieuw een vis na.

'Josh, toe, kijk me niet zo aan, alsjeblieft. Het is echt heel onaantrekkelijk, geloof me.'

'Dus je bedoelt dat je pap toestemming hebt gegeven voor een verhouding – dat je hem daar bijna toe verplicht hebt – en dat je hem er vervolgens voor gecastreerd hebt?' vroeg hij. 'Hoe... hoe dúrf je!'

'Ja, ik wéét het,' verzuchtte Jane. 'Ik voel me echt ellendig.'

'Hij heeft elf jaar lang rondgelopen met een schuldgevoel, ik heb me bijna de helft van mijn leven in de steek gelaten gevoeld, Toby heeft een muur om zich heen opgetrokken die zo dik is er je er bijna niet doorheen kunt komen, en hij zowel als ik heeft zich zijn leven lang schuldig gevoeld over het feit dat we een man zijn, vanwege dat wat iemand van ons geslacht onze arme moeder heeft aangedaan!'

'O, Joshi, toe, niet overdrijven. Daar was je altijd al zo goed in, in overdrijven.'

'Ik overdrijf niet!' riep Josh uit. 'Toen ik veertien was – en waarschijnlijk op het meest kwetsbare moment van mijn leven – heb je me ervan overtuigd dat mijn vader me in de steek had gelaten voor dat kreng van zijn secretaresse, dat hij háár belangrijker vond dan mij –'

'Hij heeft jóu niet in steek gelaten –'

'Dat heeft hij wél!' riep Josh uit. 'Natuurlijk heeft hij me wel in de steek gelaten. Dacht je soms dat hij elke avond even bij me op de kamer kwam vragen hoe mijn proefwerk was gegaan? Of dat hij 's ochtends voor het ontbijt langs kwam flitsen om me succes te wensen? Dacht je dat hij voor me klaarstond toen mijn lichaam er ineens totaal eigen ideeën op na ging houden? Hij heeft me in de steek gelaten.

Mijn vader heeft me in de steek gelaten. Voor de een of andere sloerie bij hem op kantoor.'

Jane wendde zich tot de twee vrouwen aan het tafeltje naast hen, die hun gesprek hadden gestaakt en hen openlijk aanstaarden. Ze schonk hun een ontwapenende grijns en fluisterde duidelijk hoorbaar: 'Hij is aan het afkicken van antidepressiva.'

De vrouwen knikten meelevend en bogen zich weer over hun eten.

'Mám!'

'Wat is er?' Jane was een en al onschuld. 'Iedereen slikt die dingen tegenwoordig.'

Josh liet zich voorover zakken.

Jane keek haar zoon met grote ogen aan. 'Martin zou zeggen dat het hoog tijd is dat je zelf verantwoording neemt voor je eigen emoties, in plaats van anderen de schuld te geven.'

'*Fuck* Martin.'

'Ah, ja, daar wilde ik het ook over hebben –'

'Mam, toe.' Josh hield zijn hand voor zijn gezicht. 'Eén traumatische onthulling per keer, Oké?'

'Misschien heb je er wat aan,' verzuchtte Jane, 'als ik je nog vertel dat je vader jullie niet achter wilde laten. Ik... eh, ik heb hem daar min of meer toe gedwongen.'

'O, god.'

'Hij wilde dat we gescheiden in hetzelfde huis bleven wonen, zodat hij getuige zou kunnen zijn van hoe jullie opgroeiden.'

Opnieuw een vis-imitatie. Jane liet het er maar bij.

'Ik ben bang dat ik dat niet goed kon vinden.' Ze nam een slok wijn.

Josh sloeg zijn hand voor zijn gezicht. Na een poosje begon hij er iets doorheen te stamelen, en Jane had moeite hem goed te verstaan.

'Ik heb tien jaar lang in angst geleefd voor vrouwen,' hoorde ze hem zeggen. 'Ik beschouwde elke ongehuwde vrouw als een bedreiging voor het gezinsleven.'

Jane keek haar zoon bedenkelijk aan. 'Denk je dat het daardoor komt dat je zulke problemen hebt? Met vrouwen?' vroeg ze aarzelend.

'Pardon?' Josh keek op.

'Nou, je valt altijd voor de meest gemakkelijke vrouwen, lieverd, om ze dan vervolgens kwalijk te nemen dat ze zo gemakkelijk zijn.'

'Dat is wel erg zwart-wit.'

'Hoe lang heeft je langste relatie geduurd?'

'Twee hele lange maanden.'

'Is dat die relatie waar je een eind aan hebt gemaakt omdat je dacht dat ze er iemand naast had?'

'Ja.'

'Dus toen heb jij er ook maar iemand naast genomen?'

'Ja.'

'Twee keer?'

'Ja.'

'Ik heb me altijd al afgevraagd waar je die vrouwenhaat vandaan had,' zei Jane. 'Maar nu weet ik het dan eindelijk.' Ze nam nog een slok wijn. 'Heb je er ooit wel eens aan gedacht om in therapie te gaan? Martin is echt geweldig. Hij heeft mijn leven gered.'

Josh liet zijn hoofd zakken.

'Ik kan niet – ik weet niet – ik...'

'Ik heb het niet bewust gedaan,' zei Jane.

Josh keek zijn moeder aan. 'Tot op dit moment heb ik altijd gedacht dat jij de enige onschuldige was in deze hele puinhoop die mijn leven is,' zei hij.

'Je leven is géén puinhoop.' Het was de eerste keer dat hij iets van emotie in haar stem hoorde doorklinken.

'Mam,' probeerde hij uit te leggen, 'voor mij was je altijd zoiets als de Maagd Maria.'

'Nou, misschien is het hoog tijd dat je beseft dat dat niet kan.'

Hij reageerde niet meteen.

'Dat bedoelde ik metaforisch.'

'Ja, maar, lieverd, ik geloof dat je de neiging hebt om alle vrouwen op die manier te zien. Snap je wat ik bedoel? In plaats van als wezens die even onvolmaakt zijn als mannen.'

Josh knipperde met zijn ogen.

'Misschien komt dat wel doordat mijn moeder me ervan heeft weten te overtuigen dat ze volmaakt is, en dat mijn vader de duivel in persoon was.'

'Ja, nou,' zei Jane peinzend, 'wanneer er twee mensen bij betrokken zijn, ligt het doorgaans niet zo simpel.'

'Wil je daarmee zeggen dat jij ook fouten hebt gemaakt?'

Jane ging verzitten. 'Ik kan bekennen dat... het niet uitsluitend je vaders schuld was dat we zijn gescheiden.'

Ze sloeg haar blik neer en schonk nog wat wijn voor zichzelf in.

'Neem me niet kwalijk,' zei Josh zacht, 'maar ik heb even tijd nodig om alle gegevens van mijn leven volledig opnieuw in kaart te brengen.'

'Ik heb het niet met opzet gedaan, lieverd,' hield Jane vol. 'Ik was verschrikkelijk ongelukkig.' Ze reikte over tafel en legde haar hand op de zijne. 'Mijn huwelijk met je vader was gedoemd te mislukken. We zijn alle twee veel gelukkiger zonder elkaar. Het enige positieve aan ons huwelijk waren jullie – jij en Toby. En dat zijn jullie nog steeds. Waarom denk je dat we nog steeds contact met elkaar hebben? Omdat we de meest fantastische kinderen hebben.'

'Ik wil een borrel,' zei Josh, terwijl hij zijn hand over zijn gezicht haalde.

'Natuurlijk, schat,' zei zijn moeder, terwijl ze hem haar servet gaf. 'Het spijt me echt verschrikkelijk.'

Twee wodka's later had Josh een duidelijker beeld van de situatie.

'Dus,' zei hij bedachtzaam, 'pap wilde niet weg bij mij en Tobe, jij geeft toe dat jullie scheiding niet geheel en al zijn schuld was, en ik ben een vrouwenhater.'

'Ja,' zei Jane peinzend. 'Weet je, misschien zou het geen slecht idee zijn als je toch aan de antidepressiva ging.'

'Dank je, moeder,' zei Josh. 'Maar niet nu ik er net vanaf ben.'

Jo was terug van haar wandeling. Ze deed de voordeur achter zich dicht en riep haar ouders.

'Ik ben thuis!'

'We zijn hier!' klonk de stem van haar vader vanuit de zitkamer. 'Ik heb net verse thee gezet.'

Jo trok haar schoenen uit en zette ze bij de voordeur.

Haar ouders zaten naast elkaar op de bank, iets wat ze al niet meer gezien had sinds de aanschaf, tien jaar geleden, van haar vaders nieuwe luie stoel.

'Hoe was het met Sheila, lieverd?' vroeg Bill.

Jo ging op zijn luie stoel zitten en draaide hem zo dat ze hen aan kon kijken.

'Niet goed,' antwoordde ze. 'Ze heeft het uitgemaakt met James.'

'Wat?' riep Bill uit. 'En met al die extra kilo's die ze met zich mee sjouwt. Die vindt nooit meer een ander. Ze ziet ze vliegen, dat kind.'

'Nou, het schijnt dat ze alweer een ander heeft.'

'Wie?'

'Dat wilde ze niet zeggen.'

'Hemel,' zei Hilda zacht, en ze lachten.

'En ik heb het uitgemaakt met Shaun.'

'Wat?' riep Bill voor de tweede keer uit.

'Ik heb het uitgemaakt met Shaun.'

Bill wist dat dit voorzichtig aangepakt moest worden. Hij haalde diep adem alvorens opnieuw het woord te nemen.

'Ben je helemaal hartstikke krankjorum?' riep hij uit. 'Hij had alles! Mannen zoals hij groeien heus niet aan de bomen, hoor!'

'Nou, waarom trouw jíj dan niet met hem?' schreeuwde Jo.

Er viel een geschokte stilte.

'Mam, pap,' zei ze snel, 'ik moet jullie iets vertellen.'

'O, god,' zei Bill. 'Je bent zwanger.'

'Nee!'

'Godzijdank,' zei Bill.

'Hou je mond,' zei Hilda.

Hij was stil.

'Ik ga studeren,' zei Jo.

Het bleef stil.

'Over mijn lijk,' fluisterde haar vader.

'Bill,' zei Hilda.

'Nou,' zei Bill, 'dat zeg ik ook namens jou, dat weet ik.' Hij wendde zich tot Jo. 'Josephine, je bent een verstandig kind –'

'Te verstandig –'

'Ik wil het niet hebben. Het komt alleen maar doordat je naar Londen bent gegaan – dat heeft je op die rare ideeën gebracht.'

'Nee,' zei Jo. 'Ik heb altijd al willen studeren.'

'Nou,' zei hij, 'iedereen heeft zijn dwaze dromen. Ik heb altijd voor Engeland willen spelen.'

'Het is helemaal geen dwaze droom! Hoe kan het dwaas zijn als zoveel mensen het doen, pap?'

'Omdat niet iedereen zo verstandig is als jij!'

Jo moest hard haar best doen om haar gedachten op een rij te houden.

'Pap,' zei ze ten slotte, 'ik hou van je en ik respecteer je, maar dit is geen verzoek. Het is de mededeling van een feit.'

Er viel een stilte.

Ze boog zich naar voren. 'Ik ben drieëntwintig en ik vraag je niet om toestemming,' zei ze. 'Ik laat het je alleen maar weten. En geef me alsjeblieft niet het gevoel dat het een vorm van verraad zou zijn om te weten wat ik zelf wil. Ik heb geen geld van je nodig, ik heb al jaren geen geld meer van je nodig gehad –'

'Alleen maar een dak boven je hoofd.'

'Nou,' zei Jo, 'daar vraag ik je nu ook niet om omdat ik van plan ben om in Londen te gaan studeren terwijl ik tegelijkertijd de kost verdien.'

'Dat had je gedacht!' blafte Bill, en hij stond op. Hilda begon te kreunen. 'Moet je kijken! Je hebt je moeder van streek gemaakt.'

'Nee, pap,' zei Jo. 'Ik denk dat ze vooral van streek is omdat jij zo boos bent.'

'Hé, studentje, geen grote bek tegen je vader, hè!' Hij wendde zich tot Hilda. 'Moet je kijken, ze is nog niet eens vertrokken, en ze heeft nu al een grote bek tegen me.'

'Ah, dus dan is het dat, hè, pap?'

'Wat?'

'Ben je bang dat ik meer zal weten dan jij?'

'Hé, waag het niet zo'n toon tegen me aan te slaan, hoor je?'

'Ik sla helemaal geen toon aan. Ik probeer er alleen maar achter te komen waarom je er zo op tegen bent dat je enige kind doet waar ze in haar leven zin in heeft.'

'Snap je het dan niet? Het is juist omdát je mijn enige kind bent, dat ik wil voorkomen dat je een ernstige vergissing begaat.'

'Waarom?' vroeg Jo. 'Vergissingen maken hoort bij het leven. Waarom zou ik er geen mogen maken?'

Hilda grinnikte zacht.

'Waag het niet partij voor haar te kiezen,' zei Bill tegen zijn vrouw.

'Laat mam erbuiten,' zei Jo. 'Ze zit echt niet op die grote bek van jou te wachten, en ze is vrij om te denken wat ze wil.'

'Ze denkt er net zo over als ik,' zei Bill.

'O ja?' Jo klonk sceptisch. 'Zullen we dat dan maar even aan haar vragen?'

Beiden keken haar aan.

'Hill?'

'Mam?'

Hilda sloot haar ogen en haalde diep adem.

'Bogdon-over-Bray,' mompelde ze.

Er viel een lange stilte. Toen slaakte Bill een diepe zucht.

'Dat was onder de gordel, Hill,' zei hij zacht.

'Wat bedoelde ze?' vroeg Jo.

Bill ging weer op de bank zitten.

'Pap? Vertel op.'

'Het is, verdomme nog aan toe, de bushalte waarop ik je moeder heb ontmoet,' zei hij lachend. 'Dat was ik helemaal vergeten.'

'En?' vroeg Jo.

Het kostte Bill moeite het verhaal te vertellen. 'Ik was daar alleen maar omdat ik op de verkeerde bus was gestapt en ik weer uit moest stappen, en met de 24B terug moest naar waar ik vandaan was gekomen.'

'Ja?' vroeg Jo.

Bill zuchtte. 'Voor iemand die slim genoeg is om te gaan studeren, ben je wel heel erg traag van begrip.' Hij keek Hilda lange seconden aan, alvorens zich opnieuw tot Jo te wenden. 'Ik zei altijd tegen je moeder dat, als ik me toen niet vergist had in die bus, ik het beste wat me in mijn leven is overkomen zou zijn misgelopen.'

Er viel een lange stilte. Toen liep Jo naar haar moeder, omhelsde haar, en verliet de kamer.

Toen Hilda ten slotte naar haar man keek, zag ze dat hij haar zat aan te staren.

'Hmm?'

Hij voelde zich zichtbaar slecht op zijn gemak.

'Heb ik echt zo'n grote bek, Hill?'

Ze lachte en tilde haar rechterarm op om zijn wang te strelen.

Diane, Vanessa's moeder, was met haar kleinkinderen in de tuin aan het spelen. Jo was intussen bijna een hele maand terug bij haar ouders. En ze hadden nog steeds geen nieuwe nanny in dienst genomen. Diane durfde de kinderen niet aan Josh toe te vertrouwen – ze vroeg zich af wat een volwassen man bij jonge kinderen te zoeken had, terwijl ze hem ondertussen in de keuken bezig hoorde.

'Kom je mee in de speelhut, grootmoeder?' vroeg Tallulah.

'Ik denk niet dat je grootmoeder daar in past, liefje,' zei Diane. 'Ik blijf wel buiten, voor het geval de deur klem komt te zitten. Dat zou de eerste keer niet zijn. Weet je wat? Ik blijf hier naar je zitten kijken. Doe de deur maar niet helemaal dicht.' Ze ging in de kleine hangmat zitten en begon in een duur tijdschrift te bladeren.

'Ik vraag het wel aan Cassie,' zei Tallulah. Cassandra zat aan de tuintafel haar huiswerk te maken.

'Cassie?' vroeg Tallulah.

'Mmm.'

'Heb jij zin om met mij in de speelhut te spelen?'

Cassie keek op van haar sommen.

'Wat spelen we dan?'

'Vadertje en moedertje.'

'Goed.'

Terwijl ze over het gras naar de speelhut liepen, kwam Zak aangesjeesd met zijn cyberhond in zijn armen.

'Mijn cyberhond is kapot!' riep hij.

'Wat is er gebeurd?' vroeg Cassandra.

'Er kwamen vonken uit zijn poeperd en toen deed hij het opeens niet meer.'

'Heeft hij een scheet gelaten?'

'NEE, HIJ HEEFT GEEN SCHEET GELATEN!' brulde Zak.

'We wilden net in de speelhut gaan spelen,' zei Cassandra. 'Doe je mee?'

Zak snoof. 'Wat gaan jullie spelen?'

'Vadertje en moedertje.'

'NEE!'

'Dan mag jij vader zijn,' zei Tallulah.

'Mag mijn cyberhond dan ook meedoen?'

Ze waren al jaren niet meer in de hut geweest, en waren vergeten hoe spannend het was.

'Ik ga naar bed,' zei Tallulah tegen Cassie. 'Je moet me welterusten wensen.'

'Waarom moet ik moeder zijn?' vroeg Cassie.

'Omdat jij de oudste bent.'

'Ik wil geen moeder zijn.'

'Zak!' beval Tallulah. 'Jij bent moeder.'

'Oké.'

'Wie is er dan vader?' wilde Cassie weten.

'Jij.'

'Ik wil geen vader zijn.'

'Waarom niet?'

'Omdat vaders saai zijn.'

'Nou, dan spelen we met twee moeders,' zei Tallulah.

'Dat is grof,' vond Zak.

'Nee, dat is het niet,' zei Cassandra. 'Een meisje in mijn klas heeft twee moeders.'

'Ik wed dat ze grof is.'

'Zak, als je niet gewoon mee kunt spelen,' zei Tallulah, 'dan moet je weg.'

'Ik weet wat we doen!' riep Zak. 'Lula en ik zijn een identieke tweeling die bij de geboorte is gescheiden, Cassie is ons jonge zusje en mammie en pappie zijn zonder ons met vakantie gegaan,' hij begon te fluisteren, 'en grootmoeder is Hannibal de Kannibaal die buiten op ons staat te loeren.'

Er viel een stilte.

'Is alles in orde daarbinnen?' riep Diane.

Toen ze alle drie verrukt van angst begonnen te krijsen, klakte Diane met haar tong en boog zich weer over haar tijdschrift.

De schemering maakte plaats voor de avond, overal weerklonk het lawaai van autoalarms die werden aangezet en Dick liep alleen naar huis.

Hij kwam door straten met net zulke huizen als het zijne – Victoriaanse rijtjeshuizen met, achter de dikke muren, moeders die gek werden van het gekrijs van hun huilende baby's en veeleisende peuters, en die vastzaten in hun zelfopgelegde luxe gevangenissen. Wanneer ze behoefte hadden om deel van de gemeenschap uit te maken, zetten ze de radio aan en luisterden vol ontzetting naar afschrikwekkende verhalen over dood en verwoesting. Wanneer ze behoefte hadden aan mensen om zich heen, zetten ze de televisie aan en lieten ze zich troosten door beelden van volmaaktheid en reclameboodschappen die waren verzonnen om hen het gevoel te geven dat ze te dik, lelijk en verdrietig waren, en dat ze stonken. En wanneer ze het allemaal niet meer aankonden, gingen ze aan de Prozac en vertelden dat aan niemand.

Dick deed de voordeur achter zich dicht en stapte over de verzameling speelgoed in de hal. Hij zette zijn koffertje in de hoek van de keuken, keek de post door en zuchtte bij het zien van een bruine envelop. Zonder op te kijken liep hij door naar de drankkast, trok het deurtje open en greep naar de whisky.

'Hemel, hemel,' zei Diane. 'Whisky voor het eten?'

Dick draaide zich met een ruk om. 'Dag, Diane.'

'Hallo, Dick.'

Dick glimlachte zonder overtuiging.

'Borrel?'

'Ja, Dick, ik weet wat het is.'

'Ik bedoel, of je er eentje wilt.'

'Nee, dank je. De kinderen zitten in de speelhut. Om de een of andere bizarre reden heeft Josh, in plaats van erop te staan dat ze doen wat hij zegt en dat ze naar binnen komen om te eten, besloten dat ze, als ze maar lang genoeg doorzeuren, hij ze daarvoor zal belonen en ze hun zin zal geven.'

'Pardon?'

'Ze hebben in de speelhut gegeten, en nu spelen ze er bedtijd in.'

'Mooi.'

'En Josh is naar bed gegaan. Hij zegt dat hij uitgevloerd is. Dat verbaast me niets. Hij heeft vandaag met zijn moeder geluncht. Daar raakt iedereen van uitgeput.' Ze liep langs Dick heen de hal in om haar spulletjes te pakken. 'Echt hoor, ik begrijp niets van deze generatie.'

'Dank je, Diane.'

'Ik heb bridge moeten overslaan deze week.'

'Dat spijt me.'

'Dat hoeft je niet te spijten, Dick. Spijt misstaat een man.'

'Dat spijt me.'

'Dag. Liefs voor Vanessa.'

'Ik zal het overbrengen.'

Dick keek naar de voordeur totdat hij achter zijn schoonmoeder was dichtgevallen. In de loop der jaren was hij tot de conclusie gekomen dat dit het moment was waarop hij er het liefste naar keek. Hij bleef nog even van de aanblik genieten, en keerde vervolgens terug naar de drankkast.

Tegen de tijd dat Vanessa thuiskwam zat hij in het donker, en met een lege whiskyfles op tafel, naar de televisie te kijken.

'O, hallo,' zei Vanessa, die niet verwacht had dat hij nog op zou zijn.

'Je hoeft niet zo verbaasd te zijn,' zei Dick. 'Toevallig woon ik hier ook, weet je.'

Vanessa zuchtte. 'Hoe is het vandaag met Cassie gegaan?'

'Goed. Mandy heeft haar uitgenodigd, en Arabella komt ook.'

'Hemel.'

'Hmm.'

'Dick, ik heb zitten denken,' begon ze. 'Misschien is het een goed idee om de kinderen een nieuwe computer te geven.'

Dick keek zijn vrouw verbaasd aan.

'Hoezo?'

'Het leek me gewoon een goed idee. Ze hebben heel goed op Jo's vertrek gereageerd en we kunnen het ons veroorloven –'

'We kunnen het ons níet veroorloven, en waarom zouden ze een duur cadeau moeten krijgen alleen omdat ze zich niet misdragen?'

'We kunnen het ons wél veroorloven en ze –'

'DAT KUNNEN WE NIET!' schreeuwde Dick.

'NOU, IK KAN HET WEL!' schreeuwde Vanessa terug.

Dick haalde even adem.

'O, ja hoor, toe maar,' mompelde hij, 'doe maar even lekker hatelijk.'

'Hoe bedoel je?'

'Je kunt ook gewóón zeggen dat jij een succes, en ík een mislukkeling ben.'

Vanessa schrok.

'Waar heb je het over? We zijn een team.'

Dick knalde uit elkaar. 'Een team? Laat me niet lachen! Je laat geen gelegenheid onbenut om te zeggen hoe waardeloos die winkel van mij is. En je hebt nog gelijk ook. Het ís een waardeloze tent. Ik ben waardeloos. Ik ben een waardeloze kostwinner. Ik ben een waardeloze echtgenoot.'

Tot haar ontzetting begon hij te huilen. Vanessa ging naar hem toe.

'Waar heb je het over?' vroeg ze zacht.

'Mijn eerste huwelijk was een mislukking, en nu maak ik hier óók nog een puinhoop van.'

Vanessa's hart stond stil.

'Hoe kom je daar zo bij?'

'O, laat me met rust,' kreunde hij. 'Laat me nu maar met rust.'

Vanessa ging naast hem op de bank zitten.

'Je snapt er niets van, hè?' zei ze. 'Al die dingen kunnen me niets schelen.'

'Waarom maak je er dan voortdurend rotopmerkingen over? Grapjes in de trant van dat de winkel maar waardeloos zou zijn?'

'Omdat...'

'Omdat je geen respect voor me hebt.'

'Nee!' riep ze uit. 'Omdat ik jaloers ben. Ik ben zo verrekte jaloers op je dat ik het wel uit zou kunnen schreeuwen.'

'Jalóers?' vroeg Dick ongelovig. 'Waarop?'

'Jaloers op het feit dat jij altijd overal het beste van krijgt.'

'Waar heb je het over?'

Vanessa leunde naar achteren. Elk woord leek haar moeite en energie te kosten.

'Ik wil niet altijd mammie zijn. Ik kan geen fulltime moeder zijn, Dick. Ik ben een waardeloze moeder. Zelfs het probéren om moeder te zijn heeft een heel negatieve uitwerking op me. En toch, hoewel ik in Londen werk en jij hier in de buurt, en hoewel ik op mijn werk elke dag weer voor mijn positie moet knokken en jij je eigen baas bent, ben ik nog steeds degene die, afgezien van mijn werk, ook nog eens voor de kinderen moet opdraaien. Het voelt alsof mijn werk nooit zo... legitiem zal zijn als het jouwe. Ik moet mijn recht op een baan voortdurend verdedigen en rechtvaardigen, en het voelt alsof ik op geleende tijd leef. En dat is niet eerlijk.'

Dick produceerde een vreugdeloos lachje. 'Als een van de kinderen dat zou zeggen, zouden we antwoorden dat het leven nu eenmaal niet eerlijk is.'

'Ja,' gaf Vanessa zachtjes toe, 'maar in tegenstelling tot de kinderen, kan ík wel weg.'

Het was lange seconden stil voordat ze opnieuw het woord nam.

'Hoe meer ik erover nadenk, hoe meer ik tot de conclusie kom dat het moederschap een... relatief idee is.'

'Zou je dat misschien even nader willen uitleggen?'

Vanessa zuchtte. 'Als we honderdvijftig jaar geleden hadden geleefd en rijk waren geweest, zou het geen moment van mij verwacht worden dat ik mijn baby's de borst zou geven, maar ik heb me verschrikkelijk schuldig gevoeld omdat ik dat niet kon doen. Als ik arm was geweest, dan zou ik ze tijdens mijn theepauze snel even gevoed hebben, om daarna weer aan het werk te gaan.' Ze begon sneller te praten. 'Als ik tot een bijbelse stam had behoord, dan zou ik door al mijn vrouwelijke stamgenoten geholpen zijn – ze zouden me te eten hebben gegeven en me verzorgd hebben. En nog maar één generatie geleden, had mijn hele familie waarschijnlijk in dezelfde straat gewoond, zou ik al mijn buren hebben gekend en zou ik de eerste twee weken na de bevalling in het ziekenhuis hebben doorgebracht om in alle rust bij te kunnen komen van het trauma van de bevalling. Ik moet het, afgezien van zo af en toe een bezoekje, zonder de hulp van mijn moeder stellen. Jóuw moeder bezoekt de kinderen hooguit één keer per jaar. Ik weet niet wie mijn buren zijn, dus ik kan ze niet om hulp vragen. De dag na mijn bevalling stond ik alweer thuis het eten te koken, en op kantoor schijnen ze te denken dat het wonder dat ik in staat ben om kinderen te baren juist een teken van zwakte is, in plaats van dat ik mijn steentje bijdraag om het menselijk ras voor uitsterven te behoeden. Ik bedoel, weet jij ook maar één andere diersoort die haar moeders op deze manier behandelt?'

Ze stond op en begon door de serre heen en weer te lopen. 'En daarbij wordt er van mij verwacht dat ik me schúldig voel omdat ik het me kan veroorloven één vrouw te betalen om mij te helpen. Nou, Dick, ik wéiger me schuldig te voelen. Of slecht. Of egoïstisch. Ik geef ruiterlijk toe,' ze hief haar hand op, 'dat ik hulp nodig heb bij het moederschap. En dat geldt voor iedereen. Wie dat ontkent, die liegt.'

Dick knikte. Vanessa haalde een paar keer diep adem om te kalmeren, en ging verder.

'Ik hou van mijn werk. Ik ben gék op mijn werk. Ik heb mijn werk nódig. Net zoals er vrouwen zijn die zich volledig gerealiseerd voelen door het feit dat ze moeder zijn, voel ik me volledig gerealiseerd door het feit dat ik werk. Het kan me niet schelen dat jij een winkel hebt, waar ik me druk om maak, is dat je geen respect hebt voor míjn werk en voor het feit dat ik verdomde goed ben in wat ik doe, en dat je impliceert dat ik als vrouw tekortschiet omdat ik de voorkeur geef aan het gezelschap van volwassenen in plaats van kinderen. Voor hetzelfde geld ga ik het moederschap wél leuk vinden wanneer de kinderen wat groter zijn, of wanneer ze volwassen zijn. Wie zal het zeggen? En waar ik me ook aan stoor, is het feit dat jij er moeite mee hebt dat ik het broodbeleg hier binnenbreng! Ik kan het niet uitstaan dat ik ruzie met jou moet maken om me voldaan en tevreden te voelen. Ik heb er moeite mee dat ik dacht dat je mijn belangrijkste steunpilaar zou zijn, maar dan blijkt dat je in werkelijkheid mijn grootste struikelblok tot geluk bent. Ik kan het niet uitstaan dat ik zó verschrikkelijk nijdig op je ben dat ik vergeten ben hoe ik van je moet houden.' Ze huilde.

Dick zat verstijfd en sprakeloos op de bank en keek naar Vanessa die opnieuw diep ademhaalde en verderging.

'Als jij zou besluiten om de winkel te sluiten omdat je… timmerman wilde worden, dan zou ik volledig achter je staan. Het maakt niet uit wat je zou willen doen, ik zou je altijd zoveel mogelijk steunen. Ik ben een geboren carrièrevrouw. Dat betekent niet dat ik niet van mijn kinderen zou houden of dat ik een ontaarde moeder zou zijn. Ik ben alleen maar gek op mijn werk. Waarom kan ik niet gewoon een vrouw met kinderen zijn, die van haar werk houdt?'

Dick zag bleek.

'Omdat jij alle twee kunt hebben,' fluisterde hij, 'en ik geen van beiden.'

'Dat is niet wáár!' riep Vanessa uit. 'Ik heb de afgelopen twee weken reikhalzend uitgekeken naar Jo's terugkomst. En de kinderen net zo! Ik was een ramp in huis. Zij verveelden zich, ik verveelde me – het was niet om uit te houden. Ik kan het niet, Dick, ik ben er gewoon niet voor in de wieg gelegd. Waarom zouden alle vrouwen hetzelfde moeten kunnen, enkel en alleen omdat ze vrouw zijn? Het zou net zo zijn als van elke man te verwachten dat hij...' ze dacht koortsachtig na om een goede vergelijking te vinden, 'ik weet niet... dat hij kan tuinieren, enkel en alleen omdat hij man is!'

Dick glimlachte.

'Ik ben anders lang geen slechte tuinman,' zei hij zacht.

Vanessa lachte door haar tranen heen. 'En je bent een fantastische vader. De kinderen zijn stapel op je. Je hebt veel meer geduld met hen dan ik ooit heb gehad.'

'Maar ze hebben geen twee vaders nodig.'

'Ik wil geen vader zijn, Dick, ik wil alleen maar mezelf zijn. En wat de kinderen voorál nodig hebben, zijn gelukkige ouders.'

'En een goede nanny.'

'En een goede nanny.'

Dick keek zijn vrouw aan.

'En je bent vergeten hoe je van me moet houden?' vroeg hij fluisterend.

Ze schonk hem een half glimlachje.

'Ik begin het me alweer een beetje te herinneren,' fluisterde ze terug.

Toen de luide stemmen van Dick en Vanessa weer zachter werden en Josh zijn vader kon horen huilen, voelde hij hoe hij een brok in zijn keel kreeg. En voor de eerste keer van zijn leven had hij medelijden met zijn vader in plaats van met zichzelf.

Buiten, in de speelhut, kropen Zak, Tallulah en Cassie onder de deken dicht tegen elkaar aan.

'Gaat pappie weg?' vroeg Tallulah zacht. 'Zoals hij ook bij Josh en Toby is weggegaan?'

'Nee,' fluisterde Cassie.

'Hoe weet je dat?' vroeg Zak verdrietig.

'Omdat we dat niet zullen laten gebeuren,' zei Cassie.

'Hoe dan?' vroegen Tallulah en Zak in koor.

Ze probeerden allemaal een antwoord te verzinnen.

'Wanneer zijn alle ruzies begonnen?' vroeg Cassie na een poosje.

'Toen Jo is weggegaan,' verzuchtte Tallulah.

'Precies,' zei Cassandra. 'Dus we zullen iets moeten verzinnen om haar terug te krijgen.'

'Wat dan?' vroegen de twee kleintjes.

'Fluitje van een cent,' zei Cassandra. 'Waar het om gaat is dat je je tegenstanders goed kent. Dat je ze talenten in zichzelf laat ontdekken waarvan ze nooit wisten dat ze die hadden.'

De anderen waren stil.

'We hoeven Jo niet zelf terug te halen,' zei Cassandra. 'Dat zullen we Josh voor ons laten doen.'

22

Op de maandagochtend van Jo's vijfde week thuis, was ze achterlijk vroeg op. Ze was als eerste beneden en stond vanuit de keuken naar het keurige achtertuintje van haar moeder te kijken, terwijl ze terugdacht aan het gesprek dat ze de vorige avond met Vanessa had gehad. Vanessa had vermoeid maar berustend geklonken. Ja, ze wilden haar allemaal dolgraag terug, maar er zat voor hen niets anders op dan haar nog uiterlijk twee weken te geven alvorens ze zich genoodzaakt zouden zien om naar een nieuwe nanny op zoek te gaan. Dat was het moment geweest waarop Jo had kunnen zeggen dat ze dolgraag terug wilde komen, maar alleen als ze dat als parttime nanny zou kunnen doen; ze wilde studeren en tegelijkertijd op de kinderen passen, ze wilde in Londen wonen en naar de universiteit gaan, ze miste de kinderen, miste de chaos, miste de spanning, maar ze had behoefte aan meer. In plaats daarvan was ze zich bewust geweest van het gat dat er in hun gesprek was gevallen, een gat waarin ze al die dingen had moeten zeggen, maar dat kwam en ging zonder dat ze haar mond zelfs maar open had gedaan.

De vogels maakten zo'n herrie dat ze ze boven het lawaai van het kokende water uit kon horen. Ze was doorgaans dol op dit vluchtige moment tussen de nacht en de dag – alsof ze God had betrapt op een onbewaakt moment waarop hij een dutje zat te doen. En ze hield het meeste van dit moment in deze tijd van het jaar omdat er een onmiskenbaar zwangere kwaliteit aan zat, en ze hield ervan om dit moment te beleven in het huis van haar nog slapende ouders, omdat ze wist dat ze altijd op hen terug kon vallen, maar soms was de gedachte aan hen minder uitputtend dan hun fysieke nabijheid. Dus, in technisch opzicht zou ze zich op dit moment intens blij, gelukkig en tevreden moeten voelen.

Maar dat was niet zo. Er was iets veranderd – zij was veranderd. Alles was veranderd.

Vanochtend bezorgde de ophanden zijnde zomer haar alleen maar een ontevreden en rusteloos gevoel. En sinds de ruzie met haar vader was ze er niet meer zo zeker van of ze nog wel altijd op haar ouders kon en wilde terugvallen. Hij zat nog steeds te mokken en ze was bang dat hij er nooit overheen zou komen. En behoorlijk slapen deed ze ook al niet meer, omdat ze voortdurend geplaagd werd door verontrustende gedachten aan Josh Fitzgerald.

Ze hoorde haar vader de trap af komen. Hij was vroeg op. Ze draaide zich om en zag hem de keuken binnenkomen, een kop thee voor zichzelf inschenken en, zonder haar aan te kijken, weer naar boven verdwijnen voor zijn bad.

Ze zette koffie, zette de pot en een mok op een dienblad, deed de achterdeur open en ging ermee de tuin in. Ze ging op het bankje bij de barbecue en de tuinkabouters zitten, en keek naar het ontwaken van de tuin terwijl ze met haar gedachten ergens tussen Niblet-upon-Avon en Highgate vertoefde.

Een halfuur later in Highgate, voelde Josh zich innerlijk verscheurd. Toen Vanessa door Jo was gebeld met de boodschap dat ze deze week nog niet terug kon komen, had hij met tegenzin bekend dat hij terug moest naar kantoor. Zijn werk betekende absoluut niets voor hem, maar hij had zijn salaris nodig om de rekeningen te kunnen betalen. En bovendien wilde hij er ook wel weer eens eventjes uit.

Intussen had Josh een heel andere kijk op het moederschap gekregen. In plaats van dwars door moeders heen te kijken – zoals hij voorheen altijd had gedaan – moest hij zich nu bijna bedwingen om, wanneer hij ze op straat passeerde, geen diepe buiging voor hen te maken. Wat hem betrof hadden de nanny's en de moeders de rol van de bijbelse vroedvrouwen overgenomen – zwijgzame, onzichtbare redders van levens, die hun mannen in de gelegenheid stelden om erop uit te trekken om elkaar te lijf te gaan en opschepperige verhalen over zichzelf te vertellen. Tot op dit moment was hij altijd overtuigd geweest van de superioriteit van zijn geslacht. Hoe kwam het dat er geen vrouwelijke Shakespeare, geen vrouwelijke Einstein en geen vrouwelijke Shackleton waren, had hij altijd geroepen tegen iedereen die hem maar horen wilde, hetgeen hem onvermijdelijk quasi-woedende blikken van de meisjes had opgeleverd. Maar nu wist hij waarom dat zo was. Dat was omdat ze het veel te druk hadden met billen afvegen en vingerverven. Wat een tragisch verlies, dacht hij.

De laatste tijd was hem opgevallen dan hij een zorgelijke gewoonte aan het ontwikkelen was, waarbij hij, als uit een trance, wakker werd en zich in Jo's kamer bevond waar hij op haar bed zat, of naar haar foto's zat te kijken, of haar achterlijke Mickey Mouse-wekker in zijn hand hield, of naar de titels van haar boeken stond te kijken. Het was echt hoog tijd dat hij weer aan het werk ging.

Toen hij Vanessa en Dick vertelde dat hij geen keus had en echt weer naar kantoor moest, had hij Vanessa naar Dick zien kijken op een manier waarop hij dat haar nog nooit eerder had zien doen. Haar blik was een mengeling van tederheid en een verwachting van een groots gebaar. Dat was het moment waarop Dick zei dat het zijn beurt was om thuis te blijven, en dat hij dat ook zou doen.

'Het is mijn beurt om op de kinderen te passen,' verklaarde hij nadrukkelijk. 'Ik doe de winkel maar een paar uur per dag open, wanneer ze allemaal op school zijn. Dat moet lukken.' Hij was even stil. 'Ik ben een moderne vader en dit is een modern gezin.' Opnieuw was hij even stil. 'Zo, en kan iemand mij dan misschien vertellen hoe de wasdroger werkt?'

Toen Josh, op weg naar buiten, naar de grote wijde wereld, door de keuken kwam, stond Dick naar het rooster op de deur van de koelkast te turen. Hij keek zijn zoon met angstige ogen aan.

'Waar is de spaghetti bolognese?' vroeg Dick.

'Het gehakt staat in de koelkast.'

'En wat doe ik daar dan mee?'

'Maak de spaghetti bolognese voor de kinderen zodat ze er hun gezichten mee kunnen insmeren.'

'Waar is het kookboek?'

'Pap, het is gehakt en tomatenpuree. Doodgemakkelijk.'

'En waar is, verdorie nog aan toe, de kleutergym?'

'Het adres staat in de agenda.'

'Waar is de agenda?'

'In de eetkamer naast de telefoon.'

'Wat zijn de Bevers?'

'Een club voor kleine jochies waar ze leren om blindelings allerlei bevelen op te volgen zodat ze later opgroeien tot brave en gehoorzame burgers. Zak vindt het er heerlijk, maar denk eraan dat je zijn woggel niet vergeet.'

'Wat is een woggel?'

'Dat zal hij je zelf wel vertellen. Ik moet gaan. Als je hulp nodig hebt, dan bel je me maar.'

'Hoezo? Kom je dan thuis om me te helpen?'

'Nee, maar dan kan ik ook eens lachen.'

Om tien uur had Dick de keuken aan kant, had hij voor de tweede keer de afwasmachine aangezet, alle bedden verschoond en een derde was in de machine zitten. Het huis gonsde van de bedrijvigheid, en dat allemaal dankzij hem. Hij had alle touwtjes strak in handen, was heer en meester over zijn rijk en hij genoot. Onder het strijken en wegruimen van de kinderkleren luisterde hij naar de radio. Waarom had niemand hem ooit verteld dat het strijken van kinderkleertjes rechtstreeks verband hield met hoeveel je van de kleine dragers ervan hield? De wetenschap dat zijn kinderen het brood aten dat hij in hun trommeltjes had gestopt, gaf hem een uiterst voldaan gevoel. Het besef dat hun laatste contact met het gezinsleven, alvorens ze de grote wereld waren ingetrokken, met hem was geweest, deed hem waanzinnig naar hen terugverlangen. Waarom had niemand hem dat soort dingen verteld? Het was een samenzwering! Vrouwen hadden mannen eeuwenlang in de waan gelaten dat dit soort taken onbevredigend waren, maar intussen werden ze wel volgepompt met liefde.

Om halftwaalf was *Woman's Hour* afgelopen, was het strijkgoed weggewerkt, hingen de lakens buiten in de zon en de wind te drogen (hij had besloten om de droger niet te gebruiken) en wist Dick dat hij nooit meer buitenshuis wilde werken.

Na het vingerverven met Tallulah en nadat hij er, door er een wedstrijdje van te maken, voor gezorgd had dat ze in een recordtempo had opgeruimd; nadat hij Zak van school had gehaald en een brok in zijn keel had gekregen toen hij zag dat hij zijn leraar een hand gaf; nadat hij Cassandra had gehaald en ze, toen ze hem zag, ineens was gaan stralen, en nadat hij met de kinderen uit volle borst zingend naar huis was gereden, stond Dicks besluit vast.

Zo hoorde het leven eruit te zien. Hij wilde zich geen zorgen maken om geldverdienen, wilde geen grammofoonplaten verkopen aan mensen die eigenlijk veel liever dvd's wilden hebben, wilde niet urenlang over een boekhouding moeten zweten die nooit klopte, en wilde niet bang hoeven zijn dat hij elke dag als mislukkeling ontmaskerd zou kunnen worden. Waar het in het leven om draaide was het liefdevol verzorgen van de volgende generatie, het bijbrengen van morele en ethische waarden die hun wereld tot een zinvol geheel zouden maken, ze bijbrengen wat het betekende om zelfvertrouwen te hebben en je medemens lief te hebben. Door omstandigheden was hij tegenover Josh en Toby in dat opzicht tekortgeschoten, maar bij zijn jongsten zou hem dat niet overkomen. Ze waren zijn toekomst, en hij had evenveel van hen te leren als zij van hem.

'Pap?' vroeg Zak.

'Ja, jongen,' zei Dick, liefdevol neerkijkend op zijn jongste zoon.

'Wat betekent klote?'

De volgende middag was Cassandra uitgenodigd om bij Mandy te komen spelen, en het verbaasde haar in het geheel niet dat Mandy de hele dag geen woord tegen haar zei. Sterker nog, Mandy deed de hele dag niets anders dan met Arabella giebelen.

Het kon haar niet schelen. Ze had mammies plan en pappie had gezegd dat hij vanavond pannenkoeken zou bakken en dat ze, als ze wilden, ook die pannenkoeken mochten eten die aan het plafond waren blijven plakken.

Het zou niet gemakkelijk zijn, straks, bij Mandy thuis, dat wist ze, maar ze zou zich er doorheen slaan omdat zij en Asha druk bezig waren met WRAAKPLAN NUMMER 1: Het Boek. En eerst was er de lunchpauze om naar uit te kijken.

De opnamen voor de Kakelende Kippenren moesten op dat moment in volle gang zijn. En waarom zou ze er niet even een kijkje gaan nemen, vroeg Vanessa zich voor de zoveelste keer af, terwijl de taxi haar erheen reed. Ze was de Account Manager, en het was voor haar belangrijk om te kijken hoe het stond met de belangrijkste commercial die het kantoor op dat moment onder handen had. En ze moest dringend even met Anthony spreken.

Ze betaalde de taxi, streek de rok van haar Nicole Farhi-pakje glad, rechtte haar rug en ging de studio met zelfverzekerde pas binnen. Het rook naar verse verf en sterke cappuccino's.

Vanessa bleef een poosje onopvallend achteraan staan kijken naar de indrukwekkende opstelling van de boerderij met al zijn als dierkarikaturen vermomde acteurs. De actrice die de belangrijkste kip speelde, was een bekende televisiepresentatrice met een kinderlijfje en enorme, opgeblazen borsten. Toen de cameralichten aangingen zette ze grote, onschuldige ogen, strekte ze haar rug en stak haar borsten vooruit. Zodra de lichten doofden, deed de gloed in haar ogen dat ook, en maakte ze een verveelde en geblaseerde indruk alsof ze zich eigenlijk maar veel te goed vond voor dit hele gedoe.

Vanessa was al lang niet meer onder de indruk van een bekendheid die gedurende een hele dag, en met steeds minder geduld, eindeloos dezelfde drie zinnetjes moest opzeggen, en het hele proces zou stukken aangenamer verlopen als alle betrokkenen, met inbegrip van de ster, er hetzelfde over dachten.

Op haar tenen liep ze naar de plek waar op dat moment gefilmd werd. Anthony stond naast Tom, die door de camera keek en de haan te kennen gaf dat hij een paar centimeter naar links moest gaan staan.

De regisseur stond alles aandachtig te aanschouwen, terwijl hij ondertussen op autoritaire wijze zijn kin masseerde. Zijn assistente, die meer piercings dan kleren droeg, stond naast hem, en masseerde op even autoritaire wijze zijn ego. Anthony draaide zich om, zag Vanessa en kwam glimlachend naar haar toe. Ze had onmiddellijk behoefte aan een Chocoknabbel. Ze ontmoetten elkaar midden in de studio.

'Hoe gaat het?' vroeg Vanessa koeltjes.

'God, je ziet er schitterend uit.'

'Niet hier, Anthony. Hoe gaat het?'

'Wat kan het schelen? In Studio 3 is een ideale kast.'

Tom draaide zich om en gromde een begroeting. Vanessa zwaaide overdreven enthousiast en liep naar hem toe.

'Hoe gaat het?' vroeg ze ernstig.

'Ach, een typische nachtmerrie,' zei Tom. 'Zoals gewoonlijk heeft mijn idee aan alle kanten te lijden gehad.' Hij deed een stapje opzij om haar door de camera te laten kijken.

Ze bestudeerde de compositie lang en aandachtig. 'Heeft de kip paarse oogschaduw op?' vroeg ze ten slotte.

'Hoezo?' vroeg Tom fel. 'Je gaat me toch niet vertellen dat ze een hekel hebben aan paars, hè?'

'Ik heb jullie in de pre-preproductie gezegd,' antwoordde ze op strenge, effen toon, 'dat ze geen paars wilden vanwege het nieuwe Emiscar-logo.'

'Ik dacht dat je had gezegd dat paars hun lievelingskleur was.'

'Dat was tijdens de pre-pre-préproductiebespreking.' Waarom was het voor iedereen toch zo moeilijk om op te letten?

'Nou, nu is het te laat,' zei Tom. 'We zijn de hele ochtend bezig geweest om haar zover te krijgen dat ze haar ogen opendeed. Het is een veel te groot risico om haar nu te vragen om ze weer te sluiten terwijl iemand de kleur van haar oogschaduw verandert. We veranderen het wel in de postproductie.'

Vanessa voelde dat er iemand naast haar was komen staan. Ze negeerde het gevoel totdat de iemand begon te spreken.

'Wilt u een moccacino?' vroeg de assistente. 'Kaneelbeschuitjes? Mineraalwater?'

Ze keek het meisje een volle seconde aan voor het tot haar doordrong dat ze alle drie wilde hebben.

'De kleur wordt tijdens de productie toch nog wel een beetje opgehaald, hè?' vroeg Vanessa, weer helemaal terzake.

Tom keek haar glimlachend aan. 'Bedankt voor je commentaar,' zei hij kortaf. 'Alle positieve kritiek wordt op prijs gesteld.'

'Ik wil alleen maar zeggen,' zei Vanessa, 'dat het licht, héél licht, moet zijn. Het mag op geen enkele manier reëel lijken.'

Tom keek haar met grote ogen aan terwijl haar post-ontbijt-pre-lunch arriveerde. 'Heb je ooit een commercial van mij gezien die te realistisch was?' vroeg hij, luid genoeg opdat de Kip hem kon horen en zijn kant op keek. 'Je hoeft me heus niet te vertellen dat ik Ken Loach niet ben, hoor.' Zijn uitval was een aardig staaltje van artistiek temperament. 'Ik weet echt wel wat ik doe. Mijn werk is het verkopen van beloften, en het afschilderen van een wereld waarin een happy end eerder regel dan uitzondering is. En misschien heb je ze nog niet gezien, maar in mijn kantoor staat een indrukwekkende collectie prijzen en onderscheidingen die –'

'Ik wilde alleen maar zeggen –' viel Vanessa hem met een mond vol kaneelbeschuit in de rede.

'JA NOU,' riep Tom opeens, 'je kunt de pot op met je "ik wilde alleen maar zeggen"!'

Het werd doodstil in de studio. Vanessa at haar beschuitje op en zette haar koffie op de camera. 'De boodschap is duidelijk, Tom, al had je best wat subtieler mogen zijn. Dank je.'

Jezus, ze moest hier weg bij die etters. Ze zou wel een andere keer met Anthony praten. Ze liep naar de uitgang, en toen ze de deur openduwde, dook Anthony opeens als uit het niets naast haar op.

'Zullen we dan nu maar even naar die kast gaan kijken?' fluisterde hij.

'NIET NU, ANTHONY.'

Anthony keek haar met grote ogen aan.

Haar laatste gedachte bij het verlaten van de studio was, dat Anthony eruitzag alsof hij op springen stond.

Cassandra wist dat ze dit heel zorgvuldig moest spelen, omdat het plan anders totaal verkeerd zou kunnen uitpakken. Zij en Asha namen het boek mee naar buiten, de speelplaats op. Gedurende de hele pauze zaten ze er overheen gebogen naar elkaar te glimlachen en er héle belangrijke dingen in op te schrijven. Zo af en toe kwam er een meisje vragen of ze echt een springkasteel had, en dan reageerde Cassandra met een raadselachtig glimlachje, of met een giechel en een blik op Asha, waarna ze weer verderging met schrijven.

Van achter het boek observeerden ze het machtsspel dat zich aan het hof van Arabella voltrok. Maisy zat op het klimrek en toonde Arabella het laatste kunstje dat ze had geleerd. Toen Mandy Arabella een arm gaf en haar mee trok, sprong Maisy zo snel van het klimrek dat ze bijna haar enkel verzwikte in haar haast hen achterna te hollen. Het was Cassandra opgevallen dat Arabella Maisy opvallend koel behandelde.

Toen mevrouw Abergale belde en de school zich in klassenformatie moest opstellen, zorgden zij en Asha ervoor dat ze redelijk, maar niet helemáál vooraan stonden. Cassandra liet het boek vallen en raapte het vervolgens met zoveel gedoe maar tegelijkertijd ook heel snel weer op, dat de meesten van haar klasgenootjes het wel zagen, maar mevrouw Abergale niet. En toen, toen iedereen het gezien had, verstopte Cassandra het onder haar trui en liet ze haar hoofd hangen. Asha, de schat, begon van alle opwinding aanstekelijk te giechelen, hetgeen de zaak oneindig veel goed deed.

Het meest interessante wat je op dit moment van de dag kon doen, was het turen naar het schoeisel van de kinderen van de andere klassen, en te kijken naar wie er nog wat te snoepen over had en dat in de laatste vrije minuten haastig naar binnen schrokte. Dus het incident met het boek had heel wat aandacht getrokken in 3b.

'Ziezo, 3b,' riep mevrouw Abergale, terwijl ze haar onderkaak als een schildpad naar voren stak, 'naar binnen. EN IK WIL GEEN WOORD HOREN.'

Ze liepen langs haar heen het gebouw in. De belangrijkste gespreksthema's die middag waren Cassandra's springkasteel, en op een goede tweede plaats, Het Boek.

Twee uur later zat Josh' lunchtijd er ook op. Maar hij kon zich onmogelijk losmaken van zijn vaders boeken. De ochtend was omgevlogen. Hij had nooit verwacht dat hij boekhouden leuk zou vinden, maar nu hij het kon doen voor iemand van wie hij hield, deed hij het met liefde.

Toen hij om drie uur voor het eerst na de lunch even opkeek, bezag hij zijn kantoor ineens met heel andere ogen.

Hij vroeg zich af waarom hij accountant was geworden, en het antwoord schoot hem onmiddellijk te binnen. Hij herinnerde zich, alsof het gisteren was geweest, het moment waarop hij aan zijn vader had gevraagd wat hij later moest worden.

'Dat weet ik niet, jongen,' had Dick op spijtige en ernstige toon gezegd, 'zolang je maar niet doet wat ik heb gedaan. Zorg ervoor dat je een vak leert. Als je een vak kent, dan zit je altijd goed.'

En ineens had de vijftienjarige Josh een missie gehad: hij zou ervoor zorgen dat zijn vader zo trots op hem was dat hij voor altijd weer thuiskwam. Hij vroeg zich af of Dick zich dat gesprek nog kon herinneren.

Zijn gedachten schoten door zijn hoofd terwijl hij met nietsziende ogen naar de muur voor zich zat te turen. Zijn geest had zwaar te lijden onder het feit dat hij de hele dag op een kantoor moest zitten. Hij moest iets zien te vinden waar hij in kon geloven, iets waarbij hij niet alleen van zijn kennis gebruik zou kunnen maken, maar waar hij vooral enthousiasme voor zou kunnen opbrengen. En hij had een idee.

Het enige wat hij nu nog moest doen, was het aan zijn vader vertellen.

Halverwege de middag, nadat ze weer op kantoor was, vond Vanessa een momentje om naar huis te bellen. Bij het horen van Dicks stem voelde ze zich even heel emotioneel worden.

'Hoe gaat het?' vroeg ze aarzelend.

'Uitstekend!' Ze had sinds jaren niet meer zoveel warmte in zijn stem gehoord.

'En hoe is het met onze kinderen?' vroeg ze.

'Uitstekend!' zei Dick opnieuw, zo mogelijk met nóg meer warmte. Hij hield één oog op de klok, en het andere op het broodje dat hij voor zichzelf stond te maken. 'Tallulah heeft op weg naar huis in alle tuinen van de buren bloemen voor je geplukt. We hebben de laatste vijftig meter rennend afgelegd.'

'Ah, lieverd. Geef haar maar een dikke zoen van mij.'

'Dat zal ik doen. Ik sta juist op het punt om Zak te gaan halen.'

'Vergeet zijn stepje niet. Lopen is meisjesachtig.'

'O, juist. Bedankt. Daarna maak ik lasagne voor ze. En als Cassie thuiskomt, krijgen ze pannenkoeken.'

'Gossie. Nou, succes dan maar.'

'Dank je.'

'Ik ga op tijd weg om Cassie bij Mandy op te pikken,' liet ze hem weten.

'Mooi. Dan wacht ik je op met een open fles wijn. Leeg, maar open.'

'Afgesproken,' zei ze lachend. 'Tot straks.'

'Dag, schat.'

Dick legde de telefoon neer, verpakte het broodje in plasticfolie om op weg naar school op te eten, vergaarde Tallulah, het stepje en de sleutels, en ging de deur uit.

Vanessa zat ondertussen naar de telefoon te staren. Er was iets veranderd. Maar wat? O, ja, besefte ze verbaasd. Ze hadden geen ruzie gemaakt. En Dick zou lasagne maken.

De lasagne was niet te vreten. Zelfs Dick kon het niet door zijn keel krijgen, en hij rammelde van de honger. Toen Zak met het idee kwam van volkorenbiscuitjes met chocoladepasta en stroop, en Tallulah zo opgewonden raakte dat ze haar vader begon te zoenen, besloot Dick dat eten pret moest zijn, en dat één gemiste echte maaltijd echt niemand zou schaden.

Tegen de tijd dat Josh thuiskwam, waren Dick, Zak en Tallulah zo high van alle E's en kunstmatige toevoegingen, dat ze moeiteloos een klein, nietsvermoedend eiland hadden kunnen overvallen. Josh waste hun handen en gezichten, ruimde de keuken op, kalmeerde het hele stel en maakte kaasboterhammetjes met tabasco uit de oven, gevolgd door een fruitsalade à la Josh. En daarna ruimden de kinderen op terwijl hij en Dick het pannenkoekenbeslag maakten.

In Niblet-upon-Avon stond het schaakmat. Jo was begonnen met haar vader terug te negeren, en elke kans die zich voordeed waarop ze het weer goed hadden kunnen maken, werd een gelegenheid om de eerste te zijn die de ander negeerde. Jo's leven bestond uit het om de zoveel tijd legen van haar moeders po en het nemen van pillen tegen de hoofdpijn.

Ze was in de keuken om haar pillen voor het avondeten te nemen en negeerde haar vader die voor haar moeder stond te koken, toen haar mobiel opeens ging. Haar vader negeerde het lawaai. Toen ze zag dat het Gerry was, bleef ze stomweg naar de telefoon staan staren, en als haar vader geen grommend geluid had gemaakt, zou ze niet hebben opgenomen.

'Hallo,' begroette ze hem zonder al te veel vreugde.

'Hallo,' zei Gerry. 'Ik kom eens even horen hoe het met je is.'

'O, met mij is het uitstekend, dankjewel,' zei ze, en het verbaasde haar dat zijn stem geen bedreigende en claustrofobische gevoelens bij haar opriep, maar dat hij haar juist warm en vriendelijk stemde. 'Lief van je om aan me te denken.'

'Doe niet zo mal,' zei Gerry. 'We missen je.'

'O, dat is heerlijk om te horen!' Ze draaide zich naar haar vader toe en vervolgde: 'Het doet me goed om te weten dat er tenminste nog mensen zijn die om me geven.'

Bill keek op zijn horloge, controleerde de tijd op de keukenklok en hield het horloge voor Jo's neus.

'Gerry, ik moet ophangen,' zei Jo. 'Ik moet helpen.'

'Best,' zei hij, 'ik bel je een ander keertje nog wel.'

'Oké,' zei Jo. 'Bedankt.' Ze verbrak de verbinding en hield zich voor dat dit geen man was die geen genoegen nam met een afwijzing. Ze was voor niets bang geweest.

Jo was niet de enige die onder het avondeten in een machtsstrijd zat verwikkeld. Het avondmaal bij Mandy's moeder thuis duurde veel langer dan Cassandra verwacht had. Ze kon amper een hap door haar keel krijgen. Hier, aan Mandy's keukentafel, leek Het Boek ineens totaal geen betekenis meer te hebben.

Arabella en Mandy aten gretig van de vissticks, patat en tomatenketchup. Ze hadden zich op school verkleed en precies dezelfde kleren aangetrokken – dezelfde kleren, in dezelfde kleur en van hetzelfde merk. Zelfs hun haarschuifjes en de kleur van hun nagellak waren identiek. Ze wisselden geheimzinnige, samenzweerderige blikken en spraken in halve zinnen – 'ze is met mij meegegaan, weet je wel…', 'Ik heb het uiteindelijk toch maar thuisgelaten…', 'je had gelijk wat dat ene betrof…' Cassandra werd genegeerd en overal buiten gehouden.

Na een poosje wendde Mandy zich tot hun eenzame toeschouwster. 'Wat was dat eigenlijk voor een boek waar je vandaag in zat te schrijven?' wilde ze weten.

Cassandra haalde haar schouders op. Ze kon het spel niet langer volhouden. Hun plan had gewerkt. Ze hadden haar volkomen op een zijspoor gezet. Ze was de paria aan de keukentafel.

'Ach, zomaar een boek.'

'Ach, zomaar een boek,' aapte Mandy haar zo zachtjes na dat haar moeder haar niet kon horen. Daar moesten zij en Arabella weer om giechelen. En terwijl ze zaten te giechelen, wierp Cassandra een blik in de toekomst. Hoe zou ze zich morgen voelen? Wat zou ze gewenst hebben dat ze had gezegd?

'Wat staat erin?' vroeg Arabella.

Cassandra forceerde een glimlachje.

'O gewoon... dingen.'

'Wat voor dingen?'

'Nou, dingen die Ash en ik... grappig vinden.'

'Zoals?'

Ze haalde haar schouders op en deed alsof ze dit niet van tevoren gerepeteerd had. 'Dingen die iedereen doet. In de klas.' Ze glimlachte een geheimzinnig glimlachje.

'Wie staan erin?'

'Dat kan ik je niet vertellen. Dat is voorlopig nog geheim. Maar dat zal niet lang meer duren.'

Arabella en Mandy observeerden haar terwijl ze met moeite een hap doorslikte.

'Sta ik erin?'

Cassandra grinnikte.

'Nou,' vroeg Arabella ongeduldig, 'sta ik erin, of niet?'

Cassandra keek haar onbevreesd aan. 'Het kan zijn dat je er met ingang van vandaag in komt te staan, ja.'

'Wie staat er verder dan nog in dat boek?' wilde Arabella weten.

'Dat mag ik je niet vertellen. Dat hebben Asha en ik elkaar beloofd.'

Arabella snoof, maar Cassandra zag dat er niet veel energie achter zat. 'Als ik je iets vertel,' fluisterde ze opeens, 'beloven jullie dan dat jullie het niet verder zullen vertellen?'

Haar woorden hadden een bijna magische uitwerking. Arabella en Mandy's ogen puilden zo ongeveer uit hun kassen.

'Dat beloven we.'

'Het is een heel groot geheim. Asha zal me vermoorden als ze erachter komt dat ik het jullie heb verteld, maar...'

'Vertel het nu maar,' drong Mandy aan.

'Nu kun je niet meer terug,' zei Arabella. 'Wat je gezegd hebt moet je doen.'

'Nou, goed dan,' zei Cassandra langzaam. 'Ik zal haar dan wel zeggen dat jullie me ertoe hebben gedwongen. Maar jullie beloven echt dat jullie het aan niemand zullen vertellen?'

'JA!'

'Nou,' fluisterde Cassandra, 'op de laatste dag voor de vakantie, wanneer we altijd spelletjes spelen, gaan Asha en ik alles wat erin staat hardop voorlezen. Als een soort van opvoering.'

'Dat vindt mevrouw Holloway toch nooit goed.'

'Ze heeft al gezegd dat ze het goed vindt,' loog Cassandra, waarbij ze de twee met grote, onschuldige ogen aankeek.

Arabella was stil.

'Dat betekent natuurlijk wel dat iedereen erin moet voorkomen, anders zou het niet eerlijk zijn. Het wordt de mascotte van de klas. En dan doen we het ieder jaar weer opnieuw.'

In het besef dat ze haar zaten aan te staren, forceerde ze nog een hap door haar keel. Toen keek ze op alsof haar opeens iets te binnen was geschoten.

'We kunnen gewoon niet geloven dat niemand eerder op het idee is gekomen,' bekende ze schouderophalend. 'Maar wij zijn de eersten.'

Gedurende het daaropvolgende halfuur voordat er werd aangebeld, hoefde ze niets anders te doen dan zo naïef mogelijk op Arabella en Mandy's vragen te antwoorden, iets wat niet altijd even eenvoudig was, want zo af en toe kon ze hun brein horen zoemen.

'O, ze hebben zich voorbeeldig gedragen,' zei Mandy's moeder tegen Vanessa, toen ze allemaal samen in de hal stonden. 'Ik heb ze de hele middag niet gehoord.'

'Dag, Mandy,' zei Vanessa hartelijk. 'Ik ben het niet vergeten hoor, van het springkasteel.'

Mandy was alle regels op slag vergeten en keek stralend naar Vanessa op. Op dat moment draaide Vanessa zich om naar waar Arabella stond, waarna ze haar, zonder ook maar één keer oogcontact met haar te maken en alsof ze een onzichtbaar lichaam zonder ziel was, van top tot teen opnam. Aha, dacht ze, dus dit kleine kreng is de tiran van de klas. Dit wicht maakt Cassies schoolleven tot een hel, en bezorgt haar zelfs af en toe nachtmerries. Terwijl Vanessa zo dwars door haar heen keek, fronste ze haar voorhoofd als om de indruk te wekken dat ze bijna zeker had geweten dat daar iemand stond, maar dat ze zich dus kennelijk vergist had en dat het eigenlijk ook helemaal niet belangrijk was. Ze wendde zich weer tot Mandy's moeder en ging zó staan dat ze met haar rug naar Arabella toe stond, waardoor ze van het gesprek werd buitengesloten. Toen ze Arabella achter zich voelde bewegen, bewoog ze ook, alsof ze haar per ongeluk opnieuw buitensloot. Het was doodgemakkelijk, maar ondertussen moest ze zich wel tot het uiterste beheersen om zich niet om te draaien, het kreng met haar rug tegen de muur te drukken en in haar gezicht te sissen: 'Denk erom, nu speel je met de grote meisjes.'

In plaats daarvan schonk ze Mandy en haar moeder haar meest charmante glimlach. 'Mandy moet echt gauw een keertje komen,' zei ze vriendelijk. 'Houdt ze ook van trampolinespringen?' In dezelfde adem voegde ze eraan toe: 'Dank je wel dat jullie Cassandra hebben uitgenodigd.' En met die woorden ging ze weg.

Vanessa reed vol gas de straat uit om te voorkomen dat ze haar zagen lachen. Toen ze de hoek om was, wendde ze zich tot Cassandra.

'Ik verklaar de vergadering voor geopend. Voorzitter, mag ik een gedetailleerd overzicht van wat er vandaag is gebeurd, alsjeblieft?'

Cassandra schraapte haar keel.

'Ze is erin getrapt!'

Beiden slaakten een luide jubelkreet, en toen ze langs de winkel op de hoek kwamen, kocht Vanessa een chocolade-ijstaart voor later. En gedurende de rest van de rit verheugden ze zich op de pannenkoeken.

De pannenkoeken waren niet te eten. Zelfs Dick kon ze niet door zijn keel krijgen, en hij rammelde van de honger. Maar het gaf niet. Het ijs was een groot succes en na afloop hadden ze maar een uur nodig om de keuken op te ruimen. Niemand was verbaasd toen de kinderen verklaarden dat ze dringend andere dingen te doen hadden. En terwijl de volwassenen aan het schoonmaken en opruimen waren, hadden de kinderen belangrijke zaken te bespreken.

'Zo,' zei Cassandra, toen ze allemaal op haar kamer waren, 'ik verklaar deze vergadering voor geopend.'

Zak en Tallulah keken haar in spanning aan.

De vergadering duurde niet lang. Cassandra zat voor alsof ze nooit anders had gedaan. Zak en Tallulah genoten van hun rol en vonden het prachtig wat ze deed. Ze hadden geen tijd te verliezen. Operatie Jo moest met onmiddellijke ingang van start.

Beneden heerste een veel minder opgewonden stemming. Dick en Josh waren in de keuken zachtjes met elkaar in gesprek terwijl Vanessa onder de douche stond.

'Nou?' vroeg Dick ten slotte, 'ziet het er echt zo somber uit als ik vermoed?'

'Wat wil je eerst, het slechte nieuws of het slechte nieuws?' vroeg Josh vriendelijk.

Dick zuchtte.

'Het slechte nieuws,' zei Josh, 'is dat je het, naar ik schat, nog zes maanden vol kunt houden voor je failliet bent.'

'Jezus.' Dick nam een slok whisky. 'En het slechte nieuws?'

'Het slechte nieuws is dat ik de zaak van je wil kopen.'

Dick keek zijn zoon onthutst aan.

'Je zei?'

Josh haalde diep adem. 'Je hebt er geen idee van hoe verschrikkelijk ik het vind om mijn leven lang accountant te moeten zijn. Ik heb vandaag een gesprek op de bank gehad, en ik kan een lening krijgen. Ik wil de winkel van je overnemen, pap.'

Dick schudde zijn hoofd. 'Jongen, jongen, jongen.'

'Luister! Niemand anders zal hem van je willen kopen. Dit is je enige kans. En het is míjn enige kans.'

'Maak alsjeblieft niet dezelfde fouten als ik.'

'Nee, daar hoef je niet bang voor te zijn. Ik heb een vak geleerd, en ik kan veel efficiënter boekhouden dan jij.'

'Au!' Dick trok een gezicht.

'En dat heb ik aan jou te danken. Dankzij het advies dat je mij als kind hebt gegeven beschik ik over een structuur om mijn dromen te onderbouwen. Ik kan leren hoe ik mijn eigen zaak moet runnen omdat ik veel bedrijven heb gezien die mislukt zijn, en veel bedrijven die succesvol zijn. Ik zal nooit zomaar blindelings ergens in stappen zoals jij hebt gedaan. En als het dan toch nog mocht mislukken, dan heb ik het in ieder geval geprobeerd en kan ik altijd weer accountant worden. Dankzij jou zal ik altijd aan de kost kunnen komen.'

'Dan heb ik tenminste íets goed gedaan,' zei Dick met een glimlach.

'Ja. En nu sta ik op het punt iets te gaan doen waarvan je me altijd hebt gezegd dat ik het nooit moest doen. Ik wil jouw voorbeeld volgen en muziek gaan verkopen.'

'Muziek? Platen?'

Josh haalde zijn schouders op. 'Een beperkt aantal platen, en verder cd's en dvd's.'

'Dus je koopt mijn winkel van me om er dan uitverkoop in te houden en de boel vervolgens te sluiten?'

'Nee, ik ga er een succesvolle zaak van maken. En ik ga ook geen uitverkoop houden want het wordt geen zaak waar popmuziek wordt verkocht. Ik wil een eclectisch assortiment. Het moet een unieke winkel worden. Uiterst Highgate. Ik zit ook te denken over een koffiebar, je weet wel, achterin waar jij die oude jukebox hebt staan.'

'Je hebt hier echt over nagedacht.'

'Pap,' zei Josh, 'ik heb me al tijden niet meer zo opgewonden gevoeld.'

Dick haalde zijn schouders op. 'Nou,' zei hij ten slotte, 'wie ben ik om je tegen te houden?'

'Maar, heb ik je... zegen?'

'Heb je dat nodig?'

'Dat weet je best.'

'Het maakt niet uit wat je doet, Josh, mijn zegen heb je altijd.'

Josh glimlachte.

Op dat moment kwam Tallulah in haar pyjamaatje de keuken binnen.

'Hallo, schattebout,' zei Dick, 'hoe is het met mijn zonnestraaltje?'

'Moe,' antwoordde Tallulah.

'Zal ik mee naar boven gaan om je lekker in te stoppen?'

Tallulah schudde haar hoofd en wees op Josh.

'Ik wil dat Josh dat doet.'

Dick en Josh wisselden een grijns, en Josh probeerde zich niet al te zelfingenomen te voelen.

Terwijl Josh met een zelfingenomen gevoel de trap met twee treden tegelijk op rende, schonk Dick een Bailey's voor Vanessa in waarna hij langzaam, tree voor tree, de trap op liep. Beide mannen aarzelden even alvorens de respectievelijke slaapkamers te betreden.

Dick aarzelde iets langer dan Josh. Toen hij de deur even later achter zich dichtdeed, hoorde hij dat Vanessa nog steeds onder de douche stond. Hij kleedde zich uit en stopte zijn kleren in de lege wasmand. Hij zag Vanessa's blouse op bed liggen. De kraan werd dichtgedraaid. Hij pakte het glas met de Bailey's weer op en liep er de badkamer mee in.

'Ik dacht dat je hier misschien wel zin in had,' zei hij, terwijl Vanessa zich in een badlaken wikkelde.

'O, wauw!' Ze keek hem glimlachend aan. 'Wat heerlijk.'

'Moet die blouse gewassen?'

'O, die is voor de stomerij. Ik breng hem van het weekend wel weg.'

'Ik doe het morgen.'

Ze keek hem aan.

'Weet je dat zeker?'

'Ja. Ik moet toch naar het dorp om boodschappen te doen.'

'Nou, dan graag.'

'Kom je mee naar bed?'

'Ja. Nog even mijn haar uitkammen.'

Vanessa schonk haar man een glimlach en keek hem na tot hij de badkamer uit was. Toen draaide ze zich langzaam om en bekeek zichzelf in de spiegel.

Josh deed de deur van Tallulahs kamer open, en was verbaasd toen hij zag dat het licht uit was en dat Cassie bij Tallulah in bed lag.

'Hé,' zei fluisterde hij. 'Wat is hier aan de hand? Een vergadering?'

'Lula heeft de laatste tijd erge last van nare dromen,' fluisterde Cassie. 'Ja toch, Tal?'

Tallulah knikte.

'Vooruit, schuif op,' zei Josh, terwijl hij op de rand van het bed ging zitten. 'Dat kunnen we niet hebben, dat mijn favoriete meisjes slaapproblemen hebben. Wat is er aan de hand?'

Tallulah zoog op haar duim en Cassandra zuchtte.

'Toe maar,' zei Josh zacht, 'jullie kunnen het me heus wel vertellen.'

Tallulah schudde haar hoofd.

'Lieverd!' riep Josh teleurgesteld uit, 'waarom kun je het me niet vertellen?'

Tallulah zuchtte.

'Kun je het wel aan mammie of pappie vertellen?' vroeg Josh.

'Nee!' haastte Cassie zich te antwoorden.

'Waarom niet?' vroeg hij, terwijl hij zich echt zorgen begon te maken. 'Wat is er aan de hand, Cass?'

Cassie wendde zich tot Tallulah.

'Mag ik het zeggen, Tally?'

Tallulahs knikje was nauwelijks waarneembaar.

'Ze heeft last van nachtmerries,' fluisterde Cassie.

'Wat voor soort nachtmerries?' fluisterde Josh.

Cassie sperde haar ogen ver open.

'Hele nare,' zei ze zacht.

'Hoe naar?'

'Ze gaan over... ze gaan over...'

'Zeg het maar...'

'Ze gaan altijd over...'

'Cassie, je moet het me vertellen.'

'Ze droomt over Jo.'

Josh ging met een ruk rechtop zitten. Dat had hij niet verwacht. En tot zijn ontzetting trok Tallulah haar knieën nog hoger op en begon ze te huilen. Hij sloeg zijn arm om haar heen en maakte troostende geluidjes.

'Ze droomt maar steeds dat Jo doodgaat,' vertelde Cass.

'Dat meen je niet!' zei Josh. 'Dat is verschrikkelijk.'

'En Lula probeert haar op te vangen –'

'Probeert ze haar op te vangen? Valt ze dan?'

'Ja, van een hoge berg.'

Josh slaakte een gesmoorde kreet.

'We zijn zo bang dat haar iets ergs overkomt.' Tallulah gaf haar zus een por. 'En we missen haar,' voegde Cassie er met hangend hoofd aan toe.

'Ja,' zei Josh, 'dat weet ik. We missen haar allemaal.'

'Mammie en pappie maakten lang niet zo vaak ruzie toen Jo er nog was,' fluisterde Tallulah langs haar duim. 'En nu maken ze voortdurend ruzie.' Ze begon opnieuw te huilen.

Daar had ze gelijk in, dacht Josh. Hij dacht terug aan die verschrikkelijke ruzie die ze hadden gehad, die zo luid was geweest dat hij er wakker van was geworden, en daarna had hij Dick horen huilen. En de hemel alleen wist wat het voor Dicks gevoel van eigenwaarde betekende dat hij de winkel maar een paar uur open kon hebben omdat hij het grootste gedeelte van de dag thuis moest zijn vanwege de kinderen. Hij deed heel dapper, maar het kon onmogelijk goed voor hem zijn. Maar wat te doen?

'Wat kunnen we doen?' vroeg Cassie.

'Dat weet ik niet, lieverd,' zei Josh. 'We kunnen hopen en bidden en God vragen dat ze maar gauw weer terug mag komen.'

'Mammie zegt dat God een verzinsel van de mensen zelf is om hun ambitie binnen de perken te houden,' zei Cassie.

'O.'

'Zal ik Jo bellen?' vroeg ze.

'Dat lijkt me geen goed idee.'

'O,' zei Cassie, waarna ze er fluisterend aan toe voegde: 'We hebben erover gedacht om haar gewoon te gaan halen.'

Jo keek zijn halfzusje in het donker aan. 'O ja?'

'Ja, maar toen zei Zak dat hij dan de meisjes-wc met ons zou moeten delen, dus dat ging niet.'

Even waren ze alle drie stil.

'Welterusten, Josh,' klonk Tallulahs stemmetje vanuit het duister.

'O, welterusten, hummeltje,' zei Josh, en hij gaf haar een zoen op haar zachte, droge wang. Hij en Cassie gingen haar kamer uit, en hij trok de deur zachtjes achter zich dicht. Op de overloop keek Cassie Josh aan.

'Bedankt voor je hulp,' zei ze.

'Ik heb helemaal niets gedaan.'

'Nee, nou,' zei Cassie op teleurgestelde toon, 'maar je hebt het in ieder geval geprobeerd.' Ze slaakte een diepe zucht en liep door naar haar eigen kamer.

Toen Cassie de deur van haar kamer achter zich had dichtgetrokken, hoorde Josh op zolder een geluid dat leek alsof er iemand door de stofzuigerslang aan het toeteren was. Het volgende moment realiseerde hij zich dat het Zak was die huilde. Hij rende de trap op en klopte op zijn deur. Het snikken hield op.

'Zak?' fluisterde Josh, 'mag ik binnenkomen?'

Na een poosje klonk een gedempt 'Ja.'

Josh duwde Zaks deur langzaam open, en hoewel hij erin slaagde de cyberhond te vangen die op hem af dook, kon hij niet voorkomen dat hij over de struikeldraad viel. Hij ging bij Zak op bed zitten.

'Wat is er aan de hand, knul?'

Zak haalde zijn hand over zijn gezicht.

'Ik had een nare droom.'

'Van Jo die van een hoge berg afviel?'

Even bleef het stil.

'Nee,' fluisterde Zak toen.

'Waarover dan?'

Zak ging zitten. 'Mammie had ons in de steek gelaten...' snikte hij, 'omdat, omdat ze weg moest om nanny voor Jo te zijn... ergens in het noorden. En toen... en toen ging pappie ook weg... omdat... omdat hij niet zonder mammie kon leven.'

Josh drukte het ventje tegen zijn borst. 'Knul,' zei hij troostend, 'ik zweer je dat niemand je ooit in de steek zal laten.'

Zak liet zich zwaar tegen Josh aan hangen en snikte: 'Maar Jo is wel weggegaan,' fluisterde hij.

'Jo komt terug. Dat weet ik heel zeker.'

Ze bleven een poosje zo zitten tot Josh wakker werd van het geluid van een grasmaaimachine. Zak snurkte.

Nadat Josh Zak had ingestopt, ging hij naar beneden en liep langzaam door Jo's lege kamer naar de zijne. Hij ging op de rand van zijn bed zitten en nam een besluit. Omwille van de kinderen, omwille van de hele familie, was er maar één ding dat hij kon doen. Hij moest ervoor zorgen dat Jo terug zou komen.

23

Josh werd de volgende ochtend vroeg wakker en vond de kinderen in hun pyjama voor de televisie. In de korte stiltes van de Teletubbies waren de volwassenen boven in de badkamer te horen.

'Zo, jongens!' begon hij.

'Sst!' zei Tallulah.

'Dit is stom,' zei Zak. 'Dit is voor baby's.'

'Dan zou je het juist leuk moeten vinden,' zei Cassandra.

'Zo, jongens,' herhaalde Josh, 'ik heb besloten om Jo te gaan halen.'

De kinderen maakte hun blik los van de beelden van een meisje dat voor de derde keer een naaktslak onder een boom vond.

'Ik weet het,' bekende Josh, 'ik stond er zelf ook wel een beetje van te kijken, maar ja, dat heb ik besloten.'

En toen ze met z'n drieën tegelijk boven op hem sprongen, wist hij dat hij de juiste beslissing had genomen. Hij vertelde dat ze het niet aan de volwassenen mochten vertellen, en vroeg hun of ze dachten dat ze het geheim zouden kunnen houden. Ze zeiden ja, en vielen hem opnieuw om de hals, en die ochtend ging hij met verende tred en een heerlijk blij gevoel in zijn hart naar zijn werk.

Op zaterdagochtend werden de kinderen, met inbegrip van Toby, vroeg wakker. Vanessa en Dick vonden het prachtig dat het hele stel, met Toby erbij, Josh wilde helpen met Jo's auto te wassen, en toen Josh aanbood om er een eindje mee te gaan rijden om te voorkomen dat de accu leeg zou raken, zeiden ze dat hij de auto wel mocht gebruiken totdat Jo terugkwam.

Een uur later legden Toby en Josh de laatste hand aan het poetsen van het lakwerk, terwijl Cassie, Zak en Tallulah naar binnen waren gegaan en daar de laatste hand aan de chocoladekoekjes en de verdunde jus d'orange legden.

'Hoe weet je zo zeker dat ze terug zal komen?' vroeg Toby, onder het wrijven van de motorkap, aan Josh.

'Dat weet ik natuurlijk niet zeker,' zei Josh, die het dak voor zijn rekening had genomen. 'Maar het is de moeite van het proberen waard. De kinderen zijn nergens zonder haar, en een paar dagen geleden hadden Vanessa en pap een verschrikkelijke ruzie.'

Toby leek er niet van onder de indruk.

'Tobe, pap húilde.'

'Shit.'

'Ja. Dus Jo moet terugkomen.'

Toby knikte.

'Hoe is het met Anastasia?' Josh gaf hem een knipoog.

'Te gek,' antwoordde Toby grinnikend.

'En hoe gedraagt de tirannieke Todd Carter zich?'

'Uiterst voorkomend. Hij heeft laatst zelfs aangeboden om mijn wiskundehuiswerk voor me te maken.'

'En wat heb jij daarop gezegd?'

'Dat hij op moest duvelen omdat ik er een goed cijfer voor wilde halen.'

'Shit,' fluisterde Josh, 'wees wel voorzichtig, hoor, Tobe.'

'Het was maar een grapje. Ik heb hem bedankt en gezegd dat dat niet nodig was.'

'O, goed.'

Toby trok het portier open om de auto vanbinnen schoon te maken.

'O, hé, te gek!' Hij lachte kort.

'Wat?'

'Moet je kijken!'

Toby boog zich naar binnen en haalde Jo's pluchen beesten van het dashboard.

'Zet terug, Tobe.'

Toby maakte het geluid van een stervende koe.

'Hou op met lachen,' zei Josh. 'Je kunt soms echt een ontzettende klier zijn. Dit is de vrouw die bevriend is met twee rechercheurs, en jij maakt haar pluchen beesten belachelijk.'

Toby keek naar de poppen in zijn hand.

'Eigenlijk,' zei hij, 'zijn ze best schattig.'

'Zet ze terug en help me met de rest.'

Toby zette ze terug.

'En waarom mogen pap en Vanessa niet weten dat je Jo gaat halen?' vroeg hij.

'Omdat ze het misschien niet begrijpen,' zei Josh.

'Wat is er niet aan te begrijpen? Je mist Jo, dus je –'

'De kínderen missen haar,' viel Josh hem in de rede. 'Twee nachtmerries op één avond. En Tallulah heeft ze vaker. En pap en Vanessa maken de laatste tijd regelmatig erge ruzie. Ik doe het voor de familie.'

'Waarom?' vroeg Toby.

'Omdat ik een aardige jongen ben, daarom.'

'En wat heeft de familie ooit voor jou gedaan?'

Josh en Toby keken elkaar aan over het dak van de auto.

'Tobe?'

'Mmm?'

'Laten we een eindje gaan rijden. Als we een lege parkeerplaats vinden laat ik jou misschien ook wel even rijden.'

Toby sprong in de auto.

Josh liet Toby inderdaad rijden. En verder vertelde hij hem over het gesprek dat hij met hun moeder had gehad. En hij legde hem uit dat, of hij er nu blij mee was of niet, Cassie, Tallulah en Zak er niets mee te maken hadden gehad dat pap bij mam was weggegaan, en dat, net als hij zijn vader met hén moest delen, zíj hun vader moesten delen met een jongen die hen niet uit kon staan. En ze zouden hun leven lang zijn broer en zusjes zijn, en ze zouden nooit vergeten hoe hij hen nu behandelde.

Op weg naar huis zei Toby weinig. Toen ze bij de benzinepomp stopten, kocht Josh een doosje chocolaatjes voor hem om hem wat op te vrolijken.

Toen ze thuiskwamen rende Toby het huis in.

'Hé! Lulu!' riep hij naar Tallulah, die aan de keukentafel zat te tekenen.

'IK HEET TALLULAH!' schreeuwde Tallulah.

'Wat heb ik in mijn hand, Tallúlah?' Toby hield een gesloten vuist voor haar op. Tallulah kromp ineen, stond op van tafel en liep haastig de tuin in.

'Wat heb ik je gezegd?' riep Josh.

Toby deed zijn vuist open en toonde zijn broer een samengeknepen cocolaatje.

'Die had ik aan haar willen geven,' zei hij met een vreemde, verdraaide stem, waarna hij hard de trap op rende. Josh zou hem achterna zijn gegaan, maar hij moest naar Niblet-upon-Avon.

Later die dag hadden de kinderen een bespreking in Tallulahs kamer. Zak was blij dat Toby er niet was, want die was de hele middag ontzettend gemeen tegen hem geweest.

'Ik geloof dat we rustig kunnen stellen dat het plan naar wens verloopt,' begon Cassie. Ze keek op haar horloge. 'Josh kan nu elk moment bij Jo's huis zijn.'

Ze moesten allemaal giechelen.

'En, Zak,' vervolgde Cassie, 'je timing was absoluut fantastisch. Ik vermoed dat Josh ontroerd was van Tallulahs voorstelling, maar jouw optreden heeft echt de doorslag gegeven.'

Zak fronste zijn voorhoofd. 'Welk optreden?' vroeg hij.

Cassie keek haar kleine broertje aan.

'Laat maar,' zei ze. 'Het is ons gelukt, en daar gaat het uiteindelijk om.'

Toen er bij Jo's ouders werd aangebeld, was Jo bezig de zitkamer te stofzuigen terwijl haar vader haar moeder de trap op hielp.

'Doe jij even open, wil je?' riep hij.

Jo liep naar de deur en wierp afwezig een blik in de spiegel op de gang. Niet te geloven, dacht ze, wat een beetje buitenlucht voor een mens kon doen. Haar huid straalde.

Ze deed open en zag Sheila die met een beschaamd verdrietig glimlachje en een enorme bos rode anjers op de stoep stond.

'Shee!' riep Jo uit. 'Wat enig! Ik had je niet verwacht, kom binnen –'

'Ik kan niet lang blijven,' zei Sheila zacht.

'Is er iets?'

Sheila schudde haar hoofd en keek naar de vloer. Jo, die er niets van begreep, deed een stapje opzij en trok de deur verder open om haar binnen te laten.

'Kom maar liever binnen,' zei ze.

Sheila stapte, alsof ze in hun tienerjaren niet elk weekend bij Jo had doorgebracht, schuldbewust over de drempel van de Greens en gaf Jo de bloemen.

'Wauw, dank je, Shee. Ze zijn prachtig.'

Sheila bleef met neergeslagen ogen verlegen in het halletje staan.

'Kom verder,' zei Jo.

'Dank je.'

Jo ging haar vriendin voor naar de keuken.

'Thee? Koffie?' vroeg ze.

'Niets, dank je.'

'Echt niet?' drong Jo aan, en Sheila schudde haar hoofd. Jo liet de bloemen op het aanrecht liggen en ging bij Sheila aan tafel zitten.

'Ik moet je een nieuwtje vertellen,' zei Sheila na een poosje.

'Wat is er gebeurd?'

'Ik ben verloofd.'

Jo zette grote ogen op van verrassing en opluchting.

'Wat heerlijk voor je!' riep ze uit.

'We gaan in juni trouwen,' vervolgde Sheila.

'Wauw! Dat is snel.'

'Niet echt,' zei Sheila. 'Wanneer je weet dat hij de ware is, dan weet je het.'

'En weet je het?' verzuchtte Jo. 'Je boft maar.'

'Hoe dan ook,' ging Sheila verder, 'we kennen elkaar al tijden. Aanvankelijk alleen maar als vrienden, maar...' ze haalde diep adem... 'we hebben een paar keer met elkaar gescharreld, maar niets serieus omdat we alle twee toen nog een ander hadden.'

Jo knikte.

'Maar onlangs is het serieus geworden.'

'Geweldig.'

'Nadat jij was weggegaan.'

'O.'

'*Omdat* jij was weggegaan.'

Jo keek Sheila niet-begrijpend aan.

'O, jee,' zei ze, 'heb ik je dan ergens van weerhouden...?' vroeg ze. Ze liet het erbij omdat ze niet wist wat ze er verder nog op zou moeten zeggen.

Nu pas keek Sheila haar aan, en wat Jo in haar ogen zag was diep medelijden.

'Ik hoop niet dat je het je erg zult aantrekken, Jo,' fluisterde Sheila.

'Waarom zou ik het me moeten aantrekken? Ik vind het heerlijk voor je.'

'We wilden je niet kwetsen.'

'Maar dat heb je toch ook niet gedaan? Ik snap werkelijk niet waar je het over hebt.'

Sheila zuchtte en schudde haar haren naar achteren.

'Shaun... Casey... en ik trouwen in juni,' zei ze heel langzaam en heel duidelijk. 'Shaun. Jouw Shaun. Nou ja, míjn Shaun, dus. Shaunie. Hij had het nog niet uitgemaakt met jou, of hij heeft me ten huwelijk gevraagd.'

Jo kreeg het ijskoud.

'Hij heeft het niet uitgemaakt met mij,' zei ze op effen toon.

'Ja, dat heeft hij wel, Jo,' zei Sheila zacht, terwijl ze zich beetje bij beetje verder naar Jo toe boog. 'Je had het alleen niet in de gaten.'

'Hij heeft me weer ten huwelijk gevraagd, Shee,' hoorde Jo zichzelf zeggen.

'Omdat hij wist dat je nee zou zeggen,' zei Sheila iets luider. 'Ik heb hem geholpen bij het verzinnen van de manier waarop hij het zou doen. Hij zou zeggen dat dit de allerlaatste keer was. Klopt dat of niet?'

Jo voelde het bloed wegtrekken uit haar gezicht.

'En ik heb hem gezegd naar welk restaurant jullie moesten gaan,' vervolgde Sheila zacht.

'Maar dat was het restaurant waar we al die jaar geleden voor het eerst samen hadden gegeten,' fluisterde Jo.

Sheila knikte. 'Precies,' zei ze. 'Dat leek me dan ook juist zo romantisch.'

Jo voelde het bloed door haar oren pompen.

'En wat bedoelde je precies, toen je zei dat jullie een paar keer hadden gescharreld?' bracht ze met moeite uit.

'O, niets serieus,' zei Sheila. 'Je weet wel, onder de mistletoe, en zo af en toe op een feestje –'

Jo sloeg haar hand voor haar mond.

'O, god, sorry, Jo. Ik had niet verwacht dat je het je zo aan zou trekken. Eerlijk gezegd dacht ik dat je opgelucht zou zijn dat hij zo gelukkig was. Het zou toch verschrikkelijk zijn als hij er kapot van was, niet? Onze Shaunie?'

Jo probeerde te knikken. Haar brein kon de verdraaide realiteit die haar werd voorgehouden niet accepteren. Het was te surrealistisch.

'Shaunie was er echter niet zo zeker van,' ging Sheila verder. 'Hij vond dat we nog een poosje moesten wachten met het je te vertellen, maar ik zei dat we geen andere keus hadden. De kaarten gaan volgende week de deur uit. Ik zou niet gewild hebben dat je er als laatste achter was gekomen.'

'Hij heeft me vier keer ten huwelijk gevraagd, Shee,' fluisterde Jo, terwijl ze de tranen van haar kin veegde.

'Ja, dat weet ik,' zei Sheila. 'Ik was woedend.'

Jo keek haar vragend aan.

'Nou, natuurlijk!' zei Sheila. 'Hij greep elke kans die hij maar kon krijgen aan om iets met mij te doen, terwijl hij het ondertussen deed voorkomen alsof hij het met jou serieus meende. Ik vond zijn gedrag ronduit schokkend.' Ze lachte kort. 'Ik was echt verschrikkelijk nijdig op hem.'

'Ik dacht dat je zei, zo af en toe op een feestje?'

'Nou ja,' Sheila haalde haar schouders op. 'Er waren een heleboel feestjes. En een heleboel mistletoe. Vergeet niet dat dit al zés jaar gaande is.'

'Maar waarom? Waarom heeft hij het niet gewoon uitgemaakt met mij?'

'Nou, ik denk dat hij erg aan je gehecht was. Ik bedoel, je bent nu eenmaal erg aardig. En vergeet niet dat het natuurlijk geweldig was voor zijn ego. Ik weet nog dat ik ooit eens tegen hem heb gezegd dat het niet ondenkbaar was dat jij en James óns bedrogen.' Ze glimlachte. 'Daar hebben we natuurlijk hard om moeten lachen.'

'Bedrogen? Ik dacht dat je zei dat jullie af en toe wat scharrelden?'

'O, nou, wat maakt het uit. Waar het om gaat is –'

'Weet James hiervan?'

'O, ja,' antwoordde Sheila zonder aarzelen. 'Hij heeft het altijd geweten. Ik was al met Shaun voordat ik hem leerde kennen. Hoe denk je dat ik James heb leren kennen? Ik dacht eigenlijk dat je dat wel begrepen had, je weet wel, het was wel heel erg toevallig. Hoe dan ook, James had geen enkel probleem met de situatie. Hij wilde een vriendinnetje dat geen huwelijk verwachtte. Hij is trouwens onze getuige.' Ze zuchtte. 'Weet je? Eigenlijk heb ik nu toch wel zin in een kopje thee.'

'Maar je had een enorme hekel aan Shaun!'

'O, dat was zijn idee,' zei Sheila geeuwend. Ze deed haar mond weer dicht. 'O, neem me niet kwalijk. Het is een beetje laat geworden gisteravond. Ja, we moesten doen alsof we elkaar haatten om te voorkomen dat jij iets zou gaan vermoeden.'

'Maar hij had écht een hekel aan jou!'

'Nou,' Sheila verstijfde, 'eigenlijk... Ach, ik kan het je ook net zo goed vertellen. Ik had het niet willen doen, maar het maakt het allemaal wat begrijpelijker. We hadden al wat samen gehad op dat feest van Melanie Blacksmith, en dat van Philippa Fuller en dat van Matt Wright, die zomer toen jij met je ouders naar Norfolk was – jee, dat is intussen alweer bijna zeven jaar geleden. Dat was zelfs nog vóórdat hij jou had leren kennen.'

'Shaun en ik hebben elkaar op de kleuterschool leren kennen.'

'Nou ja, je snapt wel wat ik bedoel. Toen hij erachter was gekomen dat wij vriendinnen waren –'

'Beste vriendinnen –'

'Ja, wilde hij altijd van alles over je weten. Hij zei dat jij op school zijn eerste grote liefde was geweest, en dat elke man ervan droomde om... nou ja, je weet wel... Als ik me niet vergis gebruikte hij het woord "naaide". Dat elke man ervan droomde om het eerste meisje op wie hij verliefd was te naaien. Dat was het moment waarop ik begreep dat hij je wilde versieren. En toen... omdat jij zo... nou ja, omdat jij zo...' Ze zweeg. 'Hmm... hoe zal ik het zeggen?'

Sheila zweeg en dacht na.

'Tactloos?' suggereerde Jo.

Sheila wachtte nog héél even alvorens verder te gaan.

'Laat ik zeggen, ontzéttend fatsoenlijk bent, ja. Omdat jij zo ontzéttend fatsoenlijk bent, moest hij eerst een poosje verkering met je hebben – en als ik me goed herinner was het geen poosje maar zelfs een héle poos – voor hij je eindelijk mocht naaien, en voor hij er erg in had, had hij officieel verkering met de dochter van een van zijn meest onbehouwen werknemers, en de hele buurt wist het, enzovoort, enzovoort, enzovoort. En daarom,' besloot ze, hulpeloos haar schouders ophalend, 'moesten we van begin af aan de schijn ophouden. Je hebt er geen idee van wat voor een opluchting het is om eindelijk open en eerlijk te kunnen zijn.'

Jo probeerde iets te zeggen, maar haar lichaam viel voorover op de tafel en nam namens haar het woord. Sheila stond op en legde een hand op haar schouder, maar Jo schudde haar van zich af. Sheila bleef even staan.

'Ik begrijp het,' zei ze troostend. 'Echt.'

'Keukenrol,' snikte Jo in haar mouw.

Sheila haastte zich naar de keukenrol en scheurde er een stuk af voor Jo. Jo snoot haar neus en voelde zich tot haar eigen verbazing een beetje beter.

'Ik geloof dat het beter is als ik nu maar ga,' zei Sheila.

Jo snoot opnieuw haar neus. 'Denk je?' vroeg ze.

'Het spijt me, Jo.'

'Ja, hoor.'

Sheila draaide zich om, en toen ze bij de deur was gekomen, riep Jo haar terug. Sheila draaide zich langzaam om.

'Ja?'

Ze keken elkaar een poosje aan.

'Sinds wanneer heb je een hekel aan me?' vroeg Jo.

Sheila maakte een ongeduldig gebaar. 'Dit heeft niets met jou te maken,' zei ze. 'Het heeft zelfs niet eens met jou en mij te maken. Dit is alleen maar iets tussen mij en Shaunie, en toevallig zat jij tussen twee vuren. Niemand heeft je verdriet willen doen.'

Jo keek naar de keukenrol in haar hand.

'Sinds wanneer heb je een hekel aan me?' herhaalde ze.

Na een korte aarzeling haalde Sheila haar schouders op.

Jo knikte. Ze was bekaf.

'Shaunies nichtjes zijn bruidsmeisje,' zei Sheila zacht. 'Ik weet wel dat we altijd hebben gezegd dat we elkaars –'

'Ga nu maar.'

Jo forceerde een vreugdeloos lachje om Sheila's botte lef dat, op het moment waarop de voordeur achter haar dichtviel, overging in een verstikte snik.

Ondertussen stond Josh voor het stoplicht in de High Street van Niblet-upon-Avon, en hij tuurde met verbijstering op de kaart. Helaas lag de kaart op zijn kop en sprong het licht op groen. Hij draaide de kaart met de goede kant onder. Nee. Nog steeds even onduidelijk. De kaart was kennelijk gemaakt door mensen die wilden dat Niblet-upon-Avon niet door een stroom van toeristen verpest zou worden. Hij keek op en zag dat het licht groen was. Geschrokken keek hij in zijn achteruitkijkspiegel en zag dat er een auto achter hem stond. Die auto werd bestuurd door een man met een hoed op. De man zwaaide. Josh reed verbaasd verder. Het leek wel alsof hij in een heel ander land was. Toen zette hij de auto in een zijstraat en haalde zijn mobiel uit zijn zak.

Jo zat met haar hoofd op haar armen aan de keukentafel. Telkens wanneer ze dacht dat het wel weer ging, voelde ze opnieuw een scherpe steek van woede, vernedering en verdriet en hoorde ze een verstikt geluid dat ergens diep uit haar binnenste leek te komen.

Toen haar mobiel ging, steunde ze haar hoofd op haar handen. Toen ze zich realiseerde dat het Shaun zou kunnen zijn, nam ze op.

'Hallo?' zei ze, met een van tranen verstikte stem.

'Godallemachtig,' zei Pippa, 'dat klinkt goed beroerd.'

'Dat is nog niets vergeleken bij hoe ik eruitzie,' zei Jo, en ze begon weer te snikken.

'Wat is er gebeurd?'

'Shaun heeft me jarenlang belazerd!' jammerde Jo,

'Wát?'

'Ja, met Sheila.'

'O, god,' verzuchtte Pippa door Jo's tranen heen. 'Wil je dat ik bij je kom?'

Jo knikte. 'Nee, dank je,' snotterde ze. 'Ik geloof niet dat ik iemand wil zien op dit moment. Ik... ik kan het nog steeds niet bevatten, allemaal.'

'Wil je dat Nick komt om Shaun tot moes te rammen?'

'Nee,' antwoordde Jo met een klein lachje. 'Maar als hij Sheila's gezicht een behandeling zou kunnen geven, dan graag.'

'Ja.'

Jo huilde nog wat. 'Ze hebben me totaal belachelijk gemaakt.'

'Niet waar,' zei Pippa. 'Ze hebben zichzelf belachelijk gemaakt.'

'Ze gaan trouwen!'

'Ha!' riep Pippa. 'Zeg nou zelf! Wat een stomme trut. Zou jij willen trouwen met iemand die, terwijl hij verkering met jou had, tegelijkertijd een relatie had met je beste vriendin? En dat jij daarvan op de hoogte was? Wat voor huwelijk moet dat worden?'

Voor het eerst sinds Sheila's onthulling hield Jo op met huilen.

'Kind, neem nu maar van mij aan dat je blij mag zijn dat je ervanaf bent. Die man zou niets voor je zijn geweest.'

'Ik dacht dat hij van me hield,' jammerde Jo.

'Ja, dat weet ik, schat. Maar hij is de enige niet. Er zijn nog een heleboel anderen die stukken beter zijn dan hij, en twee van hen staan bovendien al te dringen.'

Ook al was dat dan niet helemáál waar, omdat de ene van die twee zogenaamde kandidaten een gestoorde stalker, en de andere een hypocriete, bietsende schoft was die alleen maar uit was op een wip, deed de gedachte Jo toch goed.

Ze wou dat ze Pippa kon zien, maar geen van beiden konden ze weg van waar ze waren. Dus Jo moest genoegen nemen met het telefoontje. Toen ze hadden opgehangen, waste ze haar gezicht in de gootsteen en besloot ze een eindje te gaan wandelen.

Josh verbrak de verbinding. Het plaatselijke station was uiterst behulpzaam geweest. Hij bevond zich vlak bij Jo's huis. Hij startte de motor, keerde, reed door een rood licht en stuurde recht op zijn doel af.

Tegen de tijd dat er die dag voor de tweede keer werd aangebeld, zag Jo er stukken minder stralend uit dan voorheen. Elke zichzelf enigszins respecterende schoonheidsspecialiste had haar dan ook kunnen vertellen dat het, wanneer je er voor een bepaalde gelegenheid op je best wilde uitzien, geen goed idee was om het uur daarvoor te huilen.

Haar lichaam schokte in reactie op het geluid van de bel. Dat moest Shaun zijn, was het eerste dat door haar heen schoot.

Met de keukenrol onder haar arm geklemd en een afgescheurd stuk ervan in haar hand, liep ze op haar slippers naar de deur.

Ze trok de deur wijdopen, en keek op naar de lange, donkere vreemdeling die ervoor zorgde dat haar hart zich samenbalde. Ze verstijfde. Haar ogen absorbeerden een grote hoeveelheid informatie die haar brein vervolgens meteen weer uitbraakte. Ze knipperde met haar ogen en probeerde het opnieuw.

Er stond een jehova's getuige op de stoep – een van die ongelooflijk gladde, knappe jongens die zo'n vreemde Jezus-gloed in hun ogen hebben. Nee, suffie. Ze droomde, en dit was God.

Toen God zei: 'Godallemachtig wat zie jij er allejezusbelazerd uit,' besefte ze dat het God niet was. En toen drong het tot haar door dat het Josh was.

Josh was helemaal niet van plan geweest om Jo van top tot teen innig te omarmen. Hij had lang genoeg in de auto gezeten om zijn begroeting tot in de kleinste details te kunnen plannen, en deze innige omhelzing kwam nergens in zijn script voor. Hij wist dan ook niet goed wáár die omhelzing vandaan was gekomen. Maar hij had het gedaan en ze stond met haar gezicht tegen zijn trui te snikken terwijl hij haar over haar hoofd streelde en het gevoel had dat hij eigenlijk niets anders wilde doen, dus dan was het waarschijnlijk toch niet zo'n slecht idee. Misschien had haar moeder wel een terugval gehad. Arm schaap. God, het leven kon soms verschrikkelijk wreed zijn. Sommige mensen trekken altijd de korte lucifer, dacht hij, terwijl hij de gang van haar huis in tuurde.

Toen hij op de onderste trede van de trap een boom van een man ontwaarde die hem stond aan te kijken met alle vriendelijkheid van een stier die op het punt van aanvallen stond, sprong hij bijna uit zijn vel. Hij liet Jo los en hield haar op een veilige afstand van zich af.

'Eh, dag meneer,' zei hij tegen de man op de trap.

De man kneep zijn ogen half dicht. 'Wie ben jij, verdomme?' fluisterde hij, 'en wat heb je mijn dochter aangedaan?'

'Pap, dit is Josh,' snotterde Jo.

'*Josh*?' herhaalde de man op zo'n verwarde en walgende toon, dat Josh zich ineens realiseerde hoe vreemd zijn naam eigenlijk was. 'WAT IS DAT VOOR EEN NAAM? EN WIE MAG DIE "JOSH" WEL NIET ZIJN? EN WAAROM STA JE TE HUILEN?'

Josh bleef stokstijf staan. 'Ik heb haar niet aan het huilen gemaakt, ik... ik... heb haar –'

'HAD IK HET SOMS TEGEN JOU?'

Josh schudde zijn hoofd.

Bill keek naar Jo.

Jo begon te praten, maar het volgende moment realiseerde ze zich dat ze niet wist waar ze moest beginnen. En het moment dáárop realiseerde ze zich dat ze niets hoefde te zeggen omdat zij en haar vader niet met elkaar spraken. Dat was het moment waarop ze zich realiseerde dat Josh helemaal uit Londen was gekomen om haar op te zoeken. En toen realiseerde ze zich dat ze eruit moest zien als een glasoogbaars.

Ze draaide zich met een ruk om en rende blindelings de keuken weer in.

De keukendeur sloeg dicht en Jo's vader draaide zich langzaam naar Josh toe. Josh' lippen vormden zich tot iets dat vagelijk op een glimlach leek terwijl zijn maag zich samenbalde tot iets dat overeenkomsten vertoonde met een maagzweer.

'Ik ben Joshua Fitzgerald,' zei hij zacht, terwijl hij zijn hand uitstak. 'Het is mij een eer om kennis met u te mogen maken.'

De man maakte een grommend geluid en bleef hem aanstaren. Josh' keel trok zich samen. Hij liet zijn hand weer zakken.

'Mooie gang hebt u,' kwam het krakend over zijn lippen. Zijn mond was akelig droog.

De twee mannen stonden elkaar ongeveer een jaar lang stilzwijgend op te nemen. Een lang jaar, dacht Josh. Een slecht jaar. Droogten, epidemieën, hongersnoden – zo'n soort jaar. Hij had het allerakeligste gevoel dat, als Jo's vader een gewei had gehad, dat gewei op dat moment zijn lendenen doorboord zou hebben. Net toen hij op het punt stond om te zeggen dat hij later wel terug zou komen, dat dit kennelijk geen goed moment was, maar dat hij heel blij was dat hij kennis had gemaakt met Jo's vader en wat een mooie gang, kwam Jo weer te voorschijn. Ze was duidelijk nog steeds van streek, maar ze vroeg Josh om in de zitkamer te wachten, waarna ze haar vader opdroeg om aardig te zijn omdat ze anders meteen haar biezen zou pakken en die avond voorgoed zou vertrekken, waarna ze met stijve passen naar boven liep waar ze, zo liet ze hen beiden weten, een poging zou doen haar gezicht te herstellen.

Josh wachtte in de zitkamer en keek zijn ogen uit, waarbij hij zijn best moest doen om niet naar de po te staren. Boven op de overloop hoorde hij gedempte stemmen. Hij vermoedde dat dat Jo's ouders waren, aangezien de hogere stem veel langzamer sprak dan de diepere. Toen de deur openging, stond hij op. Jo's vader maakte opnieuw een grommend geluid tegen hem, en hij schonk de man een dankbare glimlach.

'Mooie paarden,' zei hij, met een knikje in de richting van de beeldjes. 'En vossen. En katten. En die otters zijn echt snoezig. En dat herdenkingsbord. Wat een tragisch verlies, niet?'

'Mijn vrouw houdt van die dingen,' zei Bill. 'Stofnesten zijn het.'

'O, dat geloof ik zo.' Josh knikte, alsof hij ruime ervaring in stof afnemen had.

Het volgende moment verscheen Hilda naast haar man. Ze hield zich vast aan de deur. Josh deed een stapje naar voren en gaf haar heel voorzichtig een hand.

'Mevrouw Green,' zei hij, 'Joshua Fitzgerald. Hoe maakt u het.'

Ze glimlachte en hij zag dezelfde ogen als die van Jo, hoewel die van Hilda lichterblauw waren, alsof ze door uitputting verschoten waren. Hij had de neiging om haar ook een innige omhelzing te geven, maar beheerste zich.

'Ze komt zo,' zei Hilda langzaam.

'Dank u.'

'Ga zitten... alsjeblieft,' mompelde Hilda. Hij ging gehoorzaam zitten.

Het volgende moment kwam Jo de kamer binnen, en sprong hij weer overeind.

'Oké,' zei ze, terwijl ze een jack aantrok en haar haren tegelijkertijd in een staart deed, 'wij gaan naar de rivier.'

'Jongedame,' begon haar vader. 'Denk eraan dat –'

'BOGDON-OVER-BRAY,' snauwde Jo hem toe op een toon die geen tegenspraak duldde. Haar vader hield zijn mond.

Josh, die overdonderd en niet geheel onbevreesd was, knikte ten afscheid naar Jo's ouders en volgde haar het huis uit.

'Bogdon-over-Bray, hè?' zei hij, de stilte verbrekend, toen ze op een veilige afstand waren.

'Dat is een lang verhaal.'

'Dat geloof ik zo,' zei hij met een knikje, alsof lange verhalen altijd een belangrijke rol in zijn leven hadden gespeeld.

Hij liep zwijgend naast haar tot ze bij een schitterend uitzicht op een brug over een riviertje waren gekomen. Hij bleef staan.

'Goeie god,' kwam het vol bewondering over zijn lippen, 'wat mooi.'

'Mmm.'

Ze vertraagden hun pas en liepen samen over de brug. Toen hij midden op de brug bleef staan en zich over de reling boog om naar het er onderdoor stromende water te kijken, deed zij dat ook. 'Fijn dat je bent gekomen, Josh, dank je wel,' zei ze zacht.

Hij draaide zich naar haar toe en keek haar glimlachend aan. Hun schouders raakten elkaar net niet aan.

'Niets te danken,' zei hij.

'Fijn dat je er bent.'

'Dank je.'

'Op deze brug.'

'O. Op deze brug. Nou, het is een mooie brug.'

'Nieuwe herinneringen, en zo,' zei Jo.

Josh dacht even over haar woorden na.

'Dat geloof ik zo,' zei hij ten slotte, waarop hij zich realiseerde dat hij dat al een paar keer had gezegd.

'Dit is de plek waar Shaun en ik elkaar voor het allereerst hebben gekust,' zei Jo.

Josh deed een klein stapje van haar af.

'Nou, niet precies op deze plek,' zei ze lachend, terwijl ze een meter van zich af wees. 'Maar dáár.'

'Ah,' zei Josh, terwijl hij naar de plek keek die ze aanwees.

En toen gaf ze hem, tot zijn verbazing, een arm en bedankte ze hem opnieuw voor het feit dat hij was gekomen. Hij stak zijn handen in zijn zakken, probeerde niet al te gelukkig te kijken en herhaalde dat er niets te danken was.

Ze liepen de brug af en wandelden verder langs de kerk. Opnieuw bleef hij staan om van het uitzicht te genieten,

'God,' fluisterde hij, 'wat schitterend.'

'Mmm.'

Hij luisterde naar het kabbelen van het water tegen de achtergrond van een intense stilte die slechts werd verbroken door het ruisen van de zachte bries.

'Hoe heb je hier ooit weg kunnen gaan?' vroeg hij fluisterend.

En toen luisterde hij naar het heldere, zuivere geluid van Jo's snikken.

Ze vonden een bankje in de nabijheid van de pub, en toen ze gingen zitten sloeg Josh zijn arm om Jo's schouders. Na enkele valse starts vertelde ze hem over wat er, sinds ze elkaar voor het laatst hadden gezien, allemaal in haar leven was veranderd. Ze vertelde over Shaun die haar opnieuw een aanzoek had gedaan. Over hoe ze de waarheid eindelijk onder ogen had gezien en het had uitgemaakt met hem. Over hoe verdrietig het was geweest om een streep te zetten onder zo'n aanzienlijk deel van haar verleden, ook al was ze er dan volledig van overtuigd dat haar beslissing de juiste was. Over hoe schuldig ze zich had gevoeld dat ze Shaun zoveel verdriet had gedaan, en ze haar ouders zo teleurgesteld had. Over Sheila, haar beste vriendin, die een halfuurtje geleden na al die weken eindelijk was langsgekomen voor een gezellige meidenbabbel. Over hoe ze ontdekt had dat haar relatie met Shaun helemaal nooit iets had voorgesteld. Over hoe ze ontdekt had dat haar vriendschap met Sheila nooit vriendschap was geweest. Over hoe vernederd ze zich had gevoeld. En hoe boos. En hoe verward. En over hoe ontzettend veel pijn het deed.

Gedurende haar hele relaas tuurde Josh uit over de velden die zich voor hen uitstrekten, terwijl zijn greep op de realiteit steeds minder werd naarmate zijn greep op Jo's schouder zich verstevigde. Hij kon het niet geloven. Het kon gewoon niet waar zijn. Het moest een vergissing zijn. Maar nee. Het was geen vergissing. Jo was een vrije vrouw.

Hij wist niet wat hij moest zeggen, dus hij hield haar alleen maar vast en legde zijn hoofd tegen het hare.

'Wat afschuwelijk allemaal,' zei hij.

En toen realiseerde hij zich dat er meer was dat hij kon zeggen. Hij zei haar dat het vanuit een mannelijk standpunt onmogelijk was dat Shaun het zo lang met haar had uitgehouden als hij dat niet echt gewild had. En dat hij nooit het risico van een aanzoek zou hebben genomen als hij niet echt met haar had willen trouwen.

Daar dacht Jo over na. 'Je bedoelt dat je nooit verkering met iemand hebt gehad omdat je het gewoon te lastig vond om het uit te maken?'

'Niet zo'n lange tijd,' bekende hij. 'En ik zou het ook niet in mijn hoofd hebben gehaald om zo'n meisje ten huwelijk te vragen. En dan nog wel vier keer. Denk eraan dat je alleen maar Sheila's kant van het verhaal hebt gehoord.'

Jo schoof een centimeter van hem af om daar over na te denken.

'Dus wat betekent dat dan? Dat ze het allemaal verzonnen heeft? Dat ze me verschrikkelijk haat?'

'Nee,' antwoordde hij peinzend. 'Het kan zijn dat ze je het verhaal heeft verteld zoals zij het graag gezien zou hebben, maar niet zoals het daadwerkelijk is gegaan. Ik heb Shaun met jou samen gezien, en hij gedroeg zich bepaald niet als een man die smoorverliefd was op een ander.'

Er viel een stilte.

'Als je het mij vraagt klinkt het alsof die Sheila het heel erg moeilijk heeft.'

'Moeilijk?'

'Ja. Uit haar verhaal blijkt dat ze jaren op Shaun heeft moeten wachten. Nog langer zelfs dan hij op jou heeft gewacht. En misschien zag ze geen andere uitweg dan het toepassen van de aloude regel dat in de liefde en in de oorlog alles geoorloofd is. En laten we eerlijk zijn, er zijn maar weinig mensen die zich daar tot op zekere hoogte niet schuldig aan hebben gemaakt.'

'Ik niet.'

Josh glimlachte en zei zacht: 'Misschien heb je dat nog nooit hoeven doen.'

Jo schoof nog een eindje van hem af om na te denken.

'Ik heb altijd gedacht dat Sheila van mij hield, niet van hem.'

'Ja,' zei Josh met een zucht, 'zoiets kan flink pijn doen.'

'Dat doet het zeker. Ik weet niet wie van de twee me méér pijn heeft gedaan.'

'Ja.'

'En weet je wat écht pijn doet?' vervolgde Jo. 'Wat echt, écht pijn doet?'

'Nee.'

'Dat James het altijd heeft geweten. Dat ze me de afgelopen zes jaar allemaal als een klein kind hebben behandeld.'

'Niet echt.' Josh schudde zijn hoofd. 'Zíj zijn degenen die zich de afgelopen zes jaar als kinderen hebben gedragen. De enige volwassene van het stel, dat ben jij.'

Ze keek hem aan.

'Sinds wanneer ben jij ineens zo wijs?' vroeg ze warm.

Josh keek haar aan met vurige ogen.

'We missen je heel erg, Jo,' fluisterde hij. 'Allemaal. De Fitzgeralds zijn nergens zonder jou.'

Drie lagen make-up bedekten Jo's blos.

'O,' was het enige dat ze daarop wist te zeggen.

'De kinderen hebben nachtmerries. Het is verschrikkelijk.' Hij zuchtte. 'En de Enge Echtgenote heeft het zodanig op mijn vader voorzien dat hij bijna voortdurend verlamd is.'

'Vanessa is niet eng,' zei ze zacht.

Josh snoof. Hij haalde zijn arm van Jo's schouder en legde hem op de rugleuning van de bank.

'Je kunt rustig van me aannemen,' zei hij, 'dat ze in haar eentje in staat is heel Engeland de stuipen op het lijf te jagen.'

Jo herinnerde zich hoe ze Josh en Dick samen had horen fluisteren, en ze voelde zich op slag solidair met alle bedrogen vrouwen.

'Dat vind ik echt niet eerlijk,' zei ze.

'Geloof me maar rustig,' zei Josh met een glimlach. 'Ik weet alles van Vanessa en Dicks huwelijk –'

'Ja, dat kun je wel zeggen –' zei ze.

'En Vanessa is een monster.'

Jo verstijfde. 'Nou,' zei ze, 'misschien heeft ze wel geen andere keus.'

Josh aarzelde even.

'Hoezo?' vroeg hij toen.

'Soms moet je een man wel eens een beetje laten schrikken,' zei Jo. 'Helemaal wanneer... hij het soort is dat er nog een vriendinnetje naast heeft.'

Josh keek Jo met grote ogen aan. Ze liet haar hoofd zakken.

'Het spijt me, maar zo denk ik erover.'

'Er zijn situaties,' zei hij, 'waarin een vrouw haar man dwingt om er nog iemand naast te hebben.' Hij negeerde Jo's gesmoorde kreet en vervolgde: 'En als hij dan ontrouw is geweest maakt ze hem het leven zó zuur dat ze zijn leven verpest.'

'Hoe kun je zoiets zeggen?' Jo stond op en liep terug naar de rivier. Josh volgde haar.

'Omdat het waar is,' zei hij. 'Vrouwen hebben er een handje van om, onbewust of niet, heel manipulatief bezig te zijn. En een man kan het niet helpen als hij per ongeluk in de armen van een ander belandt. Geloof me maar.'

'Ik snap niet hoe je dat kunt zeggen. En helemaal niet na wat je vader je moeder heeft aangedaan. Hoe kun je zijn affaires goedkeuren? Hoe kun je hem helpen affaires te hebben?'

'Ik keur ze niet goed –'

'Jawel! Je zegt net –'

'Hij heeft er maar één gehad –'

'O, hou toch op. Ik weet alles van jou en Dick en dat geheim dat jullie voor Vanessa hebben.'

'Wát?'

'Zal ik je eens wat zeggen? Jullie zijn allemaal hetzelfde. Jullie komen me de strot uit. Alle mannen komen me de strot uit.'

'Hou je er daarom tegelijkertijd zoveel aan het lijntje?'

Jo's mond viel open. 'Wat?'

'Je bent een droogverleidster.'

Ze gaf hem een keiharde klap in zijn gezicht, en de tranen sprongen in zijn ogen. En in de hare. Josh voelde aan zijn wang en beet op zijn lip.

'Hoe dan ook,' zei hij, niet helemaal duidelijk, 'ze willen je terug.'

'Donder op.' Ze draaide zich om en liep terug naar de brug. Josh volgde haar.

'O, toe nou,' zei hij, toen hij haar had ingehaald. 'Het is een prima salaris, en helemaal met je laatste opslag erbij.'

'O, ja.' Ze draaide zich met een ruk naar hem om. 'En jij weet alles van geld.'

'Toevallig wel, ja,' zei Josh, nog steeds met zijn hand op zijn wang. 'Ik weet wat er gebeurt wanneer er niet genoeg is. Het kan even vernietigend op relaties werken als buitenechtelijke relaties.'

'Ach,' zei Jo, en ze zette haar handen in haar zij. 'Ben je daarom zo'n profiteur?'

'Wát?'

'Je hebt me wel gehoord.'

'Ik ben geen profiteur. Dat hoef ik niet.'

'O, nee, dat is waar ook. Je verdient een vermogen en woont dan, zonder ook maar een cent huur te betalen, als een verwend kind in bij je vader, terwijl de rest van ons maar net rond kan komen.'

'Hoe weet je wat ik verdien? En wie heeft je verteld dat ik –'

'Vanessa heeft me al eeuwen geleden verteld dat je geen huur betaalt. En dat op jouw leeftijd! Dat is toch om van te kotsen!'

'Nou!' riep Josh nijdig uit. 'Daaruit blijkt dan maar weer eens dat Vanessa niet alles weet.'

'Zeg dat wel, ja!' schreeuwde Jo terug. 'Daar zorgen jij en Dappere Dick wel voor.'

Ze stonden tegenover elkaar terwijl de rivier in hoog tempo onder hen door stroomde.

'Ik geloof dat ik maar ga,' zei hij.

'Dat lijkt me een goed idee.'

'Fijn om te weten hoe je over me denkt.'

'Ja, en is het niet vreemd,' zei ze, 'dat leugenachtige, hypocriete profiteurs met een Peter Pan-complex helemaal mijn type zijn.'

Josh werd lijkbleek en liep weg.

Ondertussen, in Highgate, genoot de Enge Echtgenote van een zeldzaam moment alleen. Dappere Dick was voor de rest van de dag naar de winkel gegaan, de kinderen speelden met z'n allen in de speelhut (daar brachten ze de laatste tijd wel heel erg veel tijd door – zelfs met Toby erbij) en ze was, met de radio op de achtergrond, de zaterdagkrant aan het lezen. Ze wist niet waar Josh was, en in alle eerlijkheid kon haar dat ook niet schelen, want het was gewoon zalig om alleen in je eigen huis te kunnen zijn. Na hun gesprek ging het stukken beter tussen haar en Dick. Het had zo heerlijk gevoeld om al die dingen nu eindelijk eens hardop tegen hem te kunnen zeggen – sindsdien was ze niet één keer boos geweest. En hij leek haar ook heel anders te behandelen. Zo af en toe ving ze zelfs weer een glimp op van de man met wie ze was getrouwd.

De voordeur ging open en dicht. Ze keek op de keukenklok en zuchtte. Nou, ze had twintig minuten gehad – had ze echt meer verwacht? Ze keek niet op van de krant toen Josh binnenkwam. Maar ze keek wel op toen hij rechtstreeks naar de drankkast liep. Het was dus logisch dat ze nogal overdonderd was toen ze zag dat Josh in feite Dick was.

'Hallo,' zei ze verbaasd.

Dick nam een slok whisky zonder zich om te draaien.

Het lag op het puntje van haar tong om hem te vragen of hij de verkoop van een plaat aan het vieren was, maar ze beheerste zich.

'Hallo,' herhaalde ze.

Toen Dick zich ten slotte naar haar omdraaide, zag hij zo bleek dat hij bijna doorschijnend was, behalve langs de randjes, waar hij een tikje groen zag. Vanessa schoot overeind.

'Wat is er gebeurd? Ben je bestolen? Overvallen?'

Dick schudde zijn hoofd en ze nam hem mee naar de tafel, liet hem plaatsnemen en schonk nog een whisky voor hem in. Toen ging ze naast hem op haar knieën zitten en masseerde zijn rug alsof hij misselijk was.

'Het gaat alweer,' zei hij zacht.

Ze bleef hem strak aankijken terwijl ze op de stoel naast hem ging zitten. Ze wachtte tot hij nog een slok had genomen, waarna hij zijn hoofd zwaar op zijn handen steunde.

'Ik ben zojuist ergens achter gekomen,' kreunde hij zo zacht, dat ze hem amper kon verstaan. 'Het heeft met jou te maken. En met de kinderen.'

Vanessa's adem stokte en het bloed pompte naar haar hart.

Toen Dick nog een slok whisky nam, stond ze op om er voor zichzelf ook een in te schenken. Hij hield zijn glas op. Ze nam het van hem aan en vulde het opnieuw.

'Wat?' fluisterde ze angstig. 'Waar ben je achter gekomen, Dick?'

En tot haar ontzetting begon hij op dat moment in zijn whisky te snikken. Zijn hele lichaam schokte van de diepe, heftige snikken. Ze had verschrikkelijk met hem te doen, maar had tegelijkertijd het gevoel dat ze niet langer het recht had om hem te troosten. Uiteindelijk kalmeerde hij wat en keek hij uitgeput naar haar op. Ze wist niet hoe snel ze haar blik neer moest slaan.

Dick keek zijn vrouw intens verdrietig aan. Hoe had hij het zover kunnen laten komen? En hoe had hij zo'n puinhoop van zijn huwelijk kunnen maken dat ze, op het moment waarop hij haar het meeste nodig had, zo stokstijf bleef zitten en geen woord zei?

'Nou?' vroeg ze.

Er zat voor Dick niets anders op dan het allemaal uit te leggen.

'Ik ben vandaag in de flat gaan kijken,' fluisterde hij. 'Ze zijn weg. Verdwenen. Zonder ook maar één cent huur te hebben betaald. Ze hebben het grootste gedeelte van de meubels meegenomen, en de rest is een puinhoop. Op deze manier vind ik nooit nieuwe huurders, en ik heb geen geld om het weer op te knappen.'

Vanessa fronste haar voorhoofd. 'Is dat alles?'

Dick lachte kort en bitter. 'Bijna,' zei hij. 'Wat je ook nog moet weten is dat de huur alle rekeningen hier betaalde, met uitzondering dan van Jo's salaris, want de winkel maakt al tijden alleen maar verlies.'

De rimpels op Vanessa's voorhoofd werden dieper. 'En hoe heeft dat met mij te maken?'

'Nou, ik heb je bedrogen, en dat kan ik nu niet langer meer volhouden.'

Vanessa liet haar hoofd op haar handen zakken en haalde een paar keer lang en diep adem. Na een poosje ging ze rechtop zitten.

'Waar heb je het geld voor Jo's salaris dan vandaan gehaald?' vroeg ze verbaasd.

Hij begon opnieuw te huilen.

'Dick?'

Dick nam nog een slok. 'Nou, terwijl mijn vrouw de hypotheek betaalt en ervoor zorgt dat mijn kinderen behoorlijk aangekleed over straat kunnen, heeft mijn zoon de nanny betaald.'

'Wat?' riep ze uit. Ze vroeg zich stomverbaasd af waar Zak het geld voor Jo's salaris vandaan zou kunnen halen. Misschien verkeerde Dick wel op het randje van een zenuwinzinking en braakte hij nonsens uit. Ze begon bang te worden.

'Dick!' riep ze uit. 'In vredesnaam, probeer het uit te leggen, wil je?'

Dick haalde diep adem. 'Toen het tot me doordrong dat ik je niet langer de levensstijl kon bieden waar je aan gewend was geraakt, kon ik nog maar één ding bedenken, en dat was Josh om hulp vragen. De bank wilde me niet nog een lening geven en ik wist niet wat ik anders nog zou kunnen doen. Om mijn trots te redden, deed Josh alsof hij bij ons wilde komen wonen – om een band met zijn familie te krijgen – al is mij een raadsel waarom hij een band met zijn mislukkeling van een vader zou willen hebben.' Hij snoof, en vervolgde: 'Hoe dan ook, ik deed alsof ik hem geloofde omdat het de enige manier was waarop ik mijn gezicht kon redden. En dus betaalt hij mij "huur" en had jij de indruk dat ik geen enkele moeite had met het betalen van Jo's salaris. O, en die opslag die je haar had gegeven nadat ze de politie had gebeld, maakte de zaak er niet eenvoudiger op, want Josh kon geen cent meer missen.' Hij haalde zijn schouders op. 'Hetgeen betekent dat alles twee maanden eerder aan het licht is gekomen dan het uiteindelijk gedaan zou hebben.'

Vanessa knipperde met haar ogen. Haar brein werkte op volle toeren, en ze kon het knarsen van de raderen ervan bijna horen. 'Josh?' vroeg ze verbaasd.

Dick knikte, terwijl hij de mouw van zijn overhemd over zijn ogen en neus haalde.

'En zijn flatgenoten dan?' fluisterde ze.

Dick produceerde een geluid dat half snik, half lach was.

'Die zijn dus helemaal niet op wereldreis gegaan, wel?' vroeg Vanessa langzaam.

'Ze wonen allemaal nog steeds in Crouch End,' zei Dick op effen toon. 'Josh betaalt daar nog steeds huur, hoewel het schijnt dat ze zijn kamer inmiddels als speelvertrek gebruiken. Daarom gaat hij nooit uit. Hij heeft geen geld meer over om mee te spelen.'

Vanessa liet zich zwaar onderuit zakken.

'Zo,' zei Dick, 'nu weet je alles.' Vanessa keek hem met grote ogen aan. Hij durfde haar niet eens meer aan te kijken. 'Je bent getrouwd met een man die hulp nodig heeft van zijn zoon uit zijn eerste huwelijk waar hij een puinhoop van heeft gemaakt, om ervoor te zorgen dat zijn tweede huwelijk, waar hij ook een puinhoop van maakt, kan blijven draaien.'

Vanessa wendde haar blik af.

'Ja,' zei ze ten slotte. 'Ik weet alles. Ik weet dat je niet met me kon praten toen je me het meeste nodig had, dat je niet geloofde dat ik onvoorwaardelijk van je hield, terwijl jij voldoende van mij hield om alles te proberen om ons huwelijk te redden.'

Dick keek haar verbaasd aan en toen was het zijn beurt om te schrikken toen hij haar in haar whisky zag huilen.

24

Josh was zo woedend dat hij amper Niblet uit kon rijden. Toen hij langs een schilderachtige pub kwam, stopte hij, parkeerde en stormde naar binnen.

'We gaan pas om zeven uur open,' zei de verbaasde waardin.

'Ik geeft u honderd pond,' zei Josh.

'Wat wilt u hebben?' vroeg ze glimlachend.

'Wodka. Maak er maar een dubbele van.'

Hij ging aan de bar zitten en sloeg zijn dubbele wodka achterover zoals je dat van een leugenachtige, hypocriete profiteur met een Peter Pan-complex zou mogen verwachten.

Vanessa kroop onder het dekbed dicht tegen haar man aan. Hij slaakte een voldane zucht.

'En hoe komt het dan dat Josh de winkel wil hebben?'

'Hij zegt dat hij zijn buik vol heeft van accountant zijn,' zei Dick. 'Hij wil kijken of hij de winkel aan de gang kan krijgen. En hij wil de flat erboven ook kopen om er zelf te gaan wonen als hij zich dat kan veroorloven, of om hem te verhuren.'

Vanessa zuchtte.

'Daarmee zou hij mijn leven redden,' zei Dick. 'Voor het bedrag dat hij ervoor wil betalen zou ik het aan de straatstenen nog niet kwijt kunnen. En zoals gewoonlijk doet hij ook nog alsof ík hem daarmee een geweldige gunst zou bewijzen.'

'Wauw,' zei ze, 'ik begin een heel ander beeld van hem te krijgen.'

'Mooi zo.'

'Dan hoeven we ons nu alleen nog maar zorgen om Toby te maken.'

Dick zuchtte. 'Arm joch. Toen hij zo oud was als Tallulah, was ik geloof ik het huis al uit.'

Er viel een lange stilte. 'Allemachtig,' zei Vanessa, 'zo had ik het nog nooit bekeken.'

'Godzijdank gaan we wat dat betreft niet op herhaling,' fluisterde Dick.

'Natuurlijk niet!' zei Vanessa, en ze kuste hem op zijn wang.

'Ik was anders wel bang dat het die kant op ging,' fluisterde Dick, en hij drukte zijn gezicht in haar haren.

'Ik kan gewoon niet geloven dat je dacht dat ik om je geld van je hield,' zei ze.

'Dat dacht ik ook niet helemaal zó,' zei Dick. 'Ik dacht alleen maar dat je minder van me zou houden als ik minder had.'

Ze nam zijn gezicht in zijn handen en dwong hem haar aan te kijken. Het namiddagzonlicht viel door de kieren in het gordijn de kamer in.

'Als je zou zeggen dat je morgen met werken wilde stoppen om huisman te worden, dan zou je de gelukkigste vrouw van de wereld van me maken.'

Dick keek haar met grote ogen aan. 'Ik wil morgen met werken stoppen en huisman worden.'

Nu was het Vanessa die hem met grote ogen aankeek. Ze keken elkaar met grote ogen aan.

'Meen je dat?' vroeg ze verbaasd.

'Het was een grapje, hè?' vroeg hij, wegkijkend.

'Nee, het was geen grapje.'

Hij keek haar weer aan en zag de uitdrukking op haar gezicht.

'Maar dan zullen we het natuurlijk wel zonder Jo moeten stellen,' zei hij.

'Hoezo?'

'Nou, omdat we alleen jouw salaris dan maar hebben.'

'Ik wil een andere baan zoeken waar ik meer betaald krijg. Dat had ik je vanavond willen vertellen.'

'Wil je weg waar je nu werkt?'

'Ja.'

'Waarom?'

Ze haalde haar schouders op en keek weg. 'Ik wil meer geld. Ik wil een betere baan. Ik wil meer waardering. Nieuwe mensen leren kennen. Ik heb genoeg van die halve debielen daar.'

'Omdat we meer geld nodig hebben?'

'Niet specifiek. Gewoon omdat het me leuk lijkt. Hoe dan ook, op het moment heb ik voldoende om Jo van te betalen, en als je tijdig bij me was gekomen, dan zou er niets aan de hand zijn geweest.'

Dick glimlachte. 'Laat niemand zeggen dat ik geen goede partij heb getrouwd.'

Vanessa lachte terug. 'Nou, de mijne is beter.'

'Nou zeg,' verzuchtte Dick, 'zelfs dáárin kan ik je niet de baas.'

Ze lachte en gaf haar man een zoen. Ze lieten zich op hun rug in de kussens vallen en keken samen op naar het plafond.

'Maar weet je zeker dat je Jo wel de hele tijd om je heen wilt hebben? Wil je niet liever zoveel mogelijk zelf voor de kinderen zorgen?'

Daar dacht Dick even over na. 'Dat kan ik op dit moment nog niet echt overzien.'

'Misschien, maar ik kan me voorstellen dat je, waar het hen betreft, toch vooral je eigen baas zult willen zijn.'

'Ze zullen haar verschrikkelijk missen,' zei Dick.

'Mmm.'

'En ik ook. Ze is een kei in haar vak en ik heb nog een heleboel te leren.'

'Ja. Ze zou je al doende van alles kunnen bijbrengen. En bovendien is ze aangenaam gezelschap.'

'Hmm,' zei Dick. 'Het zou ideaal zijn als we haar als een soort van parttime nanny zouden kunnen aanhouden.'

'Jee, ja, dat zou geweldig zijn, niet?'

'Te mooi om waar te zijn.'

'We zouden het haar kunnen voorleggen,' zei Vanessa. 'Ze zou altijd nog ander nannywerk kunnen doen om haar dagen vol te maken.'

'Wie weet? Misschien hoeft ze dat wel niet als we haar niet al te veel op haar salaris korten. In dat geval zou ik dan ook altijd een beroep op haar kunnen doen wanneer ik haar nodig mocht hebben.'

'Waarom stellen we haar niet voor om alleen die laatste opslag die we haar hebben gegeven weer in te trekken?' stelde Vanessa voor. 'Ze hoeft dan alleen nog maar de helft van de uren te werken en ze mag blijven inwonen, en we betalen haar wat we haar indertijd hebben geboden, en waarvoor ze oorspronkelijk naar Londen is gekomen.'

'Kunnen we ons dat veroorloven?' vroeg Dick.

'Natuurlijk! Misschien dat we er één keer minder door met vakantie kunnen, maar wat maakt het uit? Jij en ik zullen het druk genoeg hebben met onze verandering van werkkring, en volgend jaar, als ik meer verdien, kunnen we dan alsnog twee keer met vakantie.'

'Weet je dat zeker? Ik zou de hele dag thuis zijn met iemand om mij te helpen, en jij zou voor ons allemaal, plús een parttime nanny, de kost verdienen. Dat is een enorme verantwoordelijkheid, Ness.'

'Eindelijk!' grinnikte Vanessa. 'Erkenning!'

Dick keek haar doordringend aan. 'Ik heb altijd geweten dat je fantastisch bent in je werk, Ness.' Vanessa keek hem onderzoekend aan. 'Maar omdat ik er zo onder leed dat ik waardeloos was in het mijne,' legde hij uit, 'kon ik het gewoon niet opbrengen om trots op jou te zijn. Zielig, gewoon. En het spijt me verschrikkelijk.'

'Je excuses zijn aanvaard.'

'En je hoeft niet bang te zijn dat ik je niet voor een rasechte vrouw zou houden.' Hij kroop wat dichter naar haar toe.

'Daar ben ik blij om.'

Ineens ging hij zitten. 'Kom op, laten we Jo meteen bellen.'

Vanessa schoof naar hem toe. 'Zo meteen,' fluisterde ze, terwijl ze haar been over het zijne sloeg.

'O, nou, als je dan per se wilt,' verzuchtte hij, terwijl hij weer ging liggen. 'Het kan ook nog wel een paar minuutjes wachten, denk ik.'

Jo, die nog steeds op de brug stond, was zo woedend op Josh dat ze zich gewoon geen raad wist met zichzelf. Ze schopte in het grind, rende een paar keer de brug op en af en schreeuwde wat tegen de rivier. Ze overwoog naar Sheila te gaan om haar alles te vertellen, maar herinnerde zich toen dat ze dat niet kon, waardoor ze nóg bozer werd. Ze schreeuwde nog wat tegen de rivier, balde en ontspande haar vuisten, en schreeuwde opnieuw. Toen kocht ze een donut bij de winkel op de hoek, en schrokte die vervolgens in twee grote happen naar binnen. Dat hielp aanzienlijk. Daarna maakte ze een lange wandeling door de velden waarbij haar schoenen doorweekt raakten, maar dat kon haar niet schelen.

Uiteindelijk keerde ze weer huiswaarts. Toen ze langs de kerk kwam vloekte ze – niet te luid voor het geval de dominee in de buurt was – en toen ze over de brug liep vloekte ze opnieuw – uit volle borst, deze keer.

Toen haar huis in zicht kwam voelde ze zich nog bozer. Ze bleef staan om er eens goed naar te kijken. Tot in de allerkleinste details. Langzaam maar zeker begon ze een aantal dingen in een ander licht te zien. Ze bleef een poosje staan denken en kijken, alvorens ten slotte het pad op te lopen. Ze smeet de voordeur hard achter zich dicht en liep de trap op.

Ze ging op haar bed zitten. Ze stond op en ging aan haar toilettafel zitten. Ze keek in de spiegel en schrok zich wild. Ze zag eruit als een gekkin. En dat maakte haar nóg bozer. Er werd op haar deur geklopt.

'Ja?'

Haar vader deed de deur open en Jo rechtte haar rug in afwachting van het moment waarop hij haar een uitbrander zou geven.

'Je moeder wil weten wat er aan de hand is,' zei Bill.

'O, praat je nu ineens weer tegen me?'

Hij gromde. 'Als je zo begint –' Hij begon de deur weer dicht te trekken.

'Hoe bedoel je, "zo"?' riep Jo, terwijl ze zich met een ruk naar hem toe omdraaide. 'Zoals iemand die ook eens mag laten blijken dat ze emoties heeft? In plaats van het iedereen altijd maar naar de zin te maken? In plaats van altijd maar te doen wat jíj wilt? Of Shaun?'

'Hè?'

'Je hebt me gehoord.'

'Je toon bevalt me niet, jongedame.'

'Nou, dat is dan pech.' Ze draaide zich weer terug naar de spiegel.

'Hoe durf je –'

'Jouw toon, pap, staat me al jaren niet aan,' zei ze tegen zijn spiegelbeeld, 'maar ik had geen andere keus dan me erbij neer te leggen. En nu bevalt de mijne jou dan niet. Best. Ik zal je een plezier doen en het huis uit gaan.'

Bill keek naar haar terwijl ze zich met woedende gebaren begon op te maken.

'Je hoeft heus niet meteen –'

'O ja, dat hoef ik wel,' zei Jo. Ze trok een gezicht en kneep haar ogen stijf dicht alsof ze heel diep nadacht. 'Maandagmorgen ga ik meteen op zoek naar een parttime baan. In Londen. En daarna schrijf ik me in bij de universiteit.' Ze deed haar ogen open.

'O, en je moeder dan? Wil je je moeder dan zomaar in de steek laten?'

'Mam redt zich best. Met jou erbij kan ze zelf de trap al op en af. Ze kan veel meer dan je denkt. Heeft ze niet al die jaren ook voor jou gezorgd? En ik laat haar niet in de steek. En jou trouwens ook niet. Het enige dat ik doe, is mijn eigen leven leiden.'

'Dat klinkt me wel ontzettend egoïstisch in de oren.'

'O, dat snap ik best!' riep Jo uit, terwijl ze zich opnieuw met een ruk naar hem omdraaide. 'Wat voor jou zelfbehoud is, is voor mam en mij egoïsme. De manier waarop je omgaat met de afstandsbediening zegt al genoeg. Pas nadat mam een beroerte had gehad, mocht ze eindelijk eens kijken naar de programma's die zíj graag wilde zien. Dertig jaar met een man die haar niet tóestaat om naar de dingen te kijken die zíj graag op de televisie wil zien. Heb je er enig idee van, pap, hoe dat is?'

'Een man moet in zijn eigen huis de baas kunnen zijn,' mompelde hij.

'En wat moet een vrouw dan kunnen zijn? In haar eigen huis? Eerste bediende? Vind je dat eerlijk?'

'Je moeder is mijn bediende niet.'

'Nee, dat klopt,' snauwde Jo. 'Want dan zou je haar een salaris moeten betalen.'

Hilda verscheen achter hem. Jo keek naar haar ouders en voelde de woede uit zich wegebben.

'Wat is er gebeurd?' vroeg Hilda. Ze sprak nog steeds heel zacht, maar haar spraakvermogen was al een stuk beter.

'O,' verzuchtte Jo, 'ik heb een verschrikkelijke ruzie met Josh gehad, en nu ben ik bezig om me af te reageren op pap.'

'Heeft hij je aan het huilen gemaakt?' vroeg Bill streng. Het kostte hem geen enkele moeite om zijn woede te verplaatsen naar iemand buiten het gezin. 'Ik kén dat type. Te glad. Te netjes. Heeft nog nooit ergens in zijn leven voor moeten knokken.'

'Nee, hij heeft me niet aan het huilen gemaakt,' zei Jo. 'Dat was Sheila. Het blijkt dat Shaun – die volmaakte Shaun van wie je zo wanhopig graag wilt dat hij mijn man wordt – me al vanaf het begin dat we verkering hadden heeft belazerd met mijn beste vriendin. Precies ja, met Sheila. Al vanaf we voor het eerst iets met elkaar hadden – al bijna zeven jaar lang. Het is maar goed dat ik niet naar je heb geluisterd en dat ik al die keren dat hij me ten huwelijk heeft gevraagd, nee heb gezegd, hè, pap?'

Hilda slaakte een ontzette kreet. 'Josie!'

'O, ik red me wel,' zei Jo vermoeid. 'Ik had hem al jaren geleden moeten dumpen, maar ik wist alleen niet hoe.' Ze lachte kort en bitter. 'Ik wilde hem niet kwetsen. Ik wilde niemand pijn doen. Ha! Typisch!'

'Hoe ben je... erachter gekomen?' vroeg Hilda met moeite.

'Doordat ik het een paar dagen geleden met hem heb uitgemaakt. Of hij met mij. Ik weet niet precies hoe het zit, maar dat kunnen jullie aan Sheila vragen. Maar uiteindelijk doet het er niet toe.'

Bill ging zwaar op haar bed zitten. 'Ik kan het gewoon niet geloven,' zei hij.

'Ik weet het, pap,' zei Jo. 'Geloof het of niet, maar dat was nóg een reden waarom ik er niet al veel eerder een punt achter heb gezet. Ik weet hoe graag je hem als schoonzoon wilde. Ik probeerde dezelfde dingen voor mij te willen als jij. Dat schijnt een vast patroon te zijn.'

Bill keek zijn dochter stomverbaasd aan. 'Had je om míj verkering met hem?'

'Nee,' zei Jo peinzend. 'In het begin had ik voor ons alle twee verkering met hem. Maar na een poosje... Ik denk dat ik het bewust niet wilde weten.' Ze lachte opnieuw kort en zonder vreugde. 'Ik wilde de mannen in mijn leven niet teleurstellen. En ik had niet eens in de gaten hoezeer ik mijzelf daarmee teleurstelde.'

Er viel een stilte.

'Nou,' zei Bill zacht. 'Nou.'

Hilda kwam de kamer langzaam in en ging naast Bill op bed zitten.

'Het schijnt... dat jullie alle twee... iets belangrijks over het hoofd... hebben gezien,' bracht ze met veel moeite uit.

Ze keken haar aan.

'Ik ben helemaal zelf de trap op gekomen,' zei ze.

Dick en Vanessa werden wakker van de voordeur die keihard dichtsloeg. Ze hoorden Josh luidruchtig de keuken binnengaan – hij maakte meer lawaai dan wanneer de kinderen zelf voor hun eigen ontbijt zorgden.

'Allemachtig,' zei Dick. 'Wat is er met hém aan de hand?'

'Zullen we gaan kijken?' vroeg Vanessa. 'Ik ben hem toch nog een excuus verschuldigd.'

'Ja,' zei Dick, 'en dan kunnen we hem meteen van Jo vertellen.'

Ze schoten hun kleren aan en gingen naar beneden. Josh stond in de keuken en had water opgezet.

'Josh!' riep Vanessa uit. 'Wat fijn om je te zien!'

'Ik ben bij Jo geweest,' zei hij tegen de ketel. 'En ze is een smerig kreng.'

Vanessa en Dick verstijfden.

'Eh, ja,' zei Vanessa peinzend. 'Ik wilde je alleen maar zeggen –'

'Jullie zijn stukken beter af zonder haar.' Josh wendde zich tot Vanessa. 'Ik ben het hele godvergeten eind naar niemandsland gereden waar ik beleefd moest zijn tegen haar vader – een man vergeleken bij wie De Peetvader op Mahatma Gandhi lijkt – om haar te vertellen hoe verschrikkelijk de kinderen haar misten en hoe erg jullie twee haar nodig hebben om jullie tot de ondergang gedoemde huwelijk te redden omdat pap zo verrekte bang voor je is dat hij –'

'Jongen –' probeerde Dick.

'Sorry.' Josh haalde adem. 'Sorry. En wat denk je? Was ze me dankbaar voor al mijn moeite? Ha! Mooi niet, dus. Ze maakte me uit voor leugenachtige, hypocriete profiteur met een Peter Pan-complex.' Hij zweeg en lachte. 'Een leugenachtige, hypocriete profiteur,' herhaalde hij.

'Waarom?' vroeg Vanessa en Dick in koor.

'Met een Peter Pan-complex!' besloot hij.

'Waarom?' herhaalden ze.

'Hoe moet ik dat verdomme weten?'

'O, jee,' zei Vanessa. 'Wat heb je tegen haar gezegd, Josh?'

'O, het is mijn schuld, ja?' explodeerde Josh. 'Natuurlijk! Ik had het kunnen weten – het is altijd Josh' schuld. Zelfs wanneer ik degene ben die de hele situatie probeert te redden – helemáál wanneer ik degene ben die de hele situatie probeert te redden. Josh de Brokkenmaker. Josh die schuldig is totdat zijn onschuld is bewezen –'

'Dat bedoelde ik niet,' viel Vanessa hem in de rede. 'Ik dacht alleen dat je mogelijk iets bij haar had losgemaakt en dat we erachter zouden kunnen komen waarom ze dat heeft gezegd.'

'Nou,' zei Josh, 'het is duidelijk dat ik iets gezegd moet hebben dat typerend is voor een leugenachtige, hypocriete profiteur met een Peter Pan-complex.'

Hij keek naar hun gekwelde gezichten.

'Ze heeft me verweten dat ik hier woon zonder een cent huur te betalen terwijl ik een vermogen verdien, hetgeen geen van tweeën waar is –'

'O, jee,' zei Vanessa.

'Was het maar waar!' vervolgde Josh. 'Verdíende ik maar een vermogen – misschien dat ik dan vrede zou hebben met het feit dat ik een bloedhekel heb aan mijn baan, en met het feit dat mijn vader in voortdurende angst leeft voor zijn vrouw.'

'Ja, eh, jongen, wat dat laatste betreft –'

'En vérder zei ze dat ik pap hielp bij het onderhouden van buitenechtelijke relaties. Dat ik hem daarbij geholpen zou hebben! Dat we een geheim voor Vanessa hadden.'

'Nou, dat klopt ook,' zei Dick, 'wanneer je erover nadenkt.'

Josh keek op.

'Wat?' vroeg hij kortaf.

'Nou we hadden afgesproken dat we Vanessa niets over mijn geldzorgen zouden vertellen.'

Josh keek zijn vader met grote ogen aan.

'En dat betekende een heleboel gefluisterde gesprekken,' vervolgde Dick, 'en samenzweerderige blikken –'

'Pap!'

'Misschien dat Jo ons een keer gehoord heeft, of dat ze iets heeft opgevangen. Jo was bepaald niet van gisteren.'

Josh keek Vanessa met grote ogen aan.

'Het is al goed, Josh,' zei Vanessa. 'Ik weet er alles van.'

'Hemel,' zei Josh. 'Ik was maar één dag van huis. Wat heb ik verder nog gemist? Je hebt toch niet toevallig nog weer een kind gekregen, hè?' Hij wendde zich met een ruk tot zijn vader. 'Hoe komt het eigenlijk dat je thuis bent op zaterdag?'

Dick legde alles uit, en voor de derde keer in evenveel weken werd Josh' kijk op het leven flink dooreen gehusseld en door elkaar geschud. Het was – alweer – even wennen, maar hij twijfelde er niet aan dat – zodra hij van deze zeeziekte bekomen was – dat zou moeten lukken.

Vanessa kwam naar hem toe en sloeg haar arm om zijn schouders.

'Josh,' zei ze, 'ik ben je een enorm excuus verschuldigd. Je had gelijk; ik ben er altijd van uitgegaan dat de dingen jouw schuld waren. Ik heb je heel oneerlijk behandeld en daar heb ik erge spijt van. Daarnaast ben ik je ook diep dankbaar dat je je eigen comfort hebt opgeofferd om je vader te helpen bij de instandhouding van zijn huwelijk met een vrouw die je niet kon uitstaan. Hoewel ik veel liever had gezien dat Dick rechtstreeks bij mij was gekomen, realiseer ik mij dat jij een geweldig gebaar hebt gemaakt, en ik vind je dan ook... nou ja, fantastisch.'

'Ik haatte je niet,' zei Josh zacht. 'Ik dacht alleen dat jij mij haatte.'

'O, jee,' verzuchtte ze. 'Jij dacht dat ik jou haatte en Dick dacht dat ik om zijn geld van hem hield. En ondertussen deden jullie wat je konden om mij niet kwijt te raken. Och lieverds, wat een ellende om niets.'

Het was even stil in de keuken.

'O, en dan nóg iets!' riep Josh opeens uit. 'Ze zei dat ze van me walgde. Dat ze van me wálgde!'

Vanessa en Dick keken stilzwijgend naar Josh die Jo's autosleutels oppakte, iets mompelde in de geest van dat hij een lange rit naar een diepe afgrond zou maken, en het huis uit ging.

'Wat doen we nu?' vroeg Vanessa, nadat de echo van de dichtslaande voordeur verstomd was. 'Wanneer denk je dat het beste moment zal zijn om hem te vertellen dat we besloten hebben om Jo een aanbod te doen dat ze onmogelijk kan weigeren?'

Daar dacht Dick lang en diep over na.

'Kopje thee?' vroeg hij ten slotte.

'Vind je nog steeds dat we Jo moeten bellen?'

'Ik weet niet.'

'Lijk me heerlijk, dank je.'

'Hmm,' zei Dick, en hij zette het water op.

Ze keken naar de waterkoker in afwachting van het moment waarop het water zou gaan koken, hetgeen, aangezien de koker het nieuwste model van Alessi was, niet lang duurde.

'Ik vind dat we haar moeten bellen, al was het alleen maar om erachter te komen wat er gebeurd is,' zei Dick.

'Maar lijkt het je wel een goed idee om haar te vragen terug te komen wanneer Josh zo'n ruzie met haar heeft? Ik wil hem niet nog meer het gevoel geven dat hij hier niet welkom zou zijn dan ik al gedaan heb.'

'Misschien dat we ze kunnen helpen om het weer bij te leggen,' zei Dick, terwijl hij de melk uit de koelkast haalde. 'Hoe dan ook, hij wil zo snel mogelijk zijn intrek nemen in de flat. En ik heb Jo nodig. Ze hoeven elkaar nooit meer te zien.'

'Ik vraag me af wat er tussen hen is gebeurd.' Vanessa pakte de enige twee niet bij elkaar passende koppen die niet in de afwasmachine zaten. 'Vind je dat ik Jo moet vertellen dat ik het mis had over dat hij geen huur betaalde?'

Dick trok een gezicht. 'Zou je het erg vinden om dat niet te doen? Ik vind het niet echt nodig dat ze iets van onze – mijn – financiële situatie weet.'

'Ah, daar heb je gelijk in,' zei Vanessa, terwijl ze de thee pakte. 'Dom idee. En ik weet zeker dat het ook niet eens nodig zal zijn, want ik kan me niet voorstellen dat hun ruzie dáárover is gegaan.'

Dick deed een paar schepjes thee in de theepot.

'Het was ontzettend lief van Josh om daar helemaal naar toe te gaan om haar terug te halen,' zei Vanessa zacht, terwijl ze naar Dick keek die de thee opschonk. 'Ik heb hem echt verschrikkelijk onderschat.'

Dick glimlachte. 'Hij is een lieve jongen, die Josh van mij.'

Vanessa gaf een tikje op de wang van haar man. 'Precies zoals zijn vader.' Ze kusten elkaar.

Vanuit de richting van de tuin klonk het geluid van kokhalzen. Ze keken achterom en zagen Toby op de drempel van de tuindeuren staan.

'Eh, vinden jullie het heel erg?' vroeg hij. 'Er zijn kinderen bij.'

'Ik ga Jo even bellen,' fluisterde Vanessa.

'Ik breng je je thee wel,' zei Dick, haar nakijkend.

Jo en haar ouders zaten aan de keukentafel. Ze vierden Hilda's overwinning op de trap met een lekkere kop thee. Intussen voelden ze zich een stuk kalmer en konden ze wat rustiger op alle verschillende onderdelen van Jo's nieuws reageren. Zij en haar vader hadden elkaar weliswaar nog geen excuses aangeboden, maar hij had de thee gezet, en toen hij haar haar mok aangaf, bedankte ze hem daarvoor.

Toen de telefoon ging, verstijfden ze allemaal. Van Hilda werd niet meer verwacht dat ze opnam. Bill zou het hebben gedaan, maar hij had zojuist thee gezet, maar daar stond tegenover dat Jo emotioneel nog behoorlijk fragiel was en hem er zojuist op had gewezen dat hij de afgelopen dertig jaar een egoïst was geweest. De telefoon bleef rinkelen.

'Ik ga wel,' zei Jo ten slotte.

'Bedankt,' zei Bill.

Hilda en Jo wisselden een blik, en Jo ging de keuken uit.

Bill en Hilda dronken hun thee en probeerden ondertussen te horen wat er op de gang werd gezegd.

Jo was lichtelijk verbaasd toen ze Vanessa's stem hoorde, en ze was zich bewust van een soort zusterlijk gevoel jegens haar. Toen Vanessa vertelde dat Dick de winkel ging verkopen en dat hij huisman zou worden, en dat ze hoopten dat ze, in ruil voor een kleine korting op haar salaris, als parttime nanny terug wilde komen, kon ze haar oren nauwelijks geloven. Aan de ene kant was het te mooi om waar te zijn – een hemels geschenk en een antwoord op al haar gebeden. Maar aan de andere kant had ze Josh zojuist gezegd dat hij kon oplazeren.

En niet alleen dát, ze zou het grootste gedeelte van haar werkdag moeten doorbrengen met een ontrouwe echtgenoot, hetgeen, helemaal na wat ze zojuist over haar eigen ontrouwe vrijer ontdekt had, niet gemakkelijk zou zijn. En zou ze Josh wel zo dicht in haar buurt kunnen velen? De gedachte bezorgde haar opnieuw een kleur van boosheid.

'Ik weet dat jij en Josh ruzie hebben gehad,' zei Vanessa snel.

'O,' zei Jo.

'En misschien heb je er wat aan als ik je vertel dat hij van plan is om weldra te verhuizen.'

'O,' herhaalde Jo.

'Ja,' zei Vanessa. 'Hij is degene die Dicks winkel koopt, en hij gaat in de flat erboven wonen. Dus wat dát betreft hoef je je nergens zorgen om te maken.'

'O.'

'Hij is echt een lieve jongen,' zei Vanessa.

Jo zei niets.

'Het blijkt dat ik me verschrikkelijk in hem vergist heb,' vervolgde Vanessa. 'Ik heb echt heel slechte dingen over hem gedacht.'

'Hmm.'

'Ik stel dus voor om alles wat ik je in het verleden over hem gezegd heb, te vergeten.'

'Hmm.'

'En om met een schone lei te beginnen.'

Jo probeerde denktijd te winnen.

'Wauw,' zei ze bedachtzaam, 'ik weet niet wat ik moet zeggen.'

'Je krijgt veel en veel meer vrije tijd voor nagenoeg hetzelfde geld,' drong Vanessa aan. 'Als je zou willen, zou je er een andere baan naast kunnen nemen, of je zou iets kunnen gaan studeren.'

Jo sloot haar ogen. 'Ik heb altijd al willen studeren,' zei ze zacht.

'Uitstekend!' riep Vanessa uit. 'Geweldig!'

'Mmm,' zei Jo.

'Je móet ja zeggen,' smeekte Vanessa. 'Je hebt er geen idee van hoe erg de kinderen je missen. En wij ook. Dick heeft je nodig – zonder jou is hij nergens. Het is een grote stap voor hem, en hij wil erg zijn best doen om een goede vader te zijn. We hebben het er uitvoerig over gehad en we maken een nieuw begin.'

Aha, dacht Jo. Zo te horen had Dick een eind aan zijn affaire gemaakt, had hij Vanessa er alles over verteld, en was dit hun oplossing. Het klonk inderdaad alsof er iets was veranderd. 'Goed dan,' zei ze grinnikend. 'Ik doe het. Ik kom terug.'

Ze moest lachen toen ze Vanessa aan de andere kant hoorde juichen.

'Wanneer?' vroeg Vanessa.

'Wanneer wil je me hebben?'

'Morgen?'

Jo moest luid lachen. Toen besloot ze dat dat eigenlijk een uitstekend idee was. En haar moeder kon intussen weer zelf de trap op.

'Nou, tot morgen dan maar,' zei ze. 'Je ziet me wel verschijnen.'

Toen Josh die avond terugkwam van zijn autorit, vlogen de kinderen hem om de hals en overlaadden ze hem met zoenen terwijl ze hem allemaal tegelijk de oren van het hoofd vroegen. Dick en Vanessa sloegen de scène met een hoopvolle glimlach gade vanaf de bank in de serre.

'Wacht!' riep Josh. Hij had Tallulah in zijn armen, terwijl Zak aan zijn ene arm, en Cassie aan zijn andere arm trok. 'Eén tegelijk!'

Ze begonnen weer te schreeuwen.

'Cassie!' brulde Josh. 'Wat is er verdomme aan de hand?'

Cassie hupte op en neer.

'Het is je gelukt! Jo komt terug! Morgen! Het is je gelukt, Josh!'

Josh wierp een vragende blik op Dick en Vanessa.

'Is dat waar?' vroeg hij.

'Ja, maar we kunnen het uitleggen,' zei Dick. 'Ze begint weer fulltime, maar schakelt dan geleidelijk aan over op parttime. In het begin zal ze me bij alles moeten helpen. We wilden er eerst van afzien, maar je zult amper iets van haar aanwezigheid merken.'

'Geweldig,' zei Josh, terwijl hij de kinderen, als regen van een regenjas, van zich af schudde. 'Echt geweldig.'

'Ik heb haar gezegd dat ik me ernstig in je vergist had,' haastte Vanessa zich eraan toe te voegen.

'Het kan me geen barst schelen hoe ze over me denkt,' zei Josh zacht.

Dick en Vanessa knikten.

'Voor mij is ze gewoon een...' Hij keek naar de drie stralende kindergezichtjes en maakte zijn zin niet af.

'Een stuk?' vroeg Toby grinnikend.

'O, hou je bek, Tobe!' snauwde Josh. 'Waarom moet jij toch altijd zeggen wat mensen niet willen horen? Wíl je soms dat iedereen een hekel aan je heeft?' Daarmee legde hij Toby het zwijgen op.

'Ik vind Jo bijna even mooi als mammie,' verkondigde Tallulah.

'Hoe dan ook,' zei Josh, 'zodra de flat schoon is, ben ik hier weg. Ik zou zo lang naar Crouch End hebben kunnen gaan, ware het niet dat mijn kamer in beslag is genomen door Subbuteo.'

'Ik wist wel dat je er geen moeite mee zou hebben,' zei Dick.

'Anders zouden we het nooit hebben gedaan,' voegde Vanessa eraan toe.

'O, maken jullie je om mij maar geen zorgen,' zei Josh. 'Het kan me geen barst schelen wie jullie in dienst nemen.'

'Mooi zo,' zei Vanessa. 'Morgen komt ze.'

Josh knikte kort. 'Ik ga naar mijn kamer,' zei hij, en hij voegde de daad bij het woord.

Jo bleef nog een poosje op de gang staan alvorens de keuken weer in te gaan.

'Dat was Vanessa,' zei ze tegen haar ouders, terwijl ze aan tafel ging zitten.

'O, ja?' vroeg Bill.

'Ze willen dat ik terugkom. Eerst als fulltime nanny, en dan als parttime, maar vrijwel voor hetzelfde salaris. En dat betekent dat ik kan studeren en alles zelf kan betalen.'

Haar ouders waren stil.

'Wanneer?' vroeg Hilda ten slotte.

'Ik wilde morgen teruggaan,' zei Jo. 'Als dat goed is.'

Hilda en Bill keken elkaar aan.

'Waarom vraag je dat aan ons?' wilde Bill weten.

Jo slaakte een dramatische zucht.

'Je bent geen klein kind meer,' vervolgde hij, terwijl hij nog een koekje nam. 'Je weet wat je wilt.'

Hilda glimlachte. 'Ga maar gauw pakken,' zei ze zacht.

'Weet je wat?' riep Bill uit. 'Laten we, zodra jij klaar bent met pakken en wij de theeboel hebben afgewassen, met z'n allen naar de Witch's Arms gaan om het te vieren.'

Ze keken hem stomverbaasd aan.

'Wát?' riep hij uit. 'Je zou nog bijna denken dat ik twee hoofden had, of zo.'

Ze bleven hem aanstaren.

'Nou best,' zei hij, 'dan gaan we niet. Mij maakt het niets uit.'

Hilda stond op om de theeboel af te wassen, en Jo rende naar boven om te pakken.

25

De volgende ochtend stond Jo op haar kamer voor de vierde keer haar bagage na te kijken. Dit keer zou ze op het station niet door haar ouders worden uitgezwaaid, en er was ook geen kans dat Shaun of Sheila zou komen om afscheid van haar te nemen – hetgeen, vreemd genoeg, niet verdrietiger voelde dan vorige keer, maar wel eerlijker. Ze had tegen haar ouders gezegd dat ze, omdat ze zoveel minder te dragen had, wel de bus naar het station zou nemen. Ze boden niet aan om haar er met de auto heen te brengen. Ze nam aan dat dat erbij hoorde nu ze haar toestonden volwassen te zijn. Ze tuurde peinzend naar haar rugzak alsof het ding iets waardevols zou kunnen toevoegen aan het gesprek in haar hoofd. In plaats daarvan moest ze denken aan de laatste keer dat ze had gepakt, aan het feit dat Josh haar daar toen bij had geholpen en aan hoe anders haar leven toen was geweest.

'Klaar met pakken?' hoorde ze de stem van haar moeder.

'Ik geloof van wel,' antwoordde ze zacht.

Jo draaide zich om, op het moment waarop het hoofd van haar vader achter haar moeder verscheen. Ze vormden een leuk plaatje, zo samen, in de omlijsting van de deur.

'Ik hou van jullie alle twee, weten jullie dat?'

Verbaasd, ontroerd, maar vooral in verlegenheid gebracht, lieten haar ouders haar met rust. Jo glimlachte met iets van verwondering voor zich uit. Al die jaren, en op de ochtend van haar definitieve vertrek komt ze er eindelijk achter hoe ze het moet doen.

De reis naar Londen was bijzonder frustrerend. Ze kon zich niet herinneren dat het zo lang had geduurd. Ze zat in de trein en wou dat hij sneller zou rijden, al wist ze niet precies waarom. Telkens wanneer ze aan de Fitzgeralds dacht, balde haar maag zich samen. Ze probeerde zich Josh' reactie voor te stellen toen hij gehoord had dat ze terug zou komen. Ze probeerde zich te herinneren wat ze in haar woede tegen hem gezegd had de vorige dag, maar de precieze woorden wilden haar niet te binnen schieten. Ze begon rekening te houden met de mogelijkheid dat zij het moeilijk zou vinden om in zijn nabijheid te vertoeven. Wanneer hij aardig was, dan was het reuze gezellig allemaal, maar wanneer die andere kant van hem de boventoon voerde, vond ze zijn gezelschap nagenoeg ondraaglijk. Toen riep ze zichzelf tot de orde. Dit was haar droom die werkelijkheid was geworden, het was de baan van haar leven, en ze weigerde dat door hem te laten bederven. Ze zou zich gewoon neer moeten leggen bij het feit dat hij de kamer naast de hare had. En het was ten slotte nog maar voor korte tijd.

Ze moest vier minuten op de High Barnet-metro wachten, en ze ijsbeerde ongeduldig over het perron op en neer. Toen de trein ten slotte kwam, sprong ze erin, en ijsbeerde ze in de wagon op en neer. Nadat ze op het station van Highgate was uitgestapt, betrapte ze zich erop dat ze grinnikend Southwood Lane af liep en genoot van de aanblik van de gezellige stadshuizen. Toen ze de hoek van High Street om sloeg, schoten haar gedachten even terug naar Shaun en Sheila, en ze wachtte op de steek van verdriet. Daar wachtte ze nog steeds op toen ze bij Costa Coffee naar binnen wipte en zichzelf op een espresso trakteerde. Tegen de tijd dat ze Ascot Drive in liep, rende ze bijna, en ze drukte maar liefst drie keer op de bel. Bij het horen van het vertrouwde geluid van op hol geslagen buffels, begon ze van haar ene, op haar andere voet te huppen.

De deur zwaaide wijdopen, en daar stond Dick met de kinderen om zich heen. Zelfs de katten waren gekomen om te kijken waar iedereen zich zo druk om maakte.

'Hallo!' riep hij uit.

'HET IS JO!' brulde Zak. 'Mammie, Lula geeft me mijn – HET IS JO!'

Tallulah vloog op haar af, gaf haar benen een innige omhelzing en drukte haar gezicht tegen haar dijen. Cassandra bleef op de gang staan. Ze legde haar hoofd tegen de trapleuning en haar gezicht begon te stralen.

'Ik laat mijn haar net zo lang groeien als het jouwe,' zei ze, terwijl ze aarzelend een stapje naar voren deed.

'Vooruit, lieverd, geef me een zoen,' zei Jo. Cassie gehoorzaamde. Tallulah giechelde, en allemaal drukten ze zich dichter tegen elkaar aan.

Zak wist Jo's hand te bemachtigen. 'Ik heb een nieuwe dinosaurus,' verkondigde hij, dolblij dat er een nieuw iemand was om het aan te vertellen. 'Hij heeft groene ogen en hij brult en hij beweegt zijn hoofd. Net echt. Dinosaurussen zijn uitgestorven. Mooi topje heb je aan.'

'Hoe is het met je mammie?' vroeg Tallulah, terwijl ze Jo's benen losliet.

'Stukken beter, dank je, schattebout,' zei Jo.

Vanessa kwam de gang op. Jo zette zichzelf schrap en keek op. Geen Josh.

'Laten jullie dat arme kind eindelijk eens met rust,' zei Vanessa tegen de kinderen. 'Jo, welkom terug. Kom binnen, alsjeblieft. Geef me je jas maar. Je kamer is helemaal klaar. We gaan zo eten. We hebben een verrassing voor toe.'

'WE HEBBEN TAART!' brulde Tallulah.

'Nou ja, dan is het nu dus geen verrassing meer,' zei Vanessa lachend.

Allen volgden Jo naar de keuken. Nog steeds geen Josh.

'Zet je boel maar even in je kamer en ga je wat opfrissen als je wilt. Josh is uit,' riep Vanessa, terwijl ze de tafel dekte.

Jo liep haar kamer in. Ze voelde zich zowel opgewonden als teleurgesteld. De kamer was kleiner dan ze zich herinnerde. Ze keek naar de deur die haar kamer van die van Josh scheidde. Zo, dacht ze. Hij is dus uit. Ze wist niet of ze zich opgelucht of beledigd moest voelen. Het enige wat ze wist, was dat ze zich gedurende de hele reis druk had zitten maken om hun weerzien, en dat ze nu zo snel geen uitweg had voor al dat zenuwachtige gevoel. Toen hoorde ze de voordeur dichtslaan, en ineens was het alsof al haar haren overeind gingen staan. Ze dook snel de badkamer in.

Ze keek in de spiegel, gaf zichzelf in gedachten een standje, en ging de badkamer weer uit. Op dat moment kwam Josh juist haar kamer in. Ze verstijfde. Hij verstijfde. De kamer verstijfde.

'Ik –' begon ze.

'Let maar niet op mij,' zei hij, terwijl hij doorliep naar zijn kamer. 'Je bent zo weer van me af. Ik was alleen maar iets vergeten.' Toen hij terugkwam stond ze nog steeds op dezelfde plek.

'Nou, ik ben uiteindelijk toch maar teruggekomen,' zei ze, toen hij bij haar deur was.

Hij bleef staan en trok zijn wenkbrauwen op. 'Mmm?'

'Ik hoop alleen maar... dat het niet moeilijk zal zijn. Voor ons – voor jou. Ik bedoel –'

'Moeilijk?' herhaalde hij lachend. 'Waarom zou het in vredesnaam moeilijk moeten zijn?'

'Nou, we... je weet wel. Ik heb dingen gezegd –'

Hij haalde zijn schouders op.

'En jij ook,' zei ze.

Opnieuw haalde hij zijn schouders op. 'Nou en? Alsof dat zo bijzonder is. Ik was het al weer vergeten.'

'O! Geweldig! Dus je hebt er geen moeite mee dat ik hier ben?'

Hij schonk haar een medelijdend glimlachje. 'Voor wie houd je je wel niet?' Hij schudde zijn hoofd.

'Voor wie ik ben. Niet meer en niet minder.' Ze glimlachte zuinig.
Josh keek haar strak aan.
'Luister,' zei hij. Ze luisterde. 'Ze wilden je terug, en daarom ben je
terug. Dat is geweldig. Het heeft geen barst met mij te maken. Het
kan me werkelijk geen donder schelen wat je doet.'

Ze klemde haar kiezen op elkaar terwijl hij zich omdraaide en de
kamer uit liep. 'Lul,' mompelde ze –waardoor ze zich enigszins beter
voelde. Het volgende moment keerde ze terug naar de keuken voor
het eten.

Nog geen uur na aankomst voelde Jo zich alweer helemaal thuis.
Vanessa en Dick waren met een seksuele ondertoon aan het kibbelen,
de kinderen hadden ruzie en Josh domineerde haar gedachten. Zoals
het klokje thuis tikt...

Cassandra voelde zich zowaar gelukkig, de volgende dag op school.
Jo was teruggekomen, mammie en pappie hadden beloofd dat ze volgend weekend met z'n allen uit eten zouden gaan, en alles leek erop te
wijzen dat Het Plan werkte.

Er begonnen geruchten de ronde te doen over een bijzonder boek
dat geschreven zou worden door Arabella, Maisy en Mandy. Verschillende klasgenootjes schepten op over de hoofdrol die zij erin zouden vervullen, en Cassandra en Asha beseften dat ze weldra een eind
aan hun act zouden moeten maken. Asha werd steeds zenuwachtiger
ten aanzien van de rol die haar was toebedacht, maar Cassandra begon zich er juist meer en meer op te verheugen. Elke ochtend haastte
ze zich naar school in afwachting van het juiste moment.

Maandagochtend hing Vanessa's hand aarzelend boven de telefoon.
Even later bedacht ze zich, en belde ze Tom.
Hij nam al na vijftig keer overgaan op.
'Tom? Vanessa.'
'Vanessa! Wat een heerlijke verrassing! Ik neem aan dat je de voor-
lopige grove montage hebt gezien.'
'Ja, dat heb ik, Tom.'
'Ja, dat heeft ze, Tom. O ja, dat heeft ze, en dat zegt ze op die kei-
harde, maar tegelijkertijd o zo vrouwelijke manier van haar.'
'Wil je ook weten wat ik ervan vind?'
'Niets liever dan dat, Vanessa. Mijn hele leven valt in het niet in
vergelijking met dit moment.'
'Ik vind hem grover dan het allergrofste schuurpapier, Tom.'
Er viel een lange stilte.
'O,' zei Tom ten slotte, 'natuurlijk! Er is tijdens de allerlaatste post-
post-pre-preproductiebespreking heel duidelijk gezegd dat er niets

mag zijn dat ook maar vagelijk aan grof schuurpapier doet denken vanwege die schuurpapiercommercial die een onderscheiding in de wacht heeft weten te slepen.'

Vanessa trok haar wenkbrauwen op. 'Zoiets ja, Tom.'

'Even tussen jou en mij gezegd en gezwegen, Vanessa, het is verdomde moeilijk om dat gevoel van grof schuurpapier goed over te brengen.'

'Nou, het is jullie uitstekend gelukt.'

'Hé, nou, bedankt. Ere wie ere toekomt. Is dat alles?'

'Nee, Tom. Ik zou graag nog even met Anthony willen spreken.'

'Dat geloof ik zo. Ik verbind je door.'

Vanessa tuurde naar haar bureau en wachtte.

'Je bent een keiharde vrouw,' hoorde ze Anthony's zachte stem, 'maar daar hou ik juist zo van.'

'Ja, nou, het spijt me.'

'Je bent niet tevreden over de montage?'

'Niet als we dit jaar allemaal een vette bonus willen hebben,' zei ze.

'Shit. Nou, daar zullen we dan wat aan moeten doen. Wat zou je ervan zeggen als we elkaar zagen?'

'Mmm.'

'Ergens in de een of andere kast?'

'Ik dacht aan vanavond. Bij Nachos.'

'O! Uitstekend.'

'Zeven uur?'

'Zeven uur.'

Vanessa legde de telefoon neer en telde haar laatste uren als lichtekooi af. Nog maar zeven uur te gaan.

Om drie minuten over zeven zag ze Anthony door de drukke bar heen naar zich toe komen.

'Ik weet wat je wilt zeggen,' fluisterde hij in haar oor, toen hij bij haar was gekomen.

'O, ja?' vroeg ze.

'Ja. En ik heb geen Chocoknabbel in mijn zak, maar ik vind het heerlijk om je te zien.'

Vanessa wendde zich af.

'Ik wilde net bestellen,' zei ze. 'Wat wil jij?'

'Geef mij maar een Vanessa Fitzgerald, graag. On the rocks.'

Ze moest hem letterlijk met haar hand van zich af duwen.

'Anthony.' Iets in de klank van haar stem deed hem verstijven. Hij wachtte. 'Ik vind het echt heel moeilijk om dit te zeggen.'

Er veranderde iets aan de manier waarop hij naar haar keek.

'Hoezo? Is het in het Grieks?'

Vanessa keek hem strak aan. Even later begon hij te knikken, en keek hij naar de vloer. Terwijl hij eruitzag alsof hij zich moest bedwingen om niet zijn vingers in zijn oren te stoppen, zijn ogen te sluiten en te gaan fluiten, zei Vanessa hem waar het op stond.

'Dat is voor iedereen het beste,' besloot ze.

Hij knikte opnieuw.

'Vooruit,' zei ze. 'Het was maar zo goed als één keer. Het stelde niets voor.'

Hij knikte opnieuw.

'Veel verder dan handtastelijkheden zijn we amper gekomen,' drong ze aan. 'Geef me alsjeblieft niet het gevoel dat we een heuse affaire hadden.'

Anthony keek om zich heen. 'Dat het bij verregaande handtastelijkheden is gebleven, komt alleen maar doordat ik een heer ben en we nog maar net waren begonnen.'

Vanessa schudde haar hoofd. 'Nee,' zei ze. 'Ik ben een gelukkig getrouwde vrouw. Ik heb drie kinderen en ik hou van mijn man.'

Anthony snoof. 'Nou, je maakt mij niet wijs dat je in de Choco-knabbelkast aan hém dacht, of wel?'

'Nou, toevallig wel ja,' zei Vanessa. 'Het was eerder een kwestie van woede dan van begeerte.'

'Nou, bedankt zeg.'

Vanessa zuchtte. 'Je maakt dit er niet bepaald gemakkelijk op.'

'Jij ook niet. Kun je niet tenminste proberen om een afzichtelijk gezicht te trekken? Of een paar vette boeren te laten?'

'Ik kan niet op commando boeren.'

'Typisch.'

'Luister, er zijn in het leven nu eenmaal dingen die we graag zouden willen doen, maar die we niet kunnen doen,' loog Vanessa. 'Heel simpel.'

'Hoezo?'

'Omdat we ons als volwassenen te gedragen hebben.'

'Hoezo?'

'Omdat we dat zijn. Volwassenen.'

'Ja, en als we dat niet waren geweest, dan zouden we ook niet in deze situatie verzeild zijn geraakt. Je kunt rustig van me aannemen dat we hier nu niet zouden zitten als jij een klein kind was geweest.'

Vanessa begon haar tas en jas bij elkaar te pakken.

'Ik ga nu,' zei ze. 'Is er iets dat ik voor je kan doen? Om het er wat gemakkelijker op te maken?'

'Ja, je zou langere rokken kunnen aantrekken.'

Ze glimlachte.

'En je jasje aanhouden,' zei Anthony. 'En niet glimlachen.'

'Ik dacht meer in de trant van niet op besprekingen verschijnen als mijn aanwezigheid niet absoluut vereist is.'

'O, en zo af en toe eens een ladder in je kous, dat is ook een goeie. Alle anderen krijgen dat wel voor elkaar.'

'Ik moet nu echt gaan.'

Hij knikte opnieuw.

Vanessa stond op en Anthony keek strak naar de vloer. Toen ze bij het metrostation kwam, zat hij nog steeds naar de vloer te staren.

Jo begon haar tweede avond terug in Londen met op haar bed te zitten en serieus over uitpakken na te denken. Tot haar verbazing sprong een van de katten bij haar op bed. Hij rekte zich uit en vond het zelfs goed dat ze hem aaide. Toen ging ze op haar rug liggen en viel in slaap. Ze werd wakker van haar mobieltje dat een samba speelde. Het was Pippa. Ze vond het een heerlijk gevoel dat Pippa nu weer zo dichtbij was, en ze spraken af voor de volgende dag.

Toen vertelde Jo haar de laatste nieuwtjes.

'Zodra Dick de winkel verkocht heeft, blijft hij thuis en dan hoef ik nog maar parttime te werken, maar wel voor zo goed als hetzelfde salaris!'

'Wauw! Daarmee ben je rechtstreeks gepromoveerd tot de beste van de klas!' riep Pippa uit. 'Een parttime nanny met een vol salaris! Je zou lezingen moeten geven.'

'Ik heb er niets voor hoeven dóen,' zei Jo. 'Het kwam door Dick.'

'Hmm. Slecht geweten?'

'Nou, ik vermoed dat hij een punt achter die affaire heeft gezet,' vertelde Jo. 'En als dat niet zo is, dan denk ik niet dat ik met hem kan blijven werken. Hij kan van mij niet verwachten dat ik, zoals zijn zoon, zijn geheimen bewaar.'

Ze ging verder met Pippa over Josh' bezoek aan Niblet-upon-Avon te vertellen, en over de ontzettende ruzie die ze hadden gehad.

'Hoe is het mogelijk!' riep Pippa uit.

'Ja, je zegt het. Wat een zak.'

'En hij is dat hele eind gereden om je op te zoeken!'

'Hij noemde me droogverleidster.'

'Hij is dat hele eind gereden om je te vragen of je terug wilde komen?'

'Hij noemde me droogverleidster.'

'Hoeveel kilometer is dat wel niet?'

'Volgens mij luister je niet.'

'Dat één van ons tweeën niet luistert is duidelijk.'

'Hij noemde me droogverleidster.'

'Hmm,' zei Pippa. 'Hoe weet hij dat?'

'Pippa!'

'Luister, je zult iets tegen Gerry moeten zeggen,' zei Pippa.

'O, god. Hoezo?'

'Omdat hij al heeft vastgesteld hoe jullie kinderen moeten heten. Wist je dat jullie er vier krijgen?'

Op dat moment hoorde Jo op de achtergrond geluiden van Nick die Pippa's kamer binnenkwam, en ze moest aanhoren hoe Pippa hem vertelde dat Jo weer in Londen was. Ze hoorde Nick tegen Pippa zeggen dat ze haar de groeten moest doen, en of ze Jo wilde vragen om later langs te komen. Vervolgens hoorde ze Nick zeggen: 'Dan vragen we Gerry ook, en zijn we gezellig met z'n vieren.'

'O, nee!' kreunde Jo in de telefoon. Daar had ze absoluut geen enkele behoefte aan. 'Het is toch niet nodig dat Gerry meteen al weet dat ik weer terug ben, hè?'

'Daar is het al te laat voor,' zei Pippa zacht. 'Nick is Gerry al aan het bellen.'

'O, god!' riep Jo. 'Mag ik misschien even rustig alles op een rijtje zetten?'

'Ik geloof niet dat Gerry dat zo graag wil. Het is veel gemakkelijker om je te veroveren zolang je nog niet helemaal weer gewend bent.'

'Weet je,' zei Jo, 'ik denk dat we ten aanzien van Gerry misschien een beetje al te overdreven reageren. Hij heeft een keer gebeld toen ik thuis was, en hij was zo vriendelijk dat het echt heel erg plezierig was. En toen ik moest ophangen, deed hij daar ook helemaal niet moeilijk over. Beter dan Josh, die persoonlijk zijn opwachting kwam maken om vervolgens de vloer met me aan te vegen. Had ik je al verteld dat ik hem een mep heb gegeven?'

'O, goeie god!' riep Pippa uit. 'Wat opwindend!'

'Niet echt,' zei Jo. 'Het was verschrikkelijk. Ik ben volledig over de rooie gegaan. Het lijkt helemáál niet op filmscènes van dat soort momenten. Het is afgrijselijk en diep beschamend.'

'Hoe stel je je het weerzien met hem voor?'

'Ik heb hem al gezien.'

'En hoe was dat?'

'Een ramp. Hij is weer absoluut onuitstaanbaar. Keihard en ijskoud.'

'O, jee. Met Gerry weet je tenminste waar je aan toe bent.'

'Ja,' verzuchtte Jo. 'Van hem weet ik zeker dat ik niet op hem val.'

Jo zei dat ze haar ouders moest bellen om te zeggen dat ze goed was aangekomen, en ze hing op. Ze ging weer op haar rug liggen en sloot haar ogen, en gunde zichzelf een paar minuutjes voor ze naar huis belde. Toen de samba opnieuw begon te tetteren, hoefde ze niet te raden wie dat was.

'Dag, Gerry,' zei ze enthousiast, terwijl ze zich afvroeg of Josh haar kon horen.

'Hé! Je wist dat ik het was!' riep hij lachend uit.

'Ja.'

'Zo!' zei hij, na een heel korte aarzeling. 'Ik hoor dat je weer terug bent.'

'Dat klopt.' Ze lachte. 'De geruchtenmachine werkt alweer op volle toeren.'

'En ik heb ook gehoord dat je het hebt uitgemaakt met Shaun.'

'Nou, het heeft er eerder de schijn van dat hij het met míj heeft uitgemaakt.'

'Geweldig!'

'Dank je.'

'Ik bedoel –'

'Luister, Ger –'

'Heb je zin om een keertje mee uit te gaan?'

'Dank je. Misschien later, maar nu nog niet,' zei ze.

'O. Oké. Ik bel je wel weer zodra je weer helemaal bent ingeburgerd.'

'Eerlijk gezegd denk ik dat ik nog wel wat langer dan dat nodig zal hebben.'

'Voor het geval je je alsnog mocht bedenken, we zijn vanavond vanaf acht uur in The Flask.'

'Oké,' zei Jo bedachtzaam. Het leek haar enig om Pippa en Nick te zien, ook al had ze zo haar twijfels wat Gerry betrof. 'Bedankt.'

'En ik hoop dat het goed met je gaat,' zei hij.

'Ja hoor, ik red me wel.'

'Voortreffelijk. Mocht je ooit de behoefte hebben aan een praatje, dan bel je maar.'

'Bedankt,' zei Jo, met de gedachte dat dat nog wel eens van pas zou kunnen komen.

'Tot kijk dan maar,' zei hij opgewekt.

En daarmee verbrak hij de verbinding. Nadat ze een poosje haar slapen had gemasseerd, belde ze haar ouders.

'Ik ben hier,' liet ze haar vader weten.

'Waar?'

Ze glimlachte.

'In de slaapkamer.'

'Aha,' zei hij zacht. 'Het is een plezierige kamer, kleiner dan ik verwacht had, maar gezellig.'

Ze sloot haar ogen en concentreerde zich op de stem van haar vader. Haar glimlach werd breder.

'Hoe is het met mam?'

'Goed. Ze zit naar *The Antiques Roadshow* te kijken.'

Ze wisten zich over de telefoon verbonden door een warme stilte.

'Ik heb haar officieel toestemming gegeven,' voegde hij eraan toe. Ze maakte een einde aan het gesprek, kwam overeind, en nadat ze een poosje met gekruiste benen op haar bed had zitten neuriën, begon ze uit te pakken.

26

Het was zover. Toen Cassandra die ochtend wakker was geworden, had ze geweten dat het waarschijnlijk vandaag zou gebeuren. Ze kon niet zeggen waarom. Misschien kwam het wel door de zon die door haar gordijnen heen scheen en de innerlijke zekerheid dat de zomer nu niet meer te stuiten zou zijn. Ze voelde zich tot alles in staat. Het leven was goed, zij was goed en de eindeloos lange zomervakantie stond voor de deur.

Het gebeurde tijdens de lunchpauze. Ze zat stilletjes met Asha met haar rug tegen de muur van de aula toen ze een geluid hoorden dat hen op deed kijken. Ze zagen dat ze omsingeld waren. Arabella en Maisy flankeerden de brutaal kijkende Mandy met haar stevige benen en over elkaar geslagen armen. Achter hen stond de rest van de klas. Cassandra en Asha bleven zitten.

'Hallo,' zei Cassandra vrolijk. 'Moeten jullie ons hebben?'

Met een haast onzichtbaar knikje van de aanvoerder, gingen de troepen tot de aanval over.

'We zijn alleen maar gekomen om jullie iets te vertellen,' begon Mandy.

Cassandra observeerde en wachtte af. Ja hoor, opnieuw een knikje van het machtscentrum naar de voorste linie.

'Jullie zijn niet de enigen die een boek schrijven,' zei Maisy.

Cassandra voelde dat Asha naar haar keek.

'Hoe bedoel je?' vroeg ze, een ietsje minder vrolijk.

'Wat ze bedoelt,' verklaarde Mandy, 'is, dat wij er ook een schrijven en dat ons boek aan het einde van het schooljaar voorgelezen gaat worden.'

'Dat is gemeen!' riep Asha ontsteld uit. Cassandra keek haar vriendinnetje verbaasd aan.

'Wie zegt dat?' snauwde Mandy.

'Het was óns idee!' riep Asha.

'Het was óns idee!' deed Mandy haar na, en de klas die achter haar stond moest lachen.

'Ik wed dat in jullie boek niet iedereen uit de klas voorkomt,' zei ze. Hier en daar werd gejubeld.

'Maar jullie kunnen toch niet zomaar –' begon Cassandra.

'Natuurlijk wel!' riep Mandy uit. 'Je vindt jezelf zo geweldig. De verwaande juffrouw Cassandra Fitzgerald.'

'Hoe dan ook,' bemoeide Arabella zich ermee, terwijl ze met grote, onschuldige ogen op de meisjes neerkeek, 'het is al te laat. Mevrouw Holloway heeft gezegd dat we het in de week voor de vakantie mogen voorlezen.'

'Maar jullie hebben ons nageaapt!' brulde Asha zo luid dat Cassandra ervan schrok.

'Maar jullie hebben ons nageaapt!' herhaalde Mandy, onder gierend gelach van de klas.

Plotseling sprong Cassandra op, en Asha volgde haar voorbeeld. Ze baanden zich een weg door de groep en renden weg voordat ze hun emoties niet langer de baas zouden kunnen.

Na schooltijd kon Cassandra amper wachten tot mammie thuis kwam om haar het nieuws te kunnen vertellen. Maar er was ook anders nieuws. Josh en pappie hadden het koopcontract voor de winkel en de erboven gelegen woning getekend, en dat zou die avond met een feestelijk etentje worden gevierd. Cassandra zou ervoor op mogen blijven. Zelfs Jo was uitgenodigd omdat mammie had gezegd dat het ook voor haar goed nieuws was aangezien het betekende dat pappie veel meer tijd thuis zou kunnen doorbrengen, zodat zij zich voor een studie zou kunnen inschrijven. Die avond hing er een opgewonden stemming in huis.

'Waarom is het zulk goed nieuws, Jo?' vroeg Zak, toen Jo boven was gekomen om te kijken of hij al bezig was zijn pyjama aan te trekken. Vanessa was op weg naar huis, dus Jo bracht de kleintjes naar bed terwijl Dick de laatste hand aan het eten legde. Hij zou later nog even boven komen.

'Nou,' antwoordde ze, 'het betekent dat je veel meer tijd met pappie door zal kunnen brengen, en het betekent dat Josh niet meer naar kantoor hoeft.'

'En betekent dat ook dat jij weg zult gaan?'

'Nee, natuurlijk niet,' zei ze. 'Het betekent dat we allemaal op dezelfde tijd op school zullen zitten. Verder niets.' Alleen al de gedachte daaraan bezorgde haar een heerlijk opgewonden gevoel.

'Maar jij bent groot. Waarom ga jij naar school?'

'Omdat ik dat niet heb gedaan toen ik kleiner was.'

'Omdat je daar te dom voor was?'

Jo glimlachte. 'Nee. Ik heb het gewoon niet gedaan. En nu heb ik er echt zin in.'

'O.' Hij nam haar achterdochtig op.

Toen ze beneden kwam trof ze Josh aan die stilzwijgend in haar studiebrochures zat te bladeren. Toen hij zich opeens van haar bewust werd, hief hij zijn hoofd een fractie op, maar hij hield zijn blik op de folders gericht. Zo snel als ze kon ruimde ze om hem heen op.

'Ga je studeren?' vroeg hij.

'Mmm.'

Hij keek op. 'Welke studierichting ga je doen?'

Ze hield verbaasd op met afnemen. 'Dat weet ik nog niet precies. Ik zou het liefste antropologie doen, maar ik weet niet of ik wel aan de toelatingseisen voldoe.'

Josh snoof. Ze verstijfde.

'Wat bedoel je daarmee?' vroeg ze, op ijzige toon.

Zijn gezicht was uitdrukkingsloos.

'Dat gedoe met toelatingseisen is volkomen overdreven,' zei hij. 'Het stelt helemaal niets voor.'

'Dat doet het wel.'

'Niet waar.'

Ze begon de afwasmachine in te ruimen. 'Dat is net zoiets als iemand met geld die zegt dat geld niet alles is. Hoe dan ook, zonder diploma's kom je ook niet in aanmerking voor een goede baan.'

Hij snoof opnieuw. 'Geef eens een definitie van een goede baan.'

Ze hield op met inruimen.

'Goed. Accountant.'

Zijn glimlachje was droog en vreugdeloos. 'Je bent met open ogen in de val gelopen,' zei hij. 'Dat is nu uitgerekend zo'n vak dat hogelijk overschat wordt.'

'Ja, maar het betaalt wel goed, of niet soms?'

'Nee. Niet speciaal. Niet voor de uren die ze van je verwachten dat je erin stopt.'

'O, en nanny's werken geen lange uren?' Ze wierp een blik op de keukenklok. 'Wie van ons beiden is nog aan het werk?'

Hij fronste zijn voorhoofd. 'Wie heeft het over nanny's? Ik dacht dat we het over accountants hadden.'

'Ik probeer alleen maar duidelijk te maken dat ik, als ik de juiste diploma's had, waarschijnlijk op dit uur van de dag niet meer zou werken en dat ik waarschijnlijk meer betaald zou krijgen.'

Ze wachtte op Josh' tegenargument, en toen dat niet kwam, ging ze verder.

'En kom niet aan met te zeggen dat dat is omdat het werk van nanny geen hersens vereist, want ik ben net tien minuten bezig geweest met een spelletje Vraag en Antwoord dat levenslange gevolgen kan hebben voor het geestelijk welzijn van een intelligent en emotioneel kwetsbaar kind van zes.'

Josh knikte.

'Iedereen kan optellen en aftrekken,' besloot ze.

Dat klonk bepaald onvriendelijk, en ze bedacht dat dit wel eens het juiste moment zou kunnen zijn om hem haar excuses aan te bieden voor die mep die ze hem had gegeven. Ze keek hem aan. En herinnerde zich dat hij haar droogverleidster had genoemd. En dat ze zich die avond op een presenteerblaadje had aangeboden. En dat hij met zijn vader had staan fluisteren over het bedriegen van Vanessa. En ze herinnerde zich hoe Vanessa haar indertijd had gewaarschuwd voor de beruchte charme van Josh Fitzgerald. En toen herinnerde ze zich hoe Josh eruit had gezien met alleen zijn spijkerbroek maar aan. Ze voelde dat ze hoofdpijn begon te krijgen.

'Ik...' begon Josh, 'had je waarschijnlijk geen droogverleidster moeten noemen.'

Jo was zo geschokt en, tegelijkertijd, zo beledigd door het woordje 'waarschijnlijk' dat ze niet wist wat ze moest zeggen. Juist op dat moment ging haar mobiel. Ze liep naar haar tas en nam op zonder te kijken wie het was. Ze keek Josh strak aan terwijl ze sprak. Josh ging verder met het bekijken van haar brochures en kamde zijn vingers door zijn haar.

'Hallo, Gerry.' Ze zuchtte en had het gevoel alsof ze langzaam maar zeker verdronk.

De eerste helft van Gerry's rede ontging haar, omdat ze het te druk had met naar Josh te kijken. Hij keek op van haar brochures, staarde haar aan alsof ze zure melk was waar hij per ongeluk aan had geroken, stond op, passeerde haar en zei 'pardon', en liep door naar de zitkamer.

Ze ging naar haar kamer en deed de deur achter zich dicht. Gerry wilde niet lastig zijn, zei hij, maar het toeval wilde dat Nick, Pippa en hijzelf die avond weer hadden afgesproken, en Pippa vroeg zich af of ze zin had om ook naar de pub te komen. Pippa zou Jo zelf hebben gebeld, maar ze was met Nick meegegaan om snel ergens iets te eten te halen, en ze had Gerry gevraagd om namens haar te bellen.

In gedachten zag Jo Pippa en Nick naar de ondergaande zon toe lopen. Ze zei dat dat enig klonk, maar dat ze vanavond onmogelijk weg zou kunnen omdat ze met de Fitzgeralds moest eten. Ze sprak zonder warmte of enthousiasme in haar stem, maar ze betwijfelde of Gerry zich daarvan bewust was.

Toen er op de deur van haar kamer werd geklopt, zette ze zichzelf schrap, viel Gerry midden in zijn zin in de rede en riep tegen Josh dat hij binnen kon komen. Hij klopte opnieuw.

'Wacht even, Gerry,' zei ze, terwijl ze, met de telefoon tegen haar oor, naar de deur liep.

Toen ze Shaun daar zag staan, met Josh vlak achter zich, kreeg ze op slag kippenvel.

'Ik moet ophangen,' zei ze tegen Gerry, terwijl ze dwars door Shaun heen naar Josh keek die hem binnengelaten moest hebben.

Gerry bleef gewoon doorpraten in haar oor. 'Gerry,' viel ze hem ongeduldig in de rede, 'ik moet nu echt ophangen.' Ze verbrak de verbinding.

Josh draaide zich om en liep weg.

Ze keek Shaun met grote ogen aan. Hij was ernstig en zag bleek. Ze vroeg zich af waarom hij niet gebeld had om te zeggen dat hij wilde komen. Ze vroeg zich af waarom hij uitgerekend voor vanavond had gekozen. Ze vroeg zich af waar Sheila was. Ze vroeg zich af wat er gebeurd was toen Josh de deur voor hem had opengedaan.

'Hallo,' zei Shaun.

Ze knikte.

'Kunnen we praten?'

'Dit is geen goed moment, Shaun. Je had moeten bellen.'

'Het spijt me.'

'Niet hier,' zei ze, de deur van haar kamer achter zich dichttrekkend. 'Laten we maar naar het park gaan.'

Toen ze langs de zitkamer kwamen keek Jo even om het hoekje. Josh zat televisie te kijken.

'Eh,' zei ze, 'we gaan even naar Waterlow Park.'

Hij haalde zijn blik niet van het beeld. 'Je hoeft tegenover mij geen verantwoording af te leggen,' zei hij schouderophalend.

Ze klemde haar kiezen op elkaar. 'Als Vanessa eerder thuis is dan ik, zou je haar dan alsjeblieft willen zeggen dat ik eraan kom?'

'Best.'

'En wacht niet op mij met eten. Dat is duidelijk.'

'Dat is duidelijk.'

Ze aarzelde.

'Goed dan,' zei ze.

Geen reactie.

'Tot zo.'

Stilte.

Toen ze de kamer uit ging hoorde ze hem op een vals toontje zeggen: 'Veel plezier.'

Er schoten haar talloze reacties door het hoofd.

'O, maak je geen zorgen,' zei ze zacht. 'Dat zal wel lukken.'

Terwijl ze snel, en door Shaun gevolgd, de heuvel op liep, hoopte ze dat Josh lekker in zijn vet zat gaar te koken.

Josh zat ondertussen voor de televisie in zijn vet gaar te koken.

Op de kop af tien minuten later waren Jo en Shaun bij het park, waar ze op de eerste bank gingen zitten.

'Zo dan,' zei ze, 'je hebt een halfuur.'

Shaun zuchtte.

'Ik weet dat ze je alles heeft verteld.'

'Ja, dat klopt,' zei Jo. 'Ze heeft me er zelfs aan herinnerd hoe lang het je gekost heeft voor je me kon "naaien".'

'Zo was het niet, Jo.'

Jo haalde haar schouders op. 'Wie kan dat nu nog wat schelen?'

'Mij.'

Shaun boog zich naar voren, sloeg zijn handen in elkaar en deed haar snel en op effen toon verslag van zijn versie van de geschiedenis. Hij vertelde dat hij aanvankelijk helemaal geen serieuze bedoelingen met Sheila had gehad, en dat hij altijd had aangenomen dat zij dat ook niet ten aanzien van hem had gehad. Toen ze had verteld dat ze Jo's vriendin was, had hij zijn geluk niet op gekund. Hij was op de kleuterschool smoorverliefd op Jo geweest, en hij was vastbesloten om haar opnieuw te ontmoeten. Het was niet ondenkbaar dat hij Sheila had verteld dat elke jongen ervan droomde om ooit eens met zijn eerste liefde naar bed te gaan, maar dat was geweest vóórdat hij haar ontmoet had, en daarbij was het waar. Natuurlijk kon hij zich nu niet meer herinneren dat hij dat had gezegd, maar als hij dat wél had gedaan, dan was het waarschijnlijk geweest om Sheila te ontmoedigen. Hoe had hij kunnen weten dat ze voor altijd een oogje op hem zou blijven houden en overal aantekeningen van maakte? Soms zeggen we dingen over mensen voordat we ze daadwerkelijk kennen.

Hoe dan ook, toen hij Jo ten slotte weer ontmoette, was ze alles wat hij ooit had durven dromen. Hij wilde verkering met haar en natuurlijk wilde hij ook met haar naar bed, daar kon hij niet verkeerds aan ontdekken, sterker nog, er zou iets ernstig mis met hem zijn geweest als hij dat niet gewild zou hebben. Toen Sheila erachter kwam dat ze verkering hadden, was ze woedend en ze dreigde hem dat ze alles aan Jo zou vertellen, met inbegrip van wat hij, vóór hij Jo opnieuw had ontmoet, over haar had gezegd. Hij was doodsbang dat hij haar zou verliezen. En dat was het begin geweest van Sheila's macht over hem, een positie die ze gedurende de daaropvolgende zes jaar regelmatig zou misbruiken. En hij moest toegeven dat hij eraan gewend raakte. Ze was in zekere zin de tegenpool van hun zo plezierige en kalme relatie – en wanneer ze van tijd tot tijd wat hadden samen, dan was dat altijd even vurig en hartstochtelijk, hoewel hij er achteraf onveranderlijk verschrikkelijke spijt van had.

Ja, vervolgde hij, hij had met Jo willen trouwen. Maar toen ze naar Londen was gegaan, hadden hij en Sheila opeens niets meer te verbergen gehad. En hij had zijn hart bij haar uitgestort. Hij ontdekte dat de oorspronkelijke wellust die hij aanvankelijk voor Sheila had gevoeld nog steeds onverminderd daar was, en bovendien was er nog iets anders – het feit dat hij open en eerlijk kon zijn over zijn duistere, veel minder zoetsappige kant die hij tegenover Jo altijd verborgen had moeten houden. Daar kwam bij dat hij en Shee wisten wat het was om te veel van iemand te houden, en in dat opzicht konden ze elkaar volledig begrijpen. Voor hij het in de gaten had, was het zo goed als aan tussen hen. Alleen, ze konden geen kant op. Zij wilde dat hij het uitmaakte met Jo, maar eigenlijk wilde hij nog steeds met Jo trouwen. Uiteindelijk wist hij Sheila ervan te overtuigen dat, als hij Jo opnieuw ten huwelijk zou vragen, Jo zo goed als zeker opnieuw nee zou zeggen, en dat verschafte hem dan de ideale gelegenheid om een eind aan hun relatie te maken. Wat hij echter nooit aan Sheila vertelde, was dat Jo deze keer misschien wel ja zou zeggen.

Jo luisterde met een sombere afstandelijkheid.

'Dus je trouwt met Sheila, hoewel je eigenlijk nog steeds liever met mij zou trouwen?' vroeg ze.

'Nou, als ik volkomen eerlijk ben,' zei hij met een diepe zucht, 'denk ik niet dat ik, zelfs als ik met jou getrouwd zou zijn, Shee op had kunnen geven.'

Jo begon te lachen.

'Ik en Shee – we zijn van hetzelfde laken een pak,' zei hij. 'Het is veel logischer dat ik met haar trouw, dan met jou.' Hij keek naar haar op en kneep zijn ogen halfdicht in het schelle licht van de ondergaande zon. 'Hoe dan ook,' besloot hij zacht, 'jij wilde me niet.'

Ze schudde haar hoofd. Even later keek ze op haar horloge.

'Ik moet terug,' zei ze.

'Goed.'

Ze liepen in stilte terug naar het huis. Jo liep de hele weg een stapje voor hem uit. Ze waren een heel uur weggeweest. Toen ze bij de voordeur waren gekomen, nam Shaun haar beide handen in de zijne.

'Waar denk je aan, Jo?' vroeg hij.

Ze trok hem bij het venster van de zitkamer vandaan, schepte moed en gooide het eruit.

'Heb ik je aan het lijntje gehouden, Shaun?' vroeg ze.

'Nee,' antwoordde hij met een zucht. 'Dat hoefde jij niet te doen. Dat deed ik zelf.'

Ze keken elkaar verdrietig aan, en deelden ten slotte een berustend glimlachje.

'Ik hoop dat jullie twee gelukkig zullen zijn samen,' zei Jo.

'Meen je dat?'

'Ja. En ik denk ook wel dat dat zal lukken.'

355

'Dat denk ik ook.' Hij sprak snel. 'Het is net als het afkicken van een schadelijke drug – toen je naar Londen ging was het cold turkey, en nu heb ik het ergste achter de rug en kan ik weer een normaal leven leiden.'

Jo keek hem aan. 'Dank je, Shaun,' zei ze.

'Ik wilde je niet –'

'Het geeft niet –'

'Ja, dat doet het wel –'

'Nee,' zei ze nadrukkelijk. 'Echt niet. En nu moet ik dringend naar binnen.'

Ze liet zich door hem omhelzen, maar het deed haar niets. Ze keek hem na tot hij in zijn auto was gestapt en was weggereden.

Even later draaide ze zich om en ging naar binnen.

Vanessa was inmiddels thuis en Dick en Cassie waren de tafel aan het dekken. Jo telde tot drie, en toen tot tien en tot vijftien, en ging de zitkamer in. Er was niemand. Ze keerde terug naar de keuken en liep een aantal keren heen en weer.

'Waar is Josh?' vroeg ze ten slotte quasi-onverschillig aan de kamer in het algemeen. 'Ik dacht dat hij televisie zat te kijken.'

Vanessa keek op van het snoepen van Dicks verbeterde lasagne.

'O, hij werd gebeld door een vriend,' zei ze afwezig, 'en hij is naar de pub gegaan.'

'Jammer,' zei Dick tegen Vanessa. 'Ik had het graag samen met hem willen vieren.'

'Dat doe je dan maar in het weekend, schat,' zei Vanessa, terwijl ze de lasagne op tafel zette. 'Vanavond vier je het met de vrouwen in je leven.'

Jo ging bij hen aan tafel zitten en probeerde mee te doen in de vrolijke stemming. Maar na de dramatische duikvlucht van haar emoties in reactie op Josh' onverwachte verdwijning, wist ze dat ze in ernstige moeilijkheden verkeerde. Het was onhoudbaar wanneer hij er was, maar het was nog veel erger wanneer hij er niet was.

Ze staarde in het niet voor zich uit terwijl Vanessa de sla opschepte. Het was maar goed dat Josh boven de winkel ging wonen, want ze zou deze emotionele achtbaan niet zo heel lang kunnen volhouden. Dit was haar kantoor, hield ze zichzelf met klem voor. Ze kon het zich niet veroorloven haar baan kwijt te raken doordat ze emotioneel zo kwetsbaar en labiel was. Het lukte haar te glimlachen toen Cassie een gezicht trok toen ze zag hoeveel sla ze op haar bord had gekregen.

'Josh en ik zijn vanavond even in de flat gaan kijken,' zei Dick, nadat hij een hap lasagne had genomen.

'O, ja?' vroeg Vanessa.

'Hij had zich niet gerealiseerd hoe verschrikkelijk treurig de boel eruitziet, hoewel ik hem dat toch duidelijk had verteld. Hij zegt dat hij er wil laten verbouwen, en in dat geval kan hij er pas over maanden in.'

'Dat geeft niet,' zei Vanessa. 'Het is fijn om hem in huis te hebben. En de kinderen zijn dol op hem.' Ze wendde zich tot Jo. 'En jullie hebben dat meningsverschil van jullie ook al weer bijgelegd, niet?'

Jo knikte.

Dick en Vanessa glimlachten, en Cassie juichte.

En dat was het moment waarop Jo besloot naar elders te verhuizen.

27

Een week later heerste er een gespannen sfeer op school. Iedereen had het over Arabella's boek, en er werd op een ingewikkelde manier geloot om de zitplaatsen voor de voorstelling die de volgende dag zou plaatsvinden. Het boek van Cassandra en Asha was vergeten. In de pauze posteerden Arabella, Maisy en Mandy zich op een prominent plekje van de speelplaats, waar ze dicht bij elkaar stonden en fluisterend en giechelend de laatste hand aan hun oeuvre legden. De kinderlijke spelletjes van de vorige dag – touwtjespringen, hinkelen en elastieken – leken voorgoed tot een ander, onschuldig en lang vervlogen tijdperk te behoren. In plaats daarvan hing de klas van hovelingen rond in de buurt van hun koninklijke familie, en was er af en toe iemand die zich, onder het voorwendsel van iets te willen vragen, of van het willen doorgeven van een nieuwe roddel, naar het drietal toe spoedde. Wanneer dat gebeurde, haastten Arabella en haar trawanten zich hun stapels aantekeningen te verbergen alsof het om een waardevolle schat zou gaan. Wanneer de gelukkige hoveling vervolgens weer terugkeerde bij de groep, beweerde ze onveranderlijk dat ze haar naam had gezien en dat ze wist dat ze een hoofdrol in het verhaal vervulde.

En al die tijd zaten Cassandra en Asha boven op het klimrek te kijken en af te wachten.

Een kilometer verder zat Sebastian James zwaar boven op Pippa die een broodje naar binnen schrokte. Jo had Pippa haar inschrijfformulier voor de universiteit gegeven, en toen Pippa alles had doorgelezen, deelde Jo haar op kalme toon mede dat ze niet langer bij de Fitzgeralds wilde wonen.

Pippa legde haar broodje neer.

'Waar wil je dan wonen?'

'Nou,' zei Jo, 'ik vroeg me af...'

'Kom bij mij wonen!' riep Pippa uit. 'Ik heb een logeerkamer die even groot is als een enórme kast!'

Jo glimlachte opgelucht. 'Zal je baas daar geen bezwaar tegen hebben?'

Pippa lachte. 'Je bent er zelf geweest! Ik heb de zolderetage. Die heeft niets met hun huis te maken. Ik heb een vrije opgang met mijn eigen voordeur.'

'Hoeveel huur betaal je daarvoor?'

'Niets. Ik betaal geen cent en met jou in huis maakt dat geen enkel verschil. Het zal alleen maar ontzettend gezellig zijn. Ik bedoel, het is natuurlijk wel kléin, maar ik ben elk weekend bij Nick, dus dan heb je de boel helemaal voor jezelf.'

Jo knikte en Pippa ging verder met haar broodje voordat Sebastian James de kans kreeg om zijn gezicht ermee in te smeren.

Na een poosje keek Pippa haar aan. 'Heb je geen honger?' vroeg ze.

Jo schudde haar hoofd.

'Wat is er aan de hand?'

Jo keek weg.

'Het is Shaun, hè?' fluisterde Pippa.

'Ik kan Josh niet uitstaan,' verzuchtte Jo.

'O.'

'Ik haat hem.' Jo veegde haar tranen weg. 'Ik kan er niet meer tegen, en ik heb het helemaal verkeerd gespeeld.'

'Hou op jezelf de schuld te geven, schat,' zei Pippa, terwijl ze over de tafel heen reikte, Sebastian James' gezicht tegen haar borst drukte en haar hand even op die van Jo legde. 'Waar twee ruziemaken hebben twee schuld.'

'En in het begin was hij nog wel zo geweldig. Ik bedoel, écht geweldig. Ik heb serieus met de gedachte gespeeld om het uit te maken met Shaun.'

'Dat weet ik.'

'En toen werd hij opeens ijskoud.' Ze snoot haar neus. 'En heeft hij al die rotdingen tegen me gezegd. En toen, toen we met z'n allen naar de film waren gegaan, leek het opeens alsof we weer vrienden waren en was er geen vuiltje meer aan de lucht. En toen is hij helemaal naar het huis van mijn ouders gekomen om me op te zoeken en...' Ze schudde haar hoofd. 'Ik begrijp er gewoon niets meer van. Ineens ging het weer ontzettend mis. Ik snap het niet.'

'Maar je weet toch wel waar het door komt, niet?'

'Nee. Jij wel dan?'

'Nou, wat in dit soort situaties meestal aan de hand is, is dat er één ding is dat je zou moeten zeggen om het goed te maken, maar dat je dat op de een of andere manier niet kunt.'

'Wat bedoel je?'

'Nou, in jouw geval is dat, dat je smoorverliefd op hem was maar dat je het niet wilde uitmaken met je vriend omdat hij je een bepaalde zekerheid gaf die je op dat moment nodig had. Dat betekent helemaal niet dat je een droogverleidster zou zijn, het betekent alleen maar dat je stapelgek op hem bent.'

Jo lachte. 'Je hebt gelijk. Natuurlijk kan ik dat niet tegen hem zeggen. Hij zou me rauw verslinden.'

'Precies,' zei Pippa. Ze drukte Jo's hand. 'Maar het zal een stuk gemakkelijker zijn wanneer je eenmaal bij mij woont. Wacht maar af, voor je het weet ben je hem vergeten.'

Jo greep Pippa's hand stevig vast en knikte.

Op precies hetzelfde moment realiseerde Josh Fitzgerald zich hoe efficiënt de geruchtenmolen op kantoor werkte. Een halfuur eerder had hij zijn ontslag genomen. Nu stond hij bij de waterkoeler en werd hij gelukgewenst door een man die hij wel eens in de lift had gezien, maar met wie hij nog nooit een woord had gewisseld.

De rest van de middag bracht hij door met het beantwoorden van vragen over zijn toekomstplannen, vragen die hem werden gesteld door iedereen variërend van de jongen die de broodjes bracht tot zijn grootste rivalen. De meeste van zijn collega's waren even blij voor hem als voor henzelf: hij ging niet weg omdat hij een betere baan had gekregen bij een van de vijf grootste kantoren, hij ging weg omdat hij de rat race voor gezien hield, en ze waren allemaal mans genoeg om hem te feliciteren met het feit dat hij een risico had durven nemen waar ze zichzelf veel te intelligent voor achtten.

Josh keek dwars door hun glimlachjes heen en was blij, want dit soort gedrag herinnerde hem eraan waaróm hij weg had gewild. En hij was dankbaar dat er zoveel mensen waren die beslag kwamen leggen op zijn tijd, want op die manier hoefde hij niet aan andere dingen te denken.

Die avond ging hij met een paar vrienden een borrel drinken om het te vieren. Tegen de tijd dat hij in zwaar beschonken toestand thuiskwam, waren Vanessa en Dick alleen in de keuken.

'Heb je een leuke avond gehad?' vroeg Vanessa.

'Nou, ik ben straalbezopen,' zei Josh, 'dus dat is op zich al leuk genoeg.'

'Denk eraan dat je Jo niet wakker maakt wanneer je naar bed gaat,' zei Dick. 'Ze heeft haar licht nog maar net uitgedaan.'

Josh knikte langzaam en draaide zich half om naar de deur van haar kamer.

'Drink je nog een afzakkertje met ons mee?' vroeg Vanessa.

'Waarom ook niet?' zei hij. 'Dan heeft zij mooi even de tijd om in te slapen en zal ik haar niet wekken.'

'Ach, dat is attent van je,' zei Vanessa.

Josh haalde zijn schouders op.

'Ze heeft op het allerlaatste moment een toelatingsgesprek voor haar opleiding kunnen regelen,' zei Dick, terwijl hij een glas wijn voor hem inschonk.

'O, ja?' vroeg Josh, terwijl hij zijn glas oppakte en het in één teug bijna leegdronk. 'Geweldig.' Hij knikte nadrukkelijk.

'En ze gaat verhuizen,' zei Vanessa.

Josh knikte opnieuw, dronk zijn glas helemaal leeg en hield het op om het opnieuw gevuld te krijgen.

'Waarom gaat ze verhuizen?' vroeg hij.

'Ze gaat bij Pippa wonen,' zei Vanessa.

'Wanneer?'

'Volgende week. Ze zei dat ze behoefte had aan verandering. Jammer.'

'Misschien dat we 's avonds te veel misbruik van haar hebben gemaakt,' opperde Dick.

'Ach nee,' reageerde Vanessa. 'En daarbij, zolang ze hier woont kan ze net zo goed gewoon meedoen met het gezin.'

'Precies,' zei Dick. 'En als ze niet meer hier woont, kan ze 's avonds doen wat ze zelf wil. Misschien gaat ze dan wel weer wat vaker uit en vindt ze een nieuwe vriend. Dat kan ze moeilijk zolang ze hier woont en ons de hele tijd moet helpen.'

Ze vervolgden hun gesprek zonder daarbij verder nog op Josh te letten.

'Goed,' zei hij opeens. 'Welterusten allemaal.'

'Welterusten,' fluisterden Dick en Vanessa, terwijl hij de deur van Jo's kamer opendeed.

Hij deed de deur achter zich dicht en sloop op zijn tenen door de stikdonkere kamer naar de zijne. Aan Jo's regelmatige, diepe ademhaling hoorde hij dat ze diep in slaap was. In zijn kamer liet hij zich languit op zijn futon vallen, waar hij de voor- en nadelen tegen elkaar afwoog van langs haar slapende gestalte lopen om zijn tanden te poetsen.

'Ik vind het jammer,' zei Vanessa tegen Dick, terwijl ze haar glas op het aanrecht zette. 'Ik had net het gevoel dat we lekker aan elkaar gewend begonnen te raken.'

Dick deed de lichten uit terwijl ze de keuken uit gingen.

'Nou, we zullen haar niet meer zoveel nodig hebben zodra ik alles van de winkel met Josh heb geregeld,' zei hij geeuwend.

'Ja, maar dat kan gemakkelijk nog een paar maanden gaan duren,' zei Vanessa, hem de trap op volgend. 'In het begin zal hij je overdag nog nodig hebben.'

'Dat weet ik. Maar 's avonds ben ik thuis. Ik kan haar best begrijpen.'

Hij deed het licht op de overloop uit en volgde Vanessa hun kamer in.

'Als ik heel eerlijk ben, wil ik best bekennen dat ik me gekwetst voel,' zei Vanessa.

Dick sloeg een arm om haar heen.

'Niet doen,' zei hij.

'Oké.'

Ze kusten elkaar en liepen hand in hand naar de badkamer.

'Nog nieuws van de headhunters vandaag?' vroeg Dick.

Vanessa schudde haar hoofd. 'Het zou wel eens moeilijker kunnen zijn dan ik gedacht had. Intussen zijn de meeste kantoren aanmerkelijk kleiner dan ze in het verleden waren.'

Ze gingen voor hun respectieve wastafels staan en keken elkaar via de spiegel aan.

'Ben je daar erg ongelukkig?' vroeg Dick.

'O nee, helemaal niet,' bekende Vanessa. 'Ik zou alleen liever ergens anders werken.'

'Heb je er geen spijt van dat je deze verantwoordelijkheid op je hebt genomen? Ik kan altijd –'

'Nee,' viel ze hem in de rede. 'Het is mijn beurt om het te doen. Jij hebt het lang genoeg gedaan.'

Dick keek haar aan terwijl ze haar gedachten onder woorden probeerde te brengen.

'Ik denk dat ik nu beter begrijp hoe jij tegenover je werk stond,' zei ze. 'Ik heb nu geen keus meer. Mijn baan is niet langer een recht, maar het is een verantwoordelijkheid geworden. Eigenlijk was het dat voorheen ook al – we hadden immers een dubbel inkomen nodig – maar toch voelde het toen nog niet alsof ik elke dag móest gaan werken. Het voelde alsof ik dat deed omdat ik dat zelf wílde omdat ik het leuk vond...' Ze glimlachte en schudde haar hoofd. 'Het voelde als vrijblijvend omdat ik een man had. Ik hoefde niet bang te zijn dat we zonder geld zouden komen te zitten. Ik had me niet gerealiseerd hoeveel verschil dat gevoelsmatig maakte. Het betekende dat ik me de luxe kon veroorloven om mijn carrière te zien als iets dat ik kon doen omdat ik het leuk vond, en niet omdat het overleven van mijn gezin daarvan afhankelijk was.'

Dick knikte. 'Als je wilt dat ik parttime ga werken –'

'Nee,' viel Vanessa hem meteen in de rede. 'Ik wil dat je bij de kinderen bent. Ze hebben je nodig en ik wil dat jij gelukkig bent. Het is alleen... Het voelt anders nu.'

'En stel dat je geen andere baan kunt vinden?'

Vanessa haalde haar schouders op. 'Dan blijf ik gewoon waar ik ben. Als ik alle mogelijkheden zonder succes heb afgewerkt, kan ik altijd nog met Max gaan praten en hem om opslag vragen. Je weet maar nooit wat hij zegt.'

'Er is toch geen erge haast, in financieel opzicht, bedoel ik?'

Ze schudde haar hoofd. 'Nee. Nee.'

'En je gezinsleven zou er op vooruit moeten gaan. Je hoeft je lunchpauze niet meer op te offeren om snel nog even boodschappen te doen. En je hoeft je 's ochtends ook niet meer zo te haasten met de kinderen. Je kunt je nu volledig op je werk concentreren, en je thuis lekker ontspannen.'

Ze keken elkaar glimlachend aan.

'We komen er wel,' zei Dick.

'Dat weet ik,' zei zijn vrouw.

Het was een lange nacht. Tegen de tijd dat Josh ten slotte in een onrustig slaap was gevallen, was Jo klaarwakker en piekerde ze over de voor- en nadelen van haar verhuizing. Tegen de tijd dat ze uiteindelijk weer in slaap was gevallen, was Josh klaarwakker en piekerde hij over de voor- en nadelen van langs de slapende Jo naar de keuken sluipen, nog iets te drinken halen en opnieuw langs haar heen terug naar bed te sluipen. Tegen de tijd dat hij ten slotte weer in slaap was gevallen, was Jo klaarwakker en piekerde ze over de voor- en nadelen van op de deur van Josh' kamer kloppen om hem te zeggen dat het haar speet van die klap. Tegen de tijd dat ze ten slotte weer in slaap was gevallen, was Josh weer klaarwakker, en piekerde hij over de voor- en nadelen van langs de slapende Jo naar de badkamer te gaan, een koude douche te nemen en weer langs haar heen terug naar zijn bed te gaan. Tegen de tijd dat hij weer was ingeslapen, was Jo weer wakker en piekerde ze over de voor- en nadelen van op de deur van Josh' kamer te kloppen, de deur ver genoeg open te doen om hem behoorlijk te kunnen zien, en hem dan te zeggen dat ze het bepaald niet op prijs stelde dat hij altijd meteen het slechtste van haar dacht. Het was op zich al moeilijk genoeg om het huis uit te gaan – iets wat hij zich, omdat hij nog steeds thuis woonde, natuurlijk niet kon voorstellen – en ze had het zonder zijn ijskoude gedrag al zwaar genoeg. Tegen de tijd dat ze uiteindelijk weer in slaap was gevallen, was Josh weer klaarwakker en piekerde hij over de voor- en nadelen van langs de slapende Jo lopen en dan gewoon maar te zien wat er zou gebeuren. Tegen de tijd dat hij weer in slaap was gevallen, was Jo weer wakker, en piekerde ze over de voor- en nadelen van op de deur van Josh' kamer kloppen en dan gewoon maar te zien wat er zou gebeuren.

Enkele seconden voordat het handje met de witte handschoen van Mickey's korte arm de zes bereikte, waren ze alle twee eindelijk diep in slaap.

Cassie werd vroeg wakker. Ze stond snel op, en toen ze beneden was hielp ze haar broertje en zusje met het klaarmaken van hun ontbijt. Ze popelde van ongeduld om naar school te gaan. Het moment waar ze al die tijd op had gewacht, was eindelijk aangebroken. En gelukkig hoefde ze, toen ze er eenmaal was, niet lang te wachten tot het begon.

'En dan, meisjes,' jubelde mevrouw Holloway, 'is het nu tijd voor een extra verrassing. Om het begin van de vakantie te vieren hebben Arabella, Maisy en Mandy een speciaal optreden voor ons voorbereid.'

De klas begon opgewonden te roepen en te juichen terwijl de drie meisjes opstonden en naar voren liepen – Arabella met hoog opgeheven hoofd in het midden. Alle tafels waren, op drie na, aan de kant gezet zodat de hele klas in nette rijen in het midden kon zitten. De echte bofferds zaten vooraan, de andere, die minder geluk hadden gehad bij de loterij, zaten verder naar achteren, waar ook Cassandra en Asha zaten. Vooraan klommen Arabella, Maisy en Mandy elk op een tafel en keken met nauwelijks onderdrukte opwinding op hun onderdanen neer.

Terwijl de klas stil werd, trok mevrouw Holloway zich terug aan een tafeltje achteraan, waar ze koortsachtig verderging met het schrijven van de rapporten, in de hoop dat haar zware kater haar behulpzaam zou zijn bij het, in drie zinnen, schetsen van een indruk van hoe elke leerling zich in de loop van het schooljaar ontwikkeld had. Nog nooit eerder had ze zo lang gewacht met het schrijven van de rapporten – dit was letterlijk haar laatste kans. Ze was maar al te blij dat de kinderen het vandaag van haar overnamen, en dan met name Arabella die, dankzij haar enorme populariteit, meer invloed op de klas had dan welke leraar dan ook. Mevrouw Holloway liet haar haren voor haar gezicht hangen bij wijze barrière tussen haar en de klas, terwijl ze zich volledig concentreerde op het schrijven van de eindrapporten.

'Het leven in 3b,' las Arabella hardop voor. Het lukte haar niet haar glimlach te onderdrukken, en haar van opwinding trillende stem zorgde ervoor dat de hele klas nerveus begon giechelen. Het volgende moment werd het weer stil, en allen keken op naar de mascotte van hun klas, hun heldin, hun bijenkoningin.

Maisy nam het boek van Arabella over en gaf, terwijl ze deed alsof ze eruit voorlas, een indrukwekkende, spottende en plagende imitatie weg van het meest stille en verlegen meisje van de klas. De klas slaakte een gesmoorde kreet van verrukking en keek naar het slachtoffer, waarna er hier en daar aarzelend werd gelachen, tot ten slotte iedereen hardop mee lachte. Er waren zelfs kinderen die Maisy's optreden probeerden na te doen, en anderen die het nog een keer wilden horen, maar allen waren razend enthousiast, met uitzondering dan misschien van het meest stille en verlegen meisje van de klas.

Toen nam Mandy, die popelde om ook in de schijnwerpers te staan, het boek van Maisy over en vervolgde met een rake persiflage van een van de meest ondeugende meisjes. Het scherpe inzicht dat eruit sprak en de humor ervan, stonden garant voor een flink lachsalvo. De klas schaterde het uit, en allen verheugden zich op wat er verder nog komen zou.

Arabella was als derde aan de beurt. Met de grootste zelfverzekerdheid, met hoog opgeheven hoofd en een kaarsrechte rug, pakte ze het boek en hield het op alsof het een bijbel was. Ze las een lange lijst voor van alle smoezen die Jemima James in de loop van het jaar had verzonnen om niet naar zwemles te hoeven. De laatste smoezen die ze oplas waren zó vergezocht en zó bespottelijk dat sommige kinderen in de klas gewoon moesten huilen van de lach. De meisjes die op de hoogte waren van het feit dat Jemima ziek was en daarom niet mocht zwemmen, schaamden zich voor hun lach, maar lachten desondanks toch mee (het was onmogelijk om dat niet te doen), en Jemima probeerde met haar vriendinnen mee te lachen.

En zo ging het verder en werd er keer op keer hard gelachen totdat, langzaam maar zeker, het aantal klasgenootjes dat aan de beurt was geweest het aantal dat nog aan de beurt moest komen, begon te overtreffen. Het volume van de lach nam zo geleidelijk aan af dat het een poosje duurde voordat het door het menselijk oor kon worden waargenomen. En helemaal het menselijk oor dat zich zo ver boven de rest van de klas verheven bevond en dat niet was afgestemd op welke vorm van afkeurende geluiden dan ook.

De drie meisjes, die niet begrepen waarom er steeds minder werd gelachen, meenden dat het kwam doordat hun imitaties te wensen overlieten, en begonnen steeds gekker te doen en luider te praten. En het moet gezegd, ze wáren inderdaad héél goed en héél grappig.

Uiteindelijk waren Cassandra en Asha aan de beurt. De beide meisjes, die aanvankelijk opgetogen waren geweest over het feit dat hun plan zo goed gelukt was, waren zich steeds schuldiger gaan voelen. Ze hadden niet verwacht dat Arabella zo ver zou gaan, en ze hadden niet verwacht dat hun klasgenootjes het zich zó aan zouden trekken. Ook al had geen van hen het bij Arabella ooit voor hen opgenomen, toch hadden ze zo'n extreme en openlijke vernedering niet verdiend – en al helemaal niet van iemand die ze zo trouw hadden gediend. Ze keken naar mevrouw Holloway, maar die zat diep voorovergebogen, en achter een gordijn van haren aan haar tafeltje. Cassandra vroeg zich af of ze in slaap was gevallen.

En uiteindelijk was het dan hún beurt – de Grand Finale. Cassandra drukte Asha's hand. En hoewel zij, in tegenstelling tot de rest van de klas, op de hele vertoning voorbereid waren geweest, en hoewel Arabella's wreedheid allang niets nieuws meer voor hen was, en hoewel dit alles hun eigen idee was geweest, deed de manier waarop ze belachelijk werden gemaakt, toch nog erge pijn. Daar, ten overstaan van de hele klas, gaven Maisy en Arabella een voorstelling weg van het moment waarop ze beiden 'gedumpt' waren, en gedwongen waren geweest om bij elkaar te gaan zitten. Het zat ontzettend slim in elkaar. Het spel was zodanig opgesteld dat het een ondermijnend effect op hun vriendschap zou moeten hebben, en het maakte de herinnering wakker aan bittere en pijnlijke momenten. Maar wat niemand had kunnen voorspellen was dat, nu het incident uit zijn context was gehaald, het vooral toonde in welke mate de beide meisjes door toedoen van Arabella en Maisy te lijden hadden gehad.

En zo kreeg het boek stilletjes zijn dramatische besluit. Er viel een diepe stilte in de klas, en na enkele lange seconden begon eerst één, en toen nog een meisje te huilen. Niemand kon doen alsof ze niet van zichzelf of van de anderen had gehoord hoe Arabella, Mandy en Maisy hun zwakke plekken op wrede wijze hadden uitgelicht en overdreven – of het nu armoede was, of gescheiden ouders, een lui oog, een onaangenaam luchtje of een luide stem. En niets van wat ze vandaag hadden gehoord, zou ooit weer on-gehoord kunnen zijn. Pandora had trots voor hen gestaan, had haar met kostbare edelstenen bezette doos geopend en de inhoud ervan over hun jonge hoofden uitgegoten. Stuk voor stuk waren de meisjes erdoor veranderd – als klas, als individuen en als toekomstige volwassenen.

Cassie waande zich die middag in de zevende hemel. Asha kwam bij haar spelen en eten. Jo haalde hen van school, en in de auto op weg naar huis spraken ze honderduit. Hun schuldgevoel was minder geworden toen de pijn van hun klasgenootjes langzaam maar zeker had plaatsgemaakt voor woede. Niets is zo meedogenloos als de gezamenlijke woede van een groep meiden. En met z'n allen konden ze gemakkelijk tegen Arabella op. Arabella en haar hofhouding werden verguisd, en nog vóór de middagpauze deden de eerste boosaardige geruchten over hun ware aard – en afkomst – al de ronde. Arabella, Maisy en Mandy zagen hun harde werk en schitterende optreden beloond met gefluister in hoekjes, doordringende en starende blikken, harentrekkerijen en zo af en toe een mep. En Cassie en Asha kregen meer snoep dan ze op konden.

In het begin konden Arabella, Maisy en Mandy gewoon niet begrijpen wat er gebeurde. Tegen de middagpauze waren ze tot de conclusie gekomen dat het de schuld van Cassandra en Maisy moest zijn.

Ze omsingelden hen op de speelplaats, maar werden vervolgens door de anderen uitgejouwd. En toen moesten ze aanzien hoe Cassie en Asha, vlak voor hun neus, werden gevraagd om mee te doen met touwtjespringen. Arabella's mooie gezichtje werd lelijk, en tot iedereens verbazing zette ze het, terwijl de tranen over haar wangen liepen, op een krijsen. Maisy kon niet anders dan vol ontzetting naar haar kijken, maar Mandy gaf blijk van haar moed door het springtouw uit de hand van een van de meisjes te trekken. Terwijl ze om het touw aan het vechten waren, splitste zich een kleine groepering af die maakte dat ze wegkwamen om hulptroepen te gaan halen in de vorm van een juf. Mandy werd tot aan het einde van de pauze naar binnen gestuurd.

Terwijl Arabella getroost werd door de juf, liet de klas haar verder stikken en ging verder met touwtjespringen. Ze hadden veel meer plezier dan voorheen, en aarzelden niet om Cassie en Asha extra luid aan te moedigen. Cassie was de enige van de hele klas die zag hoe Maisy stilletjes wegliep. Ze kon het niet helpen dat ze onwillekeurig medelijden had met haar oude beste vriendin. Ze wist precies hoe het voelde om zo harteloos behandeld te worden door de mensen van wie je hield.

Maar Cassies medeleven was niet van lange duur. Tegen de tijd dat Jo ze kwam halen, waren ze zo opgewonden over hun overwinning dat ze amper gewoon konden praten zonder de slappe lach te krijgen. Hun stemming werkte aanstekelijk, en na een poosje voelde Jo zich een stuk positiever en zelfverzekerder dan in tijden het geval was geweest. Bovendien had ze zich de hele dag nog niet zo wakker gevoeld.

Terwijl ze voor de kinderen aan het koken was, ging haar mobiel. Ze las Gerry's naam op het schermpje en maakte een geluid dat het midden hield tussen een kreet en een kreun. Snapte hij het dan nog steeds niet? Schaamde hij zich niet, om haar voortdurend lastig te vallen? Goed dan, dacht ze, terwijl ze met hernieuwde energie in de pastasaus roerde. Het was tijd om deze kwestie voor eens en voor altijd de wereld uit de krijgen. Als twee meisjes van acht het heft van hun leven in handen konden nemen, dan kon zij dat ook. Ze sloot haar ogen en dacht terug aan Josh' reactie toen Gerry de laatste keer had gebeld.

'Gerry!' riep ze uit, bozer dan ze bedoeld had. 'Bel je nu alweer?'

'Hallo,' zei Gerry langzaam, 'zal ik straks terugbellen?'

'Nee! Ik moet met je praten.'

'Nou, ik weet niet of ik daar wel tijd voor heb.'

'Maar je belt me net!'

'Ja, maar er is net iets tussen gekomen.'

'Gerry,' begon ze.

'Een ander keertje, goed?'

'Ik zeg dit maar één keer,' vervolgde ze. 'Ik mag je. Ik vind je aardig. Maar ik val niet op je. Ik was eenzaam en depressief, en ik wilde bewijzen dat –'

'Ik bel je strakjes wel –'

'Ik wil geen, ik herhaal, GEEN verkering met je.'

'De lijn is opeens erg –'

'IK VAL NIET OP JE, GERRY.'

Het was stil aan de andere kant. Ze sloot haar ogen.

'Natuurlijk niet,' zei Gerry op gerustellende toon.

'Dank je.'

'Niet nu. Het is niet het goede moment.'

'NEE!'

'Ik kan wachten.'

'Gérry!'

'Het voorrecht van de vrouw, en zo.'

'Wát?'

'Nou, iedereen weet dat vrouwen om de haverklap van gedachten veranderen,' zei hij opgewekt.

'Gerry –'

'Mijn moeder heeft tien keer nee gezegd tegen mijn vader voordat ze zijn aanzoek uiteindelijk heeft aangenomen.'

'GERRY! Je luistert niet.'

'Dat neemt niet weg dat ze over hun scheiding niet half zo lang heeft geaarzeld.'

'Gerry,' verzuchtte Jo, 'wil je nu alsjeblieft eindelijk eens goed naar me luisteren? De baarmoeder neemt geen hersenruimte in beslag. Beide bevinden zich op totaal verschillende plaatsen in het lichaam.'

'Hè?'

'Ik weet echt wel wat ik wil.'

Er viel een stilte.

'O.'

'En ik vind je aardig, maar ik val niet op je en ik zal ook nooit op je vallen.'

Opnieuw viel er een stilte, waarin Jo zich schaamde over de wreedheid van haar woorden.

'O.'

'Het spijt me als ik je de verkeerde indruk heb gegeven.'

'Dat heb je inderdaad, ja.'

'Nou, dat spijt me echt. Misschien hou ik wel net zoveel van flirten als elke raszuivere volwassene. Ik was je heel, heel, heel erg dankbaar dat je zo aardig tegen me was, maar –'

'O, verdomme!' kreunde hij. 'Niet "aardig". Doe me één lol, en noem me niet aardig, alsjeblieft.'

'Maar je wás aardig.' Beiden glimlachten.

Er viel een stilte.

'Niet onweerstaanbaar knap en boeiend?'

'Nee,' antwoordde ze glimlachend. 'Niet voor mij. Misschien voor iemand anders, maar voor mij was je gewoon alleen maar aardig, Gerry.'

'Pech.'

'Het spijt me.'

Opnieuw een stilte.

'Dus je wilt niet dat we als vrienden met elkaar blijven omgaan?' probeerde Gerry.

'Nee, dank je.'

'Ook niet geheel vrijblijvend?'

'Nee, dank je.'

'Met Nick en Pippa?'

'Nee, dank je.'

Nog een stilte. Jo wist dat ze snel een eind zou moeten maken aan het gesprek, vóór ze uit zuiver medelijden alsnog toe zou geven.

'Ik moet ophangen,' zei ze, in de saus roerend.

'Je kunt het een jongen niet kwalijk nemen dat hij het probeert.'

'Nee, en geprobeerd heb je het zeker.'

'Nou,' verzuchtte hij, 'als je iets wilt, dan moet je ervoor knokken.'

Jo hield op met roeren. Ze kneep haar ogen stijf dicht en perste haar lippen op elkaar om te voorkomen dat ze zou toegeven.

'Nou, dag dan maar,' zei Gerry.

'Dag.'

Ze hing op, slaakte een jubelkreet, gooide haar telefoon op en ving hem nog juist voor dat hij in de saus zou zijn gevallen.

Toen Vanessa een uur later thuiskwam, rende ze regelrecht de tuin in waar Cassie en Asha aan het spelen waren.

'Nou?' vroeg ze.

'Het is gelukt!' riep Cassie.

Ze vielen elkaar voor het speelhuis om de hals. Vanessa gaf zelfs Asha een zoen. Ze had chocoladekoekjes meegebracht, en ze aten ze voor het speelhuis van kartonnen bordjes.

Toen Asha's moeder haar dochter kwam halen, waren de meisjes opgetogen toen hun moeders nog bijna een heel uur met elkaar bleven kletsen waardoor ze extra lang de tijd kregen om met elkaar te spelen. Het bleek dat Asha's moeder zich, net als Vanessa, ernstige zorgen over de situatie had gemaakt, en Vanessa wou dat ze eerder met elkaar hadden gesproken.

'Dank je,' zei Asha's moeder stralend. 'Je hebt ons hele gezin van een zware last verlost.'

'Met alle plezier,' antwoordde Vanessa, even stralend. 'Als ik had geweten dat jij er net zo over dacht, zou ik je voor al onze beleidsvergaderingen hebben uitgenodigd.'

'Het is gewoon onvoorstelbaar dat één zo'n klein kind zoveel ellende kan veroorzaken.'

'Mmm,' beaamde Vanessa, met een blik op Cassie. 'Ja, in het begin kon ik me dat ook niet voorstellen. Je weet toch hoe goed ze zijn in het doen alsof.'

Cassie had intussen ontdekt dat Asha ver van school en in een vriendelijke omgeving een heel ander kind was. Achter die dikke brillenglazen en dat wat weke gezicht ging een brein schuil van een toekomstige sagenschrijfster, en Cassie had nog nooit zo van het luisteren naar verhalen genoten.

Cassie mocht die avond van Vanessa zo laat naar bed als ze zelf wilde, maar het meisje was zo uitgeput dat ze maar een halfuurtje langer opbleef dan anders.

Tegen de tijd dat Josh thuiskwam lag ze al uren in bed, en hadden Vanessa en Dick de boel van het avondeten al opgeruimd.

'Is Mary Poppins thuis?' vroeg hij, alvorens door te lopen naar zijn kamer.

'Nee,' antwoordde Vanessa. 'Ze is uit met de meisjes. Als ze zo doorgaat zal ze al haar spullen op zaterdag moeten pakken.'

'Wanneer gaat ze precies?' vroeg Dick, opkijkend van de krant.

'Overmorgen,' zei Vanessa.

Daar dachten ze allemaal even over na.

'Het zal heel anders zijn zonder haar,' zei Dick.

'Ja, heel anders,' beaamde Vanessa, terwijl Josh Jo's kamer binnenging.

28

Vrijdag was mevrouw Holloway de enige die verbaasd was dat Arabella niet op school was gekomen. Haar moeder had die ochtend gebeld met de mededeling dat ze griep had. De klas was zo opgelucht door haar afwezigheid, dat het voelde alsof het al vakantie was. De meisjes voelden zich vrij om te praten met wie ze wilden, en het was heerlijk om gewoon te doen waar je zin in had; ze konden naar de wc zonder bang te hoeven zijn voor wat er tijdens die paar minuten dat ze weg waren over hen zou worden gezegd. Mevrouw Holloway was de enige die deze ontspannen sfeer toeschreef aan de ophanden zijnde vakantie. En ze was verschrikkelijk blij dat het niemand was opgevallen dat ze gisteren, tijdens het optreden van Arabella en haar vriendinnen, in slaap was gevallen.

Die middag zaten Cassie en Asha op het klimrek van het zonnetje te genieten. Toen Asha naar de wc was gegaan, had Cassie het fijn gevonden om even alleen te zijn in de wetenschap dat ze niet elke seconde door haar aartsvijandin in de gaten werd gehouden. Terwijl ze Asha nakeek drong het tot haar door dat het grappig was dat het haar al lang niet meer was opgevallen dat haar voortanden zo ver van elkaar afstonden. Waren haar tanden naar elkaar toe gegroeid, of was ze er zo aan gewend dat ze het niet meer zag?

Toen ze Maisy in haar eentje naar zich toe zag komen – Maisy deed alles vandaag in haar eentje – voelde ze zich ineens verschrikkelijk zenuwachtig. Maisy schonk haar een brede, vriendschappelijke glimlach. 'Hoi!' riep ze.

Cassie glimlachte en keek omlaag.

Maisy klom naar boven, ging naast haar zitten en maakte vervolgens een chimpanseeachtige zwaai omlaag. Maisy was een ster op het klimrek, en Cassie kon het niet helpen dat ze haar kunstjes met bewondering gadesloeg. Maisy klom weer naar boven, ging zitten en keek haar oude vriendin aan.

'Weet je onze geheimtaal nog?'

Cassie knikte.

'Dat was leuk, hè?'

Cassie knikte.

'Weet je nog die keer bij mij thuis, toen we in de bijkeuken waren en mijn moeder plotseling binnenkwam toen we stiekem koekjes stonden te eten en ik me er in eentje verslikte?'

Cassie grinnikte.

'Met Arabella zijn er nooit leuke dingen gebeurd,' zei Maisy. 'Zeg het tegen niemand,' ging ze verder, terwijl ze zich zo dicht naar Cassie toe boog dat de sproeten op haar neus afzonderlijk zichtbaar waren, 'maar ik vind Arabella niet meer aardig. Ze denkt van wel, maar het is niet zo.'

Cassie hield haar adem in. Ze was vergeten hoe groot Maisy's ogen van dichtbij waren.

'Zullen we weer vriendinnen zijn?' fluisterde Maisy. Cassie voelde haar hart zwellen.

Toen hoorde ze een geluid achter zich, en ze draaide zich om. Asha stond bij de hinkelbaan naar hen te kijken. Ze keek haar aan en op hetzelfde moment hoorde ze Maisy naast zich giechelen.

Ze klom langzaam van het klimrek, en toen ze beneden was draaide ze zich naar Maisy om.

'Nee, want Asha is nu mijn beste vriendin,' zei ze. 'Maar dank je voor het vragen.'

En toen rende ze naar Asha, pakte haar hand vast en vertelde haar wat er was gebeurd.

Die middag maakte Cassie met Zak en Tallulah een kaart ter gelegenheid van Jo's verhuizing, die ze tijdens het avondeten aan Jo aanboden. Toen ze in snikken uitbarstte, voelden ze zich ellendig.

Toen Jo Cassie die avond instopte, verontschuldigde ze zich voor het feit dat ze haar aan het huilen had gemaakt.

'Och, lieverd, doe niet zo mal,' stelde Jo haar gerust. 'Ik huil alleen maar omdat ik zo van streek ben omdat ik bij jullie wegga.'

'Waarom ga je dan?' vroeg Cassie.

'Dat is een lang verhaal,' verzuchtte Jo.

'Is het vanwege Josh?'

Jo keek Cassie met grote ogen aan.

'Waarom zeg je dat?'

Cassie haalde haar schouders op.

'Omdat ik hem vroeger ook niet kon uitstaan. Hij was echt zo'n gemene jongen. Maar in werkelijkheid is hij reuze aardig.'

Jo glimlachte. 'Ja, hij is reuze aardig.'

'Maar waarom ga je dan verhuizen?'

Jo zuchtte. 'Dat is een lang verhaal.'

'Dat heb je al gezegd.'

Jo boog zich over Cassie heen en streek het haar van haar voorhoofd.

'Je bent een heel slim meisje, hè?'

'Als jij hem aardig vindt, en hij jou ook aardig vindt, waarom ga je dan weg?'

'Dat is nu juist het probleem,' zei Jo, die zich verbaasde over dat het zo fijn voelde om erover te kunnen praten. 'Maar ik geloof niet dat hij mij aardig vindt. Ik geloof dat ik iets heb gedaan waarmee ik hem heel erg heb gekwetst. En het is heel afschuwelijk om in de buurt te moeten zijn van iemand die je niet aardig vindt.'

Cassie knikte. 'Ja, dat weet ik,' zei ze.

Ze keken elkaar aan, en toen gaf Jo Cassie een kusje op haar wang.

'Welterusten, lieverd. We zijn allemaal reuze trots op je. Ik zal je heel erg missen.'

Cassie omhelsde haar, waarna ze diep onder de deken kroop en haar ogen sloot.

Later die avond lag Jo op haar bed naar het plafond te staren. Ze moest pakken, maar op de een of andere manier kon ze zichzelf er maar niet toe brengen. Ze had ook geen zin om die avond uit te gaan. Maar wat ze ook niet kon, was thuisblijven in afwachting van het moment waarop Josh thuis zou komen, die haar toch alleen maar zou negeren. Zo te zien was hij uitgegaan. Haar laatste avond bij de Fitzgeralds. De boodschap had niet duidelijker kunnen zijn.

Tien minuten voordat Pippa zou komen, verkleedde ze zich. Pippa kwam haar kamer in en keek rond.

'Ik kom je toch morgen oppikken, hè?'

'Ja.'

'En wanneer had je dan willen pakken?'

'Morgen?' opperde Jo.

'Heb je hulp nodig?'

'O ja, graag,' zei Jo. 'Op de een of andere manier lukt het me niet in mijn eentje. Niet met hem daar.' Ze knikte in de richting van de deur van Josh' kamer.

'Is hij daar nu?' fluisterde Pippa.

'Nee, natuurlijk niet,' antwoordde Jo somber. 'Stel je voor. Ik zou wel eens op het idee kunnen komen dat hij zoveel om me gaf dat hij mijn laatste avond hier bij me wilde zijn. Hij is uit.'

'En jij ook, kind,' zei Pippa. 'En of je nu wilt of niet, je gaat er een leuke avond van maken.'

Jo trok een gezicht.

'En morgenochtend vroeg kom ik met koffie,' zei Pippa. 'Dubbele espresso's.'

'Hoezo?'

'Omdat we daar na vanavond dringend behoefte aan zullen hebben.'

'Ik ga me niet bezatten,' zei Jo. 'Ik ga me gedragen.'

'Ja, hoor.'

'Echt waar,' zei Jo. Ze pakte haar tas en trok de deur van haar kamer achter zich dicht. 'Ik heb morgen een helder hoofd nodig en bovendien heb ik er de energie niet voor.'

29

Toen Jo de volgende ochtend wakker werd, was ze zich als eerste bewust van een verschrikkelijke hoofdpijn die werd veroorzaakt door het geluid van Pippa die afkeurend mompelend over haar bed stond gebogen.

'Ssst,' kreunde ze. 'Ik heb hoofdpijn.'

Pippa hield de meegebrachte koffie onder haar neus.

'Het is twaalf uur,' riep Pippa, 'we moeten aan de slag.'

'Kreng,' fluisterde Jo. Haar lippen waren gebarsten.

Pippa trok het gordijn open van het venster dat uitkeek op het huis ernaast dat verbouwd werd, en trok het raam open.

'Ah,' zei ze, 'snuif die geur van verse beton in je longen. Door de regen van gisteravond ruikt alles extra pittig. O, en nu we het daar toch over hebben. Kun je je nog herinneren dat je in die plas bent gevallen en dat je dacht dat je verdronk?'

Jo wendde haar hoofd af en probeerde niet te huilen. Ze hoorde Pippa de douche aan zetten en de kamer weer in komen, waarna ze het dekbed van haar af trok.

'Laat dat!' krijste ze, het dekbed weer over zich heen trekkend. 'Hij kan elk moment binnenkomen. Hij klopt niet meer.'

'Josh zit in de zitkamer televisie te kijken,' zei Pippa. 'Hij heeft de deur voor me opengedaan.'

Jo keek op.

'Hoe zag hij eruit?'

'Eh,' zei Pippa peinzend. 'Lang, donker en knap?'

'Ik bedoel, wat voor indruk maakte hij?'

'Stil.'

'Stil verdrietig, of stil blij?'

'Jezus, Jo, waarom vertel je hem niet gewoon wat je voelt?'

Jo ging zitten en telde af op haar vingers.

'Wat ik voel is, a, boosheid; b, dat ik niet word begrepen; c, dat hij een verkeerd beeld van me heeft; ten vierde, dat hij me gemeen behandelt, en...' Jo tuurde naar haar pink, 'en ik voel me een beetje misselijk.'

'Schiet op, ga dan onder de douche.'
Jo strompelde naar de badkamer.

Josh zat ondertussen in de zitkamer naar de televisie te kijken en zijn laatste bankafschrift te controleren. Vanessa en Dick waren een dagje naar Brighton en hij had aangeboden om op de kinderen te passen. Hij maakte van de gelegenheid gebruik om zijn rekeningen na te kijken, iets wat hij altijd uiterst zorgvuldig deed – die enkele keer dat hij eraan dacht. Voor een accountant liet zijn persoonlijke boekhouding het nodige te wensen over.

Toen hij ongeveer een uur aan het werk was geweest, realiseerde hij zich dat hij een aantal rekeningen in zijn kamer had laten liggen. Hij wist dat Pippa er was en hij had de douche gehoord en dat iemand in de keuken was geweest om koffie te zetten, dus hij was er zo goed als zeker van dat Jo op was. Hij liep door haar kamer, en knikte daarbij kort naar Pippa, waarna hij naar Jo's rugzak en de dozen keek die op de een of andere manier hun weg naar zijn kamer hadden gevonden.

'Sorry,' zei Jo stijfjes. 'We halen alles wel weer hierheen, als je er last van hebt. Het was alleen gemakkelijker.'

'Geen probleem,' zei hij tegen Pippa, terwijl hij de kamer weer uit ging.

Jo keek Pippa aan.

'Nou zie je het zelf.'

Josh deed de deur van de zitkamer achter zich dicht en ging verder met zijn boekhouding. De voorspelbaarheid van het optellen en aftrekken had altijd een kalmerende invloed op hem. Net toen hij tot de conclusie kwam dat hij honger had, stak Toby zijn hoofd om het hoekje van de deur. Hij kuchte zacht en Josh draaide zich naar hem om.

'Ja, jongen, is er iets?'

'Ja.' Toby kwam binnen en ging zitten.

Josh zette de televisie en zijn rekenmachientje af. 'Zeg het maar.'

'Wat geef je aan je vriendinnetje als je wilt vieren dat je een bepaalde tijd verkering hebt?' Toby probeerde een volwassen air uit te stralen.

Josh fronste zijn voorhoofd. 'Hoe lang hebben jullie al verkering?'

'Twee maanden.'

'Allemachtig, knul, in Tiener Tijd betekent dat, dat jullie al zo goed als getrouwd zijn.'

Toby keek hem geschrokken aan.

'Geintje. Wat wil je precies zeggen met je cadeautje?'

Toby haalde zijn schouders op.

'Wat zijn haar hobby's?'

Toby haalde zijn schouders op.

'Wat koopt ze zelf graag voor dingen?'

Toby haalde zijn schouders op.

'Wat had je gedacht om voor haar te kopen?'

Toby haalde zijn schouders op.

Josh knikte langzaam. 'Ik zie dat je hier echt goed over hebt nagedacht.'

'Kleren?' opperde Toby.

'Te riskant.'

'Make-up?'

'Beledigend.'

'Condooms?'

'Wát?'

'Geintje.'

Ze dachten een poosje na, en riepen toen ineens in koor: 'Bloemen.'

'Zeg het met bloemen, jongen,' zei Josh.

'Ja,' grinnikte Toby wetend.

'Ja. Om niet te hoeven zeggen dat je niets beters weet.'

Toby snoof en schoot in de lach. Josh besloot dat dit het ideale moment was om iets te vragen waar hij intussen al zo lang mee rondliep dat de gedachte een afdruk in zijn hersenen had gemaakt.

'Tobe, vind je het prettig op school?'

Toby snoof opnieuw.

'Weet je nog toen ik op school zat?'

'Ja, je moest dat debiele uniform aan waarmee je eruitzag als een idioot.'

'En weet je ook waarom ik dat uniform aan moest?'

'Ja, vanwege de school waar je op zat, stommerd.'

'Ja, en weet je ook waarom jij niet op dezelfde school zit als die waarop ik heb gezeten?'

'Natuurlijk. Mam en pap moesten voor jouw school betalen.'

'Precies.'

Toby wachtte.

'Vind je dat erg?' vroeg Josh. 'Dat mam en pap mij naar een particuliere school hebben gestuurd waar ik voortdurend achter mijn broek werd gezeten om goede cijfers te halen? En dat ze jou naar de plaatselijke openbare school hebben gestuurd?'

Hij keek naar Toby die de tijd nam om over die vraag na te denken.

'Vond jij het prettig op school?' vroeg Toby ten slotte.

'Nee.'

'En vind je het prettig op kantoor?'

'Nee. Ik haat mijn baan.'

Toby haalde zijn schouders op. 'Nee hoor. Ik vind het niet erg dat jij het zoveel zwaarder hebt gehad dan ik. En als ik naar zo'n achterlijke particuliere school was gegaan en in zo'n debiel pakkie had moeten lopen, zou ik Anastasia ook nooit hebben ontmoet.'

Josh voelde een zware last van zijn schouders glijden.

'Josh?' zei Toby zacht.

'Mmm?'

Toby haalde diep adem en vervolgde hortend: Het spijt me... dat ik... heb gezegd... dat jij... Jo een stuk vond. Ik... wilde je niet... boos maken.'

'Het geeft niet.'

'Ik wist niet dat je niet wilde dat ik dat zou zeggen.'

'Het geeft niet.'

Toby fronste zijn voorhoofd. 'Ik vond het... gewoon leuk.'

'Het geeft niet. Maar soms is het een goed idee om je eerst af te vragen hoe andere mensen ergens over denken voor je iets zegt. Dat noem je empathie. Het is iets waar je na de puberteit opeens last van krijgt en –' Hij hield opeens zijn mond.

'Is er iets?' vroeg Toby.

'Mmm,' zei Josh zacht, en hij verroerde zich niet.

'Oké,' zei Toby, 'dan ga ik maar weer.'

Josh keek op alsof hij in trance was.

'Mag ik je één ding vragen?' vroeg hij.

'Ja?'

'Ben je te oud voor een knuffel?'

'Ja, toe zeg, donder op,' reageerde Toby. 'Ik bedoel, sorry –'

'Hou op met steeds maar je verontschuldigingen aan te bieden. Dat is niet normaal.'

'Oké.' Na een poosje ging Toby fluitend de kamer uit.

Josh deed de televisie weer aan en keek ernaar.

Toen de deur weer openging, sprak hij zonder achterom te kijken.

'Nu is het te laat voor die knuffel,' zei hij. 'Had je maar ja moeten zeggen toen ik het aanbood.'

'Godzijdank,' zei Pippa.

Josh draaide zich met een ruk om. 'O, shit,' zei hij. 'Ik dacht dat je Toby was.'

'Geeft niet,' zei Pippa. Ze kwam binnen en ging naast hem zitten. Ze keken een poosje naar de televisie, en Josh leek er helemaal in op te gaan. Ten slotte nam Pippa het woord.

'Je bent echt een fan van bowls, hè?' vroeg ze.

Josh bleef strak naar het scherm kijken. 'Schiet het pakken een beetje op?'

'Ja.'

'Mooi.'

'Nou eigenlijk,' zei Pippa, 'schiet het niet zo heel erg op.'

Josh knikte zonder zijn blik van het scherm te halen.

'Tussen ons gezegd en gezwegen,' vervolgde ze, 'geloof ik dat Jo het heel erg vindt dat ze gaat.'

Josh haalde zijn schouders op. 'Ze gaat omdat ze dat zelf wil.'

'Volgens mij is ze een beetje in de war omdat ze van streek is.'

'O ja?' Hij draaide zich met een ruk naar haar toe. 'Omdat ze niet weet welke man ze welke dag aan het lijntje moet houden en hoe lang dat lijntje het beste kan zijn?'

'Nee,' zei Pippa. 'Er is maar één man over wie ze van streek is.'

Josh keek weer naar de televisie. 'Arme stakker,' mompelde hij.

'Of hij een stakker is,' zei Pippa, 'dat weet ik niet. Maar een stomkop is hij wel.'

Josh sloeg zijn armen over elkaar. 'Nou, daarmee weet ik nog niets. Dat kan van alle twee worden gezegd.'

'Welke twee bedoel je?'

Met een diepe zucht zette Josh het geluid van de televisie af.

'Nou, het is duidelijk dat ze niet kan kiezen tussen de charmes van Jan Agent en het berouw van haar ontrouwe ex.'

Pippa lachte kort. 'Ze probeert Jan Agent al te ontmoedigen vanaf het moment waarop ze hem heeft ontmoet. Hij heeft alleen zo'n bord voor z'n kop dat hij het niet in de gaten heeft.'

'Die indruk had ik anders niet vanaf de plek waar ik zat.'

'Nou, misschien had die zitplaats van jou dan wel beperkt uitzicht,' snauwde ze. Ook zij hield haar blik intussen strak op het scherm gericht.

Josh zei niets.

'Hoe dan ook, gisteravond heeft hij het dan eindelijk begrepen. Ze is het de hele avond aan het vieren geweest. Wauw!' riep ze naar de televisie. 'Dat was een goeie. Na een poosje ga je er echt helemaal in op hè, in bowls?'

'En Shaun dan?' vroeg Josh zacht.

'O, toen hij haar kwam opzoeken heeft ze hem en Sheila veel geluk gewenst,' zei ze, terwijl ze naar het scherm bleef kijken. 'Zo te zien voelt ze echt niets meer voor hem. Ze zegt dat ze al jaren niets meer voor hem voelde – en waarschijnlijk is ze daarom naar Londen gekomen. Ze had het zich alleen niet gerealiseerd. Ze durfde hem geen pijn te doen. Maar dat is nu weer typisch Jo! Ze is gewoon veel te aardig!'

Josh zat roerloos.

'Zo,' zei Pippa, 'dan ga ik maar weer verder. Die arme Jo kan best wat vrolijkheid gebruiken. Zo net zei ze nog hoe ondraaglijk het is wanneer de mensen je niet begrijpen en er altijd het slechtste van je wordt gedacht. Ik weet natuurlijk niet wat ze daarmee bedoelde, maar wat ik wel weet, is dat het haar voortdurend aan het huilen maakt. Tot kijk!'

En ze verliet de kamer.

Toby ondertussen, voelde zich zo optimistisch dat hij dat gevoel graag met zijn halfbroertje en -zusjes wilde delen. Hij rende de trap op met drie treden tegelijk, en klopte op de deur van de kamer waar ze een bespreking hadden. Ze riepen in koor dat hij op moest duvelen. Hij deed de deur open.

'Rustig maar,' zei hij, terwijl hij naar binnen ging en op de vloer ging liggen. 'Ik ben het maar, jullie grote broer.'

Hij werd zich bewust van een ongemakkelijke stilte.

'Wat?' vroeg hij. 'Wat is er aan de hand?'

'Toby,' zei Cassie, voorzichtig, maar met een zelfverzekerdheid die hij nog nooit eerder van haar had gehoord, 'we willen jou er niet bij hebben.'

Toby keek op. 'Dat geeft niet, Catastrophe,' zei hij kalm. 'Ik wil ook niet met jou in dezelfde kamer zijn.'

Niemand lachte. Zelfs Zak niet.

'Nee, we menen het,' zei Cassie. 'Dit is privé.'

Toby keek Tallulah aan.

'Kom op, Lu –'

'IK HEET TALLULAH!'

'Oké, oké, je hoeft niet meteen zo over je toeren te raken.'

'IK RAAK NIET OVER MIJN TOEREN! HOU OP MET JE HATELIJKE GEDOE EN GA WEG!'

Toby keek haar aan. En toen keek hij naar Zak.

'Kom op, broer van me,' zei hij. 'Jij en ik tegen de meisjes.'

Zak sloeg zijn ogen neer. 'Ik wil niet tegen de meisjes zijn,' zei hij.

Toby slikte.

'Sorry, Toby,' zei Cassie. 'We zijn op het moment nogal druk.'

'O, goed hoor,' zei Toby achteloos. Hij stond langzaam op en liep naar de deur. 'Pech voor jullie,' zei hij, waarna hij de deur achter zich dichttrok.

Hij bleef een poosje op de donkere overloop staan, en rende toen opeens de trap af. Hij rende langs de zitkamer, regelrecht de tuin in. Hij zag Jo niet eens die op het terras naar de bomen zat te staren.

Ze draaide zich om toen ze hem hoorde.

'Wat is er?' vroeg ze geschrokken.

Toby veegde met een nijdig gebaar zijn tranen weg. Ze stond op en liep verbaasd naar hem toe, terwijl hij op haar afliep en haar met kracht omhelsde. Ze had geen idee van wat er gebeurd kon zijn. Het volgende moment maakte hij zich weer van haar los en streek opnieuw zijn tranen weg.

'Tegen niemand zeggen dat ik huil,' beval hij met schorre stem.

'Natuurlijk niet,' zei ze. 'En zeker niet als je er alsjeblieft bij zegt.'

'Niet tegen Josh zeggen,' zei hij met een klein stemmetje. 'Alsjeblieft.'

'Kom op,' zei ze. 'Laten we een stukje naar achteren lopen. En dan kun je me erover vertellen.'

Ze liepen naar de achterkant van de tuin. Toby moest steeds heftiger snikken, en hij had zijn handen diep in zijn broekzakken gestoken. Het beeld deed Jo denken aan dat van zijn grote broer.

'Wat is er?' vroeg ze.

Toby veegde opnieuw zijn tranen weg. 'Ze haten me,' snikte hij, terwijl hij zich op het gras liet vallen.

'Wie haten je?' vroeg Jo, terwijl ze naast hem ging zitten.

'De anderen. Lula, Cassie en Zak.'

'Natuurlijk niet.'

'WEL WAAR!' schreeuwde hij. 'Ze hebben een bespreking in Tallulahs kamer en ze willen mij er niet bij hebben.'

'Toby, alle broers en zussen maken ruzie.'

Toby schudde zijn hoofd.

'Lieverd,' zei Jo, 'hoe is dit ineens zo gekomen? Volgens mij gaf je helemaal niets om hen.'

Toen Toby weer met huilen was opgehouden, vertelde hij Jo dat hij probeerde om aardiger tegen hen te zijn.

'Waarom?' vroeg Jo zo vriendelijk als ze kon.

Met de grootste moeite vertelde Toby haar dat hij ze niet langer haatte. Dat gevoel was gewoon weg. Na enig voorzichtig aandringen vertelde hij dat hij wist dat het niet hun schuld was dat zijn vader was weggegaan. Hij vertelde wat Josh hem had verteld over de scheiding van hun ouders. Hij legde uit hoe zijn moeder Dick bewust tot een scheiding had gedwongen door ervoor te zorgen dat hij een verhouding met zijn secretaresse was begonnen, waarna ze hem van overspel had beschuldigd. Jo wist niet wat ze daarop moest zeggen.

'Ik heb het pap altijd kwalijk genomen dat hij bij ons was weggegaan,' zei Toby. 'Daarom behandelde ik de anderen ook als oud vuil. Maar Josh heeft me verteld dat ze er niets aan konden doen, en dat ze er bovendien niet om hadden gevraagd om met mij te worden opgescheept.' Hij begon weer te huilen. 'Dus, nu probeer ik aardig te zijn, maar ze haten me.'

Jo sloeg een arm om zijn schouders.

'Lieverd, waarom vertel je dit niet allemaal aan Josh?'

'Omdat hij me ervoor heeft gewaarschuwd dat dit zou gebeuren als ik niet aardiger tegen hen was, en ik heb niet naar hem geluisterd,' snikte hij. 'Ik wil het hem niet vertellen. En vertel jij het hem ook niet, alsjeblieft.'

'O, maak je geen zorgen,' zei ze. 'Hij praat niet meer met me.'

'O, ja,' verzuchtte Toby. 'Dat is óók mijn schuld.'

'Doe niet zo mal.'

'Echt waar. Ik zei dat hij je een stuk vond.'

'Pardon?'

Toby schudde zijn hoofd. 'Iedereen haat me.'

'Je moet het wat tijd geven,' zei ze zacht. 'Wanneer ze eenmaal in de gaten beginnen te krijgen dat je hun vriend wilt zijn, zullen ze je als hun grote broer op handen dragen.'

'Maar ik heb het al geprobéérd!'

'Wat heb je geprobeerd?'

'Om aardig te zijn.'

'En heb je ook geprobeerd om je excuses te maken?'

Er viel een stilte.

'Dat kan ik niet,' zei hij ten slotte met een klein piepstemmetje.

'Waarom niet? Je hebt er geen idee van hoe goed dat werkt.'

Toby tuurde naar het gras.

'Kun je je voorstellen hoe ontzettend leuk jullie het met z'n allen zouden kunnen hebben als ze je aardig vinden?' vroeg Jo.

Toby produceerde een half glimlachje.

'Kom op,' zei Jo, terwijl ze opstond. 'Er liggen nog een stel chocolade-ijsjes in de diepvries. Je kunt ze er allemaal eentje geven en hun dan vertellen wat je zojuist allemaal tegen mij hebt gezegd.' Toby bleef op het gras zitten. 'Zolang je maar eerlijk blijft,' zei ze. 'Moet je eens kijken hoe snel je verdriet dan verdwijnt.'

Hij trok een gezicht.

'Kom op,' drong ze aan.

Hij schudde zijn hoofd. 'Ik durf niet,' fluisterde hij.

'Dat kan ik me voorstellen,' zei Jo, terwijl ze naast hem op haar knieën ging zitten. 'Het is nooit eenvoudig om te zeggen dat je ergens spijt van hebt als je dat ook daadwerkelijk meent.'

Nadat Toby daar een poosje over had nagedacht, stond hij langzaam op en gingen ze samen terug naar binnen.

Toen Jo haar kamer weer binnenging, liet ze zich zwaar op bed vallen. Pippa keek op van het uitzoeken van de spullen in een doos die in Josh' kamer terecht was gekomen.

'Voel je je alweer wat beter?' vroeg ze, maar bij het zien van Jo's gezicht vervolgde ze: 'O, jee! Wat is er aan de hand? Je ziet eruit alsof je een spook hebt gezien.'

Jo deed verslag van haar gesprek met Toby terwijl Pippa met haar rug tegen Josh' bed naast de doos ging zitten.

Toen Jo was uitgesproken, leek ze volledig uitgeput. 'Nu begrijp ik ook wat Josh bedoelde,' zei ze op matte toon, 'toen hij zei dat een vrouw een man tot overspel kon drijven.'

'Ja, maar dat is nog steeds geen reden om alle vrouwen overal de schuld van te geven,' zei Pippa, terwijl ze Josh' kamer rondkeek. 'Opruimen is niet zijn sterkste kant, hè?'

Jo trok een bedenkelijk gezicht. 'Ik geloof niet dat hij alle vrouwen de schuld geeft. Volgens mij had hij het over één man en één vrouw in het bijzonder. Hij had het over Dick en Jane en hij wist dat het waar was. En dat was toen ik tegen hem heb gezegd dat ik van hem walgde.'

'Je walgde van hem omdat hij zijn vader helpt bij diens buitenechtelijke avontuur,' zei Pippa. Haar blik bleef rusten op een paar roze papiertjes bij haar voeten.

'Ja, dat weet ik, maar –'

'Maar niets,' zei Pippa, terwijl ze gedachteloos de papiertjes oppakte. 'Dat was hoe jij erover dacht en je had recht op je gevoelens. Hij houdt er een dubbele moraal op na. Hij is een vrouwenhater, en het maakt niet uit waarom.'

'Maar het verklaart waarom hij zo snel niets meer van me wilde weten. Ik moet hem echt heel diep hebben gekwetst.'

Pippa zei niets. Na een poosje keek Jo haar aan. Pippa, die bleek was geworden, zat met grote ogen naar twee roze papiertjes te kijken.

'Waar kijk je naar?' vroeg Jo.

'O-o,' zei Pippa langzaam.

'Ja?'

'Zei jij niet dat Josh hier woonde zonder een cent huur te betalen?'

'Ja. Nog een reden om hem te haten. Dank je, dat was ik bijna weer vergeten.'

'En hoeveel krijg jij per maand betaald?'

'Hoezo?'

'Zeg nu maar hoeveel. Tot op de cent.'

'Het is een heel vreemd bedrag door die opslag die ik heb gekregen,' zei ze, alvorens het exacte bedrag te noemen.

Pippa sloeg haar hand voor haar mond.

'O, jeetje,' fluisterde ze.

'Wat?' Jo ging naar haar toe en keek naar de papiertjes. Pippa liet ze los toen Jo ze uit haar hand nam.

Het waren door Dick geschreven ontvangstbewijsjes. Jo keek naar het ene waarop 'Josh' huur - mei' stond. Eronder stond het bedrag, en daar onder stond 'Betaald.' En het bedrag was exact – tot en met de laatste cent – het bedrag dat Jo maandelijks betaald kreeg.

Terwijl ze ernaar zaten te kijken, zagen ze opeens, op een van de papiertjes, een afdruk die erop was ontstaan doordat iemand een ander papier op het afschrift had gelegd en dáárop had geschreven. Langzaam, net als bij door kinderen gebruikte onzichtbare inkt, werden de woorden steeds beter leesbaar. In Dicks handschrift stond er: 'Voor Jo – Juni.'

'Hoe kwam je erbij dat hij geen huur zou betalen?' vroeg Pippa ten slotte.

Jo ging naast haar zitten en leunde zwaar tegen Josh' bed. 'Dat had Vanessa mij verteld.'

Ze staarden naar de ontvangstbewijsjes.

'En denk je dat het mogelijk is,' vroeg Pippa heel zacht, 'dat Dick en Josh...' ze aarzelde. 'Denk je... dat Dick en Josh dit voor Vanessa verzwegen hebben? Ik bedoel, het feit dat Josh...' Opnieuw maakte ze haar zin niet af.

Jo dwong zichzelf Pippa's gedachte hardop uit te spreken. 'Het feit dat Josh mijn salaris heeft betaald?'

Ze bleven naar de ontvangstbewijsjes zitten staren.

'Wat hebben we hen die keer in de keuken ook alweer precies horen zeggen?' vroeg Pippa.

Jo fronste haar voorhoofd. 'Dat weet ik niet meer.'

'Hadden ze het over een verhouding?'

'Niet met zoveel woorden, maar ze hadden het wel over een vrouw.'

'Een geliefde? Een minnares? In principe kunnen ze het over elke willekeurige vrouw hebben gehad, of niet? Een klant? Of iemand die met geld te maken heeft? Iemand die de huur ophaalt, of iemand die de boekhouding doet?'

'Ja, dat is zo,' mompelde Jo.

'Zei Josh niet op een gegeven moment tegen zijn vader dat hij eerst bij hém had moeten komen, alvorens zich tot haar te wenden?'

'O, god,' fluisterde Jo. 'Misschien hadden ze het wel over een accountant. Een vrouwelijke accountant.'

'Die bestaan.'

'Maar waarom zouden ze daar zo mysterieus over willen doen?'

Pippa haalde haar schouders op. 'Misschien houdt Dick zijn boekhouding wel geheim voor Vanessa.'

'Hij zei wel dat ze hem zou verlaten als ze de waarheid kende.'

'Ja, nou, dat kan kloppen. Hij dacht waarschijnlijk dat ze weg zou gaan als ze wist hoe treurig zijn zaken er in werkelijkheid voor stonden.'

'Och kom, dat geloof ik niet. Zo gemeen is ze niet.'

Pippa schudde haar hoofd. 'Daar gaat het niet om. Het gaat erom dat Dick dácht dat ze dat zou doen.'

'Misschien noemde Josh haar daarom wel de Enge Echtgenote,' zei Jo zacht.

Pippa lachte. 'Leuk.'

Jo keek haar strak aan.

'Neem me niet kwalijk,' zei Pippa. 'Hij mag dan een rotzak zijn, maar dat vind ik leuk.'

Jo zuchtte. 'O, nee.' Ze hield haar hoofd in haar handen.

'Ik denk dat we er wel van uit kunnen gaan dat er geen verhouding was,' besloot Pippa, de ontvangstbewijsjes omhooghoudend. 'En dat Josh en Dicks grote geheim niets anders was dan dat Josh in werkelijkheid een uiterst genereus en betrouwbaar mens is die zijn vader helpt door jouw salaris te betalen.'

Ze namen even de tijd om na te denken over de hele situatie zoals die er nu uitzag.

'En daarmee,' besloot Pippa, 'kan rustig worden gesteld dat je er een gigantische puinhoop van hebt gemaakt.'

Jo kreunde.

'Heb je iets ter verdediging aan te voeren?' vroeg Pippa.

'Hij heeft zijn geheim heel goed geheim gehouden,' fluisterde Jo.

'Ja,' beaamde Pippa. 'Dat betekent dat hij, afgezien van al zijn andere goede eigenschappen, ook nog eens intelligent is.'

Jo liet haar hoofd naar achteren vallen, tegen de rand van Josh' bed.

'Dit is allemaal reuze positief, schat,' stelde Pippa haar gerust. 'Het betekent dat hij stukken aardiger is dan je dacht. Je bent niet geobsedeerd door een gemene rotzak, maar je bent geobsedeerd door een uiterst fatsoenlijke man.'

'Grrr,' was Jo het met haar eens.

'Ik heb maar één vraag.'

'Hm?'

'Wat doe je hier nog?'

Jo hield haar hoofd schuin. 'Ik wacht tot de grond zich opent zodat ik er doorheen kan zakken.'

'Waarom ga je niet naar hem toe om hem je excuses aan te bieden?'

'Ik weet niet waar ik moet beginnen.'

'Wat zou je denken van met alles wat je ooit tegen hem hebt gezegd?' opperde Pippa. 'Dat lijkt me een aardig begin.'

'Dat kán ik niet.' Jo sloeg haar handen voor haar gezicht.

'Natuurlijk kun je dat wel.'

'Nee.'

Na een korte stilte probeerde Pippa het opnieuw.

'Natuurlijk kun je het wel.'
'Nee.'
En toen gaf Pippa het op.

30

Toby ging met vier chocolade-ijsjes naar boven en wachtte voor de deur van Tallulahs kamer terwijl hij een plan probeerde te verzinnen. Helaas was het zo dat de ijsjes aanzienlijk sneller smolten dan hem een plan te binnen wilde schieten, en toen het ijs langs zijn handen begon te druipen, zat er voor hem niets anders op dan aan te kloppen.

Cassie, Tallulah en Zak schreeuwden dat hij weg moest gaan. Hij staarde naar de deurknop, staarde naar het ijs op zijn handen en klopte opnieuw. Wederom weerklonk het geschreeuw uit de kamer. Hij keek om het hoekje van de deur. Ze zetten het opnieuw op een schreeuwen. Hij liet ze de ijsjes zien. Er klonk een gesmoorde vreugdekreet van Zak, die gevolgd werd door een peinzende stilte.

Toby maakte van het moment gebruik en begon stotterend en stamelend aan een verklaring voor zijn eerdere gedrag, waarna hij op een ontroerende en hartverwarmende manier zijn verontschuldigingen aanbood.

Ze keken naar zijn rode ogen en ze keken naar de ijsjes. Toen Tallulah opstond, naar hem toe liep, de ijsjes van hem aanpakte en hem een zoen op zijn wang gaf, was dat voor hen allemaal het teken dat hij vergeven was.

En dat was maar goed ook. Toby's bijdrage aan de bespreking was van doorslaggevende betekenis.

Terwijl de kinderen uiterst tevreden waren over de tijdens hun bespreking behaalde resultaten, kwamen Jo en Pippa geen steek verder.

'Goed. Ik moet hem dus zeggen dat het mij spijt,' herhaalde Jo.

'Ja.'

'Maar dat kan ik niet.'

'Waarom niet?'

'Omdat hij me haat.'

'Omdat je hem niet gezegd hebt dat het je spijt.'

'Goed. Ik moet hem dus zeggen dat het me spijt.'

'Ja.'

'Maar dat kan ik niet.'

Pippa keek op haar horloge. 'Mijn vliegtuig gaat over twee maanden, dus ik moet een beetje opschieten.'

'Oké!' verklaarde Jo. 'Ik ga hem zeggen dat het me spijt.' En ze stond op en verliet de kamer.

Terwijl ze vastberaden van de keuken op weg was naar de zitkamer, zag ze Toby op de drempel van de zitkamer staan. Tallulah stond achter hem. Ze draaide zich in één vloeiende beweging om en liep regelrecht terug naar de keuken, waar ze neuriënd en met een diepe rimpel op haar voorhoofd, aan de slag ging.

Toen Cassie en Zak vrolijk binnenkwamen, schonk ze hun een afwezig glimlachje.

'Dank je, Jo!' riep Cassie. 'Toby heeft ons zojuist allemaal een chocolade-ijsje gegeven!'

Ze kwamen naar haar toe en omhelsden haar.

'We willen je iets laten zien,' zei Cassie, 'maar niet hier, omdat we niet willen dat Toby het ziet. Het is geheim.'

'Waar zullen we het doen?' vroeg Zak.

'Ik weet niet,' zei Cassie peinzend. 'Ergens waar Toby ons niet kan horen. Waar is hij?'

'Bij Josh in de zitkamer,' zei Jo.

'Waar kunnen we naar toe gaan waar hij ons niet kan horen?'

'Ik weet niet,' zei Zak, terwijl hij de tuin in keek.

'Zullen we naar de tuin gaan?' opperde Jo, terwijl ze Zaks blik volgde.

'Ja!' riepen ze alle twee in koor.

Ze gingen de tuin in en Zak was zo opgewonden dat hij meteen begon te rennen.

'Ik weet het!' riep hij uit. 'Laten we naar de speelhut gaan! Daar kan niemand ons zien!'

Cassie trok een bedenkelijk gezicht. 'Jo past er niet in.'

'Maar ik wil het in de speelhut doen!'

'Natuurlijk pas ik er wel in,' zei Jo tegen Cassie. 'Kom op, we gaan naar de speelhut. Dat is een geweldig idee.'

'Nou goed dan,' verzuchtte Cassie.

Ze bukten zich en kropen achter elkaar door de deur naar binnen. Toen ze binnen waren gingen ze in een kringetje zitten.

'Nou, schiet op dan,' zei Cassie tegen Zak. 'Geef het dan aan haar.'

'Ik heb het niet,' zei Zak.

'Maar ik heb het je gegeven!'

'Niet waar!'

'Wel waar! Ik heb het op je nachtkastje gelegd!'

'Nou, slimmerik, dan heb je het dus niet aan me gegeven!'

'Jongens!' riep Jo. 'Waarom gaan jullie het niet gewoon halen?'
Er viel een stilte.
'Ga jij maar,' zei Cassie tegen Zak.
'Nee!' riep Zak. 'Ga jij maar!'
'Nee!'
'Jongens!' riep Jo opnieuw. 'Zal ík dan maar gaan?'
'NEE!' brulden ze.
'Nou, waarom gaan jullie het dan niet sámen halen?'
'Maar dan ga je misschien weg,' zei Cassie.
'Ik beloof jullie dat ik hier zal blijven tot jullie terug zijn.'
'Zweer je dat?'
'Dat zweer ik,' beloofde Jo, waarop ze haar aankeken op een manier die haar het gevoel bezorgde alsof ze zojuist een contract met haar eigen bloed had ondertekend.

Ze verdwenen door het deurtje naar buiten, en ze hoorde ze samen alweer giechelen voordat ze het huis binnen waren gegaan. Ze verbaasde zich altijd weer over het feit dat kinderen in staat waren hun ruzies zo snel bij te leggen. Waarom konden volwassenen dat niet?

Ze zat met haar rug tegen de muur geleund en snoof de geur van hout, die na de regen van de afgelopen nacht extra doordringend was, diep in zich op. Het had een verrassend kalmerende uitwerking op haar. Ze keek door het raampje naar buiten en kon een van de katten in de boom zien zitten. Ze glimlachte. Misschien moest ze hier maar voor altijd blijven zitten. Ze sloot haar ogen in afwachting van de terugkomst van de kinderen. Ze moesten een hele tijd weg zijn geweest, want opeens schrok ze wakker toen het deurtje met kracht werd dichtgeslagen.

Ze keek opzij en schrok toen ze zag dat Josh zijn lange lijf achterstevoren door de ingang naar binnen had gewurmd, en ze moest snel een eindje opzijschuiven om te voorkomen dat hij boven op haar zou komen te zitten – en Toby had zojuist het deurtje achter hem dicht geslagen. 'Oké!' riep Toby buiten. 'Nu mag je je omdraaien en je ogen weer opendoen.' Daarop hoorde ze de kinderen de slappe lach krijgen en het huis in rennen terwijl Josh zich met enige moeite naar haar toe draaide en haar aankeek.

Om te zeggen dat Josh verbaasd was om haar te zien, was zwak uitgedrukt. Hij was zo geschokt dat hij even vergeten was dat hij zich in de speelhut bevond, opsprong en zijn hoofd keihard tegen de dakbalk stootte. Hij dook weer in elkaar en hield zijn hoofd in zijn handen. Het volgende moment doken ze tegelijkertijd af op het deurtje en probeerden het met al hun kracht open te duwen. Niets. Het zat klem. Daar wist Jo alles vanaf. Ze had hier, meestal met Tallullah, al vaak genoeg gezeten in afwachting van het moment waarop het hout weer tot zijn normale proporties was gekrompen. Ze speelde met de gedachte om Josh te vragen of hij misschien zin had om een denkbeeldig spel van theedrinken met haar te spelen, iets waar Jo Tallulah zo vaak urenlang mee zoet had kunnen houden dat ze er bijna een tennisarm van het theeschenken aan over had gehouden. Maar aangezien hij zijn hoofd nog steeds met beide handen vasthield en het duidelijk was dat het pijn deed, besloot ze dat het waarschijnlijk geen goed idee was.

'Ik heb altijd al gevonden dat een leuke open haard hier lang niet gek zou staan,' fluisterde ze ten slotte. 'Daar zou het aanmerkelijk meer karakter door krijgen.'

Josh trok een gezicht. 'Ja, dank je, het gaat alweer,' zei hij. Hij strekte zijn benen zover als het ging – het ene voor zich uit en het andere gebogen opzij, waarmee hij praktisch tegen haar aan kwam te zitten.

'Hé,' zei Jo, terwijl ze van hem af probeerde te schuiven. 'Deze keer kan ik er niets aan doen dat je je pijn hebt gedaan.'

'Wel waar.' Hij probeerde zijn gebogen been te strekken.

'Hoe dan? Kijk even uit, wil je, dat zijn mijn billen.'

'Je hebt me laten schrikken. Mag ik –' Hij gebaarde of hij zijn been achter haar langs mocht strekken.

'Ik zat hier anders lekker rustig in mijn eentje te niksen,' zei ze, een stukje naar voren schuivend.

'Ja,' mompelde hij, zijn been achter haar langs wurmend, 'je zat te wachten tot je mij de schrik van mijn leven zou kunnen bezorgen.'

'Ik had er geen flauw idee van dat jij naar de speelhut zou komen,' zei ze, naar voren buigend. 'Als ik geweten had dat jij hier zou komen, zou ik hem al lang zijn gesmeerd.'

'Wat doe je hier dan?'

'Ik zit op Cassie en Zak te wachten.'

'Nou, dan kun je lang wachten.'

'Hoezo?'

'Omdat ze binnen televisie zitten te kijken.'

'Wat? Dat kan niet. Ze hebben gezegd dat ik hier op ze moest blijven wachten. Ze hebben het me zelfs laten zweren.'

Josh leunde met zijn hoofd tussen de dakbalken naar achteren tegen de muur. Ineens leek hij al zijn vechtlust te zijn verloren.

'Kleine etters,' siste hij. 'Ze hebben ons hier met opzet naar binnen gelokt.'

'Josh,' zei Jo, 'zou je alsjeblieft je dij van mijn billen willen halen.'

'Nee,' reageerde Josh verontwaardigd, 'haal jij je billen maar van mijn dij.'

Ze boog zich naar voren en het scheelde een haar of ze had zijn neus in haar mond gekregen. Ze ging weer rechtop zitten.

'Hoe bedoel je, ze hebben ons hier met opzet naar binnen gelokt?'

'Toby – die Judas van een broer van mij – heeft me met de nodige moeite zover weten te krijgen dat ik met mijn ogen dicht achterwaarts hier naar binnen zou kruipen omdat hij een verrassing voor me zou hebben.'

Jo keek Josh verontwaardigd aan. 'Kleine etters,' was ze het met hem eens. 'Ik dacht dat ze mijn vriendjes waren.'

Josh knikte. 'Nou, het is duidelijk dat ze ons niet kunnen uitstaan.'

Ze knikte instemmend.

'Dus,' ging hij verder, 'ik stel voor dat we, zodra je het voor elkaar hebt gekregen om je billen van mijn dij te halen, naar binnen gaan en het stel in elkaar slaan.'

Hij draaide zich opzij naar de deur, waarbij Jo klem kwam te zitten tussen zijn benen.

'Kijk uit!' riep ze.

'O? Help je ook een handje mee?' vroeg hij. 'Wat aardig van je.'

'Je krijgt hem toch niet open. Hij klemt in de regen. Het heeft gegoten vannacht. Ik was bijna verdronken.'

'Verdomme,' mompelde Josh, terwijl hij hulpeloos op de deur bonkte. 'Wat een gemene pestkoppen.'

Jo kon het niet helpen dat ze opeens begon giechelen.

'Ik weet niet wat hier zo lollig aan is,' zei Josh. 'Ik ben claustrofobisch.'

'O, jee.'

Hij draaide zich naar haar toe. Hij was zo dichtbij dat ze haar hoofd automatisch met een ruk naar achteren bewoog, en hard tegen de muur stootte. 'Iets dat er niet beter op wordt doordat iemand met zijn volle gewicht op mijn knieën zit zodat die al nagenoeg gevoelloos zijn.'

Jo schoot zo snel van hem af dat hij half boven op haar kwam te liggen.

'Dat is een heel stuk beter,' zei hij vrolijk. 'Waar waren we ook alweer gebleven?'

'Au,' kreunde ze.

Josh wurmde zich met enige moeite van haar af en liet hen beiden juist voldoende ruimte om, met hun hoofden tegen de muur, naast elkaar half te kunnen zitten en liggen. Het volgende moment ging hij zover als hij kon rechtop zitten, verplaatste zijn gewicht naar zijn rechterheup en begon met zijn bovenlichaam tegen het deurtje te duwen.

Jo kon niet anders dan kijken, want als ze haar hoofd zou willen afwenden, zou ze met haar neus tegen de zijne stoten. Hij zette zoveel kracht om het deurtje open te krijgen, dat ze de aderen in zijn nek zag uitpuilen. Na een poosje staakte hij zijn inspanningen.

'Je zegt het maar wanneer je ook een handje mee wilt helpen,' bracht hij ademloos uit.

Jo probeerde te praten. Josh keek haar aan en kon zijn ogen niet geloven.

'Waarom zit jíj te huilen?' vroeg hij. 'Ik ben hier degene die claustrofobisch is. Ik zou hysterisch moeten zijn.'

Jo snoof.

'Ik zou je met alle plezier een tissue uit mijn zak willen geven, maar de ruimte is zo beperkt dat je dat mogelijk met een zwangerschap zou moeten bekopen.'

Ze lachte, maar moest toen meteen weer huilen. Hij staakte zijn pogingen het deurtje open te krijgen.

'Hé,' zei hij, iets vriendelijker, 'kom op. Zó erg kan het toch niet zijn om hier met mij opgesloten te zitten?'

Ze schudde haar hoofd. 'Hoe kun je tegelijkertijd zo onuitstaanbaar en zo lief zijn?'

'Ik weet niet,' zei hij, 'het is een gave.'

'Het spijt me.'

'Het geeft niet. Huil maar lekker uit. Het is beter om alles eruit te gooien dan om het binnen te houden. Het lijkt wel wat op onze situatie hier.'

Ze moest weer huilen.

'Kom, kom,' zei hij troostend. 'Wat is er aan de hand? Is het... Shaun?'

Ze hield op met huilen.

'Je bent zo wanhopig om hier uit te kunnen,' jammerde ze.

'Natuurlijk,' zei hij. 'Ik heb zuurstof nodig.'

Ze lachte, maar beheerste zich toen weer.

'Nogmaals, wat is er?'

'Dat zei ik al. Je bent zo wanhopig om hier uit te kunnen.'

Hij keek haar verbaasd aan. 'En daarom huil je? Omdat ik hier uit wil?'

Ze knikte en kneep haar ogen stijf dicht.

'Wil jij er dan niet uit?' vroeg hij zacht.

Ze keek weg.

'Het spijt me,' gooide ze eruit.

'Rustig maar,' zei hij. 'Ik begin eraan gewend te raken om je te zien huilen. Het is best aandoenlijk, eigenlijk.'

'Ik bedoel, het spijt me van... je weet wel.' Ze kwam niet verder.

'Nee, ik weet niet wat je bedoelt,' zei hij. 'Zou je misschien iets nauwkeuriger kunnen zijn?'

'Ik ben erachter gekomen,' fluisterde ze, waarbij ze zich opeens naar hem toe draaide en hem doordringend aankeek.

'Waar ben je achter gekomen?' fluisterde hij terug, terwijl hij zijn heupen bij de hare vandaan probeerde te schuiven.'

'Dat je mijn salaris hebt betaald.'

Hij slaakte een gesmoorde kreet. 'Godallemachtig.'

Jo pakte zijn arm vast. 'Waarom heb je me dat niet verteld?'

'Dat... dat heb ik niet gedaan – ik heb alleen maar huur betaald.'

'En dat bedrag is toevallig precies hetzelfde als mijn salaris.'

Hij keek van haar ogen naar haar lippen en terug. En knipperde hard met zijn ogen.

'Ik... ik wilde alleen mijn vader maar helpen,' bracht hij met moeite uit.

'En ik was zo onuitstaanbaar tegen je,' kreunde Jo, terwijl ze zijn arm nog wat steviger vast greep.

'Nee, dat was je niet.' Hij deed verschrikkelijk zijn best om elk deel van zijn lichaam onbeweeglijk te houden.

'Wel waar! Maar je deed opeens zo ijzig tegen me. Zo heel anders dan je in het begin was. In het begin was je zo lief. En na al die afschuwelijke telefoontjes zag ik er echt verschrikkelijk tegenop je te leren kennen –'

'Welke telefoontjes?'

'Telkens wanneer je me aan de telefoon kreeg maakte je me belachelijk. En je liet het hele kantoor meeluisteren. Ik had verwacht dat je een walgelijk type zou zijn.'

'O. Ja. Dat.'

'Maar je was niet walgelijk. Je was helemaal niet wat ik verwacht had.'

'Jij ook niet.'

Er viel een stilte.

'Ik had verwacht dat je gemeen en dik zou zijn,' snikte Jo.

'Ik had verwacht dat je verwaand en lelijk zou zijn.'

'Echt?' vroeg Jo onthutst.

Josh dwong zichzelf de andere kant op te kijken.

'Wat die telefoontjes betreft,' zei hij. 'Ik had toegezegd om hier te komen wonen, en dat was alleen maar omdat ik mijn vader wilde helpen. Ik dacht dat ik mijn jaloezie ten aanzien van de kinderen te boven was. Maar telkens wanneer ik jou aan de telefoon kreeg klonk je zo... afkeurend, zo –'

'Ik was doodsbenauwd.'

'Doodsbenauwd?'

'Ja! De eerste keer zat de hele familie naar me te kijken, en was ik ervan overtuigd dat het de een of andere nannytest was. De keer daarop was Diane hier, en alles wat ik zei werd uiterst zorgvuldig afgewogen om te kijken of ik wel goed genoeg was voor haar dierbare kleinkinderen.'

'Ach,' zei Josh, 'ik begrijp het. Ze is nogal apart.'

'En je liet je hele kantoor meeluisteren alsof ik één grote grap was.'

'Het spijt me. Je hebt gelijk, dat was onvergeeflijk. Maar ik kan het uitleggen.'

Jo wachtte.

'Het is een lang verhaal.'

'Nou, zo te zien zitten we hier voorlopig nog wel een poosje.' Ze besloot niet nogmaals te proberen of ze de deur open kon krijgen, en Josh ondernam ook geen poging meer. In plaats daarvan begon hij te vertellen.

'Toen ik op school zat, had mijn moeder geen kindermeisje dat haar kon helpen bij de opvoeding van mij en Toby,' zei hij, en de woorden waren even nieuw voor hem als voor haar. 'Omdat het niet anders kon had ze een parttime baantje als archivaris, en het was mijn taak om, wanneer mijn school uit was, Toby bij een vriendje op te pikken, samen met hem naar huis te gaan, thee voor ons te zetten en hem bezig te houden totdat zij thuiskwam. Niets bijzonders en niets moeilijks – er zijn ergere dingen en je hoort mij niet klagen. Niet dat ik er emotionele littekens aan overgehouden zou hebben, of zo. Of, ik heb tenminste altijd gedacht dat dat niet zo was. Maar telkens wanneer ik jou aan de telefoon kreeg – en je klonk zó anders dan je... in levenden lijve bent, werd ik eraan herinnerd dat paps nieuwe kinderen het wel stukken beter hadden dan wij indertijd. En op grond daarvan kon ik je gewoon niet uitstaan.'

'O, ik begrijp het,' fluisterde Jo.

'Maar intussen denk ik er allang niet meer zo over,' ging Josh haastig verder.

'Nee?'

'Nee.'

'Hoe dan?'

'Nou, ik kijk er intussen heel anders tegenaan.'

'Echt?'

'Ja. Volkomen het tegendeel.'

'Echt?'

'God, ja,' zei Josh. 'Ik ben nu gek op de kinderen.'

'O.'

'Het had alles te maken met het verkeerde beeld dat ik had van toen pap is weggegaan.'

'O. Ja.'

'Nu pas ben ik in staat om te zien dat ik met een groot, ongezond haatgevoel rondliep. En het was natuurlijk doodgemakkelijk om dat op jou af te reageren.'

'O.'

'Maar dat was het niet alleen.'

'Nee?'

'Nee. Toen ik jou ontmoet had, deed ik mijn best om je te haten.' Hij keek haar aan. 'Ik wachtte maar steeds op het moment waarop dat haatgevoel zou toeslaan.' Hij haalde zijn schouders op. 'Alleen, dat gebeurde maar nooit. En toen begon ik, voor ik het zelfs maar bewust in de gaten had, je aardig te vinden.'

Josh sloeg zijn blik neer en Jo maakte van de gelegenheid gebruik om de lucht uit haar longen te laten ontsnappen.

'En ik ben bepaalde dingen te weten gekomen over mijn vader en moeder die...' hij dacht even na, 'me overal een heel nieuwe kijk op hebben gegeven.'

'Ja, dat heeft Toby me verteld,' fluisterde Jo.

Josh zweeg en keek haar vragend aan.

'Ik hoop dat je het niet erg vindt. Vanochtend kwam hij verschrikkelijk overstuur bij me, en het kwam ter sprake.'

'Is hij er nu weer overheen?'

'Ja, ja, ik geloof van wel.' Jo knikte.

'Dankzij onze clevere nanny,' zei Josh glimlachend, terwijl hij zijn hoofd een beetje naar achteren liet zakken.

'O, ja,' reageerde Jo. Ze keek weg en haar haren vielen op zijn arm. 'Ik ben een echte Mary Poppins.'

Josh keek opzettelijk niet naar zijn arm. 'Nu is het mijn beurt om excuses aan te bieden. Het was gemeen van me om je zo te noemen.'

'Ja, maar begrijpelijk was het wel.'

'Als ik eerlijk ben,' zei hij, 'moet ik bekennen dat zij mijn eerste grote liefde was. Ik had een poster van haar, en alles.'

Jo hield op met ademhalen. Toen Josh een beetje ging verliggen, begon ze zenuwachtig te kwebbelen.

'Het spijt me echt heel erg dat ik je ervan beschuldigd heb dat je Dick hielp bij het hebben van een buitenechtelijke relatie.'

'O, ja, waar kwam dát in vredesnaam vandaan?'

'Pippa en ik hoorden jou en Dick samen fluisteren over een vrouw die hij zou ontmoeten,' vertelde Jo. Ze leunde naar hem toe in haar behoefte zichzelf te verdedigen. 'En jij probeerde hem zover te krijgen dat hij het van Vanessa zou vertellen, waarop hij zei dat dat het einde van zijn huwelijk zou betekenen.'

Josh knipperde met zijn ogen en probeerde te begrijpen wat ze zei.

'Rustig maar,' zei Jo, terwijl ze nog wat zwaarder tegen hem aan leunde. 'Inmiddels zijn we erachter dat het geen vriendin kon zijn.

Het moet iemand zijn geweest die met Dicks winkel te maken had – een klant of een koper of zijn accountant.'

'O!' riep Josh uit. 'Dat kreng! Zijn accountant. Op een gegeven moment belde ze hem niet meer terug. Hij was zo gestresst, het was verschrikkelijk. En hoe langer hij de zaken op hun beloop liet, des te erger het werd. Die vrouw heeft hem letterlijk geruïneerd. Ik heb hem jaren geleden gezegd dat hij haar niet moest nemen, en hem gesmeekt om de boekhouding door mij te laten doen, maar,' hij zuchtte diep, 'ik was toen nog aan mijn opleiding bezig. Ik neem aan dat het een poosje duurt voor ouders hun kind serieus nemen.'

Jo knikte. 'Dick steunt volkomen op jou.'

'Denk je dat?'

'Hij aanbidt je.'

Josh straalde en hij haalde zijn schouders op.

Jo glimlachte.

'Allemachtig,' riep Josh opeens uit. 'Dus jij en Pippa hebben één en één bij elkaar opgeteld en er tweeëntwintig van gemaakt.'

Ze keken elkaar met grote ogen aan. Jo wilde net opnieuw haar excuses maken toen Josh weer het woord nam.

'Je moet wel een héél lage dunk van me hebben gehad,' fluisterde hij, 'als je dacht dat ik mijn vader hielp met het bedriegen van zijn vrouw.'

'Nou,' Jo klampte zich vast aan hetgeen zich het dichtste bij haar bevond, wat toevallig Josh' dij bleek te zijn, 'daarom heb ik ook al die dingen tegen je gezegd toen je... me kwam opzoeken.'

Josh knikte. 'Hm.'

Ze zwegen.

'Ik vind je helemaal niet... walgelijk,' fluisterde ze. 'Helemaal niet.'

'Dank je,' zei Josh. 'Ik vind jou ook niet walgelijk. Helemaal niet.'

'En het spijt me dat ik je voor profiteur heb uitgemaakt.'

'Een leugenachtige, hypocriete profiteur met een Peter Pan-complex, was het, geloof ik. Ik kan het me amper nog herinneren.'

'Ik dacht dat je hier voor niets woonde – en ik geef toe dat me dat niets aanging,' viel ze zichzelf in de rede. 'Maar ik vond dat verschrikkelijk onvolwassen en ik moet eerlijk bekennen,' ze ging een beetje verzitten, 'dat het op de een of andere manier belangrijk voor me werd.'

Even was het weer stil. Josh schraapte zijn keel.

'Het spijt me dat ik je droogverleidster heb genoemd,' zei hij zacht. 'Het leek alleen alsof –'

'Je had gelijk.'

'Pardon?'

'Ik heb geflirt. Met jou.'

'O.'

'Niet verleiden, maar flirten,' benadrukte Jo. 'Ik deed het niet opzettelijk – ik hield mezelf voor dat we vrienden waren –'

'Ik ook.'

'En ik weet dat ik je over Shaun had moeten vertellen, maar ik wilde niet –'

'Nee –'

'Omdat ik bang was dat, als ik dat zou doen...' Ze zweeg en keek strak naar de vloer. Het lukte haar niet haar zin af te maken.

De stilte was oorverdovend. Ze zou er heel wat voor over hebben gehad om Josh' gezicht te kunnen zien, maar daarvoor zou ze hem moeten aankijken.

'En toen deed je ineens weer zo ontzettend onuitstaanbaar,' fluisterde ze.

'Dat weet ik,' fluisterde hij terug. 'Het spijt me.'

'Waarom deed je dat?'

De stilte was ondraaglijk.

'Was dat niet overduidelijk?' fluisterde hij.

Jo kon niets antwoorden. Ze hoorde Josh diep zuchten.

'Dus jij en Shaun, eh?' begon hij.

'Wie?' Ze schonk hem een vluchtig glimlachje.

'Je leek er behoorlijk kapot van te zijn, die dag.'

'Ja, nou, natuurlijk,' zei ze. 'Je kwam op een heel slecht moment. Het was juist gebeurd. Ik was geschokt. Het was net alsof... Sheila had me met een totaal andere versie van mijn verleden geconfronteerd, als je begrijpt wat ik bedoel.'

'Ik begrijp precies wat je bedoelt.'

'En ik had ineens een heleboel om over na te denken.'

'Aha.'

'Ik moest aan de nieuwe feiten wennen. En dat heb ik inmiddels gedaan. Ik ben aan de nieuwe feiten gewend.'

'Wauw,' zei Josh. 'Dat was snel.'

'Niet echt,' gaf ze toe. 'Ik had het al jaren geleden met Shaun moeten uitmaken.'

Ze keek op, realiseerde zich hoe dichtbij Josh was, en wendde haar blik snel weer af.

'Ik wens hem en Shee veel geluk,' zei ze, 'en dat zal ook wel lukken. Hoe dan ook, het kan me eigenlijk al niet meer schelen. Ik heb intussen wel andere dingen aan mijn hoofd.'

Opnieuw viel er een lange stilte.

'Aha,' zei Josh luchtig. Hij steunde op zijn elleboog, verschoof en keek naar haar op. 'En dan heb ik uit betrouwbare bron dat je Gerry hebt gezegd dat hij kon opduvelen.'

'Ja,' zei ze, terwijl ze zich wat liet zakken tot ze ongeveer op gelijke hoogte met hem lag. 'Eindelijk. Ik had het al veel eerder moeten doen.'

'Soms kost dat soort dingen tijd,' zei hij zacht.

Hij liet zijn bovenste been naar haar toe vallen.

'Soms is het heel er moeilijk om te zeggen wat je voelt,' mompelde Jo.

Ze liet haar bovenste been het zijne imiteren.

'God, ja.'

'Helemaal wanneer je...' ze bewoog haar dij niet toen hij per ongeluk langs de zijne streek, 'zoveel tegelijk voelt.'

'Zoveel tegelijk,' herhaalde hij.

'Misschien wilde ik je alleen maar jaloers maken,' fluisterde ze.

De speelhut kromp.

'Jaloers was ik allang.'

'O, ja?'

'Ik was heel erg jaloers.'

'Op wie?'

'Op iedereen,' verzuchtte hij. 'Zelfs op de kinderen. Krengen.'

'De kinderen? Je bedoelt de kinderen die ons samen hier in de speelhut hebben opgesloten?'

Josh lachte. 'Als ze willen kunnen ze aardig volwassen dingen verzinnen.'

'Ja,' fluisterde Jo. 'Ik denk dat wíj het zijn die nog volwassen moeten worden.'

'Ik voel me anders aardig volwassen op dit moment,' zei hij. Ze lagen tegenover elkaar – neus tegen neus, grijns tegen grijns.

'O, jee,' grinnikte ze.

Josh maakte een gespeeld kreunend geluid. 'Je bent zo onweerstaanbaar,' fluisterde hij.

Ze sloot haar ogen en voelde zijn adem op haar wang en haar nek.

'Die keer toen je van het aanrecht was gevallen,' zei hij zacht. Ze giechelde opnieuw. 'Tot op dat moment had ik mezelf ervan overtuigd dat ik je alleen maar aardig vond, maar, o god.'

'Ik dacht dat je me wilde kussen,' zei ze in zijn nek.

'Kussen?' Hij keek haar aan. 'Ik kon je wel verslinden.'

Ze slaakte een gesmoorde kreet en al haar zenuwuiteinden stonden op tilt.

'En toen vertelde je me dat je een vriend had,' kreunde Josh. 'God, dát was erg.'

'Ik weet het,' verzuchtte ze. 'Ik voelde me zo schuldig en zo verward en zo... geil.'

Josh schoof wat dichter tegen haar aan totdat hun heupen elkaar lichtjes raakten.

'En,' fluisterde Jo, 'ik wilde me tijdens onze eerste kus niet schuldig voelen.'

Josh' lippen vonden de hare in een teder kusje.

'En toen had je hulp nodig om naar bed te komen,' fluisterde hij, 'en ik moest naar je gejammer luisteren terwijl ik je niet kon troosten zoals ik wilde. En ik moest je helpen je pyjamashirt aan te trekken.' Hij kreunde.

'Heb je wat gezien?' vroeg Jo opeens.

'Nee. Zo dronken als je was, dacht je er op de belangrijke momenten toch nog aan me te vragen of ik me wilde omdraaien.'

'Echt?' vroeg ze, terwijl haar hand strelend over de achterkant van zijn spijkerbroek ging. 'Dus dan valt het eigenlijk nog wel mee met dat droog verleiden, niet?'

'Ja, toen wel.'

Hij begon haar haren te strelen. Haar rug begon te tintelen.

'En wat voelde je die avond voor Shaun?' vroeg Josh.

'Wil je dat echt weten?'

'Ja.'

'Toen ik met jou was kon ik me zijn naam amper nog herinneren.' Hij duwde zijn dij zachtjes tussen de hare.

'Die nacht dat hij bij je logeerde was pure hel,' fluisterde Josh.

'Dat weet ik.'

'Ik lag, verdomme nog aan toe, in de kamer ernaast.'

'Dat weet ik. Ik was...'

'Ja?'

'... met mijn gedachten bij jou.'

Josh bracht zijn nek dichter naar Jo toe.

'Van nu af aan hoef je niet alleen maar met je gedachten bij mij te zijn.'

'Ooo, meneer Fitzgerald!' riep Jo spottend uit, 'hoe bedóelt u dat?'

'Vind je,' bracht hij uit, terwijl hij zich half overeind hees zodat hij nu boven haar lag en zijn hand losjes op de achterkant van haar dij rustte, 'dat we elkaar een kusje zouden moeten geven om het weer goed te maken?' Zijn lippen streelden over de hare.

'Ik weet het niet,' fluisterde ze, terwijl ze haar armen om zijn hals sloeg. 'Ik heb opeens grote moeite met nadenken.'

'O.'

'Wat vind jij?' Ze sloot haar ogen en zag regenbogen onder haar oogleden terwijl Josh haar zo goed als hij kon uitlegde dat hem dat een goed idee leek.